虫农记

路尚 ◎ 著

时代文艺出版社

图书在版编目（CIP）数据

安农记 / 路尚著. —长春：时代文艺出版社，2016.11
ISBN 978-7-5387-5298-4
Ⅰ.①安… Ⅱ.①路… Ⅲ.①长篇小说－中国－当代 Ⅳ.①I247.5

中国版本图书馆CIP数据核字（2016）第242746号

出 品 人	陈　琛
产品总监	郭力家
责任编辑	李天卿
	闫松莹
装帧设计	陈　阳
排版制作	隋淑凤

本书著作权、版式和装帧设计受国际版权公约和中华人民共和国著作权法保护
本书所有文字、图片和示意图等专有使用权为时代文艺出版社所有
未事先获得时代文艺出版社许可
本书的任何部分不得以图表、电子、影印、缩拍、录音和其他任何手段
进行复制和转载，违者必究

安农记

路尚 著

出版发行 / 时代文艺出版社
地址 / 长春市泰来街1825号　时代文艺出版社　邮编 / 130011
总编办 / 0431-86012927　发行部 / 0431-86012957　北京开发部 / 010-63108163
官方微博 / weibo.com / tlapress　天猫旗舰店 / sdwycbsgf.tmall.com
印刷 / 北京市通州兴龙印刷厂
开本 / 710mm×1000mm　1 / 16　字数 / 482千字　印张 / 30.5
版次 / 2016年11月第1版　印次 / 2016年11月第1次印刷　定价 / 48.00元

图书如有印装错误　请寄回印厂调换

目 录
CONTENTS

第 一 章　赴任路上的偶遇 / 001

第 二 章　带两个姑娘回村 / 007

第 三 章　"小辣椒"的遭遇 / 013

第 四 章　下沟村的问题 / 021

第 五 章　上访群众与童谣 / 028

第 六 章　初到县城 / 036

第 七 章　班子见面会 / 044

第 八 章　化解上访危机 / 051

第 九 章　年轻的女常委 / 057

第 十 章　公安局长的意图 / 065

第 十 一 章　下乡了解实情 / 074

第 十 二 章　桃花村见闻 / 082

第 十 三 章　村主任因何要官当 / 090

第 十 四 章　常委会的决议 / 097

第 十 五 章　尴尬的见面 / 103

第 十 六 章　与两个姑娘的早餐 / 110

第 十 七 章　上街巧遇男同学 / 118

第 十 八 章　讨论发展战略 / 123

第 十 九 章　开发区的强拆事件 / 130

第 二 十 章　县长被误抓 / 136

第二十一章　一波未平一波又起 / 144

第二十二章　一场自焚闹剧 / 152

第二十三章　体制机制的创新 / 159

第二十四章　省报女记者 / 167

第二十五章　女孩儿心里的秘密 / 175

第二十六章　一盆水泼出来的爱情 / 182

第二十七章　原来是场误会 / 189

第二十八章　心愿卡上的发现 / 198

第二十九章　自己的刀削自己的把 / 205

第 三 十 章　抓公交车上的骗子 / 213

第三十一章　大学生村干部 / 221

第三十二章　动员会上的杂音 / 228

第三十三章　女记者的烦心事 / 235

第三十四章　遭人暗算 / 242

第三十五章　谁是幕后黑手 / 251

第三十六章　钉子户与网络风波 / 258

第三十七章　难忘的雪夜 / 265

第三十八章	大胆的决定	/ 272
第三十九章	老校长的嘱托	/ 279
第 四 十 章	被反对的土壤改良计划	/ 285
第四十一章	火车上的一对活宝	/ 293
第四十二章	投资方代表竟是她	/ 299
第四十三章	别开生面的技能展示	/ 308
第四十四章	将错就错的定亲饭	/ 316
第四十五章	走入困境的服装厂	/ 323
第四十六章	同学会被人举报	/ 330
第四十七章	有担当的抉择	/ 337
第四十八章	一起回家过年	/ 342
第四十九章	走访困难村民	/ 348
第 五 十 章	三个人的秘密	/ 356
第五十一章	老徐是谁	/ 362
第五十二章	错过与省委书记的会面	/ 370
第五十三章	蹭饭的县长	/ 377
第五十四章	赴一线慰问	/ 383
第五十五章	令人怀疑的融资模式	/ 390
第五十六章	求人变成求己	/ 396
第五十七章	建设资金的难题	/ 403

第五十八章　再赴桃花村 / 409

第五十九章　田埂上的决定 / 414

第 六 十 章　杨树村的新鲜事 / 422

第六十一章　必须要承受的委屈 / 428

第六十二章　招商推介会的轰动 / 435

第六十三章　突如其来的安全事故 / 441

第六十四章　省委的决定 / 447

第六十五章　党建联系点应该选在哪儿 / 455

第六十六章　应接不暇的会面 / 461

第六十七章　撤职风波的背后 / 467

第六十八章　终于圆梦 / 475

第一章　赴任路上的偶遇

二〇一二年九月间，一个平常的日子，金黄色的秋风裹着稻香不疾不徐地轻舞着炫耀成熟的喜悦。此时刚过白露，虽未到秋分，但在东北这个地方天气已经明显转凉了。农谚说："白露不低头，割倒喂老牛。"说的是稻子。

在省城阳春市通往安农县的公路两侧，一片片的稻田依然续写着千年的"井田"文化，微风徐来，稻浪一浪接着一浪地翻滚着，演绎着不知是喜悦还是矛盾的心情。

公路上，一辆越野吉普车朝安农县城的方向疾驶着。开车的这位学者模样、约莫三十出头的人，叫石润生。

他坐在车里，手握方向盘，眼睛不时地看向车窗外的庄稼以及那一个个低矮房屋组成的村落，表情凝重，心绪难平。

这里熟悉的一草一木，熟悉的父老乡亲，甚至传来的那一声声犬吠都让他感觉是那么亲切。一想到自己离开家乡已经有十几年了，他就莫名地激动不已。

看着窗外已经快要成熟的庄稼，他脑海里浮现出了临行前在省委书记徐怀明办公室的情景。

"小石呀，这次应你个人申请，经组织研究决定，把你这个留洋的博士派到安农县做代县长，这是组织对你的信任，希望你要充分发挥自己所学到的知识，彻底改变安农县贫穷落后的面貌！"省委书记徐怀明的话语重心长。

"您放心吧，徐书记，我一定不负组织的重托与厚望！"石润生笑呵呵地答道。

"不过，你可要做好心理准备呀，现在的安农县可不比当年喽！情况比较复杂，尤其是干群关系紧张，群众意见较大，说到底，就是穷啊！"徐怀明眼望窗外似有所思。

石润生没言语，他在心里想着安农县到底是个什么情况，会有那么复杂吗？

徐怀明转过身拍了拍他的肩膀："不要紧，你放开手脚干吧，有什么事就找我，组织上支持你！对了，你真的不用组织部门派人跟你一起去上任吗？"

"不用，徐书记，那里我比较熟悉，我想正好可以先到基层了解了解情况。再说，组织部的任职文件不是已经发下去了嘛。"石润生凝目直视着徐怀明，一脸的踌躇满志。

"我忘告诉你了，如果工作开展起来有阻力，你可以去找下沟村的老主任，他曾做过副县长，如今已经退下来了。"徐怀明眼望着窗外，似回想起了那昔日的岁月。

"徐书记，您说的是王德贵王叔吗？他身体怎么样？"石润生急切地问道。

"怎么？你认识？"徐怀明一脸的狐疑。

"徐书记，我……我哪儿能忘了王叔啊？要是没有他……"石润生此时有些说不下去了，眼角噙着泪。

徐怀明皱着眉仔细端详着他，半晌才指着他说道："小石，你该不会是王哥家当年那个……对了，叫什么来着？对，狗剩儿……"

石润生突然惊异地看着徐怀明，嘻嘻地笑着："村里的孩子们是那么叫的……不过，徐书记，您怎么会知道？"

"乖乖，原来是你小子！我怎么知道的？哈哈哈，我当然知道了！好了，不说了，我说呢你这留洋的博士怎么会一心巴火地非要去安农县呢，这回明白了，好！好！好！有出息！"徐怀明一连说了三个"好"，搞得石润生心里直范嘀咕。

石润生答应着就准备退出徐书记办公室。在往外送石润生的时候，徐怀明突然说道："你小子不让组织部送你上任是不是打算先去下沟村啊？好啊，先去看看老人家，做得对！对了，你到那儿要是看着……算了，去吧，慢点儿开车，等你在安农县搞出明堂了我会去的！"

石润生一听，觉得徐怀明话里有话，但为什么说了半截话又不说了呢？他也不好多问，就出去了。

看着大步流星地消失在走廊尽头的石润生，徐怀明自语道："丫头非要去下沟村难道真是要自主创业？臭丫头，大半年了也不回来一趟！"想到这儿，他微笑着点了点头，好像心里有什么谱了。

石润生回想着告别徐书记的一幕，不禁又想起了自己这几年的经历，他感慨万千。

北大生物工程专业硕士毕业后，石润生被公派出国留学，在美国哈佛大学攻读土壤学博士学位。在拿到博士学位证书后，他放弃了几家跨国公司提供的高薪职位，迫不及待地选择了回国。回国后，他先是到农业部任职，后来被派到了一个县级市挂职，任主管农业的副市长。挂职锻炼结束后，本来，按照有关政策以及农业部的安排，他应该继续留在农业部任职，但他下定决心要回家乡，打算用自己这么多年的所学来报效家乡，报答乡亲们的养育之恩。

当他和农业部的一位老领导说了自己的想法后，那位老领导沉默了。

石润生是个孤儿，作为安农县土生土长的孩子，他是吃百家饭长大的，村里人不仅养大了他，还供他上了大学。他至今还清晰地记得自己上大学临行前的那天，老主任王德贵拉着他的手说："娃啊，你是咱们村儿第一个大学生，要好好学习，不管将来到了哪里，都不要忘了乡亲们，不要忘了生你养你的这片土地……"说完，老主任把一个小瓶交到他的手上，那是一瓶土，家乡的土！

当时，石润生就暗暗下定决心，将来自己一定要回到家乡，带领乡亲们脱贫致富，过上幸福的日子。他是这样想的，也是这样做的。为了让自己学到的知识将来能够用得上，他本科和研究生阶段特意选择了生物工程专业，而博士阶段修的则是土壤学。

最后，他的一片赤诚打动了那位老领导，老领导高兴地写了一封推荐信，让他拿着这封信去找徐怀明书记。并且告诉他，组织上已经做了决定，同意他回原省任职，但具体职位由省里安排。

几天前，石润生辞别了那位老领导，订好了火车票就准备尽快回家乡。但他却突然接到了一个电话，是他的大学同学叶佩打来的。看着手机屏幕，他不禁一愣。因为他一直在外省挂职，和这位老同学很少见面。

"润生，听说你要走？怎么也不告诉我一声？你现在在哪儿呢？我要马上见到你！"听着电话里的声音，石润生心想，几年不见了，她还是那么强势。

"哦，是叶佩呀！我是晚上的火车，马上就要走了，你有事吗？"他礼貌地答着，但心里清楚叶佩找自己是什么事。从上大学开始，叶佩就有事没事地和他接近，意思已经再明显不过了，但他始终都无动于衷。除了自己没有感觉外，还有一个重要原因，那就是叶佩的父亲是家乡省里的领导。而他深知，自己不过是个穷小子。

"什么？又要走？上哪儿呀？我听说你不是还回农业部吗？不许你走！"

石润生从耳旁拿下手机看了看屏幕，又继续笑着说："哦，我要回咱们省去工作，我正在火车站呢，就要走了。"

半晌，电话里没了声息。石润生又看了看手机屏幕，一脸的狐疑。

"那我也要见你！你等着，我过去！"叶佩的语气有些异样。

"哦……那好吧，我等你。"石润生无奈，只好答应了她。

挂断手机，他回想着大学时这位同乡兼同学，不禁苦笑了一下。

半个小时后，石润生看见地铁出口一个女子飞奔而来，尽管她戴着墨镜，但从跑步的姿势他一眼就能认出来，就是叶佩，他微笑着迎了上去。

等走近了，他站在那儿很不自然地看着叶佩。叶佩先是打量了他一下，然后直接走过来一把就挽住了他的胳膊，边走边说："还是那么帅啊，走也不告诉我一声！走，想吃点儿啥？"

"哦……不……不吃了吧，你不是找我有事吗？"石润生的胳膊被她搂着觉得很不舒服。

"哈哈哈！你怎么还是那么土包子？看把你吓的！"叶佩哈哈大笑，不由分说硬是拉着他就走。

"土包子"这是叶佩对他一贯的叫法。

石润生局促起来："叶……叶佩，我真的还有事呢，就不吃饭了，你有什么事快说行吗？"

叶佩一听就停了下来，她把手松开，摘下墨镜，不错眼地看着他，半晌才缓缓地说道："石润生，你是真傻还是装糊涂啊？好，你要回去也行，那这样吧，我给我爸打个电话，你回去找他，也好让他给你安排个好职位。对了，你还不知道吧？我爸现在是省委主管干部的副书记！"说着，她就掏出手机准备打电话。

石润生赶紧制止道："不用了叶佩，这样不好。"

"你是不想和我有一点儿瓜葛是吗？"说到这儿，叶佩眼里已经噙满了泪水，"那好，你就回去做你的土包子吧！"说完，她转身就朝地铁站走去，头也不回。

石润生怔怔地站在那里，望着她的背影眉头紧锁。他何尝不知道叶佩的心思呢？只是自己实在没办法接受这份感情，正像她说的那样，自己不过是个"土包子"，从农村来还要回农村去，不为别的，只为实现自己的梦想。

回想着那令人不愉快的一幕，石润生突然感到有些压抑。他把目光移向车窗外，想看一看秋日的田园风景来忘却那些让人心情不好的记忆。可就在这时，他猛然抬头一看，前面路中间不知什么时候竟停了一辆踏板摩托车，吓得他一个急刹车，差一点儿就撞上了。

他惊出一身冷汗，可还没等他下车呢，就听摩托车旁站着的那个人大声说道："你怎么开的车？吓死我了！"

石润生心说，这叫什么事儿呀！到底是谁吓谁呀？

他把车靠边停好，下了车，边伸着胳膊抻着腰边打量着说话的那个人。就见那个人戴个草帽，穿着一身绿色的迷彩服，衣服上还破了几道口子，脚上是双运动鞋，再往脸上看，灰头土脸的根本看不清容貌，但从个头来看，应该年纪不大。

"这位小兄弟，你怎么把车停路中间了？吓我一跳！"石润生笑呵呵地打着招呼。

"谁是你小兄弟？到底是你吓我还是我吓你呀！老娘我……"那个人刚说到这儿，抬头一看石润生那张英俊的脸，顿时就愣住了。

石润生一听她说话，这才知道，原来是个女的。可是，她怎么这身打扮呀？

"哦，这位大姐……"他重新打招呼道。

"谁是你大姐？老娘有那么老吗？"那女的又大嗓门地吼了一句。

"哦，那……这位小妹妹……"他支吾着。石润生实在有点儿搞不明白了，没那么老还自称老娘？

"套什么近乎？是不是见着好看的姑娘都叫妹妹呀？"那姑娘又抢白道。

石润生一时手足无措了。姑娘见他窘迫的样子，顿时掩嘴笑了起来。看来，这应该是位性格直爽泼辣的姑娘。

就在石润生被眼前的姑娘弄得不知如何是好的当口，就听前面传来一阵嘈杂声。

"小辣椒就上这条道了，跑不远，快点儿追呀！"

"千万别让她上省城，劫不住她的人也一定要把东西抢下来，没了证据看她上哪儿告去！"

声音是从前面路的转弯处传过来的。

石润生一听，再一看那姑娘的神情，他笑了笑："哦，原来你叫小辣椒啊！哈哈哈！怎么，他们是追你的？"

那姑娘白了他一眼道："你才是小辣椒呢！我看你像大白茄子！哈哈哈！"

石润生一愣，心说，好厉害的嘴。

正在这时，就见从路的转弯处跑过一个人来，竟也是个姑娘。她气喘吁吁地边跑边往后面看，好像很害怕的样子。

"三丫儿！快过来！"姑娘冲那女孩儿喊了一句，招手让她过来。

看来，这位叫三丫的姑娘一定是那伙人喊的小辣椒了。三丫抬头一看那姑娘，就像是见着救星一样三步并作两步跑了过来。

"蔓……蔓苓姐，你怎么在这儿呀？哎呀，累……累死我了！这帮挨千刀的！"三丫上气不接下气地说着。

听着两个姑娘的对话，石润生明白了，原来这位姑娘是叫蔓苓啊。

"怎么回事？"叫蔓苓的姑娘关切地问。

"哎呀，没空解释了，快帮我藏起来，那帮人快追过来了！"三丫说着朝四周看来看去，还扫了石润生一眼，紧接着她拉开车门就钻了进去。

"你还愣着干啥？快帮我把摩托车弄后备箱里呀！"就在石润生被眼前的一幕弄得摸不着头脑时，那个叫蔓苓的姑娘一声喊又把他吓了一跳，他稀里糊涂地就帮着她把摩托车弄到了自己车的后备箱里。

"你咋这么木呢！快上车呀！"此时已经上了车后排座和三丫坐在一起的蔓苓隔着车窗冲石润生喊着。

石润生这个气呀，这到底是谁的车呀！

"这位是姐夫吧？姐……姐夫，求你了快点儿吧，一会儿他们追上来了！"

三丫也隔着车窗冲石润生喊着。可她刚说完，蔓苓狠狠地瞪了她一眼，吓得她不明所以地眨了眨眼睛。

石润生被弄得哭笑不得，他只好上车朝前面开去。可他刚把车开到路中间，冷不丁就听车里两个姑娘异口同声地喊道："停车！你往哪儿开呢？"

第二章　带两个姑娘回村

石润生被两个姑娘突如其来的喊声给吓了一跳，他下意识地一个急刹车，就听"嘎吱"一声，车是停住了，可两个姑娘猝不及防身体同时往前面倾了过来。

"你这人怎么回事？成心是吧！"叫蔓苓的姑娘揉着脑袋冲前面喊道。

"你们俩喊什么呀，影响开车不知道吗？不是着急跑嘛，怎么还让停车？"石润生回头看了一眼两个龇牙咧嘴的姑娘不敢笑出声来。

"调头调头！我们要去省城！"两个姑娘几乎又是异口同声。

石润生看着两个人认真的样子，只好又问道："上省城干……干啥？"他话到嘴边硬是换成了当地口音，而这样的话自己好像许久没有说过了。

他话刚说完，两个姑娘几乎又是异口同声，只不过一个说的是"告状"，一个说的是"回家"。说完，两个姑娘互相看了一眼，又同时看向石润生："快调头！"

可是，此时调头已经来不及了，就见前面转弯处跑过几个人来，都气势汹汹的。见此情景，再看那个叫三丫的，赶紧弯着腰放低身子躲了起来。

石润生不紧不慢地重新启动车，朝县城的方向开去。而此时那位叫蔓苓的姑娘也不言语了。

路过那几个人的时候，就听其中一个人嚷嚷着："老二怎么还不把车开过来呀？一会儿都追不上了！"

他们几个见石润生的车开过来都纷纷往两旁避让着，为首的那个脖子上戴着金链子的还往车里看了好几眼。好在车窗上贴了防晒膜，在外面根本看不清里面。不过，即使是这样石润生的心也怦怦地跳个不停，就好像他们要抓的是自己一样。他暗想，也不知道这"小辣椒"是好人还是坏人，要是自己保护了坏人可就糟了。不过，从这几个人的装束上看，他们才应该是"坏人"。但不管怎样，自己可从没做过这么惊险刺激的事，可是，怎么说自己马上就是这个县的县长了，有什么好怕的呢？但刚才被那两个姑娘火急火燎地牵着，自己竟一时忘了身份。既然这样也管不了那么多了，先把这伙人避过去再说吧。

这样想着，他脚下用了力，越野车就在那几个人身旁疾驰而去。从后视镜里他看到，渐行渐远的那几个人还回头回脑地看着。

过了一会儿，他往后排座上看了看，笑着说："起来吧，走远了！"

三丫疑神疑鬼地往后面看了看，这才长出了一口气："我的妈呀，吓死我了。这帮该死的玩意儿，想抓老娘？哼，没门儿！"

看她那七个不服八个不忿的样子，石润生哭笑不得。

"对了，三丫，我看那不是你们村儿村主任家那小子吗？他们干吗追你呀？"蔓苓问道。

"哎呀，别提了……对了，我说那谁……你把车停下好吗？我还得去省城呢！蔓苓姐，你这朋友咋这么不听话呢？"三丫看着前面的石润生却对蔓苓说道。

"他不是我朋友！喂，把车停下好吗？我们还得去省城呢！要不，你好人做到底，带我们去省城吧！行吗？"蔓苓冲前面说道。

"对！快点儿调头！我要去省城，不能回去，要是回去就出不来了！"听三丫说话的语气好像很是着急的样子。

"我刚从省城来，就是要去安农县的，怎么能返回去呢？对了，刚才那伙人是干什么的呀？"石润生眼含笑意地盯着后视镜说道。

见石润生并不理会，蔓苓真有些急了，她手扶着驾驶座的靠背把脑袋伸了过来，差一点儿就贴到了石润生的脸上。

"干什么你？快坐好！"石润生躲闪着。

"真的，大哥，求你了，带我们去省城吧！"蔓苓没说什么，三丫却急得眼泪都快下来了。

见三丫急成这样，石润生就问："到底是怎么回事呀？你跟我说清楚我再考虑是不是带你去省城。我刚才听说是去告什么状？是你们谁说的？"

"我，我说的！"三丫举了一下手。

"哦，那你是回家喽？你是阳春市的？"说着，石润生特意从后视镜里看了看蔓苓。心说，穿成这样怎么会是省城来的呢？

"看什么看？没见过美女呀！看你这个样子不是官二代就是富二代，你停车让我们下去！你该不会……是坏人吧？"蔓苓说着说着竟害怕起来。

石润生一听就乐了，正想说什么呢，就听蔓苓又大声喊道："让你停车没听见啊？快停车！"

他只好减速打算把车停在路边，可就在他靠边停车的时候，只听见"噗"的一声，车胎竟被路边的什么东西给扎了。等他停好车下来一看，果不其然，右后胎已经瘪了。

而蔓苓下车就气呼呼地说："你好事做到底吧，帮我修修摩托！白走这么远了，又被你给拉回来了……"她嘟囔着绕到了车后看着后备箱。

"啊？蔓苓姐，你摩托车坏了呀？那怎么办啊！白跑这么远了！"一听说摩托车坏了，三丫立马哭丧着脸。

石润生哭笑不得，他打开后备箱，找出千斤顶等工具就准备把车支起来换轮胎。

"我说你这人怎么回事？不是让你帮我修摩托车吗？"蔓苓急得脸红脖子粗。

石润生不紧不慢地边用千斤顶支车边微笑着说："你们不告诉我实情就不帮你修车，再说，没看见我车胎扎了吗？轮胎不换上你去省城难道走着去吗？"

三丫一听就乐了："那你的意思是同意带我去省城了？太好了！"

"还是那句话，你得告诉我实情。"石润生边换轮胎边说。

"告诉你也没啥……"

三丫正想说什么呢，却被蔓苓给打断了："谁知道他是什么人啊，不许啥话都和陌生人说！"

三丫吐了吐舌头。

石润生听着两个人的对话，也不理她们，只顾着换轮胎。可过了一会儿听见后面有动静，他回头一看，差点儿没乐出声来。

就见两个姑娘正费劲地从后备箱里往下搬摩托车呢，累得呼哧带喘地也没搬动。

"你搬下来干什么？能骑是怎么的？"石润生笑着说道。

"不用你管！我自己修！"蔓苓气呼呼地瞪了他一眼。

石润生拦住了她："你还是先别搬了，摩托车修不好你就是上省城也不能推着去呀？再说，路上万一碰上那帮人怎么办？"

两个姑娘一听就停住了手。石润生这才发现，已经摘下草帽的蔓苓虽然灰头土脸的，但并没有掩盖住她俊俏的容貌，一头秀发散落下来，一双大眼睛忽闪着，虽透着乡村姑娘的野性却隐约有种与众不同的气质。石润生不禁愣了一下，这姑娘有些眼熟啊！

"往哪儿看呢你？"蔓苓说着又把草帽戴在了头上。

石润生不好意思地"哦"了一声，回过身又继续换轮胎。

此时，天色将晚，一抹残霞映照着庄稼，一派迷人的金秋景象。

见石润生只顾着换轮胎，两个姑娘也不往下搬摩托车了，两个人站在一边聊着什么。

等石润生把轮胎换好，天已经快黑了。

"好了，轮胎换好了，哎呀，这天都快黑了，恐怕就是带你们去省城也晚了，要不这样吧，你们家在哪儿？我把你们先送回家吧？"石润生直起身看着两个姑娘说道。

"那咋办啊，蔓苓姐？"三丫咧着嘴。

"这位同志，看你这样子是外地人吧？谢谢你刚才替我们解了围，你就好人做到底吧，也不用你送我们去省城了，就帮我把摩托车修好行吗？"叫蔓苓的姑娘语气缓和多了。

石润生一听，心说，这还算句公道话。他正想把摩托车从后备箱里搬下来呢，突然，就听后面有人吵嚷着："肯定是藏哪儿了，没准就是刚才那辆车！大家快点儿！"

三个人往后面一看，就见那几个人正朝这边跑呢。这时，三丫从地上捡起刚才石润生换轮胎时用的扳手，还挽了挽袖子，自言自语道："老娘还就不信了，今儿个跟你们拼了！"说着就跃跃欲试。

蔓苓一把拦住了她，略加思索后说道："三丫，咱们还是先上车吧，有什么事以后再说。那谁……你就带我们回县城吧。"

"回县城恐怕也不行了，我得去下沟村……"石润生思索着该怎么办。

一听他说要去下沟村，那个叫蔓苓的顿时瞪大了眼睛："什么？你说去哪儿？"

"下沟村啊？年纪轻轻耳朵还不好使！"石润生小声嘀咕着。

"那太好了！三丫呀，你也别回去了，跟姐走吧。"说着，蔓苓笑呵呵地拉着三丫的手就上了车。

石润生被蔓苓的举动给搞糊涂了，他实在不明白这姑娘一听说去下沟村怎么就同意了呢？难道她是住在那儿？

"还不快开车！一会儿他们追来了！"车里，蔓苓催促着。

石润生只好上车开起来就走。后面，那几个人好不容易跑到刚才停车的地方，眼看着车开走了，他们沮丧地骂着什么。

石润生开车又走了一段路后就开始减速了，他往车窗外看去，寻找着到下沟村的路。

"我说你这人不是要去下沟村吗？不快开找啥呢？"蔓苓在后面问道。

"我记得就在这附近啊？怎么没有了呢？"石润生自言自语。

"我说你到底认不认得路啊？你不会是坏人吧？告诉你我们可是两个人，到时候说不定谁吃亏呢！"蔓苓警觉地直起了身子。

石润生也不理她，继续看着外面。

"哎哎……你往哪儿开呢？过了过了！"蔓苓手扶着石润生的座椅靠背，伸着脖子喊道。

石润生这时才发现，果然在路旁有条水泥路斜着伸向庄稼地里。他只好踩了刹车，把车倒了回来。

"我记得以前是土路啊，这怎么变成水泥路了？"石润生还是自语着。

蔓苓在后面看了他一眼，突然问了一句："你以前来过？"

"嗯……不是来过,以前我在这儿住。"石润生把车开到那条水泥路上,头也不回地应着。

"你在这儿住过?那你是谁家的?"蔓苓问了一句。

"呵呵,我呀,当然是我家的喽!"石润生笑着答道。

"油嘴滑舌!那你叫什么?"蔓苓又问。

"我呀……对了,姑娘,你家在哪儿呀?是哪个房子?"石润生看着路两旁亮着灯的房子问道。

"就前面……"蔓苓在后座上指挥着,可她说了半截话却停顿了一下,继续说道,"甭问了。三丫,咱们就在这儿下吧。麻烦你停一下车!"

石润生只好把车停了下来。两个姑娘下了车,蔓苓绕到驾驶室这一边说道:"谢了啊!你帮我把摩托车弄下来吧!"

石润生下了车,到后面把摩托车搬了下来。还没等他说什么呢,蔓苓却扭头推着车和三丫就走。他只好苦笑了一下,又四下看了看,然后缓慢地开着车准备去王叔家。毕竟在这个村子住了那么多年,尽管十几年没回来了,但这里的一切依然是那么熟悉。

就在他边开着车边看着两旁的房子时,就见前面两个姑娘突然站住了,那个叫蔓苓的扶着摩托车回过身来冲他狠巴巴地说道:"你咋跟踪我们呢?我告诉你,我们可快到家了啊,你要是再跟踪我们可要喊了啊!"

石润生踩了刹车,把头探出窗外看着她,实在有些哭笑不得。

"你这姑娘好厉害的嘴,我怎么是跟踪你们呢?我家就在前面!"说着,他往前面一努嘴。

蔓苓看也不看,大声说道:"那也不行,你这样在后面跟着算咋回事?你先停这儿吧,等我们到了家你再走,即使是一条路也不能跟着我们!"

石润生一听,差点儿没笑出声来,这叫什么理论啊?但由于天色已经晚了,他也不想让人误会,就微笑着把车停在了路边,看着两个姑娘往前走。

两个姑娘边走还边回头回脑地看着他,脚下却加快了步伐。看着她们两个走远了,石润生这才缓缓地开着车,可他不敢开快,怕追上她们两个人再惹麻烦。可是,借着月光,他分明看见两个姑娘进了前面路旁的一个院子子,那个院子外有棵老槐树。他顿时就是一惊,心说,她们怎么进那院了?没听说王叔有闺女呀!

他缓缓地把车停在了那棵老槐树下,还没等下车呢,就见已经进院的两个姑娘突然把头又探了出来,然后不知嘀咕着什么转身又进去了。

此时的石润生,看着老槐树和树下那口老井,还有那熟悉的矮墙和院落,喉结动了动,眼睛有些湿润了。

"是丫头回来啦?不是说回省城吗?怎么没去呀!"院子里,一个苍老的声音传来。

"叔,没回去!"蔓苓答应着。

此时,石润生已经下了车,他抚摸着老槐树,就像轻抚自己的童年,看着已经落了不少叶子的树冠,仿佛看见了昔日在树下井台边玩耍的那个少年。

"丫头,我刚才听见外面好像有车响,是谁送你回来的?咋不让人进屋呢?"那个声音又从院里传了过来。

石润生闻听就是一惊,他转过身来。这时,就见一位老人拄着拐杖从院子里走了出来,后面跟着那两个姑娘。蔓苓搀着那位老人说道:"叔,这人不像是什么好人,他……他跟踪我们!"

"我看看,是哪个小子这么大胆敢跟踪我们丫头!"老人说着就出了院门,目光落到了石润生身上。

"喂!小子!告诉你,我叔可是当过兵、扛过枪、打过仗、跨过江的,你再不走可要收拾你了!"蔓苓冲石润生喊着,不知从哪儿弄出这么一套嗑来。

这时,就见石润生往前紧走几步,"扑通"一声竟跪在了地上,两个姑娘还有那位老人都被惊得目瞪口呆……

第三章 "小辣椒"的遭遇

下沟村位于安农县最北部的靠山乡,靠山乡是安农县距离省城阳春市最近的乡，而下沟村又处在这个乡的最北端。按理说，下沟村应该"近水楼台"发展得好些，可偏偏就是这个最靠近省城的村，却一度是安农县的穷困村之一。下沟村的穷不是因为人懒，而是地薄。

中国的地名学还真是门学问，这靠山乡还真如它的名字一样，背靠大山，前有平川。山上有树，却不打粮，虽说这些年不少村民偷着开"小片荒"，但打出的粮食却瘪瘪瞎瞎，只能充作自家养猪养羊的饲料，出不了大钱。后来，县里响应省里的号召实行"退耕还林"，那些"小片荒"也都被收了回去变成了林地。其中有一片林地还是省领导们带头栽的松树呢，也不知是沾了领导的福气还是什么，那些新栽的树长得格外壮实，不几年光景，那片被村民们弄得跟剃了头似的荒山重又恢复了勃勃生机。而排除万难还林于山的人，就是老县长王德贵。

王德贵本是下沟村人，复员军人出身，他先是经村民选举在下沟村担任村主任、村书记，后来又到了乡里当乡长，直至当上了副县长，主管农业。从当村干部那天起，有满腔抱负的他就一心要改变家乡的穷困面貌，但生性正直的他以一己之力又如何能扭转乾坤呢？穷县的面貌虽然没有改变，但他却为安农县做了一件实实在在的大好事，那就是植树造林。不仅是下沟村，也不仅是靠山乡，几乎全县的荒山在他退休之前都完成了"退耕还林"。退休后，他就从县城搬回了下沟村的老房子。用他自己的话说，"治山"容易"治川"难，他下决心要在有生之年完成"治川"任务。

在靠山乡的北半部是一马平川的黑土地，按理说应该是出粮食且能够高产的好地，但这里却是地势最低洼的地方，一到雨季，地面径流加上控山水，这一马平川之地就成了沼泽。在这样的地上即使种水稻也经不起雨季的"水漫金山"，除非是旱年份，水稻不仅长势好，且还会有好收成。王德贵回村有几年了，可始终也没找到一个好办法来"治川"。好在今年是个旱年，雨水薄，村里的稻子长势不错，白露刚过稻穗就低了头，看来，应该是丰收在望了。

王德贵为村里的稻子长势喜悦着，让他高兴的还有，一开春，自己老战友的闺女就跑来了，说是把在省城朝九晚五的工作辞了，要找一个自己能有用武之地的地方，搞什么自主创业，要不然她学到的那些农业方面的知识就白学了。

刚开始时他还以为这丫头也就是三分钟热血，因此也就没当回事，可没承想，这丫头一待就是小半年。眼看要到收割的季节了，他就催促着丫头回去看看她爹，省得到时候老战友又说自己跟他抢闺女。可是，下午这丫头一走，王德贵就觉得眼皮直跳。人都说"左眼跳财右眼跳灾"，可他却觉得两只眼皮都跳，莫不是要发生啥大事？他寻思着，到黑天了还不放心，正看着相框里发黄的老照片呢，就听到了外面有动静。等他出来一看，却正是蔓苓她们。

此时，老汉王德贵和两个姑娘被石润生的举动给弄糊涂了，而三丫却大咧咧地说道："让你跟踪，怎么样，怕了吧？"

而此时的石润生流着热泪喊道："叔！我回来了！您不认得我了？我是狗剩儿啊！"

他这一句"狗剩儿"把三丫给逗乐了，而王德贵和蔓苓却都震惊不已。

"什么？是狗剩儿？"老人紧上前几步，用颤抖的双手扶起了石润生，借着月光仔细端详着。

"是，是狗剩儿！孩子啊，你可把叔想坏了！有十几年了吧，我还以为你把叔给忘了呢？"王德贵说着已是老泪纵横，"走，孩子，快进屋让叔好好看看你！都长这么高了！"说完，就拉起石润生往院里走。

而此时的蔓苓却愣在了当地，三丫拉了她两下她才回过神来，跟着也进了院子。

等进了堂屋，王德贵拉着石润生的手坐了下来，借着灯光，左看看右看看，看了半天，王德贵擦了擦眼角，笑着对蔓苓说："丫头啊，你不是整天念叨狗剩儿哥嘛，这回你狗剩儿哥回来了你怎么没动静了？还说人家是坏人呢！来来来，快见过你狗剩儿哥。对了，你看看我，润生都这么大了我还叫小名……丫头，和你润生哥打个招呼！"

石润生看着正站在一旁低着头的蔓苓，不禁狐疑起来。而蔓苓抬头看了他一眼就噘了噘嘴说道："叔，你们聊吧，我去做饭！"说完，拉着三丫就出去了。

往厨房走时，三丫小声问："蔓苓姐，这谁呀？"

就听蔓苓小声道："狗剩儿！"

"这丫头！哈哈哈……润生啊，自从你上了大学都一直没回来过，叔还以为你不回来了呢！"王德贵拉着石润生的手说道。

"叔，我这不是回来了嘛，过去是因为自己学无所长，怕回来了也会给村里人添麻烦，现在我回来就不走了……"接下来，他就把自己回来的原因告诉了王德贵。

王德贵听完不住地点头："好啊，这下好了，咱们村出去的大学生一定错不了！也算乡亲们没白疼你一回！对了，丫头啊，把你爸给我拿的那瓶好酒拿出来，我们爷儿俩要好好喝一杯！"说着话，他朝厨房喊了一句。

半盏茶的工夫，蔓苓和三丫两个人已经做好了饭菜，两个人忙忙活活地往桌子上端着。进屋的时候，三丫不住地看石润生，还偷笑着冲蔓苓挤眉弄眼的。蔓苓直瞪她。

"来，润生啊，陪叔喝一杯，好久没有这么高兴了！丫头啊，酒呢？"王德贵拉着石润生的手坐在了桌前。

蔓苓回身从柜子里拿出一瓶酒来放到桌上："叔，您不是有胃病吗，少喝点儿酒！"

"没事儿，叔今儿个高兴！丫头啊，你知道吗？你润生哥是回来当县长的！"

"我知道。"蔓苓说着就盛饭。

石润生一听很是诧异，她怎么知道的呢？刚才她不是在厨房吗，难道听到我和王叔的对话了？他也就没往多想，坐下准备和王叔喝酒。

而三丫一听说他是回来当县长的，顿时瞪大了眼睛。

蔓苓拉了她一把："又犯花痴是吧？你不是要告状吗，找县长就行了。要是你这事他都管不了那他这个县长……"

王德贵看了看两个丫头，笑着一摆手："就是天大的事也要等吃完饭再说！润生啊，来，还没给你介绍呢，这是蔓苓丫头，她是……"

还没等他说完呢，就见蔓苓赶紧摆手，并上前拉着王德贵的手说："叔，我跟您说件事……"

"哦？说吧，你润生哥也不是外人。"王德贵笑呵呵地说道。

蔓苓想了想，又看了石润生一眼，趴在王德贵耳边说着悄悄话，说的是什么石润生并没有听见。等她说完，就见王德贵哈哈大笑，连连点头："中！不说就不说，你这丫头！"继而他又指着三丫说道，"这三丫头是杨树村的，叫杨树花……"

"叔，人家叫杨淑花，不是杨树花。"三丫头不好意思地看着石润生。

"哈哈哈，差不多！对了，润生啊，这可是大学生啊，这丫头放着工作不要非得回家种什么辣椒，人家都叫你什么来着？对了，杨辣子！哈哈哈！"

"不是，叔……是小辣椒！"杨淑花又看了石润生一眼，脸有些红了。

"叔不管你什么小辣椒、杨辣椒还是洋辣子，反正就是三丫头！哈哈哈！"王德贵开怀大笑，心情畅快极了。

而他这一句"洋辣子"差点儿没把石润生逗乐了。他知道，这"洋辣子"是农村杨树上才有的东西，小时候冬天没少在杨树枝上找洋辣罐玩，尤其是那些脱了壳的洋辣罐，可以用来吹口哨。直到后来自己上了学才知道，那不过是毛毛虫未孵化前的卵壳罢了。

杨淑花看着王德贵，又笑着对石润生说："叔！你看你！对了，县长，我不是什么大学生，只是中专毕业，你要是叫着不方便叫我小辣椒就行，都这么叫！呵呵！"

石润生看着眼前这位泼辣的姑娘，心想，安农县要脱贫确实需要这样一批有志于农村建设的大中专学生。看着杨淑花，他的目光自然地移到了蔓苓身上，他不明白的是，刚才这个叫蔓苓的姑娘为什么不让王叔说呢？她说的悄悄话又是什么呢？

这时，王德贵端起蔓苓给倒满酒的杯子："润生啊，来，咱爷儿俩喝一杯！"

"叔，我敬您！这些年您身体还好吗？"石润生也举起了杯子。

"好好！这回你回来呀，我这身子就更好喽！来，今儿个高兴！"说着，王德贵举杯喝了下去。

"哎呀，慢点儿！慢点儿！"蔓苓看着王德贵把那一小杯酒都喝了下去忍不住制止道，然后又往他碗里夹了一筷子炒鸡蛋，抽回筷子的时候，她瞄了一眼石润生面前的空碗，犹豫了一下，低头说道，"喝酒不吃菜那是酒包！这可比不了城里的大馆子和国外的西餐，鸡蛋就是最好的菜了！"

石润生看了她一眼，总觉得怪怪的，但到底哪里怪他又说不上来，就笑了笑，伸出筷了去夹盘子里的炒鸡蛋。他吃了一口，顿时眼睛瞪得大大的，在他看来，这家乡的炒鸡蛋好久没有吃到了，这才是家乡的味道啊！

然而，那一小块炒鸡蛋还没等咽下去呢，石润生却回味起刚才徐蔓苓说的话，他不禁诧异起来：听她的话，分明是知道自己的来历嘛，什么城里，什么国外的，她好像对自己的行踪了如指掌。到底怎么回事儿呢？想到这儿，他不禁抬头看了一眼坐在对面的蔓苓，却正好与她的目光撞到了一起，他抑制着心头涌起的一丝慌乱，掩饰着说："好久没吃到这么好吃的炒鸡蛋了，小时候要吃鸡蛋可不容易呢……"刚说到这儿，他就想起了小时候吃鸡蛋的情景，顿时沉默起来。

而蔓苓低头吃了一口米饭，小声自语："鸡蛋偷着吃是不是更好吃？"

石润生听完就是一愣，抬起头来直视着她，可她却根本不抬头，只顾闷着头吃饭。

"蔓苓姐，你说什么哑谜呢？这鸡蛋不是家里养的鸡下的吗？现在谁还偷鸡蛋啊，哈哈哈！"杨淑花笑着说。她却并没有注意到石润生和蔓苓两个人的表情变化。

王德贵用手捋了一把花白的胡子，笑着看看蔓苓，又看看石润生，不住地点头，也不知想的是什么。

"丫头，给你润生哥盛饭啊，压压酒！"王德贵笑着说。

蔓苓也不答话，伸手隔着桌子拿过石润生的碗回身去盛饭。而王德贵这一个岔就把石润生心里的疑问给打没了。两个人又喝了两盅酒后，王德贵正给石润生讲着县里的事呢，却见杨淑花站起来说道："叔，我敬您一杯吧！"说着，眼睛却看着石润生。

蔓苓瞪了她一眼，又看了看笑呵呵的石润生，小声道："什么敬酒，分明是想要告状。叔不是说吃完饭再说嘛，急啥？"

石润生一听"告状"两个字，马上想起了路上遇到的那伙人来，脑海里还是那几个人狰狞的面孔。他放下筷子问杨淑花："对了，杨……杨淑花是吧，你说说，那帮人为啥撵你呀？他们是什么人？"

听石润生这么一问，杨淑花缓缓地坐了下来，向石润生讲述了自己的遭遇。

杨树村也是靠山乡的一个村，和下沟村相邻，但与下沟村不同的是，这个杨树村属于平原地，是安农县的玉米主产村，因村里多杨树而得名。杨淑花是这个村土生土长起来的，四年前考上了省农校，虽说是中专生，但对于这个村来说也算是"大学生"了。杨淑花的父亲叫杨满堂，生性老实，胆小怕事，久而久之，村里就没人叫他大名了，而是都叫他"杨老蔫儿"。杨淑花是杨老蔫儿唯一的闺女，在她上边原来还有两个姐姐，可打小就夭折了，因此，杨老蔫儿对这个唯一的三丫头格外疼爱。自从闺女上了中专后，这杨老蔫儿就像变了一个人似的，腰杆也直了，在邻里间说话声调也提高了。也难怪，父以女贵嘛。本来，他指望着闺女将来毕了业在县里找份铁饭碗的工作，他也好扬眉吐气，可谁承想，这丫头毕了业却放弃了县农科站的工作，硬是要回村种什么辣椒。这下可把杨老蔫儿气坏了，但他也没有办法，就这么一个闺女，还能把孩子咋样？就随她去吧，没准还真能鼓捣出名堂来呢。

本来，杨老蔫儿寻思着将来给三丫头找个好人家，自己的一块心病也就了了，可没想到他最担心的一件事却发生了。这杨树村的村主任叫杨来财，他有个儿子叫杨大宝，从小娇生惯养，长大后就游手好闲地整天无所事事，不是东家逗逗小媳妇，就是西家欺负欺负小寡妇，村民们恨之入骨却又无可奈何，原因是杨来财家财大势大，没人敢惹。前几年乡里给新配了个支部书记，可没干上几个月就被气走了。村民们听说这杨来财上边有人，可到底是什么人村民们却没人知道。期间也曾有不信邪的去县里告过这个杨来财，可结果却是不仅杨来财没告倒，这个告状的人却遭了殃，家里三天两头不是玻璃被砸就是青苗被割，直至有一次家里的三间草房不明原因起了火，后来竟是杨来财从村里出钱给修好的，为这事，杨来财还受到了县里的表彰呢。从那以后，村里再没人敢告杨来财了，杨大宝在村里也更无法无天了。

杨淑花回村后，就在自家的自留地种起了辣椒。可她一回村就引起了杨大宝的注意，三天两头往她家跑，不是到她家里给杨老蔫儿送瓶酒，就是到辣椒地里有话没话地找杨淑花唠嗑。刚开始时杨淑花也没太在意，心想，自己毕竟是有文化的人，这杨大宝要是敢对自己怎么样看不打他个兔崽子，自己可不能像爹那样啥事都忍气吞声。可一来二去，这杨大宝可就现原形了，几次喝酒后跑来闹事，说是非要娶杨淑花不可。有一次他又跑来胡言乱语，把杨淑花气得抓起一把辣椒籽就扬在了他脸上，把个杨大宝辣得连滚带爬地跑了。从此，杨淑花这"小辣椒"的外号就在村里传开了。一个月前，杨淑花家里来了位不速之客，是杨来财。这可是破天荒的事，杨老蔫儿又是递烟又是倒水，虽然不知道村主任来家里是啥事，但杨老蔫儿却预感到肯定不是什么好事。果然，杨来财竟是来说亲的。

那一日，杨来财一进屋就大嗓门地喊道："老蔫巴！你真是好福气呀，我家大小子看上你家三丫头啦！咱两家噶亲家你看咋样？"

杨满堂听完就是一愣，他眨巴眨巴眼睛，满脸堆笑："主任啊，那敢情好了，只是我家丫头咋能配得上呢……你看这家里穷得叮当响，再说，俺丫头那脾气……"

杨来财却像是根本没听他说什么，在屋里转来转去，不时地看这看那，看了半天他才说道："老蔫巴，你这房子可该翻盖了，正好我盖下屋时剩不少材料，明儿个我让人给你拉来，你这外边院墙也该套一套了……对了，村里的机动地承包到期了，今年一上秋就重新承包，你老蔫巴干活是把好手，村里考虑这一轮承包应该找个好手干，别撂荒了地……"

杨满堂一听就不言语了。村里的机动地一直是他杨来财小舅子承包的，那可都是村里一等一的好地呀，多打粮不说，每年光是国家给的种地直补钱就是一笔不少的收入啊，要是能承包村里的机动地那敢情好了。可是，天上真的会掉馅饼吗？

见杨满堂不言语，杨来财一背手："行了，老蔫巴，回头问问你家三丫头，看都要些啥，什么金银首饰电器啥的，我好让人准备准备……要车也行，不过咱这也没地儿开去呀？"说着话，他就走出了屋子。

杨满堂紧走几步跟了出去，在后面弓着腰赔着笑："主任啊，等丫头回来我和她说说，说说……"

杨来财一摆手就出了院子，边走边哼起了小曲。

等他一走，杨满堂可就上起了火，这可咋办呢？看村主任那架势不答应恐怕是不行的，要是得罪了村主任还了得？要是答应呢……能攀上村主任家也不见得是什么坏事吧？他一边寻思着一边和老伴儿商量如何说服闺女。可老伴儿却说："咱可不能把闺女往火坑里推！老杨家那大宝子是个什么货你又不是不知道！可咱又得罪不起人家，这可咋整呢？"

两个人咋想也想不出好招来。等杨淑花从地里一回到家，见父母的表情不对，一问才知道是怎么回事。她一听就火了，说这都什么时代了，就是不答应他村主任还敢强抢吗？实在不行就去告他！太欺负人了！

一个多月过去了，杨来财见杨满堂家没有明确的表态，而且不知从哪儿听说杨淑花还要去告自己，他一听就炸锅了，心说，你老蔫巴还真是胆肥了！他倒不在乎杨满堂，倒是这个杨淑花，他可听说是出了名的烈性子，要不怎么叫小辣椒呢？要真是逼急了别真去告啊，眼下上上下下正在抓反腐呢，可别因小失大呀！他这一担心可就开始留意杨淑花的一举一动了，告诉儿子杨大宝要时刻注意杨淑花，并且告诫他要收敛些，别惹出啥事来。可这杨大宝却是贼心不改，消停了几天后又开始有事没事地骚扰起杨淑花来，几次都被杨淑花骂得狗血喷头。杨大宝见捞不到什么便宜，一次酒后竟把杨淑花辛辛苦苦栽种的辣椒用镰刀撂倒不少，好在辣椒都已经红了，损失倒不是很大。杨淑花一气之下就要去告他们父子，这才引出前文杨大宝他们追赶杨淑花的事来。

石润生听完不禁怒火中烧，他一拍桌子就站了起来。

"真是无法无天！这都什么时代了，竟敢这么胆大妄为！我就不信没人治得了他！"

"你不是来了嘛……"蔓苓轻声说道。

第四章　下沟村的问题

自从省委同意自己的请求，决定派自己到安农县任县委副书记、代县长后，石润生就一直思考该从何入手担起这副担子。临走前省委徐书记的一席话犹在耳边，安农县的复杂性和工作的艰难他早有心理准备，可是，要想立住脚，实施自己的脱贫计划并非易事。对于安农县的穷，石润生做过调查，安农县不是没有资源，也不是没有地理和区位优势。穷，主要是人的因素，重点在干部，关键在基层。没有一支好的干部队伍，特别是基层没有一批好的乡村干部，如何带领群众共同致富呢？而重中之重就是村干部。俗话说，众雁高飞头雁领。村里没有一个好的带头人，是难以带领村民们走共同富裕道路的，而村民收入不增加，村集体薄弱，村班子涣散，又如何进行新农村建设？

眼下听杨淑花述说的这件事让石润生越发地感到，自己到县里先抓干部队伍建设的决定是正确的，那就先从村干部抓起。看来，就得先从这个杨树村的问题着手了。

他盘算着如何采取措施拿这个杨来财开刀，就连怎么吃完的饭，大家说了些啥他全没在意，满脑子都是问号。就在徐蔓苓和杨淑花收拾桌子的时候，院外来了一个人。

"老县长在家吧？家里来客人了？"人还未进屋，一个洪钟般的声音已经传了进来。

"快去迎迎，丫头，是你赵叔。"王德贵招呼着蔓苓。

等蔓苓答应一声出去的时候，王德贵冲石润生说："赵昆山，咱村的村主任。"

石润生一听，脑海里搜寻着记忆，可怎么也想不起来这个人。见他皱着眉，王德贵又笑着说："对了，你不一定认得他，那会儿他出去当兵，好像是你上大学后复的员。"

正说话间，人已经进了屋。

石润生看去，进来这人一米八几的个儿，约莫五十出头，浓眉大眼，身体壮实，腰杆挺直，虽说没穿军装，但一看就是当过兵的人。

进来的果真是赵昆山，下沟村的村主任。

他进了屋刚想和王德贵打招呼，却一眼看见了石润生，不禁愣了一下，笑着点了一下头，目光却转向了王德贵。

"老县长，家里好热闹啊……"

王德贵坐在炕上抽着旱烟袋，一边让蔓苓倒水，一边招手示意赵昆山坐下。等赵昆山在炕沿上坐稳了，他这才指着石润生说："昆山啊，你猜猜这是谁？"

赵昆山又看了石润生好几眼,摇了摇头,自语道:"还真猜不出……不过,看上去就是有文化的人,该不会是蔓苓丫头的对象吧……"

"这是新来的县长,石县长!"

王德贵这句话可把赵昆山吓了一跳,他"腾"地一下子从炕沿上站了起来,两手扎扎着不知往哪儿放好。他意识到,刚才自己那句话明显是说错了。

石润生也站了起来,他微笑着伸出手,可还没等握上赵昆山的手呢,就听蔓苓一边往炕沿上放水杯一边小声嘀咕道:"赵叔,人家是县长,咱可攀不上。"说完还看了一眼石润生,然后就转身出去了。

石润生笑着同赵昆山握了握手:"你好,赵主任,我叫石润生。"

"石……县长好!县长好!"赵昆山伸出双手和石润生握了握,表情很是尴尬。

又重新落座后,石润生问了些村里的事,赵昆山都一一作答,不过,他明显有些拘谨,答完问话就没了下语。过了好一会儿,赵昆山突然一拍大腿就叫了起来。

"哎呀,我差点儿忘了,县长,县上正找你呢!"

石润生一愣。王德贵在炕沿上敲了敲烟袋锅子,说道:"对了,润生啊,忘和你说了,他家大小子在县政府办公室工作。"

原来,赵昆山的儿子叫赵小兵,大学毕业后通过公务员考试进了县政府,现在是县政府办公室的科员。周日回家的时候,赵昆山就听儿子小兵说县里要来位新县长,听说就这几天到任。一听说省里派来位新县长,赵昆山眼前就是一亮,不过,脸上刚刚放晴却又阴了下去。他背着手在屋地里来回走着,自语道:"别又是个贪官吧,或者是来镀金的也说不定呢。"

他儿子小兵边往嘴里扒拉饭,边打断父亲的话:"爹,可不能瞎说,我听说人家可是留过学的博士呢!"

"啥?博士?博士不好好搞研究跑这穷县来做什么?百无一用是书生!就像你,学了那么些年,到头来还不是给领导写讲话稿?开个会讲个话还要别人替写?你爹我在村里讲话从来都不用稿!想讲啥讲啥!"赵昆山显得有些激动。

"我不跟你说了,吃完饭还得回去呢,我们主任说得准备准备,县长一来非要县里的详细情况不可,我得准备材料呢。"小兵说完就闷头吃饭。

今天吃晚饭的时候,赵昆山忍不住又给儿子打了个电话,这才听儿子小兵说,上边早就把任职文件发下来了,按理说今天县长应该到任了,可县里几位领导在县城外接了一下午都没见着人。

石润生听赵昆山说完,笑了笑:"哦,我这不先来看看王叔嘛。"

赵昆山直到这时才意识到什么,他看了看王德贵,又小心地看一眼石润生,一脸的狐疑。

可王德贵看着石润生,一脸的微笑,却并没有说他就是"狗剩儿"的事。等又说了一会儿话,赵昆山告辞走了以后,王德贵对石润生说:"这几年为了治涝赵昆山没少忙活,可就是没落着好……"

接着,他就讲起了赵昆山及下沟村的事来。

赵昆山当上村主任那会儿,王德贵还在副县长任上,当时除了分管农业,还管着民政。赵昆山复员后先是分到了县供销社,可干了没几天他就不干了,非要回下沟村,说是当了兵长了见识不能忘了乡亲们。因为都曾当过兵,大概惺惺相惜吧,王德贵就同意他回了村里。他是打算将来让赵昆山在村里当村书记,下沟村没个好人带他不放心啊。可令他没想到的是,第二年村支部换届时,主管干部的县委副书记齐福仁硬是给下沟村安排了个村书记,这让王德贵很是不满,但又没什么办法,他只是可惜赵昆山这个人。但令他更没想到的是,换届选举时赵昆山竟意外地当上了村主任。直到后来,他到靠山乡下乡调研时才了解到,是齐福仁暗中做了工作。既然人家都把事情做到这个份上了,他还能咋说?好在赵昆山当上了村干部,也算行了。毕竟自己快要退休了,而人家齐福仁却还很年轻,起码还能干一届呢。就这样,赵昆山当上了村主任。第二年,王德贵就退休回到了村里,他和赵昆山一拍即合,两个人为了治理内涝问题没日没夜地忙活,可每到需要村里支持时,村书记刘喜武就推三阻四地搪塞。这让赵昆山很是恼火。更让他恼火的是,刘喜武整天忙着跑省城,说是什么招商引资,其实他知道,就是要卖地。听说这事县里还很支持,这让赵昆山很是不解。在他看来,农民没有了地不就等于战士没了枪吗?有地在能打粮,几代人受益,地卖了是换成了钱,可钱总是会花完的,到时候恐怕钱也没了地也没了,没了地吃啥喝啥?村民们到时候都没吃没喝了还要村干部干啥?

为了阻止村里卖地，赵昆山没少跑县里找书记找县长，王德贵也多次和县里几个老部下通电话，可最后还是没挡住，就在去年，村里靠近省城最边上的一片山坡地加上一些农田被刘喜武卖了，听说是家开发商，要开发啥也没人知道。占地的几户村民刚开始时不同意，闹来闹去，直到真金白银地见着钱了，几户人家这才不吭声了。村里人传言那几家得了好几万块呢。气得赵昆山直骂：见钱眼开！等钱花光了看你们找村里的！

还真让他猜着了，那四户占地的人家中有个人叫张大冒，人们却都叫他张大毛子，是个老光棍，平时好吃懒做，他那几亩地就是不占也打不了多少粮，原因是他根本就不细心种，曾一度是村里的特困户。前几年县里搞扶贫包保责任制，张大毛子成为县里一家单位的包保对象。这下可倒好，他三天两头去县里找人家，不是说冬天没柴烧，就是说春天种地没钱买种子。还真别说，那家单位到春天还真给他送来几十斤豆种和玉米种，还有化肥。可没几天，他又出现在了那家单位门口，人家一问才知道，原来他把种子都用来换豆腐吃了，临要种地了又没了种子。无奈之下，人家又让干部凑钱给他重新买了种子。这回却没交到他手上，而是人家利用周日休息时间派了好多人来给他种地，他却坐在地头上嘿嘿地笑，临到晌午了他还说呢，少下种，留点儿换豆腐吧，要不中午没啥吃的。人家都没理他那个茬儿，帮着种完地都回了城。

俗话说，傻人有傻命。村里卖的那块地竟然占了他家，这让他可乐坏了，尤其是拿到村里会计给的那个存折本本后，他乐得嘴都合不上了，当天就跑到乡里取出点儿钱下了馆子，喝得醉醺醺的才回村。就这样，没到半年他的征地补偿款就花了个精光。钱没了，他可不敢找村主任赵昆山，找他除了挨骂就是挨踢，他才没那么傻呢。地是书记刘喜武卖的，他当然要去找刘喜武了。就这样，他多次到村部去闹，把刘喜武弄得没招了，最后让他给村小学打更，其实就算是村里给养起来了。

而那三户占地的人家也都没好到哪儿去，有一家为了分配补偿款的事，老的没少和小的打仗，有一家的儿媳妇还拿离婚相要挟，最后没了办法，那老两口只好把补偿款都给了儿媳妇，他们老两口却进城去打工了，听说是当了环卫工。

村里因为卖了地有钱了，刘喜武先是把村部修缮一番，还在全县的村里边率先买了一辆吉普车，并象征性地给村小学买了几套桌椅，到最后那笔补偿款却不知哪儿去了。赵昆山也懒得管那些事，反正自己没贪占，至于钱哪儿去了天知地知他刘喜武和会计知。

说起那笔补偿款，有一次刘喜武还真找过赵昆山，并把一个报纸包放到他面前，说是到年终了，买地的那家企业考虑干部们一年都很辛苦，给大家表示表示。赵昆山一听就明白了，心说，这是要拉咱下水呀，没门！他当时就拒绝了，说，我没干啥事，无功不受禄。说完，转身就走了。后来，到年关时，刘喜武开会说要给县上一些关系单位送礼，赵昆山当时也没表态。可等儿子小兵周日回来大包小包地往屋里搬东西时，他一问才知道，那些豆油、啤酒、猪肉啥的，竟都是下沟村给送的。他当时就火了，说儿子小兵，你年纪轻轻的怎么就不学好了？还没当官呢就开始腐败了？统统给我退回去！见他爸真动了气，小兵拗不过，只好把东西退了回去。从此，刘喜武和赵昆山两个人就有了隔阂，赵昆山提出治理内涝需要派工挖渠的事也推脱着没答应，把赵昆山弄得既憋气又窝火。让他窝火的还有，临近没占着地的那几户村民多次到县里去告状，说什么村里卖了地，村书记和村主任把卖地钱给贪了，气得他几天没吃好饭。他心说，这不是冤枉嘛，卖地的事是他刘喜武搞的，关我屁事？

别看赵昆山心里和刘喜武不对付，但在外人看来这两个人却好得很呢。赵昆山毕竟在部队里是当过干部带过兵的人，即使对谁有意见也不会挂在脸上，并且，作为副手支持一把手那是必须的，他清楚如何当好一名副手。但心里却总是有气，对刘喜武搞的那一套总觉得不妥。

听王德贵这么一说，石润生顿时皱起了眉头，看来，村级班子不整顿是不行了，这才一个下沟村啊，而且还有老县长在这儿都这样，那全县其他五十多个村还说不定都什么样呢。可是，这个刘喜武到底是什么来头呢？难道真是县委副书记齐福仁的人？

"叔，这个刘喜武到底什么来头，真的贪占了补偿款吗？"石润生疑惑地问道。

王德贵又添上一锅旱烟，石润生拿起火柴给点着了，他这才叹了口气说道："谁知道呢，反正好像是上边有人，但肯定不是齐福仁，他一个副职没那么大的胆子。但是不是省里有人就没人知道了。"

"那刘喜武这个人……"石润生又问。

"他呀，对我倒是毕恭毕敬，平时也没看出有什么不对的地方，虽说和赵昆山闹得挺不好，但大面还是过得去的，而且奇怪的是，村民们好像很拥护他，至于补偿款的事到底贪没贪就不得而知了。"

接下来，王德贵对石润生说了几件刘喜武的事，听得他更加疑惑不解了。

前年省里响应国家号召修"村村通"公路时，本来下沟村需要修的就只是一条通往县城的主路，也就是与省城通往县城那条国道相连接的路，但刘喜武跑了几趟省交通厅后，硬是捎带着把村里其他几条路也都修成了水泥路，没花村里一分钱。村民们都高兴得不得了，因为那几条路过去可是晴天一身灰雨天一身泥啊。这件事让村民们看出了刘喜武的能力，从此他在村里是一呼百应，出个义务工什么的没有偷懒耍滑的。

再有就是他还干了一件人们认为不可能的事，起码赵昆山认为是瞎折腾的事。下沟村的地基本上都是涝洼塘，虽说早在头些年就都改种了水稻，这比种玉米倒是强多了，可一到涝年还是收成不好。刘喜武来了之后，不知从哪儿请来个人，在村里的机动地里搞起了试验，除了少数几个人外，没人知道他在折腾啥。直到去年入秋的一天，刘喜武拎着几条鱼送到了王德贵家，开始时王德贵还以为他是在乡里买的呢，后来一问才知道，他竟是在机动地里搞的稻田养鱼，不仅鱼卖了钱，稻子长势也不错，村民们每家还都分到两条鱼。这件事让王德贵对刘喜武有了重新的认识，而刘喜武在村里的威信也更高了，并一度超过了赵昆山。

对于这个事，赵昆山也打心眼里佩服刘喜武，他觉得这事还多少算靠点儿谱，因而再有什么事也就不说什么了，有时有企业的人来村里时他也跟着刘喜武一块儿接待接待。可他不明白的是，那卖鱼的钱哪儿去了呢？除了分给村民每家的鱼外，那卖鱼的钱到底干什么用了赵昆山却不得而知。为这事他还多次跑到王德贵这儿说道。王德贵却说他就是个死犟眼子，对待同志要一分为二，要多看长处，特别是班子成员，不团结怎么干事？他狠狠地说了赵昆山一顿。但对于那笔卖鱼款的去向，王德贵也很纳闷，难道刘喜武真是个贪官？说他贪吧，还真为村里办了不少好事；说他不贪吧，可钱哪儿去了？而且村部还重新装了修，他刘喜武还经常坐着新买的吉普车跑县里跑省里。一时间，王德贵也糊涂了。

听着王叔讲的事,石润生突然对这个神秘的刘喜武来了兴趣,他想,等有空得好好了解了解,如果是好干部,那得重用;如果真是贪官,那没的说,不管他有多硬的后台也必须拿下。

　　两个人正说着话呢,蔓苓进来说道:"叔,你们不困吗?这都大半夜了!我们可先睡了啊。对了,叔,就让他睡你这屋吧。"

　　杨淑花却小声说了一句:"不然呢?嘿嘿嘿!"

　　蔓苓瞪了她一眼,又看了看石润生,转身出了屋。

　　看着她的背影,石润生突然想起来,只知道她叫蔓苓,竟还不知道她姓什么呢。

　　"叔,她是叫……"

　　王德贵敲了敲烟袋锅:"徐蔓苓!"

第五章　上访群众与童谣

　　又和王德贵聊了一会儿,石润生就去外面车上取洗漱用品。他出了堂屋正要往院外走时,发现旁边屋子的灯还亮着,他猜想那一定是徐蔓苓和杨淑花住的地方。路过窗前时,他下意识地往屋里瞄了一眼,却见两个姑娘还没有睡,不知聊着什么,时不时地传出笑声。可能是听到了房门声,徐蔓苓抬头往窗外看了一眼,但由于屋里有灯光,外面是黑的,她根本看不见什么,只是伸出一个指头放在嘴前"嘘"了一声,接着,两个人就不作声了,还把窗帘拉上,灯也关了。

　　石润生笑了笑,到车上的行李箱里拿出洗漱用品,正要往回走呢,突然想起后备箱的摩托车来,一晚上光顾着和王叔聊天了,竟把摩托车给忘了,说不定明天徐蔓苓会用到呢,不修好怎么行?想到这儿,他打开后备箱,把摩托车搬了下来,推着就往院里走。可到了院子里还没等把摩托车停好呢,就听有人说道："推进来干啥？会修是咋的？"

这一声把他吓了一跳，抬头一看，月光下，徐蔓苓披着件衣服站在房门口，可能是刚洗过头，她一头秀发散落着披在肩上，在月光的映衬下显得亭亭玉立，而且，借着晚风分明嗅到一股清香，不知是洗发水的香味还是少女身上特有的香气，一时间他语塞了。

"要当县长的人怎么还这样，傻愣着干吗？"徐蔓苓笑着走过来帮着把摩托车立好。

石润生往后退了两步，但鼻尖那缕清香却萦绕着挥之不去。

"不修好你明天要是用咋办？"他吐出一句话来。

"太晚了，明天我找人修，你去睡觉吧，明天不是要去报到嘛。"徐蔓苓看了他一眼，转身回了屋。开门的时候，她停了一下，回头又看了一眼，欲言又止。但终是没说出什么来，开门进了屋。

石润生觉得怪怪的，他总觉得这个徐蔓苓有似曾相识的感觉，但就是想不起来。

看看天色也不早了，他决定，明天早点儿起来帮她修摩托车。他就刷了牙，又洗了脸准备睡觉。可在他站在屋里的镜前梳头发的时候，偶然看见相框里的照片，突然发现里面有一张竟是自己小时候的照片，自己旁边还站着一个小姑娘。一看那张照片，他突然觉得血往上涌，莫名地激动起来。

照片上，自己矮矮瘦瘦的，他记起来了，那是自己十岁时照的。那个时候，自己刚到王叔家，因为父母不在了，就整天哭，直到有一天来了两个人，他记得，来的是个大人带着个小女孩儿，他也不知道那大人和王叔是什么关系，只记得那个小女孩儿拉着他的手到外面玩。她像大姐姐一样又是帮他擦眼泪又是给他糖块吃，直到把他逗笑。大人们在屋里说话的时候，他们两个就跑到院子里玩，晚上睡觉的时候，小女孩儿还带着他玩这玩那，两个孩子玩疯了，谁都不肯睡，直到玩累了，才躺在一起睡着了。第二天，两个人又跑到外面玩。让石润生难忘的是，和小女孩儿相处的那几天里，他从没有那么快乐过。尤其是小女孩儿还曾带着他偷偷地拿了王叔家鸡窝里的两个鸡蛋，跑到村里的砖窑上让烧窑大叔给烤熟了，两个人就津津有味地吃了起来。后来，小女孩儿就走了，听说，她是住在好远好远的城里。直到分开的那一天，小女孩儿让她爸爸给照了一张照片，又把个东西塞在他手里就上了爸爸的车。望着远去的吉普车，他摊开手，才发现那竟是个小发卡，他这才想起，竟一直没问她叫什么名字，只是听王叔叫她丫头。后来，竟一直都没能再见到她。只是有一次她爸爸又来了，却是一个人来的，临走，把一张照片插到了镜框边上，又摸了摸他的头就走了。

看着照片里的小女孩儿，石润生觉得眼里有些湿润，他掏出皮夹，从里面小心地拿出样东西来，是个小小的发卡。

这一夜，他睡得很不好，或者说根本就没睡踏实，脑海里一会儿是安农县的发展规划，一会儿却又冒出一个小女孩儿的身影来，一会儿是自己在国外求学时的经历，一会儿却又是省委徐书记的语重心长……直到天快放亮时，他才勉强睡着，心里却还惦记着要早点儿起来修车的事。

也不知睡了多长时间，他被一阵吵闹声给惊醒了。等他掀开被坐起来时，发现王叔不知什么时候已经起来了，火炕上并没有人。他再回头朝窗外一看，就见院子里有三四个人正在比比画画地说着什么，徐蔓苓和杨淑花站在王叔的身后。

石润生仔细一看，竟然是昨天追杨淑花的那几个人，他猜测，为首的那个人大概就是杨大宝了。他赶紧起来穿好衣服就出了屋。等他打开房门的时候，就听有人嚷嚷着什么，为首那人竟过来抓杨淑花的胳膊。他三步并作两步走上前大喝一声："住手！"

他这一声喝不要紧，杨大宝顿时吓了一跳，呆愣了一下松开了手。他走过去就挡在徐蔓苓和杨淑花身前。

"你是什么人？"他厉声问了一句。

那人上下打量了一番石润生，往后退了一步，支吾着回了一句："你……你是什么人？"

还没等石润生再说什么，就听那人身后有个人说道："大宝哥，这不就是昨天车里那个人吗？"

石润生猜得没错，为首这人果真就是杨大宝。

就听杨大宝嘿嘿笑了两声说道："哦……原来就是你把俺家花花藏起来了！"说着，又要上前抓杨淑花的胳膊。

正在这时，就听院门口有人高声喊道："妈了个巴子的！还没人了呢，敢上我们村来撒野！"

众人回头一看，就见从外面走进两个人来，走在前面的石润生认识，正是下沟村村主任赵昆山。走在他后面的那人约莫四十多岁，中等身材，微胖，双目有神，却并不认识。

赵昆山进了院，紧走几步走到石润生跟前，躬了躬腰："县长……"说着，又回头招呼着，"老刘啊，这是石县长。"

他称作"老刘"的人也紧走几步上前握住了石润生的手，笑容可掬地连连说："哎呀，不知道县长到村了，失礼失礼。"

石润生看着眼前这位"老刘"，他猜想，估计就是刘喜武了。

果真，赵昆山还没等再说什么呢，王德贵说话了："润生啊，这就是下沟村的村书记刘喜武。喜武，这是新来的石县长。"

"我是刘喜武。"刘喜武冲石润生点了点头。

这时，赵昆山回身冲杨大宝吆喝道："你小子！敢在县长面前撒野？都给我滚犊子！"说着，像抓小鸡一样拽住杨大宝的胳膊就往外一甩，紧接着照他屁股上就是一脚。杨大宝踉踉跄跄地退出好几步才算站稳。

"赵……赵叔啊，俺不知道……"杨大宝咧着嘴傻笑着，又看了一眼石润生，转身就带着那几个人逃之夭夭了。

看着他们出了院子，赵昆山还骂骂咧咧地又喊了句什么，这才回过头来，笑着对石润生说："县长，还没吃早饭吧，上我家吃去？"

刘喜武也说："对对，县长，上我那儿吧，您到我们村来咋也得给我们个机会是吧？"说着，他看了看王德贵。

王德贵瞪了他一眼，转身说道："丫头，去做点儿粥，你润生哥吃了好去县里报到。"说完，他又看了一眼刘喜武，"你们两个要不也在这儿吃？"

赵昆山道："不了。"

刘喜武却迟疑了一下道："好啊好啊，徐姑娘你就多做点儿。"

石润生看着这两个人不同的举动，他明白了，赵昆山和刘喜武两个人是不同的性格，一个耿直一个外向，尤其是这位刘喜武，从说话举止上一看就是外场人，这倒没什么不好，只是如果真是像传言中说的那样贪了占了那绝不能姑息。

众人开始往屋里走，赵昆山站在门口犹豫了一下，自语道："那……我也吃一口。"说着也跟着进了屋。

一进屋，刘喜武就掏出包烟来递给石润生："县长，抽烟！"

石润生摆了摆手："我不吸烟。另外，我是代县长。"

刘喜武笑了一下："一样一样。"说完，把从烟盒里抽出那支烟递给了王德贵，王德贵摆了摆手，操起放在桌子上的旱烟袋。他犹豫了一下，把那支烟又递给了赵昆山。赵昆山也不客气，接过去就点着了。

刘喜武自己却并没有吸烟，他站在屋地中间看着石润生说："县长，您刚到吧？我给您介绍介绍我们下沟村……"

还没等他往下说呢，王德贵把旱烟袋点上说道："介绍个啥？润生在下沟村待的时间比你还长呢！"

刘喜武一听愣了一下，随即呵呵地笑着，试探着问："叔，石县长是咱村人？"

王德贵也不答话，冲门外喊："丫头！麻利点儿！"

徐蔓苓在厨房里答应着："马上就好了！"

刘喜武尴尬了一下，靠着柜门揣着手，却还是面带笑容。

石润生笑了笑，一拍炕沿："来来来，老刘啊，坐这儿来！今儿个时间不多，改日我专程到村上你再好好给我说说村里的发展情况，听说村里卖了不少地？"

"哦……是卖……"刘喜武局促着还没等说完呢，就听外面传来了嘈杂声。

几个人回头隔着窗户一看，自院外走进几个人来，边走还边嚷嚷着。

"……听说县长来了？我们要告状！"

"村干部腐败……"

"我们要求分集体占地款！"

石润生站了起来。赵昆山把烟屁股一掐就往外走，骂骂咧咧地嚷道："都他妈缺收拾！"

石润生看了一眼王德贵，也和刘喜武一起出了屋。

一出房门，就见几个村民正和赵昆山在那儿吵呢，大家一见石润生突然都不作声了。

刘喜武在石润生耳边小声说:"不好意思啊县长,这上访的……"

"你们村的?"石润生问了一句。

"嗯。"刘喜武答道。

"都给我滚犊子!告什么告?"赵昆山嚷嚷着。

几个村民也不理他,都把目光投向了石润生。

石润生往前走了两步,摆了摆手示意赵昆山小点儿声,然后,他笑着说道:"乡亲们,大家有什么事呀?"

可令他意外的是,刚才还吵嚷着要告状的几个村民此时竟一言不发了。沉默了半天,后面才有个老汉高声道:"俺们……俺们要告村干部!"说着,他又迟疑了一下道,"告……告刘书记!"

"哦?"石润生笑着招了招手,"来来来,你叫什么名字啊?"

那人往前挤了挤,胆怯地看了一眼赵昆山,又看了看刘喜武,大声道:"张大毛子!"说着还用袖子抹了一把鼻涕。

石润生差点儿没笑出声来,他一听,知道了,这大概就是王叔说的那个用种子换豆腐的人吧。

"你大名叫什么呀?为什么要告刘书记?"石润生又问。

"就叫张大毛子……哦,张……张大冒!"

人群里有人已经开始笑了。

张大冒又接着说:"告刘书记卖地!"

石润生一听就糊涂了,他的地不是被征收了吗,还分到了补偿款,尽管钱花没了,可村里不是还安排他在小学打更吗,怎么临了却还告起状来了?

"我听说……你不是分到补偿款了吗,是好事啊,怎么还告呢?"石润生不紧不慢地说。

"是分到钱了,不过,花……花没了!"张大冒刚说完就引来其他人的一阵笑声。

"我还听说村里不是安排你打更吗,每月都有工资吧?"石润生又说。

"有是有……不过,没人给俺送米送油啥的了,也没人送种子……"

石润生听明白了,这张大冒一定是有了固定收入后没有扶贫单位包保了,过年过节也没人送慰问的东西了，最重要的是他没有种子可以换豆腐吃了。

自始至终，刘喜武都没有说话，只是微笑地看着。而赵昆山却在一旁气得不行，但有石润生在，他又不好发火，就干生气。

石润生看着正在擦鼻涕的张大冒，又笑着对其他几个村民说："你们呢？你们又是什么事？都说说！"

另几个村民犹豫着，半天也不说话。石润生似乎清楚了，他们一定是因为村里两个领导都在场，怕得罪人不敢说话。

"那这样好了，大家都先回去吧，眼下马上要秋收了，别耽误了地里的活。回头县里会派调查组来的，到时候大家有啥事都可以说。好不好？"石润生摊着手和颜悦色地说道。

"那中……"几个村民说着都开始往院外走。

张大冒跟在后面不时地回头，嘴里还嘟囔着："俺早饭还没吃呢……"

告状的村民还没走出院子呢，就听院外传来几声车喇叭响，紧接着，一缕扬起来的尘土过后，有几辆车停在了门口。

石润生看去，就见从院外走进几个人来，从穿着上看应该是什么干部，但他一个都不认识。

刘喜武一见来的几个人，冲石润生笑了笑，立马迎上前去。

"齐书记……李县长，都来啦……"说着，他一一和来人握着手，然后跟在为首的两个人身旁边走边看着站在门口的石润生，走到跟前笑着介绍，"这就是石县长。"

"县长，可找着您了！"刚才被刘喜武称作"齐书记"的那人伸出了手。

石润生一一和来人握了握手，微笑着说："石润生。"

那人说了句："齐福仁。"

后面一个人上前握了下手说："李铁城。"

石润生知道他们两个人，临来时特意了解了一下县里干部的情况。他们两个一个是副书记，一个是常务副县长。

等寒暄过后，赵昆山拉着个年轻人走到石润生跟前，笑着说："县长，这是我家小子，赵小兵。"

石润生看去，见是个戴着眼镜的年轻人，五官端正，个头和他爸差不多。

他笑着刚要和赵小兵握手，却见他往旁边一闪身，不好意思地说道："县……县长，这是政府办秦主任。"

石润生这才发现，后面还有一个人，穿着风衣，手里提着个公文包。见石润生看他，他紧走几步上前握住石润生的手："县长您好，政府办秦大军。"

石润生同他握了握手，转身边往屋里走边问道："是怎么找到这儿来的？"说完，他看了一眼赵小兵。他估摸着应该是赵昆山给他儿子打的电话。

"多亏了小兵……"秦大军答了一句。

赵昆山抢着说："是我给打的电话。"

一行人进屋后，齐福仁紧走几步和王德贵握了握手："哎呀，老哥，身体可好啊？"

王德贵"嗯"了一声，却看着石润生说："润生啊，都认识了？"

"刚才介绍过了。"石润生答道，然后又往厨房的方向看了一眼，说，"叔，我看饭就不吃了吧……"

"那也好。"王德贵说着，目光落到常务副县长李铁城身上。

石润生用手拢了拢头发，说了句："稍等啊，我洗把脸。"说着就出了屋。

一进厨房，他四下看了看，却见徐蔓苓端着一盆水放在一把椅子上，又把一条白色的毛巾搭在椅子背上，说道："洗吧，水是温的。"

石润生也没客气，挽了挽衣袖就洗了起来。

等他洗完脸，正要进屋时，徐蔓苓小声嘀咕一句："饭也没吃，再忙也得吃东西呀。"说着，把个东西硬塞到石润生的衣服口袋里。石润生愣了一下，也顾不得推辞，进屋招呼众人就出了屋。

到了院外，辞别了王德贵后，大家纷纷上车，秦大军跑到石润生的车前，接过钥匙说"我来开吧"，然后就坐进了驾驶室。石润生开门坐在了后座上。

还没等大家上完车呢，就见一辆绿色的吉普车开了过来，开到近前"嘎吱"一声停住了，一个年轻人把头探出车窗，也不看众人，只看着刘喜武说道："刘书记，咱们这就去省城？"

刘喜武看了一眼齐福仁和已经上了车的石润生，脸一红，小声道："不长眼的玩意儿！赶紧停后边去！"

司机不明所以，乖乖地把车退到了边上。

石润生在车里看着那辆吉普车，确实是新的，连车牌都放着蓝色的光，上面的号码是"98003"。

一辆捷达开到最前面，里面坐的是赵小兵，紧接着是齐福仁和李铁城坐的一辆商务面包车，再往后面才是秦大军开的石润生的越野车。

三辆车驶离王德贵家门口时，周围已经聚了不少村民，大家都笑呵呵地看着，有的还啃着馒头，几个孩子跑跳着，不知谁家的大黄狗摇着尾巴……

刚开到主道上，那台商务面包车就打着转向灯停了下来，齐福仁从车窗里伸出脑袋挥着手。

秦大军点了下刹车，随即跟上了赵小兵的捷达。石润生明白了，按照地方上的礼数，他齐福仁可不敢走在县长前面。

他从倒车镜里往后面看了看，果真，商务面包车重新跟了上来。再往后一看，王德贵和徐蔓苓还站在门口张望着，而见那台绿色的吉普车也启动了，一群孩子跟在车两侧跑着，还嚷嚷着什么。侧耳一听，隐约听见是一首歌谣：

"98003，小车不一般，前面坐着刘喜武，后面卧着赵昆山，卖了一片地，搭了半座山，中午狗肉馆，晚上歌舞餐，小肚儿喝溜鼓，说话舞喧喧……"

第六章　初到县城

下沟村虽然距省城近，却离县城最远，沿着村口的国道开车到县城起码也得四十多分钟。

三台车沿着村里新修的"村村通"水泥路上了国道，朝县城的方向开去。

此时，初升的太阳露着笑脸，照得远处的群山一片姹紫嫣红，近处的庄稼地泛着金黄色的光，村庄里徐徐冒着炊烟，路边几户人家的窗前挂着还未晒干的红辣椒……好一派醉人的秋色！

石润生坐在车里看着窗外的山川和庄稼，心情莫名地沉重起来。他回想着早晨发生的一幕幕：村民们笑嘻嘻地告状，不像是有多大冤情，更多的恐怕是装枪让张大毛子放；赵昆山耿直作风强硬，村民好像很怕他；刘喜武一脸的笑容，背后却不知隐藏的是什么；齐福仁是县委副书记，却对刘喜武好像很客气；李铁城这个常务副县长没什么话，看不出来性格特点；从王德贵的举止上看，好像对李铁城不错，倒是对齐福仁不冷不热；还有，开车的这个办公室主任秦大军话虽不多，倒很谨慎的样子；而赵昆山的儿子赵小兵似乎早已懂得了机关的规矩，看样子也很受器重；而徐蔓苓呢……石润生突然想起来了，就把手往衣服口袋里一伸，竟摸着两个圆圆的热乎乎的东西，拿出来一看，是两个煮熟的鸡蛋。

他愣了一下，回想起徐蔓苓给他揣鸡蛋的情景来，还有她的眼神以及说话的口气，猛然间，他觉得好熟悉。她，到底是谁呢？会是当年那位小姐姐吗？

他一边想着一边在车门子上敲了敲鸡蛋，扒开就往嘴里送。他还真的有些饿了，昨晚光顾和王叔喝酒了，没吃什么东西。

秦大军从后视镜里看了一眼，把一瓶矿泉水递了过来："石县长，喝口水吧，等下到县里再吃早饭，我让食堂都准备了。"

"哦，吃这个就行了。"石润生接过水喝了一口。

秦大军继续开车，不再言语。

石润生把两个鸡蛋吃完，用水漱了漱口，眼睛看着窗外问道："秦主任在办公室干多长时间了？"

秦大军一听，忙笑着歪了一下头道："叫我大军就行。有六七年了。"

"这么长时间了？"石润生感到很意外。别看他没在机关待过多长时间，但这些年的阅历以及挂职的经历使他懂得，政府的办公室主任不同于别的部门领导，说白了，那是主要领导的大管家，是承上启下的，一般都会受重用。可这个秦大军竟在办公室主任的位置上干了六七年，那也就是说，前两任县长在任时他都是办公室主任，可前任县长不是被双规了吗，他办公室主任却能平安无事倒说明点儿问题。

石润生没再多问什么，一切的一切都得慢慢了解，有些事急不得。现在自己的身份特殊，省里虽说让他到安农县做代县长，可县里根本没有书记，前任书记听说也受了处分，什么原因他不清楚。这也就是说，他现在是安农县暂时的一把手。

快要到县城时，石润生说："大军啊，上班后这样……安排县委和政府在家的班子成员先见个面。"

秦大军答应着："都安排好了，县长。对了，昨天接到市委办公厅通知，说是今天早上市委组织部来位领导主持干部见面会……还有，您的办公室和住的地方也都安排了，住的地方是县宾馆顶层的一个房间，您看行吗？"

"市委组织部？那行，就按组织程序来吧。住的地方嘛……暂时先这样，回头你帮我找找，得租个房子，不用太大，够我一个人住就行。"

"租房子啊……"秦大军好像很意外，从后视镜里看了一眼，"行，我回头就安排。"

此时，车已经进了县城，石润生隔着车窗看见，一个新建设的住宅小区伫立在城边上，还有几座塔吊竖立着，上面有建筑工人的身影在晃动。再往前走却是一片低矮平房组成的棚户区，与刚才的小区形成了鲜明的对比。街上摆摊的已经出来了，几家有早餐的饭店门口蒸包子或馒头等面食的笼屉冒着热气；卖豆腐的大嫂也不吆喝，正在给拿着盆的人切着豆腐；街边修自行车的转着车轮子，忙活着为急着外出的人修自行车；客运站门前几辆公交车正准备发车，外出的旅客正在上车；几个蹬着三轮车的人正在揽客，偶有一台挂着出租牌子的微型小车穿梭着……好熟悉的县城啊。

石润生清楚地记得，当初自己第一次到县城时是参加中考，那次他以优异的成绩考进了县一中，就这样，在县城里生活了三年。而三年后的高考，他考到了北京，这一走竟有十几年了。今天，看着熟悉的县城，他百感交集。城还是那座城，而他，当初那个穷小子如今衣锦还乡了。可是，这十年间县城好像没怎么变化，不变，就是没有发展。他不免又心情沉重起来。

他正触景生情地想着呢，冷不防颠了一下，头差一点儿撞到车窗上。秦大军不好意思地说了句："对不起啊县长，路……坑太多……"

"没事。"石润生说着往窗外看去，果然，前面的车都是摇摇晃晃的，再看路上，坑坑洼洼，柏油路面破损非常严重。他不禁皱起了眉，脑海里想的却是下沟村的水泥路，怎么县城里的路竟不如村里的呢？

此时，秦大军放慢了车速，但尽管这样车子还是晃得厉害，毕竟路上坑太多了。

石润生也没说什么,眼睛盯着窗外,寻找着什么,他看了一会儿,突然对秦大军说:"在前边往右转吧,从一中门前那条路走。"

秦大军听完愣了一下,看看已经直行过了路口的捷达,他踩了脚刹车,打着转向灯拐到了另一条路上,等转到那条路上后,他笑着说:"县长,你对县城好像很熟悉呀,咱们县政府大院就在一中斜对面。"

石润生看着窗外没言语,目光盯着前面的街边,他是想看看一中的大门,那是自己生活了三年的地方。

秦大军看了一眼倒车镜,发现后面的商务面包车也跟了上来,他这才踩了一下油门。

路过县一中的时候,秦大军问:"县长,要停吗?"

石润生摆了下手:"不用。"

秦大军会意,放慢了车速,车缓缓地在一中门前开了过去。

石润生看见,还是那熟悉的围墙,还是那熟悉的校门,好像一切都没有变,唯一变化的就是校门里侧竖起的一个雕塑。

前面是个路口,秦大军打着右转向灯上了另一条街,而在那条街边就是县委县政府的大院。两台车进院时,门口的值班室有个保安腰杆挺直了敬了个并不标准的举手礼,似军礼却又不像军礼,总之就是给人怪怪的感觉。

石润生扫了保安一眼,心想,他或许是不常敬礼吧,也或许是已经知道了今天这院里要发生的变化,因为从表情上看有些僵硬。

车在正门前停好后,秦大军下车就要拉车后门,可石润生已经自己开门下了车。齐福仁和李铁城两个人也都从面包车上下来了,边往这边走齐福仁边问:"大军啊,早餐安排妥了吧?"

"都安排了。"秦大军把车门关好,顺手把钥匙递给了从面包车上下来的司机。

"饭就不吃了。走,大军先带我去办公室。"石润生说完就往楼里走。

台阶上,赵小兵往后挪了两步,接着又去开玻璃门,神情紧张地看了一眼石润生。刚才他坐前面那台车早就到了,可一下车他就慌了,后面两台车竟然不见了,他急得直埋怨司机。

听石润生说不吃早饭了，齐福仁也没再说什么，和李铁城一起跟着进了楼里。秦大军走在前面，指引着上了楼梯，边走边对石润生说："县长，您的办公室在三楼。"

石润生刚上了两级楼梯台阶，却发现齐福仁和李铁城都跟在后面，他停住脚步回头笑着说道："你们起这么早一定也没吃早饭吧？都去吃饭！"他又回头对秦大军说，"市委组织部领导什么时候到？见面会定在几点了？"

"哦，他们还没到。原定是九点准时开会。"秦大军答着。

"那行，你和他们联系一下，看看大约几点到，我好下楼接一下。"石润生又说。

齐福仁和李铁城停住了脚，走在前面的齐福仁笑着说："那行吧，县长，就让大军陪你到办公室吧，我这边去安排一下。那先这样……"说着，他点了一下头。

石润生摆了摆手，转身继续上楼。可他脑海里却是刚才齐福仁说话时李铁城的表情，淡然而冷静。他为什么话那么少呢？他觉得这两个人性格明显不同。

在石润生和秦大军上楼的时候，李铁城转身朝另一个方向走去，而齐福仁却还是站在楼梯下看着正在上楼的石润生，直到他们转过去看不见了，他才背着手迈着方步离开，也不知是去吃饭还是干别的。

石润生跟着秦大军上到三楼，又走过长长的走廊，在东侧走廊尽头的一扇门前停了下来，秦大军回头说道："县长，到了，就是这间。"说着，他握着门把手轻轻地推开门。原来，门是虚掩着的，并没有锁。

秦大军打开门就站在了一旁，等着石润生进去。石润生冲他笑了一下，迈步走了进去。

办公室虽说不算很大，但由于是最东侧，再加上窗户较多，倒也敞亮。一进门的地方是一套沙发和茶几，再往里面是个大班台，一看就是新买的，屋里还散发着油漆和木料的混合味，虽说窗户都是开着的，但气味仍然存在。在班台一侧立着一面国旗，另一侧是几盆绿色植物；班台后面，是一排空书柜，里面并没有什么书，柜门也是打开的；挨着书柜没有玻璃门的是个衣柜，几个空衣架挂在那里，被从旁边开着的窗户刮进来的晨风吹得晃动着……

石润生打量着这间办公室,顿时皱起了眉。心想,这可是贫困县啊,虽说是一县之长,但明显超标了,这怎么行?他回头看了一眼站在门边的秦大军,欲言又止。

秦大军迟疑了一下,快步走到班台前,从上面拿起透明玻璃的茶壶,倒了一杯还冒着热气的茶,回身笑着说:"县长,您喝杯茶吧。"

石润生看着那杯茶,明白了,这一定是有人刚刚泡好的,从颜色上看去,应该是红茶。再一想刚才虚掩着的门,以及屋里的窗明几净,他把到嘴边的话又咽了回去。是呀,还能说什么呢?这个办公室主任分明是个细心的人。

他"哦"了一声,走到窗前朝楼下看去。此时,三三两两的机关干部已经陆续来上班了,还不时有人边走边聊着什么。

秦大军站了一会儿说道:"县长,办公室是齐书记亲自交代安排的,您看还缺什么我再安排。还有……这屋原来是接待室,不是赵县长用过的房间。"

石润生一听就明白了,看来,这个齐福仁不愧是老机关,明白继任者都不愿意用前任用过的房间。秦大军说的赵县长就是被双规的那个前任县长。他想,人家把工作做到这个份上,如果现在自己提出办公室有些超标,那一定会让齐福仁脸上挂不住,算了,观察观察再说吧。

想到这儿,他回过身笑着说:"辛苦了啊,你先去吧,联系上组织部的领导后过来叫我一下。对了,会议室在几楼?"

"也在三楼,不过是在另一侧。"秦大军答道,"那您休息一下,我先出去了。"说完,他退了出去,临走把门轻轻地带上了。

石润生端起秦大军给倒的那杯茶,却并没有坐在班台后面,而是到门口坐在了沙发上。他喝了一口茶,思考着一会儿见干部们说些什么。这时,有人敲了一下门。他喊了一声,进来的是秦大军,手里拿着几张纸。

"县长,这是县里副县级以上领导的名单和工作分工。"

"好啊,我看看。"石润生看了他一眼,接了过去。

秦大军又轻声道:"县长,您看用不用安排一下县里各乡镇和县直部门的负责人见个面?"

石润生摆了摆手:"暂时不用,需要的时候我会告诉你。"说完,低头看那份名单。

秦大军转身退了出去，脚步很轻。

石润生翻看着那几张纸，就见第一张上是份名单，上面写着：

齐福仁：县委副书记、纪委书记，负责县委党务日常工作，分管党的建设工作、县委办公室、档案局、县委党校，主持县纪检委全面工作，联系县人大、县政协和县人武部工作。

李铁城：县委常委、常务副县长，负责县政府常务工作和审计、编办、人事、教育、体育、文化、广播、电视、卫生、计生等工作，分管政府办公室（法制办、应急办、政务服务中心、信息办、县宾馆）、审计局、编办、教育体育局、人力资源和社会保障局（就业服务局、社会保险事业管理局、医疗保险局）、人口和计划生育局、卫生局、文化广播电视局、爱卫会，联系县人大、县政协、人武部、总工会、团县委、妇联、残联、红十字会、文联、邮政局、移动公司、联通公司、电信公司、铁通公司、新华书店。

安全：县委常委、政法委书记，主持县委政法委全面工作，负责维稳综治工作，分管县法院、县检察院、县公安局、县司法局工作。

杨成林：县委常委、统战部长，负责统一战线和宗教工作，主持县委统战部全面工作，分管工商联、科协工作。

尹力（女）：县委常委、组织部长，负责组织、干部、编制、人才工作，主持县委组织部全面工作，分管老干部工作、编办、总工会、团县委、妇联、红十字会、残联、关工委、涉老组织工作。

胡波：县委常委、宣传部长，负责宣传、思想、文化等意识形态领域工作，主持县委宣传部全面工作，分管文联、新闻中心、县报社。

姜然（女）：县委常委、副县长，负责农林水、农机、农经、农业开发、扶贫、生态、供销等工作，分管农村工作部、农业局、林业局、水务局、农经总站、农机总站、农业开发办、扶贫办、生态办、供销社，联系农电局、农业银行、信用联社、气象局、保险公司。

石润生看完这份县委常委名单又翻到了下一页，是县政府组成人员名单，自李铁城以下，竟有七个人。再往后面看，却是常委们的简历和照片，虽说照片是小二寸的，但打印的效果很清晰。石润生不住地点头，看来，秦大军这个办公室主任当得够格。

他从头开始看那些简历，从简历上看，常委们年龄结构不尽合理，老的老小的小，安全、杨成林和尹力三个人年龄偏大，应该是快到退休年龄了；那个叫姜然的副县长才二十六岁，从照片上看还显得有些稚嫩，分明就是个小姑娘嘛。看到这儿，石润生直皱眉头。他再往后翻，见最后两张纸上写的是县人大和政协的领导名单，他这才想起来，不知一会儿人大和政协的领导参不参加见面会。他放下手里的纸，起身推门出了办公室。

他沿着走廊看着门牌往外走，是想找秦大军，看他在哪个办公室。刚走过一间没挂门牌的办公室，就见挨着的一间办公室门开着，往里一看，几个年轻人正在忙着什么。

"那个……大军在哪个办公室？"他问了一句。

一个年轻人回过头，他一看，正是赵小兵。

赵小兵马上站了起来："县……县长，您找秦主任啊？他去会议室了。"

"哦……"石润生站在门口想了想，又摆了摆手，"没什么，小兵啊，麻烦你去车上把我的行李箱取来。"话到嘴边他改变了主意。他是想，人大和政协的领导都是老同志，还是会后亲自去见他们吧。

赵小兵答应一声快步走了出去。石润生又往屋里看了看，两个年轻的女干部拘谨地杵在那儿，一个低着头，一个不错眼地盯着他，眼睛瞪得大大的，好像很惊奇的样子。

"你们忙吧。"石润生微笑着说了一句就回了办公室。他让赵小兵去车上取行李箱，是想用一下自己的笔记本电脑，那里面有他这些天早就拟好的一份发展规划或者说是设想。

他回到办公室，门留了一条缝，就又坐在沙发上看那些名单和资料。正在这时，就听门一响，他还以为是赵小兵呢，却听有个声音传来：

"回来当县长了也不说一声？"

第七章　班子见面会

　　安农一中是安农县重点高中，谁家的孩子要是考上了一中那就等于向大学迈近了一步。因此，这里基本上汇聚了全县最优质的学生资源，当然，学校配备的也是一流的师资力量。

　　石润生在一中上学的时候，学校只有一栋教学楼，每年都要进行维修，学生宿舍是一排平房，每逢雨季个别地方都会漏雨。那时的学校操场铺着山沙，还没有城市学校的那种塑胶跑道。就是在这样的学校里，这样艰苦的条件下，学校每年都会有一大批学生考入重点大学。石润生当年也是以优异的成绩考进了北京。

　　上高中那会儿，石润生除了学习还是学习，每天晚饭后不是到班级去自习就是到操场边上的小树林里看书。尽管学习紧张，但他并不是书呆子，平时学累了也会和班上的同学或者一个寝室的室友下下棋，或在操场上打打球，日子过得充实而快乐。尽管，他是孤儿，但孤身不孤心。

　　石润生高中时的班长叫夏雨轩。他家住在县城，父亲是机关干部，母亲是银行职员。这个夏雨轩性格外向，整天穿着运动服在操场上玩球，学习也没见怎么用功，但每次考试名次都还不错，在班级属于中上游水平。而石润生每次却都是前三名。

　　那时的高中，班里一般分三个层次，如果班里有六十人，基本上是每二十人一组：学习好的前二十名、学习中等的中间二十名和学习稍差的后二十名。每个同学也都有自知之明，都在自己的圈子里社交。学习好的没时间和成绩差的闲扯，学习不好的看不上那些"学霸"，倒是处于中游的学生头脑都比较灵活，这一批人基本上是稍稍努努力就能前进的，但他们就是不努力，有的人不是看小说就是写东西，有的人不是喜欢打球就是热衷于课外活动。所以，这一批人里可谓"人才济济"。

用老师的话说，夏雨轩也是个"人才"。那是一次上讨论课，老师让大家自由提问自由发言。轮到夏雨轩时，他站起来认真地问："老师，人才是什么？"老师想了想，答道："人才就是把社会上的所有人聚在一起，经过反复提炼、锻造、压榨，剩下的就是人才了。"夏雨轩一听，皱着眉自语道："压榨？那不是人渣吗？"顿时，全班爆笑！老师摇了摇头说："看来，你才是人才呀！"从此，夏雨轩就成了同学们口中的"人才"。

后来高考时，夏雨轩考进了师范类院校，是属于那种国家扶持贫困地区的定向培养生。自此，石润生和他再没有联系。

进石润生办公室并高声说话的，正是夏雨轩。

石润生看见，进来的人中等身材，穿着一身深色西装，头发也梳得很整齐，看上去一副学者模样。

"你是……"他有种似曾相识的感觉，但不敢唐突。

"哥儿们！我是人才呀！"夏雨轩笑着大声说。

他刚说完，就听门口有人结巴着说道："你就是啥……人才也不……不行，县……县长刚……啊就刚来……你见啊就见……啥？"

石润生一看，是个穿制服的保安。

那保安眨巴着眼睛好不容易把话说全了，见石润生正在看他，顿时"啪"的就是一个立正，接着把手往耳朵那一举："县……长好！"

石润生看看他，一下子明白了，保安一定是一楼的，可能是当时没拦住就跟上来了。他微笑着冲保安摆了摆手，示意他可以离开了。保安直眉愣眼地看了夏雨轩一眼，这才"啪"的一个立正，敬了个礼后转身胳膊一甩一甩地迈着大步走了。

石润生忍着笑，这才回过头来上下打量着面前这个人。看了半天，他忽然若有所思地指着他："你是……"

"润生！我是雨轩啊！"

"哦……我说的咋这么眼熟呢！"石润生热情地上前和他握了握手。

把夏雨轩让到沙发上坐下后，石润生把椅子搬过来坐在他对面，两个人就开始聊了起来。

原来，夏雨轩大学毕业后回到县一中当了教师，别看他上高中时一副嘻嘻哈哈的样子，可当了教师后深受同学们的喜爱，和同事之间也非常融洽。他自己呢，作为师范大学的毕业生，到县级中学教书自然是手拿把掐。几年后，随着业务能力的不断提高，他先后被评为省市骨干教师和国家级优秀教师，并逐渐从一名普通教师成长为学校的中层骨干。一中原来的老校长退休后，经过组织推荐和竞争上岗，他脱颖而出，担任了一中的校长。

听着他的经历，石润生不住地点头，他心想，谁说县城就不能成就一番事业？谁说上了大学就非要到大城市去发展？夏雨轩就是一个活生生的例子。安农县作为贫困县，要想彻底改变面貌，除了要发展经济外，重要的是从源头抓起，那就是教育。

石润生在心里盘算着安农县未来的教育发展，却忘了一会儿的干部见面会。两个人正谈得高兴呢，秦大军敲了敲门进来说市委组织部的人马上要到楼下了。石润生这才不好意思地对夏雨轩说："哎呀，我马上要开个会，要不这样，等哪天我专程去学校，到时候咱们再好好聊聊。你看怎么样，老同学？"

夏雨轩站了起来，笑着说："行啊，你这大忙人这下可有的忙了。不过，可一定得去啊！对了，晚上我们几个在县里的同学给你接风啊！"

"这个……再联系好吗？我怕安排不开。"石润生说的是实情，他倒是想和高中同学聚一聚，一是叙叙同学情，二是也向大家了解一下安农县的实情。可是，毕竟刚刚来报到，自己需要了解的事情实在是太多了，他怕安排不开时间。

夏雨轩爽快地说："行啊，晚上我再联系你。对了，你手机多少？"

石润生把手机号告诉了他，并记下了他的号码，他这才笑着下了楼。

这时，秦大军拿着几页稿纸对石润生说："县长，这是给您准备的讲话稿，您看用不用……"

石润生看了他一眼，笑着摆了摆手："不用了，照本宣科的东西就免了吧。不过，你工作做得很细嘛。"说完，他起身就往外走，秦大军轻轻地把门带好，紧走几步跟上，两个人朝楼下走去。

此时，齐福仁和李铁城两个人正站在台阶上，见石润生走了过来，齐福仁回身过来笑着伸出手："县长，办公室还行吧？一会儿市委组织部张副部长来，熟悉吧？张德旺，主管干部的副部长。"

石润生和他握了握手："还真不熟。"说着，他看了一下手表，然后抬头冲李铁城笑了笑。李铁城点了一下头，退了一步站在后面。

正在这时，一辆吉普车驶进院子，在楼前停了下来。齐福仁紧走几步迎了上去。

车门打开了，从车上下来个人，稍微有些发胖，头发掉得没剩几根了，只剩一小撮弯弯地趴在前额上部。那人伸手习惯性地将了将那仅有的一点儿头发，伸手和齐福仁握了握，目光转向了石润生。

石润生看了他一眼，又看了看齐福仁。齐福仁这才笑着说："张部长，这就是我们石县长。县长，这是市委组织部的张部长。"

石润生伸出手，看着张德旺的眼睛说道："石润生。"

张德旺边握石润生的手边自语道："是副部长，老齐你不能乱说……哎呀，石代县长，我原以为会在市里先见个面呢，没想到却在这儿见面了。"

石润生明白他说的意思。按照省里的要求，他上任前是要到安农县所在的地级市岭东市先报个到的，可由于他着急上任，已经跟省委打过招呼就不走那个程序了。听张德旺的话他明显是有意见。

下车的还有个干部，经介绍知道，是岭东市委组织部干部科的科长齐国栋。石润生同他也握了握手，但让石润生奇怪的是，齐福仁却并没有理会这位齐科长。

一行人聊着进了楼。秦大军和齐国栋走在前面先上了楼，其他几位领导跟着往楼上走。

张德旺边走边向石润生介绍着说："哎呀，小石呀，听说你是博士？"

石润生笑了笑。

"是在哪个国家留的学？英国还是美国？"他又问。

"哦，是美国。"石润生平静地答着。

"你这大博士不在实验室里好好搞研究到这么个穷县来干什么呀？这安农可不好弄哦！"张德旺边说边摇头。

石润生没有答话。

"老齐呀，别看你们比小石年龄大，可要好好支持他工作啊，要是闹不团结可别说我处理你！哈哈哈！"张德旺半认真半开玩笑地说着。

齐福仁往前上了一小步："一定一定！"

张德旺回了下头："是一定支持工作还是一定不配合哟？"

"看您说的，好歹在机关也这么些年了，组织原则还是懂的，即使工作上有些分歧那也要讲民主集中制嘛，你说是不是老李？"齐福仁说着看向李铁城。李铁城没言语。

从他们的对话中石润生听出，齐福仁和张德旺关系不一般，而且话里话外传达着一种信息，但到底是什么现在下定论还为时过早，不过，他齐福仁是个官场老油子是定了，要取得他的支持恐怕不是很容易。

一行人说说笑笑就上了三楼。

往会议室走的时候，张德旺突然问："老齐呀，你把石代县长的办公室安排哪儿了？"

"哦，三楼，就这层。"齐福仁紧走几步走到张德旺右侧拉齐了步伐，石润生走在张德旺的左侧。

张德旺看了齐福仁一眼："你还是在五楼？"

"哦，三楼往上是县委。"齐福仁说完看了石润生一眼，停顿了一下笑着说，"暂时的，具体怎么安排还要听石县长的。"

张德旺没再说什么。

这栋楼共有六层，上三层是县委，下三层是县政府。这与其他一些县的格局不大一样，一般的县里都是县委和县政府分开，形成隔街对门的两个大院，县委的大院里一般的格局是中间主楼部分是县委，两侧裙楼分别是县人大和县政协，而县政府大院里则只是县政府组成机构。

三楼的会议室不大，平时一般都是县委开常委会用的，会议桌是那种长条形的，中间平时摆放几盆假花，开会时常委们都围桌而坐。别看是围桌，却是各有各的位置，没人会乱坐。像这种县委常委会或者常委扩大会，一般都是一把手坐在会议桌把头正对门的位置，其他副职按照排序依次坐在两侧。

石润生他们进了会议室，他看见会议桌周围并没有坐满。见他们进来了，众人都站了起来。张德旺摆了摆手，径直朝会议桌一侧走去。这时，不知是谁带头鼓起掌来，大家都跟着鼓掌。张德旺伸出双手向下压了压，示意大家不必鼓掌。

"大家都坐吧。"他说道。

石润生看了看，在秦大军的示意下，他坐在了张德旺右侧，而齐福仁坐在了左侧。

等众人坐定后，张德旺看了看大家，在服务人员倒水时，他笑着说："老齐呀，在家的班子成员都到齐了吧？"

齐福仁点了点头，并没有说话。

张德旺侧过头对石润生说："那我就先说说？"

石润生微笑着点头。

张德旺回过头看着大家说道："大家也都知道了，安农县的班子调整终于尘埃落定，省委和市委对安农县的干部调整非常重视。石润生同志虽说是从北京来的，但他是安农县人，按照组织原则，干部是不能在本地任职的，但这次派石润生同志到安农县来任县委副书记、代县长，是省委和市委充分考虑安农县的发展实际，经过慎重考虑做出的决定，是关心、支持安农县发展的重要决策。下面，我宣读一下省委的决定。"他喝了一口水后，拿出一份文件来读道，"省委决定，任命石润生同志为安农县委常委、县委副书记、代县长。石润生同志是一位优秀的年轻干部，出过国留过学，是生物工程及土壤学方面的专家。相信石润生同志一定能在省市委的正确领导下，团结和带领安农县委和政府一班人，紧紧依靠广大干部群众，进一步解放思想，开拓创新，扎实工作，改变安农面貌，为建设和谐稳定繁荣的新安农做出应有的贡献！"

等他宣读完，齐福仁带头鼓起掌来，大家也都跟着鼓掌。有人已经把目光集中到了石润生身上。

"润生啊，你讲讲？"张德旺看向了石润生。

石润生站了起来，他看了看大家，缓缓地说道："首先，非常感谢省市委和组织部对我的信任，我对省、市委的决定坚决服从和拥护，对同志们的欢迎表示衷心的感谢，同时也非常感谢省市对我们安农工作的关心和关注。我，生在安农长在安农，是喝安农的水长大的，是家乡的父老乡亲养育了我，使我这样一个孤儿也能够上大学，也能够出国留学。俗话说，吃水不忘挖井人。我石润生一天都没有忘记乡亲们的养育之恩，一刻都没有忘记安农县这块肥沃的土地……"说着，他从衣服里侧的口袋里掏出个小瓶来，继续说道，"这是一瓶土，是一瓶普普通通的土，但这又是一瓶珍贵的土，它在我的身上已经保存了整整十年！记得上大学那年，老主任把这瓶土交到我的手里说，润生啊，叔希望你走得远一些，远离这个穷乡僻壤，但要记住，以后不管走到哪里，都不要忘了你是安农人。你把这瓶土带在身边吧，走得远了，想家了，就拿出来看一看，闻一闻，它会让你看见家乡的土地，闻到家乡的味道。我在国外的时候，每到夜深人静，每到想家的时候，我都把它拿出来看一阵子。我的同学们都说我是个土包子，就是个农民。我很庆幸自己能有这样一个称谓，是的，我是农民的儿子，但我为此感到自豪。我要让未来证明，身为农民有多么了不起；我要让人们看到，农民才是国家的根基；我要让更多的城里人感叹，我为什么不是农民！这，是我的希望。这，也是安农这个农业县的未来！"

他刚说到这儿，不知是谁带头鼓起掌来，大家这才缓过神来，会场里顿时掌声雷动。石润生平复了一下激动的心情，坐了下来。在扫视众人的时候，他发现，有个女同志不时在擦拭着眼角。他在脑海里过了一遍秦大军给他的简历，发现那个女的是尹力，县委组织部长。他不由得又看了她一眼，抽回目光的时候，却发现会场里唯一一个年轻的女孩子正在不错眼地看他。他猜想，那一定是姜然了，二十六岁的副县长。

张德旺示意大家停止鼓掌后说道："润生同志讲得很实在，没有什么官话套话，但我们从中不难看出，他是满怀了一腔热情，满怀了要把安农建设得更好的期望。希望大家要积极支持润生同志的工作，在县委县政府的领导下，扎实工作，团结一心，用实际行动向上级交上一份满意的答卷。"说完，他看向了齐福仁，"老齐呀，表个态吧。"

齐福仁清了清嗓子，刚要说话，这时，就听窗外传来了一阵嘈杂声。

"我们要找新来的县长！"

"我们要告状！"

"还我土地！"

第八章　化解上访危机

俗话说，穷乡乱事多。安农县作为贫困县，经济的欠发达直接带来的就是思想的落伍，加之个别人法制观念淡薄，极易引发社会矛盾。而现在的农民已不像过去那样忍气吞声了，互联网的发达使更多的资讯得以传播，农民也学会了维权，尽管他们还无法做到依法诉求，但起码知道捍卫自己的尊严。

安农县城北有个屯叫于家桥，隶属于于家村，屯子不大，住着几十口人，但由于全屯都是种水稻，再加上离县城近，一些村民就利用农闲时做点儿小买卖，因此比较富裕，那里的人们很满足这样的生活。可是，这片紧临县城的土地却早就被人盯上了。盯上这块地的人叫黄忠良，县里有名的开发商。

说是开发商，那是说他从事的行当，而人们都习惯叫他大良子，坊间却叫他"黄鼠狼"。这个黄忠良早年是个混混，整天不务正业，纠集一伙社会闲散人员不是帮人摆事就是替人看场子。比如，谁和谁有恩怨了，他就出面找到双方，各自收取了摆事费后就在饭店安排一桌，把双方找来喝一顿酒了事。并扬言有啥纠纷就此解决，以后要是反悔就是不给他大良子面子。人们都怕他，再大的恩怨也只好放下了。再比如，县里或哪个乡来了放映队或是演出队，他又出现了，帮着维持秩序，最后收点儿维持费闹顿酒喝。时间长了，他手下的人越来越多，一些社会小青年都以能跟他混为荣。可是时间长了问题出现了。毕竟没有那么多事可以摆，也没有那么多演出可以看场子。他这伙人的花销该如何解决呢？于是，他就琢磨着得干点儿买卖。却没承想，越干越大，最后成立了建筑公司，几乎承包了县里所有的工程。近几年在棚户区改造中赚了不少钱，就想着要开发个楼盘，于是，就相中了于家桥那块地。

在安农县这样的小县城，像黄忠良这样的人物可谓神通广大，这是人们的共识。人们还知道，他的公司几乎都是社会闲散人员，后来听说还有刑满释放人员。所以，人们都敬而远之，就是在他公司附近的人平时都是绕着走，生怕惹上点儿什么麻烦。但人们并不知道的是，这个黄忠良并不傻，也不混。随着年龄的增长，再加上这几年和官商们打交道，使他懂得了一个道理，那就是要想赚大钱就一定要守法，否则挣多少钱都没用。因此，他对手下人非常严格，绝不允许有人做违法的事，更不能欺负老百姓。过去也曾有人告过他，甚至严打的时候也查过他，但都没查出什么实质性的犯罪事实来。这样一来，他在安农县的名气就更大了，人们都说他手眼通天。

开发于家桥这块地的时候，黄忠良完全是依法履行的征地手续，并且在县国土局公开通过招拍挂取得的建设用地使用权。可是，在具体实施土地征收及地上物拆迁的时候却出了事。有个老汉死说活说也不肯搬迁，说就是死也要死在自己的老宅子里。终于在一个冬天的晚上，老汉莫名其妙地死在了自家屋子里。这下，老汉在省城做生意的儿子不干了，多次到黄忠良的公司和县政府闹事，硬说他爹是被黄忠良给害死的。后来，县公安局也立了案，但法医的鉴定结果却出乎人们的预料，那老汉竟是一氧化碳中毒而死，罪魁祸首是他家屋里自制的土炉子。但老汉的儿子不同意官方给出的结论，硬要黄忠良偿命，或者给钱。按照征地拆迁补偿标准及评估公司出具的评估报告，他家的自留地加上两间土坯房应得补偿款满打满算也不超过十万元，可老汉的儿子非要一百万，并扬言少一分也不行。后来由于县里两位主要领导出事，他这个事就没人过问了。而黄忠良也没理他那个茬儿，把他应得的补偿款交到于家村委会后，就开始动工，新开发的小区拔地而起。那正是石润生进城时看到的那个小区。

现在，老汉的儿子不知从哪儿得到的消息，听说县里来新领导了，就一大早纠集很多不明真相的村民前来告状。

等石润生他们到楼下时，院子里上访的村民加上周围看热闹的群众已经聚集了上百人。

张德旺临走时对石润生和齐福仁说，要妥善解决群众纠纷，一定要避免发生群体性事件。他们两个人答应着送走了张德旺。而在此前众人下楼的时候，秦大军简单给石润生介绍了外面上访的缘由。

这时，不知是谁给公安局打了电话，两台警车呼啸着在人们纷纷避让中停到了楼前，从前面一台车里下来个身穿警服却没戴帽子的干警。他下了车看了一眼在那站着的几位县领导，然后冲齐福仁点了下头，就看向石润生，大声说道："报告县长，公安局于得水前来报到！"

石润生看了他一眼，只是"哦"了一声，却并没有和他握手，然后就一脸严肃地说："你们维持好秩序就行了。"

"县长，你们上楼吧，这里我来解决。"于得水并没有明白石润生的意思，自告奋勇地说道。

石润生却没有理会他，往前走了两步，站在台阶上冲人群一招手："乡亲们，你们有什么诉求谁来说一下？我叫石润生，是新来的代县长。"

一旁，齐福仁冲于得水使了个眼色。于得水直眉愣眼地看了一眼石润生，退到了后边。

听石润生这么一说，刚才警车进来时还闹哄哄的院子里顿时鸦雀无声了，人们都看着楼前台阶上这位年轻英俊的县长。或许是被石润生的容貌给镇住了，或许是被他的和蔼可亲给惊到了。在村民们的印象中，像这种多人的集体上访别说是见县长了，就是好脸子也没人给过呀。

见大家都不出声，石润生走下台阶，走到前面站着的一个孩子身旁，伸手摸了摸孩子的头，低下身子问道："小同学，上几年级了？怎么不去上学呀？"

那孩子回头看了一眼身后，怯生生地答道："上三年级……"

身后那人这时大声道："上什么学上学？不给补偿我们没钱上学！"

石润生看了他一眼，笑着说："现在是义务教育不需要花钱，你打算花钱让孩子上什么学呀？"

他这一句话把后面的群众都逗乐了，大家都笑了起来。

这时，后面不知谁说了一句："他家孩子不在县里上学，人家是城里人！"

"哦？你在省城住？这是你的孩子？学习得抓紧，孩子一天不上学恐怕就跟不上了。"石润生对那人说道。然后又看着后面大声说，"乡亲们，大家有什么问题都可以找政府，大家都看到门口的牌子了吧？为什么叫人民政府，政府就是为人民服务的！换句话说，我石润生和县里的干部都是为群众服务的，具体来说都是为大家服务！所以呀，你们找政府就找对了！"

他刚说到这儿，后面不知谁带头鼓起掌来，人们也断断续续地跟着鼓了两下。

石润生又说:"今天是我来咱们县上班第一天,用老师的话说这也是我的第一堂课,而这堂课谁是老师呢?是你们!可是,大家都上过学吧,哪有这么多老师教一个学生的?"

人群里有人"扑哧"笑出声来。

石润生继续说:"所以呀,希望大家选一个代表,跟我好好唠唠,唠什么呢?唠你的困难你的诉求,唠你的想法,还可以提你的建议嘛!家里有地的,现在到收割季节了,田里的活不忙?做买卖的是不是也该出床子摆摊了?还有上班的,早过上班时间了,我第一天来你就不好好上班?大家选好代表就散了吧,这样好不好?如果不放心,那这样,我告诉大家,我就在这个楼的三楼办公,大家随时都可以来找我石润生,门卫保安要是不让进你就说,我是石润生亲戚!我是他表叔!他一定会让进的!"

前面的人听了都哈哈地笑了起来,接着,人群中响起雷鸣般的掌声。

有人喊道:"石县长好!"

最后,那个孩子和他身后站着的人还有几个村民留了下来。院子里的人都开始往外走,边走边议论着什么,有人不住地点头。院外围着的人也开始散了,但有几个姑娘还时不时地向院子里伸着头,有人自语:"好帅呀!"

在一楼的接待室里,石润生接待了那对父子和其他上访人。在听他们讲述的时候,有个人走进来,冲石润生笑了笑自我介绍道:"县长好,我叫韩光辉,是县信访办主任。向县长检讨……"

石润生看了他一眼,淡淡地说:"坐一边听听吧,做好记录。"

韩光辉悄悄坐在旁边的椅子上开始记录。

带着孩子这人正是那位一氧化碳中毒老汉的儿子,叫王大雷,在省城阳春市卖菜。他絮絮叨叨地讲了他爹死的事,最后越说越激动,竟拍起了桌子,声称不给一百万就去省里告。

石润生看他那架势明白了,他是欺负自己年轻啊。他站了起来,对王大雷说:"你先坐一下,我了解了解情况。"说着,又问另几个人,"你们也都是补偿款的事吗?"

"都是。"有人答。

"好,等我了解一下再给你们答复。"说着,他吩咐人给他们倒水,然后就走出了接待室。

韩光辉跟了出来，在石润生后面介绍这几个人的上访情况。石润生也不吭声，却回头对秦大军说："把土地局长、拆迁办主任，还有他们那个村的书记都找来，开个会。"

秦大军小声道："县长，人都来了，在小会议室等着呢。"

"哦？都来了？"石润生看了一眼秦大军，他越来越觉得这个秦大军还不错，心细，工作踏实。

此前，就在他带着上访人准备到接待室的时候，齐福仁却推说还有个会要开就匆匆溜掉了。石润生知道他是耍滑，但也没说什么，一并也让其他的领导们都各忙各的去了，只留下了主管信访的副县长姜然和政法委书记安全。此时，他们两个人正跟在后面，谁也不说话。

在一楼信访办的小会议室，石润生主持召开了他上任的第一个专题会议，专题讨论今天群众的上访问题。

经过了解，事实已基本清楚了，无论是土地征收还是拆迁补偿，县里有关部门都做得很到位，都是按照法律法规的规定执行的，不存在偏差。尤其是针对死者的司法鉴定，是请省里的专家进行的，王大雷父亲确实是因为煤气中毒而死，跟土地征收没关系。于家村的村书记还反映一个情况，这个王老汉就王大雷一个儿子，但自从他成家后就带着媳妇去城里打工了，家里只剩王老汉一个人，前几年王老汉身体还行，勉强能干田里的活，可随着年龄的增大，加上经常生病，老人田里的活根本干不动了。村里几次找到他儿子王大雷，要求他把老人接到城里照顾，可王大雷就是一直拖着。后来听说家里的地要被征收了，王大雷这才跑回来伺候了老人几天，并让老人说啥不能签补偿协议，得多要钱。就在老人去世的那天晚上，邻居看见是王大雷给生的炉子，然后接了个电话就回城了。

石润生听完不住地皱眉头，他看了一眼姜然，姜然把目光转移到了别处，脸红红的。他转而对政法委书记安全说："老安啊，这个情况公安部门掌握吗？"

"哦，是这样的，县长，公安部门早就调查清楚了，王大雷已经构成了间接过失致人死亡的嫌疑，要依着于得水早依法收拾他了，但县里当时考虑老人毕竟已经去世了，事情又因拆迁而起，再加上群众不明真相，怕造成影响，弄不好酿成群体性事件，所以……"安全答道。

"法律，不会冤枉一个好人，也不会放过一个坏人。这是国家制定法律最基本最浅显的道理。"石润生对这位老常委说道。

会议室里的人都不作声，那个村书记抽着烟，把屋里弄得烟雾缭绕的。

石润生看了看大家，对安全说："老安啊，我说说？"

"你讲你讲！"安全很客气的样子。

石润生回过头来说道："今天这个事就这么定了啊，大军回头跟其他常委们打个招呼。首先，由信访办牵头，成立联合调查组，把事实弄清楚，形成调查报告，并请律师出具法律意见书，请公证部门进行公证，然后依法执行，不要考虑这个那个，在法律的框架下，任何人都得依法办事。按照标准，这几户村民该补偿多少就补偿多少，要有依据有证据。对于王大雷的问题，也要依法办事，该补偿给他的补偿款一分都不要少，该他承担的责任他必须承担。对于那家开发公司的事，我的意见是也要查，一查到底，看看他究竟有没有违法行为。老百姓上访我想多半不是因为多点儿或少点儿补偿款，恐怕跟这个人有关，跟我们的有些干部有关。所以，这家公司也要查，是好是坏都要出结果。同时，宣传部门要做好宣传工作，把调查和处理结果公布于众，让百姓明白县委县政府的态度和决心。什么态度呢？那就是做任何事情都要依法合规。什么决心呢？就是要坚决反对腐败，更不容许有涉黑势力存在！老安啊，我看，这个组长就由你来担任吧，副组长……姜然啊，你来做副组长吧。怎么样？"

等他说完，安全若有所思，姜然不住地点头，但神情明显有些拘谨。

石润生又看着韩光辉说："你们信访办去和上访的群众解释一下，把刚才会上的决定先通报一声，让他们先回去等结果吧。"

散了会，石润生边往外走边和安全说："老安啊，我刚来，很多事都很生，你得多帮帮我呀！"

"一定一定。"安全答着，却不敢太过于表现自己的性格。

石润生又回头对秦大军说："大军啊，走，跟我去一趟人大和政协。"

秦大军答应着边走边打电话。石润生知道他一定是给人大和政协的办公室打电话，就笑着摆了摆手，示意他不用打招呼，直接过去就行。

石润生很清楚，自己刚来，又很年轻，县里上上下下都在观望，自己需要做的事实在是太多了，可眼下最要紧的却并不是谋划什么蓝图和战略，而是去探望县里的老领导，不取得他们的支持，恐怕自己会寸步难行。

石润生和秦大军两个人正往楼外走呢，姜然从后面赶了上来，高跟鞋"咔咔"地响着，老远就听得真切。

"石……县长您等等……"

石润生听到喊声停住脚步，可他刚回过头来，却听"哎哟"一声，就见姜然脚下一滑，一个趔趄就朝他倒了过来……

第九章　年轻的女常委

为了推进干部人事制度改革、领导班子配备改革，建立新的领导体制和工作机制，根据上级有关文件精神，岭东市下发了《关于进一步加强年轻干部、妇女干部、少数民族干部和党外干部培养选拔工作的意见》。提出要抓好各级领导班子的调整配备工作，重视做好年轻干部、妇女干部、少数民族干部和党外干部的选配。要求县级换届时，党委和政府班子要达到"六个一"的配备要求。即：党委、政府班子至少要各有一名三十五岁左右的优秀年轻干部；党委、政府班子至少要各配备一名妇女干部；少数民族人口万人以上的县（市、区）党委或政府班子至少要配备一名少数民族干部；政府班子要配备一名党外干部。并组织实施了面向社会的公开选拔活动。

姜然，就是在那次公开选拔中脱颖而出的，担任了安农县副县长，后来又递补进了县委常委班子。原因是县委班子里唯一的女同志尹力快到退休年龄了，按照要求必须要配备一名女常委，但姜然充实到常委班子的时候尹力还没有退休。

姜然并不是安农县人，从履历上看，是省城阳春市人，大学本科毕业，学的是新闻学专业，学士学位。毕业后曾在阳春市委宣传部工作，后调入市农委任副处长，在农委通过公开选拔到了安农县。从她毕业参加工作到提拔为副处长，再到任安农县委常委副县长，仅用了四年时间，可谓速度惊人。

即便是按照要求班子里需要配备年轻干部和女干部，可是姜然也未免提拔得快了些。是她确实有过人的才干？还是有什么特殊的背景？这是县里有些人的疑问，此时，也是石润生在脑海里画的一个问号。可是，他脑海里这个问号还没有画完呢，姜然就硬生生地闯了进来，不，确切地说是撞进了他的怀里。

当时，姜然一个趔趄就倒了过来。石润生眼疾手快，一把就抓住了她的胳膊，接着往起轻轻一抬把她扶稳了。

姜然脸通红通红的，不好意思地笑了一下，一瘸一拐地站了起来，却一反手紧紧地抓住石润生的胳膊，等站直了，这才松开手。

石润生近距离看了她一眼就赶紧把目光移开，关切地问道："没事吧？要不要紧？"而心里却在说，这就是个冒失的丫头嘛。

"哦，没……没事。"姜然不好意思起来，顿了一下又说，"县长……信访工作是我分管，工作没做好，您批评我吧……"

"就这事？"石润生看了她一眼，然后又说，"我看做得很好嘛，王大雷的事工作就做得很细，批评什么？"

没想到他这句话刚说完，姜然眼圈都红了。她支吾了半天说道："……县长，那……您忙吧，我一定按照刚才您的要求配合安书记把调查工作做好，不让您操心。"

"嗯，去吧。"石润生笑着冲她挥了挥手，然后就和秦大军往楼外走去。

身后，姜然呆站在那里迟疑了好半天才转过身一瘸一拐地上了楼，边走边打电话："光辉呀，你到我办公室来一趟！"

……

中午时分，石润生在办公室里正在看材料。上午他和秦大军分别到县人大和县政协看望了那些县里的老领导，果不出他所料，人大和政协的老领导们都没有想到他来第一天就亲自上门看望，弄得大家有些措手不及，但同时也被他的真诚所感动。县人大目前没有主任，原来的主任是由县委书记兼任，但由于他被双规，现在是由副主任主持工作，按照一般的惯例，县级人大常委会主任都是由县委书记兼任，这也就是说，如果石润生下一步当上县委书记，那他就一定是县人大主任。正是基于此，那位主持工作的县人大常委会副主任一见石润生就显得特别不好意思，尽管他年龄比石润生大了近一倍。而县政协主席是上届县委副书记，或许是因为没扶正吧，尽管任了政协的一把手，但毕竟不比县委，所以他言谈中时常会流露出一些情绪。尤其是一看见石润生这位新上任的代县长这么年轻，他更是不当回事了，官架子拿得实足。但石润生始终带着谦卑的微笑，向他请教了许多县里的事。没想到这倒对了他的脾气，不仅态度转变了，还拉着石润生的手直说："青年才俊！青年才俊啊！"到后来，把石润生一直送到楼门外，并一再说要是有什么事随时可以找他，保证支持工作。

往回走时，秦大军忍不住问了一句："县长，刚开始时他那样对您，您不生气吗？"

石润生看了他一眼，笑着说："生什么气，谁没有个心情不好的时候？况且还是老人家嘛，多说点儿好话多请教请教不就高兴了？"

秦大军不出声了，心里却在想，恐怕安农县从此真的要变天了，是那种迎着朝阳晴朗朗的天。想到这儿，他紧走几步紧随在石润生身后，连脚步都显得轻盈了许多。

快走到政府办公楼门口的时候，石润生上了台阶回头说："大军啊，把县里的情况给我弄个材料，越详细越好，各乡镇和委办局的班子成员名单也弄一份，我熟悉熟悉。"

"已经准备好了，县长，一会儿就报给您。"秦大军答道。

"对了，还有各乡镇的详细情况也要兜一兜。"石润生又说。

"哦，这个……我马上让小兵弄。"秦大军迟疑了一下，言语间似在为自己的疏忽而自责。

"不急。哦，小兵……这小伙子怎么样？"

秦大军没想到石润生会问这个，他愣神了半天才说："……挺好的，很能干，文笔不错。对了，就是下沟村赵主任的儿子。"

石润生没说什么，径自上楼回了办公室。

秦大军匆匆忙忙回到办公室就把桌上那份县里的基本情况材料拿了起来，刚要往外走却又站住了，他想了想，拿起电话拨了过去："小兵啊，上我这儿来一趟。"

不大一会儿，赵小兵手里夹着个中性笔敲了敲门进来了。

"主任，您找我？"

"哦，把这份材料给石县长送去。"

"哦……我去？"

赵小兵很意外。按理说，他这样一个小科员是不能直接对着县里主要领导的，这是机关的规矩。

"对，就你去！另外，回头你抓紧把各乡镇的情况拢一拢，形成材料。要详细！包括各乡镇的自然情况、资源禀赋、经济发展等等。"

赵小兵看了一眼秦大军，答应一声，拿起材料就往外走，边走边摇头，心里直突突。走到县长办公室门口，他定了定神，小心地敲了一下门，听到里面喊"进来"后，他才推门走了进去。

"县长，这是秦主任让我报给您的材料。"

石润生正在挂外套，他听到声音回头一看是赵小兵，就说："放桌上吧。"

赵小兵小心地把材料轻轻地放到办公桌上，迟疑了一下问道："县长，要是没什么事那我先出去了。"

"好。"石润生说着坐在椅子上拿起材料翻看起来。一旁，他刚进屋时烧的水已经开了，正发出"呜呜"的鸣叫声。

赵小兵刚要迈步，一眼看见旁边已经烧开的水壶，又看了一眼桌上的茶杯，他拿起水壶往茶杯里倒水。倒完，轻轻地放在桌上，并往前推了推。但石润生并没有说话，也没有动。

赵小兵又要转身，却抬起手看了一下表，小声道："县长，快要到午餐时间了，食堂在后楼车库上面……"

石润生抬头看了他一眼，笑着说："好，我知道了，你去忙吧。"

赵小兵这才转身出了办公室。

看着关上的门，石润生不住地点头微笑。

整整一下午，石润生都在办公室里看材料，虽然是安农县人，但对于全县的自然情况和发展情况毕竟不了解，他得吃透基础情况，也好对下一步的发展做出规划。

中午的时候,他并没有去赵小兵说的机关食堂,因为等他想起来吃饭的时候已经过了时间,他只好让办公室的人到楼下的机关小卖部买了盒方便面,在办公室里泡了泡边吃边看材料。

此时,天已渐渐暗了,已经到了下班的时间,三楼的走廊很静,但明显能听到窗外楼下的说话声,机关干部们都开始往外走。对于这栋办公楼里的变化,从大家的言谈中就可以知道,干部们似乎很兴奋,都在议论着什么。也无外乎议论的是这位年轻帅气的新任代县长,尤其是那些年轻的女同志,边走还不时地发出一阵阵笑声,就好像是她们看到了另一种希望,至于到底是什么,恐怕只有她们自己知道吧。

石润生从椅子上站了起来,伸了伸腰,他这才发现屋里已经很暗了,就走到门边打开灯,又看了看表,然后走回到办公桌前拿起电话,刚要按键却又放下了。他转过身开门出了办公室,往走廊的另一侧走去。走到旁边开着门的办公室时,他往里看了一眼,发现有一个人正在电脑前低着头打字,那是赵小兵,而其他的人都已经下班了。他又往前走,下一个办公室门牌上写着"主任室"。他径直走了过去。

此时,秦大军坐在办公桌后也在电脑上打着什么,并没有发现石润生进来。

"大军,还没走啊?"

秦大军一愣神,赶紧站了起来:"县长,您看完材料了?宾馆那边我已经安排好了,您看啥时过去?"

"哦,不忙。对了,明天是怎么安排的?"

"明天……"秦大军迟疑着。

"这样吧,明天你和我下乡转一转,近期就不要安排别的事了,我想先把下边的情况摸一摸。"

"好的,县长。先上哪个乡?用不用通知一下乡里?"

"不用通知,去哪个乡……再说!"

石润生说完转身就往外走,快走到门口的时候,他停了一下说:"让小兵也跟着去吧。"

"好的。"秦大军答应着。

等石润生出去了，秦大军看着电话若有所思，然后拿起电话拨了过去。

"小兵啊，材料怎么样了？准备一下，明天跟县长下乡。"

放下电话，他又给车队队长打了过去，安排了明天的用车，并叮嘱了几句什么，然后才重新坐了下来，思考着明天县长会先去哪个乡。

石润生回到办公室，倒了一杯水，刚喝一口手机就响了，他拿起一看，来电话的是夏雨轩，他这才想起来夏雨轩说晚上要聚一聚的事。

"老同学呀，你看看我，都给忘了。不过，今天恐怕去不上了，我这一大堆事，这样行不行？改日我请客，咱们老同学好好聊聊。"

手机里，夏雨轩笑着说："那行吧，大忙人一忙起来恐怕很难有空闲了，那就改日再说。"

挂断电话后，看看天色也不早了，他这才拉着行李箱，关好门准备去住的地方。

秦大军听到脚步声也关好门走了出来，他接过石润生手上的行李箱，在前面引着路，两个人就往办公楼左侧的县宾馆走。

安农县宾馆是县城里唯一的政府接待宾馆，紧挨着县委县政府大院，属于那种老式建筑，只有一栋主楼，楼高六层，正门靠近东侧街道，那一侧也是宾馆客房区域，西侧则是大大小小的餐厅，供机关接待用。近年来实行了市场化管理，除保留了几个政务接待用的小餐厅外，其余都对外营业，平时周六周日的时候也接待婚宴之类的大型餐会活动。

估计是秦大军早就和宾馆经理打了招呼，石润生他们走到宾馆门口的时候，看见有个穿着制服的中年男子站在门口，旁边是个穿着同样制服、胸前戴了个金色胸牌的女领班，门两侧还各站了一名保安。

宾馆经理叫许松，五十出头的年纪，平时总是一副笑模样。许松早就听说县里要来新县长了，再加上前天秦大军过来安排县长的临时住处，所以他可高兴坏了，心里盘算着，该如何接待好这位县里的领导呢？想来想去，他按照秦大军的要求特意在顶楼安排了一间套间，因为顶层比较清静，平时也很少安排客人住那一层。安排完房间，他又让人把屋里的东西重新换了一套，被褥全换成了新的，不是那种洗过的，而是新买的；其他用品也全换了一遍。并挑选了一名机灵俊俏的服务员专门负责这间套房。做完了这些，许松手摸着脑门子觉得还不够,他在想,县长来的时候该如何欢迎一下呢?

此时,石润生和秦大军快要走到宾馆门口了。许松并不认识石润生,不过,他见秦大军后面走的那个人,一猜也差不多,所以,没等秦大军介绍他就迎了上来。

"哎呀,石县长是吧?您能光临我们宾馆真是蓬荜生辉呀……来来来,大家欢迎!"

他刚说完,就见对开的大门打开了,门两侧各站了一队人,左侧是一排保安,右侧是一排服务员,姑娘和小伙儿都穿着整齐的制服。

"欢迎欢迎!热烈欢迎!"

两队人这么一喊吓了石润生一跳,他看了一眼笑容可掬的许松,又看了一眼秦大军。

秦大军拉过许松小声说:"你搞什么搞?谁让你弄这些的?赶紧散了!"

许松还想说什么,但看见石润生站在门口不说话也不往里面走,他这才一挥手,两队人又齐刷刷地转身排成队离开了。

秦大军这才向石润生介绍道:"县长,这是许松许经理。"

"县长,叫我许松就行!"说着,他猫着腰伸出手去。

石润生喉咙里"哦"了一声迈步就往里走,没和他握手。他是生气,这套迎送的形式主义他是最讨厌了。

许松愣了一下,但还是笑呵呵地跟上来,并顺手接过秦大军手上的行李箱,在前面引领着往电梯门那走。此时,电梯门旁站着一个服务员,用手挡着电梯门不让它关上。

许松紧走几步亲自伸手挡着电梯门,回头笑着说:"县长,您先请。"

石润生回头看了一眼秦大军:"在几楼?"

"六楼。"

"咱们走上去吧。"

说着,石润生迈步就朝电梯旁边的步行梯走去。许松尴尬了一下,还是笑着跟在了秦大军后面,边走边打着电话:"小张啊,县长上来了啊。"

秦大军回头看了他一眼,欲言又止。

上到六楼的时候,秦大军紧走几步走在了石润生前面。

"县长，就是最里面那一间，比较清静。"

许松也快走几步和石润生几乎并排了，只不过他稍稍留了半步，边走边笑着说："县长，咱们这宾馆连省委书记都接待过呢，在咱县，环境、设施和服务都是一流的。"

"哦。"石润生还是没说什么。

在走廊的尽头，有一间房的门是开着的，一个眉清目秀的服务员笑盈盈地站在门口，见石润生他们走过来，服务员稍稍欠了下身："县长好！"说着，上前接过许松手里的行李箱。

石润生冲她点了下头，迈步进了房间，秦大军和许松也跟了进来。

石润生扫视了一遍房间，眉头紧锁。许松观察着石润生的表情，他又看了一眼秦大军，他实在搞不懂石润生的表情为啥是这样的。

秦大军一边让服务员把行李箱放下，一边笑着说："县长，暂时先这样吧，房子马上就会找好。"

石润生还是"哦"了一声，继而说道："那就先这样，你们忙去吧。"

"县……县长，您还没吃晚饭呢！"秦大军说道。

"晚饭啊……这样吧，许经理，就麻烦你让餐厅给弄碗面条，等做好了叫我一声，我下去吃。"石润生终于对许松说话了。

许松迟疑了一下，笑着说："面条那怎么行……我们都……"

秦大军瞪了他一眼，他赶紧改口道："面条啊……行行！马上就好！"

石润生不再说话，脱下外衣刚要找挂的地方，那个服务员机灵地过来一把接了过去，回身挂在了衣柜里，然后走到茶几旁把已经烧好的开水倒在了茶壶里。

秦大军犹豫着说道："县长，那要是没什么事我就先……"

"哦，大军啊，你快回家吧，都耽误你这么长时间了。"

"应该的，应该的！"

秦大军说着，一拉许松的胳膊，两个人退了出去。

石润生看了一眼关上的门，摇了摇头，他一回身刚想让服务员也出去，却发现她正在里间卧室收床罩，并把被铺得整整齐齐。等忙完了这些，她微笑着对石润生说："县长，您看还有什么需要吗？洗澡水是热的，空调我刚关，现在天凉了，后半夜要是觉得冷就开一下。"

石润生一听，不由得仔细看了她一眼，点了点头："哦，谢谢你啊，对了，你叫什么名字？"

"张妍。您叫我小张就行。"张妍答道。

"小张啊，你也下班吧，辛苦了啊！"

"应该的！那我就先出去了，县长，我就在隔壁，有什么事您可以叫我。"

张妍说着，落落大方地退了出去，并把门轻轻地带上了。

石润生挽了挽袖子，到洗手间洗了一把脸，照镜子的时候，发现镜子一角贴了个黄色的笑脸贴，上面还写了一行并不太工整的字：再累也要快乐！

他不禁微笑着点了点头，心说，看来这个服务员很有心，许松这个事安排得还算靠点儿谱。

他用梳子梳了几下头发，就回到外间的小厅，准备坐在沙发上歇一歇，可就在这时，外面传来轻轻的敲门声。他以为是服务员张妍，就喊了一声："进来吧！"说着，他倒了一杯茶，可端起来还没等喝呢，就听门一开，有个人站在门口说道：

"石县长您好，我是于得水呀！"

第十章　公安局长的意图

人们常说：穷乡僻壤出刁民。主要说的是，由于经济条件不允许，导致当地的教育、司法等部门不健全，使社会结构相对不完善，群众受到的限制少，思想行为缺乏约束，社会管理处于松散状态。在这样的社会环境下，个别不法分子大行其道，摆出一副"光脚不怕穿鞋的"架势，什么小偷小摸，什么欺行霸市，一时间成了穷地方的名片。

安农县作为典型的贫困县，社会治安自然很难维持一个好的状态，虽然几任县领导班子都下决心要进行彻底整治，但就好像是春天的风一样，三月来六月走，社会秩序好不了几天就又恢复如初了。造成这种局面的原因，一方面是县财政没钱，警力配备不足，加上缺少装备，虽也狠抓了社会治安，但有时候却是"按住葫芦起了瓢"，缺乏长效机制也很难达到长治久安的效果；另一方面也是公安系统缺少得力的干将，换了几任公安局长还是不顶事。

直到有一天，前任县委书记调任安农县的时候带过来一个人，并把他安排在了县公安局任副局长。这位副局长上任后，首先从县客运系统屡禁不止的扒窃入手，他带着干警着便装沿各条线路跟踪、调查、摸底，最后适时出手，一举打掉了多个扒窃团伙。为此，县里特意召开了表彰大会。三个月后，这位副局长正式升任公安局长。

这个人，就是于得水。

当时，他被提拔为公安局局长的时候，没人说什么。然而，县委书记被双规后，很多人都大惑不解的是，这于得水明明是他带来的人，可他出了事，于得水怎么就没事呢？于是，坊间说啥的都有。有的说，于得水上面有人；有的说，于得水是个好官，没跟他同流合污；还有的说，那是他隐藏的深罢了……

尽管众说纷纭，但于得水这个公安局长却干得好好的，没什么变化，唯一变化的是，他比以前低调了许多。可是，就在新任代县长石润生到任的第一天他怎么就不低调了呢？白天时主动带干警到县政府大院要维持秩序，却没达到什么预期效果；晚上又跑到宾馆来找石润生，会是什么事呢？

这也是石润生的疑问。

看着站在门口穿着一身便装、手里还拎个纸袋的于得水，石润生头脑里生出好多疑问：是来汇报工作？还是反映问题？是拉关系套近乎？还是关心初来乍到的领导？

尽管有这些疑问，但他还是不动声色地招呼着："于局长是吧？来来来，快坐！"

"不敢不敢，叫我得水，得水！"

于得水躬着腰把手里的东西悄悄地放在茶几一侧，然后欠着屁股坐在了靠近门一侧的沙发上。

"得水啊，找我有事？"石润生拿过一个杯子，边倒茶边问。

于得水抬起身接过杯子，象征性地喝了一口就放在了茶几上。

"没……没啥事。"他支吾着。

石润生看了他一眼，随手从放在沙发上的包里拿出一份材料翻看起来。

于得水偷瞄了一眼，尴尬起来。

正在这时，又传来一阵敲门声，于得水顿时紧张起来。

"县……县长，要不，您先忙……"

"不碍事，你坐你的。进来！"石润生说着喊了一句。他猜，这次不是服务员张妍就是经理许松。

这次他猜得既对也不全对，原来，进来的是许松和张妍两个人，张妍手里还端着个托盘。

一进门，许松本来还笑呵呵的，但一见沙发上的于得水，他顿时愣了一下，然后若无其事地笑着对石润生说："县长，面条做好了，怕您下楼麻烦，我就让人端上来了。"

张妍把托盘轻轻地放在茶几上，于得水赶紧把自己的水杯往后挪了挪。石润生看见，张妍从托盘里拿出一碗手擀面，两小碗卤，还有一碗汤，另一个盘子里是个拼盘。

"县长，不知道您喜欢什么卤，所以就弄了两样，一样是肉卤，另一样是鸡蛋卤。"张妍盯着石润生的脸说道。

"哦，太麻烦了，一碗面就行。好了，放这儿吧，谢谢啊，还有老许，辛苦啊！"

石润生可没想到，他这一句"老许辛苦"说得许松差点儿掉出眼泪来，他说了一句"那您慢用"，然后就示意张妍跟他出去。临走时，他还冲于得水面无表情地点了一下头。

石润生拿过托盘里的筷子，笑着说："得水啊，吃了吗？要不一块儿来？"

"不不不，吃过了，您吃您吃！"于得水连连摆手。

石润生也不理他，自顾自地吃了起来，他还真是有些饿了，早晨在车上吃了两个鸡蛋，中午吃的是方便面，一天也没吃上一顿像样的饭。一想起早上那俩鸡蛋，他放进嘴里的那口面条越嚼越慢，脑海里还是早上在王叔家厨房徐蔓苓对自己说话的语气和表情，自己总觉得有些怪怪的，可到底是哪里不对又说不上来。

他边吃边想着这一天来发生的事，一时间竟把于得水给忘了。直到于得水说话，他这才回过神来。

于得水像是自语又像是在对石润生说："这老许可真不会办事，怎么能让您就吃这个呢？"

石润生这才回过头来："得水啊，你坐啊，我马上就完。不怪他，我就喜欢这一口，好久没吃到家乡的手擀面了。对了，有什么事你说吧，没事，别见外。以后县里的治安还全靠你呢。"

他这句话说完，再看于得水，都有些哽咽了。

"县……县长，上午我有些冒失了……还请您……"

"上午？上午什么事？哦，我还想说呢，上午可多亏你带人维持秩序，还有啊，我听说王大雷那个案子是你带人查的？工作做得很细嘛，而且没有抓他也是出于维护稳定大局的考虑，很有政治头脑。"石润生边吃边说。

于得水诚惶诚恐地欠着身子："做得还不够，请县长多批评，多批评！"

"还有啊……"石润生喝了一口水接着说，"下一步要加大力度，抓好全县的治安工作，为经济发展保驾护航！得水，你肩上的担子不轻啊！另外，在干警内部也要加强管理，要防微杜渐，警钟长鸣，切实提高干警队伍整体素质！"

"那是那是！"于得水说着，看了一眼茶几边上的手提袋。

石润生说话间就把碗里的面条吃完了，他把盘子里剩下的最后一片香肠放进嘴里，又把汤碗里的一点儿汤扬着脖子倒进嘴里。"战场"打扫完后，他自语道："这个老许呀，弄了这么多！"

看着石润生的一举一动，于得水直咧嘴。他看时候也差不多了，就站了起来。

"县长，那您休息吧，都累一天了，我就先回去了，您啥时候到我们那儿去啊？帮我们指导指导。"

"会去的！"石润生站了起来。

于得水刚要转身，眼睛往茶几下扫了一下，犹豫着但还是伸手拿起了那个纸袋："孩子他妈让给买点儿东西，我还没回家就直接上这来了……"

石润生笑了笑。

送走于得水后,石润生一边漱口一边站到了窗前。楼下,就是宾馆的正门。过了一会儿,他看见于得水从楼里走了出来,径直走到门前停的那辆越野车旁,打开后备箱,好像很小心地把那个纸袋放了进去,然后上车呼啸而去。

石润生心说,既然是给孩子妈买的东西完全可以放车里嘛,为什么要拎上来呢?他摇了摇头,表情凝重起来。不禁想起了省委徐书记在自己临走时说的话来,又想起白天接待上访群众时齐福仁的表现,看来,自己还得多观察观察,不管怎么样也要团结大多数同志共同扛起经济发展这杆大旗啊。之所以复杂,那是因为心没往一处想,劲儿没往一处使,这跟拔河是一个道理。

等他转过身来的时候,张妍不知什么时候已经进来了,正在收拾茶几上的餐具。

"县长,您吃好了?"

"嗯。"

张妍麻利地收拾着,把碗盘等放进托盘后,又把茶几擦了个干干净净。看着她在那儿忙活,石润生忍不住问了一句:

"小张啊,是哪里人?多大了?"

张妍回头看了一眼,笑着说:"太平川乡桃花村人。今年十八。"

"哦……太平川……那不是安农县最南边的乡吗,桃花村……"石润生回想着此前看材料时了解到的情况自语着。

"县长您去过我们桃花村吗?"张妍笑着问。

"我还真没去过,不过,会去的!"

"我们桃花村啊……可美呢!"

"哦?说说,怎么美?"石润生坐回到了沙发上,看着张妍兴奋的样子问。

"到了春天我们村漫山遍野都是桃花!那还不美?"

石润生差点儿被逗乐了,他忍着笑说道:"有花是美,那么多桃花……那你们村儿还不成桃花岛了?你这从桃花岛跑出来的丫头是黄蓉还是谁呀?哈哈哈!"

张妍也被逗乐了,她小声嘀咕道:"我哪会是什么黄蓉,要是也只能是那个傻姑!"说完,她自己也笑了。

"行了，你快去忙吧，谢谢你啊小张！"石润生喝了一口茶说道。

"嗯。"张妍答应一声，端着托盘就要往外走，可走到门口她回过身欲言又止的样子。

"有什么事吗？"石润生问。

张妍犹豫着，表情有些凝重，却只是说："没什么，睡前记得关窗。"说完就出去了。

石润生觉得，她一定是有话要说，但又会是什么事呢？想着刚才和她聊的桃花村，他不禁思忖起来：要不要明天先去这个村？本来，他打算明天去靠山乡看看，主要还是想了解了解下沟村的情况，因为那毕竟是自己生活过的地方，有着太多割舍不掉的乡情。最后他决定，下沟村的事还是自己不要出面的好，留待日后派工作组去查吧，自己还是先去最南部的太平川乡，那里是山区，群众的日子相对苦些，要改变安农县贫穷落后的面貌得先从这些地方开始。

打定主意后，他站了起来，又走到窗前，看着外面已是华灯初上，县城里显得那么宁静与安闲。有人说，幸福指数最高的地方当属县城了，压力没有大城市那么大，街里街坊的又都彼此熟悉，工作单位离家还近，没事时三五好友小聚一下却也十分惬意。

何不到街上走走？

石润生头脑中一生出这个想法就有些迫不及待。他打开行李箱，从里面找出一件夹克衫穿上就出了门。可能是听到了关门声，旁边一个房间的门开了，张妍探出头来，一看是石润生，忙站直了。

"县长，您出去呀？"

"哦，随便走走。"

石润生答着就朝步行梯走去，眼睛的余光中他发现，张妍站在门口呆愣着，也不知她在想什么。

在北方这样的县城，入秋的夜晚已经明显有些凉了。此时，月亮已经爬上了树梢，明澈的夜空繁星点点，映衬着街灯和商家的霓虹，是那么的和谐与静谧。

沿着宾馆门前那条街，石润生不紧不慢地走着，边走边浏览着街边的商家。他不由得想起了自己在异国他乡的情景，那时自己也经常这样在街上漫步，但此时与彼时的心情相比，却大有不同。俗话说，月是故乡明。其实，真正明的却是那颗心。

虽然说是漫无目的，但不知不觉他却走到了县一中门前那条街上。此时，校园的教学楼亮着灯，学生们还在上晚课或是自习。

来到学校门口，他望着这熟悉的校门感慨万千。十年前，自己还是这所全县最高学府里的一名穷学生，为了梦想，他如饥似渴地学着各种知识。如今，虽然说自己已经是这个县的代县长了，可当再次面对这熟悉的校门时，他还感觉热血沸腾，一种敬畏之情油然而生。十年间，学校没有什么太大的变化，看来，要想改变安农县的面貌，首先就要抓教育，再穷不能穷了教育呀。

他正想着呢，突然，看见校门旁的墙根处蹲了一个人，仔细一看，竟是位老妇。昏暗的街灯下，她蜷缩在墙角的阴影里，好像很冷的样子。他不禁诧异起来，天这么晚了她怎么不回家呢？难道是流浪的老人？

他走上前去，试探着轻声问道："这位大婶，您在这儿做什么呢？"

那老妇闻听，立即把手里的布包紧紧地抱在怀里，慌张地看着眼前这位年轻人，没有说话。

石润生见她没起身，就蹲了下来："大婶，您有什么困难吗？跟我说说？"

老妇用干涩的眼睛看了他一眼，半晌才说："俺是来看孙子的。"

"您是说您孙子在这所学校？"石润生有些明白了。

老人点了点头，并隔着墙缝往里面看了又看，自语道："也该下课了。"

"那您怎么不进去呀？外面多冷啊！"

老人回头又看了石润生一眼，叹了口气："唉，学校管得严，咱不能给添麻烦。听说是有什么制度？"

石润生明白了，一定是学校的门卫不让进，他忽地一下子站了起来。转念一想，又问道："大婶，您就是要看看孙子吗？"

"嗯。听说……听说要交试卷费啥的。"

说着，老妇又把怀里的包紧了紧。

石润生这回明白了，老人是给孙子送钱来了。可是，门卫为什么不让老人进呢？想到这儿，他笑着说："大婶，走吧，我去和他说说，怎么也得让您进屋等啊。"

"不麻烦了，后生，俺在这儿等就行，说是下课后孩子们都从这儿往住的地方去，能看见，咱不能坏了制度。"

石润生一听就来气了，这是哪门子制度？

他对老妇说："大婶您先等着啊，我去去就来。"说完，他就朝校门口走去。

但大门是关着的，就连旁边走人的小门都关得紧紧的。石润生左看右看地看了半天，最后，他走到值班室的窗前，伸手在窗玻璃上敲了两下。过了一会儿，窗户开了一扇，一个黑不溜秋的保安探出头来。还没等他说话呢，就听保安大声吼道："敲什么敲？晚上不许找学生！"

石润生强忍着怒火，和颜悦色地说："同志，有位老人家要给孩子交学费，你看……"

"交学费？下班了！明天上班再来吧！"保安说着就要关窗。

石润生一把拦住了："好，找学生不行是吧？那要是找你们校长呢？"

"找校长？"保安上下打量了一下石润生，缓和了一下口气说道，"预约了吗？校长也得下班啊！"说着话，他不自觉地朝教学楼上看了一眼。

石润生也往楼上看了一眼，发现顶层中间有两扇窗户是亮着灯的。在他的记忆中，那层楼是行政办公区，而中间的位置则是校长室。难道现在那个房间还是校长室？

见他也往楼上看，保安又大声说："明天来吧，来之前要预约，要填会见单，要不然谁知道你是干什么的？"

石润生一想，和一个保安不能一般见识，但怎么也得解决那位老妇人的问题呀。想来想去，他笑着说："这样吧，同志，有位老人家想见孙子，你看能不能让她在保安室等一会儿？外面天凉了。"

"我看你这人也像是个有文化的，这保安室是干啥的？是保安待的地方，啥人都上这屋那我们哪儿待着去？再说，学校有制度，不能随便放陌生人进来，发生过多少学校遇袭事件了，你不知道啊！"保安说得头头是道。

石润生一想，学校的制度没有错，是需要加强学校的安全管理，可一个老妇人对学校的安全能有什么威胁呢？执行制度也得灵活呀！

想到这儿，他实在是没有办法了，就掏出手机准备拨打电话。划开屏幕的一刹那，他又一想，这会儿夏雨轩能在学校吗？他不是说晚上要和同学聚餐来着吗？想到这儿，他报着再试试看的希望说道："同志，求你通融一下，外面有位老人，年纪很大了，看样子身体还不太好，你看能不能……"

保安抢着话说："哦……是那个老太太呀！跟你啥关系？"

石润生半天没说出话来，他看了一眼保安，在手机上翻到了夏雨轩的电话，毫不犹豫地拨了出去。

电话只响了两声那边就有人接了，就听夏雨轩在电话里笑着惊喜地说道："这大忙人怎么这么晚了才想起给我打电话了？聚会我早取消了，没吃饭吧，要不我……"

石润生严肃地问道："你在哪儿？"

"在学校呢，不过，快下晚课了。"听语声夏雨轩有些惊喜。

"你下楼一趟吧，我在门口呢。"说完，石润生就把电话挂了。

那保安直眉愣眼地看了他一眼，又往楼上看了看，自语道："就是老师亲戚也不许进！"

石润生没理他，转回身走到墙角处把老妇搀了起来。老人边犹豫着边往校门里看，连连说："不麻烦了，看惹人家不高兴。"

石润生扶着老人就往校门口走，边走边自语："现在是我不高兴，一会儿他们校长也会不高兴，我看到时他会不会不高兴。"

他扶着老人在保安室窗外站了只有两分钟，就见有几个人一路小跑地自教学楼的方向朝这边跑了过来。

见有人跑过来，那保安出了值班室，紧走几步迎了上去。跑在最前面的一个男的到跟前冲保安说："快快，把门打开！"

"赵主任，这么急是啥事呀？"他边问边走到小门旁。

那位被叫作赵主任的也不出声，朝门外石润生这边看了一眼，又回头看后面跑过来的人。

等近了些，石润生认出来了，后面跟着的正是夏雨轩。就见他上气不接下气地伸手比划着说："开……开门！"继而又冲门外不好意思地说，"县……县长，实在不好意思，让你吃了闭门羹。"

刚把小门打开的保安一听这句话，顿时就是一愣，又看了石润生一眼，眨巴着眼睛不说话了。

石润生扶着老人走了进去。那老妇人也听到了刚才夏雨轩的话，她上下打量了一下石润生，自语道："现整？什么现整？"

石润生此时是笑不出来了，他把老人扶进校门里后，看着夏雨轩说："夏校长好敬业呀，这么晚了也不下班？"

"工作没做好，请县长批评。快里面请吧，小赵你扶着老人。"夏雨轩吩咐着。

赵主任过来搀住了老人的胳膊。

石润生迈步就往里面走，路过保安身旁的时候，保安"啪"的就是一个立正："欢迎县长光临我校！"

石润生这个气呀，心说，他倒也真会见风使舵。

第十一章　下乡了解实情

初秋的早晨，阳光明媚。在蓝天白云的映衬下，万山红遍、层林尽染的秋色显得更加醉人。已经开始收割庄稼的农田里，人们或挥着镰刀或开着简易收割机，好一派繁忙景象！

自安农县通往南部乡镇的公路上，一辆越野车不紧不慢地行驶着，车上的人似乎并不着急，好像是在边走边看路边的农田还有秋天的景致。

"县长，到太平川还有一会儿呢，要不您先休息一下吧。"车里说话的是坐在前排副驾驶的赵小兵。

坐在后面的石润生望着窗外说道："你给大军打个电话，看看他到哪儿了。"

赵小兵给秦大军打了电话，回报说他快到地方了，等把人送到家就赶往乡政府。

石润生听完没言语，脑海里回想起了昨天晚上的事情。

当时，他把老人扶到了学校里，在夏雨轩的办公室，老人说出了实情。

原来，老人是太平川乡人，家住在桃花村。家里只有一个儿子和一个孙子。她唯一的儿子叫李光荣，是桃花村小学的民办教师，前年被解聘了，听说原因是上边有要求，民办教师一律清退。可是，李光荣从高中毕业就一直当小学教师，既不会种地也不会干别的。被清退以后就只能种田了，虽说种不好地，但勉强也能把庄稼种了收、收了种，日子虽清贫倒也过得去。可是去年春天，老人闲来无事时念叨一句想吃蕨菜馅饺子，谁知李光荣听到后竟独自上了山，要给老母亲采些蕨菜，他一个从未上过山的人再加上常年教书劳累，身体本来就很弱，在山里没走多远就累得气喘吁吁，一不小心竟跌下了山崖，双腿被摔断了。这对于只靠他一个劳力维持生活的家庭来说，无异于晴天霹雳。由于没钱治病，他只能在家里养着，至今还卧床不起。家里的顶梁柱倒下了，地也没人种了，只能包了出去。没有了经济来源，生活过得更清贫了。老人的孙子很争气，考上了县一中，每年都只能靠老人给别人家做点儿针线活挣钱，加上自家地的承包款，勉强供孙子读书。最近听别家的孩子说学校要收试卷费，可老人的孙子却不知为什么一直没有回家要钱，老人一想，肯定是孙子知道家里没钱就没回去。老人无奈就搭个方便车进了城，打算把自己挣的一点儿辛苦钱给孙子送来交试卷费。

听着老人的诉说，石润生眉头紧皱，他立马问夏雨轩："家里这么困难的孩子学校为什么不给困难补助？"

夏雨轩找来了那孩子的班主任一问才知道，老人的孙子在班上学习成绩非常好，也很要强，再困难也从未申请过困难补助。

老人听着石润生和夏雨轩的对话，赶紧解释说："这不能怪学校，是我家光荣不让申请的，我们自己咋也能克服，说啥也不能向国家要啊！再说，毕竟还有比我们更需要帮助的人家，所以才没让我大孙子申请。再说，孩子自己也不愿意这么做。"

石润生看了夏雨轩一眼没说什么，转而对老人笑着说："大婶，民办教师不是有转正政策吗，您儿子当了那么多年民办教师，应该够条件啊，咋没转正呢？"

一听这话，老人半天没说话，眼泪却怎么也止不住了，自语道："是有转正的，但不是俺们这样的……村小学就俺家光荣没给转……"

石润生一听，觉得这里面肯定有文章，他就不再问老人了，怕勾起她更多的伤心事来。他给秦大军打了一个电话，让他把老人安排在了县宾馆先住下，等明天一早再把老人送回家。

从学校出来时，石润生对夏雨轩什么也没说，只是意味深长地看了他一眼，然后就匆匆回了宾馆。

夏雨轩明白了石润生的用意，他马上进行了安排，让人从明天开始在全校范围内调查摸底，看看还有多少跟这个孩子同样情况的。

一大早，秦大军就出发了，准备把那位老人送回家。石润生让他把老人送到家后直接去乡里会合。

此时，坐在车上的石润生思考良久，让赵小兵给教育局长打了电话，让他马上到太平川乡政府。

赵小兵拨打了教育局长的电话，想了半天才小声地说："苏局，石县长让我通知您到太平川政府……啥事呀？不清楚。您快点儿吧，我们已经在路上了。"

挂断电话后，赵小兵想了想，又发了一条短信：准备一下民办教师转正的情况。

不大一会儿，那边回复：谢谢哥们！我马上出发！

赵小兵的举动被石润生看得一清二楚，他明白，赵小兵这样做的目的只有一个，那就是让教育局长不至于措手不及，避免因领导突然"袭击"而造成不必要的误解。他不由得点了点头，心想，这小子还可以，知道领导心里想的是啥。

太平川乡位于安农县南部，属于山区和半山区，距离县城七十多公里，由于山地多耕地少，一直以来经济发展较为迟缓，群众生活水平提高较慢。而且由于地理位置偏远，交通相对闭塞，虽说修了柏油公路，但往返县城一次也要几个小时，所以，长时间以来成了那种山高皇帝远的地界。

宾馆服务员张妍所说的这个桃花村完全是山区，林多地少，且地里多是石头，再加上雨季山水的冲刷，地里根本打不了多少粮食，因此，家家都养一些羊或牛，以扩大经济来源，但县里林业部门管得严，山上是不允许放牧的，所以村民们大多是到山上割草喂，虽辛苦些，日子却也过得踏实。

每到春季，漫山遍野开满了桃花，树下则是遍地的蒲公英，上有白花下有黄花，加上山间清泉汇成的溪水潺潺，岂不如仙境一般？到了秋天就更美了，满山的红叶夹杂着绿叶随风飘落，洒得一地醉人，流得满溪清辉。村民们其乐融融的原因不是满足现状，而正在于此。所以他们才安于此山、乐于此水。正所谓：乐山乐水。《论语》云："知者乐水，仁者乐山；知者动，仁者静；知者乐，仁者寿。"桃花村的老人，一般都很长寿。

石润生想着这些事，突然问道："小兵啊，太平川的书记和乡长叫什么来着？"

"书记叫王茂疆，乡长叫李进。"赵小兵回头答道。

"对对对，干部太多了，一时还真不好记。"石润生自语着。

赵小兵迟疑了一下，还是忍着笑说道："县长，其实他们的名字好记，有一次乡镇干部开会前，我听各乡的领导们开玩笑，说太平川乡全是山林，比较茂盛，所以书记叫茂疆；山林和耕地混杂在一起，里出外进的，所以乡长叫李进。嘿嘿！"

石润生也被逗乐了，说："这帮乡干部没事在一起就会闲扯。"

开车的机关车队司机也笑了，他看了一眼后视镜，笑着说："还有个笑话呢，前几年县报社发了一篇写太平川发展畜牧业的报道，题目叫'太平有个王茂疆，咬住牛字做文章'，大家都拿这个开他玩笑呢。"

石润生忍着笑说："行了，注意开车。"

司机不敢言语了，专心开车。石润生在心里咀嚼着司机刚才的话，他想，太平川作为山区，发展养殖业倒也符合实际。

车已经进入了太平川地界。隔着车窗，石润生看见，外面的群山五颜六色，路边偶有果园，树上果实露着红通通的笑脸，一条小溪自山间泻下，一群孩子在溪边玩耍……如一幅壮美而温馨的画卷呈现在眼前，好一个太平川！

石润生想要下车走走，司机把车停在了路边。赵小兵下了车跟在石润生身后。石润生伸了一下腰，又甩了甩胳膊，望着眼前的景象觉得心里很舒畅。

沿着路往前走了一会儿，他问赵小兵："你问一下教育局长走到哪儿了？"

赵小兵打完电话后，报告说已经在路上了，估计再有半个小时就能到。

石润生"哦"了一声，转回身，说："走，上车！"

当他们的车快开到乡政府门口的时候，隔着带着砖空的围墙，石润生看到，院子里聚集了不少人，还传出来很大的嘈杂声。他吩咐司机靠边停车，先不进院里了。

司机把车停好后，石润生和赵小兵下了车，隔着墙往里面看去。就见人群中有个大个子的中年人情绪很激动，扬着手不时地吵嚷着，旁边还有人在拉他的胳膊。就听他大声吵嚷道：

"哪有你们这样的？他们这样的不给办低保啥样的办啊？国家有政策，县里有规定，你们也太欺负人了！"

再看人群外站着的一个背着手的人缓缓地说道："大祥子，你咋这样呢？别在这儿吵吵了，影响多不好，有啥事不能屋里说呢？乡里对你们村都够照顾的了……"

"屁！这是国家的政策！再说，省里不是早规定超过八十岁的老人给老年补贴吗，为啥不给往上报？"

石润生听了个大概，但也基本上明白了，看来是关于困难户办低保的事。他不禁看了一眼那个背着手的人。

赵小兵小声说："那就是王茂疆。"

一听说是太平川乡的党委书记，石润生又多看了几眼，从他矮矮胖胖的形象上看，石润生总觉得有些别扭。他再看那个吵嚷的大个子，又看了一眼赵小兵。赵小兵摇了摇头，表示这个人还真不认识。

这时，赵小兵电话响了，是秦大军，他马上也要到了。

正在这时，就见那个大个子分开众人就往外走，边走边骂骂咧咧："我就不信了，不是新来了县长吗？等我找他要个官当当，该办的事都不给办，没听说办个低保还得花明白费！太欺负人了！"

后面有几个妇女也跟着应道："可不是咋的，我这都跑好几趟了！孩子他奶说不办了，都那么大岁数了，那点儿钱还能领几年？可不是那么回事呀！"

眼看那个大个子走过来了，石润生这回才看见他的正脸，见他高高的个头，长得黑黝黝的，走路呼呼生风，还有一脸的怒气。这人是谁呢还要找县长要个官当当？他不禁疑惑起来。

见那人出了乡政府大门往街上走了，石润生对赵小兵说："你在这等一下他们，我自己先进去看看。"说着，就进了院子。

此时，王茂疆挥了挥手，喊了一句："都散了散了！"

院里围观的人都小声议论着散去，几个村妇却还徘徊在办公楼一侧的门口不肯走。石润生看见，那个门旁立块牌子，上写：太平川乡民政所。

他迈步就朝那个门走去，走到门口时，他顺便问一个农妇："大姐，问一下，刚才那个人是谁呀？"

那农妇看了他一眼："哦，你说的是哪个呀？"

"就那个大声说话的大个子。"

"他呀，桃花村村主任。"

"哦，桃花村……"石润生自语着，谢过农妇后径直进了门。此时，民政所屋里站了不少村民，有个女工作人员正在窗口里面低头忙着什么，还有位老汉趴在窗口前问着："同志，看我这个够不够条件？俺来一趟不容易……"

"等着！没看我这正忙着吗！"那女的甩出一句话。老人不敢再问了，只是站那往里面看着。

石润生回过身，见一位老大娘手里掐着户口本，还有几张叠在一起的纸，正坐在长条椅上向这边望着。

他走了过去。

"大娘，您是来办什么的？"

老人看了石润生一眼，手一抬："这不，听说国家给咱八十岁以上的老人钱，非让亲自来，这才让俺家三儿用马车拉俺来了，可人太多了，估计上午是排不上了。"

石润生笑着又问："大娘，您高寿？"

"八十。不过人家说咱是虚岁，好像不够条件，但俺村老王太太都办下来了，她比俺还小几天呢！"

石润生在老人身边坐了下来，接过她手里的户口本，边翻看边问："大娘，办这个补贴都需要啥手续呀？"

"俺也不知道啊，都来一趟了，上次说是得带户口本，这次拿来户口本了又说要'身份富人'，咱要是富还来要这个钱干啥？"

石润生笑着说："大娘，那是要身份证复印件！"

"啥叫'富银匠'？要是银匠当然富了！"

石润生一想，和老人是说不清楚了，他把户口本交给老人，站起来走到办事窗口前。

"同志，咨询个事！"他冲里面问道。

"真是新鲜，老农民还懂什么咨询……"等她抬头一看，这才发现是石润生。她上下打量了一下石润生，觉得不像是农民，就笑着问，"啥事？"

石润生忍着胸中的怒火，说道："这个办理低保和老年补贴都需要什么手续呀？上面不是要求宣传到户嘛，有宣传单吗？我看看。"

那女的又上下打量了石润生一下，有些不耐烦地一挥手："墙上有，自己看！"

石润生一回头，这才看见门两侧的墙上张贴着两张纸，其中一张是办理农村低保的条件和申报程序，另一张是省委省政府关于发放老年补贴的文件。他走过去仔细看了起来，文件里说得很清楚，凡是八十岁以上的老人都享受这个政策，并要求加强宣传，除必要的认证手续外，要简化程序，并没有要求非得申领者本人到场确认，只要村里出证明材料，加上身份证复印件就可以审批了。

看完，他又回到窗口。

"同志，文件上不是说要宣传到位吗，就贴到这儿，各村的老人也不知道啊！再说，非得老人亲自来确认吗？"

那女的抬头就是一句："不亲自来，不亲自来谁知道死没死？冒领怎么办？下一个！"

刚才问事的那个老汉赶紧凑了过来："同志，这回到我了？太谢谢了！"

石润生往后退了一步。那老汉颤颤巍巍地把手里的材料递了进去。

那女的接过来翻了两下，又扔了回来："你啥意思啊？拿我当礼拜天过呢？才六十九办什么补贴？"

"同志，我不是办那个的，咱还没到岁数不是，我是来办低保的。"老人并没有生气，还是笑呵呵的。

"办低保？这个月截止了，你下个月再来吧！下一个！"

老人接过户口本和身份证，依依不舍地往后退着。这时，后面有个拿着赶车鞭子的小伙子走上前说："爹，咱回吧。"

"回回回地！你个王八羔子！我就说早些来，偏不听！总说没事没事的，下个月办就少领一个月钱！都白瞎了！"老人训斥着儿子出了门。

石润生上前又冲里边问道："同志，办低保每个月有定额吗？怎么说截止就截止呢？不是要求应办尽办吗？"

那女的看了他一眼："我说你这个人多管闲事！我看你也像是个上班的人，咋这么不成熟呢！那要没有个计划性农民都赶一天来，给谁办？"

"那起码也要以村为单位办啊！这不是让人家白跑吗！"

"这农村的事儿呀你不了解，看你的样子应该是城里人吧，对了，我告诉你啊……"说着，她凑到窗口小声说，"你要是有亲戚在农村，就抓紧办，听说马上停办了，不过你得找乡里批条子。"

石润生一听，还有这样的事？这是哪里的规定？

他又问："这也得批条子？那乡里谁具体管啊？"

"当然是王书记了。"她说。

石润生明白了，他不想再问什么了，更不想和那个王茂疆见面了，眼下他倒想去一个地方，想见一个人。他转身打算往外走，却一眼看见了长椅上坐着的那位老太太。他心想，老人家说的她同村的老王太太比她小几天都办下来了，看来一定是找人批了条子。

他走出民政所，边走边给秦大军打了个电话，告诉他不到乡政府了，让教育局苏局长把车在乡里找个地方停好，跟他坐一台车去个地方。

他出了门，见秦大军、赵小兵和另外一个不认识的人站在一棵树后正聊着什么，他猜测，那个人大概就是教育局局长苏文学了。

见石润生走过来，秦大军他们迎了上来。

"县长，不上乡里了？"秦大军见石润生脸色不好，小心地问了一句。

石润生"哼"了一声，说道："没和乡里打招呼吧？"

"没有。"秦大军刚才听赵小兵大概说了下情况,他就没敢跟乡里打招呼说县长来了。

石润生往车跟前走,看了一眼那人,问:"你是教育局局长?"

"苏文学。您好,县长!"苏文学走上前忐忑地答道。

"都上车吧!"石润生吩咐着,自己先上车坐在了副驾驶的位置上。

秦大军他们三个人坐在了后排,谁都不知道这是要去哪儿,却又不敢问。石润生一脸严肃地说了句:"桃花村。"

第十二章 桃花村见闻

石润生坐在车里还在想着刚才民政所的事,他眉头紧锁,心情沉重。他想起了省委书记徐怀明的话,虽说有了一定的心理准备,但万万没想到这才刚来一天就发现这么多问题。在下沟村听到群众对干部的议论,说明村务公开抓得不好,工作不透明;群众因拆迁到县政府上访,暴露出土地管理的问题;民办教师落实政策及学校的管理问题,说明了整个教育系统缺乏管理;还有就是农村低保户的问题,更渗透着腐败、官僚主义和个别干部的不作为……他意识到,眼下最要紧的就是要正本清源,风不清、气不顺,如何抓经济?

"大军啊,桃花村班子情况了解吗?"他问了一句。

秦大军把身子往前探了探:"桃花村啊……现在是村主任主持工作,没有书记。村主任叫高天祥。"

石润生听完没言语,他想起了此前在院外听到王茂疆叫那人大祥子,看来,果真如那位大姐说的,他就是高天祥。

"这个大祥子怎么样?他们村咋没书记呢?"他又问。

秦大军听完就是一愣,心想,县长怎么知道高天祥叫大祥子呢?但他马上答道:"是这样的,桃花村原来的书记前年提拔为副乡长了,村里却不知为什么一直没新配书记。村主任高天祥嘛……我没接触过,不过,听说能干工作但也能得罪人。"

"到哪个乡当副乡长了?"石润生却单问了这件事。

"您是问村书记呀?就在太平川,叫裴永德。"秦大军答道。

石润生半晌才自语道:"看来是干得不错呀,能从村书记提拔为副乡长的人可不多!"

这回,秦大军不言语了,他是没法往下接,个中原因恐怕是不便言明的。

一路上,石润生都没同教育局长苏文学说话,这让他很是不安,但也不敢问什么,他似乎有预感,预感到要发生什么事。但会是什么事呢?

前面就要到桃花村了,隔着车窗,石润生看见有一条小河绕在村前,河水很清,也不是很深。河上有一座木桥,不时有人从上面走过。

车停在了河边,司机打开车窗往外面看了看,回身说道:"县长,您坐稳了。"说着,越野车缓缓地沿着桥边看上去是车行的印迹处开了过去。

快开到河中间的时候,车子突然晃了晃,接着就传来一阵发动机的空转声,车却并没有前进。司机又试着加了点儿油,但只听见河水的哗哗声,已经有汽油味自窗外飘了进来。

"怎么了?"秦大军问了一句。

"下面好像有坑。"司机显得很着急。

这时,就听对岸有人喊道:"喂!不能从这过!前几天有人偷挖河沙给弄出坑了!"

众人看去,见是位老汉手里牵着头黄牛。

石润生想了想,说道:"算了,咱们下来推车吧。"说着就挽裤脚准备下车。

"县长,不用了,我再试试。"司机汗都下来了。

石润生也不理他,挽完裤脚脱下鞋就下了车,双脚一进水他感到有些凉。秦大军他们几个也急急忙忙下了车,绕到车后准备推车。

可是,刚推了几下就发现问题了,车一发动就卷起水来溅大家一身。尤其是赵小兵,他站的位置正在轮胎后面,溅得满脸是水。

对面那老汉喊道:"算了,用我的牛吧!看把你们衣服弄湿了!"说着,牵着牛就过来了。

等他把牛在车前拴好，大家都闪开了，老汉挥着鞭子一吆喝，司机一踩油门，车子顺利地出了坑。上了岸，石润生边在河边的石头上洗脚穿鞋边问："大爷，您是桃花村的？"

"啊，是啊！桃花村老户了，打我爷爷那时起就在这儿住！同志不是本地人吧？"

"哦。"石润生又问，"大爷家里养几头牛啊？种了几亩地？"

"就这一头。地呀，六亩多。不过打不多少粮！"老汉把缰绳往牛头上套了套。

"家里几口人？"石润生穿好了鞋跟着老汉边往主路上走边问。

"现在就我们老两口，儿子儿媳妇在城里做买卖，我那孙女儿也不在家。"老汉说着，又笑呵呵地问，"同志是城里来的吧？听说县里新来个县长？"

"哦。"石润生不知咋回答。

"我孙女儿昨天来电话了，说县长那人可好了，还年轻还精神还带劲！这回可好了！"

石润生一听，问道："您孙女儿在县里工作？"

"嗯，县宾馆。听说经理让她负责县长住那屋，可把丫头乐坏了，原定今天要回来的都不回来了。"老汉牵着牛，脸上写满了愉悦。

石润生明白了，这一定是张妍的爷爷。

"大爷，您有个好孙女儿呀！"

"嗯，她爸妈平时没空照顾我们老两口，都是这丫头管我们俩。"

说着聊着，不知不觉走了好长一段路，前面已经能看见一长排房子了，房前还有个旗杆，上面飘着一面国旗。

石润生回头看了看，秦大军他们三个人在后面不紧不慢地跟着，司机开着车跟在最后。

"大军啊，你让司机把车开到村部去等着吧，咱们随便走走。"

秦大军答应着，赵小兵却回身去和司机说。石润生又接着和老汉往前走，并不时地看向那排房子。他想，那一定是村小学了。等走近了一看门前的牌子，果真是桃花村小学。

石润生停住脚步，笑着对老汉说："大爷，您先忙吧，改日咱们再聊！"

"中中，对了，你们找大祥子是吧？他没在村里，一大早就出去了！"老汉说道。

"没事，大爷您忙吧。"

石润生看着老汉牵牛走远后，他回身看了一眼苏文学，说道："苏局长，咱们进去看看？"

"哦，行，我先给校长打个电话……"

石润生冷冷地摆了摆手，抬腿就进了校门。苏文学边往里走边咧嘴，为自己刚才的冒失话而自责。

为了不打扰学生上课，也不惊动老师，他们沿着围墙一侧走，走到最边上一间教室的时候，石润生停下了，他隔着窗户斜着身子往里面看去。

此时，里面正在上课，从学生的年龄看，应该是一年级。有位老师正在黑板前拿个教鞭讲着课，黑板上是一幅教学挂图，上面印着花花绿绿的图案和拼音。

就听里面的老师大声说道："同学们，跟我读——山村犬犬（吠）！"

十几个孩子背着手跟着念："山村犬犬！"

石润生顿时就是一愣，他往挂图上一看，那明明是"山村犬吠"，怎么读成了"犬犬"呢？

正在他皱眉的时候，就见有个孩子举了下手，站起来说："老师，怎么这个犬和那个犬不一样呢？后面那个犬有口，前面的没有。"

老师回身看了一眼，笑着说："对呀，没听我刚才读的时候后面那个犬是大声的吗，那个犬因为有个口字，意思是说这条犬在叫，所以后面这个要大声读，犬！"

石润生没气死。而他身后的苏文学汗都下来了，恨不得有个地缝都能钻进去。

石润生强忍着怒火，他掏出手机调了调，就对着窗户继续看。

老师又用教鞭指着挂图问道："同学们，大家认识这两个是什么吗？"

石润生他们在窗外一看，见那是一只蜻蜓和一只蝴蝶。

这时，孩子们纷纷举起了手，有的还迫不及待地喊着："老师，我我！"

就听老师说:"对,我知道大家都认识这是什么,好了,来,跟我读——妈灵!糊铁儿!"

他在里面领着学生们这一读不要紧,没把窗外的石润生给气个倒仰。而最难受的还是苏文学,他觉得自己作为县教育局局长,亲耳听到老师这样教学生,简直比打他耳光还要难受呢。

正在这时,就听里面还是刚才那个小男孩儿站起来大声说:"老师,那是蜻蜓和蝴蝶!"

"你是老师我是老师?坐下!"讲台上的老师一举教鞭,大声呵斥着。

石润生摇了摇头,把手机放进口袋里,转身就走。

"县……县长,是我工作没做好……"苏文学话都说不利索了。

石润生也不理他,径直朝校长室走去。可是,他们走到那个挂有"校长室"牌子的屋外,却发现门是锁着的,里面并没有人。旁边有间办公室门却是开着的,一问才知道,校长有事一大早就出去了。

石润生想了想,回身看了秦大军一眼,说了句:"去村里!"

桃花村的村部就在村小学东侧,也是平房,只不过不像村小学那样露着新砖盖着新瓦,村部虽说也是砖房,但明显有些旧了。院里铺着黄色的山沙,干净得连片落叶都没有,围墙四周栽的都是桃树,此时叶子已经黄了,靠近窗户的下面是两个花坛,此时还开着鲜艳的万年红。大门两侧挂着两块长条形的木牌子,上面分别是"太平川乡桃花村党支部"和"太平川乡桃花村村民委员会"。

石润生进了院子,看了一圈,不住地点头。赵小兵此时正在办公室门口和一个人聊着什么,见他们进来了,就和那个人迎了上来。

"县长,这是桃花村的会计,高主任去乡里还没回来,电话没打通。"赵小兵介绍着。

石润生微笑着和会计握了握手,然后就进了屋。会计又是找烟又是倒水,显得有些紧张。

"赵会计,你不用忙活了,我们在这儿坐着就行。"秦大军摆了摆手。

石润生没有坐,他在屋子里看着墙上挂着的那些奖状和图表,还有关于桃花村的宣传栏。从一进村部大院,石润生就看出这院里的人的工作作风,而屋里的一切又充分说明这个村的管理者是把好手，最起码像个人家一样，是个过日子的人家。

他边看边不住地点头，刚才被那个老师搞得坏掉的心情勉强平复了下来。

正在这时，就听窗外传来一阵骂骂咧咧的声音：

"我就不信了！还没有说理的地方了？就是这个村主任不干，我也要讨个说法！"

石润生一看，正是在乡政府看见的大个子——高天祥。

"高主任回来了。"赵会计说着就跑了出去。

来到屋外，他迎住高天祥小声说："主任，县……县长来了！"

高天祥愣了一下，随即大声道："你小子少跟我扯！我正要去县里找他呢，他是有顺风耳还是有千里眼？能知道我想啥？去去去，忙你的去！"

会计也不辩解，只是朝院里停着的那台越野车一努嘴。高天祥这才发现原来院里停了一辆车。他扫了一眼，又隔着窗户往屋里看了看，疑惑地皱了皱眉，迈开大步就往屋走，边走还边说："我告诉你小赵，要是敢忽悠我看我不收拾你……"

他说着话就进了屋，话还没说完就愣住了，屋里的几个人，他却一个都不认识，除了有个年龄稍长的外，其他几个都很年轻，尤其是中间坐着的那位更像是刚出学校门的学生。但看见这几个人，他信了，县长真的来了。

他大咧咧地笑着张着两手迎着苏文学就走了过去："哎呀，真是县长啊？太突然了！太突然了！"

后面的赵会计赶紧小声说："错了错了，那不是县长！"

而苏文学早就被村小学老师的"妈灵"和"糊铁儿"给搞得晕头转向，头脑一直没有清醒呢，被高天祥这么一搞，他支吾着不知该怎么解释了。

高天祥一听，脸当时就严肃起来，回身大声道："你小子啥意思？这又是来要账的吧？你敢忽悠我！"

赵会计看了石润生一眼，咧着嘴不知该说什么。

这时，秦大军站了起来："你是高天祥高主任吧？我是县政府办公室秦大军，这位是咱们县新来的石县长。"

石润生微笑着站了起来，看着高天祥伸出手。

高天祥将信将疑地勉强伸出手,然后又看了看苏文学,自语道:"县长这么年轻?"说完,他把刚伸出去的手硬是又缩了回来。

"有工作证吗?拿来我看看。"

石润生被这突如其来的变化给弄糊涂了,不过,他并不生气,把手抽回来摸了摸口袋,笑着说:"哎哟,还真没有工作证呢……"

高天祥用怀疑的目光看了看石润生,突然笑着说:"哎呀,是纪委的吧?暗访?太好了!不过,是纪委的我也得看看证件!"

石润生被他逗乐了,回头冲秦大军示意了一下。秦大军摸了摸衣服口袋,也摇了摇头。

高天祥看了半天,突然又哈哈大笑:"哈哈哈!是省城的吧?来投资?我就说嘛,这么美的地方咋能没人相中呢?我们桃花村吧……不对呀,即使是来投资的,县里咋不来人陪呢?乡里也没人跟啊?"他越说自己越糊涂了。

赵会计一拉他的胳膊:"主任,他们真是……"

"什么真是假是?你看过证件?去年三家子村咋被骗的你忘了?"高天祥一甩胳膊,走到桌前就拿起电话。

这时,秦大军上前按住了他的手,笑着说:"高主任,你知道县政府的电话吧?来,你打一个问问。"

"县政府?我认识它,它不认识我!"高天祥的犟劲又上来了。

石润生就坐那儿看着他,既不生气也不说什么,这位直性子的村主任已经引起了他的兴趣。

正在这时,就听院子里又传来了说话声。

"他李婶儿呀,你慢点儿!我说不是就不是,你偏不信!"

"一准是!我见过!"

众人往窗外一看,就见两个人正急急忙忙地走进院子,一男一女,都是老年人。一看这俩人,石润生认出来了,走在前面的老妇人正是昨天晚上自己在县一中门口遇见的那位大婶——李光荣的母亲,另一位老汉则是刚刚见过面的张妍爷爷。

他刚想起身,就见高天祥放下电话就往外走,边走边说:"对不住大婶呀,今天又没给办来,这可咋跟她说呢?"

石润生微笑着跟了出去。

一到门口，就见李光荣母亲拉着高天祥的手说："大祥子啊，没看见县长？"

"婶儿呀，今儿个又没办成……"高天祥一脸的愧疚。

"老人家，您好啊！"石润生迎了出来。

一看见石润生，老人家就迎了上来，拉着他的手说："县长啊，来了咋不到家呢？这都快到中午了，走，上我家吃饭吧，婶给你做好吃的！"

高天祥直眉愣眼地看了看石润生，皱着眉问道："李婶儿，您刚才说什么？什么县长？"

老人回头看了他一眼，笑着说："你不是天天念叨要找县长吗，这回人家来了，你咋还不认识呢？"

"啊？真……真是县长？"高天祥有些蒙了。

发蒙的还有一个人，就是张妍的爷爷，他往前走了两步，看着石润生说道："真是？这丫头！县长要来咋不提前往村里来个电话呢？"

石润生笑着把两位老人让进了村部，等大家都坐下后，高天祥站在屋地中间看看这个再看看那个，脸涨得通红，眼睛直看石润生，身子也一点儿一点儿地往他那边挪动着，还一脸的憨笑。石润生并不理他，笑着和两位老人家说话。

高天祥站了一会儿，局促得直搓手。他扫了一眼桌上的茶杯，赶紧到旁边把暖瓶拿过来，往石润生的杯子里倒水，并往前推了推，一脸的滑稽。

等好不容易得着空了，他低着头笑嘻嘻地小声道："县……县长，刚才实在是……"

石润生看了他一眼，站起来伸出手："高主任，给个面子握个手吧？要不是大婶儿来呀，我看非把我们送派出所不可！哈哈哈！"

高天祥不好意思地笑了一下，伸出双手紧紧地握住了石润生的手，半天没说话，而他五尺多高的汉子眼里却噙满了泪水。

第十三章　村主任因何要官当

高天祥是土生土长的桃花村人，一直在家务农。那年村委会换届选举，经群众海选，他高票当选为村主任。因平时为人耿直，工作认真，且处事公正，他干满一届后，再次当选。期间，村里换过两个书记，第一个干了不到一届就因为身体原因退了下来，第二个书记是乡里派来的，干了也不到一届就神奇地被提拔为副乡长了。为此，村民们都议论说，桃花村不过是个跳板，他上边肯定有人，可能是为了掩人耳目吧，所以才到桃花村来镀镀金；也有的议论说，他的提拔是有原因的，恐怕与乡党委书记王茂疆有关。反正是众说纷纭，中心就是一个，为什么高天祥干得那么好却得不到重用呢？甚至连村书记都不让当。

而高天祥本人可没想过要当什么村书记，他总大咧咧地说，当个村主任挺好，要是不为群众做事，就是当个乡书记又有啥用？

可是，这一年多来高天祥却改变了想法，他想当官了，而且想当比村书记还要大的官。他心里总是想，能为群众办多大事那得看你管多大事，就自己目前这个小小的村主任，连本村村民合理合法的事都办不来还想干别的？

他所说的合理合法的事指的就是农村低保。

国务院曾于2007年下发了《关于在全国建立农村最低生活保障制度的通知》，通知指出，为切实解决农村贫困人口的生活困难，决定在全国建立农村最低生活保障制度。"低保新政"犹如温暖的阳光照耀到贫困农民身上，为广大农村贫困人群拉起最低生活保障的"安全网"。从国家的政策出台到目前已经好几年了，可像安农县这样的贫困县，农村低保却一直没有实现应保尽保，覆盖面还不是很高。

太平川乡桃花村共有村民五百六十八户，符合办理低保条件的就有三百多户，且大多是老弱病残户。本来村里已经没有低保户了，可随着不确定性因素造成返贫情况的增加，个别因伤因病致贫的村民办理低保却十分困难。原因解释不清楚，村民们只是听说再办就得走关系了，或者找人，或者花钱，否则休想办。这也就是石润生在乡民政所听到的得找乡领导批条子的事。

听着高天祥介绍的情况，石润生眉头紧锁。

此时，他们正走在村路上，边走边聊着。石润生和高天祥在前，秦大军和苏文学等人跟在后面。此前，张妍爷爷和李光荣母亲已经先走了，一听石润生说要到自己家里去，李光荣母亲乐得合不拢嘴，急着回家做饭去了，说是非要让县长在家里吃中午饭。

村委会在村东头，而李光荣家在村西头。石润生他们走在村里的路上，两侧不时有村民在自家门前驻足观望，在菜园里的几个小媳妇更是停下手中的活，趴在园田地的栅栏前看得眼睛都直了，有的还不时地和邻家的姑娘开着玩笑。

经高天祥一介绍，石润生才知道，原来这个李光荣是非常不错的民办教师，尽管他教的是小学，但由于底子打得好，有些学生上了中学一直学习不错，村里这几年考出去的大学生大多都是他教过的学生。

"这样的老师落实民转公政策时怎么就下来了呢？"石润生问。

"别提了，我上午在乡里生气也不光是给李婶子办老年补贴的事！娘的！"高天祥骂了一句，但马上就憨憨地笑着挠了挠头，"县长，我嘴又没把门子了。嘿嘿嘿！"

"骂得对！我都想骂人了！"

石润生说完，后面的苏文学咧了咧嘴，他脑海里全是那个"蚂蚱、蝴蝶"老师上课的情景。

在一间低矮的灰砖草房前，高天祥停了下来。

"石县长，这就是李老师家。"

石润生停在柴门前看着这间房子，鼻子有些发酸。这时，就见李光荣母亲扶着个人走出屋来，他们赶紧迎了上去。

"光荣啊，这就是石县长！"老人对儿子介绍着。

石润生上前扶住了拄着拐杖的李光荣："你是李老师吧？我是石润生。"

李光荣把拐架到腋下，拉着石润生的手半天没说出话来。

众人进屋后，石润生看见，厨房热气腾腾的全是水雾，混合着烧庄稼秸秆冒出的烟，白茫茫的一片，也不知锅里做的是什么。从地上还传来鸡的叫声和翅膀的扑棱声，听上去像是哀鸣。

等穿过厨房进了主屋，大家这才觉得清爽多了。李光荣母亲笑着在围裙上抹了抹手，说道："县长你们坐啊，我去去就来。"

石润生明白了，老人家这是要去杀鸡呀，这还了得？他冲秦大军使了个眼色，秦大军点了点头跟着进了厨房。

屋里靠近南边窗户是一铺土炕，北面没有炕，屋地铺的是红砖，墙上挂着一面大镜子，还有各种奖状，北窗边靠近东墙的位置摆了一个书架，上面排满了各种教学用书，一张书桌摆在书架前，上面堆着很多张画满了各种图案的纸。

石润生在屋里看了一圈，走到书桌前拿起一张纸，展开一看，竟是教学挂图，而且是手绘的，虽然有些画得并不像，但足以看出画它的人用心的程度。他不由得想起了在村小学窗外看到的情景，教室里挂的也是教学挂图，而且还是印刷的，但被那个老师一读，那张挂图都显得黯然失色了。

"李老师，这些都是你画的？"石润生问道。

"画得不好……"李光荣咳嗽了两声说道。

"我要给他扔了或烧火，他就是不让！都不教课了还留那干啥？"李光荣母亲进了屋，看着石润生又说，"石县长，咋不让杀鸡呢？您可是贵客，家里这些年也没来过像您这样的贵客，不杀鸡咋行？"

"大婶儿，叫我润生就行。那鸡呀，您还是留着给李老师和您自己补补身子吧，对了，你们中午吃啥我们都跟着吃啥，大家垫巴一口就行。"石润生笑着说。

"那咋行？"老人说着就到炕上把饭桌子往边上推了推。

石润生看见，桌子上摆着盆和两只碗，还有一盘金黄色的东西不知是什么食物。看来，他们本来要准备吃午饭了，一听说自己来，老人家这才要杀鸡。

"大婶儿，就吃这个吧。"说着，他到桌上从盘子里就拿过一个来，一看，是玉米面饼子，他边往嘴里送边说，"可是好久没吃到这个了，来来来，大家都吃！"

秦大军和苏文学也过来拿了一个。

李光荣母亲叹了口气，又用围裙擦了擦眼角，说道："锅里还有菠菜汤呢，我去盛！"

"别忙活了婶子，快歇歇吧！"石润生拉住老人坐到了炕上。一旁，赵小兵转身去了厨房。

桌上的玉米面大饼子本来也没几个，大家一人拿了一个后就见底了。

李光荣母亲看着大家自语道："早知道爱吃这个就多贴点儿了！别的没有，苞米面有的是。"

而高天祥笑呵呵地看着大家，还不时地往窗外看。赵小兵端着个汤盆放到了桌上，又抱过几个碗来给大家盛汤。

正在这时，就见有个人进了院子，手里还端着盆，并拎着个方便袋。一进屋就把东西放在桌上："豆腐坊就这些豆腐了，少了点儿。"原来，是村里赵会计。

"咋才回来呢？"高天祥说了一句，又冲大家说，"大豆腐，还有面包。"

石润生一看，抬头问道："哪儿弄的你？"

"嘿嘿嘿，放心吧县长，没花村里一分钱。"高天祥呵呵地笑着。

石润生看了他一眼，心说，心不是挺细的嘛！

"大祥子，你看，在婶儿家吃饭还让你破费！这怎么说的呢！"李光荣母亲嘀咕着过来给大家盛豆腐。

石润生也不客气，一口玉米面饼子一口大豆腐，吃得这个香。

等大家吃得差不多了，赵小兵帮着往下捡桌子。正在这时，就见院里又进来两个人，一个是张妍的爷爷，另一个人石润生却不认识。旁边的苏文学往窗外一看却咧了咧嘴。

张妍爷爷手里提着个篮子，进屋就往炕边一放："县长啊，这是自家的，你尝尝！甜着哩！"

大家一看，篮子里是又紫又大的葡萄。

"大爷，这可不行！您留着自己吃吧！"石润生笑着说。

"那咋行？你要是不吃俺孙女儿非怪我不可！尝尝！"说着，老汉递过来一串葡萄。

石润生接了过去，却轻轻地放在了桌上。

"这位就是县长？"跟进来的另一个人问道。

石润生看去，那人六十岁左右的年纪，背有些驼，戴副眼镜，看上去像个读书人。

"哦，您是……"石润生问了一句。

"县长，这是桃花村小学王校长。"苏文学在后面说道。

一听说是桃花村小学校长，石润生又仔细看了一眼，心说，正想找你呢。

就听王校长说道："不瞒您说，我一早就去县里了，就是要找县长的。可听张家丫头说你下乡了，就又赶了回来。可算见着了！"说着，他又抬头看了一眼在炕上坐着的李光荣，说道，"光荣啊，这回行了，你的事有着落了！"

石润生听他的话觉得蹊跷，就问了一句："怎么回事？"

王校长拉着石润生的手张了张嘴，可眼睛又扫了一下苏文学，干咳了两声又把手抽了回去。

"县长，能不能……"王校长支吾着。

石润生明白了，他一定是看教育局局长在这儿不方便说。

"没事，你有啥话就直说吧。"石润生回身看了一眼苏文学。

王校长一听，也不管那些了，就把自己为什么要去县里找县长的事统统说了出来。

原来，他要说的事是关于李光荣的。

这个王校长名叫王孝直，自从师范院校毕业就一直在桃花村小学教书，后来当了校长。而那年李光荣高中毕业时本来考上了省城的大学，但由于家里困难没钱供他上学，他就回了家。本来是想务农的，或者搞点儿副业什么的缓解家里的经济现状，但当时村小学缺老师，分来几个师范生没干几天就调走的调走，改行的改行，原因很简单，桃花村地处山区，偏僻不说，主要是穷。后来，王孝直就找到了李光荣，让他暂时给代几天课。可李光荣这课一代就是一年多，后来王孝直请示乡教育办，乡里又报到县教育局，算是同意把李光荣转为合同制民办教师了。就这样，李光荣一干就是近二十年。期间有几次民办转正的机会，可由于名额有限，乡里没有给桃花村小学转正指标。去年好不容易有指标了，可是又发生了一件意想不到的事。

王孝直越说越生气，他也不管什么苏文学李文学的了，就把那件意想不到的事也说了出来。

原来，有一年学校又来了一个民办教师，叫刘富贵。个子不高，年纪也不算大，但秃顶使他显得比实际年龄要大得多。作为老师，这些也许都不算什么，但关键是他教不了课。最后，王孝直就安排他教体育。乡里把民办教师转正的指标下到村小学后，可把王孝直乐坏了，这么些年了，他都觉得有些对不起李光荣了。可他还没高兴几天呢，乡里就来通知了，说是经过审核，这次的转正指标给了刘富贵，原因是李光荣年龄超了。这可把王孝直气坏了，多次到乡里找有关领导，可到最后也没能让李光荣转上正。这还不算，转过年来上面就下来精神了，说是民办教师一律清退，原因是新毕业的师范生都安排不了，民办教师要给这些师范生腾地方，一律清退回家。就这样，李光荣盼了近二十年的转正机会泡汤了，他只能回家务农。可屋漏偏逢连夜雨，他一不小心又把腿摔断了。王孝直咋想都觉得出不了心中这口气，一听说县里来新领导了，他二话不说就去了县城，用他的说法，就是要讨个公道。

"我给你公道！"听他讲完，石润生一拍炕沿就站了起来。他听明白了，王孝直所说的那个刘富贵一定就是上午看见的那个"妈灵、糊铁儿"老师。

王孝直眼泪都要下来了，他上前拉住石润生的手，用颤抖的声音道："县……县长啊……"喊了一声却啥都说不出来了。继而又回过头对李光荣喊道，"光荣啊，这回好了！你抓紧把腿养好吧，我还等着你接替我做校长哩！"

"那哪儿行……县长啊，国家有政策，我没有怨言，只不过求您个事儿，转不转正不打紧，就是让我继续教课就行，孩子们离不开我呀！"李光荣倚靠在柜前眼含热泪。

石润生安慰了几句，看看时间也差不多了，自己也该回县里了，眼下得抓紧处理太平川乡的问题，还百姓一个公道。

想到这儿，他告别了众乡亲和村主任高天祥，带着人离开了桃花村。临走前，他向秦大军使了个眼色，秦大军悄悄把二百块钱放在了炕上。当石润生他们准备上车时，张妍的爷爷好说歹说硬是把那篮子葡萄给放车上了。石润生只好说给他孙女儿捎去。

他们开到太平川乡后，秦大军和苏文学下了车分别去取自己的车，石润生就带着赵小兵回县城。期间，他让赵小兵在车上通知县委常委们准备连夜召开常委会，部署当前工作。并要求县直各部门一把手、各乡镇党政负责人列席会议。而特别提出的是，教育局、民政局和太平川乡全体班子成员都要参加。

赵小兵在车里挨个通知着，石润生则坐在后排一言不发，他望着窗外山间的斜阳，心情十分沉重。这才下来一天就发现这么多问题，而且还都关系到百姓切身利益，如果再深入调查下去还不知道有多少呢！作为一个要资源有资源要优势有优势的县，穷并不可怕，可怕的是人心，是个别干部不作为或乱作为的私心和贪心，是老百姓对干部对政府不信任甚至痛恨的民心！所以，他决定，到安农县的第一件事恐怕就是要进行彻底整顿了，整顿干部，整顿作风，聚拢民心，聚集合力。只有这样，才能为下一步规划发展蓝图打下坚实的群众基础。

秦大军开着车从后面赶了上来，鸣了一下笛后就超了过去，他是要赶紧回县政府准备开会的事。而苏文学则坐在车里正打电话呢。

"怎么搞的你们？不下来调查吗？啥人都能教课？谁都可以当老师吗？哪天把你们的孩子都送这儿来上学！赶紧把全县教师民转公的情况拢个材料，马上开会要用！"他越说越气，狠狠地挂了电话后还气得骂了一句。"

司机看了一眼后视镜，一吐舌头，心说，苏局长这么有文化的人今天是怎么了？

恐怕只有他自己知道是怎么了，苏文学心里想，恐怕自己的教育局长要当到头了。他简单回顾了一下自己这几年在教育局的工作情况，觉得没有什么违反原则的事，也没有收受贿赂，在各学校领导的提拔使用上也都是按程序来的，但怎么就偏偏出了这么个事儿呢？自己前几天还和一中夏雨轩开玩笑呢，听说县长是他同学，还要让他给美言美言呢，这下泡汤了，还美啥言啊，自己都没颜面了！

他心想，自己是没问题，可手下的人就不保准了，如果自己被免了职，那也绝不能让那些搞腐败的人消停，自己在下去之前要来一次彻底整顿，整顿整个教育系统，方方面面都要彻查！

想到这儿，他又打了一个电话，让教育局全体干部下班后谁都不要走，等县里的会结束后召开教育局全体会议。

第十四章　常委会的决议

　　石润生赶回县政府时已经快到下班时间了，但整个大院似乎没有多少往外面走的人，却反而是往里面进的多。院子里的车也多了起来，也不知是谁安排的，竟有两名交警，一个在大门口指挥着车辆进出，另一个在院子里导引着车辆摆放。

　　石润生的车进来的时候，那两名交警都齐刷刷地立正敬礼，在夕阳的余晖中那双白手套停在帽檐处显得格外精神。而等他一下车，无意中看见楼上的窗户开了好几扇，不知是哪些个部门的干部趴在窗前向楼下张望着，见石润生往楼上看了一眼，那些伸出窗外的小脑袋都缩了回去。长发的、短发的，却都是女同志。

　　石润生边往楼里走边抬起手腕看了一下表，心说，这不是到下班时间了吗，怎么都不回家？

　　他哪里知道啊，县委县政府大院可好久没这么热闹了，这个时候，可以说，全县各部门的头头和各乡镇的"大员"们到得这个齐刷哟，没一个请假缺席的，就连个别生病的一听说开会在医院里拔了吊针就来了。或许人们不是因为别的，而是要见一见这位传说中年轻帅气的新县长。

　　上楼梯的时候，石润生听见那些也正在上楼的人开着玩笑。

　　"哟，这不是太平川乡的一枝花吗，咋穿得这么漂亮呢？小心你家老头把酒喝成醋味啊，哈哈哈！"

　　"孙书记，别忘了你可是搞纪检的啊！虽说是单身，但也不要这么穿吧？我见了心都痒痒……哈哈哈！"

　　而这些开着玩笑的人却并不知道，此时，走在他们身后的正是石润生。偶有人回头看了一眼，但也没有引起警觉，他们以为或许是哪个部门新来的干部吧。直到上了三楼，石润生来到走廊的时候，秦大军过来说了一句："县长，常委们都到齐了。"可把那些人给吓了一跳，都默不作声了，那几名女干部还偷眼看了一下，随即就低下了头。有的还小声嘀咕着："瞎说啥？"

石润生一边往自己办公室走一边吩咐着："大军啊，让中层干部们先候着，先开常委会！"

秦大军答应着去落实了。

在三楼的常委会议室里，石润生主持召开了他到安农县的第一次专门研究工作的常委会。会议议题主要有三个：一是研究干部队伍整顿问题，重点查办违法乱纪的、不作为或乱作为的、玩忽职守的；二是研究教育和民政系统等涉及民生的主要问题，彻查以权谋私和侵害百姓利益的问题；三是研究秋收和冬季组织农民创收问题，重点是各乡镇和农口部门如何利用漫长的冬季帮助农民变冬闲为冬忙，开展多种经营增加收入。

这三个议题一端出来就获得了高度一致的同意，齐福仁作为县委副书记首先发了言，表示坚决支持常委会的决定。在他的带领下，三个议题举手表决一致通过。会议决定：成立三个专项工作组，第一组由县委副书记兼纪委书记齐福仁任组长，组织部、纪委为成员单位，主要负责干部队伍的调查与整顿；第二组由县纪委副书记、监察局局长闫继成牵头，纪委、检察院为成员单位，主要负责彻查教育和民政系统违法乱纪问题；第三组由县委常委、副县长姜然负责，农委、农业局、畜牧局、就业局为成员单位，主要负责抓好秋收和研究落实冬季增收事宜。

在部署工作的时候，石润生特别指出，第一组特别是要查好一乡一村，乡是太平川乡，村是下沟村。这两个他曾去过的地方都有问题。太平川乡且不说，下沟村可是必须要查的，现在石润生还忘不了那天离开村里时娃娃们的歌谣。要查一查，为什么那个小车就"不一般"了？

三个工作组除第一组因涉及干部事宜由齐福仁这位副书记挑头外，其他两个组却都是年轻干部担任组长，尤其是第二组，纪委副书记闫继成刚刚四十出头，且并不是县委常委，让他担任组长是齐福仁提议的。而第三组的姜然，不仅是女同志，而且还是年轻干部，之所以让她担任组长而不是李铁城，石润生有他自己的考虑，至于到底是出于什么考虑，恐怕只有他自己知道了。

在谈到教育和民政方面的问题时，石润生让人把他手机里录的视频给放了出来，常委们一开始时不知道是什么，可等视频一放，那个秃顶老师一句"妈灵"、一句"糊铁儿"一出口，可把大家给乐坏了。笑得最厉害的是姜然，她捂着嘴脸憋通红。而不仅没有笑却反而眉头紧皱的是李铁城，因为他分管教育。看到这一幕，他气得脸都白了。而老成持重的组织部长尹力忍着笑悄悄用胳膊碰了一下旁边的姜然，并把目光投向了石润生。姜然止住笑声一看石润生，顿时不敢再笑了。此时的石润生，帅气的脸上却是一副铁青色，很明显是强忍着怒火。

所以，常委会一结束，李铁城就给苏文学打了个电话，告诉他一会儿开完会到他办公室去一趟。苏文学一听就明白了，心里直打鼓。

县政府的大会议室在四楼西侧，就是在三楼常委会议室的上面。此时，会议室里坐满了人，但秩序出奇得好，不仅没有吸烟的，而且连交头接耳的都少。石润生并没有参加这个会，现在，他还不想和各个口的头头们见面，他有自己的打算。负责主持这个会议的是齐福仁，会议主要内容是传达常委会的决定，重点是部署秋收工作和利用冬季组织村民创收事宜。

大家一看新来的县长并没有来开会，会场里顿时开始议论起来，齐福仁几次拍桌子这才制止住说话声。他气得大声说："你们是不是以为这和以前大大小小的会没啥区别呀？是不是以为这位新来的代县长年轻啊？是不是以为把你们召集来就因为这一件小事呀？我告诉你们，要是这么想你们就错了！各乡镇有任务的要落实好秋收工作，要研究好冬季增收的路子！研究不出实招，到时候有你们哭的那一天！还有，各委办局你们是不是觉得没自己啥事呀？除了为全县中心工作搞好服务外，要研究好明年工作！如果谁还是得过且过，谁还是应付了事，谁还是玩虚的……哼！行了，都回去落实吧！我告诉你们，不怕你们知道，说不定哪天县长就到你们那儿！我不希望看到下次县长主持开会时有哪位在痛哭流涕！"说到这儿，他看了一眼苏文学，笑着说，"你说是吧，文学？"苏文学一听，马上低下了头。他清楚齐书记这话是啥意思，脑海里马上想到了在桃花村小学看到的那一幕，他恨得牙直痒痒。

大会结束后，姜然带着农口部门的一干人等回去连夜开会研究如何落实常委会的决定去了。而苏文学一回到教育局就召开了局务会议，要求把近几年民办教师转正的事彻底查一遍，捎带着还有师范生分配的事。这次他自己亲自牵头抓这件事，并敲打着有关人员，如果自己确实有问题，最好提早跟组织交代清楚，别等到纪委查时收不了场。部署完这些事，他赶紧上楼去找李铁城，心想，少不了挨一顿批了，有什么办法呢？就是挨骂都得受着，谁让你管理不严呢？下面出了这么大的事，自己这个做局长的是脱不了干系的。

而与此同时，还有一个脱不了干系的人，那就是民政局局长李维生。

原来他并不知道石润生在太平川乡民政所了解到的事，而是散会后齐福仁笑呵呵地和他说了一句话，让他顿觉要出大事了。

当时，会议散场后，齐福仁冲他一摆手，让他等一下。等走到跟前，齐福仁拍了拍他的肩膀，笑着说："维生啊，今年五十五了吧？到二线的年龄喽！"

李维生愣了一下，回道："不是说得六十才能退吗？"

齐福仁又笑了一下，说："民政局可是个好地方啊，关系到百姓的切实利益，稍有不慎……呵呵！对了，上次跟你说那个事儿算了吧啊，我那个亲戚说不愿意去乡下民政所，上省城了，听说有个什么公司招聘？谁知道呢，反正不用办了。就这样啊，就当没跟你说过。"说完，他背着手就上楼了，把个李维生弄得一愣一愣的待在走廊里半天没缓过神来。

在往家走的时候，李维生越想越不对劲，齐书记明明跟自己说是要给个亲戚的孩子安排工作，现在怎么突然说不用呢？而且，从他的话里话外分析，还有那一脸神秘兮兮的笑容来看，怕是要出啥事吧？一想到这儿，他不禁浑身直起鸡皮疙瘩，就觉得外面的冷风嗖嗖地刮到脸上像是有人用刀在割一样。所以，一到家他就打了一个电话。

"茂疆啊，你在哪儿呢？哎呀，还有闲心和人家喝酒？你赶紧的吧，来我家里，让你姐一会儿给你弄点儿吃的不得了，我还没吃呢！"

打完电话，李维生就在客厅里心神不宁地走来走去。此时，他在想，新来的县长咋不露面呢？平时那个齐福仁官腔十足不说，也没干啥实事，今天开会时怎么说得一本正经呢？一副从来没见过的姿态。看来，新来的县长一定是个厉害的主儿，可是，他到底是怎样的人呢？

和李维生一样对齐福仁有疑问的还有一个人，那就是石润生。

此时，他正站在办公室的窗前，看着正下班往外走的干部们。干部队伍不整顿是不行的，但水至清则无鱼的道理他清楚，只要大家心往一处想，劲往一处使，都想事干事并且干成事就行，只要不违法乱纪就行，十个手指还不齐呢。可是，对于有些人是必须要依法严办的。对于会上齐福仁提议做第二组组长的那个人，他当时同意了，他心里清楚，有些事是要有过程的，现在自己初来乍到，对干部都还不了解，到底谁行谁不行得经过一些事才能知道。至于什么谁是谁的人这一套他根本不在乎。谁的人？只要给组织干事，只要处以公心，那就都是组织的人！

回到办公桌前坐下后，他打电话把秦大军叫了过来。告诉他，马上组织政府办综合科的人，着手拟一套方案，明天一早报给他。说完，他把几页纸递给秦大军。秦大军接过来一看，上面一条一条写的都是一些调研的题目。

"县长，您是说拟一份调研方案？"

"对，这是我草拟的一些题目，你们再琢磨琢磨，看还有哪些方面需要调研，拟一个方案，根本内容是把任务拨下去，限定时间交稿。"

秦大军答应一声安排去了。今晚，恐怕他和手下写材料的那些干部都要加班了，其中最受累的还是赵小兵。

安排完了工作，石润生又往北京打了一个电话，那是他的大学校友，现在是一家咨询策划公司的负责人，叫陈晓霞。石润生让她下周找个时间来一趟，说是让她帮着研究发展战略规划。陈晓霞答应着，说正好明天要来这边办事，到时候顺便到安农县。

放下电话，石润生出了办公室准备回宾馆。他刚迈了两步，这才想起来张妍爷爷给的那一筐葡萄。就给赵小兵打了个电话，让他找车队司机把东西拿到宾馆去。

赵小兵告诉他，那筐葡萄已经让司机送到宾馆的房间了。石润生一听，不禁笑了笑，心说，这小子还行，中用，可不像他爹赵昆山那个大老粗。

一想起赵昆山，他脑海里出现的却是另一个人的身影。他下意识地摸了摸口袋，不禁摇了摇头，心说，谁还总给你往口袋里放鸡蛋？

没错，出现在他脑海里的不是别人，正是徐蔓苓。想到徐蔓苓，他掏出手机给王德贵打了一个电话。因为他记得当时王叔说徐蔓苓好像是农业方面的硕士，与其让她在下沟村搞什么试验，还不如到县里来，正好可以帮着抓一抓今冬的农业多种经营。所以，一想到这儿他就莫名地兴奋，这才给王叔打了电话。

而此时，徐蔓苓正坐在院子的葡萄架下望着已经渐渐爬上来的月亮发着呆呢。自从那天石润生走后，她就像换了一个人似的。白天在实验田里乐呵呵地忙活着，偶尔也去小辣椒杨淑花那儿，帮着收一收红了的辣椒。可一到了晚上，她就坐在院子里发呆，就算是回屋躺下也睡不着。她满脑子都是那个人的身影，还有小时候他哭鼻子时的情景。

院子里的葡萄架上结满了成串成串的紫色葡萄，在月光下泛着幽幽的光，似在帮着她重新进入那美好的紫色的回忆中。一想起那天他走时连句告别的话都没说，徐蔓苓不禁嘟着嘴嘟囔一句："走了连个电话也不打，什么人呢！"

"什么人啊？哈哈哈！"身后，王德贵一句话打断了她的思绪。

"叔，看你！"徐蔓苓站了起来。

"丫头，你这几天好像魂都丢了，要不要我打电话骂骂那小子？"王德贵笑着说道。

"叔——"徐蔓苓脸红了。

王德贵也坐在了葡萄架下，笑着说："你还别说，狗剩儿还真打来电话了。"

"是吗？怎么不早说？"说着，徐蔓苓转身就要往屋里跑。

"傻丫头，看把你急的！那还不让叔告诉他你是谁？回来回来，电话早挂了。"王德贵招呼着。

徐蔓苓脸都快红到脖子根了，她为自己刚才的失态而感到羞涩。她自己也搞不明白，怎么现在就不矜持了呢？这才几天啊？

王德贵就把石润生打来电话说的事跟她学了一遍。听完，徐蔓苓半天没说话，想了一会儿才说："是得去，要不看着他，说不定哪个小姑娘惦记呢！哼！"

"哈哈哈！我看啊，惦记的是你吧，丫头！"王德贵哈哈大笑，起身回了屋。

徐蔓苓独自坐在小凳子上，眼睛望着不远处那一串葡萄，又开始发呆了。她想了一会儿，起身拿了个方便袋就开始往下摘葡萄，挑的都是又紫又大的串。

王德贵站在窗前看着她，摸着下巴不住地笑。可笑了一会儿，他像是想起了什么，拿起桌上的电话就拨号，嘴里还叨咕着："也不知道这小子有没有对象？万一要是有了那可就糟了。"

电话打通了，王德贵也不绕弯子，直接就问："小子，叔问你个事儿？有没有对象啊？"

石润生没想到王叔会问这个，一下子有些发蒙，支吾着道："没……没有！"

"没有就好，没有就好！行了，没事了。"说完，王德贵放下了电话，忍不住抿着嘴乐。

还有一个人在偷着乐，拎着一袋葡萄正走进厨房准备回屋的徐蔓苓。刚才王德贵说的话她听得一清二楚，虽然说自己心里有数，但知道这个消息她还是忍不住高兴，毕竟女孩子嘛。

躺在床上，徐蔓苓在想着等周六去时和那个人见面的情景，渐渐地，她甜美地进入了梦乡，嘴角还泛着浅浅的笑，而手心里却紧紧地握着一枚发旧的发卡……

第十五章　尴尬的见面

石润生回到宾馆后，到一楼餐厅草草吃了一口饭就上楼了。一进屋，他发现很干净，像是刚刚打扫过的样子。

张妍此前曾过来一趟，发现石润生没回来，她就把房间又收拾了一番。其实，这一天她已经来收拾好几次了，但总觉得还要再收拾一下。至于为什么房间打扫得这么勤，她也说不清楚。但自己就是专职负责这个房间的，不打扫卫生还能干什么呢？要下班的时候，赵小兵提着那筐葡萄找到了她，她就给放房间里了。

石润生进了房间，先洗了一把脸，边擦脸边思考着明天的工作。明天是周六，机关是不上班的，可他又哪有时间休息呢？他给秦大军打了个电话，问了一下方案的事。秦大军说明天一早就能交稿。他只好作罢，打开笔记本电脑，准备再完善一下自己这些天来起草的安农县发展规划。

这时，张妍敲了敲门进来说要给他洗衣服。石润生这才想起来那筐葡萄，就指了指茶几那边说道："小张啊，那是你爷爷让捎给你的葡萄，你拿去吃吧。"

"县长，您吃吧，那是爷爷给您的，爷爷都打电话跟我说了。"张妍笑了笑，就开始收拾石润生换下来的衬衫。

"小张啊，衣服还是我自己洗吧。"

"那怎么行？您那么忙，衣服还是我帮您洗吧，很方便的，反正我也没什么事。"

"真不用了，小张，我自己洗。"石润生说得斩钉截铁。

张妍见他执意不肯，也只好作罢。临出门时回头说了一句："我家那儿好吧？山美、水美、人……嘿嘿！"

她是想说人也美，但没说出来。石润生看着她的背影，脑海里出现的却是另一个人。

整个一晚上，石润生都在看关于安农县的材料，他是想尽快把情况摸清楚，不熟悉这里的一草一木又如何规划发展呢？

想到规划，他又想起来给老同学打的那个电话。难道她明天就来？那可真是太好了。他嘀咕一句。

可能是由于白天太累的缘故吧，第二天石润生起得比较晚，等他起床的时候，早已经过了早餐的时间，他就打算先洗个澡再说。昨天下乡鞍马劳顿的，他也实在是累了，再加上被个二货老师给气的，晚上又想的事情比较多，所以就没顾得上洗澡，早晨正好冲个热水澡放松一下。

此时，张妍早就起来了，她打开门往石润生的房间这边看了看，见没什么动静，就又把头缩了回去。可是，已经过早饭时间了，县长为什么不去吃饭呢？她等了一会儿，觉得他应该已经起床了，就打算过来提醒一下。可她敲了半天门也没人应，就用自己的房卡开了门。

"石县长！县长？请您下楼吃饭吧？"她叫了两声，侧着耳朵一听，没有人回答，却听见了哗哗的流水声。难道是县长一早上出去时忘关水龙头了？

她赶紧进了里间，打算到洗手间看看。可一进来她就看见玻璃门上的水雾，还有一个人影，顿时脸一红，转身就往外走，心还突突地跳个不停。

正在这时，楼梯上有个人提着个方便袋正快步往上走着，边走边四下看，还自语："小兵不是说在顶层吗，到底是哪一间呢？"

她刚下了楼梯，还没到走廊里呢，就见一个房间的门开了，接着，一个穿着宾馆服务员制服的小姑娘从里面跑了出来。她刚想问一问，不料那个服务员一转身就进了旁边的房间，并把门关得死死的。

她觉得好奇怪呀，小服务员长的怪水灵的，不过这一大早的脸怎么红成那样呢？她狐疑着沿走廊挨个房间看着，最后，还是停在了刚才那个服务员出来的房间门口。她迟疑了一下，伸出手打算敲一下门。可还没等敲呢，门却开了，一个湿着头发的人走了出来。两个人四目相对，都吓了一跳。

"是你？"

"是你！"

两个人几乎同时叫了一声。出来的是石润生，而站在门口的却是徐蔓苓。

原来，正在冲澡的石润生隐约听见好像有人在叫自己，他隔着玻璃门往外看了一眼，却看见正在转身的一个人影，他也吓了一跳，赶紧擦了两下披着浴巾就出来了。到外间会客厅一看，人已经出去了。他把头发擦了擦，也顾不得身上全是水，就把衣服穿上了。心说，这小丫头怎么这么冒失？就打算把门打开，可一开门看见的却是徐蔓苓，他着实吓了一跳。

"怎么是你？"他疑惑着，脑海里出现的是刚才看见的那个人影。

"你以为是谁？"徐蔓苓没好气地说，脑海里浮现出那个红着脸的女孩儿。说着，迈步就进了屋。石润生愣了一下，往旁边躲了躲。

徐蔓苓怎么这么早就来了呢？昨天晚上听王叔说了石润生打来的电话后，她恨不得马上就到县城来，好不容易盼到了天亮，她收拾收拾骑着摩托车就上路了，这一路上也不知是车少还是她开得快，觉得没用多长时间就到了县城。进城后，她直接就进了政府大院，可一进院子她才想起来，今天是周六啊，机关不上班。没办法，她就给赵小兵打了一个电话，问了石润生的住处后，就到宾馆来了。本来，上楼时她还预想着见着面时该说点儿什么呢，要不要告诉他自己就是当初那个姐姐呢？可万万没想到会看见这样令人尴尬的一幕。

一进屋，她把手里的东西往茶几上一放，可一眼就看见茶几旁放着的那筐葡萄，不禁愣了一下。心说，哪个小姑娘给拿的？

"蔓……蔓苓啊，吃早饭了吗？"石润生站在旁边显得有些拘谨。

"叫徐蔓苓！弄那么亲切我受不了！"徐蔓苓白了他一眼，把大衣脱了下来。

石润生有些不知所措，想说点儿什么却又不知说啥，想去倒水却又不知水烧了没有，在屋里踱了几步啥也没干成。

见他窘迫的样子，徐蔓苓差点儿笑出声来，就忍着笑说道："我饿了，有没有吃的？"

"哦，有有！"石润生答了一句就去翻柜子，翻了半天才回过头说，"原来有一盒方便面……让我吃了……我去买吧，你吃啥？"

徐蔓苓看着他的样子，心说，还县长呢，连一个姑娘都应付不了。

"随便吧，啥都行！"她说了一句。

石润生转身就往外走，不知是想快点儿去买东西还是为了尽快逃离这尴尬的境地。

在他要转身往外走的时候，徐蔓苓看了他一眼，说道："头发那么湿不擦一擦吗？会感冒的！"

石润生咧了咧嘴，支吾着："哦，刚才冲了个澡……对了，刚才是你……"

徐蔓苓瞪了他一眼："什么情况？"

"哦，没……没什么，我去买东西。"说着，石润生开门就出去了。下楼时，他长出了一口气。心说，怎么一见着她就说话不利索呢？

等石润生一出去，徐蔓苓从沙发上站了起来，在房间里走来走去，看看这看看那。等她进了卧室一看，被子散放着还没有叠。她嘀咕一句："真是懒猪啊，被都不叠！"说着，就麻利地把被子叠得整整齐齐，又把床单用手抚平了。

在收拾床头柜的时候，她一眼看见了那双团在一起的袜子，就咧着嘴一手捂着鼻子一手捏着拿到了洗手间。她又把放在椅子上的衬衫也拿了进去，就开始洗了起来，一边洗还一边哼着歌。

张妍在自己房间里待了一会儿，好不容易那颗跳动的心稳了，这才又开了门，打算过来打扫一下县长的房间。房间的门并没有关，是虚掩着的，她一推就进来了，小声喊了一句："县长，您在吗？"但没人应。

她进屋后，还没等收拾呢，就听见里间屋传来流水声，像是有人在洗东西。

"干吗非得自己洗呢？"她小声嘀咕一句就进了卧室，边走边喊着，"县长，还是我来洗吧，您那么忙……"话还没说完呢，就听见了徐蔓苓的歌声，她不禁愣了一下。

徐蔓苓听见有人说话，回过头来一看，正是在走廊里看见的那个女孩儿，就疑惑着问了一句："你是服务员？"

"哦，我是负责县长房间的，叫我小张就行。大姐你是……哦，嫂子是吧？啥时来的？"张妍疑惑的眼神里似有别的什么东西。

这回轮到徐蔓苓脸红了。她支吾着："哦……刚到！"说完又觉得不妥，又补了一句，"我是他姐！"

"哦，是大姐呀！太好了！"张妍高兴得差点儿跳起来，连她自己也不知道为什么。

徐蔓苓就是一愣，心说，这丫头怎么回事？怎么一听说我是县长他姐这么高兴？

张妍笑着告辞出去了，走的时候像一阵风似的，步伐轻盈。

徐蔓苓愣了半天，吐出一句："好你个狗剩儿！"

再说石润生，他出了宾馆直奔对面的那家早餐店，打算给徐蔓苓买点儿包子什么的，可还没等买呢，手机却响了。接起来一听，来电话的竟是陈晓霞，北京那个咨询策划公司的同学。

原来，陈晓霞是坐早班飞机到的阳春市，下了飞机一联系，说是那家有业务联系的公司老总临时有事出差，今天见不着了，她这才转道直奔安农县，打算就在安农县住了，等周一再说。

石润生一听陈晓霞已经到县城了，就告诉她去县政府等，他马上就到。挂了电话，他直奔县政府，却忘了自己出来的任务，心里只想着一会儿和陈晓霞如何研究一下发展战略规划的事。

等他到县政府大院的时候，陈晓霞正站在台阶上呢，旁边放着行李箱。

上大学时，石润生和陈晓霞并不是一个班，他们学的也不是一个专业，只不过是同一届的，两个系之间经常搞一些活动什么的，慢慢就熟悉了。大学毕业后，石润生去了国外留学，而陈晓霞进了一家咨询策划公司。

见石润生急匆匆地走过来，陈晓霞开玩笑说："你这大县长周六也不休息？怎么，让我来是公事还是私事呀？该不会是想我了吧？哈哈哈！"

石润生一边帮她拿行李箱一边说道："对，想让你来帮个忙。走吧，去我办公室。"

陈晓霞笑着跟在他后面上了楼。在三楼路过秦大军办公室的时候，石润生看见，秦大军在里面不知忙着什么，见到他就走了出来。

"县长，有客人？"说着就过去帮着拿行李。

石润生"嗯"了一声，道："对了，大军啊，在宾馆安排一个房间吧，这是北京来的客人。"

秦大军答应着跟在了他们后面，进了办公室把行李放下后，他就出去联系宾馆安排房间事宜去了。

石润生招呼着陈晓霞坐下后，忙着烧水沏茶。陈晓霞并不急于坐下，而是在屋里走来走去看了半天，笑着说："嗯，像个领导的房间。"

石润生把茶沏好后倒了一杯放在茶几上，又回身到办公桌上拿出一份材料说道："老同学，找你来呢是求你帮个忙，我们县吧……"

还没等他说完呢，陈晓霞却笑着说："怎么那么急呢？就是研究工作也得填饱肚子吧？"

"哦，还没吃早饭是吧？我差点儿忘了，我也没吃呢，正好，走吧，想吃点儿啥？"说着，石润生不好意思地站了起来。

"随便了，入乡随俗，听你安排。"陈晓霞说道。

石润生想了想，拉起行李箱："那干脆这样，咱们吃完早饭直接去宾馆吧，你也好休息休息。"

"行。"陈晓霞说着跟在他后面出了办公室。

路过秦大军办公室的时候，秦大军告诉石润生，房间已经安排好了，在县宾馆的三楼，是个单间，并要带他们去。石润生摆了摆手，就带着陈晓霞去了宾馆。

一进宾馆，陈晓霞问了一句："润生，你不会也住在这儿吧？"

石润生站在电梯口笑着说："暂时过渡一下，租的房子还没找到呢。"

"你在几楼？"

"顶楼。"

石润生答着。一个保安过来接过了他手中的行李，石润生也没拒绝。直到此时，他都没有想起来自己忘了什么事。而楼上，徐蔓苓还饿着肚子呢。

服务员把三楼的一个房间门打开后，陈晓霞要换衣服，石润生就说自己先上楼去等，十分钟后在楼下大厅会合。

直到上了楼，准备打开房间时，石润生这才想起来，屋里还有个饿肚子的人呢。天哪，自己不是去买吃的去了吗？这可怎么办？他一想，干脆一会儿一起出去吃得了。可一进屋就看见徐蔓苓躺在沙发上已经睡着了，手里还拿着一样东西。他走近了仔细一看，徐蔓苓手里拿的是一个小发卡，而茶几上放着自己的钱包。他这才想起来，自己刚才出去时竟然匆忙中没带钱。可是，令他不明白的是，她拿自己钱包里的发卡干什么？那可是自己珍藏了好多年的东西呀！他想把发卡从徐蔓苓手里拿下来，但又怕弄醒她，就左右为难着。

正在这时，就听徐蔓苓闭着眼睛说道："看够了没？没见过女孩子睡觉？"

这一句话吓得石润生赶紧转过身去。

"哦，你醒啦！咱们……咱们出去吃点儿东西吧。"他不知为什么莫名地心慌起来。

徐蔓苓坐了起来，说道："没买成东西吧？钱包都不带。"

石润生又转过身来，看了徐蔓苓一眼，目光却停在了她手中的发卡上。

徐蔓苓看了他一眼，又看看自己手里的发卡，笑着说："什么破发卡还放在钱包里，哪个姑娘给你的？"

石润生支吾着。

"给我吧，反正你也用不着。"徐蔓苓诡秘地说道。

"那可不行！"石润生这下可急了，把手一伸，"给我吧，你要它也没什么用。"

徐蔓苓笑着把发卡放在了茶几上，说了句："小气！"

石润生赶紧拿起发卡，又重新放进钱包里。

"那……咱们下楼吧，正好还有个客人。"说完，石润生无意中发现窗前挂着自己的衬衫，还有袜子什么的，他不禁咧了下嘴，"你……你洗的？"

"难道是它们自己会洗澡？"徐蔓苓笑着道。

一听她说起洗澡，石润生浑身不自在，只是说了句："实在不好意思，哪能让你洗呢。"

徐蔓苓小声嘀咕一句："小时候又不是没给你洗过袜子。"

这一句石润生并没有听见。他开了门，和徐蔓苓就下了楼，准备到一楼大厅等陈晓霞一起去吃饭。两个人下楼的时候，徐蔓苓走在前面，石润生跟在后面，而他此时却没有注意到，徐蔓苓头上有个发卡在窗外照进来的光线中闪闪发着蓝色的光……

第十六章　与两个姑娘的早餐

徐蔓苓和石润生两个人到了一楼大厅，此时，陈晓霞还没有下来。石润生就说先等一下，还有个客人。徐蔓苓没跟他站在大厅里傻等，说是到宾馆外面透透气，就自己出了宾馆正门。

过了一会儿，石润生看见电梯门开了，从里面走出个人来。他刚想把头侧过去，却又停住了。原来，出来的正是陈晓霞，只不过令他惊奇的是，她下面穿了一件黑色的厚裹身裙，裙摆下还带着毛，上身却是件短款毛衣，是白色的，衣领上也带着毛，而那件衣服却是"V"字领，再往下看，他只能低头了。

"收拾好了吗？想吃点儿啥？"他转过头去说道。

陈晓霞微笑着看了一眼他的后背，过来毫不客气地搂住了他的胳膊。

"啥都行！"

石润生下意识地往外面看了一眼，想要挣脱陈晓霞的手，可她搂得紧紧的，要是再用力挣可就要在宾馆那些服务员和保安面前丢面子了。他只好咧了咧嘴，道："晓霞，还有个人要给你介绍呢……"

"看把你吓的！"陈晓霞好像根本不在乎。

眼下得赶紧出门，在大厅里这样可不是什么好事。石润生无奈只好任凭陈晓霞搂着胳膊出了门。

门外，徐蔓苓正在呼吸着阳光下的新鲜空气，并挥舞着手臂，从后面看上去好像心情不错的样子。听见后面有动静，她转过头来，还一脸灿烂的笑容。可是，回过头的一瞬间，她的表情马上僵住了。她呆呆地看着正走出来的石润生和他身旁那个紧紧抱着他胳膊的美女，心想，这是什么情况？

石润生看到了徐蔓苓的表情，又试着抽胳膊，并介绍道："蔓苓，这是北京来的陈晓霞，我同学。"

徐蔓苓盯着陈晓霞，看她那一身衣服也确实漂亮，她不禁下意识地往自己身上看了看，觉得自己穿着牛仔裤与她相比实在逊色多了。

"这是徐蔓苓，是……"石润生介绍到这儿不知该如何往下说了。

徐蔓苓眼珠子转了转，突然笑着走过来一把抱住了石润生另一侧的胳膊，说道："哦，我是他姐！"

石润生愣了一下，又试图抽出被两个女孩儿抱得紧紧的胳膊，可根本抽不出来。他尴尬着，觉得脸有些发烧。

陈晓霞看了徐蔓苓半天，突然笑着松开了手。

"看把你吓的！你好，叫我晓霞就行。"她向徐蔓苓伸出手。

徐蔓苓也松开了那只抱着石润生胳膊的手，和陈晓霞握了一下。

"看样子你没我大吧？既然你们是同学，那你叫我姐也行！"徐蔓苓说着看了一眼石润生。

"蔓苓姐，你好漂亮啊！"陈晓霞上下打量着徐蔓苓，觉得她既清纯又透着高贵，根本不像是农村女孩儿，但又不太像城市女孩儿。

"呀，妹子，你才漂亮呢！是不是？润生？"徐蔓苓笑着扭过头问了一句。

石润生咧着嘴往宾馆门里看了一眼，说道："还能不能去吃饭了？"而他心里却在说，这两个姑娘什么情况？一个硬是抱我胳膊，一个自称是姐姐，看来，可得离她们远些，别惹上什么麻烦。

两个姑娘说说笑笑地跟在石润生后面朝宾馆对面的小吃部走去。

那是一家面馆，平时也兼供早餐，但石润生他们去时已经过早餐时间了，所以没有粥，只有面条。石润生回头看了一眼已经坐下来的两个姑娘，问道："你们吃什么面？"他的意思是问她们两个是吃热汤面还是炸酱面。

可两个姑娘头都没回，异口同声地回了一句："随便！"说完，又继续热火朝天地聊着，也不知道她们在聊什么聊得那么热闹。

石润生看了看两个人，摇了摇头，就向店老板点了三碗热汤面。然后静静地坐在桌前，左边是徐蔓苓，右边是陈晓霞。

就听她们两个人聊着聊着还不时地掩嘴大笑，像是在说什么笑话。

"你们……聊什么呢？"石润生纳闷了，这刚刚认识还不到十分钟怎么就像是多年未见的闺密了？还有说有笑的。

可令他没想到的是，他这么一问不要紧，再看两个姑娘，都侧过头看了他一眼，然后笑得更厉害了。石润生下意识地顺着她们的目光往自己身上看了一眼，一脸的疑惑。

两个姑娘一看他的样子，笑得更厉害了。

这时，店老板喊了一句："请问要不要加鸡蛋？"

石润生回过头："哦，鸡蛋啊……你们要不要加……"

"加！"两个姑娘又是异口同声。

石润生用眼睛扫了一下两个人，回头对老板说："我也加……两个！"

两个姑娘一听他要加两个鸡蛋，都瞪着眼睛看向他，但他就像没看见一样，浏览着店里墙上挂的菜品宣传画。

三碗面条很快就做好了，店老板端了上来，可是在往桌上放的时候，两碗各放着一个鸡蛋的面放到了陈晓霞和石润生面前，而那碗放着两个鸡蛋的则放到了徐蔓苓面前。石润生一见，伸手就要过去端，可徐蔓苓眼疾手快，用手里的筷子往碗里一放，并瞪着他。他只好抽回手来，拿过一双筷子准备吃面。

陈晓霞看着这一幕眼睛转了半天，觉得两个人有点儿奇怪，就偷着笑，也开始低头吃面。

徐蔓苓吃着面和鸡蛋，还不时地自言自语："嗯，鸡蛋真香！"

石润生低着头挑了一下眼皮，脑海里出现了那天早晨从王叔家走时她往他的口袋里放的那两个鸡蛋。他吃了几口面后，从桌上拿起醋瓶来往自己碗里倒了点儿，又问道："吃醋吗？"

陈晓霞摇了摇头。他又冲徐蔓苓问了一句："蔓苓，吃醋吗？"

徐蔓苓瞪了他一眼，又看了看陈晓霞，说："你才吃醋呢！"说着就噘起了嘴。

陈晓霞看在眼里忍不住偷偷地笑了起来，此时的她，好像已经看明白了什么。

石润生只好把醋瓶子放下了，又闷头吃面。突然，眼前出现一个荷包蛋，他抬头一看，见徐蔓苓正用筷子夹着那个荷包蛋看着自己，见他不动，徐蔓苓把荷包蛋放进他的碗里。

"吃吧，你不是喜欢一次吃两个吗，一个哪够？姐怎么会抢你的呢！"

石润生愣了一下，脑海里出现了自己小时候和那个女孩儿一起吃鸡蛋的情景，他不禁狐疑地看着徐蔓苓。

徐蔓苓低头道："我脸上有鸡蛋？"

石润生赶紧低下头，又瞄了一眼陈晓霞，只好悄悄地吃面。

一旁的陈晓霞看了一眼自己碗里还没吃的荷包蛋，又看了一眼石润生的碗，想了一下说道："石大县长，你要是不够的话我这个也可以给你！"

石润生连连摇头："不用了不用了，够了够了！"说着，一口紧似一口地吃着面条。

陈晓霞忍不住笑了起来："一个鸡蛋就把你吓成这样，往后这县长还怎么当？哈哈哈！"

三个人有说有笑地吃完了面，石润生招呼老板过来收钱。店老板早就坐在后面看着他们三个人吃面了，觉得这三个人都不像是本地人，女的漂亮男的帅，他和老板娘正议论着什么呢，听石润生叫，就走了过来。

"三碗面加四个鸡蛋，一共四十。"

石润生掏出钱包，从里面拿钱的时候，有个东西自钱包里掉在了桌子上，正是那个发卡。陈晓霞伸手就拿了起来，翻过来调过去地看着。

"我说大县长,你怎么还有这个?不会是什么定情信物吧?不过,也太旧了点儿呀!"陈晓霞说笑着。

徐蔓苓看着那枚发卡,听着陈晓霞的话,突然脸一红就低下了头,手下意识地往自己头上摸了一把,她头上的发卡除了颜色不同外,形状款式都和石润生那个一模一样。但她的动作并没有引起石润生和陈晓霞的注意。

石润生付完了钱,一把就从陈晓霞手里抢过那个发卡小心地又放进了钱包。

陈晓霞看着他的动作,笑着说:"我就说嘛,一定是信物!说,到底是谁?"

石润生也不理她,站起来说:"走吧,咱们还有正事呢。"

"小气!"陈晓霞说着也站了起来,并拉着徐蔓苓的胳膊,"你说是吧,蔓苓?"

"对,小气着呢!"徐蔓苓也说了一句。

石润生这回学乖了,也不搭话,自顾自地走在前面。三个人出了小店回宾馆。进了一楼大厅,石润生回过头来说:"晓霞,那要不……找个房间咱们研究一下我说的事?"

陈晓霞看了一眼徐蔓苓,抬头说道:"行啊,上我房间吧。"

徐蔓苓一听,马上看向石润生。

石润生毫不犹豫地答道:"要去也得上我那儿,我去你房间算怎么回事?"

"咦?你一个大县长,我们去你房间你也不怕出闲话?小心啊,你的房间说不定有多少人盯着呢!"陈晓霞瞪着眼睛说道。

石润生一听,有道理,可是,自己一个人也不能去她房间啊。此时,他这个后悔呀,早知道这样还不如在自己办公室研究完再吃饭呢。

他想了想,只好同意了,就对徐蔓苓说:"那个……蔓苓啊,要不你先上我房间休息休息?"

"休息什么!不是你找我来的吗?咱们的事啥时商量?"徐蔓苓的话里已经明显有了醋意。

陈晓霞在一旁笑,她拉了徐蔓苓一把:"姐,上我那儿吧,我一个人啊还真不放心呢!"

"你怕他吃了你?"徐蔓苓回了一句。

"我呀,是怕吃了他!哈哈哈!"陈晓霞说着就拉着徐蔓苓上了楼梯。石润生只好跟在后面。他们上楼的时候,后面的服务台处,两个服务员掩嘴偷笑。而在不远处的一个柱子后面,有个人影偷偷地举着手机,然后就消失在了暗影里。

在陈晓霞的房间里,石润生和她详细研究了关于制定安农县发展战略规划的事,由陈晓霞所在的战略咨询策划公司派团队到安农县调查了解情况,并限期完成发展战略规划研究报告,具体事宜待周一上班时开常委会后确定。

两个人一谈就是几个小时,他们似乎已经忘了房间里的另一个人徐蔓苓。其实,徐蔓苓一直坐在旁边听他们聊着,还不时地看一眼石润生。听他谈起安农县的发展构想,看他无限憧憬的表情,徐蔓苓觉得心里暖暖的,像是有一股暖流在奔涌,又像是滔滔的江河在冲撞着她的心门,她暗想,自己没有看错这个人,这个当初只会哭鼻子的大鼻涕小子。

聊得差不多了,石润生看了一下手表,站起来说道:"那先这样吧,你反正也没什么事,就待到周一吧。"

陈晓霞站起来说:"好热呀……那可不行,我还有别的事呢,明天就得去省城。这样吧,回头电话联系。"

石润生不敢看她,只是说了句:"那也行。"说完又看了一眼徐蔓苓,支吾着,"那个……蔓苓啊,我找你来呢,是……"

陈晓霞却笑着说道:"行了,还是回你房间说去吧,我得睡一觉。对了,蔓苓姐,晚上咱俩一起住吧,免得孤单。"

徐蔓苓点了点头,又看了一眼石润生说道:"要不也得上去一趟,我东西在他房间呢。"说完就出了房间。石润生跟着上了楼梯。身后,陈晓霞扶着半开的门看着两个人微笑。

进了房间,石润生就和徐蔓苓说了自己的想法。他是想让徐蔓苓到县里来,打算新成立个农业发展局,整合现有的农、林、牧、渔及农业总站、畜牧总站等机构,重点围绕农业、农村和农民发展三农经济,并根据各乡镇各村特点因地制宜,改变现有的传统农业结构和经营模式,发展特色经济。

听着这些新奇和创新性的想法,徐蔓苓感到由衷的敬佩。她忽闪着大眼睛问道:"那我做什么呢?"

"你不是学农的嘛,正好有了用武之地。"石润生道。

"为什么要选我呢?三丫儿也是学农的。"徐蔓苓好像说得很认真的样子。

"哦,你是说杨淑花呀,会有她施展才华的机会。这还不够呢,下一步必须要吸引一批农业方面的人才,而且咱们自己也要培养。农业发展要靠人才,农村建设也要人才,而未来的农民,应该是新型农民、有文化、懂科技的农民。"石润生说着眼睛望向窗外,好像还有很多想法没有说出来。

徐蔓苓站起来走到窗前,用手摸了摸那几件晾晒的衣服,说道:"那我是先回去还是……"

"哦,我打算明天开常委会,不能等到周一了。开完会这些事就能定下来了。要不……你……"

石润生还没等说完呢,放在茶几上的手机却响了起来,他一看屏幕,是秦大军。原来,秦大军已经把租的房子找好了,打电话来是让石润生去看一看。

石润生一听,太好了,他正觉得住在宾馆不习惯呢,就同意了,说马上就去看。

徐蔓苓从他们的对话里听出来了,就要跟着去。石润生左右为难,让她跟着去吧,总觉得不是那么回事,但不让去呢,他的潜意识里却又没有拒绝的意思。最后,还是同意了。

徐蔓苓高兴得穿上外衣就跟着他出了房间。到宾馆外面时,秦大军已经等在那里了。石润生和徐蔓苓上了车,秦大军就朝一个小区开去。

"县长,房子是在一个旧居民小区,本来是想在新开发的那个小区找的,但考虑到那个开发商的问题还没有调查清楚,所以……"秦大军边开车边介绍着。

石润生点了点头:"你做得对,不去那儿!房子你看过了吧?房主是做什么的?"

秦大军介绍说,这个房子的主人是县城人,但常年在省城做生意,而县城的房子又不想卖,主要是卖不上价,所以就打算出租。由于房子原来是想自己住的,所以装修还可以,家里一应俱全,基本不用添置什么东西就可以住。

石润生不住地点头,心想,自己总算有个窝了,住在宾馆毕竟不是那么回事，再说，上级也有要求，自己得带头执行。

不一会儿，车开进了一个小区。石润生看见，这确实是个旧小区，楼房是六层的，外立面都已经显得很旧了，但小区环境还可以，干净整洁，只是每家每户阳台上挂得花花绿绿的，虽显得零乱了些，倒也平添了许多平民百姓生活的气息。

秦大军把车停好后，带着石润生他们进了一栋楼，上了三楼后，有一个防盗门开着，秦大军喊了一声，一位大妈走了出来。

"来了来了！"老大妈走到门口看了一眼秦大军身后的两个人，笑着说，"哦，小两口是吧，行，要租给过日子的人，那些小年轻的呀可不敢租，整天不干正事，到了晚上还听什么歌跳什么舞的，影响邻居……"她边数落着边回头进了屋。

石润生和徐蔓苓跟在后面，四处看着屋里的装修和摆设。

"这房子多少平？"石润生问。

"还真不知道，反正你也都看了，就这么大。我侄女儿说了，只要是租给正经过日子的人就行，价钱嘛……看着给！"大妈微笑地看着徐蔓苓说道。

徐蔓苓小声问了句："您是说房东是女的？"

"啊，我侄女儿！不过，她不回来，房子让我替她看着。你们小两口就住吧。"老大妈答着，又拉了一下徐蔓苓的胳膊说，"瞧这姑娘，多水灵！"

徐蔓苓红着脸看了一眼石润生，而石润生也不解释，只是把头转了过去。一旁的秦大军在前面和石润生介绍着房间结构什么的，就像没听见老大妈的话一样。

最后石润生决定，就租这个了，并按照目前县城里的房屋租金价格提前支付了一年的租金，乐得大妈合不拢嘴。

石润生告诉秦大军，争取今晚就从宾馆搬过来。但屋里还缺少些生活必备用品，需要添置。秦大军提出他去商场买，但石润生没有同意。秦大军把他们送到宾馆后，就先回了办公室，他们还在准备那份材料。

石润生转身就要上楼，却被徐蔓苓拉住了。

"润生，不是要买些东西吗？正好现在有时间，要不咱们去买吧。"

石润生看了她一眼，支吾着："还是我自己去吧……也就是电饭锅什么的……"

徐蔓苓瞪了他一眼，拉着他的胳膊就走。他实在拗不过，只好跟着走。两个人穿过一条街，就到了县城里比较繁华的农贸市场。市场里各种商品应有尽有，应该算是安农县最大的综合性市场了。

一开始石润生还觉得有些别扭，但在人流中走了一会儿，他倒坦然了，因为根本没人认识他们，在周六这样的休息日，他们就像其他普通的百姓一样，看上去不过是一对年轻的小夫妻或者姐弟而已。

徐蔓苓抱着石润生的一只胳膊，走到一个摊位前不时地问他要不要买这个，声音温柔，语调舒缓，偶尔还有芳香的气息传来，令石润生觉得有些异样，也有些温馨。一阵风吹过，他感到眼睛有些湿润，像是被风迷了眼睛，又像是本来就有东西涌上眼圈……家，对于他这样的孤儿来说，是既渴望而又陌生的。

两个人买着东西，正在人流里走着呢，突然，就听身后有人喊道："这不是石县长嘛，小两口逛街呢？"

第十七章　上街巧遇男同学

石润生在安农县一中读高中的时候，班里有个同学叫刘伟。他也是靠山乡人，只不过和石润生不在同一个村。

与石润生一样，这个刘伟平时学习也很用功，每次考试成绩与石润生总是不相上下，虽说是同乡，但在学习上却是竞争对手。直到高三后半学期，刘伟却不知为什么成绩直线下降，高三毕业后，石润生才听说他竟是因为喜欢上了班里的一名女生耽误了学习，最后，刘伟只考进了省城的农业大学。

然而，石润生却并不知道的是，刘伟在省城的农业大学竟与徐蔓苓一个班。这也就是说，刘伟与石润生是高中同学，而与徐蔓苓却是大学同学。

现在，石润生和徐蔓苓在农贸市场里遇见的，正是刘伟。

当石润生和徐蔓苓两个人闻声抬头看去，就见面前站着一位衣冠楚楚、腋下夹着个皮包、手里拿着车钥匙的男子，男子一脸惊愕的表情。一时间，石润生愣住了，他极力搜寻着记忆，却始终找不出熟悉的影子。

徐蔓苓看着面前这个人，却皱了皱眉，随即小声问石润生："怎么？你认识他？"

石润生却还是一脸迷茫。

这时，刘伟上前说道："我是刘伟呀！不认识了？"说话间，眼睛不住地看徐蔓苓。继而又疑惑地问，"怎么？你们这是……"

石润生这才想起来，但听刘伟这么一说，他不由得回身看了一眼徐蔓苓，并尴尬着试图从徐蔓苓的臂弯里抽出胳膊，但抽了两下没抽动。

没等石润生搭话呢，就听徐蔓苓说道："刘伟你怎么会在这儿？"说着，她那只抱着石润生胳膊的手紧了紧。

石润生看了一眼徐蔓苓，微笑着上前和刘伟握了握手，并看着他的眼睛说："好久不见！"

刘伟表情怪怪的，握完手却说："润生……你是怎么认识蔓苓的？"

石润生听完一愣，回头又看了一眼徐蔓苓。正要说什么呢，却听刘伟又说："蔓苓，好久不见。"

"是呀！听说你不是去南方了吗？"徐蔓苓笑着说，继而又看着石润生轻声道，"我们是大学同学。"

石润生这才明白是怎么一回事。他勉强从徐蔓苓手里抽回胳膊，看着刘伟说："原来你们也是同学呀！太巧了！你现在做什么呢？对了，你和咱班那谁还在一起吗？"

他这句话说完，刘伟却看了一眼徐蔓苓，尴尬了一下答道："哦，从事电商。"而他却并没有回答石润生问的另一件事。

一听他说从事电商，石润生眼前一亮，又笑着说道："电商好啊，这可是互联网时代最有前途的行业呀！好久不见了，走，咱们找个地方好好聊聊！"

人来人往并掺杂着叫卖声的农贸市场里根本不是聊天的地方，去哪儿好呢？石润生正思考着呢，却听徐蔓苓说道："润生哥，要不然你们先聊吧，电饭锅还没买呢！"

石润生还想说什么时，徐蔓苓却往前一推他："你们去聊吧，一会儿我自己回家！对了，润生哥，把钥匙给我！"说着，她把手伸向了石润生。石润生迟疑了一下，把房门钥匙给了她。然后，她又冲刘伟点了一下头，转身朝商店走去。

看着她的背影，石润生心想，她为什么要这么说呢？回家？这会让刘伟误会的。可是，他却并不想解释什么。

而刘伟却表情怪怪的，看着远去的徐蔓苓吐出一句话："那好吧，你先忙！"

看着刘伟的表情，石润生似乎看出了什么，但此时的他没时间想别的事，按照自己的构想，他也打算发展电子商务，把安农县的农产品和特色物产推广出去，这些天正愁找不到电商方面的人才呢，本打算等发展规划落实了之后再回北京去找，没想到这个人却出现了，而且还是自己的高中同学，他就想，一定要和刘伟好好聊聊。

见徐蔓苓走了，刘伟这才回过头来，冲石润生点了下头说道："润……石县长，我是听夏雨轩说你回咱县当县长了，本来想聚会时见见呢，没想到在这儿……"

石润生摆了摆手说道："叫润生就行了！咱们是老同学，客气什么！走，找个地方好好聊聊！"

当下，两个人出了农贸市场，石润生带着刘伟直接回了县政府，在他的办公室里，两个人一聊就是一下午。

原来，刘伟农大毕业后就去了南方某市，刚开始时在一家公司做职员，后来，在南方经济大潮的推涌下，他选择了自主创业，开了一家公司，专做网站建设和网络开发，后来又开始发展农产品的电子商务。随着公司一天天壮大，或许是怀有故乡情结吧，他就想回到家乡来，打算通过自己的电商平台把家乡的农产品及特产推广出去，也算是为家乡做点儿贡献。

听刘伟说完自己的情况，石润生顿时精神为之一振，他就向刘伟说了自己的想法。两个人一拍即合，打算在安农县发展农村电商，重点推广安全农产品和地方特产。

又聊了一些上学时的事后，眼看天色不早了，石润生提出要请刘伟吃饭，但刘伟却略显得有些拘谨，连说改日再说。石润生只好做罢，他告诉刘伟，等发展战略规划确定后再就电商事宜专门进行研究。

临走时，刘伟忍了半天，但还是问了一句："石县长，你和蔓苓是……"

石润生刚想说话，手机却响了起来，他示意了一下看了看手机屏幕，来电话的是徐蔓苓，她是问石润生什么时候回去。

石润生看了一眼刘伟，冲手机里说道："哦，我马上就回去！先挂了啊！"挂断手机，他对刘伟说，"你刚才说什么？"

刘伟犹豫了一下却说："哦，没什么。那要是没什么别的事我就先走了，去一下雨轩那儿！"

"那好吧，你回去好好琢磨琢磨，下一步的农村电商如何发展。有什么事随时给我打电话！"石润生说着就站了起来。

送走了刘伟，石润生收拾了一下办公桌，脑海里却浮现出在农贸市场和刘伟相遇的情景，尤其是刘伟看徐蔓苓的眼神，他总觉得那眼神里有些异样。异样的还有，徐蔓苓和刘伟明明是大学同学，她为什么会躲开呢？而且，见到刘伟时还故意抓紧了自己的胳膊。这到底是为什么呢？他百思不得其解。

他越想越觉得这里面有文章，不禁看着已经暗下来的窗外自语："徐蔓苓……"

此时，徐蔓苓在做什么呢？

在农贸市场与石润生和刘伟分开后，她买好了需要置办的东西后，就回了石润生新租的房子，一进屋就气呼呼地把手里的东西往地上一放，然后坐在沙发上不住地皱眉。

"怎么会碰上他呢？真是烦人！"

她念念叨叨地站起来，挽了挽衣袖子就开始干活。尽管房间里很干净，但毕竟不是自己住过的地方，恐怕每个角落都需要认真打扫一番。她找了条毛巾包在头上，又把新买的围裙扎在腰间，双手戴上胶皮长手套，左手是垃圾撮子，右手是扫帚，屋里屋外开始打扫卫生。然而，脑海里却挥之不去在大学里发生的那一幕幕……

在农大读大学时，徐蔓苓原本和刘伟走得并不是很近，只是一般的同学关系，但直到有一天，当无意中从刘伟口中得知，他竟然与石润生是高中同学后，两个人的来往就开始增多。而徐蔓苓内心深处不过是想要尽可能多地了解关于石润生的事，可刘伟却并不知道原委，他没有想到的是，在班级里与其他男生几乎不怎么交流的徐蔓苓竟喜欢与自己说话，他还以为徐蔓苓是对自己有什么情感上的想法呢，于是，他有事没事就与徐蔓苓接近。刚开始时，徐蔓苓也没想太多，在她看来，大学同学嘛，又不像初、高中，男女同学在一起聊聊天也没什么吧？可是，随着时间的推移，她却发现刘伟好像并没有把她当成普通的同学关系，她意识到，刘伟肯定是误会了。于是，她开始有意无意地躲着刘伟。尽管刘伟长得也很英俊，平时在学校里各方面能力也很强，但她却一点儿感觉也没有，而她也根本就没往那方面想。

　　见徐蔓苓故意疏远自己，刘伟就展开了攻势：不是三天两头往徐蔓苓宿舍送花，就是有事没事给她发短信。这让徐蔓苓很苦恼，也很无奈。毕竟是同班同学，低头不见抬头见，躲是躲不过去的。于是，在一个周末的晚上，徐蔓苓主动找到了刘伟，向他表明了自己内心的真实想法，让他不要误会。并告诉他，如果再这样下去，恐怕同学都没得做了。见徐蔓苓态度很坚决，刘伟也只好作罢。后来，毕业后他就去了南方，两个人再没联系。

　　令徐蔓苓没想到的是，竟会在安农县城见到他，而且还是当着石润生的面，这让她觉得心里很烦，她甚至觉得有些对不起润生哥，尽管，自己并没有做什么出格的事。

　　想着这些心事，徐蔓苓叹了口气继续打扫。扫完了屋里屋外的地，她又开始拿抹布擦了起来，柜柜凳凳、灶台餐桌，都擦了个干干净净，每擦一下还狠叨叨地说："该死的，上一所大学多好！让你去北京！让你去北京！"

　　她自己在屋里忙得不亦乐乎，虽然不停地自言自语，那场面倒也充满了浓浓的家庭氛围。

　　好不容易把屋子收拾得干净整洁了，她一看时间，已经快到晚上了，就走到窗前往楼下看去，可哪里有石润生的影子啊？她只好又噘着嘴洗了洗手，把买的菜拿到餐桌上开始择菜，择完菜又开始在水池子里洗了起来，一边洗却又忍不住说起话来："告诉你啊，要是再不回来我把东西全吃光，一点儿不给你留，让你饿肚子，哼，鼻涕拉瞎的！"

而此时，石润生已经上了楼，他站在门前，看了一眼虚掩着的门，正要进来，却听到了说话声，他就悄悄地把门打开一条缝钻了进来，走到厨房外一看，徐蔓苓正举着一根黄瓜在那说呢！他差一点儿就笑出声来。可是，一听她说"鼻涕拉瞎的"，他不禁一愣，什么情况？谁鼻涕拉瞎的？他脑海里浮现出自己小时候的样子来。她又是怎么知道的？她到底是谁？他在脑海里迅速过了一遍自从和徐蔓苓认识以来发生的一幕幕，越想越觉得不对劲儿，这个女孩儿太神秘也太奇怪了，而且更奇怪的是，自己竟对她有种莫明的好感，也有种似曾相识的感觉，而自己却实在想不起来到底什么时候见过她。

这个神秘的徐蔓苓到底是谁呢？

第十八章　讨论发展战略

前几年，某电视台曾做过一项调查，记者纷纷走上街头，随机采访人们是不是幸福，但得到的回答不一。据有关机构调查，县城里的人幸福指数相对于大城市而言要高一些。一方面是由于县城生活节奏较慢，房价便宜，物价水平较低，上下班近，空气好，人情味浓。另一方面也是因为县城不堵车，休息时间比大城市的人多得多，且富裕阶层相对较少，人们心理平衡。因而幸福指数比大城市高。

社会学家指出，中国经济高增长的同时，一些社会问题，如教育、就业保障、社会福利、医疗卫生、文化建设等方面亟待完善。在这样的现实面前，一些普通百姓的幸福显得沉重。决策层必须针对城乡"二元经济"、产业结构畸形、分配结构不合理、区域发展不平衡等结构性矛盾拿出解决对策。尤其是对于像安农县这样的欠发达区域，加快经济发展、提高群众幸福指数的任务显得更加繁重而艰巨。

也正是怀着"提高生活水平、提升幸福指数"这样一个梦想，石润生迫不及待地组织召开了县委常委扩大会议,这也是一次关系到安农县未来发展的会议,一个具有里程碑意义的会议。

会议时间是周日,地点在县政府三楼。

周日这天石润生起得很早,他简单洗漱后,到厨房热了热昨晚吃剩的饭菜,打算吃完早饭就去单位。望着桌上的饭菜,他想起了昨天晚上的情景,不禁哑然失笑。

昨天晚上,当他回到家里时,一进门就看见徐蔓苓在厨房里边洗菜边神神道道地对着根黄瓜自语着什么。可能是听到了身后的动静,徐蔓苓举着黄瓜转过身,一看是石润生,她脸突然红了。

"进来也不说一声,要吓死人啊!"说着,她转过身去。

石润生四下看着,发现屋里干净异常,而且还散发着淡淡的清香,也不知是徐蔓苓往屋里喷了空气清新剂还是她身上的味道。

"辛苦你了啊,屋里收拾这么干净。"石润生一边说一边脱下衣服,挽了挽袖子就打算帮着干活。

徐蔓苓用一双湿手推了推他:"去去去!这哪是县长该干的活?要实在觉得不好意思,那就剥几瓣蒜吧!对了,你是不是和刘伟吃完饭了?要是吃完的话……那我就不做了。"

"没吃。"石润生听话地从方便袋里拿出一头蒜剥了起来。

徐蔓苓边切菜边小声自语:"哼,就是吃过了我也得做,我还没吃呢!干了这么多活怎么也得让我吃完再走吧?"

石润生觉得好笑,但又不敢笑,就闷头剥蒜。等弄好了就放在案板上,然后张着两手问道:"我弄完了,还有什么别的活吗?"说完这话,他突然感到一股暖流涌上心头,不禁抬头看了一眼徐蔓苓的后背,心说,她要是那个人该多好啊。

徐蔓苓把电饭锅的内胆洗干净后递给他:"做饭!是新米,要少加水。"

"好嘞!"石润生接过来就从米袋里舀出米,然后拿到水龙头下准备冲洗。

他正接水呢,突然有双胳膊自腋下伸了过来,他刚想动,就听徐蔓苓说:"别动!给你扎上围裙,把衣服弄脏了谁给你洗?"

他低头一看,这才明白,就不好意思起来:"我还以为……"他是想说,还以为是要抱自己呢。

可没想到徐蔓苓就像能读懂他的心理活动似的，说道："想啥呢？美得你！"

洗米的间隙，石润生偷偷看了一眼，发现徐蔓苓脸红红的，也不知是忙活的还是因为什么，粉红色的脸上却写满了幸福，美丽的容貌之中又平添了几分妩媚。他不禁心里一动，赶紧回过头去，尽量不去想，而脑海里却出现了当年那位小姐姐的身影。

当天晚上，徐蔓苓在石润生家吃完晚饭就回了宾馆，住进了陈晓霞的房间，两个姑娘聊了大半宿，直到深夜才睡。

而石润生睡得也很晚，此前，他让秦大军通知县委和政府班子成员，明天召开常委扩大会议，研究安农县未来的发展规划。

早上八点三十分，安农县委常委扩大会议准时召开。石润生进入会议室的时候，县委和政府两大班子的人都已经到齐了。在平时这样的周日，这些领导们大多都在家享受着天伦之乐，但自从石润生来了之后，他们谁也不敢轻易离开县城，生怕石润生临时有事找到自己。就连家在省城的年轻副县长姜然这周都没有回家，一来是因为石润生安排了她新的工作任务，二来她也有自己的打算。一个年轻貌美的县领导，本来就被人怀疑领导能力，这次县领导班子面临重新洗牌，如果她再不好好表现一下，恐怕到时候就很难立足了。而石润生前不久安排她担任第三组的组长，也是基于这样的考虑。他是想人尽其才，如果在农业方面姜然确实缺乏领导经验，那就要考虑让她干力所能及的工作了。这是后话。

石润生在自己的位置坐了下来。秦大军过来小声汇报说人都到齐了。他点了下头，又扫视了一下会议室里的众人，开门见山地说道："同志们，今天是休息日，在星期天把大家召集来开会实在是抱歉，但没有办法，时间不等人啊！从现在开始，什么'白加黑、五加二'就应该成为我们的工作常态。大家也都知道，安农县作为国家级贫困县，不发展没有出路，不发展也没法向老百姓交代！不发展那还要我们这些干部做什么？因此，召集大家来的中心议题就是讨论一下安农县的发展。这些天来我做了一下调查，也亲自到下边走了走，我发现，咱们安农县不是没有资源，不是没有发展前景，也不是没有发展优势！那么,为什么就是发展不起来呢?现在,国家政策这么好,环境这么宽松,发展机遇这么多,到底是什么原因呢?我想,主要就是一条,那就是思想!思想不解放,再好的机遇也抓不住;机制不灵活,再好的资源也是摆设!所以,我提议,从现在开始,组织一次全县范围的解放思想行动!过去,可能也搞过而且是多次搞过解放思想大讨论。是吧,齐书记?"

齐福仁坐在边上本来是低着头一口接一口地喝着茶水,而且喝水的声音还有点儿大。听到叫自己,他赶紧放下杯子点了点头,然后身子往前探了探,接下来竟再也没去端桌上的杯子。

石润生接着说:"解放思想喊了多年,但并没有从根本上解放思想!现在不是喊口号的时候了,喊破嗓子不如干出样子!所以叫解放思想行动。就是说,在行动中解放思想,把思想的解放与实际行动相结合起来,大胆地闯大胆地试。有一句话说得好,宁可随心所欲,也绝不随波逐流;宁可有所作为做错事,也绝不能怕做错事而无所事事!这次解放思想行动的第一件事,就是要抓紧研究制定安农县新的发展战略规划。我看了上一届班子制定的规划,不是说原来的规划不好,而是时过境迁了,现在世界的发展日新月异,一天一个样,我们已经落伍了。因此,要与时俱进、要跟上时代的步伐,那就要审时度势、因地制宜,制定一个适合安农县实际的、符合经济发展规律的、能够迅速提高百姓生活水平的发展规划。昨天,北京来了一位战略咨询专家,下一步我们要请专家说话,制定具有安农县特点的切实可行的发展规划。我也看过外地的一些规划,不是说别人家的不好,我的想法是,规划不能大而全,更不能制定够不着的目标。既然是发展规划,那就要具有操作性、抬抬手就能够得着、能够实现目标的实施性规划。哪怕目标定得低一些,我们可以分步走嘛,阶段性目标完成了,再根据实际发展需要继续向纵深发展。关于制定发展规划的事,大家都谈谈,有什么想法尽管说,要发扬民主嘛,我在这里只能算是抛个砖。齐书记,你说说?"

齐福仁直了直身子,先喝了一口水,清了清嗓子,然后带着他那特有的微笑说道:"哎呀……石县长这个想法好啊,我记得几年前换届时,县里也曾召开过这样一个会议,当时讨论的议题和今天差不多,当时我是非常激动啊!为了制定规划也费了不少神,但实实在在地说,那厚厚的一本子规划现在还不是安静地躺在档案馆里？石县长，我不是提反对意见啊，只是说一说自己的想法，讨论嘛，我们党内同志就是要说实话！"

石润生没有看他，拿着笔在笔记本上认真地记着。

齐福仁接着往下说："我认为呀，正像刚才石县长说的那样，制定规划就是要符合实际，要具有操作性，要量力而行！铁城最清楚了，现在咱们县面临的主要问题就是财力不足，没钱难办事呀！都说招商引资，像咱们这穷乡僻壤的谁来投资啊？那不是把钱往水里扔吗？要我看啊，还是多跑跑省里市里，国家每年不是有扶贫资金吗，多要点儿，扶贫项目多争取些，这才是正道。至于规划嘛，可以研究，但要慢慢来，安农穷了也不是一天两天了，短期内改变面貌恐怕不是容易的事！昨天晚上省委叶副书记给我打电话时也说到了安农的发展问题，他也是这个意思。所以呀，我的意见是，发展规划搞不搞？要搞！但要看怎么搞，慢慢来嘛！我看前几天石县长安排的利用冬季农闲时抓一抓农民增收的事就很好嘛。我就说这么多吧！"

石润生听他提到省委叶副书记，他知道，那是叶佩的父亲，省委副书记叶树清。看来，这个齐福仁和叶树清关系不一般啊！但在这种场合拿来说事似乎欠妥，此举显然不太高明。

"铁城啊，你也说说？"石润生面带微笑。尽管刚才齐福仁乱放一通炮，但他心里有数，根本没放在心上。

李铁城往前欠了欠身子，看了一眼石润生，清清嗓子说道："没二话，我赞成搞一个切实可行、符合安农县发展实际的规划。需要我这边做什么的，绝不含糊！不折不扣执行常委会的决定！完了！"

他的话虽然简短，但已表明了态度。这倒是石润生没有想到的。原来，他以为李铁城作为常务副县长，以他的性格虽然不会和齐福仁一个鼻孔出气，但也绝不会这么爽快地表明立场，最起码会绕绕弯子，多少给齐福仁点儿面子。但他没有那么做，这两句话说得不仅干脆，而且明显对刚才齐福仁的那番话持反对意见。

说完，李铁城谁也不看，端起杯子喝了一口水。

齐福仁坐在他对面，听他说完，齐福仁面带笑容朝对面看了一眼，但目光中已经有了不悦，只不过表现得不明显罢了。

石润生不禁暗想，李铁城看来是早就憋一肚子火了，平时谨言慎行地那不过是保护自己的手段而已。看来，这个人或许能成为安农县发展战略实施的忠实支持者和执行者。

"还谁说说？其他几位常委，大家都谈一谈，集思广益嘛。"石润生笑着看了看大家。

按照常委们的排位，以及平时开会发言的惯例，接下来应该是政法委书记安全、统战部长杨成林、组织部长尹力、宣传部长胡波和副县长姜然。所以，石润生这么一问，其他几名常委都看着安全。

安全一阵咳嗽过后，又喝了一口水，这才不好意思地说道："有点儿感冒。那我就说说，作为即将退休的人，能够在退休之前看到安农县未来的发展前景，我是非常高兴啊！如果在退之前还能为安农县的发展做点儿分内之事，我是求之不得呀！所以，我坚决支持制定发展战略规划，同时，我代表公检法机关表个态，坚决为安农县的经济发展保好驾、护好航！"

他刚说完，杨成林就说话了："我和老安一样，没意见，坚决支持！如果下一步要开展招商引资什么的，我这边可以发挥统战作用，帮助联系一些外埠客商！"

两位老同志说完，石润生又看向其他三位还没有发言的常委。

尹力说道："别看我要退了，实施新的发展规划需要大量人才，我这边可以发挥组织部门的作用，做好干部的选配工作。别的没有意见！"

而比较年轻的另两名常委胡波和姜然都说没有意见，过多的话也没有说。

石润生又微笑着看了看坐在列席位置的几名副县长，让他们也说说自己的想法，但他们也没人说什么。

然而，正当石润生准备做总结讲话的时候，在列席里那些局长和乡镇负责人的位置上，有个人却站了起来。

"石县长，我能说说吗？"说话的是位年轻干部。

石润生扬着脖子看了看，一挥手："可以呀，今天来开会的同志都可以说。这位是……"

"我是靠山乡乡长谢志强，我们王书记有事，我代他来的……"

石润生笑着说："好，你说。"说完，他翻开本子，浏览了一下，那上面是各局和各乡的主要领导名单。他看到,靠山乡的党委书记叫王为民,乡长就是这位站起来要说话的谢志强。

谢志强说道:"我就说一个事儿!前几年县里也搞过发展规划,且不说规划落没落实,我只说规划合不合理。当时县里规划了一个开发区,但把它放在了城郊乡。我认为,作为开发区就应该考虑放在离省城近的地方,这样不仅能够承接省城人流、物流、信息流的辐射,而且地理位置优越、交通方便,能够依托省城迅速发展起来。比如我们靠山乡,是离省城最近的乡,完全可以搞一个开发区。前不久来了好几伙客商,相中了靠山乡这块地方,说是要搞加工企业,为省城几个大型企业配套的,这样能够缩短配套半径。可是由于咱不是开发区,没有什么优惠政策,规划审批、土地出让等等一系列的问题都受限制。靠山乡不搞适当的土地开发没有出路,地不打粮不说,每年光是治涝就得投入不少钱。大家都知道,靠山乡有很多优势,将来要是把交通搞一搞,缩短与省城的距离,完全可以融入省城半小时经济圈!现在城里越来越拥挤,城里人都想到郊外去,或者居住,或者休闲。反正搞房地产开发也行,搞休闲度假也行,就是不能再这么往传统农业里搭钱了。我们那儿有个下沟村就搞得很好,近两年引进来好几个项目,现在村集体经济恐怕在全县也数一数二了!可是,就是这样,还有人说村书记刘喜武贪污什么的,听说这两天县里还在调查他。下沟村那几个项目咋进来的我都清楚,刘喜武人也很能干,我相信县里一定会有个公正的说法的!我讲完了,有点儿激动,对不起啊石县长!"

石润生听着他一席话,觉得这个人有些想法,不管说得对不对,最起码是思考了。尤其是他提到了下沟村书记刘喜武,看来,对这个刘喜武是得调查清楚。

"好,说得很好。不过,你这一个问题里好像说了很多事儿嘛!啊?哈哈哈!"石润生笑着看了一眼谢志强,这句话却把大家都逗乐了。唯独一个人没有表情,是齐福仁。

看看再没有人发言了,石润生做了结语讲话,确定成立安农县发展战略规划领导小组,由他亲自担任组长,常务副组长由齐福仁担任。这倒让齐福仁觉得有些意外,他没想到石润生会这么安排,刚才自己明明是反对的呀。他不禁暗想,这个年轻的代县长葫芦里到底卖的是什么药呢?

第十九章　开发区的强拆事件

常委扩大会结束后，石润生专门把组织部长尹力和人事局长许中山留了下来，他要研究一下机构改革的事。

从中央到地方，按照中央、省、县、乡四级行政区划制度来划分，县一级政府属于三级行政区划。一般县一级政府按照是否属于县政府组成而分为组成单位、直属部门两类；按照编制性质分为行政机关和事业机关。机关工作人员按人头编制又分为行政编制和事业编制。此外，机关人员中还有工勤身份、不占编的借调身份、单设的纪检监察编制、单设的离退休工作人员编制等。县级人民政府作为基层功能最完备的一级政府，俗称"上面千条线、下面一根针"，面上的各种工作在基层政府都要有对口的负责部门。例如，个别县即使没有自然或人文旅游资源，旅游产业并不发达，但是仍需要有兼管旅游的政府部门，如文化局或商务局等等。因此，县里不仅机构庞杂，而且人员众多，财政负担非常重。

石润生到安农县之后就发现了这一问题。很简单的一个例子：县委和县政府在一个楼里办公，既有县委办公室又有政府办公室，其实服务对象就是那几位县领导。秦大军是政府办公室的主任，而石润生的任命是县委副书记、代县长，因为没有县委书记，他实际上就是这个县的主要负责人。但从工作分工上，应该是政府办公室担当服务之责，所以，石润生到县里这么多天了，除了县委办公室主任到他办公室来过一次算是见了面之后，就再也不见人影了。这只是石润生切身感受到的一个例子，县里各个口还说不定有多少这样的情况呢。

在前几天看秦大军报给他的全县基本情况那份材料时，他就发现，县里科局级单位大大小小的有一百多个，仅直属局就有近四十个。而财政开支的人员更是多达数千人，财政负担可想而知。所以，他早就在心里盘算着要对机构进行大幅度调整，通过精简，达到高效的目的。

当他把想法向尹力和许中山交代了之后，尹力表示赞同，她还提到了前任书记刚来时的事。那个时候，县里机构虽然也很全，但没有现在这么多。当时，县委书记搞了几次机构调整，结果却是越调越多。有机构，就要配备干部，前任书记又搞了几次公开考试选拔干部，结果，三年的时间竟提拔了一百多名科局级干部。而她虽然是组织部长，但有些时候更多的是执行县委的决定，在干部任用上是没有多少发言权的。当听石润生说了要进行机构调整的想法，尹力顿时高兴万分。

她激动地说："县长，你就说怎么做吧，组织部这边坚决支持！"

石润生听完笑了笑，又看向人事局长许中山。许中山赶紧说："行，县长，回头我们拿具体方案，然后向您汇报。"

"得多长时间？"石润生问了一句。

许中山想了想，说道："最快也得一个月吧。"

"不行！弄个方案就得一个月的话那就啥也别想干了！给你一周时间，今天是周日吧，下周六我准时听你们的汇报。尹大姐呀，你也要辛苦一下，多帮人事局参谋参谋！"石润生说着看向尹力。

"行！那个……中山啊，回头咱们商量商量。"尹力说完，就和许中山出了石润生办公室，两个人回去商量机构调整方案去了。

石润生拿起电话给秦大军打了过去，让他来一趟。

此时的秦大军也还在办公室，正和几个手下弄石润生交给他的任务呢，听石润生叫他，就赶紧跑了过来。

一进门，秦大军把一份材料放在桌上："石县长，调研方案我们拟好了，请您看一下，时间有点儿仓促，可能……"

"好，我一会儿看。你没别的事吧？"

"没别的事，县长您说！"

"和我去开发区走走，不要通知他们，就是随便走走。"石润生说着就把秦大军报过来的那份材料装进包里，准备往外走。

秦大军赶紧掏出手机给车队打电话准备安排车，电话刚打通，却被石润生给拦住了："算了，好不容易的一个休息日，让他们休息吧，开我车去！"

秦大军愣了一下，只好把电话挂了，两个人下了楼，准备去开发区。

安农县经济开发区位于城郊乡，就在县城边上，出了城，从开发区穿过去就是去往省城的国道。石润生从下沟村进县城时曾路过这里，但当时他心里有事，也没有往车外多看，根本不清楚开发区的情况。就在靠山乡乡长谢志强发言的间隙，石润生顺便看了一眼笔记本上的名单，他看见，城郊乡的党委书记姓齐，叫齐国梁。只是不知道当时他在不在列席会议的干部里，长的什么样也不清楚。更重要的是，开发区到底发展得如何，这才是他最关心的。

秦大军开着车出城直奔开发区，石润生坐在后排座上不时地往窗外看着。由于开发区与县城相连，一出城就进入了开发区地界。与别的乡镇公路不同的是，开发区道路两侧立着路灯，而且都是那种价格不菲的豪华灯，显示着开发区的经济实力。而且路也相对宽了些，与城市一级路没什么差别。路的两侧都是开发区的建设用地，除了偶有几座小楼和一层的厂房外，临近道边的地块都挡着围挡，上面还喷了蓝色的油漆，齐刷刷地煞是好看。

"前面就到开发区办公楼了，县长咱们进去吗？"秦大军指着前面路边的一幢楼问道。

石润生看去，那是一幢七层的新楼，从楼体外立面的材质上看，应该是大理石或花岗岩之类的，而且都是落地窗，从远处一看，蔚为壮观和气派。

"开发区有多少人？"他问了一句，却没有回答秦大军的问话。

"当初县编委定的编制是二十五人，至于现在到底多少人还真不太清楚。回头我了解一下。"秦大军看着后视镜答道。

石润生沉思不语。前面眼看就到开发区大楼了，秦大军还想问一下是否进去呢，正在这时，随着车缓缓地驶近开发区管委会大院门口，就见院里黑压压的全是人！门口也有不少人或蹲或站地吸着烟，还不时地议论着什么。

"好像是上访的！县长，要不……咱们绕开吧。"秦大军看着院里的情形，他可不想给县长心里添堵。

"这样吧，咱们到前面找个地方靠边停一下，了解一下，看看是什么情况。"石润生看着院里的人群说道。

秦大军答应一声就把车开到了前面一个路口，停在了一棵树下后，就和石润生两个人下了车朝大门走去。

等走近时，就听院里乱哄哄的嘈杂声不断，仔细一听，隐约听见有人在大声喊着："野蛮拆迁！你们这是黑社会行为！还有没有王法？"

还有个人喊："我们要去省里告你们！我手里有国家文件，土地还没征呢就拆迁！这是违法！"

石润生走到大门口，站在人群处往里面望着。旁边有位老汉抽着旱烟袋不时地叹气。

"大爷，这是怎么回事呀？"他问那位老大爷。

那老汉上下打量了一番石润生，没好气地说："要钱！他们把我家房子拆了！"

"大爷，这是开发区要征用土地吧？不是都给补偿款了吗，您没收到？"石润生问道。

"给是给了，可是给的不合理！我家老少三代人挤一个房子里，听说有政策，拆迁后可以给小的分出一套房子，可咱没分着！我们隔壁老王家和我家情况差不多，他家就分了三套回迁房，欺负人！"老汉说着气得胡子直抖。

这时，旁边另一个人也过来说："这日子没法过了！警察也出动了，不让拆就抓！这跟土匪没什么两样！"

石润生一听，问那人："警察也参与了？"

"可不是嘛，现在还在我们屯呢！我是跑出来的，路都给封了！你看我这衣服！"说着，他把胳膊一抬。石润生看到，衣服袖子果然是撕裂的。

"你是说现在还在拆吗？哪个屯？"石润生皱着眉问道。

"王家烧锅！"那人答道。

石润生听了一言不发，心说，是谁给他们的权力这么干？

这时，就听院里有个人大声说道："都给我滚犊子！再不老实都把你们抓起来！"

石润生闻声看去，见楼前台阶上站着个人，身体微胖，个头不高，约莫有三十多岁的样子，正在那挥手比画着，一脸的不屑。

石润生转身就走，并对跟过来的秦大军说："走，上王家烧锅！"秦大军没敢说话，赶紧跑在了前面。

两个人上了车就直奔王家烧锅屯。车开出一段路后，石润生问道："台阶上说话那个人是开发区的？叫什么名字？"

秦大军从后视镜里看了一眼，低声道："齐国梁，开发区主任。"

"齐国梁……齐国梁……"石润生自言自语，脑海里还是齐国梁在台阶上吆五喝六的样子。

秦大军又往后看了一眼，欲言又止。又开出一段路后，他实在忍不住了，小声说道："县……县长，这个齐国梁是齐书记的大儿子。"

他这一句话不要紧，石润生顿时瞪起了眼睛，半天没言语。他心想，或许，这是安农县复杂人际关系中的一角吧，还不知道有多少这样的裙带关系呢。看来，自己还得从长计议，要不然恐怕会很棘手。

"前面就是王家烧锅了！"秦大军一指前面的屯子。

石润生往窗外看去，果然像那个上访人所说的，就见屯子边上停了好多辆大大小小的车，有几辆车的车顶还闪着警灯，一看就是警车。

他让秦大军把车停在路边，两个人下了车打算到前面看一看情况。正在这时，一阵撕心裂肺的叫声传来，就见两名穿着制服的协警正"抬"着一个人朝警务面包车走去，走到车前，两个人就像扔猪肉样子一样把那个人扔进了车里。

石润生正皱着眉看呢，就见后面冲上来一个妇女，手里举着一把镰刀，疯了似的朝这边跑来，边跑边喊："我弄死你们挨千刀的！"

车下抬人的两个协警见状顿时吓傻了，呆呆地立在当场。

石润生也被眼前的情景惊呆了，看那农妇的样子是要拼命。他正不知该如何是好呢，就见那边冲过来几个穿制服的年轻人，上来三下五除二就把农妇像抓小鸡一样给抓住了，农妇挣扎着。几个人把她手里的镰刀抢了下去，然后就把她往旁边一推，其中一个人指着她大声喊道："告诉你！老实点儿！再闹就把你抓起来！给脸不要脸！"说完，带着那几个人转身又冲向了人群。

石润生一看，他们穿的是行政执法的制服，他不禁眉头紧皱起来。

那农妇被刚才那名执法队员给吓着了，站在那儿呆愣了半天才四下寻找着她的镰刀，边找边大声嚷嚷着："老娘的刀呢？还得割地呢！"她找了半天，突然发现自己的衣服裂了一道大口子，就又喊叫起来，"谁给俺撕的？有能耐你站出来！"说着话，她转过身，却一眼看见了石润生，她竟迈开步朝这边走了过来，吓得秦大军赶紧往前站了几步，却被石润生给拦住了。

农妇走到近前上下看了一眼石润生和秦大军，张口说道："你们看见没有？谁给俺撕的？衣服弄成这样，咋穿啊？还有，俺的刀谁拿去了？"

石润生咧了咧嘴，不知该怎么回答她。

正在这时，车旁边站着的几个人见农妇在这边和石润生他们说着什么，其中两个人竟朝这边走了过来。

农妇见状，顺手从地上操起一块红砖来拿在手里，并偷眼看着走过来的那两个人，边叨咕着边朝远处走去。看样子是有意躲开了。

石润生是觉得又可气又好笑。可气的是他们胆大妄为，不把百姓放在眼里；可笑的是这位农妇看上去并不是蛮不讲理的人，却反而很聪明，不吃眼前亏。

他正看着农妇远去的背影呢，突然听到一声大喝："你是干什么的？是这个屯暴力抗法的还是干什么的？没事不许围观！去去去！一边去！"

石润生回头一看，其中一个人正指着自己喊呢。秦大军刚想说什么，石润生一摆手。

"此话怎讲？如果我是这个屯的呢？"石润生缓缓地说道。

那人上下打量了一番，吼道："嘿？还挺横！看见没有……"说着，他回身一指警车，"要是不老实就和那几个人一样！"

石润生一听，气得笑了起来："好啊，我和他们一样，也不同意你们这般搞法！怎么？也把我抓起来？"

"你以为你是谁呀？哥儿几个，来来来，把他弄走！"那人说着就走了上来。

秦大军实在忍不住了，他冲到前面："住手！好大的胆子！你们知道这是谁吗？这是县长！"

那个人看了他一眼，笑着边挽袖子边轻蔑地说："小样的，他要是县长那我就是市长！糊弄鬼呢！"

石润生还是笑呵呵地说："你可要想清楚，随便抓人可是要负法律责任的呀！你能负得起责任吗？"

"少废话！"他说着就上来一把抓住了石润生的胳膊。

秦大军见状吓得赶紧掏出手机打起了电话，却也被人抓着胳膊，推推搡搡地朝警车走去。

石润生把手摆了摆，冲那几个人说："不用你们抓，我自己走。好，那我就坐坐你们的警车！"说着，就和秦大军一起朝警车走去。

"算你识相！"为首的那个人在后面嚷嚷着。

这时，在那辆警务面包车旁边另一辆警车里钻出一个人来，他下了车站在车边点着烟，吸了一口后下意识地朝这边看了一眼，他也就看了那么一眼，突然，他那只拿烟的手悬在了半空一动不动，就像是被人点了穴道一样呆愣住了，眼睛盯着正在朝警车走去的石润生和秦大军。就在石润生要上车的一刹那，他把手里的烟往地上一扔，三步并作两步就跑了过来，边跑边摆着手大喊："搞错了！搞错了！好你们几个不长眼的玩意儿！"

石润生听见喊声停了下来，回头一看，那人已经跑到了近前，就见他到跟前"啪"地就是一个立正，然后敬了个礼。

"县长好！"

正准备往车上推石润生的那个人一听，顿时愣了一下，自语道："什么？真……真是县长？"说这话的时候，他脸上的汗都下来了。

第二十章　县长被误抓

安农县经济开发区成立于四年前，当时正值新一届县领导班子组建，新来的县领导为了发展经济，经请示省经济合作局，申报成立了经济开发区。当时，围绕开发区选址问题很多人有不同意见。大致分为两派，一派主张把开发区放在距省城较近的靠山乡，这样能够承接省城的经济辐射；另一派主张放在距县城较近的城郊乡，这样能够搞活县城经济，繁荣和带动县城的建设与发展。主张把开发区放在靠山乡的却并不是时任副县长的王德贵，而是县委副书记齐福仁，王德贵主张把开发区放在城郊乡。这两个人异于寻常的举动让大家着实费了不少脑筋。按理说，齐福仁应该偏向于城郊乡，因为他大儿子齐国梁在城郊乡当书记，可他偏偏主张把开发区放在靠山乡。而从靠山乡出来的王德贵却死活不同意把开发区放在靠山乡，这多多少少让人不解。大多数人却对齐福仁直竖大拇指，都说他一心为公，并没有偏袒他儿子。而对王德贵一反常态地主张把开发区放在城郊乡则表示震惊，因为大家都知道王德贵和齐福仁向来尿不到一个壶里去。可这次俩人又是为了什么呢？

恐怕个中缘由只有他们两个人自己知道吧。王德贵之所以不同意在靠山乡搞开发区，主要是为了保护靠山乡那片山林，因为他知道，一旦成立开发区那可就由不得他了，怕到时候万一经济没搞上去，环境还会遭到破坏。而放在城郊乡则没有这方面的问题。一方面，城郊乡本就处于城乡结合部，个体经济较为发达，在此基础上兴办开发区能够迅速见成效，也有助于县城经济的发展。虽然他也知道城郊乡和齐福仁是什么关系，但这些都不重要，他齐福仁父子就是再腐败，也总得发展经济吧？发展经济，那受益的就是老百姓。王德贵是这么想的，是着眼长远发展的想法。

而齐福仁为什么非要把开发区放在靠山乡而不是城郊乡呢？一方面他是避嫌，自己的儿子在城郊乡当书记，如果自己坚持把开发区放在城郊乡那就太明目张胆了。然而，他内心里却是非常想把开发区放在城郊乡的，但又不能明说，而自己又不能不表态，怎么办呢？到时候可别让别的乡抢了去。他看着办公室墙上那张安农县地图，想来想去，觉得南部的乡镇是不可能了，重点是北部这些距离省城近的乡镇，尤其是靠山乡，恐怕最具竞争力。而靠山乡是王德贵的老家，他能不争取吗？无论从区位上还是发展优势上，城郊乡都没法和靠山乡比，王德贵要是据理力争还真不好办。正当他愁眉不展的时候，县委办公室的一名年轻干部张强进来送材料时说的一番话使他茅塞顿开。

当时，张强进来送材料，齐福仁随便问了一句："小张啊，听说你家是靠山乡的？"

张强答道："是的，齐书记，我是靠山乡出来的。"

"哦，靠山乡可是个好地方啊，山清水秀的……"齐福仁有一搭没一搭地说着。

张强笑呵呵地看了一眼地图，说道："是呀，这可多亏了王县长呢，没有他护那些林子啊，恐怕没有现在这个样子，听说前一阵子下沟村要招商引资占地什么的，他还大发雷霆呢！"

齐福仁一听，回头看了一眼张强，脸上划过一丝不易察觉的微笑。等张强出去后，他喝了一口茶，往椅子上一靠，竟哼起了小曲。就这样，在常委会讨论开发区的问题时，他一反常态地坚持把开发区放在靠山乡。到最后，县里权衡了王德贵的意见，决定把开发区放在了城郊乡。齐福仁不仅达到了目的，还落得个一心为公的好名声，也缓和了与王德贵的关系，正可谓一箭三雕。而那位无意中帮了他大忙的干部张强，也经他推荐当上了开发区行政执法局的副局长。而张强却并不知道天上这个馅饼是如何掉到自己头上的，因此，在齐国梁手下工作是尽心尽力。

在王家烧锅屯跑过来和石润生说话的人正是张强，开发区行政执法局副局长。

这个人因为平时都是在办公口工作，秦大军也认识，他就和石润生耳语几句，告诉了他张强的身份。石润生听完，又看了看眼前这位身穿制服点头哈腰的张强，什么话也没说，转身竟上了警车。这下可把张强吓坏了，他连忙对秦大军说："秦主任，您看……"

秦大军看了他一眼，又扫了一下那几名协警，说道："小张啊，你知道今天公安局是谁带队吗？"

"哦，是李局带队。您等一下啊，我马上就叫他过来！"张强说着拿出对讲机就喊起话来，"李局啊，你赶紧过来吧，出事了！"

对讲机里有人说了一句："出事？有我在这儿能出什么事？你等着啊，我马上过来！"

秦大军站在警车旁边没上车，他远远地看见，从屯子边上的人群中钻出一个人来，身穿警服，手里拿着个对讲机，边走还边回头嚷嚷着："盯住啊，谁不老实就收拾谁！"

此人正是县公安局主管治安的副局长李坤。

见李坤走了过来，张强一路小跑迎了上去，到近前和他小声嘀咕了几句。

李坤刚才还一脸的杀气呢，听张强一说石县长和秦主任来了，他顿时吓了一跳,眼睛眨巴了半天,边往警车那儿走边给于得水打电话。

而此时,在警用面包车上和其他几名村民坐在一起的石润生,正和那几位村民说着话呢。

"你们都是这屯的?因为什么被抓到警车上来了?"石润生问道。

几个人看了他一眼都不出声,只有一个瘦小的老汉一边捋着被撕扯坏了的衣服一边自语道:"因为什么,还能因为什么?你不是这屯的不也照样被抓上车了?"

这时,另一个青年大咧咧地说:"这帮挨千刀的!我爹还在屋里呢,东西也没往出搬,他们要是把房子硬给推了可咋整!"

"拆迁不是给补偿款了吗?你们为什么不让拆呢?"石润生问道。

"啥?补偿款?连合同都没签,谁看着钱了?"那老汉答道。

石润生有些明白了,如果征地补偿协议没签,那这就是强拆!这可是违法的呀!看样子,开发区的问题恐怕不止这一点,眼下只有先从这强拆入手了,而公安队伍恐怕也是不整顿不行了,无故抓人,知法犯法,这些人置国法于不顾,肆意妄为,难怪干群关系紧张,能不紧张吗?他正想着呢,就听车外有人小声说话。

"秦……秦主任,真是县长来了?"说话的是李坤。

"哦,是李局长啊,你们这是在抓闹事的坏人?县长可也被你们抓了,你们的胆子也忒大了点儿!"秦大军不冷不热地说道。

李坤咧着嘴探出身子往车里看了一眼,可他并不认识石润生,只是看见车里在那些农民中间坐着一位穿着整洁的干部模样的人。他心想,这可能就是了。想到这儿,他满脸堆笑:"县……县长好,我是公安局李坤,不知县长您来视察……走,上我车里吧,咋能坐这车呢……"

秦大军回身趴在车门旁告诉石润生说话这人的身份。石润生听完说了一句:"这些群众都能坐我为什么不能?走,开车吧,是去公安局还是派出所?"

李坤一听,吓得腿都软了。

秦大军狠狠地瞪了他一眼,冲张强说道:"小张,你们在这儿拆迁谁是总指挥?现在马上停下!"

"哦,秦……秦主任,总指挥是齐……齐书记,他刚才回乡里了,李局是副总指挥……"张强紧张地看着秦大军,他意识到,今天恐怕是要坏事。

此时,和张强有同感的还有李坤。他急得在地上直搓手,还不时地回头往大道上张望着什么。听秦大军这么一说,他冲刚才推搡石润生那个协警气急败坏地喊道:"还愣着干啥?还不过去叫他们停下?几个完蛋玩意儿,这么不长眼!痛快滚犊子!"

正在这时,一辆吉普车顶上闪着警灯自路上疾驰而来。一看见那辆吉普车,李坤就像是见着救星一样赶忙迎了上去。

车还没等停稳,车门就开了,从里面急匆匆地下来一个人。李坤哆嗦着过去小声说了一句:"于局……"他还想说什么,那人铁青着脸一摆手,然后就朝秦大军走了过去。

不错,来的人正是县公安局局长于得水。他接到李坤的电话一听说石县长到拆迁现场来了,还被手底下不长眼的协警给抓了,这还了得,他当时就吓出了一身冷汗。心想,坏事恐怕也要坏在手下这帮东西身上。

走到秦大军面前,于得水战战兢兢地笑了笑,又小心地往车里瞄了一眼,走近门边小声道:"石……石县长,我来……来晚了……"

石润生一看来的人是于得水,就气不打一处来,他扫了一眼,笑着说:"是于局长啊,你们这装备不错嘛,车是新的,干警们这身衣服也挺新。怎么?大周日的不休息来帮老百姓搬家?服务意识不错嘛!我是该表扬你们还是嘉奖你们啊?"

于得水脸上明显挂不住了,一会儿红一会儿紫的,支吾着不知说什么好。

石润生狠狠地瞪了他一眼,起身下了警车,看着那些撤回来的干警和执法队员,还有几台推土机和挖沟机,他强忍着怒火,对秦大军说:"让李铁城、安全,还有那个齐国梁到政府开会,马上!"

秦大军答应着就开始打电话。

石润生又说:"对了,你也算一个!"他回身指了指于得水。

于得水不住地点头,并用手擦了一把头上的汗。

秦大军和石润生边往车那走边打着电话通知相关人员开会。

见石润生走了,李坤凑到于得水跟前:"于局,应该不会有啥事吧?还拆吗?"

于得水气急败坏地吼道:"你觉得会不会有事?拆拆拆!拆什么拆?早说过别贪图开发区给的那点儿好处,你偏不听!赶紧撤了!"

李坤咧了下嘴,辩解道:"还不是经费不足嘛……"

于得水转身刚要走,却又回头道:"对了,马上把开发区给的那两台车退了!立刻!马上!"

李坤答应着,见于得水走远了,他直了直身子,冲几名协警大声喊道:"还愣着干什么?没听于局说吗?赶紧撤了!"

刚才推搡石润生那名协警笑嘻嘻地凑过来小声问:"李局,那抓的这几个人怎么办?是带回局里还是送到派出所?"

李坤气得看了他半天,大声吼道:"出发时我讲什么来着?咱们也就是帮着维持一下秩序,谁让抓人了?赶紧放了!净给我惹事!"

那人吐了下舌头,就招呼着让车上的村民下来。大多数村民刚才也看明白是怎么回事了,都纷纷下了车,只有那位瘦小的老汉,说啥也不下车,犟脾气上来了,大声说:"你们说抓就抓说放就放啊?今儿个老子偏不下来,衣服也被你们扯坏了,不给个说法就不下车!"

这下那名协警傻眼了,刚才那股威风劲也没了,看着老汉不知咋办。李坤冲他一挥手:"给他二百块钱!让他买衣服!"

那名协警咧了下嘴,从兜里掏出二百块钱来递了过去。老汉见真给钱了,骂骂咧咧地下了车。

此时,石润生坐在车里一言不发,他越想越气,看来,安农县的情况确实复杂,一个问题接着一个问题,哪个问题不解决恐怕都不行。

秦大军开着车,从后视镜里看了一眼,小声道:"县长,都通知完了,他们马上就到会议室。"

石润生也不说话,眼睛望着窗外。车路过开发区办公楼时,见一辆崭新的轿车从院里开了出来,赶在他们的车前面驶上了公路,秦大军只好踩了一下刹车。

石润生身体随着刹车晃了一下,他看了一眼前面那辆车,自语道:"这司机挺冒失呀!"

秦大军缓缓地踩着油门,看着前面说道:"那是齐国梁的车。"

石润生听完又看了一眼,见那辆车挂着的却是警用牌照,不禁皱了皱眉。

等他们回到县政府,其他几位前来开会的人都到齐了,此时正在小会议室里等着呢。石润生往会议室里一进,几个人都站了起来,但谁都不说话。石润生坐了下来,扫了一眼几个人,他明白,一定是他们互相询问了刚才发生的事。

果然,还没等他说话呢,有个微胖的年轻干部站了起来,正是城郊乡党委书记兼开发区管委会主任齐国梁。

"石县长,您是不知道啊,这些农民合同不签补偿款不要,非得要高价,没办法这才组织拆的……"

石润生看了他一眼,等他说完却微笑着对安全说:"安书记,这大周日的让您也没休息好啊!"

安全很不好意思地干笑了两下,低头不语。

齐国梁见石润生并不理会自己,就没趣地也不说话了。

石润生又看了一眼李铁城,说道:"铁城啊,开发区是你分管吧?我看搞得不错嘛!大楼挺漂亮!你说说,今天借这个机会我也了解一下开发区的发展情况。"

李铁城看了一眼齐国梁,说道:"县长,我是分管开发区,但具体的情况还是国梁了解的详细一些,要不,让国梁介绍介绍?"

石润生看了一眼齐国梁,没说话。

李铁城看着齐国梁:"国梁啊,石县长刚来,各口的工作还没有时间详细听,今天可是第一个听你们开发区的汇报啊,说说吧!"

齐国梁答应着,就说了起来:"石县长,那我就汇报一下开发区的工作情况。开发区成立已经四年了,属于县政府派出机构,和城郊乡一套人马两块牌子。规划占地面积十平方公里,起步区就在城郊乡的城郊村,三平方公里。这几年大力开展了招商引资和项目建设,已有大大小小的企业四十多家,重点项目主要有源丰稻米加工项目、老大嫂熟食加工项目、田野香酱菜加工项目、小笨鸡深加工项目、牛老大肉牛养殖项目、二师兄生猪养殖项目、鼎盛铸件项目、珍珠岩项目、苯板加工项目……"

齐国梁兴致勃勃地一口气说了几十个项目,可石润生一听,不是养鸡养猪养牛的就是一些生产建筑材料的粗放型项目，竟没一个像样的项目。他不禁皱起眉头来。

等他汇报完，石润生问道："这么多项目去年的税收还不到一千万？"

"啊，大多数项目刚建，还没完全投产，我估计等项目都投产后产值怎么也得二十多亿吧？"齐国梁没有听出石润生话里有话，还饶有兴致地说呢。

石润生看着自己的笔记本又说："你这么些个项目我看大多数都是养殖业或加工业，在县城边上搞这些项目环评通过了吗？污染问题是如何解决的？"

齐国梁喝了一口水，大咧咧地说："环评啊，都是咱县环保局给做的，自家的事能通不过嘛……"

"县城五万居民的生活用水污染问题是你自家的事吗？周边臭烘烘的环境是你自家的事吗？"石润生盯着齐国梁问道。

齐国梁这才发现石润生脸色铁青着，他不敢言语了。

石润生缓和了一下语气继续说道："刚才没听你汇报拆迁的事呀，说说吧，为什么要强行拆迁？为什么要抓人？"

坐在齐国梁身旁的于得水接过话来说道："县长，是这么回事……"

"我没问你！"石润生严肃地看了于得水一眼，他不敢再说下去了。

齐国梁擦了一把脸上的汗，说道："有个项目今年秋天要打桩，急等着用地，所以才……"

"征地手续办了吗？用地指标有吗？征收补偿到位了吗？安置的问题解决了吗？这些问题都没有解决你们就敢强拆？国家颁布的征收条例都学过吗？你们还懂不懂法律？不仅违法强拆，还敢动用警力抓人！谁给你们的权力？你们这是执法犯法呀同志们！中央和省市三令五申强调民生民生！而你们却置民生于不顾，简直是胡闹！"石润生越说越气，吓得众人大气都不敢出。

他喝了一口水，刚想再说什么，突然，放在桌子上的手机响了，他本打算按拒接键，但一看显示的来电人名字，犹豫一下接了起来，小声说："我在开会，一会儿给你回……"

而在场的众人都听到了手机里面传出的声音，是个女的，而且隐隐约约就听里面说："润生哥，啥时回来吃饭啊？"

第二十一章　一波未平一波又起

周六晚上从石润生租住的房子回到宾馆后，徐蔓苓几乎一夜没睡，在床上辗转反侧。另一张床上的陈晓霞见她不断地翻身，就打开了床头灯。

"徐姐，怎么？睡不着？"

徐蔓苓转过身："晓霞，对不起啊，吵到你了吧？"

"哦，没什么，反正我也是睡不着，要不，咱俩说说话吧！"陈晓霞说着就坐了起来，披了件衣服在身上。

徐蔓苓也坐起来靠在床头："晓霞，你想说啥？"

陈晓霞却并不说话，而是侧着头不错眼地看着她，看得她浑身直发毛。

"看什么呢？我脸没洗干净？"说着，徐蔓苓伸手在脸上抹了一把。

陈晓霞掩着嘴呵呵地笑个不停，笑了半天才神秘兮兮地说："蔓苓，我怎么觉得你不像是我那老同学的姐呢？倒像是……"

"啊……你看出来了？"徐蔓苓咧了下嘴，看着满脸好奇的陈晓霞。

陈晓霞盯着她的眼睛不说话，就等着她说下文呢。

徐蔓苓犹豫了一下说道："告诉你也没啥，我确实没有他大，不能算是他姐。"说完，她长出了一口气，像是做了什么重要的决定似的。

可陈晓霞听了却失望地直摇头："不对！我说的不是这个！"

"那是哪个？"徐蔓苓看了她一眼，感觉陈晓霞的眼睛像把刀子一样要挖她的隐私。

见她不说，陈晓霞也不问了，就是笑。这可把徐蔓苓给笑得浑身不自在。心想，难道她看出来了？想到这儿，她觉得脸有些发烫，就掀被下了床。

"我去洗把脸啊。"徐蔓苓说着就去了洗手间。

陈晓霞看着她的背影止住了笑声，自己一个人呆呆地望着天花板。其实，她早看出来了，徐蔓苓根本不可能是石润生的什么"姐姐"，傻子都看得出来，尤其是徐蔓苓看他时的眼神，那本就不是姐姐该有的眼神，而只有爱他的人才会有那样的目光。可是，早上吃饭时看见石润生那么在意那枚发卡，那分明是女孩儿的东西，可是，那个送给他发卡的女孩儿又是谁呢？

第二天是周日，陈晓霞去了省城阳春市。徐蔓苓在宾馆房间里待了一会儿，就打算给石润生打个电话，但她拿着手机摆弄了半天，最后还是决定不打了，直接去。她穿好衣服，出了宾馆，先到农贸市场买了些菜，然后就朝那个小区走去。昨晚从石润生家出来时，她特意从房东留下的两把钥匙中拿了一把，临出门时还对石润生说呢："润生哥，这钥匙我留一把吧，明天还得过来帮你收拾一下！"还没等石润生回答呢她就出去了。

她拎着几袋菜刚走到楼下，迎面碰上了房东那位大婶，一看见徐蔓苓她就笑着说："哎哟，买菜去了？我看你家男人一早就出去了，这大周日的怎么也不休息？对了，他是干啥的呀？"

徐蔓苓听她说了一大堆话一时不知该答哪个，只是"哦"了几声，打过了招呼就进了楼。大婶说了那么多，但只有一句她记住了，就是那句"你家男人"，一想到这句话，她就觉得脸发烫，心怦怦直跳，但感觉很是温馨和幸福。

开了门一进屋，果真如大婶所说，石润生并不在屋里。她想，一定是去工作了，县里一大摊子事等着他呢，他又怎么会休息呢？她放下菜，把外衣也脱了，开始收拾屋子。一进卧室，她就看见床铺得整整齐齐，被子也叠得方方正正四格的。看到这一幕，本来应该高兴的她却鼻子一酸，差点儿掉下泪来。不是因为别的，而是看到眼前这一幕，她的感觉是，这些年苦了他，孤身一人独自在外，很多事都要自己做，虽说锻炼了生活自理能力，但个中滋味恐怕只有他自己才知道。

她下意识地用手铺了铺床单，又把被子摆正，然后出了卧室，准备到洗手间洗一下抹布擦桌椅什么的。可到洗手间一看，洗手盆里正泡着几件内衣，上面还撒着洗衣粉。她猜想，可能是他早上换下来没来得及洗吧，就挽了挽袖子洗了起来。

中午时分，徐蔓苓开始做饭，她想，不管工作多忙，润生哥中午怎么也得回家吃饭吧？单位食堂周日也没有伙食，他不回家吃上哪儿吃去？她看了看时间，就忙忙活活地做了好几个菜。眼看着时间一点儿一点儿地过去，都到下午一点了可他还是没回来，她这才给石润生打了电话。

石润生在会议室里接的那个电话正是徐蔓苓打来的。一听说是在开会，徐蔓苓就没再说什么。

放下手机，石润生看了一眼大家，喝了一口水，可想了半天也没想起刚才说到哪儿了。

他一抬头，正好看见于得水往这边看，就随便问了一句："我刚才说到哪儿了？"

于得水一听是问自己，顿时喜出望外。

"哦，县长，您讲到民生，对，民生！"

石润生看了他一眼，转而说道："按理说，我不应该发脾气，但民生的事我们必须要引起重视，高度重视！我看这样吧，铁城啊，由你牵头，马上做好王家烧锅屯被征收农民的安抚工作，尤其是那些被执行强拆的居民要作为重点，坚决不能发生大规模群体事件！但绝不允许无故抓人！"说这句话时，他特意看了一眼于得水。于得水低着头，大气都不敢出。

石润生接着说："安书记，我看下一步要重点抓一抓政法队伍建设。这个事儿你先着手进行，具体的等开了常委会后再定！"

安全一边答应一边在笔记本上记着。

"大周日的把大家请来开会，可能都很不习惯吧？以后我看休息日就不要搞两天了，特别是干部，要抓紧一切时间谋划工作。下一步县委县政府要发个通知，组织开展全县各领域的大调研活动！不搞好调查研究，找不准问题，想不出办法，那他就别干了！大军啊，调研的材料准备得怎么样了？"石润生把头转向正在记录的秦大军。

秦大军答道："已经起草完了，县长，会后就报给您！"

石润生点了点头，又看了下手表，说道："时间也不早了，今天的会就到这儿吧！"

大家收拾东西都准备往会议室外走，齐国梁却站起来眨巴着眼睛看着石润生问道："石县长，那我们开发区那个项目还建不建？地上物还没拆完呢……"

石润生看了他一眼，又看看他旁边的李铁城，没言语。

李铁城气得一拉齐国梁胳膊:"还嫌事儿少啊?拆什么拆!"

齐国梁若有所思地摇了摇头,跟着李铁城出去了。于得水站起来看了一眼石润生,想说什么,但还是没敢说出来,也跟着安全出了会议室。

本来,憋了一肚子气的石润生开会的目的是打算彻底调查一下开发区的事,也要严格规范一下政法队伍,但直到开会他坐在会议桌前时,却临时改变了主意。他想,自己毕竟初来乍到,有些事急不得,得慢慢来,火候不到不仅煮不熟米还反而会弄夹生。但开发区的事是一定要调查的,政法队伍也是要整顿的,只不过时机还不成熟。

看着众人出了会议室,石润生也回了办公室。秦大军跟进来把那份起草好的调研材料送到他桌上。石润生看了一眼那个班台,严肃地说:"把这个桌子给我换掉!去搬一张和你那屋一样的桌子来!又不是企业老板坐什么班台?"

秦大军看了他一眼,迟疑着。

石润生又说:"还有后面那个衣柜!我没那么多衣服可换!也搬走!"

秦大军答应着,说马上就办。

看着秦大军出去了,石润生皱起了眉,他想起了前几天秦大军汇报说自己的办公室都是齐福仁让这么安排的事来,越想越气。其实主要还是因为齐国梁。

他扫了一眼桌上的材料,突然觉得肚子在咕咕叫,一看时间,可不是嘛,都已经下午两点多了,他这才想起徐蔓苓打的那个电话来,就匆匆收拾一下准备回家。他拿着材料路过秦大军办公室的时候,想了想,停了下来,并推门走了进去。

"大军啊,这份材料我回去看看,争取明天开个会发下去。"

秦大军站起来问了一句:"县长,由谁来主持会议?都什么人参加?"

石润生思索片刻说道:"我看就由你来主持开会吧,县直各委办局、各乡镇主要负责人参会。明天早上等常委碰头会结束后就开这个会,把任务布置下去!"

秦大军听完犹豫了一下,说道:"县长,我主持合适吗?"

"有什么不合适的?就你!对了,大军啊,你这个办公室主任以后得转换一下角色了,办公室不仅仅是机关办公部门,更应该是决策参谋部门,也是督促下边贯彻执行县委决议的督查部门。"石润生说着拍了拍秦大军的肩膀,然后就出了办公室。

秦大军站在那儿呆呆地愣了一会儿,这才跑出去,在后面问了一句:"县长,明早的常委碰头会几点开?"

石润生头也没回,只是说了一句:"上班就开!"

此时,石润生家里。徐蔓苓看着桌子上已经凉了的菜正发呆呢,她脑海里回想着自己小时候的事情,想着那个爱流鼻涕的男孩儿。她从头上摘下发卡,拿在手里摆弄着,自语道:"你找了这么些年的鼻涕哥终于出现了,可是你为什么不敢和他说呢?他要是被别人抢去了怎么办?"

"什么东西被别人抢去了?"门口传来的说话声吓了她一跳,回头一看,进来的正是石润生。

"润生哥,你回来啦!饿了吧?"她赶紧站起来迎了上去。

石润生看了她一眼,把目光又落在她身后的餐桌上,支吾着:"你……你做的?"

"嗯。"徐蔓苓点了下头,转身把菜端进了厨房。

石润生放下手里的材料,看着她在厨房里忙活的背影,不禁皱起眉来。心想,这也不是个事儿呀,尽管她是王德贵王叔的什么侄女,但总往我这跑算怎么回事?日子长了会出闲话的。可是,该怎么和她说呢?

吃饭的时候,尽管石润生心里一直盘算着该怎么和她说的事,但吃到嘴里的饭菜却让他觉得从来没有过的香,这里面有饿了的原因,更重要的是这些年他自己一个人吃饭大多数时候都是对付的。

见他吃得香,徐蔓苓不住地给他夹菜,而她自己却嘴里咬着筷子不吃,只是静静地看着他。

石润生把嘴里的东西咽下去,头也没抬就说了一句:"谢谢你啊,老麻烦你也不好意思。对了,周一早上开过会后你暂时先到农业总站上班,等机构成立后再说。你住的地方嘛……回头让办公室安排一下,看有没有宿舍。"

他说了半天却没听到动静,抬头一看,徐蔓苓正一只手托着腮不错眼地看着自己呢。他眨了眨眼睛,又低头往自己身上看了一眼。

"我身上有好吃的菜?"说完,他顿了一下,像是下了多大决心似的继续说道,"蔓苓啊,这两天麻烦你了,非常感谢!不过……"说到这儿,他实在是说不下去了。

徐蔓苓端起碗吃了一口饭,嚹了下嘴,笑着说:"怎么,怕有闲话?我是你姐你怕啥?"

石润生愣了一下,随即说道:"不是叫我润生哥吗,啥时你又成姐了?"

其实,徐蔓苓明白他话里的意思,她自己也打算以后要尽量少跟他接触,免得惹来不必要的麻烦。

可是,石润生的麻烦事还是来了。

正当两个人吃饭的时候,突然传来一阵敲门声。打开门一看,门口站着的竟然是秦大军。

石润生诧异地看着他,从秦大军脸上的表情就能看出来,一定是出事了,要不然他也不会不打电话突然到家里来。

果然,秦大军干笑了一下,说道:"县长,您手机没打通,出事了!"

"别着急,来,进来说!"

秦大军进了屋刚想说话,一抬头看见正在收拾桌子的徐蔓苓,不禁愣了一下,但马上就恢复了常态,说道:"是这么回事,还是那个王大雷,就是前几天到县政府来上访的那个人。他拎着一桶汽油到黄忠良的公司去了,站在楼顶上说是不给一百万就自焚……"

石润生一听顿时震惊不已,他回身拿起衣服就往外走:"走,咱们去看看!"

在厨房里收拾东西的徐蔓苓也听明白了,趁着他们说话的时候,她拿起石润生放在书桌上的另一块手机电池跑了过来,但石润生已经出了门,她就拉住走在后面的秦大军,把电池递了过去。秦大军接过电池看了她一眼,笑着点了点头,就跟石润生两个人急匆匆地下楼了。

到了楼下,石润生边上车边问:"通知公安局了吗?现在谁在现场指挥呢?"

"于得水已经去了,安书记通知到了,姜县长我打电话时正在乡里呢,这会儿估计也往回赶呢,另外信访办韩主任也去现场了。"秦大军答道。

两个人开着车直奔位于城北的大良房地产开发公司。在车上,石润生把秦大军递给他的手机电池换上,想了一下,还是拨通了于得水的电话。

"现在什么情况？"他问道。

电话里的声音很嘈杂，只听见于得水大声答着："县长，您放心吧！我在现场呢，消防队也来人了，正在采取紧急处置措施！一定保证人员安全！"

石润生嘱咐道："先不要采取强制措施，要稳定他的情绪，防止他有过激行为造成不可收拾的局面！一切等我到现场再说！"

挂断了电话他催促秦大军快点儿开车。

黄忠良的大良房地产开发公司位于县城北那片新开发的小区边上，是一幢五层高的楼房，这片区域按照区划是属于开发区范围内。作为开发区的利税大户，黄忠良的公司一直是开发区重点保护和重点扶持的企业之一。当初开发这一区域是按照棚户区改造来进行的，这本来是件好事，不仅改变了这一区域居民的住宅条件，也能够改善县城周边的整体环境，县城里好多有条件的人都在这个小区里买了房子，因而，这个小区一时间成了县城里最好的住宅区。当初拆迁建设时也没发生什么群众上访的事，被拆迁的居民大多都非常愿意拆迁，这样不仅可以住上楼房，每家还能分到不少拆迁补偿款，这何乐而不为呢？可自从王大雷的父亲死后，加上王大雷的不断闹访，让很多不明真相的居民都很气愤，有的人还不知从哪儿找来了关于土地征收补偿方面的文件，借着王大雷的事也跟着开始上访，说是给的补偿款少了，要求按照中央文件给补发。

前几日王大雷到县政府院里上访的事平息后，石润生特意找来了《国有土地上房屋征收与补偿条例》，进行了认真的学习。而那些居民们依据的也就是这个文件，要求按照文件的规定参照现在所建商品房的出售价格给予补偿。但通过了解得知，这一区域的征收是在该条例出台之前进行的。但不管怎么说，上访群众所说的没有按照法定程序征收确是事实。

在车上，秦大军简单把事情的经过向石润生说了一遍。原来，重新成立的调查组根据调查结果正式通知王大雷到村委会领取补偿款时，王大雷一听没有按照自己的要求给一百万，当时就急了，扬言不达到他的要求就要到县政府去闹，甚至要上省里上北京去上访。当时见劝不了他，调查组和村里的人都回来了，也没把他的话当真。可这王大雷竟真的拿一桶汽油去了开发公司，也不知怎么上的楼顶，吵嚷着边往自己身上倒汽油边拿个打火机要点。当时他在楼上一喊，把街边一位买菜回来的老大娘吓得差点儿坐到地上。随即，楼前楼后迅速围满了人。看着人越聚越多,王大雷还来劲了,又提出让县长到场,不然他就把自己点着然后跳到人群里。

石润生一听,不禁倒吸口冷气,虽说王大雷倒不一定会真的点汽油,但稍有不慎就会造成难以控制的群体性事件啊,这还了得?

此时的他,心急如焚。车快要开到开发公司的时候,远远地就看见楼上有个人正在那比比画画地喊着什么,楼下聚集了好多居民。

秦大军见前面人多,就在街边找了个地方把车停了下来。石润生下车直奔人群中走去,秦大军在前面一边分着人群一边打电话。

等他们穿过人群又越过公安局拉起的警戒绳进到院子里时,于得水快步跑了过来。

"石县长您来啦!"

石润生顾不得和他说话,向楼上看去。就见王大雷站在楼顶上正手舞足蹈地在那儿嚷嚷呢。

"老百姓的日子没法过了!野蛮拆迁、暴力执法!弄死了人还不承认!今天必须给个说法!"

他说着往楼下一看,一眼就看见了石润生,顿时又兴奋起来,高喊道:"怎么样?我说县长得来吧?敢不来吗?我今天要是一按这个打火机,他这县长可就别当了!哈哈哈!"

石润生一听,正想召集公安和消防方面的负责人研究对策呢,突然,就听楼下的人群里不知谁起着哄:

"我们都看半天了,也没见你点啊!有能耐点啊!你倒是跳啊!"

"是呀,我看你根本就不敢点火!你没那个胆子!"

人群中跟着一顿哄。

王大雷一听,停止了叫喊,往楼下看了半天,突然从口袋里掏出包烟来从里面抽出一支,然后喊道:"老子累了,先抽根烟!"说完就把烟叼在嘴里,然后拿着打火机就要点烟。

人群一下子静了下来,人们都紧张地看着他,有人开始往外挤。

"不要点烟!"石润生大喊一声。

于得水他们也跟着喊。因为此时的王大雷浑身浇满了汽油,一旦他点烟就一定会点燃汽油的,可他大概不明白这个道理,以为点烟没事呢。

尽管大家喊着不让他点烟,可是,已经晚了,就见他把打火机对着嘴里的烟,大拇指按了下去……

第二十二章　一场自焚闹剧

俗话说得好,看热闹的不怕事儿大。

随着楼下人群里好事者的起哄,王大雷竟掏出根烟来要点,这下可把石润生及其他众人吓坏了,就连刚才起哄起得最凶的那几个人也吓傻了,都张着嘴看着楼上。

楼下突然变得异常的安静。石润生也不敢大声喊了,生怕激怒他。

随着王大雷大拇指往打火机上轻轻地一按,下面有个妇女突然惊叫一声,人们也跟着"啊"了一声,还有人竟闭上了眼睛。可是,王大雷手里的打火机并没有打着火。众人一颗悬着的心这才稍稍落下来一点儿。王大雷见没有打着,又用力地按了起来,"咔咔"的声音仿佛就在人们耳边响着,好多人都不敢看了。

就在王大雷想要再一次按打火机的时候,突然,他身后传来一声大喝:"住手!"

这一声喊不要紧,王大雷被吓了一跳,手一哆嗦,打火机竟掉了下去,直接掉到了楼下。楼下的人们不仅被这一声吼给吓到了,见从楼上掉下一样东西来,更是一阵惊呼。人们看去,就见王大雷身后出现一个人来。

石润生也看见了那个人,就见他一米八几的个头,身穿干净整洁的警服,头戴警帽,看上去三十出头的样子。

"这人是谁?"石润生问了一句。

于得水忙答道:"刑警队长曲利群。"

这时，就听曲利群在楼上说道："王大雷！你作是吧？不是想跳楼吗？那你也找个高点儿的楼啊，从这五楼往下跳根本摔不死，到时候胳膊腿摔断了你要再多的钱有什么用？要是治不好再弄个瘫痪别说钱了，到时候啥都没了！来来来！你不是想跳吗？走，咱找个高点儿的楼！"说着就往前迈了两步。

王大雷用那只拿着烟的手一指："你别过来！再往前走我就点了！"

他这句话不要紧，楼下惊魂刚定的人们又开始起哄了。

"嗨，哥们儿！你手里没有打火机，咋点啊？"

"你可别吓唬人啦！"

王大雷看了一眼手里的烟，这才意识到刚才打火机掉楼下去了。他用颤抖的声音冲曲利群说："那你也别过来，你要是再过来我就跳下去！"说着，他往身后的楼下看了一眼，下意识地伸手扶住了楼边上的铁栏杆，然后把手里的烟狠狠地扔到了楼下，哭丧着脸自语道，"什么破打火机，刚买的就不好使！假冒伪劣太坑人了！"

人们都哈哈大笑起来。

石润生一想，这样不行，楼下的人越来越多，一旦楼上控制不住，这么多人要是发生踩踏事故可不得了。想到这儿，他对于得水说："于局长，这样啊，分三步走。首先马上想办法疏散围观者，并在楼下采取相应措施，一定不能出现意外；其次，尽量采取心理战做通王大雷的思想工作；三是马上派人去把他的家属找来！执行吧！"

于得水答应一声就开始安排。公安干警们分成几组，用警戒绳把围观的人分成若干区域，然后分区域进行疏散。消防队的人则准备架云梯，并在楼下铺上了气垫子。

在公安干警的劝说下，围观的群众开始逐渐散开。石润生一颗悬着的心这才稍稍平复了一些。这时，政法委书记安全也到达了现场，跟在他后面的，是跑得气喘吁吁的姜然。

石润生把现场的情况简单和他们两个人交代了一下后，就关注着楼上的动态。

这时，在楼上的曲利群还在和王大雷对峙着。

王大雷眼看着楼下的人越来越少，即使没走的也都被疏散到了远处的街上,他悻悻地耷拉着脑袋不言语了。

曲利群见时机差不多了,就改变了刚才的语气,说道:"大雷呀,我知道你是因为父亲去世了心里难受,要不然也不会在这么多人面前出这个丑,是吧?"

王大雷看了他一眼,不言语。

曲利群又说:"你这么做有点儿得不偿失呀!钱要不来不说,就你今天的行为涉嫌危害公共安全,拘留恐怕是在所难免了。但只要你听我的,我保证不追究你的其他责任。你相信我吗?"

"……你说的是真的?"王大雷抬头问了一句。

"难道我跟你开玩笑吗?你弄一身汽油又要自焚又要跳楼的,不危害公共安全吗?"

"我问的不是这事儿!"

曲利群一听,明白了,肯定地说:"当然,因为你没真的点着火,也没有跳楼,没有造成太大的危害,可以从轻处理。"

"那……我想想。"王大雷又看了一眼已经没有多少人的楼下自语道。

曲利群知道,此时王大雷的心理防线已经快崩溃了。没有了看客,他这个主角也就没有了表演的必要。

可就在这时,猛地从曲利群身后传来一声喊:"你作得有完没完?不就是要钱吗?老子给你钱!今天你不点着火还不行呢!"

还没等曲利群回过身呢,就见从身后扔过一样东西来,直接落到了王大雷的脚下。他一看,天啊,竟是个打火机!再一看说话那人,是个五大三粗的主儿,一脸的大胡茬子。说话这人是黄忠良的弟弟黄忠臣,他大咧咧地还往前走呢。

而这时的王大雷一看是他,从地上捡起打火机,怒目而视。

曲利群气得冲两个跟上来的干警喊道:"怎么搞的你们?把个门都把不住?把他给我拿下!"

那两名干警上来不由分说就架住了黄忠臣的胳膊。黄忠臣被两名干警架着边往楼下走还边嚷嚷呢:"我告诉你王大雷,你就是找死!"

见黄忠臣被带下去了,王大雷拿着打火机就站了起来。

"让你们欺负人！今天我跟你们拼了！"说着，他拿着打火机就打起火来。

这下可把楼上的曲利群还有楼下一直看着的石润生他们吓坏了，万万没想到会突然发生这样的变故。石润生冲于得水喊道："怎么搞的？那人是谁？"

于得水咧着嘴苦笑着："是……黄忠良的弟弟……"

"把他给我抓了！"石润生真动气了。

眼看着王大雷就要点打火机了，就在这时，一辆吉普车停在了楼下，从车上下来一个妇女，还带着个孩子。那妇女一下车就冲楼上喊道："你个完蛋玩意儿！想钱想疯了你？赶紧给我下来！"

来的人正是王大雷的媳妇和孩子。

王大雷一看是媳妇来了，顿时像霜打的茄子一样蔫了。他看着楼下刚想要说什么，却见两名干警架着黄忠臣已经下了楼，正往警车上走呢。那黄忠臣边走还回头喊了一句："你等着！今天你不死改天老子也整死你！还敢讹人？"

于得水气得走到车跟前上去就是一脚，把黄忠臣硬是踹进开了门的车里。

可是，王大雷却被彻底激怒了，他冲楼下喊道："媳妇！他们太欺负人了！别管我！以前都是听你的，今天我要自己做回主！"说完，他哆哆嗦嗦地拿着打火机就按了下去。

石润生在楼下大声制止着。但已经晚了，就见王大雷手里的打火机轻轻一按就着火了。他端着打火机，看了一眼愣在当场的曲利群，一咬牙一闭眼就把那只拿着打火机的手移到了衣服下角处。

说时迟那时快，曲利群也管不了那么多了，他一个箭步蹿到跟前，伸手就去夺打火机。王大雷挣扎着，一只手去挡曲利群，另一只手又把打火机点着，然后就要去点衣服。楼下的人们都吓得大气不敢出，王大雷媳妇更是吓得坐在地上号哭起来。

谁知曲利群抢了一把没抢到打火机他却停住手不抢了，然后他看着王大雷笑了笑，接着从容地从口袋里掏出一盒烟来，抽出一支叼在嘴上，又抽出一支递给了王大雷。

"来，你也抽一根？"

王大雷被他的举动给吓了一跳，他下意识地往后退了一步，战战兢兢地说："你……你在我跟前敢抽烟？你不怕点着汽油？"

可曲利群一伸手："我没带火，来，把你打火机借我用用！"

王大雷往后又退了一步："你你你……什么意思啊？"

这时，于得水在楼下喊道："大曲子！你小子可别瞎整啊！这可不是闹着玩的！"

曲利群就像是没听见一样，叼着烟看了王大雷一眼，从裤兜里掏出个打火机来，就在他面前把烟给点着了，还深深地吸了一口，然后说道："来，我帮你把烟点上？"说着，他拿着打火机就凑了上去，吓得王大雷直往后退。

"你可别乱来呀，会……会着火的！"他支吾着，被曲利群的举动给惊呆了。

曲利群又吸了一口烟，然后狠狠地把烟扔在地上，上去一把就抓住了王大雷的胳膊。

"你不是要点吗？我帮你点！目无法纪，弄出这么大的事儿来！"曲利群说着，打着了自己的打火机。

此时的王大雷被彻底吓傻了，他一边往后躲一边哆嗦着说："同……同志，别别……别呀！会死人的！"

"你不是作吗？来呀！这会儿知道怕了？"曲利群说完，从腰上拿出手铐直接就把他铐上了。

这时，跑过来两名干警一人一只胳膊把王大雷架住了。

曲利群拍了拍身上刚才在楼边蹲的灰，吩咐把王大雷押下去，然后又探出身子冲楼下喊道："局长，没事了！"说完就回过身跟着准备下楼，可他回过身一看，就见王大雷裤子后面湿了一片，他差点儿乐出声来。

"我说王大雷，你就这点儿能耐呀？怎么还吓尿了？"

可是，王大雷身上不是已经浇了汽油吗，为什么没有点着呢？这是楼下所有人的疑问。

等曲利群下楼大家一问才知道，原来王大雷确实往身上浇了汽油，可由于在楼上站的时间长了，汽油大部分都挥发了，再加上他也不知从哪儿弄的汽油，里面可能是掺了大量的水，尽管他身上还是湿着，但那却不是汽油了，而是水。刚才曲利群过去抢打火机的时候就发现了，按理说身上浇了汽油一个火星子就会点燃，可王大雷明明已经打着了打火机，但衣服并没有被点着，他又用鼻子一闻，哪里还有汽油味？他这才演了这么一出戏，在王大雷惊恐万状中铐上了他，解除了危机。

王大雷被带上警车的时候嘴里还叨咕呢："太倒霉了，打火机不好使，汽油又是掺水的，不带这样的！太吓人了！"

于得水叫过曲利群："利群呀，见见石县长！"

曲利群走过来给石润生敬了个礼："石县长好！"

石润生看着点了点头，拍了一下他的肩膀："好样的！有胆有识！"说完，他又四下看了看，疑惑地问，"这家企业负责人怎么没来？"

于得水报告说，黄忠良去省城了，公司现在他弟弟说了算，就是刚才被铐起来那个黄忠臣。

石润生皱了皱眉，问秦大军："大军啊，这个小区归哪个街道管？"

秦大军汇报说，这是开发区的地界，归开发区管。

石润生又说："开发区来人了吗？把齐国梁给我叫来！"

秦大军小声说："县长，我打过多次电话了，可齐国梁的手机没人接，我已经派人去找了。"

"发生这么大的事，他怎么不来？行了，一会儿他来了让他去办公室找我。老安啊，你和得水在这处理一下善后事宜，然后回政府咱们开个会！"说完，石润生带着秦大军回了县政府，临走时还叫上了姜然。姜然分管信访工作，出了这样的事是负有领导责任的，因此她大气都不敢出，坐上自己的车就跟着回了县政府。

等石润生回到办公室，秦大军派去找齐国梁的人就回来了，秦大军领着那名工作人员进来了，让他当面和县长说。那名工作人员见石润生脸色铁青，表情严肃，就紧张起来。

石润生看了他一眼，问："齐国梁人呢？来了没有？"

秦大军对那名工作人员说："你就据实汇报吧。"

工作人员支吾了半天才说明白。原来，他在县城里找了半天，最后找到了齐国梁的司机一问才知道，齐国梁既没在家里也没在开发区，而此时正在县城里一家洗浴中心呢，陪着他一起汗蒸的正是王家烧锅屯强拆腾地准备建项目的那家企业的负责人。

石润生听完沉思片刻，然后就让秦大军他们出去了。他清楚，如果自己现在派纪委或公安局的人去查，完全有理由，但这样一来，齐国梁势必就当不了开发区这个主任了，毕竟他是齐福仁的儿子，这样会令齐福仁很难堪，下一步的工作恐怕更会阻力重重。但这样的干部是必须要处理的，出了这么大的事，他竟然还有闲心去洗浴中心，实在是有损干部形象。怎么办呢？

他想来想去，正愁不知该怎么办呢，正在这时，秦大军过来说，齐书记听说了大良公司的事，特意从家里赶过来了。

石润生一听就乐了，让秦大军马上叫齐福仁过来。

不大一会儿，齐福仁进来了。一进屋就高声说道："哎呀，石县长，我刚听说就赶紧过来了，这大周日的你也没得消停啊！"

石润生站起来，把他让到沙发上坐下，又亲自给他倒了一杯水。坐下后，他笑着说："都已经平息了，不过……这件事还得进行深入的调查，正好你来了，虽说姜然分管信访，老安是政法委书记，但我看这个事还是纪委牵头比较合适。你要是没啥意见我打算让你牵头彻底调查此事，包括王家烧锅屯强拆的事。你看怎么样？"

齐福仁听完愣了一下，说道："哎呀，开发区是铁城分管啊，是不是让铁城……"

"这件事就你来吧，还是得从源头抓起呀，问题的根源在干部！"石润生说着站了起来，态度很坚决。

齐福仁不好再推脱了，只好说："那行吧。不过……石县长，有个事儿我想向您汇报一下，开发区……"

石润生知道他要说什么，就打断他说："齐书记，我相信你会调查清楚，也相信你会秉公处理的。这件事不能拖，我看你马上就着手调查吧，正好一会儿老安和于得水过来，你们开个会研究一下，我还有事，你主持开会吧。对了，要尽快，三天后我听汇报。"

齐福仁只好站了起来："那行吧。"他话语间表现出的是勉强，但其实他从家里赶过来就是这个意思。

齐福仁第一时间就听说了王大雷要跳楼的事，但他没有到现场去，至于为什么，恐怕只有他自己心里清楚。但有一个事却让他很挠头，那就是他儿子齐国梁。刚刚发生强拆的事，又出来这么一件更闹心的事，这两件事可都是发生在开发区呀！如果石润生派别人彻查此事，恐怕很难有挽回的余地，毕竟开发区不是自己分管。但如果要是让纪委牵头呢？他一想到这儿，当即就赶到了政府，准备探探石润生的口风再说。如今石润生真的让他负责调查此事了，他心里暗喜，一回到办公室就给儿子齐国梁打电话。可打了半天也没人接，无奈之下他只好给齐国梁的司机打，电话接通后一问，他惊出了一身冷汗。

第二十三章　体制机制的创新

　　周一早上，石润生主持召开了县委常委会，安排部署近期重点工作。会议主要有三项内容：一是根据工作实际，确定成立十二个临时性工作领导小组，打破身份界限，打破部门事权，捆绑使用干部，集中开展工作。其中一个就是安农县发展战略规划研究制定领导小组，组长由石润生亲自担任，具体责任部门是规划环保局，各相关部门为成员单位，由北京陈晓霞的咨询策划公司承接该项任务。要求一个月之内必须拿出规划成稿。除一些领导小组是为推进工作而设立的外，还有一个令与会的人都震惊不已的事是，成立三个指挥部，根据全县区域现状，划分为三大片区，南部和北部各为一个片区，中间县城周边为一个片区。分区域开展经济建设和社会管理工作。

　　二是开展全县范围内的调查研究活动。根据县政府办公室起草的三十几个课题，明确责任部门和单位，限期完成调研任务，形成调研报告。内容涉及体制机制创新、干部队伍建设、党风廉政建设、三农问题、招商引资和项目建设、城市建设与管理、人才建设、土地、规划、财政税收、乡村政务公开、基层组织建设、民生保障等各个方面。

　　三是成立相关机构事宜。对于县政府现有机构在暂不做大的调整的基础上，根据当前工作需要，拟新成立三个机构：整合现有县委办公室和县政府办公室职能，将两办合并，增加工作督查职能，成立党政综合办公室，由秦大军任党政综合办公室主任，原县党委办公室主任苏智远暂时调任党风廉政建设领导小组办公室主任。

整合现有农业局、畜牧局、水产局、农业总站、农经总站、种子公司、多种经营办公室，成立安农产业发展局，加挂安农产业集团总公司的牌子，并建立农业专家库，整合资源，统筹全县的农业、农村和农民"三农"问题，中心任务是发展农业和农村经济，提高农民收入，促进新农村建设。由于涉及多个现有职能局的整合，对新机构的领导班子暂不做安排，由县委常委、副县长姜然暂时兼任该局的局长。石润生还提议由徐蔓苓暂时担任该局农业专家委员会主任，负责专家库建设及农业技术推广等工作。

第三个新成立的机构是文化信息交流中心，整合现有县广播局、县报社、文联职能，增加网络服务中心职能，加挂新闻中心、旅游局的牌子，统一负责全县的新闻宣传、信息发布、旅游开发、网络服务、文化挖掘、文学艺术等工作。

最后，常委会还确定明天也就是周二组织召开全县科（局）级干部大会，动员和部署工作。

本来，昨天石润生还打算让秦大军主持开会部署一下就行了呢，但今天开会时研究了这么多工作，有这么大的调整和变动，他一想，这个大会必须要自己亲自开才行，要不然恐怕又要流于形式，没人重视了。

与前几次开会不同的是，这次齐福仁不仅没有提任何反对意见，却反而表现出非常支持，并自告奋勇地担任了三大片区之一的中部片区指挥部的总指挥。而南部片区的总指挥是李铁城，北部片区的总指挥却出乎人们意料地由已经到退休年龄的尹力来担任。

会后，石润生特意把尹力叫到了自己办公室。

"尹大姐，我看你刚才在会上好像有话要说，是不是对我这个安排有啥想法呀？尽管说。"他给尹力倒了一杯水笑着说。

尹力端过杯子放在手里却没有喝，想了一下说道："石县长，我行吗？还是让年轻人……"

"大姐，你怎么也得帮帮我吧？我对干部还不是很了解，我也知道你快退了,让你挑这个头也是没办法的事,小姜还太年轻,其他的常委嘛……我觉得你最合适。先干着,等以后再说,行吗?"石润生诚恳地说。

尹力笑了笑:"石县长,我不是不想干,只是怕自己不行影响了工作。"

石润生明白了,笑着说:"没事,大姐,你就放手干吧!"

而此时的齐福仁正在办公室里和苏智远说话呢。他刚一回来苏智远就跟进来了,刚才他也旁听了常委会,一听说自己的县委办公室主任的位置没了,他就急得像热锅上的蚂蚁。

"齐书记,事先您知道撤销县委办的事吗?这也太突然了!让我去的那是个临时机构啊!咋能这么整呢?"一进屋,苏智远就满腹牢骚。

齐福仁没理他,一边翻弄桌上刚送来的报纸一边说:"临时机构又怎么了?我比你大不大?那中部片区不也是临时机构?这是工作的需要,得正确看待这个问题,你要是想不通可就在这大院里白待了。要我看啊……你已经不错了,那几个农口的职能局几个局长还不是待岗呢?我告诉你,给我好好干,要不然这个位置恐怕你都保不住!行了,出去吧!和秦主任搞好工作交接,以大局为重!"

苏智远还想说什么,见齐福仁不理他了,只好悻悻地退了出去。临出门时,齐福仁又说了一句:"你这些天好清闲啊,石县长毕竟还是任的县委副书记嘛,而且排名也在我之前。"

苏智远直眉愣眼地看了他一眼,转身走了。齐福仁的言外之意是,你苏智远是县委办公室主任,可这些天围在石润生身前身后的却是秦大军,难道不从自身找找原因?也不知道苏智远听明白没有。

而苏智远一走,齐福仁把报纸狠狠地往桌子上一摔,骂了一句:"小兔崽子!要不是因为你,我也不至于啥话都不敢说!"他骂的是齐国梁。他回想着刚才在会上的情景,其他的事倒没什么,只是对于石润生说的那个叫徐蔓苓的引起了他的兴趣。

"农业硕士?我怎么没听说呢?"他又自语了一句。

他坐在办公桌后想了半天,站起身把门关好,然后拿起电话就拨了出去。

几声铃响过后,他点头哈腰地冲着听筒说:"叶书记,我是小齐呀!您没开会吧?哦,也没啥事,就是想向您汇报一下工作……"接着,他就把刚才会上石润生定的这些事挑重要的说了一遍。

也不知电话里的叶书记说的是什么,他又说:"是是是,我不应该这么狭隘,不该有谁是谁的人的想法,但他不知从哪儿找来个丫头,竟给安排了那么重要的岗位……哦,那行,再观察观察吧!那您先忙!"

齐福仁这个电话是打给省委副书记叶树清的。他本来是想汇报一下石润生开常委会确定的一系列重大事件,说白了就是想告一状,但没想到碰了一鼻子灰,他是既沮丧又憋气。但在叶书记的话里他似乎听出了点儿什么,那就是叶树清的一句:"现在说啥都为时尚早,你怎么沉不住气呢!"他觉得叶书记话里有话。想到这儿,他倒释然了。那就看这个年轻的代县长究竟能折腾出个啥样来!

至于他和叶树清提了徐蔓苓的名字,是想探听一下这个人到底是干什么的,但叶树清也不知道徐蔓苓是谁。

"这徐蔓苓到底是谁?她和石润生又是什么关系呢?"齐福仁念叨着,想了想就又拿起了电话,刚要拨号又放下了,而是拿出手机翻找起来,找出一个号码拨了出去。

"三儿呀,干啥呢?别姐夫姐夫的!告诉你多少次了?要是没啥事儿在你姐店里等我!"

放下手机,齐福仁望了一眼窗外。此时,太阳正好照进来,窗前一片光明。阳光中,他脸上露出了一丝微笑。暗自在心里念叨着:"石润生啊石润生,你还太年轻!"

石润生送走了尹力,正在向秦大军交代准备明天召开干部大会的事呢。秦大军领了任务一走,石润生就给陈晓霞打了个电话,得知她已经回到县宾馆了,正在等他的消息呢,就告诉了她常委会的决定,让她现在就可以着手做发展规划的前期工作了,并告诉她一会儿就有专人去找她进行对接。

陈晓霞在电话里开着玩笑:"石大县长,我晚上可就要回北京了,你不送我也就罢了,也不饯个行啥的?"

石润生打着哈哈:"让徐蔓苓替我去行不行?"

可没想到陈晓霞反问道:"她能代表你?你们到底什么关系?哈哈哈!"

陈晓霞笑着就把电话挂了。

石润生看着电话一时愣住了。是呀，什么关系？看来，自己真得少跟徐蔓苓接触了，要不然还真解释不清。可她毕竟是王叔的侄女呀，而王叔对自己来说又像是父亲一样，该怎么办呢？

他想了半天，当下有个事就难以做到不接触。他犹豫了一下，还是拨通了徐蔓苓的电话。一方面请她去送一送陈晓霞，另一方面告诉她明天就去新成立的安农产业发展局报到，具体工作到县政府找姜然副县长就行，已经和她交代好了。

电话里，徐蔓苓听完只是"嗯"了一声，却并没有多说什么就挂了，这倒让石润生感到有些意外。他心想，徐蔓苓平时不是话挺多的吗，昨天不是还好好的，今天是怎么了？既没表现出高兴又没表现出不高兴，很平淡，也很陌生。难道是昨天吃饭时说的那番话让她往心里去了？想到这，他又回想了一遍昨晚吃饭时说过的话，觉得没有什么过格的话，他也没放在心上。手头的工作实在太多，哪还有心思琢磨这些事？

安农县科（局）级干部暨重点工作专项领导小组组建工作会议正式召开了。

会上，下发了三个红头文件。分别是《关于组建重点工作专项领导小组的决定》《关于广泛开展调查研究的实施方案》和《关于整合资源组建部分机构的决定》。同时下发的还有重点工作督查推进表，将各项重点工作确定了责任领导、责任部门和责任人，明确了完成标准和时限要求。

最后是石润生的讲话。因为是动员讲话，他着重讲了三方面的问题：一个是为什么要成立重点工作专项领导小组，重点是提高思想认识。讲话中，他指出，实施这一举措不仅是适应当前形势发展的需要，也是着眼跨越发展，推动工作突破的需要，更是创新体制机制，提高工作效能的需要，也是提高干部能力，打造一流干部队伍的需要。

他说："高位统筹是加快发展的前提条件，高效运行是推进工作的首要支撑。现在，我们面临着如何改变贫穷落后面貌的形势和任务，就需要有与之相适应的体制机制来配套、来保障。比如，为了发挥主体作用，就必须界定部门职责，理清工作责任，改变职能不清、被动应付的现象；为了突出重点工作，就必须优化资源配置，打造责任链条，改变力量缺失、跟进不力的现象；为了解决执行力的问题，就必须跟踪督查、一线考核，解决有忙有闲、有干有看的现象。我们组建重点工作专项领导小组，就是要通过这一过渡性的改革措施，充分发挥各领导小组'指挥部'、'参谋部'、'作战部'三位一体的综合作用，加强工作统筹，突破关键环节，推进责任落实，使我们的各项重点工作科学化、系统化、规范化，为下一步即将开始的深化改革积累经验，奠定基础。"

围绕提高干部能力，他又强调："安农县能否大发展、快发展，关键在人，关键在干部，关键在于有一支思想解放、业务精湛、作风优良的一流团队。在这里，我强调一下，越是在这种特殊时期，越是要对我们干部严格历练，大家一定要讲党性、讲事业、讲大局，把发展的兴衰成败与个人的成长进步结合起来。到任何时候都要切记，能力是练出来的，位置是干出来的。今后，我们要树立以业绩论英雄，凭能力用干部的用人导向，建立'能者上、平者让、庸者下'的选用机制，在工作一线锻炼干部，用工作成效评价干部，让想事、干事、成事的在政治上有地位、经济上有实惠、发展上有前途。希望我们的干部都能够经受住工作考验和组织检验，在推进安农县发展的工作实践中找准自身位置，实现自身价值。"

石润生的讲话引起了会场上所有干部的共鸣，他的讲话刚结束，会场上就议论纷纷，大家都没有想到这才仅仅几天时间竟会有这么大的变化。原来的那些局长、乡长、镇长、主任，都打破了身份界限，成了各个领导小组里的成员，具体来说就是领导小组里的工作骨干。这其中有两部分人，一部分表示赞同的，心潮澎湃，感觉安农县的春天来了；而另一部分人则有不同意见，但又不敢大声说出来，他们感觉自己的好日子恐怕要到头了。

但不管怎样，一开完会，大家都找办公室要石县长的讲话材料。可石润生的讲话并不是办公室给起草的，当时他只是拿了个笔记本列个提纲讲的，没有现成的材料。见这么多人要材料，秦大军只好去请示了一下石润生。好在赵小兵多了个心眼，开会时录了音，他们就根据录音整理了一下，以办公室文件的形式发了下去。

这个在安农县的发展史上注定会有里程碑意义的会议一开完，就在全县引起了热议。虽说干部们私下里也有议论，但他们实在是没有太多的时间来议论，因为那么多那么重的工作等着他们呢，后面还有随时督查的部门跟着。议论最多的，却是街头巷尾的人们，大家都说，这回安农县恐怕要真的变天了，只是不知对咱老百姓有啥好处。人们都期盼着能够真正获得实惠的那一天。

　　县城里有家小饭店叫农家一锅出，就坐落在县政府斜对面，平时生意也还算可以，但客流量并不是很多。自从县里的大会开完后，这家饭店老板把店名改成了"农家指挥部"。菜还是那个菜，各种菜品原料放在一起乱炖一锅出，改成这个名字也还是那么回事。指挥部嘛，也是涉及各个职能部门，涉及各级干部，把资源整合到一起推进工作。

　　说来也奇怪，自从店名改了之后，这家小店生意竟红火起来，每天中午和晚上是桌桌爆满，而且客人都愿意到仅有的三个包房里去吃饭。原因是这三个包房的名称分别叫南区指挥部、中区指挥部和北区指挥部。

　　这一天，石润生在办公室忙到很晚才回家，因为离家并不远，他就没有开车。一出县政府大院，他一抬眼就看见了这家店，他一想，回去反正也是自己一个人吃饭，干脆就在这家小店对付一口算了，正好也可以了解一下民情。开大会时他没让录像，因此县电视台虽说播出了会议的新闻，但并没有他的单独镜头。因此，普通百姓并不认识他。

　　他进了店，在大厅里找个僻静的角落坐了下来，要了一碗过水面条，然后就边喝着水边等着。见店里来来往往的客人较多，他就询问店老板生意怎么样。店老板笑呵呵地回答说："比以前好多了，这都是托了县长的福。"

　　石润生一听，什么？托了县长的福？他就笑着问："为什么呢？"

　　店老板答："要是没有县长采取的新举措，也不会把店名改成这个，要不改名哪会生意这么好？"

　　石润生又问："客人一般都是什么人，有没有机关干部来吃饭？"

　　店老板答道："有啊，今天就有。"说着，他冲大厅边上的包房一努嘴。

　　石润生顺着他的目光看去，就见三个包房一字排开，门上分别写着包房的名称。一看那名字，他差一点儿笑出声来，心想，这店老板还真是与时俱进啊。

　　正在这时，从其中一个名为"南区指挥部"的包房里传来了说话声，声音很大，一听就能感觉到说话的人喝了酒。

　　"我说大……大哥，那小子还真挺能整啊，还指挥部……他以为他是谁呀！"

石润生一听，以为他说的是店老板，也就没太在意，只是笑了笑，接着低头吃面。

这时，又听那人说："你家我叔在咱县那是多大的官呀！也给派出去了，什么中区指挥部……"

就听又有一个人厉声道："你骂谁呢？"

刚才那人像是笑着说："我哪敢骂齐……书记呀，是那小子！"

石润生一听，明白了，他们这是在说自己呀。但他也没往心里去，这没什么大不了的，几个人在一起喝喝酒、骂骂领导、发发牢骚，也很正常。但他疑惑的是，另一个人会是谁呢？听话里话外，另一个人分明是齐福仁家的人啊。而他知道，齐福仁共两个儿子，二儿子齐国栋在市里工作，平时不可能回来。那就只有齐国梁了，对，一定是他。

一想到齐国梁，石润生就皱起眉来，最近又收到好几封匿名信，告的不是开发区的事就是齐国梁的事。可是，自己不能刚来就拿县委副书记开刀啊，只要他不再做什么出格的事，可以先放一放再说，好歹也给齐福仁个面子。

可他刚想到这儿，就听另一个人大声说道："我还真就不信了，他能把我咋样？老子是全县正职里面最年轻的，还是县处级后备，管着一个乡和一个开发区，将来咱起码也是个副县级吧，他能把我怎么样？整急眼了我就把他的事抖出来！我有证据！"

石润生一听声音，果然是齐国梁。

这时，就听另一个人小声问道："啥事？说说！"

齐国梁神秘兮兮地说："有个女的……"

下面的话听不清楚了，石润生一听，这火可就上来了。这样素质的人怎么能在那么重要的岗位？但此时自己既不能发火，更不能说什么，能做的只有离开这里，免得听了闹心。

可他刚想走，就见从一个名为"北区指挥部"的包房里走出个人来，一把推开齐国染所在的那个包房的门，站在门口严肃地说道："你们还有完没完？背后说县长坏话就不怕被县长听见？对组织的决策有意见可以提嘛，说三道四的像个男人吗？还副县级？我看你能不能保住现在的位置都不好说呢！"

石润生一看，说话的是个女的，但只看到了她的背影，没看见脸，也不知是谁。

这女的一番话后，屋里的人都不言语了。短暂的安静后，刚才说话那个大嗓门吼道："你……你是干什么的？少管闲事！"

那女的笑了笑，说道："你们最好别知道我是干什么的，要不然你们会后悔的！"说完，她不知从哪儿拿出手机来就听"咔嚓"一声。

这时，石润生想，还是赶紧走吧，一会儿人出来看见自己就不好办了。他付了面钱就匆匆出了小店。可他刚拐到店旁的另一条街上，就见从店里跑出个女孩子来，后面还有个人在追，边追边喊："别跑！把照片给我删了！"

第二十四章　省报女记者

石润生回头一看，跑过来的正是刚才店里的那位女子，在她后面，追过来的是个五大三粗的男人，看上去很凶的样子。他一想，这女孩儿要是让他们追上非吃亏不可。眼看着她就要跑到跟前了，他站在这条小巷口等着，等她跑过来时，他一把就拉住了她的胳膊。

"这边来！"说完就把她拽了过来。

那女孩儿紧张地看了他一眼，刚想要挣脱，一看石润生的脸，她愣了一下，随即却反手拉着石润生朝小巷里面跑了过去。石润生本来是不想跑的，但被她这么一拉一带，也只好跑了起来，一跑不要紧，他倒也跟着紧张起来。

两个人三拐两拐，在小巷子里转眼间就把追上来的那个人给甩远了。

听听后面没动静了，两个人停了下来，女孩儿弯下腰，又是喘又是咳嗽，上气不接下气。石润生也累得够呛，喘了一会儿倒笑了起来。

"我说你这个同志，跑得还挺快！不会是运动员吧？哈哈哈！"

那女孩儿看了他一眼，一皱眉说道："你跟着跑什么呀？他们又不是追你！害得我累成这样！"

石润生心说，这叫什么事呀？明明是我救的你嘛，却反而怪起我来了。不过，他觉得这女孩儿也实在是有意思，也就没再说什么。

两个人喘了半天，石润生正要和她道别准备回家，她却重新上下打量了一番石润生，问道："你是机关干部吧？刚才好像你也在店里吃饭，能问你个事儿吗？"

石润生微笑着说："问吧。"

"听说新来个县长，他人怎么样？"

石润生见她很认真的样子，就笑着说："你是问他长得怎么样还是……"

"不是。我是问他干的怎么样！听说最近动作比较大……"那女孩儿忽闪着大眼睛。

"我听说呀，以后的改革力度会更大呢！"石润生笑着回了一句就打算走。

女孩儿追了上来："你别走啊，你这人……你走了我咋办啊？一会儿万一他们追上来……"

石润生笑了："你刚才胆子不是挺大的吗！对了，你和县长认识？要不然怎么会在小店里和他们理论？"

女孩儿摇了摇头："暂时不认识，不过，会认识的！"

石润生又问："你家住哪儿呀，要不我送你吧！"

没想到女孩儿一听就瞪起了眼睛，又上下打量了一遍石润生，说道："啥意思？像你这种追女生的伎俩我见得多了！是不是还想问我名字和微信号啊？"

石润生一听就乐了："对呀，你叫什么名字？微信号嘛，就算了。"

"少来啊！"女孩儿说完转身就走。

石润生站在后面越想越觉得她有意思，看上去像是刚出大学校门的学生。

那女孩儿走出几步又停下了，回过身问道："喂！你怎么不走啊？站那儿傻等啥呢？"

石润生笑了笑："你先走吧，我怕你误会，说我跟踪你！"

女孩儿一听就乐了："算你识相！不过，看你也不像是坏人，告诉你也没啥！我叫夏雨荷！"

石润生听完愣了一下，随即哈哈大笑。

女孩儿瞪着眼睛说："想啥呢！我可不是大明湖畔的那个！"说完，一噘嘴就走远了。

石润生脑海里突然出现了小时候和那个女孩儿玩儿的情景，他摇了摇头，迈步往小巷外面走，准备回家。可他想着工作上的事也没注意旁边有什么，刚出了小巷，冷不防就听有人喊了一句："嗨！"

他吓得一激灵，一抬头，见有个人蹲在地上已经笑得不行了。仔细一看，竟是刚才那个女孩儿夏雨荷。

石润生说了一句："吓了我一跳，你这是要劫道啊？"

夏雨荷站起来晃了下脑袋说："本姑娘既不劫财也不劫色……"刚说到这儿，她意识到这话有些不妥，就停了一下，接着说，"反正你得请我吃饭，刚才没吃几口呢就跑了，现在肚子饿！"

石润生忍着笑，心说，这叫什么道理嘛，凭什么让我请吃饭啊？但他又一想，她也没有错，谁让人家是为你出头的呢？

"那好吧，想吃点儿什么？"

夏雨荷想了想："嗯……有什么好吃的地方？"

石润生想了半天也没想出上哪儿吃饭好。

夏雨荷又说："算了，还本地人呢，都不如我这个常年在外的人。走吧，我带你去个地方！"说完，拉着石润生就走。

石润生下意识地往回拽了拽胳膊。

夏雨荷有些急了："我说你这人，好像跟我一起走你很吃亏似的！哦……我明白了，是怕媳妇吃醋！对不对？"

"啊？"石润生不知该怎么回答她。

"没事，我是记者，你就当是我回安农县采访的第一个对象，怎么样？"夏雨荷边说边拉着石润生往前走。

石润生一听，原来是记者呀，怪不得嘴茬子这么厉害。看来，自己得多加注意，千万不能暴露身份。

夏雨荷拉着石润生到街边拦了一辆县城里很常见的那种电动三轮车，指引着开车师傅就走。石润生也不知道是去哪儿，只好跟着。

三轮车三拐两拐就按照夏雨荷的要求停在了一个小区边上。下了车，石润生四下看了看，突然警觉起来，天啊，这不是自己住的那个小区吗！

他正疑惑呢，夏雨荷付了车钱，拉着他就朝小区里面走："愣着干啥？"

"你这是……"石润生有些犹豫了。

"想啥呢你？我家不在这儿！你把我当什么人了！"夏雨荷说着松开了手，还咬了咬嘴唇瞪着石润生。

石润生赶紧解释："没有，我是问这里哪会有饭店啊！"

夏雨荷一听，又恢复了表情，带头走在前面，直接朝一楼的一扇门走去。

石润生抬头借着小区里的灯光看了看，原来一楼这户人家竟在自家开了家饭店，门上的招牌上写的是：饭米粒。看上去应该是家吃饭的地方。

等进了门一看，果然是家小饭店，里面人不多，但都是年轻人，看上去应该是学生居多。

他们找了个空位置坐了下来，夏雨荷拿着菜牌点餐，石润生却只顾着看墙上的东西。那上面粘着好多花花绿绿的小卡片，上面还写着字。

"反正你也不饿，我点了啊！"夏雨荷说着就招呼服务员点餐。

石润生好奇地四下看看，他发现那些卡片上写的都是些祝福的话。看来，这家店的主人还真是有心，也很有创意。这大概也是吸引年轻人来的原因吧。

他正看着呢，就听夏雨荷又说："你到底喜欢吃啥？还真放心让我点啊！"

"我不饿！"他说了一句。

正说着呢，无意中，他感觉好像有人一直在看着自己，扭头一看，是站在夏雨荷旁边等着点餐的服务员，眉清目秀的，从气质上看不像是普通的服务员，倒像是大学生。

那姑娘见石润生发现了她的举动，不好意思地把目光移到了别处。等夏雨荷点完餐，她拿着菜牌就去了厨房。

"怎么样？我选的这个地方还不错吧？"夏雨荷笑着说。

石润生没说话，眼睛盯着另一面墙上的菜品宣传图板，自语道："这饭店怎么开到家里了？"

"对呀，你没看见店名吗？"夏雨荷答道。

"看了，不是叫饭米粒吗？"石润生疑惑着。

夏雨荷忽闪了一下眼睛："Family，家庭的意思！不懂英文吗？"

石润生一回味，这才明白，原来是英文的中文音译啊。看来，还真是家庭饭店。这倒是个很好的创意，白天营业时是饭店，晚上打烊后又恢复了居家的氛围。看来，自主创业、全民创业倒不失为一条经济发展之路，在增加收入的同时，更能够改善生活，还能解决就业等诸多问题。

他正由此拓展开思路想着更广的事情呢，就听夏雨荷又说："你知道这店是什么人开的吗？"

他摇了摇头。

"是一对学生情侣！"夏雨荷饶有兴趣地说，"我还专门采访过他们呢！"说着，她拿出手机找了起来。找了半天，她把手机递给石润生，"看，就是这条报道！"

石润生接过手机看了起来，见屏幕上显示的是个电子报，报道的标题是：一粒米饭的创新思维。写的是在省城阳春市职业技术学院毕业的一对大学生情侣，二人学酒店管理的，毕业后没有像其他同学那样在省城宾馆或酒店找份白领的工作，而是回到了家乡安农县，在自己家里开起了这个创意餐厅，主打学生牌和情侣牌，很快就深受学生和年轻人的喜爱，自主创业获得了成功。

石润生看到这儿，突然感到，现在好多学生家长都希望自己的孩子考上好大学，但现在的大学生就业却不易。其实，更应该大力发展职业教育，让更多的年轻人学得一技之长，这样不仅能解决就业这个社会问题，更能够起到稳定社会的效果。

他正想着呢，就听有人说道："哟！这不是夏记者吗？啥时来的？你看我光顾忙活了……小兰啊！快来！你看谁来了？"

石润生一看，说话的是个扎着围裙的青年，看上去也就二十多岁的样子。这大概就是报道里说的那个学酒店管理的青年吧。

随着店主人的一声喊，从厨房那边走出一个姑娘来，头上包了个花布的头巾，也扎着个围裙，边往外走边笑着打招呼："夏姐你啥时回来的？"可她刚说了一句就一眼看见了石润生，先是愣了一下，接着又看向夏雨荷，"夏姐，把男朋友也领回来了？好帅呀！"

她这句话把石润生弄得紧张起来，倒是夏雨荷，像没事似的看了一眼窘迫的石润生，笑着回了一句："哦，我也是刚回来，有个采访任务。怎么样你们俩，生意还不错吧？"

"嗯，都有点儿忙不过来了！"刚才那青年说着，回身招呼服务员赶紧把菜端上来。

这时，刚才那个服务员端着个托盘走了过来，把一碗米饭、一锅泡菜汤，还有一盘石板豆腐端了上来。

"你们先吃着，看还需要什么，我去去就来！"说着，店主人两口子转身回了厨房。不大一会儿，他们又端出个托盘来，里面是几碟小菜，还有一瓶啤酒和两个杯子。

"头一次带男朋友来，怎么也得喝点儿！"店老板把啤酒放在了桌上。

石润生没说什么，他不想解释什么，只是心想，这夏雨荷还真是有意思，自己一个人吃饭还喝什么啤酒啊？

可没想到，夏雨荷把两个杯子里都倒上了酒，然后把其中一杯往石润生这边一推："不陪我吃饭也就算了，陪我喝一杯吧？"

"啊？我真不会喝酒！"石润生说的是实话。要说没喝过那是瞎话，但酒这种东西他可是很少喝，尤其是和一个不认识的姑娘。

夏雨荷把眼睛一瞪："喝不喝？要实在不喝也行，那就帮我把这些菜吃光，剩下可就浪费了！"

"可是我……"石润生想说自己刚吃过一碗面条。

可夏雨荷从旁边筷子筒里抽出一双筷子递给他："起码得尝尝吧？要是觉得不好吃就算了。"

要是再推脱可就说不过去了，石润生只好接过筷子，试着在那盘石板豆腐里夹了一口，可一吃到嘴里他顿时瞪大了眼睛，又伸出筷子夹了一口，还不住地点头："嗯，好吃！"

夏雨荷看着他一口接着一口地吃着，又看看自己的碗，迅速地扒拉一口饭，然后抢着吃起菜来，边吃边小声嘀咕："还说不饿呢，现在又跟人家抢！"

厨房门口，那对店主情侣偷眼看着，两个人对望了一眼，都笑了起来。

石润生吃得很香，可是，豆腐里放了辣椒，他这么空着嘴吃了几口，可就受不了了，他四下找着什么，但桌上并没有水，他也管不了那么多了，端起面前那杯啤酒就喝了一口。刚要放下杯子，见夏雨荷把她那杯也端起来了："来，碰一下！"说完，向石润生的杯子碰了一下也喝了一口。

石润生愣了一下，但也没说什么。

夏雨荷又把那小锅泡菜汤往这边推了推，又递过来一把汤匙："喝一口尝尝这个。"

石润生也不答话，接过去试着尝了一小口，在嘴里品了品，又去舀了一勺。

"怎么样？好喝吧？"夏雨荷看了他一眼，停顿了一下又自语道，"你到底是什么人啊？好像啥都没吃过似的！这么普通的菜都没吃过？你媳妇是怎么搞的？看不好男人的胃又怎么能看好男人的心呢？"

她这句话不要紧，把石润生听得差点儿没呛着。

而她这句话也被旁边邻桌吃饭的人听到了，那是一对情侣，两个人朝这边不住地看不住地窃窃私语，接着又偷笑个不停。

夏雨荷往他们那边看了一眼，两个人赶紧低下了头。

她顿时噘起了嘴，接着又瞪了石润生一眼。

石润生感觉到了，那两个人往这边看还偷笑，一定是以为他们不是正常的关系。他们想的也没错，本来就不是正常的朋友关系嘛，这才刚认识不到半个小时呀。

他见夏雨荷噘着嘴不说话，就笑着小声说："谁让你那么大声说话了，听到的人都会觉得你是小三……"他觉得有些不妥就不往下说了。

夏雨荷咬了一下嘴唇，继而又眨着眼睛看着他说："你怎么知道我是小三儿？"

一下子，石润生有些发蒙了，不错眼地看着她，心想，这姑娘是不是缺心眼儿呀。

没想到她接着很认真地说："我在家排行老三，当然是小三儿了！有什么不对吗？"

石润生一听，哈哈大笑。心想，真是个聪明的姑娘。

见他在那儿笑，夏雨荷又趴在他耳边压低了声音说："别以为我没听出来你说的是什么意思！看在你长的还不算砢碜的份上不跟你计较！不过，别想打本姑娘的主意啊！"

石润生微笑不语，想了一下也小声说："我看也吃差不多了，我回去晚了会被盘查的。"

夏雨荷忽闪着大眼睛想了半天，说："嗯，还算可以，即使有贼心也没贼胆！勉强打六十分吧！"

石润生忍着笑。

两个人结了账，和店主夫妇打了招呼，正准备要走呢，店主妻子却说："夏姐，忘了我们店的规矩了？都要写下心愿卡的！"

石润生一听，什么心愿卡？他一看墙上，明白了。

夏雨荷拿过一张卡片，想了一下，在上面写了起来，然后找了个空地方就贴了上去。

"该你了！"她把笔又递给了石润生。

"我也写吗？"石润生有些犯难。

"你是来参观的？"夏雨荷回了一句。

石润生只好接过笔，想了一下，就在上面写了一句。

夏雨荷一边和店主夫妇说话一边回头说了一句："要写名字哟！要不然不灵的！"

石润生诧异了一下，心想，不写名字不灵？那就写呗。他写好了卡片，然后也找了个空位置贴了上去。

两个人出了这家小餐馆，外面的夜色因为有了华灯而平添了几分生动。石润生还在想，该怎么和她说呢？我就住在这个小区呀！可还没等他说话呢，夏雨荷回过身说："谢谢你请我吃饭！赶紧回家去吧，免得你媳妇生气！哈哈哈！"说完，她一边笑着就朝小区外面走去。

石润生看着她的背影，脑海里又出现了那个小女孩儿的身影。他看了看繁星点点的天空，转身就往自己家那栋楼走去。可刚转过身，就听夏雨荷在身后喊了一句："喂！你不向我要电话号也就算了，怎么也得把你的名字告诉我吧！"

第二十五章　女孩儿心里的秘密

生活在安农县的人们还和以前一样，没有因为来了位新县长而感到有什么变化，但在机关里上班的人却从未感到如此的忙碌，而且是自发的。

三大片区、十二个重点工作专项领导小组、三十五个调研课题……每一项工作都有一个临时的团队、有目标任务、有完成时限、有奖惩措施。且不说如何奖、怎样惩，对于这些，机关干部们都不担心，因为以前机关也经常制定一些奖惩制度，但没见谁被惩，奖倒是有，但也只是象征性的给予表彰罢了。而人们担心的，却是自己的职位，尤其是那些中层干部们。按照以往的惯例，凡是来了新领导，总要提拔或调整一批干部，这几乎已经成了机关铁定的规律，或者说是当下时髦的词"潜规则"。但自从石润生来了之后，既不提拔干部，也不调整干部，却把所有的干部不管你是什么级别，统统打破身份界限，打破岗位角色，以领导小组的形式进行混编和捆绑使用。其实大家都明白，这些专项小组的工作也确实是重要，但恐怕深层次的意义在于考察干部们的能力吧。眼下就快要到十一月份了，恐怕到年底或是明年开春就要真正动干部了，那时候可是要凭工作成绩说话的，不快点儿完成工作任务能行吗？不好好表现能行吗？

大家在私下里议论，都说石润生这招够厉害的，既推进了工作，又考察了干部，可谓一举两得。还有更厉害的呢，那就是对重点工作完成情况的督查。

按照县委常委会这次对办事机构的调整，由原来的两个办公室合并为一个。石润生是这样考虑的，既然县委和县政府领导班子都在一个楼内办公，既然办公部门都是为机关运行服务、为领导决策服务，那就没有必要搞两套人马，而合并成现在的党政综合办公室是符合实际的。正所谓大道至简，简政才能高效。

而新成立的党政综合办公室除原有的党委和政府办公方面的职责外，还增加了督查职能，而且是重要职能。秦大军作为党政综合办公室主任，还兼着督查室主任，但他又不能亲自搞督查，于是经请示石润生，安排赵小兵专职做督查工作。这在办公室引起了不小的议论，大家都说赵小兵恐怕快要被提拔了，因为谁都知道这个岗位的重要性，不仅日常主要是跟全县各条战线各个领导小组打交道，而且定期向石润生汇报工作，即使不是当面汇报也是要将各部门的工作进展情况形成文字材料报送督查专报。

赵昆山也不知在哪儿听说了这件事，晚上从村部一回到家就给儿子小兵打了个电话，叮嘱他要好好干，争取干出个样来，别辜负石县长的栽培。

小兵嫌他唠叨，说："我只是干点儿具体工作，想不好好干我也不会呀！你就别操心了，我尽心尽力工作就是。"

赵昆山又叮嘱小兵道："做督查工作要一碗水端平，坚持原则，敢于碰硬，要向县长汇报实情，不能弄虚作假。"

小兵说："我知道了，还得加班工作呢，就不聊了。"

赵昆山放下电话，气得骂了一句："这小兔崽子！"

他老伴儿在一旁问："你骂谁呢？"

他笑呵呵地说："没骂谁。对了，老婆子！咱家兵儿也该找对象了吧？臭小子也不着急！"

老伴儿小声自语道："孩子都不急你急什么？"

"你懂个啥？有了媳妇才能成熟起来，不成熟起来以后怎么当领导？"他瞪了老伴儿一眼。

老伴儿又说了一句："听说人家石县长还没对象呢，还不是照样管着全县这么多人和事？"

一时间，赵昆山不言语了。

此时，他脑海里想的是在老县长王德贵家看到的那丫头徐蔓苓，他心想，那可是个不错的丫头，也不知有没有对象。

想到这儿，他把衣服往身上一披，说了句："我出去遛遛！"然后就出了门，背着手朝村东头走去。

此时，王德贵正在院子里收拾葡萄架，一边收拾着，不禁想起了那一日徐蔓苓在葡萄架下摘葡萄的情景来，他就自语着："也不知这俩孩子怎么样了，丫头也不让说……"

"王叔！吃了吗？"赵昆山进门就喊了一句。

王德贵回过头："那么大声干什么？我耳朵还没聋呢！"

赵昆山笑着，接过王德贵手里的家什就开始帮着弄葡萄架下的残叶。

"有事？"王德贵问了一句。

赵昆山回身往屋里看了一眼，说道："也没啥事。对了，咋不见徐丫头呢？"

王德贵一听，不禁看了他一眼："你问这干啥？"

"哦，没啥，随便问问。对了，王叔，我家小兵这回可妥了，受重用了！"赵昆山乐得嘴都合不拢了。

"提拔了？"王德贵问道。

"没呢。不过，看样子差不多。"赵昆山接着说。

王德贵摆了摆手示意他不用收拾了，然后语重心长地说："昆山啊，可不能随便揣摩领导的意图啊，尤其是不能到处去说！小心人言可畏呀，到时候坑你家小兵的就是你！"

赵昆山一听，顿时不笑了，脸马上阴沉下来。

"王叔，我也就是跟您说说，别人咱咋能瞎说呢！不说这个了。王叔……"

王德贵边往屋里走边问："到底想说啥？别跟我说你想当点儿啥啊！工作是要靠自己干的！"

"看您想的。我是想问问徐丫头多大了，有没有对象呢……"赵昆山跟在后面笑着说。

王德贵一听就回过身来："想啥呢？告诉你啊，别打我那丫头的主意！你可高攀不上！行了，没事早点儿回去歇着吧。对了，调查组不是已经进村了吗，你和刘喜武的事调查得怎么样了？出了事可没人保你！"

"怎么会呢？"赵昆山也不知是回答的前一句还是后一句。看着王德贵进了屋，他呆呆地立在窗前好一会儿，这才背着手出了院子。

调查组？最好能调查出点儿事儿来！他心里嘀咕着就往家走。

王德贵在屋里看着赵昆山出了院子，他若有所思地把目光又移到了柜上面的相框里，眼睛盯着那幅照片出神。照片上，是两个孩子，一个是鼻涕拉瞎的男孩子，另一个是眉清目秀的女孩子。

"从小就有的缘分，是别人能拆得开的吗？"他自语着，"可是，狗剩儿也不知道啊！这可咋办？徐丫头为什么就不让告诉他呢？"

那么，此时的徐蔓苓又在做什么呢？

自从石润生让她到新成立的安农产业发展局工作后，她和姜然副县长进行了接触，没想到两个人一见投缘，很快就成了好姐妹，在新机构的组建上，徐蔓苓帮姜然出了不少好主意。她还联系了好多自己的大学同学，在短时间内就把农业专家库初步建立起来了，这让姜然非常高兴。她想，这回总算可以在新县长面前说得过去了，自己那颗因信访问题而一直悬着的心也能够稍稍放下来了。因此，她对徐蔓苓开始另眼看待了，倒不是因为她是石润生介绍的，而是她确实有能力。

听说徐蔓苓是自己一个人，没地方住，姜然就提出跟她一起住。虽说姜然的家在省城阳春市，但为了工作方便，也为了打消个别人关于她是来镀金的说法，她干脆在县城买了房子，平时住在县城，周末时才回一趟省城的家。因此，她就和徐蔓苓说，让她搬来一起住，也省得自己一个人寂寞。

但徐蔓苓却婉言谢绝了。姜然虽然年轻，和自己年龄相仿，但人家毕竟是县领导，而自己现在又是她的直接下属，住在一起不方便。

可是，没地方住怎么办呢？住单位办公室？明显不妥。她脑海里出现的是石润生家的情景，她噘了噘嘴，然后又露出了笑容。心说，干脆我也租个房子住。

正巧小辣椒杨淑花打来电话说她要到县城来办事，徐蔓苓就让她到王叔家把自己的东西给捎过来。而她也找好了房子，周日时，就和杨淑花一起把新租的房子收拾了一番。

看着屋里的一切，小辣椒杨淑花开着玩笑："蔓苓姐，你这还不算是家，缺了点儿什么。"

徐蔓苓一听，四下看了看，疑惑地自语："缺什么？日常用的东西都准备齐了，不缺什么呀……"

杨淑花实在忍不住了，呵呵地笑着说："缺个吃你做的饭的人！哈哈哈！"

徐蔓苓一听，脸顿时就红了，过去追着她又是捶又是打。

等两个人闹完了，杨淑花一本正经地问道："对了，你不是说石县长自己租了房子吗，在哪儿住啊？"

"干什么？你想去？你一个姑娘家家的上人家去干啥？人家可是单身啊！"徐蔓苓开着玩笑。

"我呀，就是想去也不敢啊！哪能和姐抢呢，是吧？不过，石县长可真是帅呀！"杨淑花说着就神往地望着窗外。

徐蔓苓拍了她一巴掌："你个花痴！"

杨淑花缩了一下脖子，又神秘兮兮地道："该不会是也住在这个小区吧？"

"你就八卦吧你！"

徐蔓苓说完就转身去擦窗台，边擦边看了一眼对面那栋楼。杨淑花悄悄地跟在后面，顺着她的目光也看了一眼对面，然后把两只胳膊拄在窗台上自语："哪家是呢？"

"是什么是！洗澡去，然后睡觉！"徐蔓苓把她推离了窗边。

这一夜，徐蔓苓翻来覆去睡不着，而杨淑花却躺下就睡得很香，侧着身子，还不时地说着梦话。

徐蔓苓脸朝床外躺着，想着心事，她伸手从头上取下发卡看个不停。那是只旧发卡，款式也很土气，戴在她这样的女硕士头上还真有些不相配，但她却一直戴着不肯换掉。

对着发卡，她小声嘀咕着："你呀，都多少年了？人家到底想着你吗？连个信儿也没有！好不容易见着了吧，人家又是领导，哪有闲工夫想你这点儿事儿？恐怕把你早忘了！"

说着，她脑海里又出现了另一幅画面：

那是一个冬天的清晨，北京某大学校园内，一个穿着大衣围着围巾的女孩儿向过往的学生询问着什么，按照学生的指引，她来到一幢楼里，向门卫打听着。

女孩儿问："请问生物工程系是在这个楼里吗？"

门卫告诉她是这个楼。

她说了句谢谢就准备上楼，可一转身却看见一楼的板报栏内张贴着什么，好多人都聚集在那里看着。她也凑了过去，见那是一个公示栏，上面公示的是公派出国留学人员名单。她扫了一眼名单，正想转身离去，突然，她像被什么吸引住了似的顿时瞪大了眼睛，就见上面清楚地写着一个人的名字：石润生。公派出国留学学校：美国哈佛大学。

看到这一幕，她欣喜得差一点儿喊出声来。

此时，旁边有一个学生在打着电话：

"石润生你走也不说一声，人家还要送送你呢！什么不用，咱们还是不是同学？是不是朋友？"

等她挂断了电话又气呼呼地甩出一句："就是个土包子！"

听那个学生在电话里提到石润生，她仔细看了一下，见那是个穿着时尚的女孩儿，看上去应该是个大学生，但又觉得哪里不像。

可是，他出国已经走了？女孩儿在心里嘀咕着。然后悻悻地又看了一眼那张海报，转身依依不舍地离开了学校。寒风中，她紧了紧围巾，坐上地铁直奔火车站。

这个女孩儿不是别人，正是大学刚刚毕业的徐蔓苓。

本来，她是抱着一颗火热的心，给自己鼓了很多次勇气才决定到北京来找他的，可是，命运就是这样捉弄人，却偏偏没有见到。

从北京回来后，她到省农科院工作了两年，但到第二年年末的时候，她再也无法忍受心里那份痛苦和煎熬，还有那朝九晚五的枯燥工作，毅然辞职了，并说服了身为省委书记的老爸，非要到安农县去，说是要实现自己的理想和抱负。拗不过她，她父亲只好答应了，并把她托付给了自己的老战友王德贵。

徐蔓苓就是想，他是在下沟村长大的，在这里可以感受到他的气息和与他有关的一切。再说，就不信他永远也不回来！

可是，有一点却是她最担心的，那就是在北京看到的那个给他打电话的时髦女孩儿。他们到底是什么关系呢？直到石润生到安农县来任代县长，直到在王德贵家里见到他，徐蔓苓那颗炽烈的心再也无法平静下来了。尤其是，面前的石润生那么帅，又有学问。可是，这种事情是急不得的，得顺其自然。所以，她这才没让王叔告诉他自己的真实身份。

想着这些，徐蔓苓觉得有些困了，迷迷糊糊地就睡着了，在梦里继续着她青春少女的心事。

可是，也不知过了多久，她的好梦却被一个声音给打断了。

"姐，醒醒！这是做什么美梦呢！到上班时间了，起床！"

徐蔓苓睡眼惺忪地隐约看见，站在床边的是已经起了床的小辣椒杨淑花。

"嗯？几点了？我还没睡够呢！"

"你看看，到上班时间了！你不得收拾收拾脸啊？"杨淑花把手机往她枕边一放。

徐蔓苓一看，可不是嘛，都七点多了，再不起床恐怕上班就要迟到了。她赶紧从床上爬起来就开始梳洗。

"姐，早上吃啥呀？"杨淑花倚在卫生间门边上问道。

徐蔓苓正在刷牙，她想了一下，漱了一下口，说道："来不及了，咱们到外面随便对付一口算了。"

两个人简单收拾了一下就准备出门。穿鞋的时候，徐蔓苓这才想起来，就问道："妹子，你到县里来做什么？"

"你看看，昨天光顾着帮你收拾家里了，差点儿忘了正事！对了，我还想求你帮忙呢！"说完，她笑呵呵地看着徐蔓苓。

"啥事？快说！"

"前几天我在家没事儿，就写了个东西，打算交给县长看看。想麻烦你……"

徐蔓苓瞪了她一眼："少来！我跟县长可接触不上！"

"那咋办啊，姐！"杨淑花有些着急了。

徐蔓苓想了想，说："这样吧，一会儿上班后你去县政府找赵小兵，你把材料交给他准行！写的啥呀？"

"那行吧，只能这样了。可是，我也不认识他呀！"杨淑花有些犯难了。

"还真是笨啊！你到政府打听办公室在哪儿不就得了？你写的到底是啥呀？"徐蔓苓又问。

两个人到了楼外面，一边找着早餐店，杨淑花这才把自己写的东西简单和徐蔓苓说了一遍。原来，她写的是一份关于在农村大力发展绿色食品的建议，是以辣椒种植为例，建议发展无污染、无农药、不上化肥的安全农产品，形成特色，创立品牌。

"你这个想法好！没想到啊，不愧是小辣椒！"徐蔓苓正说着呢，一抬头看见在一栋楼的一楼门口立了个牌子，上面写着：各种早餐。

她再往上边一看，牌匾上印着：饭米粒。

第二十六章　一盆水泼出来的爱情

这是一个普通的清晨，但对于在安农县政府大院里工作的人来说，却又是一个与往常并不一样的清晨。平时已经习惯了踩着时间来上班的干部，现在却都是早早地就到了单位。不是要表现什么，而是工作催的，每个人都承担了一定的工作任务，而这些任务是需要靠自觉性来完成的，即使你不自觉完成，后面还有督查在推着你。所以，没有谁再像以往那样工作了。

感受最深的，恐怕就是门口的保安了。以前他都是七点半左右把大门打开，但只有到七点五十的时候才会陆续有人来上班。可现在他七点钟开门都有些晚了，好几次都是来加早班的干部叫的门。看着七点刚过就匆匆走进院里的干部们，那个年轻的保安和打更的大爷聊了起来。

一个说："大家怎么都来得这么早？上班时间改了？"

另一个说："从走路的样子上看好像大家都有一股劲头。"

别看保安没多少文化，但这回他却观察得很准。他说对了，大家还真是有股劲头！

这里面既有工作任务的原因，也有另一个原因，那就是县政府的机关食堂不仅有了早餐，而且开始免费了。

过去，县政府的机关食堂是没有早餐的，只有午餐。平时也就是县里的领导们谁没吃早饭，食堂给安排一下简单的早餐。但这次的调研课题中有一项就是关于如何进一步加强机关后勤管理的，任务落到了党政综合办公室，而且要求必须尽快完成任务,改革现有的机关后勤管理体制和机制。为了做好后勤保障工作,根据石润生的意见,办公室决定机关食堂增加早餐,而且将原来每餐收取每名干部的两元钱也取消了,实行免费的早午餐。这一举措深受机关干部们的欢迎,尤其是个别有夫妻二人都在政府大院里上班的,更是省事,在家根本不用做饭了。所以,大家都来得早了,一方面是吃早餐,另一方面是早餐后还可以很快地投入工作。

赵小兵和大家一样,上班很早,但他不是现在才这样的,自从他到县政府办公室工作以后,因为是自己一个人在县城里,家在下沟村,所以也没什么事,他大多时间都是在单位里。

早晨他在食堂吃完了饭,回到办公室准备收拾一下卫生后再开始整理昨天重点工作的督查材料。他到洗手间打了一盆水,洗了洗抹布开始擦桌子。平时由于他来得早,擦桌子擦地的活基本上都是他来做,尽管办公室里有两位女同志,但她们大多时候来得晚些。

他擦完了桌子就端起水盆准备去换水,由于双手腾不出来,他就用脚勾了一下门边,把门打开,然后迈步就往外走,突然,门口不知是谁正好迎面而来,他猝不及防,加上身体的惯性,与来人撞了个满怀,就听"啪"的一声,"哗"的又一声,接着是"啊"的一声,再看赵小兵,这个狼狈呀,身上全都是水,尤其是鞋,已经湿了。他刚想发火,可往对面一看,顿时傻眼了。

就见眼前站着的是个姑娘,再往身上一看,比他更惨,她衣服本来就穿得薄,被水这么一泼,衣服都贴在了身上,再看脸上,也溅上了水,正擦呢。

赵小兵本来是要发火的,可此时却一点儿火都没了,他尴尬地笑了笑,红着脸说:"不好意思啊,没看见人,用不用我帮你擦擦……"说着,他试着伸出了手,可刚伸到半空就停住了,目光停留在了那姑娘的胸前,随即马上就移开了。

"你帮我擦?行啊!是擦脸还是擦哪儿……"那姑娘倒大方,可刚说完一句就发现赵小兵的目光不对劲,她又一瞪眼睛,"往哪儿看呢?"

赵小兵顿时结巴了:"没没……没……"他呆若木鸡地杵在那儿不知所措,也不敢抬头,只好眼睛盯着地面。

"还傻站着干啥?给我找条毛巾啊!"姑娘说了一句。

原来,这姑娘正是杨淑花。她好不容易打听到了办公室,可找了半天,正好看见这间办公室门虚掩着，刚想敲门呢，却被浇了一身水。

赵小兵赶紧把杨淑花让进屋里，他手忙脚乱地找了条干净的毛巾，因为不敢看，就只好背着脸把毛巾递了过去。杨淑花一把接过毛巾，先是擦了把脸，可刚想再擦身上的水，却耸了耸鼻子问："这什么味呀？"就把毛巾往椅子上一扔，想了想，又冲赵小兵说，"去打盆水来我洗洗！"

"啊？都……都湿了还洗呀？越洗不是越湿？"赵小兵有些发懵。

"是洗毛巾！你以为洗啥？难道是洗澡吗？"说完这句，杨淑花觉得有些不妥，脸红了一下。

赵小兵也不敢笑啊，端着盆就跑了出去。不大一会儿，他端着半盆水回来了，拿过毛巾就要洗。杨淑花一把抢了过去，在盆里洗了起来。洗完毛巾又擦了一把脸，然后看了看身上，无奈地噘着嘴。

赵小兵一直站在那儿，既不敢看杨淑花，也不知该说什么做什么。倒是杨淑花，见他那窘迫的样子，不禁笑出声来，她喊道："喂，冒失鬼！"

"啊？"赵小兵也没听清她说什么，下意识地往后面看了看。

"说你呢！往哪儿看！"杨淑花大声说。

"我也没看你呀……"赵小兵实在是怕了。

杨淑花笑着，继续说："冒失鬼，你说咋办？湿成这样我怎么出去呀！"

"对……对不起。那你看怎么办？要不，我赔？"赵小兵支吾着。

"你赔？赔啥？是赔衣服还是赔……老娘伤的是心情！看在我有认识人在你们办公室的份上就算了，要不然有你好瞧的！"杨淑花的嘴可厉害着呢，要不怎么叫小辣椒呢！

赵小兵一听她认识办公室的人，心想，这下坏了，不会是认识秦主任吧？想到这儿，他试探着问："你认识的人是谁呀？"

杨淑花看了他一眼，眼珠子转了转说道："认识谁？哼！说我认识县长怕吓着你，我哥们儿在这上班！"

赵小兵一听，完了，肯定是认识秦主任，但他还不确定，就又问了一句："你哥是……"

"不是我哥，是哥们儿！赵小兵！"杨淑花在屋里踱了两步，得意地说道。

赵小兵以为听错了，他皱了皱眉，又仔细看了她一眼。

见他没动静，杨淑花又补了一句："你不会是新来的吧？赵小兵都不认识？"

赵小兵这回听得真切，他不禁狐疑起来，自己也不认识她呀，她到底是谁呢？

"你确定赵小兵是你的哥……朋友？"他又问道。

杨淑花肯定地看着他："这还有假吗？我就是来给他送材料的，让他转交给石县长。"说着，她从包里拿出一沓打印纸来晃了晃。

这回赵小兵心里有底了，他转身坐在了椅子上，看着杨淑花笑了笑："这年头骗子还真是胆大啊，敢到机关里来骗！"

杨淑花一听就急了："你说谁是骗子呢？"

赵小兵不紧不慢地一边打开电脑一边说："不是骗子？要不是骗子那你说说，和赵小兵是怎么认识的？你们俩什么关系？老乡？同学？"

杨淑花想了想，一本正经地说："告诉你也没啥！我们是……同学！对，同学！"

赵小兵一听，脑海里开始回想起来，心说，自己也没有这么个同学呀！自己大学是在省城读的，本县的校友倒是有几个，但一个班的同学也没有啊。是中学同学？可是中学同学都认识啊。难道是小学同学？要是小学同学那可就难说了，尤其是女孩子，女大十八变，还真说不定认不出了呢。

想到这儿，他缓和了一下口气："是小学同学还是中学同学、大学同学？"

杨淑花可不傻，她一想，要是说中学或者大学同学肯定不行，万一他找赵小兵一问可就麻烦了，于是，她一口咬定地说："小学同学！"接着，为了进一步证明自己的话，她继续说，"他是下沟村的，我是杨树村的，我们是邻村，小学都是在乡里中心校上的，那时候都叫我三丫头，他小名叫……叫什么来着？"她眨着眼睛看着天花板。

"是叫嘎豆子吗？"赵小兵替她说道。刚才他一听她说小名叫三丫头，他马上想起来了，小学时还真有个同学叫三丫头，可是那时候的三丫头扎个小辫子，整天和男孩子一样疯闹，也不像现在面前这个人长得这么好看啊？但说话的口气倒是挺像。他这才补了一句。

杨淑花一听，干脆顺坡下驴吧。

"对呀！你怎么知道？"说完，她又仔细地回想起来，可不是嘛，小学时班上还真有个小屁孩儿，大家都叫他嘎豆子。这么说，自己和赵小兵还真是同学？

赵小兵刚想站起来，却又坐下了，继续问了一句："不过就是小学同学嘛，怎么又成哥们儿了？明显是撒谎！"

杨淑花一边把材料放回包里一边迈着步打算往外走，边走边说："不和你说了，我得办正事呢！当然是哥们儿了，和你说你也不懂！"

她刚走到门口，还没等开门呢，就听赵小兵在后面淡淡地说了一句："什么材料交给我就行了，往哪儿走？我就是赵小兵。"

一瞬间，杨淑花好像石化了，她闭了下眼睛，脸红红的，要多难堪有多难堪。心里这个后悔呀，话说大了。但她转念一想，说大就说大，不能认错。

她慢慢地转过身，把材料拿出来往桌上一放，说了句："麻烦你转交给石县长。"说完，转身就走。与其说是走，还不如说是逃出了赵小兵的办公室。

赵小兵觉得好笑，想了一下追出来喊道："你把电话留一下呀！万一县长有事上哪儿找你去？"

走廊里的杨淑花一听，站住了，转过身低着头又走了回来，进屋找了个笔写下了自己的电话号码，然后放下笔就走。

"哎哎，等等！"赵小兵说着，拿过笔在纸上写下了自己的办公电话和手机号码，追上她，"给！有什么事你可以打这个电话。"

杨淑花不敢看他，接过去就走，走得这个快呀。赵小兵见她浑身湿漉漉的，回身拿过自己的夹克又追了出去。

"你湿成这样，外面很冷的。先穿着这个吧！"

杨淑花本来不想要的，但低头看了看，觉得是有些不妥，尤其是上身只穿了件小衫，现在湿得已经贴到身上了，曲线毕露，这要是走在街上说不定招来多少目光呢。她就接过那件衣服，披在身上说道："回头我让蔓苓姐还给你。"说完就迅速朝楼下走去。

赵小兵站在走廊里看着她远去的背影，觉得她很有意思。等他回到屋里时这才想起来，刚才忙忙活活的竟忘了问她叫什么名字，虽说是小学同学，但毕竟那时候男生和女生不怎么说话，哪儿会记得她的名字呢？好在她给县长的材料里写了名字。他就翻看起这份材料来,一看不要紧,顿时对刚才这位被自己泼了一身水的杨淑花另眼看待了。

这份材料里,杨淑花从食品安全的角度全面分析了当前农村的种植结构,以及市场的需求,提出了非常好的建议。赵小兵一想,这不正是石县长一直强调的改变产业结构、转变经济发展方式的一个方向嘛,没想到被这个丫头中了头彩。他决定,这份材料得马上呈报给县长。

此时,石润生早到办公室了。按照日程安排,他今天得去一趟下沟村。调查组对于下沟村的调查结果已经出来了,县里决定在下沟村召开个现场会,中心内容是学习下沟村壮大集体经济的做法和经验,号召全县各村因村制宜,切实找出一条适合自己的发展路子。

对于下沟村的调查,一直以来是石润生非常关心的。特别是那首童谣里面唱的,真实情况到底是怎么样的,不调查不会清楚。他不希望在自己曾经生活过的村里有重大的贪腐案件,更不希望在老县长王德贵的家乡有这样的事。但如果经过调查,村干部确实有贪腐行为,那谁也保不了他,不管他是什么人的人,也不管他有多硬的后台。石润生想,就拿他开刀,拉开反腐治贪的帷幕。

可调查结果一出来,石润生顿时高兴万分。不仅下沟村的村干部没有贪腐行为,反而还是壮大集体经济的典型。原来,下沟村自从刘喜武和赵昆山任书记、村主任以来,虽说两个人经常犯牛劲,但发展经济、增加群众收入却是共同的目标。至于大家传言的什么征地补偿款私分、卖地款贪占等纯属子虚乌有。事实是,这个村书记刘喜武用农村话讲是个"搂钱的耙子",书面上的话是理财能手。同时又是个非常有心眼儿的人。他为了不露财,将村上这几年的收入都存了起来,就连村主任赵昆山他都没告诉。他是怕一旦村里有存款的事传出去,恐怕这点儿钱就保不住了。所以,这才有了那首童谣,也有了大家的传言。

石润生坐在办公室里正准备出发呢,赵小兵就进来说杨树村有个叫杨淑花的有份材料让报给他。

石润生一听,杨淑花?不就是自己在来安农县路上碰到的那个小辣椒吗,她能有什么材料让我看?但现在是没有时间看了,他就把那份材料放进包里,让赵小兵也一起跟着去下沟村。

刚要起身，秦大军过来说，有个记者打电话来说要采访他。

石润生一想，很有可能是夏雨荷，就吩咐让宣传部负责接待一下，现在没空接受采访。安排完，他就下楼准备去下沟村参加现场会。

他前脚刚走，县政府大院就来了一位姑娘。正是夏雨荷。她接到秦大军的电话，一听说县长去了乡下，她也没去县委宣传部，打了一辆车直奔下沟村，打算正好在现场会采访一下县长。

在去往下沟村的车上，石润生这才有空把那份材料拿出来，他一边翻看着一边和赵小兵聊着天。

"小兵啊，最近有没有回家呀？"

赵小兵据实回答着："最近一直忙，没回家。"

石润生又说："再忙也得回家看父母，你有一个好父亲啊！"

赵小兵听完不言语了，他想起来父亲赵昆山那晚打电话的事来，当时自己正在加班，对父亲的态度有些不好，他不免自责起来。

可聊了两句，石润生不再说话了，是杨淑花的这份材料吸引了他。

看完，他自语："还真没想到，这个小辣椒想法不错！很有见地！"

坐在前面副驾驶座上的赵小兵一听，小辣椒是谁？但他没敢问。

石润生在后面问了一句："小兵啊，杨淑花你认识？"

赵小兵马上明白了，石县长说的那个小辣椒一定就是杨淑花，一想到早上的情景，他忍着笑答道："哦，认识。"

"你这样啊，等开完现场会你通知她一声，让她有空来一下县里，我想见见她。"石润生吩咐道。

赵小兵答应着，心想，幸亏向她要了电话号码，要不然还真不知上哪儿找她去。

从县城到下沟村的路程虽远些，但由于是通往省城阳春市的国道，路况很好。从国道下来，就是村村通水泥路，这比县城里的街路还要好走呢。

石润生坐的公务车从国道上一下来就直奔下沟村，但司机开了一段路却被石润生给叫住了。

"我看时间还够，咱们先顺路去一下杨树村吧。"

去下沟村要经过杨树村，石润生是想正好顺路见一下杨淑花，免得她再往县城跑了，还可以顺便看看她种的辣椒。

一听说要去杨树村，赵小兵就明白了，他突然觉得心跳得厉害。心想，也不知这个杨淑花到家了没有，从时间上算应该差不多了。可是，她要是不在家怎么办？县长岂不是白去了？但他没有说明。

司机开着车进了杨树村，石润生让打听一下杨淑花家，他们就沿着村里的水泥路找了过去。远远的，前面有一片火红火红的辣椒地映入眼帘。那大概就是杨淑花种的辣椒了。

车子停在了地边，石润生下了车，赵小兵紧紧地跟着，两个人进了地里，石润生蹲下来看着那一片已经红了的辣椒，高兴得伸手轻抚着植株，并拿出手机在辣椒地边照了几张照片。

赵小兵问要不要找杨淑花。石润生看了一下手表，示意他可以。赵小兵就朝地边那户人家走去，只是不知道那是不是杨淑花家。

进了院子，赵小兵小心地四下看了看，这才走到门前打算敲门。他是怕院里有狗。

可他还没等去敲门呢，突然，房门开了，迎面就是一盆水泼了过来，一点儿都没糟蹋，都泼到了他身上。

赵小兵就像洗淋浴一样，从头到脚全是水，等水淌得差不多了，他睁开眼睛一看，差点儿没气死，就见杨淑花拿着个脸盆站在门口正看着他笑呢。

第二十七章　原来是场误会

安农县村级集体经济发展现场会于上午十时准时在下沟村召开。来自全县各乡镇（街道）和村的班子成员都参加了会议。县委、县政府在家的领导也出席了现场会。

会场就设在了下沟村村部院里，主持现场会的是主管农村工作的县委常委、副县长姜然。

现场会首先由县纪委调查组通报了关于对下沟村有关情况的调查结果以及县委、县政府的意见。接着，由下沟村党支部书记刘喜武发言，他认真介绍了发展和壮大集体经济的有关情况。第三项议程是石润生讲话。他在讲话中充分肯定了下沟村一班人想事、干事、干成事的良好作风，对他们因地制宜发展村级集体经济给予了高度评价，号召全县各村都要以下沟村为榜样，学习他们一心为民、立党为公的精神，带领群众创造更加美好的新生活、建设更加美好的新农村。

石润生的讲话赢得了阵阵掌声。讲话之后，与会人员参观了下沟村的村务公开栏，又参观了招商引资企业和他们利用机动地做的稻田养鱼的实验田。

老县长王德贵也拄着拐杖来到了村部，石润生讲完话就看见了他，赶紧走了过去。王德贵拉住石润生的手，上下看了半天，笑着问："狗剩儿啊……看你王叔这嘴，呸呸！润生啊……"

石润生扶着他的胳膊："王叔，叫小名挺好，您不用改！"

王德贵把他拉到一边，自语着："好像都瘦了……对了，见到徐丫头了？"

"哦，见到了。王叔，您要问什么？"

王德贵微笑着看了他半天，叹了口气道："就是问问，去忙吧！"

"王叔，一会儿我回家！"石润生说着就跟着参观队伍到前面去了。

王德贵在后面看着他的背影，乐得嘴都合不上。

而在村部院里，还有一个人正在东张西望，正是村主任赵昆山。他四下看着，寻找着，可找了半天也没看见儿子赵小兵。

"按理说应该跟县长一起来呀！怎么没见着人呢？打电话也不接……"他叨咕几句就跟上了参观队伍。

那么，赵小兵去哪儿了呢？

原来，他到杨淑花家被浇了一身水，也不能就这样去会场啊，他带着杨淑花见过石润生后，石润生让他回家换身衣服，就不用他跟着去会场了。见过杨淑花后，石润生当面表扬了她的想法，鼓励她继续努力，以后一定会有用武之地的。然后，他就赶着开会离开了杨淑花家。

见石县长一走，杨淑花回头看了一眼落汤鸡一样的赵小兵，忍不住哈哈大笑起来，说："这回算是扯平了。"

赵小兵咧着嘴，却并不生气，说："你报复心还真强，故意的吧？"

杨淑花说："谁让你泼我一身水了，让你也尝尝穿衣服洗澡的滋味。"说完就哈哈哈地又是一顿笑。

可是，赵小兵家在下沟村，要回去换衣服也得走很远的路，这浑身湿漉漉的也没法走啊。杨淑花说幸亏你有先见之明，早上不是把你的衣服给我了嘛，这回正好派上用场了。

赵小兵只好又跟着她离开辣椒地，到了她家里。可一进她家屋里，赵小兵就后悔了。原因是杨淑花的父亲杨老蔫儿。

这杨老蔫儿自从村主任杨来财到家里提亲后就落病了，一心把火地想给闺女找个好人家赶紧嫁了，省得杨来财老惦记。所以，他三天两头就问闺女啥时处对象，并让她妈找村里的媒婆说说，看谁家有不错的小伙子给介绍介绍。可每次都招来闺女一顿说："我都不急你们着什么急？他杨大宝要是敢再来咱家，看我不打断他的腿。"

杨老蔫儿明白，打断杨大宝的腿那是不可能的，但闺女要是再不找个对象，恐怕断腿的说不定是谁呢。毕竟人家杨来财家有权有势呀。

这一大早起来就听说去县城的闺女回来了，杨老蔫儿正让她妈张罗着做饭呢，却没想到闺女领个小伙子进家来了。一进门，杨老蔫儿一眼就相中了赵小兵，他左看看右瞧瞧，不住地点头，还叫来杨淑花她妈，两个人在那儿说着悄悄话。

"老婆子，咱家花儿眼光不错，这小伙子长得好！"

"嗯，是不错。这回你放心了？省得天天让我给张罗对象！"

赵小兵哭笑不得，他礼貌地和两位老人打着招呼，却又尴尬地站在那儿。杨淑花小声对她父母说："别乱猜，不是你们想的那样！"说完，就让赵小兵到她房间去换衣服。

赵小兵冲两位一直看着自己的长辈笑了笑，跟着杨淑花就进了她的房间。可一进来他就后悔了，不仅是他，杨淑花也后悔了。原因是她一早回来就换了衣服，刚把那些内衣洗了一遍，此时正在屋里的椅子上搭着呢，她脸一红，赶紧把衣服统统放进盆里，边收拾边小声道："不许瞎看啊！"

赵小兵哪儿敢看啊,他冻得哆哆嗦嗦地站也不是坐也不是。

杨淑花把他那件夹克衫拿过来,往他面前一递:"把身上那件脱下来,换上吧!"

"不用,穿着就行。"赵小兵接了过去。

"让你脱你就脱!回头要是感冒了怨谁?"杨淑花一瞪眼睛。

赵小兵还犹豫着不动。

"你倒是脱下来呀!"杨淑花又说了一句。

赵小兵咧着嘴:"没……没在女的面前脱过呀!"

杨淑花一听脸就红了,瞪了他一眼就出了屋,边往外走边说:"把脱下来的放在椅子上,等会儿洗!"

赵小兵见她出去了,这才把身上的衣服脱了下来,可刚脱完他就蒙了,上衣还好些,有那件夹克,可裤子怎么办?他正犹豫着打算把裤子再重新穿上呢,门一开,杨淑花进来了。

"干……干什么你?"赵小兵吓得赶紧用衣服盖住身体。

杨淑花到衣柜里翻找着,嘴里说:"想啥呢?你以为要非礼你呀!不找条裤子你穿啥?"

赵小兵这才明白,她是要找裤子。

"可是,你的裤子我不能穿吧?"他马上想到了实质性的问题。

"不穿裤子难道穿裙子?"杨淑花回了一句,噎得赵小兵说不出话来了。

不大一会儿,杨淑花找出一条牛仔裤来往他面前一扔:"对付穿吧,就这条肥一些,好在你不胖,要不然恐怕真得穿裙子了。"说完,她笑着抬头看了赵小兵一眼。

赵小兵拿衣服一挡:"你看什么?"

这下可倒好,杨淑花笑得更厉害了。她指着赵小兵,强忍着笑说道:"你……你以为自己是女生呀?需要挡的不是上面,你又没有胸……逗死我了!哈哈哈!"她笑着就跑出了屋。

赵小兵低头一看,可不是嘛,自己此时需要挡的地方是下面啊,怎么想的呢?他喊了一句:"小辣椒你害死我了!"然后就开始穿那条牛仔裤。

可门又开了,杨淑花把头探进来:"你怎么知道我叫小辣椒?"

赵小兵正在往上套裤子，本来裤子就有些紧，再一看杨淑花突然又出现了，他紧张得手忙脚乱，险些摔倒。杨淑花狐疑地看了他一眼，又把门关上了。

过了好一会儿，杨淑花在外面问好了没有，赵小兵也不答话。她又问了一句，可刚问完就直接推门进来了。一看，赵小兵已经穿好了衣服，正在弄裤子呢。

"没想到啊，你穿着还真合适！这可是我新买的，还一次没穿呢！怎么像是给你买的呢？"杨淑花围着赵小兵转了一圈。

赵小兵嘟囔着："穿女人的衣服，这怎么上班呀？"

"这是牛仔裤！哪儿还分什么男女呀？你要不愿意穿就脱下来，我还不愿意给呢！"杨淑花说着就要伸手，但又觉得不妥，把手又停住了。

赵小兵低头看了看，自语道："倒是挺合身，可是咋不分男女呢？你看，裤线上还印着花呢！"

杨淑花看了一眼，笑了："这多时尚啊！还别说，穿在你身上真挺好看的……"

赵小兵无意中觉得她的目光有些不对劲，就咳嗽了一声，杨淑花这才回过神来。

"……谢谢你啊！"赵小兵说了一句。

"谢啥！"说着，杨淑花就去拿那些湿了的衣服，她翻了半天，突然问道，"内衣湿没湿？要是穿在身上会感冒的！"

赵小兵一听，都要哭了："叫你大姐行吗？内衣就算了，我实在不能穿你的……"边说还边指着盆里几件红的粉的蕾丝内衣。

杨淑花顿时瞪了他一眼："想死啊你？"说完还咬了咬嘴唇。

赵小兵从杨淑花家出来，给司机打了个电话，趁着石县长在开会，司机就过来接他去下沟村。

临走，杨淑花说等衣服干了就顺便送他家去，可没时间往县城跑。他说行。

可杨老蔫儿刚才断断续续地听着两个人的对话，这会儿又看见赵小兵换了身衣服从自己闺女的房里出来，他乐得合不拢嘴。

就在杨淑花和父母往外送赵小兵的时候,大门口走过一个人,却正是杨大宝。他见杨淑花家门口停了一辆越野吉普车,又见她们一家三口正在送人,就仔细看了看走在前面的赵小兵,不禁狐疑地皱起眉头来。等赵小兵上车一走,他笑嘻嘻地走上前问了一句:"这人谁呀?"

本来,他是问杨淑花,可杨淑花根本没理他,自己转身进屋了。杨老蔫儿却把手一背,看着远去的吉普车冷冷地说道:"俺姑爷!"说完,他也回屋了。

杨大宝呆立在门口挠挠脑袋,伸着脖子往屋里看了一眼,又回头望向远去的吉普车,一脸沮丧地走了。

在会议现场没看见儿子小兵的赵昆山走在参观队伍里还不时地向后张望着,但看了半天也没见小兵,他又往前面看去,目光紧紧地盯着边走边听刘喜武汇报的石润生,心里这个着急呀。他想,小兵要是来了该多好啊,儿子在县长身边,自己脸上多有面子?可偏偏这小子没来,电话也不接。他一想,不行,还得打。就掏出手机悄悄地又给小兵打了个电话,这回电话通了。

"兵啊,你没和县长一起来开会呀?"他一接通电话就迫不及待地问。

赵小兵说道:"爸,是一起来的,不过有点儿事儿,我现在正往村里来呢!"

"那你快点儿!"一听儿子说正往村里过来呢,赵昆山这颗心总算落了地。

他背着手,脸上露出了笑容,不时地和旁边别的村的干部们聊着天。

有个知道他底细的村干部问道:"老赵,听说你儿子很受石县长重用啊,咋没见他来呢?"

赵昆山不露声色地说:"哦,跟县长一个车来的,不过,这会儿给县长办事去了。"

那名村干部一听,不住地称赞他教子有方,说他家小子有出息。

赵昆山谦虚地连连说哪里哪里,但心里这个爽啊。

可是,现场会最后一项参观都快结束了也没见小兵过来,赵昆山心里暗骂,这小子办事拖沓。

直到会议结束,参会的人员渐渐散去,他才见小兵坐的车停在了村部院里。赵昆山紧走几步迎了上去。

赵小兵下了车,一见自己的父亲走过来,他也往前走了几步,说:"爸,县长还得等一会儿才走呢，我先回家看看我妈吧！走，咱回家！"

赵昆山瞪了他一眼："回什么家回家？县长要是有事找你怎么办？你妈挺好的，你不用回去了！快进去吧，县长在屋里呢！"

赵小兵一想，也对，石县长还不知道自己回来呢，他就进了村部，看见石县长正在屋里和一些领导说着什么，他在门口晃了一下，发现石县长看见自己了，这才出了屋。

石润生在下沟村村部又和几个领导交代了一些工作后，就准备返回县城。本来，他是想到王德贵家看看的，但在会场见到了，而且王叔让他还是去忙工作，等有空再回家，他也只好这样了。出了村部，他和乡村的干部们一一握了手，就带着赵小兵上车回了县城。

见自己的儿子和县长一起上了车，赵昆山腰杆挺了挺，面无表情，但心里却美滋滋的。

送走了县领导，乡里的干部们也陆续上车准备回乡里。这时，正要上车走的靠山乡党委书记王为民一眼看见了赵昆山，他一招手："昆山啊！你们这个会准备的不错！县里和乡里很满意！有啥事儿没？有事儿到乡里找我啊！"

赵昆山赶紧说："我没帮上啥忙，都是刘书记一手操办的！"

乡长谢志强临走时也和赵昆山打着招呼："老赵啊，刚才和县长走的那是你家小兵吧？文质彬彬的，我记得小时候可淘了！乡里还有事，我也走了啊！"说着，他又转向站在一旁的刘喜武，"喜武啊，你们要按照县长的要求继续抓好工作啊，和老赵你们俩配合好！"

刘喜武说："那是那是。"

送走了乡领导，刘喜武和赵昆山两个人边往屋里走边说着话。

刘喜武笑着说："老赵啊，咱村的这点儿家底你也知道了，以前不是我不和你说，实在是怕露出去呀，这一点是我做得不好，不该瞒你！"

"啊，没事！不过，以前我还真以为……"赵昆山说了实话。

刘喜武哈哈大笑："以为我贪了？哈哈哈！要真是那样你也跑不了！不都说了嘛，'前面坐着刘喜武，后面卧着赵昆山'，哈哈哈！"

赵昆山大着嗓门说："也不知谁编的，我就那么一次在车后座上睡了一觉！"

两个人正说笑着,院里传来一声汽车喇叭响,一辆出租车停在了院里。两个人迎了出来,一看,车上下来的是位姑娘,但并不认识。

那姑娘下车就问:"这是下沟村吧?请问现场会在哪儿开?我是省报的记者,是来采访的。"

刘喜武赶紧迎了上去:"记者同志,现场会已经结束了。先屋里坐吧,要采访啥咱们慢慢聊。"

来的人正是夏雨荷。她一听现场会已经结束了,顿时噘起嘴来:"都怪出租车,要不是坏半道上准能赶上!"

见没堵着县长,也不能白来呀,正好采访一下这个全县的典型村也不错。夏雨荷就留了下来,和刘喜武两个人围绕村集体经济发展等方面聊了起来。

且说赵昆山,晚上回到家特意让小兵他妈弄了俩菜,他自己喝了几盅酒。和小兵他妈说起小兵来,他不住地点头:"咱儿子只要出息就好啊,工作上应该是没问题了,只是这小子也不着急,要是再给咱们领家一个媳妇来就齐了!"

"做梦吧你!好事都让你摊上?"小兵妈白了他一眼。

赵昆山眼珠子一瞪:"你还别说,说不定哪天就有好姑娘找上门呢!你也别找什么媒婆了,一般人家的姑娘我还看不上呢!"

"看把你能的!"小兵妈说完也笑了。

可赵昆山这话说完就过了一宿,他家还真来了位如花似玉的姑娘。

第二天是个大晴天,赵昆山一早起来先到村部转了一圈,然后回家准备收拾收拾到田里看看。可就在他和小兵妈在院子里忙活的时候,门口有人说话了。

"请问,这是赵小兵家吗?"

俩人回头一看,门口站着位姑娘,手里还拎着包东西。赵昆山仔细一看,好像在哪儿见过这姑娘,但就是想不起来。他笑着迎上去。

"哦,是呀。请问你是……"

"您是赵主任吧?我叫杨淑花,在王叔家咱们见过的!"说话的正是杨淑花。

赵昆山一听,想起来了,在王德贵家确实见过这姑娘,不过,当时没仔细看,现在这么一照面,他是越看越觉得这姑娘长得好,越看心里越舒坦。心想，没想到这姑娘和小兵认识。

见赵昆山不作声，杨淑花不好意思地把手里的东西一递："赵叔，这是小兵的衣服，我都给洗好了，等小兵回家时交给他，我没时间去县城……"

赵昆山一看那包衣服，再一听杨淑花说的话，他眨了半天眼睛，突然满脸堆笑："啊……姑娘，你和小兵是……"

还没等杨淑花回答呢，小兵妈在后面说道："这孩子，有衣服拿回家洗呗，咋能让人家给洗呢？"

"你懂什么？"赵昆山回身小声说了她一句，然后又回过头笑呵呵地对杨淑花说，"杨姑娘，快屋里坐！"

"不了，赵叔，我还有事呢！"杨淑花推脱着。

"是呀，都到家了，咋也得喝点儿水再走啊……瞧这姑娘，真俊！"小兵妈由衷地称赞着，说完就过去拉住了杨淑花的手。

杨淑花无奈，只好跟着进了屋。

赵昆山张罗着又是倒水又是拿水果，忙活得比小兵妈还欢，乐得嘴都合不上了。

小兵妈拉着杨淑花的手坐在炕沿上，拉起了家常。

"姑娘多大了？"

"二十六。"杨淑花答。

"哦，我家小兵二十三。"赵昆山在一旁说道。

小兵妈愣了一下，自语道："大了点儿。"

赵昆山接过话："你懂什么？女大三抱金砖！"

杨淑花感觉有些不对劲，想解释什么，但又插不上话。

小兵妈一听就笑了，说："小兵这孩子从小就学习好，如今在县上工作，可忙呢！对了，姑娘，你家住哪儿呀？在啥单位工作？"

杨淑花红着脸答道："杨树村的。工作嘛……种辣椒。"

她这句话说完，赵昆山和老伴儿两个人都不说话了，你看看我，我看看你，都愣住了。

赵昆山问："是技术员？"

杨淑花想了一下："嗯……算是吧。我学的专业就是蔬菜种植。"

小兵妈问："哦，是县上农科站还是乡里农科站？"

"婶儿，不是在农科站，我在家自己种辣椒。"杨淑花答道。见小兵爸妈都不再问什么了，她站起来又说，"叔，婶儿，我先回去了。"

赵昆山"哦"了一声，脸色有些难看。

等送走了杨淑花，赵昆山背着手在院子里走来走去，还不住地叨咕着："种辣椒的？怎么会是种辣椒的呢？"

小兵妈叹了口气："姑娘模样是不错，可小兵咋能看上个种辣椒的呢？那不就是农民嘛！"说着，又看了赵昆山一眼，小声道，"不是说一般的姑娘看不上吗？这回怎么样，你儿子给你找了个种辣椒的！"

"他敢！"赵昆山眼睛瞪得老大。

"啥敢不敢的？你看，衣服都是人家姑娘给洗的，可这是啥时候的事儿呀？老头子，该不会他们俩已经……"小兵妈说着就紧张起来。

赵昆山咬牙切齿地甩出一句："完蛋玩意儿！等他回来的！"

小兵妈又说："你不是说老县长家有个徐丫头不错嘛，叫什么苓来着？"

第二十八章　　心愿卡上的发现

此时的徐蔓苓正坐在办公室里发呆呢。

一想起昨天早上和杨淑花到小区的那家早餐店吃早饭的事，她是既高兴又来气。在那家"饭米粒"小店，她和杨淑花两个人一边吃着早餐一边浏览墙上贴的那些心愿卡，无意中，她突然发现，有个卡片上面竟然写着：希望能够找到鸡蛋姐姐。再一看名字，留的是"狗剩儿"。

徐蔓苓一看就笑了，不过，她马上就犯起了嘀咕，他是什么时候来的呢？

正在这时，店主人夫妻俩一边收拾桌子一边闲聊着。

男的说："夏记者真是好人有好命啊，看人家那男朋友，没的说！"

女的说："可不是嘛，长得真帅呀！有一米八吧？肯定有！对了，他可能就在咱这小区住呢，我好几次在小区门口都碰上过他，也不知是干啥的。"

男的又说："看上去倒像个干部，反正肯定错不了，人长那么好，工作还能差了？"

徐蔓苓一听，他们说的会不会是石润生呢？如果是，那么他们说的姓夏的记者又是谁？听上去应该是个女的呀。

她就试着在墙上找了起来，找了半天，还真找到了一个叫夏雨荷的写的心愿卡，上面写着：愿采访县长成功！

徐蔓苓一看，这准是店主人说的那个记者了！可是，她怎么叫这么个名字啊？该不会是假名吧。那她和石润生是一起来的吗？她不禁狐疑起来。

整整一上午，徐蔓苓都心不在焉，她决定要调查调查，谁要是敢和自己抢狗剩儿哥有她好瞧！

再说夏雨荷。她到县政府没有碰到县长，追到下沟村又扑了空，她只好在下沟村采访了村书记刘喜武，一直到下午才回到县城。

一到县城，她打算再给政府办公室打个电话，问问县长在不在，或者能要到县长的电话号码也行啊。可又一想，电话还是别打了，办公室的人恐怕不会告诉自己县长的联系方式，还不如直接去找呢。打定主意后，她直奔县政府。

她打了一辆三轮车，到县政府门口下了车就准备进去。可她刚要进门，却被一个保安给拦住了。

"嗨！干什么的？"

"哦，同志，我是省报的记者，是来采访县长的！"她笑着对保安说。

保安上下打量了一下她，说："有证件吗？预约了吗？"

她又笑着说："预约倒是没有。等一下我给你找证件啊。"

说着，她就在包里翻了起来，可翻了半天也没找到自己的记者证。她一想，可能是忘家里了。于是，就笑着说："同志，证件落家了，我真是省报的记者。"

保安又看了她一眼，眨了下眼睛，说道："我是中央台的记者，证件还没印出来。你信啊？"

夏雨荷顿时语塞。

保安又说:"我不管你是不是记者,我们县长说了,他的办公室对百姓开放,谁都可以直接去找他,不用预约!"

"那你还拦着我干啥?"夏雨荷说着就要往里进。

保安又把她拦住了:"你不行!"

夏雨荷这个气呀,大声道:"为什么呀?我就不是百姓?"

保安笑了:"你还真不是。要见县长就见呗,还撒谎,又记者又啥的,像你这样长得招风的女的我今天都拦好几个了!我们县长长得帅,你们也不能有事没事往他办公室跑啊?还办不办公了?"

夏雨荷被保安的话给逗乐了,她问道:"那我不进去了还不行吗?不过,问你个事儿,真有女的来找县长?"

保安一扬脖子:"那是!"继而又瞪了下眼睛,"无可奉告!"

那么,保安说的是真的吗?

他还真没撒谎。下午,石润生已经从下沟村回到了县政府。保安在门口拦住了一个女的,一问,听说是找县长的,保安就问她什么事。她说,是私事。保安也不傻,一听说是私事,就问她要是私事为什么不给县长打电话呢?那女的支吾半天也没说什么就走了。那么,这一位是谁呢?不是别人,正是徐蔓苓。

徐蔓苓在办公室待了一上午,越想越不对劲,就打算去见见石润生,名义上是汇报一下农业专家库的组建情况。但到了县政府门口她又犹豫了,正好保安拦她,她一想,还是算了吧,自己到安农产业发展局工作说不定有多少人盯着呢,还是别给他添乱了。她就离开了。

可是,保安为什么这么大胆敢阻拦找县长的人呢?原因是党政综合办公室组建后,秦大军开了个全体干部职工会议,强调的其中一条,就是要加强政府日常办公秩序的维护,特别是门卫,要切实负起责任来,尽管县长说县政府要开门办公,谁都可以随时来找他本人,但也不能乱了章法,要是什么人都往院里放,什么人都找县长,那县长还干不干别的工作了?而且秦大军特别叮嘱保安,要学会区分,如果是老百姓大老远地来找县领导上访,那最好先领到信访接待室。如果是县里其他职能局或乡村干部找县领导,那起码得办公室允许。

这时候,保安插了一句:"那要是美女来找咱们石县长呢?"

这句话把大家逗乐了。秦大军一想，还真是个问题。石县长是单身，又年轻又帅气，难免会有这样那样的姑娘没事找事地要接触县长。他思考了一下就告诉保安，要是真有年轻的女孩子找县长，那要看情况，如果是县长熟悉的人，她一定知道县长的电话，可以让她先给县长打个电话。如果没有县长的电话，那说明她不一定是县长熟悉的人，一定要拦住，可不能给县长添乱。保安记住了，就负起责任来，这才有了阻拦美女的事。

再说石润生，他从下沟村一回来，就让姜然到他办公室，想听一下安农产业发展局的工作进展情况。姜然本来想带徐蔓苓一起去汇报，但徐蔓苓推脱说手头有工作没忙完，再说，领导研究工作她去不合适，就没有跟着去。

在石润生办公室，姜然把近期的工作情况做了简要的汇报，并特别提到了徐蔓苓，说她不愧是研究生毕业，而且是农业方面的专家，在专家库的组建上下了不少功夫，现在已经很有起色了。

石润生一听姜然提到徐蔓苓，他这才想起来，这些天尽忙工作了，倒忘了她的事。就详细询问了徐蔓苓的情况，特别是她的生活方面，问姜然单位有没有住的地方，食宿问题是怎么解决的。姜然就告诉他，徐蔓苓已经租了房子。

石润生听完，脑海里想起徐蔓苓在自己家里做饭的事来，就自语道："这几日怎么没消息呢？"

姜然笑着说："本来是让她一起过来汇报的，可她有事脱不开身。"

石润生没说话，他想，有什么事比向县领导汇报工作重要呢？莫非她是不想见我？

他又询问了一下那几个撤销的职能局干部的思想动态，嘱咐姜然要团结大家一起开展工作，将来都会有用武之地的。

从石润生办公室里出来，姜然长出了一口气。虽说石县长没对自己的工作情况提出什么表扬，但没批评就是表扬。看来，自己还得继续努力工作，把组织交给的任务完成好，要不然大家还是会用异样的眼光看待自己这个县领导班子里最年轻的常委。

可是有一点她不明白，石县长好像很关心徐蔓苓的样子，而且徐蔓苓也是他介绍过来的。他们到底是什么关系呢？她又回想起和徐蔓苓说去向县长汇报工作时她的表情，越想越觉得不对劲。

姜然脑海里刚刚滑过徐蔓苓，却又出现了石润生，刚才近距离的接触，她发现原来石县长也没那么可怕，可是，自己为什么从当初第一次面见他后就这么怕他呢？她不禁想起那日在一楼大厅一个趔趄险些摔到他怀里的情景来，感觉脸有些热。

她摇了摇头，心说，想什么呢！

整个一下午，石润生都在听各个领导小组的工作进展情况汇报，特别是发展战略领导小组的工作，他指出，要抓紧时间，务必在规定时间内完成任务。在调度会上，他还指示由办公室负责，着手筹备一个大会，几个小会。小会是发展战略研究报告出来后，要组织召开各个层次的讨论会和专家论证会，确保发展战略切实可行。一个大会就是适时召开安农县强县富民战略实施动员大会。

工作调度会一直开到很晚才散。秦大军本来要安排几个领导到食堂吃个工作餐，但石润生说不能搞特权，机关食堂不提供晚餐这个规定对领导干部不能开绿灯，大家还是回家吃吧。

他收拾了一下东西就打算步行回家，顺便在路上还可以思考一下明天的工作。

从县政府到石润生租住的那个小区并不算远，走路也就十分钟。他边走边想着事情，脚下坑坑洼洼的街路不时地绊他一下，他寻思着，明天就安排建委，得把县城内的街路建设纳入明年的计划，彻底改善居民的出行条件。

这一路上也没什么人认识他，原因是他开会时从来不让县广播局录像，因此县电视台的新闻里从来没出现过他的镜头，凡是新闻播到他的时候，都是播音员口头播报，倒是齐福仁经常出现。

可他刚走到小区门口，就听有人喊了一句："喂！回来这么晚不怕媳妇骂？"

他扭头一看，见从门里侧走出个人来，借着路灯一看，竟然是夏雨荷。

"怎么是你？"他问了一句。

"你以为是谁？"夏雨荷反问了一句。

石润生一时不知该说什么了。

夏雨荷过来拉了一下他的胳膊，笑着说："还没吃饭吧？今天我请客！"

"哦？你请客？为什么？"石润生说着话把那只被她拉着的胳膊轻轻地挣脱出来。

"请客还有理由吗？如果非要说理由的话……那就算我回请你吧！"夏雨荷说着朝小区里面走。

石润生一想，这准是去那家小店啊，他可是怕了那店主夫妻，把自己当成夏雨荷的男朋友了，可奇怪的是，上次她为什么不解释呢？要是跟她去吧，恐怕还会闹误会；要是不去呢？看她的样子恐怕拒绝是不可能的了，那就见机行事吧，也可以顺便把关系澄清一下。

两个人朝小区里那家开在一楼的餐馆走去，远远地就可以看见餐饭的招牌了，石润生问了一句："对了，大记者，你不是说要采访县长吗，采访到了吗？"

夏雨荷回过头："别提了，我正想找你商量一下呢。"

"哦？找我商量？"石润生一听就忍不住想笑。

就在两个人到了门口开门往里进的时候，在不远处的楼影里，有双眼睛正注视着他俩。见他们两个人进了那家餐馆，那个观察他们的人噘起了嘴。这个人不是别人，正是徐蔓苓。

本来，徐蔓苓是想晚上见一见石润生，但又不想去他家，就打算在小区里等。可是干等也不见他回来，她就在小区里溜达起来，等她转了一圈再想到小区门口去等时，刚走到那家餐馆附近就看见石润生正跟个姑娘往这边走呢，她赶紧躲了起来。

见两个人进了饭馆，她就想转身回去，心想，或许是凑巧碰上的同事呢也说不定。可她还是觉得有蹊跷，就悄悄地走到窗户下面，探出头往里面偷看了一眼，发现餐馆里有几桌吃饭的，但并没看见石润生和那个女孩儿。正在这时，见服务员从一个包房里走出来，门开的一瞬间，她看见石润生就在那个包房里，但也只是看到了他背影，而他对面坐着的正是那个女孩儿。她再想看时，门却关上了。

她想了一下，就这样回去可不行，得弄清楚两个人到底是什么关系。她就开门进了屋，不等服务员招呼就在大厅里找了个角落坐下来，随便点了一碗面条，然后坐那儿一边等一边侧耳倾听包房里的动静。而此时她的心里却像是揣了只小兔子一样跳个不停，也紧张得不行。

可是，包房里两个人说的什么她根本听不清楚，只能偶尔听到女孩儿的笑声。

等面条端上来了，她心不在焉地吃着，可心思根本没在面条上。

店主夫妻忙过了一阵就站在吧台边上闲聊。男的说："夏记者可真开朗。"

女的说："那是了，有那么好的男朋友能不开心吗？"

徐蔓苓一听，哦，原来那就是他们说的夏记者呀，那看来起码证实了一点，上次石润生一定是和这个夏记者一起来的。可真如他们所说，他们两个是恋人关系的话，那自己岂不是自讨没趣？难道自己这么些年就白等了？该死的狗剩子！她在心里狠巴巴地叨咕一句。

且说石润生和夏雨荷两个人边吃饭边聊着天，夏雨荷就把白天想采访县长却两次扑了空的事说了一遍。石润生笑了笑，说县长可能确实是忙吧。

夏雨荷让他给出个主意，怎样才能见到县长并采访成功呢？

石润生心说，让我出主意？这不是给自己设套吗？他想了一下，就笑着说："好，我帮你想想办法！对了，你刚才不是说你采访了下沟村吗，你可以先把下沟村的事迹写成报道发在报纸上，县长看到报纸可能就会主动找你呢！"

"会吗？"夏雨荷忽闪着大眼睛问了一句，继而想了一下又问，"对了，你们县长多大呀？听说很年轻是吧？长得什么样？"

石润生假装想了一下，一本正经地说："好像三十出头吧？长的嘛……"说到这里他撇了撇嘴，"一般！还不算吓人！"

"啊？"夏雨荷听了张着嘴，像是很吃惊的样子，然后眨了半天眼睛又疑惑地问，"可我怎么听说他很帅呢？"

"哪儿听说的呀！我天天看见还不知道？别听别人瞎说，估计是逗你的吧。"石润生忍着笑说道。

夏雨荷狐疑起来，吃了一口东西后自语道："那好吧，就听你的，我今天晚上就把稿子发回社里，估计明天就能见报！那不聊了，快点儿吃，我得回去写稿子呢！"

石润生不敢笑，也低头吃着东西。

两个人吃完了饭，出了餐馆就各自回家了。可夏雨荷刚走出小区门口就停了下来，她回头看了一眼，噘着嘴自语："又忘问他叫啥名了，电话号码也没要！真是的，就不能自己告诉人家？"

而石润生正走在小区里，他边走边思考着明天的工作，不知不觉就走到了自己家那栋楼，在往楼里进的时候，他无意中感觉后面好像有双眼睛在看着自己，可回头看了半天也没看见人。

见他进了楼道，躲在暗影里的那个人走了出来，盯着楼门看了半天，这才转身向对面的那栋楼走去。

第二十九章　自己的刀削自己的把

齐福仁这几天非常闹心，主要是两件事。一是作为中部片区指挥部的总指挥，当前的主要任务就是完善县城区域的基础设施，加强城市管理，提升城市形象，彻底改变县城道路问题、老城区改造问题和市容市貌的整治。二是他亲自担任调查组长的对于开发区群众上访问题的调查。前一件事倒好办，他是这样想的，只要你石润生给我搞来资金，搞建设还不容易？只是这后一件事却让他非常头疼。为了尽快解决这件事，他把前一件事暂时交给了建委主任，让他负责先拿出方案和资金需求预算。而他自己则全力以赴投入到开发区的调查工作中。

可是，自己的儿子齐国梁是开发区主任，开发区那点儿事儿他齐福仁是最清楚不过了，甚至有些干部还是他安排进去的，个别项目也是冲着他来的，这不是自己刀削自己的把吗？

但实实在在地说，这些都是工作上的事，至于开发区的干部作风问题他确实不清楚，尤其是齐国梁经常出入娱乐场所、大吃大喝的事，他听了都惊出一身冷汗。为了尽可能地缩小知情范围，他特意安排了县纪委一名自己一手提拔起来的干部进行调查，可调查结果一出来他就傻眼了。工作上，开发区违规征地、强行拆迁，造成群众大规模上访；引进的个别项目没有进行环评，造成废水排放，污染环境；尤其是项目开工建设大多是未批先建，建设手续不完备，已经有几次安全生产事故发生；开发区超标配备公务用车，超标接待的现象屡有发生。干部队伍上，领导带头出入娱乐场所，大吃大喝，下边的干部吃拿卡要，还有负责拆迁的干部贪污受贿，等等。这些问题的存在，开发区主任齐国梁有着不可推卸的责任，尽管他没有贪污受贿的行为，但仍存在领导责任，而且他本人自己也多次出入高档洗浴和酒店等，且超标准配备公务用车。

齐福仁面对这份调查报告，气得半天说不出话来。看来，齐国梁别说这个开发区主任干不了了，不受到法律制裁就烧高香了。

见齐福仁脸色铁青地不作声，那名纪委干部凑上前小声说："齐书记，我倒有个办法。"

齐福仁看了他一眼。此时，他自己实在是没办法了，这些事捂是捂不住的，自己毕竟受党教育多年，还身为纪委书记，他自认为这点儿党性原则还是有的。

那名干部说："书记，要不然……让国梁主动辞职吧，或者主动把开发区主任的位置让出来，这样也许……"

齐福仁听了半天没吭声。这倒是个好办法，可是，离开那就能脱得了干系吗？但从调查的情况看，齐国梁还不至于受到法律制裁，充其量也就是党纪政纪处分，降职或免职。那与其被免职还不如自己请辞呢。再说，他石润生刚来就拿我开刀？还不至于吧？他想了半天，打定了主意。

按照齐福仁的提议，县委常委会于下午正式召开。会上，齐福仁通报了对于开发区的调查情况，指出，开发区必须要进行彻底整顿，涉及违纪的干部必须要严肃处理。

汇报完情况，齐福仁看了一眼石润生，见他只是低头记着什么，微笑不语。

听齐福仁说完话，石润生抬头看了看大家，说道："大家有什么想法？都说说！"

这时，组织部长尹力拿出几页纸来说道："我这儿刚收到一份材料，是开发区主任齐国梁报来的，说是愿意承担领导责任，请求组织给予处分，并辞去开发区主任一职。"

"哦？他有这个态度很好！大家都议一议，看看怎么办？"石润生还是一脸的微笑。

其他几名常委都七嘴八舌地说了自己的看法，一致的意见是，对开发区进行整顿，对涉嫌违纪的干部进行处理。但大家都没有提齐国梁自请处分的事。

等其他人说完，齐福仁又说话了。

"我说说吧，论公呢？我是这个调查组的负责人，又是中部片区指挥部的总指挥，而开发区属于中部片区管辖范围内；论私呢，齐国梁是我儿子，这大家都清楚。我的意见是，他自己请求处分不行！要按照有关规定由纪委给予相应的处分。按照组织原则，这件事我请求回避，请常委会研究讨论对他的处分决定吧！"

等他说完，大家谁都不作声。

石润生笑着说："齐书记很有党性原则！我非常高兴，也非常赞同你的意见！但同时，我也非常赞赏齐国梁的举动！我们党员干部，就是要敢于担责，不回避问题。开发区的问题他是负有领导责任，但个人本身没有太大的毛病。至于吃吃喝喝嘛，大家可能不知道，招商引资是件难事，客商来了你不得招待？超点儿标也是能理解的。而且开发区成立这几年来，也取得了可喜的成绩，据我所知，齐国梁自开发区成立之初就带领一班人起早贪黑，没日没夜地干，没有功劳还是有苦劳的嘛！"

说到这儿，再看齐福仁，他眼泪都要下来了。

石润生接着说："我看就这样吧，接下来大家讨论一下，两个议题，一个是开发区班子调整问题，一个是对于齐国梁的处理问题。我的意见是，开发区班子要选配得力的干部，齐国梁要酌情处理！"

齐福仁听完就站了起来："石县长，我还是回避一下吧，按照组织原则，我应该带头执行回避制度。"

"那好吧。"石润生笑着说。

齐福仁退出了会议室，走在走廊里，他还擦了擦眼睛。他万万没想到石润生会说出那么一番话，这让他很是意外。他心想，看来自己在工作上得多支持一下他了，他没有拿我齐福仁开刀，咱也不能小气。

最后，常委会经过讨论，经石润生提议，决定由下沟村党支部书记刘喜武担任开发区主任，由组织部对其他干部具体做出调整，而下沟村由赵昆山任党支部书记，暂时兼任村主任，待村民换届时再选举新的主任。对于齐国梁，由组织部发文，免去其担任的城郊乡党委书记、开发区主任一职，降职使用，暂任机关党委副书记。开发区其他涉及违法违纪的干部，依法依纪严肃处理。由新任开发区主任刘喜武负责，对开发区现有项目进行梳理，不适合建设的项目一律停建直至清退，对于违建项目彻底清查。并加强维稳工作，切实保护群众的合法利益。

常委会的决定让齐福仁长出了一口气，他没想到对齐国梁的处理会这么轻，不仅没有被免职，还到县委担任机关党委副书记，虽说是副职，但毕竟保住了身份。由此，他对石润生是感激涕零。

常委会接着还讨论了部分干部的任免事宜，因不需要回避了，石润生让秦大军把齐福仁叫到了会议室。

接下来讨论的干部主要涉及太平川乡和民政局等。经纪委调查，太平川乡个别干部在民办教师转正、困难群众申领低保等工作上徇私舞弊、贪污腐化，必须严肃处理，涉及触犯法律的，移交司法机关依法处理。会议决定，免去太平川乡王茂疆的党委书记一职，经纪委和检察院查实后依法依纪处理；由太平川乡乡长李进任党委书记。免去太平川乡裴永德的副乡长一职，转为一般干部仍留在乡政府。任命太平川乡桃花村主任高天祥为副乡长，主管教育和民政工作，并兼任桃花村党支部书记。免去县民政局李维生的局长一职，交由纪委和检察院依法依纪进行处理。局长暂时不做安排，由现任副局长主持工作。会议还决定，由县纪委对靠山乡杨树村主任杨来财违法违纪问题展开调查，由靠山乡选配一名得力干部担任杨树村党支部书记。

常委会开了整整一下午，石润生回到办公室，还没等喝一口水呢，秦大军就进来说，有两个人已经等一下午了要见他，一位是省报的记者说是要采访，另一位是个老人，说要告状。

石润生心里清楚，那记者一定是夏雨荷。想到这儿，他拿起桌上的报纸翻看起来，果然，在省报二版头条的位置一个醒目的标题映入眼帘：大河有水小河满——请看下沟村是如何壮大集体经济的。

他看完这篇报道笑着对秦大军说："你跟那位记者这样说，就说我还有工作要忙，让她可以明天去一下桃花村，帮咱们宣传一下桃花村，那里可是难得的桃花源啊！"接着他又让秦大军把那位老人带进来，他要见一见。

秦大军出去后不久，带进一个人来。石润生一看，这不是张妍的爷爷嘛。一问才知道，原来张妍的爷爷今天到县城里来看孙女儿，可到县城后一下车才发现，身上带的钱被偷了，衣服还被划了一道大口子，老人家越想越生气，就找到了县政府，打算找县长告状。

石润生一听就火了，竟然还有这种事？公安局是干什么吃的？他让秦大军把老人领到宾馆先去看他孙女儿，并好生安顿。送走了老人，他就想给于得水打电话，但又一想，先别打了，明天亲自去调查调查再说。

安农县公共汽车站位于县城北部，是个旧楼，客运车辆除了通往省城外，还是连接县域各乡村的交通枢纽，因此每日客流量较大。

第二天上午，公共汽车站里出现了两个人，一个是石润生，另一个是赵小兵。两个人也没拿什么东西，只是石润生的穿着很朴素，看上去像是位教师，又像是回乡探亲的城里人。

两个人买了去往靠山乡的车票，等了一会儿就上了车。虽说是早晨，但车上的人很多。石润生仔细看了一下，大多是农民模样的人，有的手里还拿着丝袋子什么的，而车上的人们聊的多是粮卖得咋样，什么价之类的。除了农民，车上像石润生他们两个人这样的人还有几个，不过都坐在座位上也不说话，眯着眼睛在睡觉。车上不像有扒手的样子。

赵小兵坐在石润生旁边小声说："县长，好像咱们这趟车要白坐了，没发现啊！"

石润生不语，眼望着窗外已经收割过的庄稼地出神。他是在思考更大的事，那就是农村工作该怎么做，农业该如何发展，农民该怎样增收。

车启动后不久，石润生正想着心事呢，就听前面有人说道："闲坐着也没什么事，来，咱们几个玩会扑克吧。"

就见前面刚才睡觉的青年拿了副扑克牌，旁边还凑过去两个人，看样子是要玩扑克牌。

石润生也没在意，可随着车的行进，前面一声接着一声的唏嘘和惊叹还有惋惜打断了他的思路。就听有人说："这也太容易了！我押一百！不就是猜大小嘛！"

另一个说："我都赢五百了，再押一局！"

石润生看去，那三个人周围已经围了好多人。其中，有一老一少也凑上前看着。从他们的打扮上看，应该是农民。

就听年轻的说："我刚才猜的就是大，还真是，要是押钱就好了！"

老的说："这么容易？要是押一千也给一千吗？"

刚才提出玩扑克牌的年轻人笑着说："那是当然了，你没看他们两个都赢了这么多嘛！你押不押？不押靠边点儿！"

"押押！"年轻人说着就回身说道，"爹，钱呢？"

老者把手伸进衣服里面掏了半天，掏出一沓钱来递给儿子。那年轻人拿出几张放上去："我押五百，押小！"

"开啦啊……小！哎呀，又输了！"庄家叹息着。

而老者的儿子高兴地接过赢的钱，嘴都乐得合不上了。老者在后面说："大小子，赢五百得了，咱不玩了！"

"再押一局！"老者的儿子又拿出一千元押了上去。

这一次，他又赢了。可他还没有罢手，又接着押，可接下来就没那么幸运了，他接连输了起来，到最后，手里的钱都输光了。

老者一看儿子手里的钱没了，就懊悔地自语："这可是卖苞米的钱啊，都输光了，这可咋整啊？小伙子，把钱给我们吧，我们不玩了。"

就听为首那人厉声道："有没有搞错？你是自愿玩的，谁也没拉你，这叫愿赌服输！"

老者的儿子涨红着脸，消停地坐下不说话了。

石润生和赵小兵对望一眼，赵小兵想要起身，却被石润生给拦住了。

车又行进了一会儿，见前面马上就要到乡政府了，刚开始时玩的那三个人也都不玩了，其中一个喊道："车长！停车，我们要下车！"

就在这时，石润生站起来喊道："不许停车！谁也不准下车！司机，请把车直接开到派出所！"

那三个人回过头来，其中一个冲着石润生说道："你谁呀你？找死是吧？"

刚才输了钱的老者儿子也站起来喊了一句："上派出所，你们……你们是骗子！"

而再看车上的其他人，不仅没有说话的，大多数人连看都不往这边看一眼，生怕自己摊上事儿。

司机看了一眼后视镜，慢条斯理地说道："你说在哪儿停就在哪儿停啊，派出所那儿没有站！"

就在石润生和赵小兵两个人与那三个人对峙时，车停在了靠山乡入口处的站牌前。司机喊着让到站的下车，前面就是终点了。

那三个青年就要下车，赵小兵刚要往前去拦住他们，可为首那人拿出把刀来晃了晃。石润生一把拉住赵小兵，示意他不可鲁莽。等车到终点，石润生和赵小兵下了车，就带着那位老者和他儿子直奔派出所。

刚一进派出所大门，就见一个穿着警服的协警站起来把他们给拦住了。

"干什么的？"

石润生和他说明了情况，说是来报案的。

那名协警看了看他们四个人，说道："报案？排号！"

石润生四下看了看，没见有多少人啊，而且大厅里的人看上去也都是补办身份证或者户籍的，他就又笑着说："同志，报案也需要排队？"

那协警横着眼睛看了他一眼："那不得一个一个来呀？再大的事儿也得排队！"

这时，赵小兵实在是忍不住了，上前说道："这要是出人命了报案也要排队吗？"

那协警扫了他一眼："出了吗？"

赵小兵小声道："那倒是没有，不过，报案……"

石润生一摆手，示意别和他计较了，让等就等吧。可他们正想找个地方坐下来等呢，那协警又过来一挥手："外边等着去！都堆在屋里还办不办公了？"

石润生强忍着，拉着老者到了外面，一问才知道，原来他是昨天和儿子来卖粮的，没想到今天还没回到家钱就都被骗去了。

石润生安慰着他："老大爷，别着急，一会儿咱们报了案，让派出所抓住那几个人就能把钱要回来了。"他又说了老者的儿子几句，教育他不能贪小便宜，世上哪有那么好的事？天上是不会掉馅饼的。

等了一会儿，他们又进到大厅里询问，那名协警这才让他们到位于一楼的一个房间里去报案。此时，距离他们刚来时已经过二十分钟了。

一进那间办公室，见桌子后面坐着个民警，嘴里叼着烟正在电脑前看着什么。见进来人了，头也没回问道："谁要报案？"

赵小兵上前说道："我们要报警！刚才……"

还没等他往下说呢，那名民警转过头来说道："着什么急？等会儿问你时你再说。"

赵小兵无奈只好看着他。

民警动了一下手上的鼠标，在电脑上打开一个界面，问道："姓名！"

赵小兵眼睛盯着他答道："赵小兵！"

"年龄？"

"二十三！"

"家庭住址？"

赵小兵越听越气，问了一句："我说同志，我们是来报警的，你怎么查上户口了？"

那名民警扫了他一眼，态度生硬地说道："这是基本信息！还没问到你报什么案呢，急什么？"

"那伙人早都走远了，等你问完上哪儿抓人去？刚才那伙人在车上骗这位大爷钱……"赵小兵气急了，一句接一句地说起来。

可那名民警一听，皱着眉问道："到底是你报案还是谁？你的钱被骗了？"

赵小兵摇了摇头："不是我。"

"不是你，报什么案？你是当事人吗？别在这儿捣乱，下一个！"民警有些不耐烦了。

石润生上前说道："同志，是这样的……"

还没等他把话说完呢，民警又问了一句："是你被骗了？"

石润生一拉那位老者："是这位大爷。"

"不是你，你添什么乱？没看我忙吗？让他自己说！到底怎么回事？"民警厉声说道，一句话把石润生噎无语了。

那位老者这才坐到前面的凳子上。

"姓名？"民警又按照程序开始问了起来。

等他问完了基本情况，把问询笔录打印出来让老者签字，老者就和儿子俩人都签了字。

老者儿子问了一句："同志，我们的钱啥时能要回来？"

民警看了他一眼，大声道："这事儿还怨别人？要钱，要什么钱？上哪儿要去？别人咋没被骗呢？等着吧，有了消息通知你们！"

小伙子不出声了。

石润生上前问道："同志，那几个人是在乡里下的车，估计这会儿没走远，或许在哪个饭店吃饭呢，你们应该去街上找一找，也许能抓到。"

民警看了他一眼，笑了："还真有管闲事的！你说你这个人，你又没被骗，管闲事干啥？还指挥起我们来了，你以为你是谁呀？"

赵小兵实在忍不住了，上前说道："这是县长！"

民警一听，又看了一眼石润生，突然哈哈大笑："哈哈哈！还县长，他要是县长那我就是省长！要没事就出去！"

赵小兵还想说什么，被石润生拉了一把，他们就都出了那间办公室。石润生让赵小兵详细问清楚那老者是哪个村的，并留下了联系方式后就让他们父子先回去了。

石润生一想，这事还得从长计议。他就和赵小兵两个人打算到街上找个地方先吃了饭再说。他们随便找了一家小饭店刚进去坐下，突然发现角落里坐着三个人正在喝酒呢，还吆五喝六的，正是车上的那三个骗子！

第三十章 抓公交车上的骗子

石润生和赵小兵看得没错，在饭店角落里喝酒的正是车上用扑克牌骗钱的那三个人。

赵小兵悄悄地问石润生："怎么办？报警恐怕是不行了，可也不能眼看着让他们跑了呀？"

石润生想了想，就让赵小兵悄悄用手机先把这三个人拍下来，等以后再说，跑了和尚是跑不了庙的。

可赵小兵用手机刚拍完一张照片，拿在手上正看拍得怎么样呢，就听门口有人喊道："老板！有没有地方啊？"

进来这人一喊不要紧，再看那三个人，都回过头来往这边看，却正好看见石润生和赵小兵，那三个人一看就乐了，其中一个人站起来就朝这边走，走到近前笑着说："我当是谁呢，这不是管闲事那俩家伙嘛！咋地？喝一杯？"

石润生一拍桌子就站了起来："正找你们呢，你们倒找上门来了！你们别猖狂，就不信治不了你们！"

那人笑了笑，朝后面一挥手，另外两个人也走了过来。赵小兵一看情形不好，要真是县长被他们打了那还了得？他就站到了石润生身前，瞪着他们喊道："不要撒野！你们知道这是谁吗？"

他这一喊，那三个人愣了一下，为首的那人随即笑着问了一句："谁呀？不会是刑警队长吧？哈哈哈！"另两个人跟着大笑起来。

正在这时，就听门口又有人大声说道："谁呀？谁找我？"

说着话，门口进来三个人。石润生一看，正是那天在大良公司楼顶制伏王大雷的刑警队队长曲利群，他后面还跟着两个人。三个人都是便装，没穿警服。

见进来的人都是一米八几的大个子，那三个人不作声了。曲利群一眼就看见了石润生，赶紧上前打招呼。

"石县长，怎么是您？"

石润生点了下头，严肃地说道："正好你来了，这三个人涉嫌诈骗，我亲眼看到的，你把他们带回去审一审！"

那三个人一听曲利群叫石润生县长，全都傻眼了，刚想要跑，就被跟在曲利群后面的两名干警上来铐上了。

接着，石润生让赵小兵给那位老汉和他儿子打电话，让他们到派出所。然后他们就带着三个家伙去了派出所。

一进派出所大厅，那名值班民警一见是曲利群，马上敬了个礼，然后看了看石润生和赵小兵，说道："我说你们怎么回事？咋又来了呢？出去出去！"

石润生微笑不语。

曲利群冲那个民警厉声道："你这什么态度？怎么跟县长说话呢？一点儿规矩都没有！"

民警一听，又看了看石润生，当时就傻眼了。

"你们所长呢？"曲利群生气地吼了一句。

石润生一摆手，说道："算了。这样吧，小曲呀，你在这儿先审一下这三个人，把那位老汉的钱先要回来，然后带他们回刑警队，要进行深入调查，彻底打掉客运线路上的扒窃和诈骗的不法分子，并查清和他们有关联的保护伞，一并处理！这件事就你负责，一周之内彻底查清楚！"

曲利群答应着。石润生就和赵小兵两个人出了派出所，他是不想见那个接待报案的民警。他在想，看来公安系统是该整顿一下了，但为时尚早，时机还不够成熟，还是再观察一下再说吧。

在回县城的路上，石润生让赵小兵通知一下，回到县里就召开专题会议，讨论研究全县的社会治安问题。

一回到县政府，石润生还没等到会议室呢，秦大军过来汇报说，有位男同志上午就打电话来，说是要见县长。石润生一问才知道，那人是刘伟。他知道，刘伟一定是要说发展农村电商的事。他想了一下，就让秦大军把他叫进来，让开会的同志们先等一会儿。

刘伟一进石润生的办公室就说："我说石大县长，你可是真难见啊！我都来好几趟了！"

石润生打着哈哈，解释说："确实是忙，这刚回来马上还要开会。"

刘伟就笑着说："那我就快点儿说。上次和你说的发展电子商务的事儿……"

石润生对他说："发展农村电商是件好事，不仅能把咱们县的土特产品推销出去，还能够树立品牌，增加农民收入，同时，这也是转变发展方式，调整产业结构的重要举措。这样吧，你去开发区找刘喜武，就说是我让你去的，具体的事你和他先谈谈，有什么困难可以随时找我。我这边还有个着急的会……"

刘伟只好站起来说："那行吧，有什么事回头我再找你。开会去吧，大忙人！对了，咱们这些同学啥时聚聚呀？我都和雨轩说好几次了你也没空儿！"

石润生笑了笑："对，得聚聚！再找时间，行吧？"

刘伟还想说什么，但见秦大军一直站在门外，他就和石润生握了握手匆匆下楼了。

在专题会议上，石润生把上午亲自在客运线路上查访的情况和近期收到的一些上访信和举报信中关于交通秩序和在一些集市存在的欺行霸市的情况通报了一遍，指出，安农县要想发展经济，必须要营造和谐稳定的社会局面，必须要彻底整治目前的社会治安状况，让百姓有安全感。会议决定成立专项工作组，由政法委牵头，公安局为主力，会同交通局、工商局、交警队，先从客运站内部查起，彻底清除不法分子的保护伞；同时，以公安干警为主，分成若干个组，逐个客运线路化装侦查，争取把所有的扒窃分子、诈骗团伙一网打尽；以工商局为主，公安局配合，彻底整治欺行霸市行为；以交警队为主，公安局和交通局配合，对公路上的违章行为全面治理。会议决定，社会治安专项工作领导小组由政法委书记安全任总指挥，副总指挥由公安局长于得水以及工商局、交通局局长分别担任。专项工作组要开展一次"猎蝇行动"，将这些危害社会的"苍蝇"彻底肃清，还群众一个安全的生活环境。

会上，石润生对靠山乡派出所的事只字未提，他是不想打消干警们的积极性，等这次任务完成后再对政法队伍进行整顿也不迟。

可是，尽管这样，坐在会议室里的于得水却如坐针毡，社会治安不好，这说明公安工作做得不到位，这是明摆着的事情，不用说大家也知道。对于石润生只字未提公安工作的事，他想，还不如当面让县长批评一顿呢，可是，县长为什么没有批评呢？于得水觉得有种不祥的预感，所以，一回到局里，他就召开了班子会，对工作进行了详细安排部署。

持续一个月的"猎蝇行动"让百姓拍手称快，大家都说，这回好了，新来的县长敢于动真格的，真心为老百姓着想，安农县这回有希望喽！

这次专项行动不仅打掉了长期盘踞在客运线路上的不法分子，打掉了农贸市场上的少数涉黑团伙，就连一些村屯群众反映强烈的村匪屯霸都得到了根治。而且，经过调查，客运站少数司乘人员内外勾结，个别派出所干警不作为等现象都暴露出来。最后，经过组织处理，客运站站长受到了撤职处理，涉嫌违法的有关人员移交司法部门进行处理。而在此次行动中表现突出的刑警队队长曲利群受到了表彰，并经县委常委会讨论通过，被委任为公安局副局长。

看到全县的社会治安情况有所好转了，石润生长出了一口气，心想着接下来就可以放开手脚实施强县富民的发展战略了。可是，他万万没有想到，他的一系列举措触动了某些人的利益链条，潜在的危险正向他悄悄逼来。

这天下班后，石润生像往常一样没有按时下班，而是在办公室里看材料，并思考下一步的工作。他一忙就忘了时间，直到觉得肚子有些饿了，这才一看时间，竟然晚上十点多了。他就赶紧收拾东西下楼，出了县政府大院准备往家走。此时的街上行人已经不多了，街灯昏暗，尤其是他走捷径回家的那条小巷不知什么时候路灯坏了，漆黑一片，他只能借着月光往前走。他边走边想着明天的工作，突然，后面传来一阵脚步声。他回头看了一眼，发现一个黑影一闪就不见了，他也没多想，继续往前走，可脚步声在身后又出现了，他下意识地又回了一下头，那个人影飞快地闪到了角落里。他不禁狐疑起来，到底是什么人呢？该不会是有人跟踪吧？看看前面就要到小区侧门了，他也就没在意，继续不紧不慢地往前走，可脚步声又出现了。他一想，如果真是被坏人跟踪，那还真不能往家走，一旦让人知道了自己家的确切位置恐怕会很麻烦。他想了一下，然后进了小区直奔那家位于一楼的餐馆。临进屋的时候，他往身后看了一眼，可后面什么人也没有。

石润生一进来，那家店主就认出他来了，连忙安排座位，并热情地问他吃什么。他随便点了一碗面条，就把手里的包放在椅子上，拿出一份材料准备边等边看。可就在这时，就听门口有人说道：“老板，给他的面条里加两个鸡蛋！另外我也来一碗面条，外加两样炝拌菜！"

石润生一听，声音好熟悉呀，抬头一看，竟是徐蔓苓。

"怎么是你？"石润生惊讶地问道。

"你以为是谁？"徐蔓苓反问了一句。

石润生因为连日来忙于工作，自从让徐蔓苓到安农产业发展局工作至今还一直没和她联系，所以总觉得有些过意不去，他就笑了笑，拉过身旁的椅子示意让她坐下。

徐蔓苓坐下后也不说话，眼睛就盯着墙上那些心愿卡。

石润生犹豫了一下，还是问道："刚才……是你？"

徐蔓苓看了他一眼，疑惑地问："什么意思？什么刚才是我？"

"刚才在我后面……"石润生回想起刚才身后的脚步声来。

"有没有搞错？我可没跟踪你啊，我刚从家出来，打算吃点儿东西，正好碰上你。"徐蔓苓解释道。

一听她说的不像是假话，石润生不禁皱起眉来自语："那会是什么人呢？"

"会不会是哪个小姑娘看上你了？哈哈！"徐蔓苓说着笑了起来。

石润生没答话，他是没法回答。

这时，店老板端着面条走了过来，边往桌上放边问道："今天夏记者怎么没一起来？"说完，他还看了一眼徐蔓苓。

徐蔓苓笑着盯着石润生的脸。石润生"哦"了一声，也没做正面回答。

吃面的时候，石润生把碗里的鸡蛋用筷子夹了一个放进徐蔓苓的碗里，说道："你怎么没加鸡蛋？我吃一个就够了。"

徐蔓苓想了一下，也没推辞，只是把那两碟小菜往前推了推："吃点儿菜，也不能总吃面条啊？你那么累，身体要紧。"

她这几句话把石润生听得心里热乎乎的。

吃饭的间隙，石润生简单询问了一下她的工作情况，徐蔓苓就把这段时间以来农业专家库组建情况大概说了一下。说完，她忽闪着大眼睛看了一下石润生，笑着说："对了，姜副县长工作很有热情，人也长得漂亮。你知道吗？她好像还没结婚呢？"

石润生低着头答了一句："这我怎么会知道。"

"她长得漂不漂亮你还不知道？"徐蔓苓故意说道。

"哦，这个呀，我以为……"石润生觉得她话里有话，就不敢往下说了。他想了一下，就岔开话题问道，"最近回去看王叔了吗？"

"别打岔！我跟你说正事呢！"徐蔓苓抢着说，"我看姜然人可不错，又年轻又漂亮还有发展，要不，你考虑考虑？"

石润生还是闷着头反问道："考虑啥？我现在就考虑是不是给她换个岗位，总觉得她一个女孩子管农业不合适。"

"又打岔儿，我是说你得考虑一下个人问题了。对了，问个事儿呗？"徐蔓苓笑着问道。

"啥事？"

"你有女朋友吗？"

徐蔓苓问完就低头吃饭，像是既想听到答案又怕听到答案似的。

石润生放下筷子，喝了一口水，又看了一眼正在低头吃面条的徐蔓苓，一本正经地答道："有。"

"啊？"徐蔓苓一不小心筷子竟掉到了桌子上。

"你怎么了？"石润生捡起筷子，又拿了块纸巾擦了擦。

徐蔓苓接过筷子，看着他的眼睛问道："是谁？"

石润生突然笑了，说："这个可不能告诉你，这是个人隐私。"

徐蔓苓脑海里出现了那天看到的那个夏记者，她撇了撇嘴："不告诉我也知道。"

"你知道？"石润生有些诧异，"你知道什么？"

徐蔓苓眨了半天眼睛，突然问道："润生哥，咱俩算是什么关系？"

这句话差点儿没让石润生呛着，他咳嗽两声答道："要从王叔那论呢应该算朋友，或者也算亲戚？"

"当然是亲戚！王叔是你叔，也是我叔，那我就是你姐。"徐蔓苓硬气霸道地说。

"刚才还叫我哥呢，这会儿你怎么就成姐了？"石润生被她的样子给逗乐了。

"这么说你同意了？那好，姐问你，你女朋友到底是谁？干什么的？漂不漂亮？"她一口气问了好几个问题，问完，自己都乐了，又缓和一下口气说，"你不了解女孩子，要真把我当亲戚或好朋友，那你得跟我说，我可以帮你好好参谋参谋，现在的女孩子可没处说去？"

"也包括你？哈哈哈！"石润生笑着反问一句。

"我呀……对呀！我心里想啥你知道吗？"徐蔓苓一瞪眼睛。

"这我可不知道。"石润生笑着答道。

过了一会儿，徐蔓苓小声说："我听说最近有个女记者经常找你？听说挺漂亮的！"

"哦。"石润生搪塞着。他突然又想起了什么，问道，"对了，上次你和王叔说什么了？神神秘秘的。"

"哪次啊？"

"就上次和王叔一起吃饭，还有那个小辣椒杨淑花！"

徐蔓苓一听愣了一下，然后诡秘地说："不告诉你！"

见她不说，石润生也就不再问什么了。

过了一会儿，徐蔓苓又一本正经地说："还是说点儿正事吧。我最近一直在考虑一个问题，你说，润生哥，你提出的发展安全农产品的想法很好，可是有一个问题不知你考虑过没有。"

"什么？"

"长期以来，农民种地不是上化肥就是洒农药，土地板结不说，恐怕土壤里残留的有毒物质非常多了，在这样的地上能种出什么安全农产品来？"

石润生一听就来了兴致，也没插话，他是怕打扰到她的思路。

徐蔓苓接着说："我觉得是不是找个村抓个试点，首先进行土壤改良，改变现有的土壤结构，增加微生物含量，清除土壤中的毒素。这样经过一段时间的休养生息，恢复地力，然后再种植无公害蔬菜或其他作物，并且坚决不能施用化肥，要选用农家肥，更不能上农药，采取生物防治的方式消除病虫害，这样种出来的东西才算是真正的安全农产品。"

石润生听了不住地点头，而这也是他一直以来思考的问题，却没想到徐蔓苓一个女孩子竟进行了这么深入的研究和思考。

"还有呢！"徐蔓苓接着兴致勃勃地说，"我这几天就一直在想，将来咱们可以在全国开连锁超市，名字都想好了，就叫安农超市。这里面既有安农县的意思，又有安全农产品的简称，多好啊！并且采取网上和实体销售相结合的方式，专门销售咱们的安全农产品，人家马云都说了，未来能打败他的只有农业产业。"

"这个想法好！这样吧，蔓苓啊，你拿出个具体方案来，咱们好好研究研究！"石润生说着一把抓住了徐蔓苓的手。

徐蔓苓脸红了一下，试着往回抽那只被抓住的手，又咬着牙说："叫那么亲切干吗？不是应该叫姐吗？"

石润生这才意识到自己过于激动了，就松开了手，接着又说："这顿饭真是不白吃，今天我请客！"

"当然是你请客了！"徐蔓苓笑着就站了起来。

石润生付了账，两个人一前一后就往外走。等他们出了门，店主夫妻狐疑地望着窗外，互相看了一眼，店主妻子皱着眉说："他和别的女孩儿吃饭，夏记者知道吗？"说着，掏出手机就要给夏雨荷打电话，却被她丈夫给拦住了。

"还是少管闲事的好，或许不是咱们想的那样呢？"

第三十一章　大学生村干部

整整一个月的时间，安农县新成立的各个专项工作领导小组都基本走上了正轨，干部们已经习惯了这种"白加黑"、"五加二"的工作节奏。大家都一门心思地努力工作，生怕在这次重点工作大练兵中掉下队来。正所谓：是骡子是马得拉出来遛遛。

负责安农县发展战略规划制定工作的领导小组这几日终于要忙出头了，原因是发展战略研究报告的初稿几经修改后总算是完成了，接下来要进行的就是专家论证。

县委常委、宣传部长胡波是负责发展战略规划制定的领导小组副总指挥，尽管他并不分管属于行政序列的规划局，但当初开常委会时是石润生提议的，他也不好推脱。其实他并不知道，石润生让他负责这个组是另有深意的。一方面，发展战略制定后首先要进行的就是广泛宣传，而他这个宣传部长是责无旁贷的；另一方面，他是年轻干部，有思想、有激情、有魄力，同时也有创新性的思维，而制定发展战略是不能因循守旧的，没有创新就没有未来。而这些都不是主要原因，石润生有他自己的想法，他是想在工作中进一步观察干部们的工作能力，以便于人尽其才。

安农县发展战略规划方案论证会定于周六召开。连日来，可把秦大军和赵小兵忙坏了，办公室作为会议的筹备部门，得做大量的前期准备工作。尤其是赵小兵，一边忙着重点工作的督查，又要协助秦大军作好会议筹备的相关文字工作，他是忙得脚打后脑勺，就连赵昆山来电话让他回家一趟他都没有时间。

当上了下沟村党支部书记的赵昆山这些天也没闲着，虽说以前和刘喜武总是尿不到一个壶里去，但那是因为有误解，自从现场会开完后，他在刘喜武面前的臭脾气收敛了许多。刘喜武被任命为开发区主任后，赵昆山一接手村书记工作就感到这一把手还真不是谁都能当的。正所谓不在其位难谋其政。过去赵昆山是非常反对刘喜武和那些打算来投资的客商们打交道的，可他一接手后，却充分认识到，不干不知道，一干吓一跳。下沟村不发展经济还真不行，而地又不打粮，那就只有招商引资。但赵昆山心里却有着自己的打算，那就是，发展经济是必然的，招商引资也是必须的，但不能破坏生态环境，这是底线。

忙工作归忙工作，还有一件事一直牵着他的心，那就是儿子小兵的婚姻大事。自从上次杨淑花到家里来过之后，他心里就七上八下的，所以就想让小兵回来好好问问，看看到底是什么情况。从外表上观察，杨淑花这姑娘倒是不错，可就是没有正经工作，一个种辣椒的怎么能当我赵昆山的儿媳妇呢？传出去脸上无光。他是这样想的。

可给儿子小兵打完电话他就更来气了，小兵总说忙，可再忙也得回家一趟啊？他和老伴儿两个人咋商量也想不出好办法来，自己亲自去县里找儿子？那也不妥，耽误孩子工作不说，自己刚当上村书记，一时也走不开。可是，总得想个办法问问儿子啊。他们是怕夜长梦多，万一两个孩子真要是鼓捣出事儿来就不好办了。

正当赵昆山发愁的时候，却接到了一个电话，是乡里打来的，通知他周六下午到县里，参加发展战略规划方案的乡村这一层面的征求意见会。他一听就乐了，心想，这回可是公事私事两不误喽。

小兔崽子！这回老子见你去！他在心里骂了小兵一句。

周六上午，赵昆山早早地就到了县城，中午的时候，他给小兵打了个电话，让他中午回县城的家里吃饭。赵小兵本来打算在食堂吃了，但一听父亲来了他就只好回了家。中午吃饭的时候，赵昆山就把那天杨淑花去家里的事说了一遍，还没等赵小兵解释呢，他就说了自己的想法。

"兵儿啊，咱可不能处这样的对象啊，你说一个种辣椒的将来咋整啊？你在机关上班，将来那是有出息的人，可那丫头……"

听老爸越说越离谱了，赵小兵赶紧打断："爸，不是你想的那样！我和杨淑花只是认识，不是对象！"

"认识？不对吧，那你让人家给洗衣服？"赵昆山根本就不信。

"不是，上次是因为……哎呀，怎么说呢，反正不是！"赵小兵一口咬定不是那种关系。

赵昆山将信将疑："我不管，反正不能找这样的！对了，你们机关就没有好的？将来还是双职工……"

"爸，快吃饭吧，一会儿我还得回去，得准备下午开会的事呢！"

赵小兵草草吃了口饭就回县政府了。赵昆山一想，反正该说的话也都说了，算是尽到做家长的责任了，至于孩子会怎么做那也是没办法的事，现在的孩子，大了就管不了了。

还没到开会的时间，赵昆山早早地就到了会场。此时，会场里已经来了很多人，因为发展战略规划方案征求意见会分好几个层次，下午的会是专门征求各村意见的，所以，来开会的都是全县各村的村主任或书记。赵昆山有认识的就打着招呼，但有很多人却不认识。他见中间一排有个姑娘在那坐着，旁边是个空位置，他就过去坐了下来。一问才知道，那姑娘是个大学生村干部。赵昆山一想，哪怕儿子找这么个大学生村干部也行啊，怎么也比个种辣椒的强吧？

正在这时，会场外走进一个人来，而且就朝他这边走了过来。赵昆山一看，眨了半天眼睛也没弄明白怎么回事。他听旁边这位大学生村干部打着招呼，而进来那人正朝自己这边走过来，一想，躲是躲不开了，情急生智，拿着手机就低下头假装打电话。

进来的人是谁呢？不是别人，正是让赵昆山闹心的杨淑花。她走进会场里，正想找个地方坐下呢，却见有个认识的大学生村干部向她打招呼，她就走过去和那个女孩儿聊了起来。

"淑花，听说你当村书记了？真是太好了！咱班你学的最好，上次招聘大学生村干部你就是不报名，这回怎么样？"

"还没有，现在是副书记，代理村主任。"

"那你不是主持工作嘛，也没配别的人，你就是一把手！"

"什么呀，我本来不愿意干的，可乡里说不行，非得我干不可。我这才……"

埋着头假装打电话的赵昆山一听，什么？这小丫头片子当上村书记了？这啥时候的事儿呀？上次也没听她说呀？

原来，自从杨树村村主任杨来财被抓起来后，靠山乡就一直为杨树村的村班子犯难，现在还没到村民委员会换届的时候，但村里的工作又不能耽误，那就只有先选派一名村书记，但又一时选不出合适的人来，怎么办呢？

说来也巧，靠山乡党委书记王为民一次到县里开会，在向石润生汇报工作的时候，偶然提起了杨树村的事，石润生一听就说："现成的人选你们怎么不用？杨树村有个姑娘叫杨淑花，中专毕业，有思想，有干劲，我看可以试试，就让她做个大学生村干部吧。"

王为民一听，对呀，早就听说杨树村杨老蔫儿有个闺女不错，又是学农的中专生，那就让她试试吧。就这样，乡里安排杨淑花暂时先担任村副书记主持工作。刚开始时杨淑花确实不答应，她说自己要是想当大学生村干部早就报名了，何必等到现在？自己就是想干点儿事，学以致用。但她一听乡党委书记王为民说这是石县长的意思，就只好答应下来。既然是县长有这个意思，那自己再不答应就说不过去了。

而她这一当上杨树村的副书记，可乐坏了一个人，那就是她的父亲杨老蔫儿。这回他腰也不弯了，背也不驼了，精神头也不蔫儿了，没事就背着手在村里走来走去，见到那些主动和他打招呼的村民他也不像以往那样赔笑脸了，而是一脸的严肃，总是来一句："她是她，我是我，一个女孩子家家的，当什么官呀？"可心里却是美滋滋的。

那些村民们也都了解他，一听他这么说，就笑着和他开玩笑："老蔫巴，这几天你怎么精神这么好呢？以后恐怕没人敢叫你外号了吧？"

偶有调皮的小青年儿见面喊一句"老蔫巴"，却被他父母好顿骂："没大没小的？老蔫巴是你叫的？以后记着叫杨叔啊！"

人都说，父以子贵。而杨满堂却真真切切地感受到了什么叫"父以女贵"。

赵昆山一听杨淑花现在是杨树村的负责人，和自己算是平级了，他突然又觉得心里面有些舒坦，一想，和小兵不说那些话好了。见躲是躲不过去了，他也就不想躲了，这才抬起头来。

杨淑花一眼就看见了赵昆山，热情地打着招呼。

"是赵叔啊，您也来开会？"

赵昆山干咳两声，点了点头。这次再看见杨淑花，他觉得好像比上次好看多了，也不像是个种辣椒的呀，待人接物倒有几分领导的做派。

因为想起了上次在赵昆山家的事，杨淑花也就没多说什么，悄悄地坐在了过道边上。

赵昆山和杨淑花中间隔着那名大学生村干部，他坐在那里想了半天，觉得不行，还是得问问，他就笑着侧头问了一句："那个……小杨啊，你当村干部了？啥时的事儿呀？小兵知道吧？"

杨淑花脸红了一下，说道："哦，就这几天。"

而她那个女同学说道："她呀，可是石县长亲自定的呢！"

赵昆山听完又问："你和石县长认识？"

杨淑花简短地答道："嗯。"

赵昆山一想，自己这话问的，上次在王德贵家自己不是亲眼见过她和那个徐丫头跟石县长在一起嘛。那这样的话还算靠点儿谱，自己的儿子小兵在县长身边工作，这杨丫头看样子也深受县长重视，那他们两个的事儿自己要是瞎搅和看来有些不妥。

征求意见会正式开始了，石润生等县委和县政府领导班子成员都参加了会议，并在主席台就座。发展战略规划领导小组成员单位县规划局详细介绍了规划方案的起草情况，北京咨询策划公司的陈晓霞对规划方案进行了解读。下面的会议议程是开始讨论了，有几个村的书记或村主任分别发言谈了自己的看法。冷场的时候，石润生说话了。

"我看，让年轻人谈谈想法吧。杨树村来人没有？杨淑花，你说说！"

别人倒没在意什么，赵昆山一听，石县长当着这么多人的面让杨淑花发言，那得是多大的面子啊。他不由得看了一眼杨淑花。

杨淑花站起来大方地先介绍了一下自己，然后就开始对规划方案谈起自己的看法来。

她说："别的方面就不谈了，也不懂，单就发展农村经济这部分想谈谈自己一点儿粗浅的想法。规划中关于大力发展安农产业的构想我认为非常符合实际，安全农产品不仅是未来的发展方向，也完全符合咱们县的县情。就我们杨树村而言，一方面距省城较近，在发展安农产业的同时可以大力发展绿色观光、种植采摘和农家旅游业，我们不仅要种出安全的农产品，也要让城里人到乡村来体验绿色生态，回归田园；另一方面，杨树村很早以前就是有名的辣椒一品村，只不过近几年村民外出打工的打工，加上经济不景气，没有多少人种植辣椒了。再说，种出来的辣椒由于化肥和农药等有毒物质超标，很难进入城里的大型超市，经济效益并不好，这也是大家都不愿意种的原因。我的想法是，要保持传统，把杨树村辣椒一品村的牌子打出去，但要推广和实行无公害种植技术，并且注册成商标，形成品牌效应，争取让安农县的辣椒进入大城市，进入超级市场，上到城里人的餐桌。同时，要发展规模经济，将村民们闲置的土地集中起来，让种植能手统一经营。这样，不仅农民会增加收入，还有利于统一管理，避免各自为战造成的辣椒品质不一、参差不齐，影响品牌形象。总之，就是一句话，规划方案里关于这一方面很好，符合发展需要，也是方向！我……说完了，也不知对不对。谢谢大家！"

杨淑花的一席话让会场的人们都很震惊，大家报以热烈的掌声。

石润生在主席台上笑着说："不愧是小辣椒啊！讲得好！看来，我们的农村干部队伍年轻化是势在必行了，要鼓励年轻干部到农村去，在农村的广阔天地里去施展才干，农村，大有可为呀！下一步，组织人事部门要尽快拿个方案，现在机关冗员严重，很多年轻干部整天无所事事，那就都到农村去！不要以为村干部就只能是农民来当，只要你有才干，到农村去也一样有发展！而且更有发展！"

石润生讲完，台下响起雷鸣般的掌声。鼓掌之余，大家都侧目看刚才精彩发言的杨淑花，纷纷投来赞赏的目光。在这些人当中，恐怕只有赵昆山的心情最复杂了。他没想到杨淑花年纪轻轻的竟然有这般见识，自己阻止儿子小兵和她相处是不是错了？他矛盾着，不由得也看了一眼杨淑花，越看越觉得这姑娘真是不错。

征求意见会结束了，在往会场外走的时候，赵昆山叫住了杨淑花。

"小杨啊，你这次来县城见过小兵了吗？对了，你婶还念叨你呢，哪天有空到家吃饭啊！你和小兵的事，我和你婶都没意见，对，没意见！"

赵昆山这番话把杨淑花搞糊涂了，她眨了半天眼睛才明白，就赶紧说："赵叔，您想哪儿去了，我和小兵不是那种关系。叔，要是没什么事我先走了啊！"说完，她红着脸出了会场。

赵昆山愣在那里半天没说出话来。他有些搞不明白了，这孩子怎么说没啥关系呢？到底是什么情况？

杨淑花一出会场越想越来气，掏出手机就给赵小兵打了个电话。

"赵小兵！你在哪儿呢？出来一下！"

赵小兵接到杨淑花的电话觉得很奇怪，她为什么是这种口气呢？等他出了会场，在大厅的一个角落里见到了杨淑花。

还没等他打招呼呢，杨淑花咬着牙瞪了他一眼，狠巴巴地说："赵小兵！怎么回事你？"

赵小兵瞪着眼睛没搞清楚她是什么意思，可就在这时，后面有人叫了一声："淑花，我还找你呢，原来跑这来了！"

赵小兵回头一看，走过来的是徐蔓苓。

"蔓苓姐！"杨淑花叫了一声。

徐蔓苓走到近前，看了一眼杨淑花，又看看赵小兵，笑着趴在杨淑花耳边说："什么情况？啥时的事儿呀，也不告诉姐！处多长时间了？"

"什么呀！不是你想的那样！"杨淑花脸"腾"地一下子就红了。

这时，赵小兵支吾着问道："那个……杨……淑花，你找我来到底什么事儿？"他说话都不利索了。

"没事儿！你走吧！"杨淑花冲他吼了一句，然后就和徐蔓苓说起话来。

赵小兵"哦"了一声，又冲徐蔓苓点了下头，然后一脸的疑惑走开了，边走还边摇了摇头。

徐蔓苓说："呀，你对人家那么大声干吗？他又不是杨大宝！"

"谁让他……"杨淑花望了一眼走远的赵小兵，说了半截话就说不上来了，她不知道该怎么和徐蔓苓说。

"我跟你说啊,小兵可不错,你可要抓住啊,机关里这么多年轻的小姑娘,小兵还那么优秀,别到时候被人抢了去!"徐蔓苓笑着对杨淑花说。

"哎呀,姐,不是那样的,你们怎么回事呀!"杨淑花急得脸又红了。

"我们?还有谁?到底怎么回事?"徐蔓苓疑惑地问道。

杨淑花抱着徐蔓苓的胳膊,边往楼外走边小声地把她和赵小兵之间发生的事简单说了一遍,尤其是去他家的事。徐蔓苓一听,手捂着肚子笑了起来。

"我明白了,赵叔一定是把你当成小兵的对象了!哈哈……不过,我看你将错就错得了!"

杨淑花小声说:"嗯,人嘛还算行,不过……人家哪看得上咱这种辣椒的呀!"

"这么说,你对他有意思?那就好办了,你放心吧,我刚才看小兵看你的眼神就明白了,这里面有戏!哈哈哈!"徐蔓苓说着和杨淑花两个人笑着离开了县政府大院。

就在她们往院外走的时候,三楼有个人站在窗前正看着她们,这个人不是别人,正是赵小兵。

第三十二章　动员会上的杂音

经过一周多的广泛征求意见和专家多轮论证,安农县强县富民发展战略规划终于定稿了。规划确定了安农县加快发展的总体思路、目标任务、实施步骤和具体措施,提出按照整体规划、分步实施、梯次推进的方式,分三个阶段实施:第一步是强化基础阶段,重点是用一到两年的时间完善各项基础设施,营造发展环境;第二步是快速发展阶段,利用三年的时间,通过努力使环境优势基本形成,经济总量迅速增长,产业结构明显改善,成为省市加快发展的排头兵和新型城镇化的典范;第三步是优化提升阶段,即到"十三五"时期,县域经济大幅度提升，发展战略提出的目标任务基本实现，成为全国百强县之一。

规划中明确提出着力发展三大主导产业，即做大做强第一产业，着力发展安全农产品，让农业大县成为农业强县；适度发展第二产业，培育和发展战略性新兴产业，通过投资拉动和项目带动，壮大县域经济；大力发展第三产业，重点发展旅游业等高端服务业，使安农县成为省城的服务基地。

发展战略还提出，安农县目前三个片区的发展定位是：南部片区依托丰富的山水资源，重点发展生态旅游业；北部片区结合半丘陵的优势以及濒临省城的实际，重点发展安全农产品产业；中部片区作为县城以及开发区所在地，重点发展战略性新兴产业和高端服务业。

经过紧张的筹备，安农县强县富民发展战略实施动员大会正式召开了。不仅全县的机关干部、各乡镇和村干部都参加了大会，而且还邀请了省市相关领导。其实，石润生是最想请省委书记徐怀明出席大会的，但由于党的十八大要召开了，他在北京脱不开身，就专程让省委副书记叶树清代表他参加了会议。

大会开得很成功，会议由县委副书记齐福仁主持，石润生做了动员讲话，最后是省委副书记叶树清讲话。

本来，与会人员听了石润生的动员报告后都激动不已，大家都有种心潮澎湃的感觉，但随着省委副书记叶树清的讲话，大家的情绪一下子又跌到了谷底。

叶树清首先转达了省委书记徐怀明对安农县发展的关切之情，接下来，他又对安农县实施发展战略提出了希望。讲话的前半部分大家听着还没什么，可叶树清说到后面却话锋一转，讲话变了味。

他说："搞规划是件好事，我记得以前安农县也搞过嘛，可是怎么样呢？现在谁还记得那时的规划是什么样的？老百姓的生活又是怎么样的呢？还是没什么变化嘛！我看以前那个规划也不错，怎么就不坚持实施呢？"说到这儿，他侧过头对齐福仁说道，"你说是不是，福仁啊？"

齐福仁笑了笑没言语。

叶树清接着又说："以我这么多年的经验看，很多地方都陷入了怪圈，换一茬领导搞个规划，换一任班子弄个战略的，弄得是劳民伤财，却对发展没有一点儿好处。当然了，我不是专指安农县。"

此时，坐在台下的干部们有的开始议论了。有人小声嘀咕着："哼，说的就是安农，什么意思嘛！"

此时的石润生坐在叶树清边上面无表情，就像根本没听见他说了什么一样。

叶树清又说："你们的想法是好的，急于发展的心情也是可以理解的，但不能急嘛，另外也要符合实际呀！我刚才简单看了一下这份规划，我看里面写了关于发展旅游业的事儿，还听说要把一个原来的垃圾填埋场改造成什么湿地公园？这可行吗？嗯？安农县本来就穷，搞这么大的动静哪儿来的钱往里投啊？而且你弄个公园需要投几个亿，那可是没有回报的呀！不像是上个项目什么的，将来还有税收，你弄个公园哪儿来的税收？这个我看还得再考虑考虑！是吧，润生？"说着，他看了一眼石润生。石润生冲他笑了笑。

他接着说："不过，你们主张发展农业我倒是赞成的！十八大马上就要召开了，这次中央预计要出台一系列的强国富民举措，关于农村如何发展也会有个说法。再说，农业县嘛就要把农业搞好，多打粮食。至于什么安全农产品嘛，这个还得再斟酌，那可不是空口说白话呀！说搞就能搞得成了？那是得要投入资金投入技术的！资金在哪儿呢？有吗？没有吧。技术在哪儿呢？听说以色列农业方面搞得不错，可你引得进来吗？还有，人才在哪儿呢？这么穷的地方会有专家愿意来吗？不切实际！再者说，就算这些个要素你都有了，可是土地呢？那可是上了几十年化肥和农药了！在这样的地里能种出安全的农产品来？对了，润生啊，我听说你就是搞土壤学的？这方面你应该懂啊！"

此时，台下已经有人听不下去了，但见石润生像没事似的在那坐着，还时不时地点头或是微笑和叶树清交流着，大家也就没动，交头接耳的也不出声了，大家都想看看接下来还会发生什么。

叶树清还在那儿讲呢："你们的规划中提出县城周边和开发区要大力发展工业，这我赞成！发展工业才是硬道理呀，每一个城市的发展都离不开工业化！多上点儿项目，既有税收又有形象，多好啊！但这个服务业嘛……这么说吧，省城阳春市够可以了吧？副省级城市，全省的政治经济和文化中心，可是，服务业又是怎么样的呢？对了，阳春的赵书记也来了吧，你说说，阳春的服务业在经济中占的比重是多少？我记得是不到百分之二十吧？而你们一个安农县提出要发展服务业，而且还是高端的，是不是可行，这还得论证论证！县城嘛，服务业也就是满足县城居民的生活就可以了，但你们的规划里提出要成为辐射省城的服务高地，还有什么省城的卫星城，好像是目标定得有点儿高。当然了，目标高一点儿是可以的，但也得够得着啊，是吧？"

在叶树清讲话的时候，台上有个人却和大家的想法不一样，他听着讲话，还不时地点头表示赞同。这个人就是齐福仁。对于石润生主张制定的这个发展规划，他是持怀疑态度的，虽说没有正面地反对，但也没表现出支持和赞成来。他的想法是，石润生太年轻，年轻人嘛有点儿想法是可以理解的，但你搞这么大的动静，开这么大的会，还请来了省市领导，看你将来如何收场，那些目标能实现吗？

齐福仁的怀疑也不是没有道理，原因是安农县实在是太穷了。持有他这种态度的人也并不在少数，包括各部门的负责人和乡村干部，但大家都是怀有希望的，即使怀疑这个规划，但大家却并不愿意怀疑自己的梦想。正所谓穷则思变，大家实在是太想改变一下安农县的面貌了。因此，宁可相信也不愿意怀疑。尤其是自从石润生来了以后，他采取的那些举措大家是有目共睹，因此大家相信，只要全力支持县长，做好本职工作，就一定会有奇迹出现。

就在全县的干部群众都在等待奇迹发生的时候，石润生上任后最大的一轮干部调整开始了。

在这轮干部调整之前，石润生认真学习了党的十八大报告，当看到十八大报告中关于科学发展观、全面建成小康社会、大力推进生态文明建设，以及推进城乡一体化建设方面的决定后，他感觉周身热血沸腾。他清醒地认识到，安农县的春天来了，而这个春天，是十八大的春风带来的。

十八大还未结束，石润生就专程去了一趟北京。他去的目的有两个，一个是去见省委书记徐怀明，主要是汇报工作，并征求他的意见，打算对县班子进行调整。另一个目的是去见他读博士时的导师，他听说导师到北京来了，而且还听说导师的实验室新近研究出了一种改良土壤的技术。

从北京回来后，石润生又分别走访了省委组织部和安农县的主管市岭东市，和相关领导进行了交流和沟通。回来之后，他就连夜召开专题会议，研究组织部和人事局起草的那份机构改革和干部调整方案。在分别与常委进行沟通后，第二天就召开了常委会，专题研究机构和干部调整问题。

常委会上，石润生首先宣读了岭东市委关于调整安农县委县政府领导班子的文件，通报了上级组织部门的意见。按照文件精神，安农县领导班子是这样调整的：原县委宣传部部长胡波改任县委常委、副县长，主管农业和农村工作；原县委常委、副县长姜然，改任县委宣传部长。这等于他们两个人对调了一下工作，都还是县委常委。至于县委组织部长尹力、政法委书记安全二人虽已到退休年龄，但石润生提出暂不退休，希望他们二人要继续发挥作用，暂不做调整，只是把原人事局局长许中山调到了组织部任常务副部长兼人事局局长。而统战部部长杨成林不再担任原职务，到县人大任副主任。统战部部长暂时空缺，由副部长主持工作。

石润生还公布了上级决定，任命秦大军为县委常委，兼任党政综合办公室主任一职；任命开发区主任刘喜武为县长助理，享受副县级待遇。

研究完县领导班子后，就开始讨论机构和中层干部问题。按照方案，为配合发展战略的顺利实施，进一步加强体制机制创新，决定实行大局制管理模式，将原有的各委办局职能交叉的进行合并，对职能单一或由其他部门能够行使的机构进行撤销。整合后，县直属单位主要分为三大块：经济口、服务口和党口。比如，将原来的工信局、经济局、乡企局统一合并到发展和改革局。将原来建设类的职能局统一并到一起，成立大建委。并且新成立了安农产业发展集团公司，简称安农集团，列在国资委序列内，根据实际需要下设若干个子公司。

在机构调整中，还有一个重大变化，那就是把县里原来的职业高中更名为安农职业技术学院，已经取得了有关方面的批复。更名后的安农职业技术学院重点培养农业技术专业人才，为安农产业的发展提供人才支撑。更名后的安农职业技术学院院长由徐蔓苓担任。这是石润生提出来的，事前他给徐蔓苓打过一个电话，征求她的意见，但徐蔓苓死活不同意。她说要是当这个院长那当初还不如留校呢，自己就是不想坐办公室才辞职的。直到石润生说了自己的想法后，她才勉强同意。石润生说，他是想把这个职业学院打造成专门培养适应新形势发展需要的复合型农业技术人才的基地，未来可以为发展安农产业提供不竭的人才支撑和智力源泉，而且发展职业教育是趋势，并不是所有的人都上大学才好，有多少人上了大学没工作？要成为社会有用的人就只有掌握一技之长。发展职业教育特别是农业技术职业教育，大有可为。他的一番话让徐蔓苓良久不语，她想，润生哥不容易，要是自己都不支持他那还有谁支持呢？所以她就答应了。

除了机构外，对于干部的调整幅度之大是大家所没有想到的。机构经过撤并后，不需要那么多干部了，也没有那么多岗位，而这些干部除了少数充实到新成立的机构外，其他人统一并入安农集团，还有一部分被安排到了各乡镇，充实基层干部队伍，加强基层力量。在这批被派往乡镇的干部中，还有一个人，那就是齐福仁的儿子齐国梁，他被派到了太平川乡任副乡长。这件事其实不是石润生的本意，而是齐福仁提出来的。

前一日在和齐福仁沟通干部调整方案时，他就向石润生提出，能不能把齐国梁派到基层去进一步加强锻炼，同时也算是改造他的思想。石润生一想，也好，就同意了，并征求齐福仁的意见，看上哪个乡好。齐福仁提出，就去最远的乡太平川。这次齐福仁确实没有别的想法，他说的都是心里话，是出于一个父亲对儿子的期盼才做出这样的决定。

除了调整的干部，还有一批新提拔的干部，其中就包括赵小兵。他被任命为党政综合办公室副主任、督查办公室副主任。

在新提拔的干部中，还有一个人，那就是原县第一中学校长夏雨轩，他被任命为县教育局副局长、兼一中校长。而一直担心自己职位的教育局局长苏文学，此次却没有调整。看来，他的担心是多余的。

机构和干部调整工作在常委会后就紧锣密鼓地进行着，很多人不知所措，也有的人高兴万分。可谓是几家欢喜几家愁。可是，就有一些人，他们还抱着一线希望在努力争取着，希望通过一些不可告人的手段达到不可告人的目的。

县公安局副局长李坤这次被调整到了政法委任副书记，他一听说就傻眼了，虽说政法委是管着公安局的上级部门，可那毕竟比不了公安局呀，看着自己像是受重用了，但实质上是被降了。所以他想来想去觉得不行，自己得想点儿办法。可是，想什么办法呢？他脑海里就出现了一个人，所以，还没等任命文件下来呢，他连夜就拿着东西去找齐福仁。

按理说，组织研究干部的问题在没有正式文件下发之前是不能告诉本人的，那么，李坤又是怎么知道的呢？原来，他有个亲戚在县政府当服务员，她是在常委会议室倒水时正好听到这件事，所以一出会议室她就给李坤打了电话。

所以，当天晚上李坤一到齐福仁家提到自己被调整的事，齐福仁就厉声问道："你是在哪儿知道的？"

李坤嘻嘻地笑着，说："那不重要，重要的是现在怎么办啊？"

齐福仁说："你找我也没用，这是组织决定的，而且我说了也不算，你要是找就去找石县长吧。"并让他把东西拿走，说还是送给能办事的人吧。

李坤一听，也对，所以他出了齐福仁家就试着给石润生打了个电话，说是有事要当面向县长汇报。石润生让他到办公室来。李坤就屁颠屁颠地往县政府跑。可是，他光顾着想自己的职位了，却没有想到自己的行为会有什么样的后果。

那么，齐福仁为什么要让李坤去找石润生呢？而且还暗示他把东西拿给石润生。原来，齐福仁以前和这个李坤的关系还算不错，可自从上次开发区强行征地的事被石润生撞见后，他就对这个李坤有了看法，心想，要不是你瞎整，手下的干警得罪了石润生，我儿子齐国梁能被免职吗？可倒好，你那点儿事没露馅，被安排到政法委还不满意，这回让你不满意，恐怕政法委你也去不了了。

那么，真的像齐福仁预想的那样吗？在这方面，齐福仁这个县委副书记还真是没白当，眼光毒着呢，他早看出来了，石润生是什么人啊？能收你那点儿东西然后给你安排个好职位？

齐福仁想的没错，石润生在办公室里一见李坤拎着东西进来了，他就把脸拉了下来，不禁想起了自己刚来时在宾馆看见于得水拿着东西来的情景，心说，还真是在一起共过事的啊，怎么都有这个毛病？

李坤提着东西就进来了，石润生招呼他在沙发上坐了下来，并给他倒了一杯水。先是询问了一下公安局的工作，接着，石润生问他有什么事要汇报。李坤就说了自己的来意。

他说，自己是老公安了，在公安战线工作多年，熟悉业务，还想继续在公安干，希望组织上考虑一下能不能不调整到政法委。

石润生一听就犯了嘀咕,他怎么这么快就知道了常委会研究的内容?他不禁皱了皱眉头。

这时,李坤并没有观察到石润生表情的变化,他笑嘻嘻地把手里的手提袋往前推了推,说道:"石县长,这是我的一点儿心意,请您收下。"

石润生目不转睛地看着他,然后面无表情地问道:"是什么东西呀?你打开我看看。"

李坤一听就乐了,赶紧把手提袋打开,从里面拿出个小盒来,石润生一看,竟是一块手表,不知道是什么品牌,但从样子上看肯定价格不菲。他笑了一下说道:"为什么要送我东西呀?你也是老同志了,怎么还搞这些?"

李坤站了起来,笑着说:"您就收下吧,一点儿心意,一点儿心意!"说着,他就要往外走。

石润生招呼他赶紧把东西拿走,可他头也不回地就出去了。气得石润生咬了咬牙,自语道:"看来,只能拿你开刀了!"

第三十三章 女记者的烦心事

星期一早晨,在安农县政府大院上班的干部们像往常一样陆续到单位上班,但在他们进到办公楼后,都发现在一楼大厅里的显眼处不知什么时候多了个陈列柜,而且是那种玻璃的,从任何一个角度都能看见里面放的东西。人们看见,陈列柜里放着的是一个精致的小盒子,盒盖打开着,里面是一块精美的手表。在盒子旁边还有一个标签,上面写着:跑官要官者以此为戒。落款是县纪委。但上面并没有写明到底是谁的表,以及是送给谁的。

这下,大家就议论开了。都说,这到底是谁呀这么不长眼,新县长刚来就这么干?这不是作死吗?

干部们议论得没错,俗话说:不作死就不会死。而这位作死的人正是李坤。

在常委们的早晨碰头会上,石润生通报了李坤跑官要官的事,严厉批评了他这种行为,责成纪委依律进行处理,并设立曝光台,以此警醒全体干部。

会议还做出决定,免去李坤的县公安局副局长职务,同时撤销刚刚任命还没有发文的对他的县政法委副书记的任命,由纪委牵头对李坤展开调查,待调查结果出来后再做安排,如果他确有违纪现象,严惩不贷。

会上还要求有关部门调查常委会研究的干部任免信息泄露事件,要求今后要杜绝此类事件发生。

这件事,在安农县引起了不小的轰动,街头巷尾议论纷纷,都说石县长是个清官,看来安农县是真的有希望了。也有的持不同意见,认为这样做是不是太狠了点儿。但议论最多的还是李坤的行为,大家都说这就叫"不作死不会死",他这是自找的。这回傻了吧?查查他,肯定有问题。

而最高兴的还属齐福仁。开常委会时他一听说是讨论李坤的事,就意识到这李坤一定是傻了吧唧地真把东西给石润生送去了。他这个乐呀,这就叫自作自受。

然而,石润生想的是,要想加快实施发展战略,早日完成目标任务,必须要营造一个政治清明、干部清廉的氛围。同时,通过这一举动也可以警醒那些抱有侥幸心理的人,趁早收手。

可是,李坤被撤,而且还要进一步开展调查,这可吓坏了一个人,就是公安局局长于得水。这次干部调整这么大的动静却唯独没有动他,这多多少少让他感到有些意外,以他的想法,自从石润生到任以来自己没做什么出彩的事,倒是处处暴露出社会治安以及干警队伍的问题,调整干部不把他调出去才怪呢。可偏偏就没有调他,还是任公安局局长。只是把李坤调了出去,谁承想这个李坤不长眼,放着好好的政法委副书记不当,非要跑官要官,这回好了,啥官都没得当了,还说不定查出什么事来呢。

一想到查李坤,于得水心里又是一紧,李坤分管治安工作多年,违纪的事肯定不少,可是会不会顺着他这根藤蔓查到自己头上来呢?他越想越怕,自己坐在办公室一一检点着这些年在自己身上发生过的事,自认为还算清廉,可谁知道哪里会出问题呢?

他一想，开发区曾给公安局买过几台车，虽说是李坤一手操办的，但没有自己这个一把手的同意也没这回事。想到这儿，他赶紧把负责后勤的科长找了过来，让他把开发区名下的那几台车统统退回去，一台不留。还有，他又让把开发商黄忠良赞助的那批电脑也都退回去，免得生出祸端。

于得水刚安排完这些事，就接到了党政综合办公室打来的电话，通知他，下午石县长听由公安局负责的调研课题《关于加强社会治安综合治理的调研》的汇报。

他一听，浑身一激灵，心想，看来石县长这回真要对公安系统进行整顿了，听汇报是假，整顿队伍才是真。如果不是出了李坤这档子事，也许不会这么早听公安局的汇报。要说于得水聪明他是真聪明，从前任县委书记、县长出事而他却没有被牵连来看，绝非等闲之辈。

当下，他马上把曲利群等人叫了过来，对调研报告进一步研究，认为没有可修改的地方了，这才让大家散去。

下午，政府三楼小会议室，石润生同政法委书记安全一起，听取了公安局的汇报。于得水在汇报中提出，要适应安农县新形势发展的需要，切实加强社会治安工作，在继续实行社会治安网格化管理的同时，组建巡警大队，对县城实行二十四小时全天候无死角巡逻，对村屯实行沿交通线巡逻，让百姓可以随时报警，让不法分子无处藏身。

石润生对他们的想法给予了表扬和肯定，并指出，实行这一措施的前提条件是干警队伍整体素质的提升，下一步要加大干警队伍的整肃力度，加强岗位练兵，真正培养一支拉得出、打得赢的干警队伍，为安农县的经济发展和发展战略的实施保驾护航。

会议最后确定，在公安系统内部开展一次岗位练兵，选拔一批优秀干警，加紧组建巡警大队，财政部门在预算中列出一部分资金专门用于公安队伍建设及警用车辆和器材的配备。石润生提出由曲利群兼任巡警大队大队长，全权负责社会治安工作。

于得水听到石润生对他的工作设想给予了肯定，别提有多高兴了，但他不敢表现出来，而是非常谦卑地连连说一定不辜负组织的期望和县长的关心。

研究完了工作，石润生话锋一转，严肃地问道："于局长，我听说你们公安局过去为开发区做了不少事？"

于得水不知道这话里隐含着什么，就提心吊胆地"嗯"了一声。

就听石润生继续说："而且开发区也为公安局做了不少贡献？"

于得水心里想，肯定是车的事让石县长知道了，他就又是"嗯"了一声，并做着被批评的心理准备。可石润生接下来却说道："公安局作为保护一方平安的部门，就是要支持开发区建设嘛！但不能乱来，有权不能越权！更不能滥用权！我知道，县里财政没钱，公安系统装备不足，我看开发区就做得很好嘛，支持公安队伍建设，让这支队伍有能力有武器保卫家园！开发区经济状况相对好些，我看啊，巡警大队的巡逻用车暂时就让开发区支持一下吧，就算是县政府暂时向他们借的，等县里经济条件好了再还给他们。得水呀，我听说开发区给你们的那两台车你要还回去？我看就别还了。"

于得水一听，惊出一身冷汗来，他没想到自己上午做出的决定，县长下午就知道了，想想都后怕。听石润生问，他赶紧笑着点了点头，支吾着说："我寻思着……有摊派的嫌疑，所以才……"

"哦，你能对组织原则和警务纪律存有敬畏之心，这是好的。行了，回去落实工作吧，等你们把队伍弄好了我去看看。散会！"石润生说着就站了起来。

回到办公室的石润生忙着看桌上成堆的材料，那都是各个调研组报上来的调研报告。可就在这时，赵小兵进来说，省报有个记者求见。石润生一听，马上就想到了一个人。

他想的没错，这个人就是夏雨荷。夏雨荷连着好几次想采访县长却都扑了空，又根据石润生的意见去了太平川乡，采写了好几篇稿子发在省报上。但她还是想采访新来的县长。本来，她是有机会见到石润生的，安农县发展战略动员大会就是个好机会，可那天报社有事偏偏把她叫回了省城，而是派了别人前来参加会议。等她从省城赶回到安农县时，大会早已经结束了，她这一次又没见着县长。她就想着见见那个在县政府大院上班的年轻干部，可直到这时她才想起来，自己和他接触了好几回，竟没有要电话号码，甚至连名字都忘了问。连着好几天，她在那个小区门口徘徊，希望能够等到他，可是却没有等着。她就盘算着，干脆早上去县政府，总能堵着县长吧？所以一大早她就跑到了县政府，进门的时候，保安不让进，她无奈之下就给秦大军打了个电话，这才进了院。可一上三楼，办公室的人说县长在开常委碰头会，让她等一下，她只好就在赵小兵的办公室里坐着等。

赵小兵的办公室与石润生的办公室相邻，石润生要回办公室是要经过赵小兵这个房间的。因此，夏雨荷就让开着门，眼睛死死地盯着走廊，生怕自己一时看不见县长开完会又下乡了。

时间一分一秒地过去了，已经有两个多小时了，可还不见县长开完会，夏雨荷噘着嘴，心想，今儿个我就死磕了，不见着县长绝不罢休。可是，尽管她不错眼地盯着走廊，但总有溜号的时候，石润生开完会回办公室时她竟没有看见。还是赵小兵提醒的她。赵小兵说，夏记者你不是要见县长吗，开完会了，你到底见是不见啊？

夏雨荷一听，眨了半天眼睛，又往门口看了几眼，自语道："也没看见过去呀？"然后连连点头，说当然要见了，要不然不是白等这半天了？

赵小兵见她那副样子，笑着摇了摇头，这才进去通报了一声。

石润生一听是夏雨荷就感觉有些头疼，不见她吧，觉得过意不去；见吧，自己又不想出这个风头，而且也不是时候，一切都刚刚开始，这个时候要是被她在省报上这么一宣传，恐怕会招来非议。怎么办呢？他想来想去，觉得还是得见一见她，大不了不让她写报道就是了。而且，他也想趁这次机会和她把有些事情说清楚，免得再被误会。他就让赵小兵把夏雨荷领进来。

夏雨荷见赵小兵进到县长办公室不出来，还担心呢，怕县长不见自己。但赵小兵回来说县长同意了，她高兴得差点儿跳起来，吓了赵小兵一跳。他哭笑不得地带着她进了石润生的办公室，然后自己就出去了。

夏雨荷一进来就弯腰行了个礼，嘴上还说着："县长好，我是省报……"

还没等说完呢，她一抬头，见石润生笑着迎了过来，她一脸的惊讶，指着石润生支吾着："怎么是……你？"

石润生示意她坐在沙发上，笑着说："怎么，没想到？"

夏雨荷眨了半天眼睛，上前朝石润生胳膊就是一拳："好啊你，敢骗我！"

石润生捂着胳膊愣了一下，随即恢复了常态，哈哈大笑，说："夏雨荷，你天天想见县长，却不知道县长都请你吃过饭了。"

夏雨荷也跟着笑了一会儿，然后又看了一眼石润生，突然不作声了，低着头，手里抱着石润生递过来的茶杯也不知想啥呢。

石润生笑着说："夏记者，你采写的报道我都看了，写得不错。安农县是个好地方啊，要山有山，要水有水，眼下马上又要开始实施强县富民战略了，你可以采写的报道很多呀，平时要多往下面跑一跑，不仅要采写那些在发展战略实施过程中的开拓者和带头人，还要多帮着宣传宣传这里的山山水水，让省城的人都知道这美丽的地方。"

夏雨荷不住地点头，却不搭话，往日里那活泼调皮的性格仿佛一下子改变了，取而代之的，却是一种青春少女才有的娇羞和腼腆。

见她不说话，石润生笑着又说："你怎么不说话呀？不想和我这个县政府的小干部交朋友了？哈哈哈！"

夏雨荷小声道："没想到你就是……"

石润生突然想起了什么，问道："对了，夏雨轩和你是什么关系？"

"啊？是我哥呀？你认识？"夏雨荷有些惊讶。

"何止是认识，我们是老同学了。怎么，你哥没和你说？"石润生也感到有些意外。

夏雨荷忽闪着大眼睛："是说过，不过我不想靠他引见。另外也没想到就是你呀！"

石润生哈哈大笑。两个人又说了一会儿话，夏雨荷见门口站着人像是要汇报工作的，她就站了起来。

"你这么忙，我就不打扰了，那我先走了。"

石润生也站了起来："那好吧，等改日再聊。"

夏雨荷从石润生办公室一出来就漫不经心地朝楼下走，心里像打翻了五味瓶不是滋味，脸上也没有了往日愉快的笑容，取而代之的是无尽的烦恼，其间还隐隐地夹杂着一点儿喜悦。

走出县政府大院，她漫步在街上，萧瑟的秋风吹打着她的风衣，吹乱了她的头发，也吹乱了她的思绪。

就在昨天晚上，她在和哥哥夏雨轩说采访县长的事情时，还对哥哥说起自己认识的那个在县政府大院工作的小伙子，当时哥哥还笑着开玩笑说："到底是什么样的小伙子让你整天挂在嘴边上啊？哪天让我老同学给问问，看有没有对象。"

当时，她还笑着说自己怎么会喜欢一个在县城工作的人？可是，说这话的时候，脑海里分明出现了那个人的身影还有他英俊的面容。那时的她，明显感觉心里有一种悸动，莫名的悸动。

可是，自己万万没有想到，整天想要采访的县长竟然就是那个和自己吃了两次饭的人，尤其是在进他办公室的一刹那，她真的被震到了，心情马上复杂起来。

想着心事的夏雨荷就像心掉进寒风里一样，一会儿凉一会儿热，以比平时快一倍的速度跳个不停。她想起了那日和他一起跑进胡同，躲避坏人追赶的情景，也想起了在小饭馆吃饭被店主人说成是自己男友的事。那时的她倒没感觉怎么样，可现在回想起来，却觉得脸有些发烫。

自己到底是怎么了？她在心里暗暗地嘀咕一句。直到这时她才想起来，刚才自己竟然忘了说采访的事，好不容易见到了县长却没能采访，可是，还能有下一次见面吗？她不禁沮丧起来，但一想起哥哥昨晚开的玩笑，她目光中又充满了憧憬。

夏雨轩在家是老大，下边有两个妹妹都在省城上班，只有他自己在安农县城，原来是考虑得有一个人在父母身边，但几年前父母双双去世。大妹妹夏雨莲性格内向，在省城某机关工作，是公务员；而二妹夏雨荷从小就活泼好动，大学毕业后进了报社成为一名记者，这倒也符合她的性格。如今夏雨莲已经结婚成家，可家里这个小三儿夏雨荷整天在外面采访跑来跑去，一直没有交男朋友。夏雨轩常为她着急，但人家自己不急，他急也没用。最近一段时间她跑回县城说是要采访新来的县长，夏雨轩还说呢，县长是哥的高中同学，用不用帮你引见一下？夏雨荷却说不用，可是好几次她都没有见着县长，每次听夏雨荷说起这件事时，总会听她说起认识的那个在县政府大院上班的青年，夏雨轩就隐隐地觉得，这丫头有情况。

这不，晚上夏雨荷一进屋夏雨轩就觉得不对劲，往日里活蹦乱跳说个没完的人却突然没了动静，一进屋就钻进自己的房间，也不像平日里那样喊饿了。夏雨轩看着妹妹进了屋，他走到房间门口敲了一下。

"三儿，咋了？今天不饿还是在外面吃过了？是和你那个政府小职员一起吃的？"

夏雨轩叫了半天里边也没个动静，他试着推开门："我进来了啊！"

一进来，他就发现夏雨荷躺在床上望着天花板发呆，心事重重的样子。

"三儿，你这是咋了？来，跟哥说说。"

夏雨荷翻了个身，头冲着墙，把个后背让给了他。

"你到底是咋了？对了，今天不是去采访石县长吗，咋样？见着了？"夏雨轩又问。

"哎呀，哥，你就别问了。"她一副不耐烦的样子。

"到底是个什么情况？咋把我家大记者弄郁闷了？你等着，我问问石润生。"说着，夏雨轩就要打电话。

夏雨荷一骨碌从床上坐了起来："哥，你别打！我没事！"

夏雨轩一脸的疑惑，看着噘着嘴的妹妹，他又笑了："见着了？呵呵，我这老同学帅吧？对了，和你那个小职员比谁帅？"

"哎呀，哥——"夏雨荷又翻过身躺在了床上。

夏雨轩这回是彻底搞不懂了，不过，一看妹妹这个样子他就猜个八九不离十，心想，这丫头肯定心里起了波澜。

第三十四章　遭人暗算

就在夏雨荷内心生起波澜的时候，同样也在闹心的还有徐蔓苓。

自从县里的任命下来后，她就整天张罗着安农职业技术学院的建设工作。因为前期她负责组建农业专家库，与很多省内外专家建立起了良好的关系，这为职业技术学院整体教学水平的提升起到不小的帮助。

白天还好些，手头上繁杂的工作让她无暇去想别的事情，可一到了晚上，自己一个人在租住的房子里，面对冰冷的墙和孤单的灯，她就又想起了石润生。

自从那次石润生给她打了电话，说让她负责职业技术学院的工作后，两个人竟再没联系。她知道，润生哥实在是太忙了，哪有时间和自己联系呢？况且，人家又凭什么和你联系？你是他的谁？他又是你的谁？

因此，她越想越觉得闹心。她走到窗前，不由自主地朝前楼那扇窗户望去。可对面那扇窗户里并没有亮灯，看来，润生哥还没有回家，一定又是在单位忙呢。这些天已经有一阵子了，那扇窗总是很晚才亮灯。徐蔓苓望着对面漆黑的窗户呆呆地发愣，此时，她的心情就像那扇窗户一样黯然无光。虽然一轮明月已经挂在了天空，但那光亮太过遥远，远到她伸手无法触及，就像无法触及自己的梦想一样。

在原有职业高中的基础上组建职业技术学院，看似简单，实则困难重重。虽然徐蔓苓并不清楚石润生的心，但从这件事上看，她能够明白，润生哥是对自己寄予厚望的，也能够看出来他这样安排肯定是有别的深意。可是，她不明白的是，润生哥到底是因为王德贵王叔的关系呢还是因为别的？难道他已经知道了自己的身份？她前前后后想了一下，觉得润生哥并不知道自己是谁。可是，他为什么要这样安排呢？是求贤若渴？还是别的什么？

徐蔓苓从窗前踱回到床边坐下，又从头上摘下那枚发卡，噘着嘴拿在手里翻看着，脑海里又出现了当年带着那个流鼻涕的小子一起玩的情景，还有，分别时自己从头上摘下另一支发卡放在他手里时他的样子。脑海里出现的还有，那天在宾馆看见润生哥钱包里掉出的那个发卡。

傻小子留了这么多年？她不禁在心里暗暗自语。突然又觉得有一股热血自心底升腾起来，暖暖的流过心间。看来，他没有忘了自己，就像自己没有忘了他一样。

这时，门外的楼道里传来一个孩子叫爸爸的声音，应该是楼上的父子回来了。猛然间，徐蔓苓突然想起了父亲，她就像是受了委屈的小女孩儿一样，着急忙慌地拿起手机就拨了过去。

电话响了好半天，她才听见爸爸亲切的声音：

"丫头！这么晚了怎么想起给爸爸打电话了？让爸爸猜猜，是有心事吧？

哈哈哈！"

"哪有啊！爸——您还在北京开会吗？吃晚饭了没有？再忙也要吃饭！不要老让我操心！"

电话那头，徐怀明哈哈大笑："好好好，我听话还不行吗？对了，是谁没有吃晚饭吗？你吃了没有？"

"哎呀，爸——不理你了！我管他谁吃不吃晚饭的，饿他还饿我？"

"丫头啊，我听说你现在当院长了？不错嘛！有没有需要爸爸帮忙的？"

徐蔓苓想了半天，猛然想起了什么，就笑着说："爸，你不说我差点儿忘了，还真想请你帮个忙。你说，这职业技术学院培养出来的都是职业技术方面的人才，说白了都是技术工人，可是，他们将来只有毕业证书，要想上岗还得考什么资格证、职称证的，能不能和省人社厅说说在我们县设个职业资格认证点，这样培养出来的人才就可以直接上岗了。"

徐怀明没有回答女儿的话，却笑着说："丫头，啥时候成了你们县了？看来，我家丫头这是要扎根在县城喽！对了，你的狗剩儿哥怎么样？工作开展得还顺利吗？"

"那你问他去，我可不知道！爸，我刚才说的事你还没回答我呢，到底行不行啊？"徐蔓苓撒起娇来。

"我想想啊，你这是为了安农县的发展，不是为了自己，我看你的想法倒是不错，可以研究研究。"

"太好了！"徐蔓苓高兴得差点儿跳起来。

父女两个人又聊了一会儿就挂断了电话。徐蔓苓突然一下子高兴起来，刚才还阴郁的表情舒展开来，就像是得到了什么宝贝一样。

就在徐蔓苓和父亲通电话的时候，石润生正坐在办公室里看着材料。安农县强县富民发展战略已经开始实施了，干部也已经调整到位了，各条战线正在紧锣密鼓地推进工作，可眼下让他为之挠头的是，在城北原来的垃圾场上规划的湿地公园项目却遇到了阻力，而且是多方面的阻力。一方面，来自于征拆现场村民们的阻力，一些农户漫天要价，征收工作举步维艰；另一方面的阻力来自于上级党委和政府，岭东市有关领导一直不同意建这个湿地公园，说是劳民伤财，甚至个别主要领导公开说，你安农县财政这么穷，吃饭都困难，还建什么公园？而且还是在垃圾场上建，简直是天方夜谭！

为了求得各方面的支持，石润生不仅多次跑岭东市有关部门，和领导说，找部门谈，但大家都看着他笑，眼里写满了"不可能"。好在他给省委书记徐怀明打电话时说过这件事，徐书记表示非常支持，说是只有环境打造好了才能促进招商引资，谁说穷就不能往生态环境里投钱了？徐书记的话让石润生很是感动。但徐书记也对建设湿地公园这几个亿的资金表示担忧，省里除了水利专项资金可以支持一些外，再拿不出别的钱了。当时，石润生笑着对徐书记说，资金的事不用愁，我保证不花县财政一分钱。

有了徐书记的支持，石润生多多少少有了些底气，但安农县毕竟归岭东市管辖，没有岭东市有关领导的支持还是不行的。眼下，摆在面前的除了两大阻力外，还有一件更为重要的事，那就是如何找到战略投资者，借用社会资本建设湿地公园。

此时的他，坐在办公桌前思考着该先做哪件事，摆在面前的这三件事就像三座大山一样压着他，他感觉有些喘不过气来。求得上级的支持和认可的事还是慢慢来吧，急不得，或许时机成熟他们自然会理解和支持的。寻求资金的事还不是一朝一夕能解决的，也得慢慢来。那么，眼下最要紧的就是征收了，农民的事关乎民生，怠慢不得，而且不迅速完成征收工作将影响下一步开工建设。他决定，明天就去现场看看情况。当下，他给秦大军打了个电话，秦大军也还没有下班，听石润生说明天要去城北垃圾场，他就赶紧通知司机明天早上准备好车，并按照石润生的指示，连夜通知了有关部门的负责人。

安排完明天的工作，石润生伸了下胳膊，突然听到肚子咕噜噜地直叫，他这才一看手表，竟然已经夜里十点多了，而自己还没有吃晚饭呢。他就收拾一下朝楼下走去，打算到街边找个地方吃点东西再回家。

初冬的夜，是寒冷的夜。此时的街上行人已经很少了，街边几个小店虽还亮着灯，但里面吃饭的人也寥寥无几。这么晚了，在这样的小县城里，还有谁不回家在外面挨冻呢？

石润生走在街上，看见不远处有警灯一闪一闪地向这边移动过来，等近了他才看清，原来是一辆警用面包车正在执行夜巡任务。他看着车里坐着的三名干警，暗想，这于得水的执行力还不错，有了警车巡夜，居民们的安全就有了保障，安居才能乐业呀！看来，这件事做对了。

他穿过一条街，走进小胡同，正打算去那家"饭米粒"餐馆呢，这时，就见前面有几个人影晃动，接着还听见有说话声传来：

"你们干什么？再动手动脚我可要报警了啊！"

石润生一听，顿时一激灵，难道有劫匪？他二话不说就朝前面跑了过去，并高喊："住手！"

那几个人一听，跑得比兔子还快，等他跑到跟前，人已经跑远了，只有个姑娘低着头在抽泣。

"姑娘，他们欺负你了？有没有受伤？"

那姑娘抬起头，惊恐万状地往旁边躲了躲，怯怯地问了一句："你……你是什么人？"

"姑娘，不要怕，你家住哪里？"石润生问道。

姑娘抬起头来看了他一眼，石润生没有看清她的脸，但从轮廓上看女子很年轻。

姑娘犹豫了一下用低低的声音道："我不是本县的，是来……打工的……"

"哦，那你在县城有亲戚吗？"

姑娘摇了摇头。

石润生思索着该如何处理这件事，姑娘是外地人，这里又没有亲戚，这大晚上的该如何是好呢？总不能不管吧。他一想，干脆把姑娘先暂时安顿到县宾馆吧，只有这样了。

"姑娘，你看这样行不行？我帮你联系一下住的地方，然后……"

还没等石润生说完呢，姑娘手捂着肚子就蹲了下去，还一个劲儿地哎哟。

"你怎么了？是受伤了？"石润生要上前扶住她，手停在了半空却又不敢往前伸了。

"我……"姑娘刚说了一个字就没了声音，身体像树叶一样朝一边倒了下去。

石润生一把就拉住了她的胳膊，连声喊着，可那姑娘却没了动静。看来，不是受伤了就是饿的。

抱着姑娘，石润生头上的汗都下来了。怎么办？抱着她送到县宾馆？不太可能，路有些远。而自己家就在前面，近倒是近，只是自己抱个姑娘回家被人看见成何体统？但看样子已经不容自己考虑太多了，救人要紧。他就弯腰抱起姑娘朝自己家走去。

他好不容易把姑娘抱上楼，打开房门，开了灯，又把姑娘抱进屋里放在沙发上，然后就上气不接下气地喘了起来。这时，他才发现，闭着眼睛的姑娘长得眉清目秀，衣服很单薄，再往下看时他不敢看了，姑娘的衣服敞开着，露出里面的胸衣。他想了想，掏出手机翻找起来，可等他找出"徐蔓苓"的电话时却又停住了，这个时候找她让她来是不是有些欠妥？可是，自己一个人在屋也说不清楚啊，怎么办呢？

这时，姑娘哼了一声，他赶紧看了一下，又过去倒了一杯水，正想把姑娘扶起来喂一口水呢，忽然，就听传来一阵急促的敲门声。他一怔，这个时间了来的人会是谁呢？而且，也没几个人知道自己的住处啊？

等他过去打开门一看，他差一点儿乐出声来。原来，门口站着的竟是徐蔓苓！

那么，徐蔓苓怎么突然来了呢？原来，她每隔一会儿就到窗前往前楼看看，看润生哥回来没有，刚才她往楼下看的时候，发现石润生抱着个人进了楼里，而且，等他房间的灯打开后，隔着窗户她看见，那竟是个姑娘。她一想，石润生该不会乱来吧？即便是乱来也不会把人抱进去呀，而且，从情形上看那姑娘像是处于昏迷状态。肯定是润生哥回家路上救了什么人！这个念头在头脑里一闪，她就二话不说穿上衣服跑了过来。她想，如果自己不去，那润生哥就是浑身是嘴也说不清楚，万一要是给什么别有用心的人留下把柄就坏了，现在这个当口，润生哥可不能出任何事，特别是发展战略刚刚实施，那么多反对的人盯着他呢，不知有多少人在等着看笑话呢。

徐蔓苓想的没有错。自从石润生到安农县以来，表面上是风平浪静，可背地里却是暗流涌动，特别是实施发展战略和干部调整以来，个别被触动了利益的人已经在悄悄行动了。

石润生一看敲门的是徐蔓苓，他大喜过望。

"你来得太及时了，真是及时雨！快进来！"

徐蔓苓瞪了他一眼，迈步边往里走边小声说："是不是打扰了你的好事？"

石润生关好门，在后面尴尬着不知该说什么。

徐蔓苓走到沙发旁看了一眼那姑娘，回身对石润生小声说："长得不错呀，对了，刚才你没瞎看人家吧？"说着，她把那姑娘的衣服往一起拽了拽，挡住了前胸。

"哪……哪敢啊！"石润生一时结巴起来。

徐蔓苓把姑娘扶起来，拿过桌上的水，边喂她喝水，边说："还说没看，不是抱着进来的吗？难道是闭着眼睛？"

石润生咧了一下嘴，突然想起什么，说道："对了，蔓苓，你吃饭了没有？我去弄点儿吃的！"说着就要去厨房。

徐蔓苓把姑娘轻轻放下，又把自己的衣服脱下来盖在姑娘身上，然后挽了挽袖子，也进了厨房。她熟练地到橱柜里找出一袋挂面，又从冰箱里拿出两个鸡蛋，看了一眼不知所措的石润生，说道："你先烧水吧，这个应该会呀？"

"哦，会会！"石润生答应着就开始烧水。

"行了，你去歇着吧，大县长！这哪是你干的活？"徐蔓苓边说边往外推他。

石润生退了一步，回身看了一眼沙发上的姑娘，支吾起来："我还是……在这儿吧……"

徐蔓苓顺着他的目光也看了一眼姑娘，笑了起来。

"那行，就在这儿看我做面条吧！时间有些晚了，要不然给你做点儿好吃的，整天就知道对付，身体怎么受得了？"

此时，厨房里的画面很是温馨：石润生挽着袖子站在门旁，徐蔓苓扎着围裙趁烧水的间隙搅着鸡蛋，锅里水的响声伴着搅蛋的筷子声，还有她轻轻地哼着什么歌的声音，浓浓的家庭氛围温馨而甜蜜。

可能是感觉身后有人看，再加上听不到石润生的声音，徐蔓苓转过身来，四目相对，石润生赶紧躲闪着目光，而她却呵呵地笑了起来，笑得石润生转身想走，一抬头却又看见了躺在沙发上的那姑娘，他又转了回来，弄得甚是尴尬。他这个在众人面前讲话从容的县长，此时却像个孩子。

徐蔓苓麻利地煮着面条，然后又开始做鸡蛋卤，很快，香喷喷的面条和卤子就做好了，看着桌上的面条，石润生觉得眼睛一热，一股暖流直接流淌进了心底。

可是，就在两个人坐下来准备吃饭时，突然，传来一阵紧似一阵的敲门声，还伴随着很大的叫门声：

"开门开门！"

石润生几乎和徐蔓苓同时一愣，两个人互相看了一眼，目光中都生出疑问：该会是谁呢？敲门就算了，深更半夜的还这么不礼貌。

石润生放下筷子过去把门打开，可他刚拉开一条缝，门却被推开了，他差一点儿就被冲进来的人撞倒。再一看，冲进来的是两名身穿警服的人，为首的人还打着手电筒，直接就照在了石润生的脸上，晃得他不得不用手遮挡。

"你们是干什么的？"他一边躲着手电筒，一边严厉地问了一句。

为首的那名干警看了他一眼，把手电筒关掉，冷笑两声说道："哼！干什么的？你说干什么的？"说着，他低头看了一眼自己穿的警服，接着又说，"有人报警，你涉嫌嫖娼，跟我们走一趟吧！"

石润生一听就愣了，这都哪儿跟哪儿呀！可他刚想说话，这时，就见原本躺在沙发上的姑娘突然站了起来，冲到那名干警身后，像是受惊的小鸟一样说道："警……警察叔叔，就是他！"

石润生一看她用手指着自己，不禁眉头一皱，不知是怎么回事。

那名干警一听，二话不说，掏出一副手铐就要铐他。这时，就听屋里有人大声说道："干什么呀？你们这是私闯民宅！"

说话的是徐蔓苓。就见她手里拿着把菜刀，怒目而视，径直走过来挡在了石润生身前。

那名干警看了徐蔓苓一眼："你又是什么人？"

徐蔓苓不紧不慢地说："你们跑到我家来还问我是什么人？你们是什么人？把证件拿出来我看看？我……我是这家的女主人！"说着，她看了一眼石润生。

石润生顿时愣了一下，心说，这丫头，咋啥都说呢。继而，他笑着解释道："两位同志，你们可能误会了，刚才在回来的路上看见有人在欺负这位小姑娘……"

那名干警拦过话来问道："你是说有人劫道？那人呢？"

"人啊，跑了。"石润生坦然地答道。

那名干警又回过头来看了一眼小姑娘，那姑娘怯怯地说："天太黑了，我也搞不清楚到底是谁，反正我醒来就发现自己在这儿了……"说着，她低下了头，并不敢看石润生的眼睛。

"到底怎么回事等回到所里再说！走吧，都带走！"那名干警说着就一挥手。

徐蔓苓一晃手里的菜刀："谁敢！"那架势像是要拼命。

石润生笑了笑，一边拦着徐蔓苓，一边掏出手机打着电话。

"是我！你手下有两个人在我家呢，是我跟他们去派出所还是怎么着？"他语气非常严厉，明显是强忍着。

两名干警不知道电话那头是谁，都默不作声。

石润生从耳边拿下手机递给了为首那位："接一下吧！"

"接什么接呀？还想找人？你就是找县长也不行！"那名干警说着就要上前推搡石润生。

这时，就听手机里传出很大的声音："到底是哪个小兔崽子？还不接电话？"

后面站着的那名干警犹豫了一下接过手机，就听里面有人大声道："我是于得水！"

"局……局长！"他顿时结巴起来。

于得水在电话里大声喊道："哪个所的这么不长眼？都给我滚犊子！"

他还没等答话呢，为首那位抢过了电话，笑着说："于局，我是城东所的小陈呀，我们接到报警，这才……"

"滚犊子！痛快地！净给我上眼药！"听口气，于得水已经气得不行了。

接电话的干警咧着嘴耳朵躲闪着手机，听见电话那头没了动静，他这才把手机交还给石润生，然后尴尬着咳嗽一声说道："那……就这么着！不过，这姑娘……"

还没等石润生答话呢，徐蔓苓没好气地说："她被人劫了，你们带走调查吧！别留在这儿害人！"

那姑娘一听，脸红着低下了头。

石润生没有说什么，对于徐蔓苓的决定他也是同意的，让警察把姑娘带到派出所去是对的，要不然在这儿算怎么回事？

等那两名干警带着姑娘一走，徐蔓苓气呼呼地一屁股坐在沙发上，看着石润生关好门转过身，她瞪了一眼，自语道："好心没有好报吧？要不是看我来了，那姑娘说不定会脱光衣服呢！小小年纪就学会害人了！"

石润生尴尬地重新坐到餐桌前，看了一眼徐蔓苓，说道："吃面吧，都凉了。"

"你心可真大，还吃得下？"说着，她抢过石润生手里那碗面，到厨房用热水冲了一下。

石润生望着她的背影，想起了刚才她说的话，心想，她到底是谁呢？

第三十五章　谁是幕后黑手

第二天一大早，在县政府三楼县长办公室门前就站着一个人，他时而往窗外望一下，时而踱来踱去，像是心神不宁的样子。

此人不是别人，正是县公安局局长于得水。昨天晚上他一接到石润生的电话就吓得一哆嗦，再一听竟然有派出所的小民警跑到他家里去了，而且还是什么抓嫖？他当时头上的汗就下来了，这还了得？所以他向那名小民警吩咐完就穿上衣服出了家门。他意识到，这里面肯定有文章，石县长怎么可能做这样的事呢？这件事自己要是处理不好不仅说明你这个公安局长无能，更说明县里的治安有问题。不过，他也纳闷了，到底是什么人这么大胆呢？竟敢报假警害县长？

半路上，他把城东派出所的所长一个电话也叫出来了，然后他想了一下，还是给接替李坤的主管治安的副局长曲利群打了个电话，让他也过来。查案子还得曲利群，毕竟他还兼着刑警队队长嘛。

曲利群和城东派出所所长一接到于得水的电话也不知道是啥事呀，于得水在电话里没说，只是让他们赶紧到派出所来。不过，听电话里于得水的声音都有些变了，像是很着急也像是很生气的样子。看来，一定是出事了。当下，曲利群他们就赶紧往派出所赶，等到派出所的时候，发现于得水竟已经先到了，正坐在那铁青着脸生气呢，旁边站着的两个民警都低着头，大气都不敢出。

见派出所所长来了，于得水没好气地说："你的兵你管吧！这娄子可给我捅大了！"

这位所长一听，没明白于得水说的是什么意思，就笑呵呵地看着他问了一句："于局，啥事这大半夜的还惊动了您啊？有啥事吩咐就行了。"

"啥事？大事！你问问他们吧！"于得水说着摸了摸衣兜。

已经在一旁悄悄坐下的曲利群把自己的烟掏出来递了过去，于得水看了他一眼，拿出一支来点着了就开始一口接一口地吸着。

"说说！咋回事？"所长冲那两名干警吼了起来。

"我说你不能小点儿声？要吓死个人啊！"于得水瞪了他一眼。

所长这才压低了声音又问。两名干警你看看我，我看看你的，这才把去石润生家抓嫖的事说了一遍。所长和曲利群一听都惊呆了。

曲利群"腾"地一下子站了起来："你说什么？有人报警？你上县长家去抓……抓什么？有没搞错！这分明就是有人报假警嘛！"

那名在石润生家吆五喝六的民警支吾着："我……我们也不知道那是县长家啊……再说，也确实有个姑娘在他家嘛……"

"你说什么？真有个姑娘？"曲利群又瞪大了眼睛。

"是……不是一个姑娘，是两个。"那名警察又挤出一句来。

另一个接过话说道："你咋瞎说呢，人家那位是女主人！"

"县长咋说的？"于得水把手里的烟屁股往烟缸里使劲儿一戳问道。

"县长……说是回家路上在胡同里救的，有几个坏人跑掉了。"那名民警答道。

于得水和曲利群对视一眼，于得水说道："利群呀，这件事非同小可，你得亲自出马了，派出所的力量肯定是不行的。"

"放心吧于局。奶奶的，还反了天了？"曲利群很是生气的样子。

于得水想了一下，凑近了低声对曲利群说："此事不宜弄得动静太大，要暗中进行，一有结果马上通知我。我怕这里面有文章，背后可别是哪个大人物啊！"

　　曲利群听了不住地点头。于得水走后，曲利群连夜对那个姑娘开始了讯问，并调看了街上的监控探头录像，又顺着那个报警电话就开始了认真而又秘密地侦查。

　　对于公安的侦查手段，现在可与以前大不相同了。现在是信息化时代，实施的天网工程可不是摆设，再加上什么手机跟踪系统，要查个人还不容易？曲利群他们折腾了一宿，还别说，那个打电话报案的人还真给找着了。等把那人弄到派出所连夜一审，可把曲利群吓了一跳，他不敢怠慢，赶紧给于得水打了电话汇报了审问情况。于得水听完汇报也吃惊不小，他一面告诉曲利群不要声张，一面思考着该如何向石县长汇报。

　　所以，一大早他就跑到了县政府，打算向县长汇报一下具体情况。

　　对于昨天晚上发生的事，石润生别看在徐蔓苓面前表现得像没事似的，可等徐蔓苓收拾完碗筷一走，他可就坐不住了，他万万没想到，自己明明是好心救了人，却被反咬一口，多亏了徐蔓苓的及时出现，要不然还真不好办呢。想想自己到安农县任职以来，虽说自己现在是一把手，但每每落实工作都会有来自各方面的阻力，但好在都一一化解了。除了工作阻力外，在自己身上还从没有发生过这样的事，他想想就后怕，作为一名领导干部，工作也好，改革也罢，什么样的阻力他都不怕，但最怕的还是传言，尤其是关于女人的传言。可是，自己救的那个姑娘到底是什么人呢？是真的吓糊涂了还是有别的目的呢？他分析来分析去，觉得自己是中了别人的圈套，看来，以后自己更得小心了。和徐蔓苓也要少接触了，要不然说不清楚。

　　他一宿都没睡好觉，倒不是因为那件事，他知道，于得水一定会处理好的。他之所以睡不着觉，还是因为改革的事。眼下，强县富民发展战略已经开始实施了，机构和干部也进行了初步调整，接下来是该着实性地往前推进了。可是，虽说全县范围内都已经动了起来，可他时常会有种不安的感觉，到底是什么又说不清楚，只是觉得没那么顺利的事。而昨天晚上的事恐怕就说明了这一点，看来，有人已经在背后蠢蠢欲动了。

那么，幕后黑手到底是谁呢？

直到早晨上班的时候，石润生还是没有搞明白，看来，得找于得水问问了，也不知道他们昨天晚上是怎么处理的。

他正想着呢，一上楼就看见走廊的窗口站着一个人，正是于得水。一看见他，石润生就明白了几分，看来他们一定是出结果了。

听到了脚步声，于得水回头一看，赶紧笑着迎了上来。

"石……石县长，您早啊！"

于得水之所以这样唯唯诺诺，主要是因为昨晚的事，自己的手下竟然到县长家去抓嫖，虽说事出有因，但也说明自己的工作不到位。再加上近段时间以来县里各大班子纷纷调整，唯独他这个公安局局长没有动，他工作起来能不小心吗？

石润生看了他一眼，说："你不是比我更早？来吧，进屋说！"

于得水跟着进了办公室。石润生放下手里的公文包，一边找杯子准备倒水，一边问："得水呀，最近我看你们的警务巡逻搞得不错，怎么样？还有什么困难没有？"

此时，在石润生的办公桌上，早有工作人员给烧好了水泡上了茶，他倒了一杯递给于得水。可于得水接过杯子竟不知该从何说起了。他原以为石县长会问昨晚的事，可没想到县长说的却是自己最近做的这件还算小有成绩的事，他一下子眼睛就湿润了。看来，不怕领导不知道，就怕你不做事呀！

"哦，谢谢县长，我们做得还不够！困难嘛……没有困难！"

石润生微笑着示意他坐下说。于得水在沙发边上欠着身子坐了下来，看一眼石润生，又低头喝水。他没有想好，此时县长不问昨晚的事，自己该不该先说呢？多年的机关工作经历使他明白了一个道理，那就是凡事要少说话，尤其是涉及领导个人的事，领导不问自然有领导的想法，但一旦领导问了，那就要据实汇报。

石润生坐在办公桌后面翻看着报纸，边翻边把报纸移开一点儿观察着于得水。心说，好你个于得水呀，我不问你就给我装糊涂是吧？

两个人就这样坐了一会儿，办公室里传出来的一个是翻报纸声，一个是喝水声，两个人竟像没事似的互不干扰。

过了好一会儿，于得水有些沉不住气了，他欠了欠身子，放下手里的杯子，迟疑了一下说道："石……石县长，那什么……调查清楚了！"

"嗯？什么调查清楚了？昨晚的事？"石润生微笑着放下报纸。

于得水就把昨晚连夜调查的事说了一遍，临了，他小声说："县长，报假警的人口供出来了，是这么回事……"说着，他回头回脑地往门口看了一眼，然后站起来走到桌前。

石润生一直看着他，也不插话。就听于得水小声道："县长，是有人故意陷害您！指使的人是……"说着，他又回头看了一眼。

石润生眉头一皱："注意形象！你是公安局局长！还有你公安局局长怕的人吗？尽管说！"

于得水愣了一下，也觉得自己的举动过于小心了，这是县长的办公室，难道还会有人窃听吗？他脸红了一下，但还是没有说出口，而是凑近了在石润生耳边低语起来。

石润生听他说完脸色为之一变："不会吧？你都调查清楚了？"

"千真万确！"

石润生站了起来，在屋里走来走去，他在窗前停住了，往楼下看去。此时的县政府大院里，上班的人们三三两两，有人还不时地打着招呼。太阳刚刚升起，照得院墙边上挂着黄叶的树木金灿灿的。全新的一天开始了。

他转过身，看了一眼于得水，说道："此事不要声张，更不要追究！还有谁知道这件事？"

"没谁！就曲利群和城东派出所的所长。"于得水答道。

石润生又嘱咐道："那个报假警的人和那女孩子都放了吧，就当这事没发生过。明白吗？"

"明白！你放心吧，县长！"

于得水走后，石润生站在窗前望着县政府大院陷入了良久的沉思。

这时，秦大军过来说车已经在楼下等着了，相关部门的负责人也都到齐了。石润生就一挥手，下楼准备去城北垃圾场。

三台吉普车出了县政府大院直奔城北。车上，秦大军简单向石润生汇报了一下今天跟着的相关部门情况，并告诉他，负责此次征收任务的县征收办主任已经等在那里了,由于怕群众围观闹事,他在距离征收现场几公里的地方路边等着呢。石润生说好,去看看情况。过了一会儿,他又问秦大军,怎么没看见齐福仁?

秦大军犹豫了一下说:"齐书记早上来电话说肚子疼就不参加了,特意让担任中区指挥部副总指挥的建委主任跟着了。"

石润生听完没言语。

位于县城北郊的垃圾填埋场是县城所有生活垃圾的处理地。其实说是处理地,不过就是把垃圾送到这里,然后再用土埋上而已,虽说这样不至于让垃圾暴露在外面,但总有一些拾荒的在这里捡可回收的垃圾去卖,久而久之,这里是一片狼藉,晴天纸片子、垃圾袋满天飞,雨天却又成了涝洼塘,别说人了,连车都进不去。冬天还好些,可一到了夏天这里却是臭气熏天。天长日久,垃圾水渗透到了地下,这一带居民吃水就成了困难,都要到很远的村屯去用车拉水吃,群众无不怨声载道。而附近搞养殖的农户就更惨了,撒下去的鱼苗死了一茬又一茬,即使勉强活过来的,到了秋天从鱼塘里打出来也没人要,原因是鱼身上全是垃圾味。

之所以要把这一区域改造成湿地公园,石润生是这么考虑的,这一区域原本就是那种涝洼地,平时附近的村民也没人在这里种庄稼,原因是一到了夏天,大大小小的水泡子就灌满了水,雨水再一大,进而形成了一片天然湖泊。别看这附近养鱼不行,但水草却是长得茂盛。从土壤学的角度讲,这一区域本来就是天然湿地群落。所谓的改造,其实不过是要恢复它的本来面目。

另一方面,也是为了改善生态环境,给居民创造一个天蓝、水清、草绿的生存空间。再加上,这一区域距离省城较近,将来可以发展旅游业,进而带动区域经济发展,提高居民收入。

可是,石润生有一点非常纳闷,居民们不是吵着喊着要改善环境吗,怎么又不配合征收呢?

为了依法合规地做好这一区域的地上物征收工作,石润生特意要求有关部门严格按照法定程序组织征收和补偿,并责成建委已经在开发区临近县城的区域开始进行回迁住宅建设了,而这个回迁小区正是紧挨着大良开发公司开发的那个高档小区。对于被征收农民来说,不仅进了城,而且再也不用晴天一身灰雨天一身泥地生活在垃圾场了，这何乐而不为呢？可村民们是怎么了？

他越想越觉得不太可能，有谁不想早日离开那个地方呢？又有谁不想进城呢？

这里面有问题！石润生这样想。

这时，吉普车开始剧烈地晃动起来，石润生往窗外看去，就见前面全是坑坑洼洼的，哪里有路的模样啊！路边的行道树整个下半部分都是灰突突的，还有不少已经枯死了；路边偶有几个养鱼塘，水浑浊不清，塘边随处可见大大小小的死鱼，有的已经被晒成了鱼干；再看路边的民房，窗户上都蒙着塑料薄膜，而薄膜上是厚厚的一层灰；几个村民或推着自行车或步行，但都戴着口罩，妇女则更是裹得严严实实，仅露一双眼睛，见有车经过，都停下来眼睛盯着车里的人，那目光中全是愤怒。

这时，就见前面路边停了几辆车，见这边过来车了，有人从车上下来了。

秦大军说，前面等的就是负责征收工作的同志。石润生让车停在路边。

随着三台吉普车停下，掀起一阵灰尘，呛得行人迅速躲避着。等灰尘散去，石润生下了车。这时，几个人从前面路边走了过来，石润生一看，走在前面的是刘喜武。

简单寒暄过后，刘喜武就向石润生汇报了征收的难点和问题。原来，这一区域大部分都已经征收完毕，只是有一户说啥都不签征收协议，说是要不按照他的要求给补偿绝不搬迁。而他这么一闹，其他村民也不干了，都拒绝签协议，说是再等等，其实就是在观望。

石润生皱着眉问那户到底要什么条件。

刘喜武告诉他，按照法定程序，经过评估公司评估，他家的房屋加上鱼塘、承包田等加在一起也就三十多万，可他非要一百多万，说是少一分也不行。

石润生听完一摆手，说去他家看看。众人又都上了车，直奔征收现场。

可他们的车还没等到地方呢，就看见前面围了好多人，还有一声高过一声的喊叫声：

"打死人啦！快来人啊！"

第三十六章　钉子户与网络风波

二〇一一年一月二十一日，国务院颁布实施了《国有土地上房屋征收与补偿条例》。俗称"新拆迁条例"。"新拆迁条例"明确规定，县级人民政府确需由政府组织实施的水利等基础设施建设需要，可做出房屋征收决定。"新拆迁条例"还规定，"房屋征收范围确定后，不得在房屋征收范围内实施新建、扩建、改建房屋和改变房屋用途等不当增加补偿费用的行为；违反规定实施的，不予补偿。""钉子户"是指难处理的单位或个人，多指由于某种原因在征用的土上不肯迁走的住户或单位。

然而，和其他地方的征收工作一样，总会遇到个别妄图要高价而阻挠征收的人，人们私下里称这种人为"钉子户"。而《现代汉语词典》中"钉子户"是指难处理的单位或个人，多指由于某种原因在征用的土地上不肯迁走的住户或单位。

而此时石润生他们所要面对的就是"钉子户"，且是一个正在闹事的"钉子户"。

当他们顺着喊声走过去时，就见人群里站着个人，看去个子不高，剪了个小平头，就是那种俗称的"炮子头"，头顶上留着一圈"板寸"，四周剪了个精光。再往身上看，此时尚未落雪，天也不算太冷，但那人却穿了件"黑貂"，下身是件红色的灯芯绒裤子，脚上是双白色的平底皮鞋。咋看咋不像个农民。

此时，那人嘴里叼着烟，手里拎了个绿色的啤酒瓶子，正在对几名执法队员喊呢："你们要打我是咋的？告诉你们！要敢打我你们可就是执法犯法！都给我消停点儿！"

站在石润生身后的曲利群一看就来了气，他迈步就要往前去，却被石润生给拦住了，他的意思是再观察观察。

曲利群只好退了回来。于得水因为临时有别的事，他没有跟着来，就派了曲利群。

这时，刘喜武叫过一个人来，一问才知道，原来刚才这个人手里拎着个瓶子，扬言瓶子里灌满了汽油，谁要是敢动他家房子他就拼命。执法队员怕出啥事，就上前打算把瓶子抢下来，结果那人叫喊说是打人了。

石润生听完问了一句："他是这儿的农民？"

刘喜武介绍说，这个人根本就不是当地的农民，而是最近才买了这处房子，而且还神通广大地更了名、办了产权证，甚至连围绕正房周围那些新建的房子都有证。

石润生听完直皱眉头，他问刘喜武："他这是抢建的？征收公告不是早就发出去了吗，你们怎么能允许他抢建呢？"

刘喜武咧了下嘴："县长，我们可是派执法队员整天严看死守啊，就怕有抢建的，可他家的房子就一宿工夫盖起来了，你看看，那能算是房子吗？脚一踹就要倒了！"

石润生顺着他手指的方向看去，这才发现，房顶上竟还站着一个人呢！确切地说，是个老头，正蹲在房顶上抽着旱烟袋呢！

"那人是干什么的？"

刘喜武问过身旁的执法队员，汇报说，那个人既不是这儿的农民，也不是底下站着那个人的父亲，至于到底是干什么的还真不知道。

刚说到这儿，旁边站着的一个看热闹的村民笑着说："那是雇的！"

石润生一听，这都什么乱七八糟的，也太不把政府放眼里了，竟然还敢雇人抗拒征收？

此时，那个人还在人群当中叫嚣着呢，而周围的人越聚越多。石润生一看，这样不行，万一发生什么事就不好办了。他思索了一下，就部署起来。指示由开发区行政执法局出面，先把那个人控制住，并把房上那位"请"下来。然后，由县纪委、法院、检察院共同组成联合调查组，彻查此事，发现问题绝不姑息！但他告诉刘喜武，万不可强拆，待调查清楚再拆不迟，并做好影像资料的留存工作。

部署完，石润生又问还有哪些拆迁障碍，刘喜武说还有一家企业，是养鸡的，也是要高价。石润生指示由联合调查组一并负责调查，并让曲利群回头把公安局经侦大队也参与进来。

部署完工作石润生就打算先回县城，可一行人还没等走呢，就听人群那边传来一声巨响，接着就是人们的惊呼声。

他们回头一看，就见一个穿着制服的执法队员站在那些新建的房子边上，手指着那个小平头正说呢，而在他旁边是一截倒塌了的院墙。

"我说你装什么装？你盖的这是房子？"说完照着那面新砖墙就是一脚，再一看，那面墙晃了两晃就朝里面倒塌了下去。

小平头一看顿时就是一愣，接着，他把烟一扔："你敢破坏我家财物！你得赔！"

那名执法队员手一指："你不是不同意拆迁吗，好啊，来来来！你进去住去！我们不拆了！"接着他又冲后面一挥手，"你们几个过来！给他整屋里去！让他住！"说完，后面跑过几名执法队员来。

小平头一看情况不妙，猫着个腰往后躲闪着。几名执法队员过来抓住了他的胳膊，有人把他手里的瓶子抢了下来，然后，他们拉着小平头朝那个新盖的红砖房子走过去。

小平头往后倚靠着身子，说话都不利索了："我我我……我不住！你们这是要整死我呀！杀人啦！"

刘喜武刚想说什么，可一看石润生面带微笑，他也就没言语。

这时，那名执法队员又手一指房顶上："我说你！他给你多少钱你这么替他卖命！你不是想在上面待着吗？好啊，你就待着吧，今天你下来还不行呢！你饿了我们给你送饭，渴了我们给你水！你就总也别下来了！还没人了呢！"

再看那老汉，眨巴半天眼睛，支吾着："我我……不下就不下！反正有吃有喝的！"

人群中不知是谁笑着喊了一句："那你大小便咋整啊？哈哈哈！"

老汉愣了一下，不言语了。

石润生忍着笑问刘喜武，那名执法队员是谁。刘喜武告诉他，是开发区行政执法局新任的局长。

石润生没说什么，指示刘喜武要管好手下，不能出啥事。然后就带着人上了车，打算回县城。

随着人群逐渐散去，再看房顶那老汉，冲下面喊着："喂！给弄个梯子啊！我咋下去呀怪冷的！"

在回县城的路上，石润生让秦大军通知规划局和中区指挥部的有关人员开会，听取湿地公园设计方案的汇报。

通过公开招标，安农县湿地公园设计方案共有三家单位参与投标设计，除了省里一家设计院外，另外两家分别是是北京和上海的专业设计团队。整个设计方案汇报会开了一下午，最后石润生决定，规划局马上组织召开专家评审会，确定一家单位为中标单位，并继续进行设计方案的深化设计。

等石润生回到办公室时已经快到下班时间了，他坐在桌前喝着水，打算看一下网上最近中央和省市的有关会议精神。可他刚打开新闻网页，却发现一条新闻标题竟然是：安农不安分，穷县穷折腾。

等他点开网页再看时，上面说的竟然就是关于在垃圾场建湿地公园的事，而且后面还了政府强行拆迁、影响当地企业生产和农民种地的事。等翻到正文下方再一看那些评论，石润生没气死！

就见跟帖的说啥的都有，说什么作为一个穷县这是穷折腾，什么劳民伤财等等。而这些并不是石润生最生气的，关键是下面有一条，不仅有文字，竟然还有照片！

就见照片上正是他和一个女的在逛农贸市场的画面，而且女的还抱着他的胳膊，可是女的脸被遮上了，看不清是谁。但他清楚，那不正是徐蔓苓嘛！再看文字，上面写着：看安农县长不问政事，身边美女如云流连。

石润生看到这儿"啪"的一声拍案而起！但随即他又缓缓地坐了下来。他想起来了，那正是和徐蔓苓去市场买东西的情景啊，毕竟发帖人没有胡编乱造，这是事实啊！怎么办？他想了半天，拿起电话就打给了宣传部。

"让你们姜部长马上到我办公室！"

接电话的是个女同志，一听石润生在电话里语气不对，那名干部吞吞吐吐地说姜部长下午就去省委宣传部了，因为走的急，再加上县长在开会就没有打招呼。

石润生听完有些明白了，他估计姜然一定是发现了网上的事，去省委宣传部协调去了。

面对这突然发生的事情,他坐在那儿进行了认真的思考。如果说这是有人别有用心,但利用垃圾场改造湿地公园却是事实,自己与徐蔓苓到市场买东西也是事实。想想自己虽说没有什么不可告人的事,可这件事会不会对徐蔓苓有什么影响呢?人家可是无辜的呀!

想着这些事,他又刷新了一下评论,突然,他发现上面又多了一些跟帖,就见帖子上写道:

"哇,县长好帅气呀!"

"男神!县长是男神!"

"旁边那女的是谁?好有福气呀!"

石润生这个气呀,这些个跟帖的真不怕事儿大,这不是瞎起哄嘛!

正在这时,放在桌上的手机响了,他拿起来一看,来电话的是徐蔓苓。他犹豫了一下,心想,肯定是与网上这条消息有关。

等接起来一听,电话里徐蔓苓说道:"润生哥……哦,石县长,现在说话方便吗?"

石润生咧了下嘴:"方便,你说吧。"他心里直打鼓,也不知徐蔓苓会怎么说。

可没想到徐蔓苓说晚上想见个面,说是有重要的事要说。

放下手机,他就狐疑起来,她为什么非得见面说呢?

正疑惑间,却传来了敲门声,等喊进来一看,却是气喘吁吁的姜然。

石润生看着进来的姜然还没等说话呢,姜然却到桌前往那一站,喘了一口气后竟拿起桌上他刚喝过的那半杯水一股脑儿地喝了下去。

喝完了水,姜然看了一眼一脸疑惑的石润生,说道:"渴死我了……石县长,你下午开会就没打扰你……我去省里了……"

说话间,她一眼看见左侧边柜上的电脑屏幕,指着道:"你都看见了?"

石润生也不答话,还是看着她。其实他也不是不答话,关键是插不上话。

就听姜然又接着说:"我和省委宣传部说了,他们让有关方面马上撤稿!也不知是谁瞎整,胡编乱造!那图片PS得跟真的似的!"

说完,她笑呵呵地看着石润生。可能是走得急的缘故吧,她脸上泛着红,发梢还有些湿。

石润生不敢看她的眼睛，把目光移到桌面上，淡淡地说了一句："不是PS的。"

他这轻描淡写的一句话不要紧，再看姜然，顿时瞪大了眼睛："什么？县长你说什么？那女的是谁？"可刚一问完她又觉得语气似有不妥，就又缓和了一下道，"哦……真的呀……"

石润生想了一下又说："现在撤恐怕也晚了，说不定明天上边就会来人调查的！"

刚说到这儿，姜然的手机响了，她接起来就听里面说："姜部长，你看看网上吧，又出来一条新闻！"

"什么？又有一条？是关于什么的……啊？上房？什么上房？"

石润生一听，心里咯噔一下子，他赶紧又刷新了一下网页，就见上面又多了一条消息："政府野蛮拆迁，老农无奈上房。"

等点开网页再看，里面没什么文字，竟全是图片，图片中，一群人围着一处房子，房顶上蹲着个老汉，房子下面一个穿着制服的执法队员正指着那老汉。这不正是自己上午去的那个地方吗！再往下看，石润生惊异地发现，有一张照片里是自己和其他人正向一个方向望着……

不知什么时候已经站到他身后的姜然脸都白了。

石润生一想，这件事情非常严重，网上有些不明真相的人跟着这么一起哄，网络发酵的后果不堪设想。他决定，连夜召开会议商讨对策。

在和秦大军部署晚上的专题会议时，秦大军问都需要哪些人参加。石润生本来是打算就宣传部门和征收部门再加上开发区参加就行了，但他听秦大军这么一问，马上又想起一个人来，就告诉秦大军，让齐福仁也参加。

秦大军出去后，石润生特别嘱咐姜然，让刚刚组建的信息中心负责人也参加，另外，报社、县广播站、电视台也得派人参加。姜然领命出去通知去了。

开会的过程中，姜然汇报了网上关于安农县的负面报道的有关情况，但她特意略去了石润生那张照片的事。等她汇报完基本情况，石润生就看了看大家，特别是看了一眼齐福仁，笑着说："大家都说说吧，发表一下意见！"

可他看了一圈也没人说话，而且大家的目光都盯着齐福仁。石润生就笑着看了一眼他，说道："齐书记，你说说？"

齐福仁干咳了两声，又直起身子，说道："哎呀，这个事儿……能算负面报道吗？啊？说的不都是实情嘛！改造垃圾场的事是不是真的？拆迁的事是不是真的？就连那个上房的事不也是真实发生的吗？你能说人家这是胡编乱造？这个事……就看怎么看了，要我说呀，这说不定是好事呢！我的意思是啊……不用理会！现在不是讲个言论自由嘛，小姜啊……哦，姜部长啊，我看就先不要让省委宣传部管这个事儿了，消息也不要删了！你删消息岂不是越描越黑？先这么放着，观察观察再说……我就说这么多了，纯属个人见解，仅供参考！仅供参考！"

齐福仁话音刚落，就见有个女同志站了起来："齐书记您这个说法我不赞同！"

石润生闻声看去，就见这位女同志二十多岁的年纪，戴着眼镜，梳个马尾辫儿，脸红红的，一看就是刚才憋了半天气了。

姜然这时候小声说了句："这么没规矩！坐下！"

石润生一摆手，笑着对那个女同志说："这位同志，你叫什么名字啊？"说着又侧过头问姜然，"是你们宣传部哪个口的？"

姜然还没等回答呢，那位女同志答道："信息中心网络工程师、安农县政府官网'安农论坛'版主谭艳！"原来她根本就没坐下去，一直站着呢。

石润生一听就笑了："好，小谭啊，你说说！"

谭艳看了一眼石润生，又把目光移向齐福仁说道："知不知道什么叫混淆是非？知不知道什么叫误导网民？是，没错！这两条消息上说的基本属实，但大家没看出来发这消息的意图吗？就是借着实事说歪理儿！大家看看这些图片……"说着，她把数据线接到了自己的笔记本电脑上，紧接着会议室前面的大屏幕上就出现了网页，随着她鼠标轻点，那一组老汉上房的照片就映到了大屏幕上。

"大家看看，这些照片如果被不明真相的人看到，一定是认为那老头是受害者，会认为是他挨了欺负！可实际情况是怎么样的呢？上午我也在现场！我看得一清二楚，也听得一清二楚！这老头是钉子户雇来的！"谭艳话说得干脆利落，说得石润生心里非常舒服。

可是一听谭艳说上午她也在现场，石润生回想了一下，嗯，下车的时候确实在后车看见一个戴鸭舌帽的人，脖子上还挎着台照相机。想来必是她了。

这时，就听谭艳又说："这还是其次，大家看看这张照片，这不是毁人嘛！"说着，她又一点鼠标，屏幕上出现了一幅照片。

石润生面无表情地看着。但可把姜然吓坏了，她指着谭艳说道："你这才是毁人呢！"

原来，那正是石润生和徐蔓苓在市逛场的那张照片。

第三十七章　难忘的雪夜

姜然站起来就要打断谭艳，但还没等她说话呢，齐福仁却一摆手："我说姜部长你这是干啥呀，怎么也得让人说话呀！发扬民主嘛，是吧？"说完他看了一眼石润生。

而石润生就像没事儿人似的，始终面带微笑。

姜然看了一眼石润生，缓缓地坐下了。

谭艳也不知道是怎么回事呀，就接着说："就说这张照片吧，这分明是埋汰咱县长！居心不良！谁不知道咱县长既年轻又……"说着，她回头看了一眼石润生，支吾着，"又那什么……发这张照片的人没安好心！再说，他咋不把这个女的脸露出来呢？这说明根本就没这个人！是PS上去的！而且从另一个侧面也说明有人在跟踪咱县长，这还了得！"

此时，齐福仁的脸上露着不易察觉的笑，石润生脸上也是看不出内容的微笑。只有姜然，脸一会儿红一会儿白的，已经气得不行了。

谭艳说着又把网页退了下去，接着把电脑里的一个文件夹打开，里面全是照片。

"大家看看我拍的照片！看看这张……"

大家顺着她的翻动看去，就见画面上离得很远的地方有个人正举着相机拍呢，也不知是在拍什么。

谭艳说道："这是我无意中拍到的，这个人很有可能就是在网上发这些照片的人！"

这时，再看齐福仁，他端起水杯来喝了一口，然后一摆手："行了行了！咱们还是研究研究咋办吧！"

最后，会议决定，加大新闻宣传力度，不仅仅要针对实施发展战略开展宣传，还要从正面宣传拆迁是为了什么，实施垃圾场治理的重要意义，同时也要做好征收条例的宣传，政策的宣传等等，总之，要对安农县开展全方位的宣传，充分发挥正面引导作用，让别有用心者的阴谋不攻自破。

会议决定成立安农县宣传工作领导小组，但令大家意外的是，这个小组的组长经石润生提议竟由齐福仁来担任，而副组长是姜然这位宣传部长。

刚开始时齐福仁说啥也不同意，但石润生笑着说："齐书记，首先你是副书记，党管宣传嘛，你当这个组长正合适；其次，这个事是由开发区征收引起的，你是中部片区指挥部的总指挥，你当这个组长理所应当；第三呢，姜然毕竟年轻，你作为老同志正好可以带一带，避免宣传过程中发生偏差。"

他的一席话让齐福仁没话说了，只好应了下来，当了这个宣传领导小组的组长。

开完这个会就已经是晚上九点多了，石润生回到办公室坐那儿又在思考着接下来该怎么办，网上的事儿一出来，恐怕自己就不得消停了，可这些他都不担心，他最担心的还是徐蔓苓，人家一个姑娘凭什么跟你受这个冤枉气呀！

一想到这儿，他这才想起来，自己竟忘了徐蔓苓的约定，不是说要晚上见一面嘛。他赶紧给徐蔓苓打电话，可响了半天也没人接。莫非徐蔓苓生气了？他想了半天，也犹豫了半天，但还是拨了王德贵家的电话。但直到电话接通了他都没想明白自己打这个电话究竟是想要问什么。

"王叔，是我，润生，您……身体好吗？"问完这句话，他突然觉得心里好慌。

就听王德贵在电话里说道："哦，是润生啊！你这么忙就不要惦记叔了，叔好着呢！对了，润生，打电话来是有别的事吗？"

石润生犹豫了半天，却说道："哦，没什么事，叔，我就是问问您身体怎么样，我这一天天忙，也没空回去看您……"话到嘴边，他却没有问。

本来，他是想问问徐蔓苓的事。

"哦，我都好，你不用惦记了，快忙你的事吧。对了，要记得好好吃饭啊，身体要紧！蔓苓丫头……哦，没事了，就这样吧，叔撂了啊！"说着，王德贵把电话挂了。

石润生看着手机，脑海里想着刚才王叔的话，不禁满腹疑问，王叔提到徐蔓苓，可是他究竟想要说什么呢？

此时，外面已是华灯初上，天空不知什么时候竟飘起了雪花，这是今年的第一场雪。

石润生出了县政府大院往家走。虽说自己有车，也不存在公车私用，但他还是坚持走着回家。这是他给自己定的一条纪律。

天空飞舞的雪花飘落到他的身上，就像飘来他此时烦乱的思绪一样。想到王叔，又想到徐蔓苓，他突然想起来，听姜然说徐蔓苓自己租了房子，可自己竟不知道她住哪里。不管怎么说，和她之间毕竟还有王叔这一层关系，自己是不是对她关心不够？

此时的石润生，可能连他自己都不明白，为什么会有这样的想法。其实他可能并不知道，下午在网上看到的那幅照片影响了他的思绪，在潜意识里，他觉得自己好像亏欠徐蔓苓一些东西，最起码是觉得人家一个姑娘家跟着自己受委屈受冤枉，幸亏照片上没有露她的脸，要不然人家将来怎么办？一旦出了这样的绯闻，可就毁了姑娘的清白呀！

想着心事，伴随着脚下"咯吱咯吱"的踩雪声，眨眼间已经走到小区门口了。他远远地看见，小区门口有个小摊在向外冒着热气，等走近一看才知道，原来是个卖烤地瓜的。他这时才觉得肚子还真有些饿了，一想到回家也没什么吃的，而自己现在也实在没心情去小饭店里吃，干脆，买个烤地瓜吃算了。他就掏出钱来，买了两个大大的烤地瓜。

他手里捧着装着地瓜的纸包，正好还可以暖暖手，就朝家里走去。可他刚转过墙角，突然，发现在小区绿化带里的长椅上坐着个人，从后面看去不知是男是女，就见那人望着天，张着双臂，似在接飘落的雪花。

他也没太在意，就打算从那人身边走过去，可他刚要迈步，突然又停住了。心里想，这背影好熟悉呀！他就站那儿开始想，可想了半天也没想起来到底是谁。他摇了摇头，正想走呢，就听那人说道："地瓜是买来安慰我的吗？你要是在后面再看下去可就凉了！"

石润生顿时吓了一跳，他呆愣着正想问呢，却见那人缓缓地转过身来，走到他跟前一伸手就接过了那两个地瓜。确切地说，不是"接"，而是"拿"。

石润生一看这人的脸，当时就乐了！原来是徐蔓苓。

"怎么……怎么是你？"

徐蔓苓把烤地瓜捧在手里，冲他一噘鼻子："你以为是谁？难道是那个和你一起曝光的美女？"

一时间，石润生语塞了，一句话也说不出来。

"还傻愣着干吗，难道还要被人拍吗？呵呵！"徐蔓苓说着上前拉着他就走。

石润生拽了拽胳膊没拽动。

"蔓……"

"慢什么慢！快走吧！"

"不是，蔓苓……这是要去哪儿呀？"

徐蔓苓笑着，却突然又停下了脚步，她回过身，把手里的地瓜递过来："拿着！不许吃，是替我拿！"

石润生不知她葫芦里卖的是什么药，乖乖地接过烤地瓜。就见徐蔓苓从脖子上摘下那条厚厚的围巾，然后不由分说地围在了他的脖子上。他躲闪了半天，但还是被她围了起来。这时，他才发现，徐蔓苓的脖子上竟还有一条围巾。原来她是戴了两条围巾！

"这……这是……"

徐蔓苓围完又看了看，自语着："正好！"说完，又从他手里把烤地瓜拿了过去。

石润生有些不知所措。

"愣着干什么？不围上点儿难道想要让所有人都认出你吗？现在是没人认得你，可过了今天啊……恐怕满世界都知道你这个帅县长喽！哈哈哈！"徐蔓苓说着就走在了前面，完全不理会石润生此时的一头雾水。

石润生只好紧跑几步跟了上去，可刚走几步他就发现，这竟是朝小区外面走。

"徐……蔓苓，咱们这是去哪儿呀？还得回家呢……"

徐蔓苓回过身小声说："石大县长，你的意思是让我陪你回家？不怕被拍吗？不怕上网？"

石润生往后退了两步，不知如何回答她。

徐蔓苓呵呵地笑着，又说："我都陪你上网了，难道陪我看看雪也不行吗？"

石润生一听，看来她都知道了，他一想，反正现在是晚上，再说也没多少人认识自己，况且又围着这么厚的围巾，那就陪她看看雪又何妨？

"那好吧，可是看雪这院里也有啊……"说着他就看了看天。

徐蔓苓也不理他，自己朝小区外走去。他只好在后面追了几步。

"喂，你等等我呀！"

他这句话说完，却没有听到徐蔓苓在前面小声嘀咕："还和小时候一样，总也跟不上！"

在徐蔓苓身后跑了几步，石润生不禁一皱眉，一瞬间，他脑海中又浮现出了一个画面，自己仿佛又回到了小时候。那也是一个雪天，自己跟在小姐姐后面，因为追不上她也是这样喊了一句。自己脑海里怎么会出现这个画面呢？

他跟在徐蔓苓后面出了小区，也不知道她是要去哪里，反正跟着就是了。一路上，两个人谁也不说话，有时一前一后，有时并着排。走了几条街，来到一个地方。抬头一看，发现这竟是一个操场，也不知是哪个学校的操场。

徐蔓苓往操场的水泥看台上一坐，也不理他，把那个包着烤地瓜的纸袋放在双膝上，从里面拿出个还冒着热气的烤地瓜，剥了皮就吃了起来。

石润生犹豫了一下，还是坐在了她的身旁，顺着她的目光朝操场上看去。借着远处的街灯，看见那簌簌下落的雪花被灯光一照竟闪着光，远看就像是一只只小眼睛一眨一眨的。恍惚间，他仿佛又看见了自己小时候的场景。他不禁侧过身看着徐蔓苓，心里在说：你到底是谁？

"要是馋了就说一声，都当县长了还这样！"徐蔓苓也不看他，说完又接着吃烤地瓜。

石润生赶紧转过头去,可这时,他那不争气的肚子却咕咕地叫了起来。

"哈哈哈!还真是馋了?就不能跟我要吗?给!"徐蔓苓说着把另一个烤地瓜递了过来。

石润生犹豫了一下,还是接了过去,他先剥了地瓜顶部的皮,又把剥下来的皮放在嘴上啃了一下,然后这才双手捧着地瓜开吃。

看到这一幕,徐蔓苓突然觉得嗓子一紧,鼻子一酸,眼泪在眼圈直打转。这一幕,让她回想起了当初那个流鼻涕的小屁孩儿。当时,他也是这个吃法。

石润生觉察到了徐蔓苓的异样,回头看了她一眼。

"要吃我的吗?"

徐蔓苓一咬嘴唇:"分明是我给你的好不好?怎么就成你的了!"

石润生心里说,这丫头好霸道啊,当初那个小姐姐对我可比她好多了。

没想到徐蔓苓却突然问了句:"想起谁来了?"

"啊……"石润生愣了一下,继而他犹豫着问道,"你……到底是谁?"

"我呀……我恐怕从明天起就是你的女友喽!哈哈哈!"徐蔓苓说着就站起身,一蹦一跳地跑到了操场上,伸着双臂在地上转起圈来。

石润生心想,这丫头可真是大胆,啥时候成了我女友了呢?他正想着呢,冷不防一个雪球打过来,直接打在他的胳膊上,雪团瞬间四散开去。

此时,他也已经吃完了那个烤地瓜,见徐蔓苓正弯着腰在地上抓雪呢,他也站起来跑了过去,在地上抓起一把雪就团了团,然后朝她扔了过去。

"好啊,县长还敢打人?"徐蔓苓说着又拿一个雪团扔向了他。

两个人就在这没有其他人的操场上追逐着,打闹着,远远看去,就像一对热恋中的情侣。

连日来的劳累,加上过多的思虑,石润生从来没有这样放松过,此时的他,已完全放下了作为一县之长的身份,仿佛又恢复了童心。

两个人打闹累了,就都躺在了雪地上,望着天空飘落的雪花,他们喘着粗气,就那样静静地躺着。

"润生哥,我听说下第一场雪的时候在雪中许愿很灵的,咱们许个愿吧?"徐蔓苓说着就闭上了眼睛。

石润生并不信这些，但也跟着闭上了眼睛。

过了一会儿，他问道："你许的是啥？"

徐蔓苓说："你先说！"

石润生想了想，说道："我想找一个人！但愿能找到她！"

徐蔓苓听完半天没言语。

石润生问道："你的呢？说来听听！"

徐蔓苓却一笑："不能说的，说出来就不灵了！"

"那你让我说？"石润生一听就知道上当了。

徐蔓苓笑着坐了起来。突然，她神秘兮兮地说："润生哥，你说这时候要是有人偷拍照片，恐怕你说什么也解释不清了吧？哈哈哈！"

石润生吓了一跳，他一下子坐起来，朝四下看了看。

徐蔓苓掩嘴笑着，然后又说："润生哥，要是有人问起来照片的事你怎么说？"

石润生一听，也觉得这确实是个问题。他想了一下说道："根本不会有人问的。"

"不，一定会有人问的。万一要是有人问你怎么说？"

"那……我就说是我姐！"

"耍赖！你这是撒谎！那要是组织上问呢？可是不容撒谎的呀！"

石润生顿时不说话了，他想，组织上要真的问，那就得说实情了，但实情是什么呢？实情是自己在王叔家认识的一个姑娘？那这姑娘凭什么跟你去市场买东西呀？到底什么关系？

"你咋不说话呢？不好回答了吧？"

石润生看了她一眼，支吾着："组织要是问，我也这么说。"

"大哥，有没有搞错，有点儿常识行不行！组织上可是掌握你档案信息的呀！"徐蔓苓说着就捶了他一拳。

他躲了一下，觉得她说的有道理，可是，那要怎么说呢？难道真的解释不清了？

徐蔓苓边站起来边说道："现在呀，只有一种解释能说得通。"

"是什么？"他问了一句。

"自己想！"徐蔓苓说着转身朝看台上走去，走了几步又停下来回头喊道，"你是想在这儿睡吗？那样明天网上又会出一条新闻，'帅气县长夜宿雪地冻成冰棍'！哈哈哈！"

石润生一听就站了起来，跟着上了看台，两个人就朝家里的方向走去。

走了一段路，徐蔓苓回过头来说："谢谢你陪我看雪。"

"应该的。"他下意识地答了一句，但刚说完又觉得不妥。

"嗯，这还差不多，就是应该的！"徐蔓苓噘了下嘴。

两个人走进小区的时候，石润生这才想起来，就一边往下解围巾一边说："我要到家了，这个……还你，谢谢了啊！"

徐蔓苓愣了一下，随即笑着把他解下来的围巾又给他搭在了脖子上，然后说："啥意思啊，以为我是在送你？还是以为我要跟你回家？想啥呢？我也在这儿住！"说完，她快步朝小区里面走去，头也不回。

"喂，你的围巾？"石润生在后面小声喊了一句。

"你看过女孩子围男式的围巾吗？傻瓜！哈哈哈！"

望着徐蔓苓远去的背影，石润生看了看这条红色的围巾，他又拿起来放在鼻下闻了闻，一缕清香在鼻尖萦绕……

第三十八章　大胆的决定

还真让徐蔓苓言中了。

第二天，石润生一到办公室，秦大军就过来说，市委组织部、市纪委组成联合调查组，拟就网上的消息展开调查。

石润生问什么时候到。秦大军说上午就到。

等秦大军出去后，石润生在思考着对策。他联想到安农县自从实施强县富民发展战略以来，岭东市有关领导一直持有反对意见，尤其是针对在垃圾场上建湿地公园，市委市政府几乎没什么领导支持，都说那是不可能的事，纯属劳民伤财，有人甚至说，拿那个钱还不如上点儿扶贫项目呢，那么穷搞什么环境建什么公园？

如今网上这个负面新闻一出，恐怕有些人正好有了说话的机会。怎么办？

他在办公室里踱来踱去，眼下自己倒没什么，就是受处分也认了，但发展战略不能停，改造垃圾场不能停！任何人也不能阻止安农县的发展！发展，不仅是历史所决定的，更是民意！是全县三十五万人民的强烈意愿！

他想到了省委徐书记的话，想到了自己的理想和抱负，顿时满腔热血沸腾。他挺了挺腰杆，准备接受来自各方面的考验……

岭东市联合调查组一共五个人，组长是岭东市委组织部常务副部长张德旺，其余四个人除市委组织部干部科科长齐国栋外，另三个人中有两个人是市纪委的干部，一个人是市检察院的。而这三个人石润生根本不认识。

调查组一到县政府就马上着手进行了例行调查，他们要求在县政府办公楼里开辟单独的办公室，由他们列谈话名单，然后由办公室负责通知。

此前，石润生与调查组见了一次面，并指示相关部门做好接待工作，全力配合调查组搞好调查。因为涉及石润生本人，所以，按照组织原则和调查组的要求，他就回避了。

调查组约谈的人中有县委副书记齐福仁，有县长助理、开发区主任刘喜武，还有征收办负责人、行政执法局负责人等。谈话持续了整整一天时间，直到晚上，秦大军才过来向石润生汇报说，调查组让他去谈话。而就在调查组找相关人员谈话时，石润生去了两个乡，主要是调研农作物种植结构情况，重点是土壤问题。他心里有个打算，那就是要运用自己导师研究出来的最新技术改良土壤。这是他在心里酝酿了很久的事情。从乡下回来，他就一直在办公室里看相关文件，以及中央的有关精神。眼下，党的十八大刚刚闭幕，中央又出台了八项规定，明确提出要加强作风建设，在这么一个关键的时候自己却出了网上的事，这种事说大就大，说小就小，该如何应对呢？而对于这次岭东市联合调查组的调查，他心里有数，干事业哪有一帆风顺的？求得上级的支持也是需要过程的。他想，只要是一心为公，一心为百姓，自己即便是受点儿委屈也没什么，受点儿误会也没什么，正所谓邪不压正。

调查组的临时谈话办公室设在六楼小会议室，过去那是前任县委书记的专用会议室，一直空着。而在这个会议室旁边是齐福仁的办公室。此时，调查组组长张德旺正坐在齐福仁的办公室里两个人聊天呢，也不知聊的什么，不时地传出笑声。

石润生路过这间办公室时缓了一下，但没停，而是直接朝会议室走去。

他刚走过去，齐福仁就从办公室里走了出来。

"石县长，你回来啦！听说下乡了是吧？"

石润生停住脚往后看了一眼，却见张德旺也出来了，他转过身笑着对张德旺说："张部长辛苦了！晚饭还没吃吧？"

张德旺"哦"了一声，边朝会议室走边冷冷地说："我现在呀，没心情吃饭！小石呀，就差你了，来吧，我代表组织向你了解一下情况！"

看着两个人朝会议室走，齐福仁在后面说道："张部长，那我去安排一下饭啊，在县宾馆等你们！"等石润生和张德旺进了会议室，他背着手，嘴里不知哼着什么曲迈着方步下楼去了。

进了会议室，张德旺就过去坐在了正对着门的座位上，他两边各坐着两个人，齐国栋坐在最右侧。

按照张德旺的示意，石润生坐在了他们对面的一把椅子上。他扫了一眼几个人，总觉得有些不舒服，现在的自己俨然是在受审嘛，但他还是面带着微笑，一脸的平静。

张德旺还没等说话呢，他旁边的那人说话了："你就是石润生吧？现在谈谈你的问题吧！"

石润生听了一愣，但还是笑了笑，眼睛看着张德旺。张德旺干咳两声，一摆手："那个……石代县长啊，你不熟悉吧？这是市纪委案件审理室李主任……"他指着刚才说话的那个人。

石润生点了点头算是打过了招呼。

张德旺笑着说："石润生同志，为了把事实调查清楚，有必要和你本人谈一谈，因为除了安农县上项目征收拆迁的事外，有些事还涉及你个人，因此呢……"他的语气比那位李主任客气多了，也显得很是老练。

石润生说："行啊，想了解什么就问吧，我知无不言。"

还是那个纪委的案件审理室的李主任开腔说道:"石润生,网上流传着一幅照片想必你已经知道了吧?能给我们解释解释吗?"

石润生笑着说:"关于照片呢我是当事人之一,当时就在现场……"

他说到这儿看了一眼前面这五个人,发现那位纪委的李主任脸上滑过一丝微笑,是那种轻蔑的笑。

他继续说:"想必调查组也已经了解清楚了吧,那位上房顶的老汉并不像网上说的那样,事实是,他是那个阻碍政府依法征收的人花钱雇来的……"

刚说到这儿,再看那位李主任,顿时皱起了眉头,连连摆手:"我说石润生同志,你怎么避重就轻呢?我问的不是这个,说说你在逛农贸市场的那张照片是怎么回事?"

石润生心里说,我还不知道你问的是那个?但他惊讶地说:"什么?我去市场买菜都被人拍了?张部长,对于个人隐私的事也要说吗?"

张德旺咳嗽两声,笑了笑,说道:"润生啊,就说说嘛,组织上还是相信你的!调查嘛,就是要弄个水落石出,是不是?说吧,这也没外人!"说着,他看了看其他几个人。

石润生心说,恐怕你们的目的就在于此吧,还没外人?他刚想说,却马上想起了昨晚徐蔓苓的话。说是和姐姐一起?明显是撒谎,组织部掌握着自己的档案呢。说是不认识?不现实,怎么会那么巧把别人也拍进了照片里?说是远房表亲?档案里写得很清楚,自己是孤儿。要不,干脆就说实话,说是王德贵王叔家的干侄女,自己在王叔家认识的。他打定了主意,刚想要说,正在这时,就听身后门响了一下,紧接着,有人在门口大声说道:"照片上那个人就是我!"

他一听声音很熟悉,抬头再一看面前这几个人,都瞪大了眼睛。等他回过头来再一看,果真是她,一身职业装打扮的徐蔓苓。

"你怎么来了?"石润生真的被吓到了。

张德旺愣了一下,随即笑着问:"哦?照片上是你?那你是……"

徐蔓苓把手放在石润生的肩膀上:"我是石润生的女朋友!怎么?组织上对这个事感兴趣?都说市委市政府对我们安农县很关心,连县长的个人问题也这么关心,很难得啊!"

一席话说得面前这几位顿时哑口无言了，就连石润生都被惊得瞪大了眼睛。

　　在众人愣神的时候，徐蔓苓又说："很抱歉啊，打扰你们谈话了，可实在是有点儿急事找润生哥……请问各位领导，你们谈完话了吗？"

　　张德旺眨了半天眼睛干咳两声，笑着说："完了完了！不好意思啊，石代县长。对了，请问姑娘……"

　　"我叫徐蔓苓。"徐蔓苓大方地回了一句，然后就拉过石润生的手，像是着急要走的样子。

　　石润生站了起来，不好意思地冲张德旺笑了笑："张部长、李主任，我可以走了？"

　　"走吧走吧！没事了！"李主任挥了挥手。

　　"那晚饭就让齐副书记陪各位吧，明天我再找时间专门陪各位！"石润生说着，礼貌地和徐蔓苓出了会议室。

　　等他们两个人一走，张德旺就冲李主任说道："我说什么来着？对干部要负责任嘛！怎么能不相信干部呢？况且，这还是省委直接提名任命的干部！"

　　其他人都不作声了。

　　出了会议室，徐蔓苓拉着石润生就下了楼，直接朝院外走去。

　　本来，石润生还想回办公室看看材料呢，但刚才实在是被吓到了，他懵懵懂懂地被徐蔓苓牵着就下了楼。到了一楼，徐蔓苓那只拉着他的手才算松开。

　　在往院外走时，楼上好几扇窗户都打开了，有人朝楼下看着。石润生明显感到后面有人在看，他咧了咧嘴，心说，这徐蔓苓也太大胆了，这事能作假吗？就不怕以后嫁不出去？一想到这儿，他更咧嘴了，心想，慢慢澄清吧，可千万别弄假成真啊！

　　调查组在安农县一共待了两天，先后调查了数十人，但结果却十分出人意料。最后，调查组综合调查结果，经过纪委、检察院和公安局经侦部门的周密调查，认定湿地公园建设区域阻挠征收的是一起有预谋、涉及多个部门个别人参与的案件。经过调查核实，带头阻挠征收的"钉子户"并非农民，而是长期在县城一带游手好闲的社会闲散人员，此人不知从哪儿得到消息，听说要建公园，就提早动手，连夜组织人员违规抢建房屋，后贿赂县国土局有关干部办了土地证，贿赂县房地局有关干部办了房产证。而对于那家拒不搬迁要高价的企业，据经侦部门调查，企业严重违规，且偷税漏税，企业法人为县畜牧局干部，属于违反干部管理规定私自办企业。

调查组做出决定，对于相关涉及违法违纪人员移交司法机关处理，对于涉嫌故意制造事端的偷拍人和发帖人进行追查处理。

而石润生事后才听于得水说，那个阻挠征收的"小平头"竟然是齐福仁小舅子的小舅子。

一场网络风波看似平息了，然而，另一场风波却悄然而至。

本来，关于石润生有女朋友的事经过调查组这么一折腾是应该被人知道的，但这位张德旺不愧是组织部常务副部长，组织原则性还是很强的。就在那天徐蔓苓和石润生出了会议室后，他对其他调查组成员强调，按照组织纪律，关于石润生同志的个人隐私不允许向外透露，至于有谁从别的渠道得知了消息那就另当别论了，但调查组要是做不到严守秘密那就是对组织不负责，对干部不负责。

按理说这对于石润生来说本应该是件好事，但唯物辩证法中事物的两面性却在这时起了作用。

这天下午，石润生送走了岭东市联合调查组，正坐在办公室里看材料呢，突然传来一阵急促的敲门声。他喊了一句，进来的却是慌里慌张的姜然，她身后还跟着一个人。石润生一看，认出来了，正是那天敢于直言的谭艳。

一见两个人的神情，他心里就咯噔一下子，莫非又出什么事了？

"石县长，打起来了！"说话的是谭艳。

石润生一皱眉："谁？谁打起来了？"

姜然回身狠狠地瞪了谭艳一眼，又笑着对石润生说："石县长，是这么回事……怎么说呢……"

石润生一摆手，又一指谭艳："你来说！"

谭艳看了一眼姜然，大声说："县长，是网上打起来了！"

"什么情况？网上？"他问了一句。

谭艳就把事情原原本本地讲了一遍。原来，这几天她在网上发现论坛里有人发起了话题，中心内容就是寻找最帅县长身边的美女。这个帖子一出来可不得了，不仅跟帖的众多，还一度从安农论坛扩大到了其他各大网站的论坛。而更令人啼笑皆非的是，网上竟然有不少女孩子发帖称自己就是最帅县长身边的那个人！一时间网上骂声不断，都说这几个女孩子是想帅哥想疯了。事情发展到后来，论坛里的风向又变了，有人发起了寻找最帅县长的行动。

等谭艳一说完，石润生差点儿没气死，心说，网上怎么这么多闲着没事儿的人啊，唯恐世界不乱是吧？这刚刚消停点儿，不是又添堵嘛！

他抬头看了看谭艳，又看看姜然，一脸的茫然。

姜然回头瞪了谭艳一眼，小声道："快把你的想法和县长说说！"

谭艳笑呵呵地推了推眼镜："石县长，我是这么考虑的，你看啊，县长你那么帅……"

石润生一听就瞪起了眼睛，姜然也瞪着她。谭艳咧了下嘴，小声说："本来嘛……"接着又继续说，"我是想啊，网上的事宜疏不宜堵，网民的嘴堵是堵不住的，唯一的办法就是消除神秘感，县长你勇敢点儿……"

石润生一听，眼睛瞪得更大了。

谭艳又笑了笑："我话还没说完呢。我们在咱县的官网上多宣传宣传县长您，多发些县长的照片，省得有人乱发！这叫正面宣传和引导！"

石润生听完半天没言语。他一想，这个口无遮拦的丫头说的不无道理，与其让网民们猜来猜去，还不如像她说的这样呢。本来，自己是不愿意抛头露面，但现在看来，不出头是不可能了。

这时，姜然说："石县长，咱县的官网改版后刚刚开通，网上缺一个形象代言人呢，正好……"

"你是说让我当代言人？"石润生咧了下嘴。

姜然说："我是这么想的，咱们县是出了名的穷，但不等于咱们县就没有优势，这山山水水的哪点比那些著名的景区差呀！这次正好可以借着网上对您的关注，好好宣传一下咱们县……"

"你的意思是说把我推出去让网民们用口水给煮喽？"石润生面带微笑地看着姜然。姜然"啊"了一声。

石润生继续笑着说："那好，煮就煮！只要是对安农县有利，就是把我煮熟了都行啊！"

他这句话刚说完，就听谭艳小声道："煮熟的鸭子可就飞不了了！"

"你说什么呢没大没小的！"姜然气得呵斥了一句，吓得谭艳直吐舌头。

石润生忍着笑摆了摆手，让她们回去着手准备去了。

本来，这个事石润生也没太在意，网络就是那么回事，一些年轻人闲来无事，在网上发发帖子，找些话题这也没什么，可他却万万没有想到，这件事却发酵了。

第二天，他一上班，正准备要带着秦大军等人下去调研呢，可赵小兵却跑过来汇报说，楼下来了好多记者，除了省城各大媒体外，竟然还有外市专程赶来的记者。

石润生正一头雾水呢，姜然上气不接下气地跑来了。

他皱着眉头冲姜然厉声问道："姜然你搞什么搞？谁让你请这么多记者了？"

姜然都快哭了："县长，不是我请来的，他们……他们是在网上看到了论坛里那些帖子，自发来的！"

正这时，就听门口有一个女的声音说道："石县长，这回你可得接受我采访了吧？看你这回还往哪儿躲！"

第三十九章　老校长的嘱托

门口说话的正是夏雨荷。

石润生看着一脸笑容的夏雨荷，他愣了一下。而姜然回过头来紧紧地盯着夏雨荷，见她看石润生的眼神有些异样，姜然不禁也看了一眼石润生，说了句："那石县长我就先出去了……"

石润生一抬手叫住了她："姜部长，我看这样吧，把记者们都请到会议室，一会儿我过去。"

姜然答应着退了出去，临走时又看了一眼夏雨荷。

等姜然出去了，石润生回避开夏雨荷的目光，说道："你这是要搞什么名堂？"

夏雨荷走到桌前，眼睛大胆地盯着石润生："网上都沸沸扬扬了，你就这么淡定吗？"

"不然呢？"石润生回了一句。

"不然……谁知道！反正这次不是我要采访你，是……"夏雨荷突然噘起了嘴。

"难不成是你哥夏雨轩要采访我？"石润生又来了一句。

夏雨荷咬了咬嘴唇："什么呀！是社里的要求，人物专访！反正这次必须要采访！甭想躲！"

石润生被她逗笑了："哦？我躲过吗？现在呀，恐怕就是想躲也躲不了喽！走吧，去会议室！"说着，他就站了起来。

夏雨荷脸上露出了笑容，临走时，竟端起桌上石润生的水杯喝了一口，还嘀咕着："渴死我了，也不给口水喝！"

此时的会议室里，已经聚满了人，好多记者已经把"长枪短炮"都架上了，还有的摊着记事本、捧着电脑，就等着见这位神秘的最帅县长呢。

可他们左等也不来，右等也不来，正急得乱哄哄时，会议室的门开了，大家马上都停了下来，齐刷刷的目光同时聚焦在了门口。可是，他们失望了，进来的却并不是石润生，而是县委宣传部部长姜然。

"实在不好意思啊，各位记者朋友，本来石县长是准备和大家见面聊聊的，但就在刚才，我们太平川乡出了点儿事儿，县长他赶到乡里去了。"

还没等姜然把话说完呢，会议室里又开始议论纷纷了。

"咋能这样呢？不是说好了接受采访的嘛！"

"谁知道呢？"

姜然摆了摆手："大家听我说！我们石县长走时让我转达他对大家的感谢，石县长说了，他是代表安农县三十五万百姓的，如果大家真的想采访他，那就好好采访一下安农县，报道一下最美安农！"

听她这么一说，大家都不言语了，但还是有人问了一句："姜部长，石县长真不是躲我们？"

还有人问："县长他下乡有啥急事呀？不能派别人去吗？"

姜然无奈，就说了实情。原来，石润生和夏雨荷出了办公室正想往会议室走呢，却突然接到了一个电话，是太平川乡副乡长、桃花村书记高天祥打来的，他告诉石润生，桃花村小学老校长王孝直前几日突然病重，今天早上说非要见县长不可。

石润生一听，赶紧问："那他现在怎么样？"

电话里，高天祥似乎流着泪说道："县……县长啊，你快点儿来吧，晚了恐怕……"

石润生立即让秦大军去通知姜然，让她负责接待记者，而他则带着赵小兵直奔桃花村。夏雨荷哪能错过这样的机会呢，也跟着上了车。

而秦大军通知了姜然后，他给教育局长苏文学打了个电话，他们两个人也随后赶了过去。

一路上，石润生心急如焚，他不知道桃花村小学老校长王孝直要见自己是有什么事，但不管什么事，自己必须去见他，完成他最后的心愿。

司机可能也看出石润生着急了，一路上开得飞快。而夏雨荷偷偷地看了一眼脸上写满焦急的石润生，她也学乖了，坐在前排副驾驶上一言不发。

当他们的车到桃花村的时候，已是正午时分。此时的桃花村，阳光照得漫山遍野一片金黄，还没有落尽叶子的山林如染如画。

一进村口，远远地就看见高天祥站在那里张望着，一看见车，他就朝这边跑了过来。

石润生让车停下，他也没下车，打开车窗招呼高天祥上车。等他上了车，石润生急切地问老校长怎么样了。高天祥说王校长正盼着县长呢，家里已经在准备后事了。

等他们的车开到王孝直家门口的时候，见围了不少村民。看见有车来了，大家纷纷避让着。

石润生下了车，在高天祥的带领下直接朝屋里走去。那是三间土坯挂砖面的房子，院里干净整洁，好多村民在院里站着。

一进院，石润生就看见了李光荣的老母亲，还有张妍的爷爷。两位老人迎了上来。

"石县长啊,你真来啦!"说话的是张妍的爷爷。

而李光荣的母亲则说:"县长就是再忙也会来的,这孩子俺看准了!"

石润生和两位老人打完招呼就赶紧进了屋。

屋里,王孝直正躺在土炕上,地上站着一个年轻人在抹眼泪,估计是他的儿子。在他身边,坐着一位老妇人,正拉着他的手。

见石润生和高天祥进来了,王孝直挣扎着要坐起来,石润生赶紧上前制止他,并握住了他的手。

"县……县长你来啦……"王孝直说着竟流下了眼泪。

石润生喉结动了动,一句话都没说出来。

正在这时,就听院里传来一阵密集的脚步声,屋里的人都回头往院里看。就见自院外涌进不少人来,有的还举着照相机什么的。跟着石润生一起进来的夏雨荷小声说了句:"他们怎么跟来了?"

石润生看了她一眼。她赶紧趴在石润生耳边说:"是记者。"

石润生没说什么,拉着王孝直的手关切地问着病情。一旁那位老妇上前一把拉住他的手:"这是石县长吧……俺们孝直呀一直念叨你呢,我说人家县长那么大的官儿咋能来看你呢,他偏不信,就说一定能来!"

"大娘,您是王校长的母亲吧?我不是什么官儿,别说王孝直同志为农村基础教育贡献了一辈子的精力,就是普通百姓家有个大事小情的要是让我来,我也会来的,百姓就是我们的衣食父母啊!"石润生拉着老人家的手笑着说。

这时,夏雨荷出去把众记者迎了进来。走在前面的是姜然。她一进屋就看了一眼石润生,欲言又止,退到了一边。记者们有的在记事本上记着什么,有的在拍照片。

土炕上,王孝直拉着石润生的手,用微弱的声音说:"县长啊,我有一个请求……"

"您说,王校长,只要是我石润生能做到的,一定答应您!"

王孝直看了一眼石润生后面。石润生这才看见,李光荣拄着拐杖立在那里。

王孝直说:"我想……让光荣当这个校长,可他就是不同意……我还听说,这得乡里和县里批……"

正在这时，外面又走进几个人来，走在前面的是秦大军，他后面跟着教育局局长苏文学。

石润生看了一眼王孝直，坚定地说："这件事我同意！"说着，他又回过头看着苏文学说，"苏局长，这个有难度吗？"

苏文学紧走几步连连点头："没问题！回头就履行程序！"

石润生又问："李光荣转正的事……"

还没等苏文学说话呢，已经进了屋的李光荣的母亲说："办了办了！光荣啊现在是正式教员了！"

石润生看着虚弱的王孝直，关切地问道："王校长，您还有什么要求吗？"

"没……没了……"王孝直说着，就咳嗽起来。

王孝直的母亲抹了一把眼角说道："我可怜的儿啊，你咋不和县长说说俺大孙子的事儿呢！总在家待着也不是个事儿呀……"

王孝直摆了摆手："娘！我和县长说的是公事，咱私事咋能麻烦县长呢……"

石润生看了一眼王孝直的母亲，又回头看了一眼在抹眼泪的青年，问道："大娘，这是您孙子？"

老人点着头："是俺孙子！这不是嘛，高中毕了业一直待着，本来寻思着在学校当个民办老师啥的，可听说有政策不允许了……"

石润生略加思索后，对王孝直说道："放心吧王校长，您为了农村教育事业操劳一辈子，家里的困难组织上会考虑的！"说完，他又看向苏文学，"文学呀，桃花村的师资力量怎么样？"

苏文学犹豫了一下说道："县长，这几年县里也为桃花村小学分过几批中师毕业的学生，可不是因为远就是因为穷，都走的走……"

"回头你们教育局拿个方案，我看啊，得进一步改革和创新教育管理体制了，可以采取聘任制嘛，对于那些不安心教育事业的人坚决清出教师队伍！把那些热心教育，肯于扎根农村的优秀教师充实进来！回头你们抓紧研究！"

石润生说完，苏文学不住地点头。

这时，王孝直一阵紧似一阵地咳嗽起来。石润生询问了病情后主张送往县城治疗，可王孝直摆着手，说自己的病自己知道，可不能再花公家钱了！

考虑到王孝直一旦有个三长两短，他家的经济来源就没有了，石润生又详细询问了高天祥关于为王孝直母亲办低保的事。高天祥说王校长一直不让办，说是他挣工资，收入水平不符合办理低保条件。

石润生指示，马上为老人办理低保，并且村里每年也要拿出一部分资金来用于照顾这些失独老人。

见屋里的人很多，石润生就站起来，拉着王孝直母亲的手说："大娘，以后您老人家要是有什么困难可以让孙子随时到县里找我！我不是什么县长，您就把我当成您自己的儿子吧！"

一席话说得老人老泪纵横。一直围着的记者中有几个女记者也落了泪。

从王孝直家出来后，石润生带着一干人等去了桃花村村部，在这里他接受了记者们的采访。

面对众多沉默不语的记者，石润生表情凝重地说："各位记者朋友，非常感谢大家关注安农县。安农虽然是个穷县，但这里是个好地方啊！不仅山美、水美，人更美！你们多采访采访普通的百姓比宣传我这个县长强啊！比如，像王孝直这样一辈子扎根在农村的老教师，他身上就有很多闪光点！还有那个李光荣，拄着拐杖还在给孩子们上课呢！大家可以到他家看看，一贫如洗呀！可是，家里再困难，他为了给公家省点儿钱，竟然自己画教学挂图！难道这些不值得宣传吗？不值得弘扬吗？"

说到这儿，石润生喝了一口水，又看了看记者们，继续说道："大家刚才来的时候可能也都看到了吧，这里的山山水水不比哪个旅游景区差呀！现在的城里人不是热衷于休闲旅游嘛，什么长假短假的干吗非得到外地去呀？看人的后脑勺吗？"他这句话把大家都逗乐了。

他继续说："如果大家要是春天来恐怕就不想走了，大家知道这个村为什么叫桃花村吗？那是漫山遍野的桃花呀！什么桃花岛桃花源的，和这里比都弱爆了！"

此时，夏雨荷首先忍不住笑了起来。

石润生摆了摆手："大家可以多宣传宣传嘛，姑娘小伙没事时也可以多到这里来玩一玩，在漫山的花海中你就是求婚成功率也高啊！"

这下，大家再也忍不住了，都哈哈大笑起来。

最后，石润生指示姜然，要她做好记者们的接待工作，到县里几个有特色的乡村走一走看一看，以此为切入点广泛开展宣传，为发展战略的顺利实施提供宣传舆论保障。

正在这时，村部院里传来了一阵嘈杂声，接着就有人涌进屋来。石润生一看，走在前面的是张妍的爷爷和李光荣的母亲。两个人进来就一边一个拉住他的手说是让到家里吃饭。两位老人说着说着竟互不相让，都说让石润生到自己家去吃饭。后面还有几个村民，说是感谢县长为他们的孩子换了好老师，也都让他去家里吃饭。

石润生为难起来，他示意姜然把记者们带出屋去，然后就拉着两位老人的手坐了下来，诚恳地说："老人家，你们别争了，大家的心意我石润生心领了，县里还有事，等以后一定到你们家里吃饭。"

张妍的爷爷还想说什么，正在这时，从外面进来个小姑娘，拉着老汉的胳膊说："爷爷，人家县长那么忙您就别跟着添乱了。"说着，她抬头看了一眼石润生。

原来是县宾馆的服务员张妍，她不知什么时候回家来了。

此时，一直站在门口的夏雨荷盯着张妍的脸上下打量一番，又看了一眼石润生，小嘴噘了起来。

石润生微笑着高声说道："好吧，那这样，等以后桃花村有了翻天覆地的变化，等大家的日子都过好了，我一定回来吃大家的饭！我保证！"

人群中响起了一阵掌声。

第四十章　被反对的土壤改良计划

寒冷的冬天，伴随着树上最后一片叶子的飘落和那漫天飞舞的雪花，悄无声息地来了。而对于安农县来说，这个冬天却似乎并不寒冷，人们那厚厚的棉衣包裹下的心里，却在期盼着春天。

这天，省市委十八大报告宣讲团来到了安农县，宣讲十八大精神。在县政府礼堂，宣讲团对十八大报告进行了详细解读。

党的十八大明确提出三农问题是"重中之重"的战略思想，进一步深化了对农业基础地位的认识。十八大描绘了全面建成小康社会的宏伟蓝图，无论从保障供给看还是从扩大内需看，无论从经济总量增长看还是从人均收入增加看，无论从经济发展看还是从五位一体全局看，对农业、农村发展的要求都会越来越高。全面建成小康社会，基础在农业，难点在农村，关键在农民。

十八大提出"四化同步"、城乡发展一体化的发展路径，拓宽和创新了农业农村经济发展思路；提出加快建设现代农业的任务要求，指出了农业、农村经济发展的主攻方向；提出增强农村发展活力的要求，加大了农业经营体制机制改革创新；提出了农村生态文明建设的新要求，牢固树立了农业可持续发展的新理念……

所有这些重要的决策都深深鼓舞着石润生，让他周身热血沸腾。如果说，在实施新的发展战略之初他还有些忐忑，那么此时，他更加坚定了信心，坚定了带领全县人民闯出一条新路的信念。

等宣讲团一走，石润生就组织召开了全县新农村建设工作座谈会。此前，在安农县人代会上，他全票当选为安农县人民政府县长，主持县委、县政府全面工作。

在座谈会上，石润生着重提出了农村土壤改良和土地集约化利用问题。按照他的设想，是打算拿出一两个乡镇来做试点，集中一年时间，利用国外最新技术进行种草改良，彻底改善土壤结构，恢复地力，为下一步发展安全农产品产业奠定基础。

没想到这个问题一抛出来就引起了广泛热议和诸多反对声。

这次和以往不同，代头反对的竟然是李铁城这个一贯不怎么发表自己看法的人。而过去一直以来不怎么支持石润生的齐福仁这次倒没反对。跟着李铁城反对的还有几个乡村干部，包括太平川乡党委书记长李进、靠山乡下沟村书记赵昆山。

看着会场内这几个反对的人，石润生面带笑容，他一点儿也不生气，却反而非常佩服这几名干部。

"铁城啊，那你说说，为什么不行？"他笑着对瞪着眼睛反对的李铁城说。

李铁城喝了口水说道："石县长，首先澄清一点啊，我不是反对这件事的出发点和落脚点，这么做肯定是有好处的，这一点我承认。但是我觉得，这一大年不种庄稼却种草，那农民吃啥喝啥？一旦出现不稳定因素可咋办？到时候都来找县政府或到上面去上访怎么办？可以慢慢来嘛，从明年开始要求农民种庄稼不上化肥和农药，这样弄个一年两年也能恢复地力吧？反正我就是觉得这么做不妥，别说两个乡，就是两个村也受不了啊！那得多少人没饭吃没事干啊！我保留意见，说完了！"

他说完，会场内顿时鸦雀无声了，大家都看着石润生，尤其是参加会议的徐蔓苓和已经当上了杨树村书记的杨淑花。一脸微笑地看着他的还有齐福仁，虽然同样的表情，但恐怕心里所想并不一样。

在徐蔓苓看来，润生哥要做点儿事情真是难啊。而齐福仁此时心里想的是什么，恐怕只有他自己知道了。

石润生笑着看了看大家，目光落到了赵昆山身上。赵昆山犹豫了一下，举了下手："县长，我要说说！"

"你说！大胆地讲！"石润生示意了一下。

而此时坐在后面记录的赵小兵看了他爸一眼，急得汗都快下来了。

赵昆山扯开嗓门就开说了："石县长，这个事儿我觉得不妥！就拿我们下沟村来说吧，虽说种粮食产量低，但怎么也比种草强吧？你说那么多地不种庄稼种上草，这不成笑话了吗？咱县自己倒没什么，那上边的人，省里市里的领导们看了不得说咱们瞎胡闹啊！到时候一些别有用心的人再给弄到网上，说安农县农民都罢工了，千顷良田变成了草场？"他说到这儿的时候，后面不知谁小声笑了一声，但随即就止住了。再看赵小兵，急得脸都红了。而坐在徐蔓苓身边的杨淑花此时却低头不语。

赵昆山接着说："这个地呀，也确实，这么些年上化肥、打农药，地都板结了，也是该治理治理了，但这和我们村治山治川不一样。再说了，作物长啥样那得看种植技术！你用点儿先进技术啊，种土豆、种辣椒……对了，杨树村我们家小花儿种那个辣椒就挺好，上周给家里拿来点儿，我一吃，差点儿没把我辣死！这个辣椒要是辣就说明是没上化肥和农药！"

他这段话说完，再看赵小兵急得恨不能站起来去制止他爸。而杨淑花一听叫自己"小花儿"，而且还是"我们家小花儿"，她的脸"腾"地一下子就红了。

石润生听完也觉得不对劲，他也看了一眼杨淑花，而目光却与徐蔓苓碰在了一起，他赶紧躲开了。

"老赵啊，说完了吗？"他问了一句。

赵昆山还想说什么，却一眼看见了低着头的杨淑花，他支吾了一下："没……没有了！"

接下来，太平川乡党委书记李进也谈了自己的看法。综合他们的意见，总体上都是担心影响农民收入，也怕造成不好的社会影响。

最后，石润生详细地阐述了国外这一最新技术的可行性与改良土壤、发展安农产业的重要意义。讲完后，他又征求了齐福仁等众常委们的意见。

齐福仁表示服从组织决策。但石润生心里明白，他分管中部片区，县城周边和开发区是以战略性新兴产业和服务业为主的，不涉及耕地，他一反常态地不反对恐怕是要看笑话。

而主管农业的县委常委胡波很年轻，却有着极强的执行力。其他几位常委也都没什么意见。

石润生决定，就以靠山乡和太平川乡作为试点，从明春开始实施土壤改良工作。涉及这两个乡的农民生产生活问题，具体由副县长胡波负责，搞多种经营和劳务输出，以增加农民收入，并且，从县财政拨专款用于改良土地的补助，直接发放到农民手中。

令大家出乎意料的是，石润生提议这项工作由李铁城总体负责，由县安农产业发展局具体负责实施。

部署完工作，石润生笑着对李进和赵昆山说："虽然你们反对这么做，但我相信你们会站在全局的角度执行好组织决策！老赵我希望你在全乡作个表率，就像你治山治川那样，只要你把土壤改良的事做出名堂来，组织上就会给你更大的责任让你担！怎么样？有没有信心？"

李进抬头看了一眼没出声。赵昆山脑袋一扬："没二话，不同意归不同意，只要组织信任,我一定好好干!"

徐蔓苓忍着笑,用手捅了一下杨淑花。而坐在后面的赵小兵没气死,心说,爹呀,早知这样你刚才说那些干啥?

会议一结束,赵小兵就把他爸拉到了一边。

"爸,你咋这么糊涂呢?这么大的会人家那些领导都不说啥你提什么反对意见啊!再说,人家杨淑花啥时成咱家的了?你让我咋跟人家说呀!"

赵昆山一听就眼睛瞪挺大:"我那也是为石县长好,不是怕有人拿这事说事嘛,石县长对咱家对咱县这么好,可不能看着他犯啥错误啊!哦……你是说杨淑花呀,我这不是一着急就说漏嘴了嘛,那咋办?要不要爹去跟她解释解释?"

赵小兵一听就来了倔脾气:"爸,你可拉倒吧!这事不用你管了,还是回去看看咋说服村民吧!"

赵昆山嘻嘻地笑着,又揽着儿子肩膀神秘兮兮地说:"兵啊,过年时能不能把小花儿领家来让我和你妈高兴高兴啊?"

"领啥领啊,我现在躲还来不及呢!"赵小兵说着就要走。

正在这时,就听身后有人喊了一句:"赵小兵你给我站住!"

顿时,爷俩儿都蒙了。赵昆山干咳两声,背着个手先走了,而且越走越快。

赵小兵站那儿半天没动弹,他咧着嘴好不容易回过头来:"……淑花呀,你听我说……"

说话的果然是杨淑花。就见她走上前一拍赵小兵肩膀,吓得赵小兵一闭眼睛。

"赵小兵!我啥时成你家小花儿了?你和你爸说啥了?刚才还叫人家淑花,叫那么亲切干吗?"

赵小兵一句话也说不上来,他朝后面看了看,发现石润生和几个领导正走过来,就小声说:"淑……杨淑花,咱别在这儿说了行不,求你了,一会儿让领导看见了可咋办?"

杨淑花一瞪眼睛:"领导看见怎么的?现在你怕了?现在全会场的人都知道我是你家的小花儿了,你还怕个啥?"说着,她上前帮赵小兵弄了弄衣服领子,"你看你现在都是副主任了,这衣服领子都窝住了也不知道整理整理!"

赵小兵心说,真是惹不起的小辣椒啊!我可是怕了!

后面,石润生看到这一幕忍不住笑起来。而跟在后面的徐蔓苓则狠狠地瞪了他一眼,也不知她心里想的是什么。

前面拐角处,赵昆山偷看到这一幕,他嘿嘿地笑个不停,然后又把手一背,迈开大步出去了。边走还边自语:"小兔崽子!啥叫姜是老的辣这回懂了吧?不帮你一把我啥时能抱上孙子?"

看着赵小兵跟着石润生走远了,徐蔓苓上前拉住杨淑花的手:"淑花,干吗对人家那么凶?万一吓跑了怎么办?小兵现在可是这大院里的宝啊,像他这么年轻就当上副主任的可不多呀,你不怕被人抢了去?"

"他敢!"杨淑花一歪脖子,继而又脸一红,"姐,你这是取笑我!"

徐蔓苓笑着,又望着石润生的背影叹了口气。

送走了杨淑花后,徐蔓苓夹着一沓文件就上了三楼,直奔石润生办公室,她是想汇报一下最近安农职业技术学院招生的事。

在走廊里路过那些开着门的办公室时,里面不时有年轻的女干部探头探脑,还小声议论着什么。徐蔓苓也不管那个,走到门口敲了一下,但随着那只抽回来的手,她心里却突然怦怦地跳个不停,顿时紧张起来。她在心里默念着:"是来汇报工作的,是来汇报工作的!"

"请进!"石润生在里面喊了一句。可喊了几声却没人进来,他疑惑地走了过来,一开门,就见徐蔓苓闭目合眼地念叨着什么。原来,她光顾着念叨了,竟没听见里面的说话声。

"这是念什么咒呢?"石润生往后面走廊里看了一眼小声问道。

徐蔓苓睁开眼睛,脸一红,又瞪了他一眼,闪身就挤了进去。一进来,她径直走到桌前,端过石润生的杯子就喝了一口水。

石润生跟过来看着她笑着说:"都什么毛病?我的水就这么好喝吗?"

徐蔓苓放下杯子说了句:"你这男友是怎么当的?一个电话没有不说,住一个小区里也碰不上面!"

一句话说得石润生愣住了。但随即他就笑着说:"蔓苓姐……"

"不许叫姐!"徐蔓苓瞪了他一眼。

"那……徐蔓苓……你找我……"石润生咧了下嘴。

"叫远了!"徐蔓苓又来了一句。

这下,石润生不言语了。

徐蔓苓看他的样子,强忍着笑说道:"晚上到家里来吃饭!"

"啊!那……不好吧……你一个单身女孩子……"

"想什么呢!王叔来了!你以为是我要找你呀,美的你!"徐蔓苓说着转身就要走,可刚走到门口就一拍脑门子嘀咕一句,"哎呀,都是让你给气的!"说着又转了回来。

"我是来汇报工作的!"说完这话她不知为什么脸红了一下。

石润生一听,没敢接话,只是看着她。

徐蔓苓往桌前的椅子上一坐,摊开文件夹说道:"和县长汇报一下职业技术学院招生的事!"

石润生还是站着没动。

徐蔓苓抬头看了他一眼,呵呵地笑了起来:"跟个挨了批评的学生似的!坐呀!"

石润生"哦"了一声乖乖地坐在了桌子后面。

徐蔓苓就把招生情况说了一遍。原来,刚刚升格的职业技术学院的招生问题一直是她头疼的事,可没想到招生广告一发出去后,却莫名其妙地涌来一大批报名的学生。这当中除了本县农村上完初高中就退学的孩子外,竟还有外县的青年,而且女学生居多,甚至省城和岭东市也有来报名的。这是徐蔓苓和校领导班子始料不及的。按理说这本是件好事,但实际问题是校舍不够用了,学校甚至把教师办公楼都腾了出来,但还是捉襟见肘。

石润生听完沉默不语,看着面前这位大胆而有心的姑娘,这位让自己毫无办法、一点儿拒绝不起来、时常有似曾相识感觉的女孩子,他在心里暗暗地高兴,但又时时伴随着逃避的心理。

见他不说话,徐蔓苓歪着头看了一眼,又往自己身上看了一眼,自语道:"我身上有什么这么值得你看?"但话刚说完她就后悔了,脸一下子又红了。

石润生端了下杯子,但一看里面是空的,他又放下了。徐蔓苓站起来到茶几上拿过水壶倒满了杯子。

"这倒是个好事……说明咱们安农县开始有吸引力了……"石润生端着杯子站了起来,"也说明你这个院长有吸引力呀!"

徐蔓苓瞪了他一眼,他也觉得这句话有歧义,就一转话锋继续说:"但建校舍恐怕一时半会提不上日程,目前全县最大的问题就是缺资金啊!要不然再克服克服吧,实在不行,学院附近不是有所小学嘛,可以先借一下教室,等来年……"

"甭来年了,不仅仅是教室的问题,还有住宿什么的都是问题!而这是我要汇报的第二件事!"徐蔓苓一脸笑容地看着他。

"哦?你们有解决办法了?"他一头雾水地看了一眼徐蔓苓,端着水杯刚想喝,却被徐蔓苓很自然地拿了过去,她喝了一口,然后又递了回来,把他弄得一愣。

就听她接着说:"省人社厅决定在咱们县投资建设职业教育公共实训基地,只要咱们划拨教育用地就行,一切投资都是他们投。这个基地主要用于周边几个县市职业教育的延展培训,让那些出了校门却上不了岗的学生能够提高专业技能,最后由人社厅发上岗证、初级职称证什么的,这样……"

"太好了!蔓苓!"石润生说着一把抓住了她的手。

"要吓死人啊!"徐蔓苓被吓了一跳,"人家还没说完呢,人社厅说了,就在咱们学院边上建这个项目,形成集聚效应和互补优势,教育教学硬件设施共用,说这也算是对咱们县的扶贫项目。"

石润生突然往前探了探身子,目不转睛地看着她问道:"你到底是谁?"

徐蔓苓"啊"了一声,下意识地往后退了退。

"你是上天派来的天使大姐吗?"石润生又问。

徐蔓苓咬了咬牙:"我是讨债的!"说完转身就走,临到门口站那又说了句,"别忘了晚饭啊!到时候不来啥都不给你留!"

第四十一章　火车上的一对活宝

PPP 模式即 Public-Private Partnership 的字母缩写，通常译为"公共私营合作制"，是指政府与私人组织之间，为了合作建设城市基础设施项目，或是为了提供某种公共物品和服务，以特许权协议为基础，彼此之间形成一种伙伴式的合作关系，并通过签署合同来明确双方的权利和义务，以确保合作的顺利完成，最终使合作各方达到比预期单独行动更为有利的结果。这是为了弥补城市基础设施建设惯用的 BOT（即 Build-Operate-Transfer 的缩写，意为建设—经营—转让，是私营企业参与基础设施建设，向社会提供公共服务的一种模式）模式的不足，近年来出现的一种新的融资模式，也是国家积极倡导的模式，目的就是减少政府债务。

而这也正是石润生向省委书记徐怀明立了军令状，说不花财政一分钱建设湿地公园等基础设施的想法。

可是，说起来容易做起来难，找社会资本谈何容易？尤其又是像安农县这么穷的地方，又有哪个战略投资者愿意把钱投在这里呢？

连续多日，石润生一直在北京联系这件事。临走时，他召开常委会，安排齐福仁在家主持工作，而他带着秦大军、刘喜武和财政局局长去了北京。

他又是联系同学又是跑国家部委，经过多方联系，最后还是农业部一位老领导给牵的线，联系上了一家投资公司，对他们这个项目很感兴趣。经过多轮谈判和协商，总算要签订合作协议了，这可把石润生乐坏了，想想自己这次北京之行总算没有白跑。但对方提出就在北京签约，原因是公司董事长要到国外去过春节，没有太多时间到安农县去签约，他就吩咐秦大军赶紧准备签约事宜。

为了筹备好这次重要的签约活动，秦大军特意打电话通知了姜然，让她过来帮着筹备，因为她毕竟负责宣传工作，这方面比较有经验。然后他又把赵小兵调了过去，让帮着忙活忙活，准备一下签约材料什么的。

接到通知后，姜然一想，这是安农县发展史上一次重要的会议，可要做好宣传啊。她就打算把信息中心的谭艳带上，出门在外也好有个照应，因为毕竟自己是女同志嘛。可打完电话她又想到了一个人，犹豫了半天，还是给她打了电话。

"蔓苓，我是姜然啊。对，石县长来电话了，让我带人去北京筹备签约的事，我寻思着给你打个电话，看你去不去……"可话刚说到这儿她就有些后悔了，嘴里突然有了酸酸的感觉。

电话那边，徐蔓苓沉默了一下，问道："是石县长让我去的吗？"

"哦，那倒没有。"姜然说的是实话。

"那我就不去了，你们领导的事我去了算怎么回事？再说，学院也走不开。谢谢你啊姜部长！"

看着已经挂断的电话，姜然笑了笑，自语道："我这是怎么了，为什么既想让她去又怕她去呢？可是，这个徐蔓苓到底是什么人呢？难道他们以前就认识？"她皱着眉，想着在窗前看见石润生和徐蔓苓两个人一起走的情景。

从省城阳春市到北京是夕发朝至的火车。县里早就有规定，除非特别紧急的公务以及距离较远外，任何人都不得坐飞机公出，因此，姜然和赵小兵他们是坐的火车。机关事务管理局给订好火车票后，又派车把姜然、赵小兵和谭艳三个人送到了火车站。

本来，赵小兵的票是上铺，谭艳是中铺，而姜然在隔壁，她是下铺。可一上车找到位置后，谭艳神秘兮兮地问了一句："部长，你晚上睡觉打把式吗？"

姜然说："不知道啊，怎么了？"

谭艳小声说："部长，我看你还是和赵主任换一下吧，你在下铺，万一对面要是来个醉汉，晚上不睡觉光瞅你多吓人啊！"

姜然一听，赶紧慌里慌张地对赵小兵说："小兵啊，还是咱俩换吧，你到下铺来！"

就这样，姜然和赵小兵换了铺位。赵小兵这几日因为写材料可能也是累了，他把东西放好后，往下铺上一躺，蒙个被就开睡。隔壁，姜然也爬到了上铺，衣服也没敢脱，盖上被子，耳朵插个耳机瞪着眼睛开始听歌。谭艳则摆弄着电脑。而此时，旅客还没有上完车呢。

赵小兵蒙着被闭着眼睛正想睡觉呢，听动静像是来了两个人，正在放行李。突然，他就觉得床铺一沉，一个人坐了上来，差一点儿就压到了他的腿，他下意识地往里面靠了靠。就听坐着的这个人和另一个人开始聊了起来。

"姐，你要不找我我还想来呢，对了，你这个人会能不能见到农业方面的专家呀？"

另一个人说道："可全是专家呀！你要做什么吧，说给姐听听。"

坐在他床上这位又说："开春这不是要实施土壤改良嘛，我寻思着能不能好好利用利用，想个什么办法既能完成改良任务又能增收，可这方面我还是学得少啊，我学的那些用不上……"

"你这个想法好啊，没事，到时候我帮你咨询咨询。"

赵小兵有一搭没一搭地听着，也没太仔细听。由于盖的被让坐着的那人给压住了，他就拽了拽，可没拽动，他就寻思着用手弄一弄，可他刚伸手去拽被，就听刚才说话那个女孩子说道："哎，我说你这人怎么回事？往哪儿摸呢？"

赵小兵也没在意，他不知道说的是谁，就把被拽过来，然后侧了下身又准备睡。

这时，就听另一个人说道："算了妹子，出门在外可不能惹事，谁让你坐人家床来着。"

那女孩儿嘀咕着："什么人呢？也不道个歉！"说着，竟又往床里面坐了坐。

赵小兵越听越觉得不对劲，这怎么像是在说我呀！但他又一想，跟个女孩子较什么劲，算了。

此时，火车已经启动了。那女孩儿说了句："姐你饿吗？我去泡方便面啊！"

赵小兵就觉得床一动弹，估计那女孩儿是起来了，他赶紧用脚把被摊了摊，又往床边上挪了挪，心说，你还是别坐我床了，省得惹麻烦。

可过了一会儿，就听那女孩儿哼着歌回来了，可能是把方便面放到餐台上了吧，然后就听她自语："这人还真是小气，这么一会儿就把床占满了？"

赵小兵听另一个人说："你上我这边坐不得了，何必在那儿挤呢！"

"不用，我就站着吃得了！"那女孩儿说完似又对另一个人讲，"姐，你吃不吃？"

另一个人说："我不吃，那里面红红的恐怕是辣的吧？"

这女孩儿笑着说："那对呗，要不然怎么叫小辣椒呢！哈哈！那我吃了，姐！"

赵小兵一听，顿时一激灵。心想，我说这声音咋这么熟悉呢，原来是她？他偷偷把被掀开一条缝往外面一看，果然，就见对面下铺坐着看书的是徐蔓苓，而两个铺位间站着吃方便面的正是杨淑花。

那么，这两个人怎么突然出现在火车上了呢？下午姜然给徐蔓苓打电话时她不是说了不去吗？原来，徐蔓苓放下电话后就接到了省教育厅的通知，说是在北京召开一个职业教育会议，让她去听听，也好学习学习。她一想，也好久没看见老爸了，而他参加完了十八大又去了中央党校参加培训，自己正好还可以见见老爸。但自己一个人去？她一想，农村现在也没什么事了，看看杨淑花有没有时间，两个人去还是个伴。她就给杨淑花打了个电话，结果两个人一拍即合。

赵小兵一看是杨淑花，他一想，刚才可能真的碰到人家屁股了，这可怎么办呢？要万一让她知道是我那还不丢死人了？想到这儿，他悄悄地往里面挪了挪，给腾出块地方来。可心里这个跳啊。

这时，就听徐蔓苓说："妹子，你吃吧，我躺下了啊！"

杨淑花答应着，又接着丝丝哈哈地吃着方便面。可能是吃辣了，她放下方便面盒端着水杯就出去找水去了。赵小兵掀开被偷看了一眼，发现徐蔓苓脸冲里侧着身，估计是困了。他再一看餐台上放着的方便面，突然肚子不争气地咕咕叫了起来。他这才想起来，姜然她们在政府门口小吃部吃面时叫自己去自己没去，这会儿肯定是饿了。他看了看对面的上铺和中铺的人，发现他们都睡了。他脸上露出了笑容，悄悄地端过面来就一口接一口地开吃，眼看要吃见底了，就听过道里传来了轻轻的哼歌声，他吓得把只剩了汤的面盒往餐台上一放，拽过被"唰"地一下子就蒙上了脑袋，心这个跳啊！

杨淑花端着水杯回来看了看床铺，见有地方了，她就往床上一坐，吹了吹那杯热水，试着喝了一小口，然后把杯子往餐台上一放，端过方便面盒又往床里蹭了蹭，举着个叉子正要继续吃呢，可叉子在方便面盒里一划拉，啥也没弄上来，看着里面的汤，她眼睛都直了。

她咂着嘴看了一眼对面躺着的徐蔓苓，说了一句："姐，你不是说不吃嘛！"

徐蔓苓转过身看着她："什么呀？我没吃呀，那么辣，你自己吃吧。"

"那你没吃咋没了呢？"杨淑花把手里的方便面盒往前一伸。

徐蔓苓看了一眼，笑着说："你这个丫头，刚才边吃东西边说话，都吃光了也不知道！"

杨淑花一听，皱着眉头摸了摸肚子，自语着："没有啊！我这才吃了两口啊……难道真是我忘了？最近事儿太多，东西都不知吃哪儿去了。"

床铺上，蒙着被子的赵小兵实在忍不住了，但他把手往嘴里一叨，硬是没敢笑出声来。

杨淑花可能听到了什么动静，她往赵小兵这边看了看，满腹狐疑地端着方便面盒往外走，边走边叨咕着："难道出鬼了？"

等她一走，赵小兵把被子一掀，咧着嘴四下看着，他刚才吃辣了。看见餐台上放着的水杯，他拿过来就开喝，几口就把水都喝光了。听着过道上又传来脚步声，他赶紧又躺下了。

杨淑花把方便面盒扔进车厢连接处的垃圾口后，回来打算睡觉。她的铺位正好在赵小兵上面，是中铺。她脱好了鞋，刚要上去，可能是又口渴了，就端过杯子打算喝口水。可把杯子往嘴边一放还没等喝呢，突然瞪大了眼睛看着空空如也的杯子，当时就惊呆了。愣了半天，她看了一眼侧身躺着的徐蔓苓，咂了咂嘴，放下杯子就打算到中铺去睡觉。她脚往赵小兵床铺上一踩，正好踩到了赵小兵脚上，赵小兵疼的呀，硬是忍着没出声。杨淑花小声说了句"对不起"，然后还自语着："这人睡觉可真死！"说完就爬了上去。

听听没什么动静了，而此时车厢里的灯也已经熄了，赵小兵就悄悄地把被一掀，蹑手蹑脚地下了床，胡乱地穿上鞋就去了卫生间。可等他再回来时一看，杨淑花不知什么时候又下来了，正坐在自己的铺位上和徐蔓苓两个人聊天呢。他可没敢回铺位去，就摸着黑坐在了过道的休息座位上。

就听杨淑花说："姐，你说俺家小兵咋样？"

徐蔓苓笑着道："这会儿又成你家小兵了？上次开会时不还怨赵叔把你说成是他家花儿吗？"

"哎呀，姐，和你说正经的呢！我也老大不小了。对了，姐，你说，我比他大三岁呢，人家能同意？"

徐蔓苓坐着把被往上披了披，说道："我看八九不离十。但你这个小辣椒和别人辣行咋能和小兵辣呢？看上次把人家吓的！"

"那可不行，要不管着他点儿，机关那么多小姑娘呢！我又总不在身边，他万一要是被哪个小姑娘勾搭去怎么办？"杨淑花说得一本正经，听得赵小兵一愣一愣的。

徐蔓苓忍着笑又说："所以呀，你可得抓紧了！听说赵叔还等着抱孙子呢！哈哈！"

"哎呀姐！抱孙子着什么急？我还没抱过他呢！"杨淑花说着，又悄悄地小声说，"姐，你说这次小兵会不会跟县长在一起呀？要是他也在北京就好了！"

赵小兵一听，心怦怦乱跳。他歪着脑袋往自己的铺位上看了看，发现杨淑花可能是冷了，把床上的被竟披在了身上。他咧了咧嘴，心想，恐怕自己这一宿要遭罪了。

这时，就听杨淑花又说："姐，你说还真奇怪啊，缘分这东西真没处说去……"接着，她就把上次被赵小兵浇了一身水以及她又往赵小兵身上浇水的事说了一遍，听得徐蔓苓小声笑着，说："你们这一对冤家，这就是不打不相识呀，看来，没什么能把你们分开喽！"

赵小兵听着听着也回想起了上次的事，禁不住也偷偷地乐了起来。这下坏了，就见杨淑花"腾"地一下子站了起来，趴在铺位门口往过道里看着，冲黑暗里的赵小兵说："你是干什么的？咋偷听人家说话呢？"虽然是小声说的，但很严厉。

赵小兵躲也不是藏也不是，急中生智，他手捂着脸紧走几步把鞋一甩就往床上一趴。

杨淑花还说呢："这人，唉？"刚说完，她又紧张地小声对徐蔓苓说，"姐，该不会是坏人吧……"

刚才看着这个奇怪的人，一直愣着的徐蔓苓突然笑了起来，说道："你看他怕你的样子能是坏人？"

杨淑花愣了一下，看了一眼趴在那里的赵小兵，自语道："不会吧……"

这时，徐蔓苓悄悄冲她摆着手，她狐疑着凑了过去。徐蔓苓在她耳边说道："你猜，那是谁？"

"谁？"她问了一句。

徐蔓苓一本正经地说："姐问你啊，相不相信缘分？"

"相信！"

"那姐告诉你，听说在火车上关着灯许愿很灵的！想啥啥出现。你现在最想什么吧？"

杨淑花想了想，一本正经地说："最想啊……现在最想再吃一盒方便面！"

她这句话刚说完，再看赵小兵，"腾"地一下子坐了起来，手捂着嘴哈哈大笑真起来，他实在是忍不住了。他这一笑可把杨淑花弄蒙了，她刚想回头说什么呢，可借着微弱的光亮一看，顿时就瞪大了眼睛，接着上前就照他胳膊上拧了一把。

"好你个该死的，刚才是不偷吃我面了？还有水！"

第四十二章　投资方代表竟是她

经过紧张的筹备，安农县湿地公园合作开发建设签约仪式正式举行了。

姜然在举办类似的活动方面还是有一套的，她先是联系好了签约酒店，又在北京找了一家庆典公司，本着节俭的原则，在酒店的小会议室里进行了简单的布置，也就是挂个横幅，摆个签约台什么的。

徐蔓苓开完了职业教育专家会议后，也带着杨淑花到了会场，她是打算帮着忙活忙活。可到了会场才发现，原来啥也帮不上，姜然都已经安排好了。她就和杨淑花两个人站在角落里，准备见证安农县这一历史性的时刻，她也想见见好多天没有看见的石润生。

签约仪式正式开始了，就见石润生穿着笔挺的藏青色西装、打着领带，和一个中年人走进会议室，两个人边走边聊着什么。在他们后面，跟着一干人等，也都是穿着正装。

签约仪式由秦大军主持，他简单介绍了双方代表以及这次合作的背景后，石润生就和那个中年人坐在了签约台前开始签约，后面有礼仪人员帮着互换协议文本。等双方都签署好了后，石润生站起来同对方握着手。这边，谭艳及对方公司的工作人员在照相。在礼仪人员端上来红酒的时候，就听对方那人端着酒杯笑着说："石县长，你真是年轻有为呀！来，为咱们合作成功干杯！"

石润生举了举酒杯，微笑着说："董事长很有眼光啊，未来会证明，选择安农是贵公司最正确的决定！预祝合作成功！"

站在人群后面的徐蔓苓看到这一幕，她突然有种莫名的激动。

就在两个人喝完红酒后，听那位董事长笑着说道："石县长啊，给你介绍个人，她将作为本公司的全权代表具体负责这个项目！哎？小叶呢？快去把叶总叫过来！"旁边有人答应着出去了。

很快，就听见门外传来"咔咔"的高跟鞋声。众人循着声音都看向了门口。就见门口走进一个人来，高挑的身材、一头短发，上身是件褐色的毛皮外套，下身是条黑色的短皮裙，浑身上下透着干练却又不失端庄与秀气。

石润生一看她就愣了。

"怎么？石大县长，不认识了？"女子微笑着走上前来。

石润生疑惑地看着她，又看了一眼董事长，支吾着："叶……叶佩？怎么是你？"

叶佩走到近前，也不管石润生愿不愿意，上来就是一个拥抱，弄得他尴尬极了。而此时，站在后面看着这一幕的徐蔓苓更是心里酸酸的，她盯着叶佩想了半天，这才想起来，不正是自己那次来北京找石润生时在校园里看见的那人吗。

这时，石润生恢复了镇静，轻轻地推开叶佩，然后伸出手，一边握一边回头问："董事长，叶佩是……"

董事长哈哈大笑："怎么样？石县长，咱们两家早有渊源吧？叶佩是公司副总，从今天开始她可就归你喽！哦，看我这嘴，是归你管了！哈哈哈！"

一直站在徐蔓苓身边的杨淑花咬了咬嘴唇，自语道："这大冷的天穿成那样，冻死你个狐狸精！"

而徐蔓苓听了却一点儿都笑不出来。看着在石润生面前大胆地直视着他的叶佩，还有她那副干练大气的穿着与神态，再看看自己穿着的这件粉红色的羽绒服，咋看咋显得是那么臃肿。而一听说她作为项目负责人将要在一段时间内长期在安农县工作，那也就是说，她要经常在润生哥身边？想到这儿，她狠狠地瞪了一眼表情非常不自然的石润生。

签约仪式结束后，董事长带着他公司的人就离开了酒店，叶佩也跟着走了。临走时，她面带微笑对石润生说："过几天我就去你那儿报道了啊！对了，我过年回阳春，你要是没地方过年上我家吧！"

石润生呆愣着，像是没听见她说的话一样。临了，她笑了笑，小声甩出一句："原来是土包子，现在就是个呆子！"然后就在众人惊诧的目光中款款走去，路过徐蔓苓身边时她扫了一眼，边走边摇头。

"看她那样！蔓苓姐，咱不理她！"杨淑花拉了一下徐蔓苓胳膊，冲叶佩的背影又瞪了一眼。

收拾东西散场的时候，石润生正想和秦大军他们往外走呢，却一眼看见了角落里的徐蔓苓和杨淑花，他愣了一下，回头示意他们先走。然后他就朝徐蔓苓走了过来。

杨淑花一见，小声说了句："我去帮小兵收拾东西。"然后就跑开了。

徐蔓苓一见石润生，抬腿就要走，却被石润生一把就拉住了，她甩了甩手也没甩开。

"蔓苓，你啥时来的？"石润生问了一句。

"反正不是来看你的！"徐蔓苓这话里带着明显的醋意，谁都听得出来。

石润生似乎明白了什么，他笑了笑，回头看了一眼，然后小声说："我怎么感觉你像是吃醋了？现在又不是吃面条，你加什么醋？"

徐蔓苓抬头瞪了他一眼，又甩了甩手，小声说："注意影响！"说着，她也回头回脑地看了看。但忙着收拾会场的姜然等人却没人往这边看。

石润生见徐蔓苓不理自己，就笑着一挥手把赵小兵叫了过来："小兵啊，准备一下，坐晚上的火车回去！"说完，他转身走了。

徐蔓苓站在后面呆呆地愣了一下，心说，你等回去的！

进入腊月的安农县，寒气逼人。东北有句民谚说得好，"腊七腊八冻掉下巴"。在一年当中这是最寒冷的时节，但在安农县城北湿地公园建设现场，却是一派热火朝天。

北京投资公司的资金进来后，石润生就让刘喜武立即启动了湿地公园建设区域的地形整理工作。此前，经过联合调查的调查处理，地上物征收的障碍已经彻底解决了，对被征收农户也都进行了妥善安置，这方面刘喜武没用县领导操心，他在开发区为农民解决了冬季过渡用房，只等明年回迁楼建好后就可以让这些被征收农民迁入新居了。

虽然资金的问题解决了，但在垃圾场上建公园并非易事。首先，既要解决长期以来垃圾渗出物的治理，避免将来造成湿地水质的富氧化；同时，又要解决挖方和填方、扩大水面，以及微地形整理问题。而这些工作都要在冬季冻土期来完成。工程量和难度可想而知。

为了打好这场大会战，石润生专门召开会议进行研究部署，在原有成立的湿地公园建设指挥部的基础上，责成开发区具体负责这项任务，县建委、国土、规划、水利等部门全力配合，由县长助理刘喜武担任总指挥。他还为开发区加强了力量，将机关调整后富余下来的干部全部充实到湿地公园建设指挥部，不论级别、不管身份，一律由刘喜武负责调遣，根据每个人的专长安排具体工作。按照石润生在会上的话说，接受组织检验的时候到了，平时不是怨天尤人吗？职位调整后不是说三道四吗？那好，是骡子是马那就拉出来遛遛。

同时，为了加强力量，石润生还把原建委负责工程的一位副主任调到了开发区任副主任，就是为了解决工程建设的技术问题。

从开完这次会到现在已经半个多月了，石润生就想着要到现场去看看，他倒不是不放心，而是怕刘喜武有什么实际困难不好开口，他是想去现场办公，帮着解决一些实际问题。他之所以考虑到刘喜武即使有困难也不一定开口，主要是他看出来了，自从会议确定刘喜武为工程建设总指挥后，他发现刘喜武好像比以前更谨慎了。这一点他明白，湿地公园建设要投入几个亿的资金，县委县政府赋予刘喜武那么大的权力，他是怕招来别人的嫉恨。

现场办公的时间定在了腊八这天。

早上九点，县政府大院里就聚集了不少车和人，都是县委县政府在家的领导和县直相关职能部门的负责人。人员到齐后，石润生和秦大军从楼里走了出来。他站在台阶上往下看了一眼，回头对秦大军说道："大军啊，我昨天忘说了，让各部门的车都停在院里吧，去那么多车呼呼啦啦的影响不好，我看都坐大巴得了。"

秦大军过来说："都准备好了，院里进不来，从客运公司调来的大巴车在院外停着呢。"

石润生回头看了他一眼，微笑不语，然后就带着众人朝院外走去。而在随行的人群中，却并没有齐福仁，昨天通知他时他推脱说腰疼，让办公室和石县长说一声请个假。石润生明白，他这是耍滑。

大巴车走的时候，坐在前面的石润生问秦大军通知照相摄像的没有。秦大军愣了一下，说姜然已经安排了。石润生没说什么，看着车窗外的冰天雪地思索着。

大巴车快要出县城的时候，剧烈地颠簸起来。石润生看了一眼建委主任，突然问道："县城街路建设计划做完了没有？回头我听一下，明年开春一化冻就得全面施工，不彻底解决交通问题对不起百姓啊！"

建委主任说建设计划已经做完了，随时可以汇报。说完他停顿了一下，又说："齐书记听过汇报了，按照他的要求我们已经修改一遍了。"

石润生想了一下，让秦大军通知齐福仁，现场会后就专题研究县城道路建设问题，让他参加。

大巴车到达城北垃圾场边上时就停住了，原因是里面根本进不去了。石润生带领众人下了车，站在高处往远处一看，就见建设现场红旗飘飘、机声隆隆，一辆接着一辆的工程运输车正穿梭着，数十台挖掘机同时开动，装车的装车，撤土的撤土，好一派繁忙景象！

秦大军上前说："县长，我让机关车队跟了两辆越野车，要不，坐越野车进去？"

石润生往后面看了看，说道："这么多人根本坐不下，要我看啊，就走进去吧，让大家也感受一下这战天斗地的氛围！走！"他一挥手，带头走在了前面。

几个挂着照相机、扛着摄像机的人跑在前面站定了回头照着石润生。他一摆手，又往前面一指："照我干什么，把那些都拍下来！要多拍、拍全喽！"

几个人停住手愣了一下，又看了一眼人群中的姜然。姜然摆了摆手，他们几个就都转过身去，对着工程现场拍起了远景。

从停车地点到工程现场有很远的一段路，虽说都冻上了，没有秋天那样泥泞，但根本没有什么像样的路，而且上面都是雪，大家走起来磕磕绊绊。

石润生今天特意穿了件羽绒服，还围了一条围巾，却是红色的，在白雪的映衬下要多精神有多精神。这正是徐蔓苓送他的那条。

走在后面的姜然早就看见了石润生今天的穿着，但在车上时没觉得怎样，此时再往前面一看正在迈着大步的石润生，那被风吹起的围巾舞动着，远看就像一面旗帜。她不禁多看了几眼，又在心里嘀咕着，他怎么围了条红围巾呀？我一个女孩儿都没敢围这个颜色的。想到这儿，她低头看了一眼自己围的这条深色的围巾。

对于这些在机关办公室坐久了的干部们来说，在这数九寒天的野地里走的机会恐怕不多，仅一会儿工夫就都被石润生甩在了后面，而他身边跟着的只有秦大军和赵小兵。

石润生嘴里呼着白蒙蒙的哈气，停住脚步回头看了一眼，对秦大军说："看来呀，机关干部们得加强锻炼了！回头让机关局购置些健身器材，在后楼找个地方让大家中午没事时都锻炼锻炼！"

秦大军答应着也站那喘着粗气。

见后面的人没跟上来，石润生又看了一眼赵小兵，笑着说："小兵啊，最近回家了没有？你父母都好吧？"

赵小兵愣了一下，没想到县长会问这个，赶紧答道："上周日回去的，都挺好的！"

石润生回过头来自语："也不知下沟村土壤改良的事落实得怎么样了，村民们都同意不同意呀？"

秦大军给赵小兵使着眼色。赵小兵说："石县长，上次回去听我爸说一半一半。"

"哦？什么一半一半？"石润生问了一句。

"就是村民们基本上同意和不同意的各占一半，不过，我爸说他能解决！"

"最好能解决！"石润生说完又看着赵小兵缓缓地说道，"听说杨树村就搞得不错，可以取取经嘛！"说完，他忍着笑转身又开始走。

后面，赵小兵咧了下嘴，他听明白了，石县长这是让上杨淑花那学习呀！可是，他又担心起来，以他爸赵昆山的脾气，能上杨淑花那学习去？不太可能。

等石润生带着众人走到工地现场的时候，就见有个人跑了过来，走近一看，是那个被调到开发区的原建委副主任。石润生问了一下现场的情况，等他介绍完，他又问了一句："你们刘主任呢？"

他往后面一指："那不！"

石润生顺着他手指的方向看去，就见一个穿着绿色军大衣、戴着个狗皮帽子的人正和几个人拿了张图纸在那比画呢。可不正是刘喜武？

这时，这位副主任说，刘喜武听说县领导要来现场办公，特意在工地伙食点安排做了一大锅腊八粥，让大家都进屋去暖和暖和。

石润生听完回头看了看这些围巾上都已经上了霜的干部们，就同意了。

在工地临时伙食点，石润生看到，屋里墙上挂着湿地公园的规划图和工程进度横道表，还有各个工地小组的组成人员名单以及工作量、进度要求等，显示出管理者对工作的细心和清晰程度。

等大家都进屋后，有人从一口大锅里盛着腊八粥一一发给冻得丝丝哈哈的人们。

石润生也接过一碗来，却问施工过程中有没有困难和瓶颈。那位副主任看了他一眼，欲言又止。石润生明白了，吩咐秦大军把刘喜武叫进来。过了好半天，就见从外面走进一个人来，边走还骂骂咧咧。

"怎么就改不了呢？得根据实际情况来嘛！他妈坐屋里画图就是纸上谈兵！"

刘喜武一进来一眼就看见了笑呵呵的石润生,他愣了一下,然后嘻嘻地笑着把狗皮帽子一摘:"县长……你看我这也没顾得上迎接……"

众人看去,刘喜武胡子拉碴的全是白霜,帽子摘下来后和屋里的温度形成反差,从他头上冒着白雾。

这时,有人递给他一碗腊八粥,他却不喝,捧着暖手。

石润生拉过一把椅子:"我说你怎么当了开发区主任还弄得跟个村书记似的?快坐下暖和暖和!"

刘喜武回头看了看站着的几位县领导,连连说:"站着就行!站着就行!"

"我看你们这热火朝天的,怎么样?有什么困难吗?我今天可是来当服务员的哦!"石润生笑着说。

刘喜武顿了一下,晃了晃脑袋:"没有!再困难也能克服,也必须克服!年前要不啃下这块硬骨头春节就在这过了!"

"你说的硬骨头是……"石润生喝了一口粥看着他问。

刘喜武在人群里找了半天,突然一眼看见规划局长,他犹豫了一下摇了摇头:"硬骨头……唉我说今儿个这粥熬的不错啊,大家都尝尝!都尝尝!这还是我从下沟村找老赵要的米呢!"

石润生一听,再联想到刚进来时他骂骂咧咧的,以及跟着他进来的规划局副局长,他有些明白了,这肯定和规划设计方案有关啊!可能刘喜武碍于规划局长的情面不好在县领导面前让他难堪。

石润生把粥碗放下,看了一眼规划局长,说道:"来,今天借着在现场的机会把湿地公园的设计方案再敲一敲,本着实事求是的原则看看哪些地方需要修改的?"

规划局长看了一眼手里拿着图纸的副局长,示意他把图摊开。

那名副局长把图往桌上一摆,就开始讲。其他几位县领导都围了过来。

根据设计院的规划设计方案,湿地公园分为十大功能区域,其中,中心位置是利用天然水塘经过挖方将周边数个水塘连片扩大成湖,再把挖出来的土堆土成山,进而形成有山有湖的景观。

石润生看了一眼说得津津有味的规划局副局长,问道:"挖方多少?填方多少?未来形成的水面多大?能容纳多大的船?山有多高?山是就坡增高还是硬填出来的？"

听着这些问题，他愣了一下，眨了半天眼睛答道："挖方大概有上百万方吧？水面……比省城那个湖还要大呢，一般的船都能跑，至于山嘛……考虑到景观效果得需要不少土方。"

石润生又看向刘喜武："喜武啊，你整天在现场你知道，你说说吧！"

刘喜武笑了一下，又看了一眼图纸说道："工程量是不少，只要领导们把方案确定了，我领着干没问题！不过我是这么考虑的，这区域的情况比较特殊，由于都是涝洼塘，堆山没问题，但我考虑的是，山体需要沉降，不沉降没法栽树，施工方面技术人员也指出，看能不能稍稍改一下方案，把原来设计的山挪一挪，这样能减少土方量不说还不用沉降，开春就能栽树！"

他刚说到这儿，那位副局长马上打断他道："刘主任，这方案可是常委会定的！咋能说改就改呢？设计院也是经过专家论证了的，而且上次石县长还说这山堆的好呢！"说完他看了一眼石润生。

这时，姜然带来的几个照相摄像的都把镜头对着石润生在那拍呢。石润生一指刘喜武，示意拍他。

几个人直眉愣眼地看了看姜然，没动弹。

石润生厉声道："你们没听到吗？多拍拍这些建设者！拍我，我能挖土是咋的？姜然！这些建设场景都安排人留影像资料了吗？施工前的原始地形地貌都拍了吗？将来是要作对比的！你们宣传部下一步要安排专人负责这件事，我看就常驻在工地，每天都要拍，把建设者们战天斗地的原始资料留存下来，错过了将来想找都没地方找去！"

姜然见石润生动了怒，连连点头说马上安排。

此时，在场的人都不说话了，不知道石润生为什么生气。

石润生又看了看图，笑着对刘喜武说："喜武啊，走，到现场看看去！"

说完，他刚要站起来，就见门口进来个人，边进边嘀咕着："这也太冷了！该死的石润生，你等着！"

众人一听，都愣住了。

第四十三章　别开生面的技能展示

叶佩尽管和石润生是大学同学，学的是一个专业，但她毕业后却没有进机关或是什么科研院所，而是到了一家投资公司。几年间，凭借她过人的公关能力为公司签下不少项目，再加上她当省委副书记的父亲叶树清的关系，她很快就被提拔为公司副总经理。正好赶上石润生到北京跑投资的事，在农业部一位老领导的引荐下，确定了以 PPP 的方式投资建设安农县湿地公园的合作项目。从石润生与公司洽谈一开始她就知道这件事，但她并没有出面，直到要签约了，她才和公司老总说要负责这个项目。公司老总也正有此意，主要是考虑她父亲的关系，因为她父亲毕竟是在项目当地任领导，对于以后项目的运营等会方便些。

而叶佩自愿接这个项目却并不是为了离家近些，她的目的再明确不过了，那就是石润生。

此时，进来这位穿着厚厚的红色羽绒服、围着白色围巾的人正是叶佩。她没想到屋里会有这么多人，一进来她就愣住了，再一看同样愣着的石润生，她微笑着，大大方方地走上前。

"润生你也在呀！我正骂你呢，听见了吧？要不是你弄这个项目我也不至于跑这冰天雪地里挨冻！"

石润生站了起来，笑着问了一句："你啥时来的？"

叶佩也不答话，一眼看见石润生旁边桌上放着的那半碗腊八粥，端起来就捧在了手里："有腊八粥啊，太好了！"说着，就把嘴放在碗边上也不用勺就喝了起来。

石润生扬了扬手："给你换个碗盛点儿热乎的……"

叶佩嘴里还有没咽下的粥含糊不清地说着："就这个，我喝着心里热乎就行！"

她这句一语双关的话让石润生又是一愣。人群里，姜然瞪了她一眼，心说，看样子两人关系不一般啊！站在她身旁的谭艳举着相机要拍，她伸手一拦，小声说："想死啊你！"

这时，石润生看了看叶佩，说道："那叶总你先暖和暖和，我们到施工现场看看！"说完就往外走。

叶佩赶紧放下碗，一闪身跟了过去："等等，我也去！"边走边拉了拉衣领，"真冷啊！"

众人跟着往外走时，谭艳跟在姜然后面小声说："部长，这什么情况？那个狐狸精……"

姜然冲她一瞪眼睛，吓得她不言语了。

在挖方施工现场，石润生看到，几台挖沟机挖的是个山包，而那些拉土的工程车正在往不远处的一处水塘卸着土。

石润生指着山包看着规划局那位副局长问："这就是设计方案里的湖区？"

他点了点头，还指着正在卸土的那一区域说："县长您看，那里未来将有一座小山，将形成一处独特的景观！山上还将修建凉亭……"

石润生两处都看了看，自责着说："官僚啊！简直是官僚！"

众人一听，谁也不敢说话。

他回头看了看大家，缓缓地说道："作为决策者，我在这里向大家检讨！没有经过调查研究的决策不一定是正确的决策啊，同志们！今天正好几位常委也在，办公室做好记录，今天就算是一次现场办公会，回头出个会议纪要。由规划局负责协调设计单位马上根据现场实际修改方案，就高成山，就低成湖，减少土方量和施工难度。还有，组织部来人了吧？"

人群里，组织部副部长许中山举了下手。

石润生接着看了一眼规划局副局长："回头组织部发个任命文件，规划局副局长调任湿地公园建设指挥部负责规划设计工作，施工过程中再遇到与实际不相符的情况马上调整完善方案，具体由总指挥刘喜武负责！怎么样，大家都说说？"说着，他看向几位常委。常委们都说没意见，同意这个决定。

一旁，那位规划局副局长嘴咧得老大，不言语了。

又询问了一些施工情况后，石润生就带着人打算回去了。临走，他拍着刘喜武的肩膀说："喜武啊，你抓好调度就行了，得注意身体呀！"

刘喜武张了张嘴一句话都说不出来，只是紧紧地握着石润生的手。

石润生又笑着说："我知道你刘喜武是铁算盘，是得精打细算，动一锹土都是钱啊！行了，有什么困难随时汇报！"

看着石润生带着人走远了，刘喜武还站在原地张望着。

叶佩这时跑到石润生跟前，小声说："石县长，好不威风啊！"刚说完她就盯着石润生围的那条红围巾，"我说你这个土包子怎么变得这么时尚了？咱俩换呗！你围红的不合适！"

石润生伸手拉着围巾下摆，看了她一眼，小声说："注意影响，换什么换？"继而他又问了一句，"这么早就回来过年了？"

叶佩却一噘嘴："还怕抢？说实话，是不是哪个小姑娘给织的？"

石润生不理她，只顾往前走。她在后面小跑着，还用手捂着冻得通红的脸。

后面不远处，走在姜然身旁的谭艳看了一眼前面，咬了咬嘴唇："冻死你个狐狸精！"

石润生带着人回到县政府，他下了车正要往楼里走呢，后面从越野车上下来的叶佩叫住了他。

"石润生，你等等我！"

石润生停住脚回过头来看着一路小跑的叶佩，又让秦大军准备下午的道路建设计划专题会，然后才对已经跑到近前的叶佩说："你不回阳春去？"

叶佩解开围巾看了他一眼："大哥，我现在是你的兵啊！办公室给我安排到哪儿了？"

石润生无可奈何地说："在开发区给你们公司安排了办公房间。"

叶佩一听噘了噘嘴："那么远啊……在这楼里不行吗？"

石润生见有干部已经在往这边看了，就转身边走边说："先上我办公室来吧。"

叶佩脸上露出了笑容，跟在后面就上了楼。

可石润生带着叶佩刚走到三楼，在走廊里远远地就看见自己办公室门口站着个人，他仔细一看，竟然是徐蔓苓。路过办公室的时候，他站在门口对两个工作人员说："把会客室打开，让叶总先休息下……"说完，他回头看了一眼叶佩。

叶佩一瞪眼睛："上什么会客室啊？你在哪间办公？"

石润生正不知说什么好呢，就见徐蔓苓走了过来。

"石县长，我等你好半天了，有重要的事向你汇报！"徐蔓苓说着看了一眼叶佩，又看了看石润生脖子上的围巾笑了笑。

石润生无奈，转身朝自己办公室走去。后面，跟着叶佩和徐蔓苓。

办公室里的两名女工作人员看到这一幕，互相对视了一下，吐了吐舌头，聚在一起不知小声聊着什么。

一进石润生办公室，叶佩就四处看着，把羽绒服扣子也解开了。

徐蔓苓把手里的文件往桌上一放，就过去往茶杯里倒水，然后端着递给叶佩："叶总，请喝水！外面冷吧？"

"还行！"叶佩说着接过杯子，抬头看了一眼徐蔓苓，突然皱着眉不知回想着什么。

徐蔓苓也给石润生倒了一杯热水，放到他面前，柔声说："喝口热的暖和暖和吧。"说完，她拿起放在桌上的那条红围巾过去挂在了衣柜里。

已经坐在沙发上的叶佩始终看着徐蔓苓的一举一动，眼里全是疑问。

石润生喝了一口水，抬头问："什么事？"

徐蔓苓看了他一眼，正色道："省人社厅来了位副厅长，想见见你，说是具体落实一下实训基地项目的事，他们打算开春就动工！"

"哦？好啊，我还想去省城拜访拜访他们呢！人在哪儿呢？"石润生一听就来了兴致。

"在学院正和设计单位研究规划方案呢！"徐蔓苓边回答着边帮着整理桌上的报纸和文件。

正在这时，就听沙发上的叶佩大声说："喂！石润生！我是空气吗？"

石润生咧了下嘴，心说，你哪是空气呀，你就是冰雹！

叶佩又说："也不给介绍介绍？"说完她看着徐蔓苓。

"哦，你看我光顾着说话了。对了，蔓苓啊，这是叶……"

他刚介绍到这儿，徐蔓苓说了句："我知道，叶总嘛！"

石润生又看了一眼叶佩，说："叶总，这位是我们安农县职业技术学院徐院长！"

徐蔓苓瞪了他一眼，转身过去和叶佩握了握手："你好，叶总，徐蔓苓！"

叶佩站了起来，伸出手："叶佩……和你们石县长是大学同学！对了，还是同乡！"

徐蔓苓心里说，他流着大鼻涕时我就认识了，同学算什么呀？！

两个人握着手却谁也不松开，就站那儿互相看着。石润生一看，这样也不行啊，就笑着说："叶佩呀，我这着急要去见一下省人社厅的领导，下午还要开个会，要不你看这样行不行，我让人带你先去看一下办公的地方，缺什么你就提，我让人安排！"

叶佩这才松开手，她回避开徐蔓苓的目光，冲石润生说道："那石大县长就先忙，回头聊！"说着，她抬腿就往外走。石润生走出来想要送送她，她却摆了摆手，又看了一眼徐蔓苓，姗姗而去。走到门口时小声自语："反正你又跑不了，哼！"

等叶佩一走，徐蔓苓看着石润生就笑，笑得他一愣一愣的。

"县长也有不淡定的时候？呵呵，叶小姐好漂亮啊，在学校时是你追的她还是她追的你？"

石润生低着头，顺势回了一句："是她……什么呀！就是普通同学！"

徐蔓苓哈哈大笑，见他一脸窘迫的样子她就不开玩笑了。当下，石润生决定，马上和徐蔓苓去见省人社厅那位副厅长，并让机关事务局安排一下，准备中午陪人社厅领导吃饭。

安农县这所刚刚升格的职业技术学院位于县城北部，属于开发区地界。从确定将原来这所职业高中升格为职业技术学院后，石润生这是第一次来。此前，进行前期调研的时候他来过一次，那时的职业高中也没多少学生，且校园里破败不堪，也没多少踏实教课的老师。可这才短短几个月的时间，他再来，可就大不一样了。

等他带着赵小兵跟徐蔓苓到职业技术学院一下车，就被扑面而来的浓浓的校园氛围所深深地感染着。就见教学楼和办公楼都粉刷一新,是那种褐色的涂料,显示出一种学府的厚重感;院里的雪扫得很干净,露出新铺的方砖;操场上是新安置的篮球架、羽毛球网等运动设施;办公楼一侧的墙体上粉刷着红色的宣传标语:发展职业教育,培养技能人才。

看着院里的一切,石润生不住地点头,他冲徐蔓苓说:"没想到啊,搞得不错嘛!不错!"

徐蔓苓小声嘀咕一句:"你没想到的事多了。"

"你说什么?"石润生没听清,问了一句。

"没什么!那咱们进去吧,客人在会议室呢!"徐蔓苓说着就在前面带着路,几个人进了办公楼。

可石润生往办公楼里一进就吓了一跳,就见走廊里全是学生。他不禁在后面问了一句:"蔓苓啊,这不是办公楼吗,怎么……"

"现在是教学楼了,不是教室不够嘛,平时教师都在班级里办公,校领导们则在一间会议室里挤着呢!"

石润生一听,这才想起来上次她说把办公楼腾出来给学生用的事,心想,真得解决扩大校舍的问题了。

此时正是下课时间,学生们都在走廊里站着呢,见他们走过来,学生们都和徐蔓苓问着好,但那些女学生的目光却都落到了石润生身上。职业学院的学生和普通的高中生还不太一样,一般比高中生年龄大些,也成熟些,尤其是那些女学生,其实比徐蔓苓也没小多少岁。这一看见她们的徐院长身后跟着这么一位又帅又有风度的青年男子,女孩子们的眼睛不够用了,都一边往两侧闪着道一边盯着看,看得石润生倒有些不淡定了。

徐蔓苓发现了问题,她回头笑着看了一眼一脸严肃的石润生,小声说:"我这里漂亮女孩子可多得是哟!"

石润生也不理她。

身后,不知哪个女生说道:"咱院长好有福气呀!"

另一个女生却说:"是那人有福气才对吧!咱院长多漂亮啊!"

会议室里,好多人正坐着看前面的投影屏幕呢,那上面正在演示着公共实训基地的设计方案。

徐蔓苓介绍了双方后，石润生就在那位副厅长对面坐了下来，徐蔓苓坐在了他旁边。那位副厅长看着石润生笑着说："没想到石县长这么年轻，哎呀，你们安农县好啊，山好水好，人也好啊！尤其是你们这位徐院长，不仅年轻、漂亮，还很有才干！也很有能量啊，哈哈哈！省厅这个项目可是好几个地方都在抢啊，最后还是没有抢过你们这位徐院长！"

石润生笑了笑，又看了一眼徐蔓苓，他顿时心生狐疑，这么大的项目她是怎么争取来的呢？

会谈过程中，双方敲定了土地划拨以及项目开工事宜，当石润生提出中午吃个饭时，对方表示坚决不吃，说是现在中央有八项规定，可不敢随便吃饭，还是忙正事要紧。石润生也就不再勉强，和徐蔓苓一起送走了客人。

站在楼门口，石润生准备告辞回县政府，但徐蔓苓看了看时间，说道："都这个时间了，机关食堂恐怕没有饭了，要不嫌弃就在学校吃一口得了。"

石润生本来是想推脱的，但一看她的眼神，一想到她争取来这么大的项目，一下子就解决了学院的难题，他就答应了。这下可把徐蔓苓高兴坏了，赶紧安排人去食堂准备去了。

等石润生跟着她往食堂里一进，就有点儿后悔了，原因是那些学生和老师们一见他进来，都不吃饭了，眼睛都盯着他，直到他坐了一张桌子前。徐蔓苓冲旁边几个女生小声说了一句："吃你们的饭！"几个女生吐了吐舌头。

徐蔓苓看了一眼石润生，说道："我们这儿条件就这样，你这大县长恐怕要自己打饭了，走吧，重温一下学生生活？呵呵！"

原来，食堂里吃饭是需要拿着餐盘去自己打饭的。石润生跟着徐蔓苓取了餐盘就准备打饭。

徐蔓苓问他："好多窗口呢，喜欢吃啥自己打，不用付钱的啊，只管打就行了。"说完，她朝面食区走去。

石润生看了看那些窗口，就在窗口打饭的姑娘小媳妇的注视下快步跟了过去。

"你跟我来干什么，我要吃面条！"徐蔓苓回头看了他一眼。

他支吾着："那……我也吃面条！"

徐蔓苓笑了笑，没再说什么，然后就把餐盘放下，和窗口人员说来一碗面条。等她离开,石润生也上前说也要一碗面条。可窗口里站着的姑娘上一眼下一眼地看着他,就像没听见一样。

"同志,我也要一碗面条。"他又说了一句。

可那姑娘还是没动弹,眼睛盯着他还自语呢:"真帅呀……"

"同……同志……"石润生说着回头找徐蔓苓,可看了半天也没看见她去哪儿了。

这时,就听那姑娘说了句:"喂,你是新来的老师吗?教什么的?"

石润生有些发蒙,心里说,这个徐蔓苓搞什么名堂?

正在这时,他发现好多正在打饭的学生都停下了,而且有些人已经聚了过来,窗口里面的服务员也都看向他这边。他突然觉得脸有些发热。

他看了一眼那姑娘,说道:"哦,我不……不是老师……给我来一碗面……面条!"一着急,他说话都不利索了。

围着他的人开始多了起来,他四下看了看,可还是没看见徐蔓苓。

这时,就听里面那姑娘说道:"这面条做出来好长时间了,这么帅的人咋能吃剩的呢,等下啊,我给你做新的吧!"

石润生还想说什么呢,可就见那姑娘麻利地在案板上开始揉面,然后熟练地抻了起来,就见她手里的面上下翻飞,就像是玩跳绳一样,随着她手上的动作,那条面越来越长,而此时锅里的水正沸腾着,就见她手里的面越来越细,紧接着,她往锅里一甩,那根面就进到沸水中。然后姑娘又麻利地拿过一只碗,往里面撒了些葱花等作料,又不知从哪儿拿出两个剥好的鸡蛋来放进碗里。接着,她把一根黄瓜往案板上一放,拿过菜刀就往空中一扔,吓得石润生直咧嘴。再看时,就见她自空中接过那把刀,又耍了两个刀花,然后就飞快地开始切黄瓜,先切片,再切丝,刀功了得。切完,她抓了一把放进碗里。看着锅里的面差不多了,她又抄起一双特长的筷子往锅里一伸再一挑,照着碗里就扔了过去,吓得石润生一眨眼睛。可就在眨眼间,那根面直直地落进了碗里,那可是一整根面啊,而且竟没有煮断,放进碗里刚刚好。此时的石润生,看得眼睛都直了。

就见姑娘又往碗里加了一勺汤,然后双手一摊,看着石润生笑着大声说:"欢迎石县长光临本餐厅!"

石润生还没等弄明白怎么回事呢，就听周围那些学生和老师都笑着齐声说："欢迎石县长光临学院！"

石润生吓了一跳，回头喊道："徐蔓苓——"

第四十四章　将错就错的定亲饭

周日，赵小兵回了一趟家，其实他是有任务，说服他爸赵昆山去杨树村学习杨淑花是如何说服群众同意搞土壤改良的。

一到家，还没等他说正事呢，赵昆山就和老伴儿两个人问这问那，但问的都是对象的事。

就听他爸赵昆山说："兵儿啊，过年把花儿领家来呗！"

他妈也附和着："就是就是！啥时把花儿领家来让妈看看！"

赵小兵支吾了半天，咧着嘴："爸，妈！还没到那步呢，咋往家领啊！再说，还不知人家愿不愿意呢！咱先不说这个了，我回来是有正事的……"

赵昆山把眼睛一瞪："我和你妈说的才是正事！这眼看就要过年了，年前咋也得把婚订了吧？两家老人也得见见面吧？"

赵小兵一听就不言语了，心里想，看这情形恐怕没法说去杨树村学习的事了，怎么办呢？可是，还得说呀，现在下沟村的群众毕竟还有一大部分对实施土壤改良的事不理解，要是做不通群众的工作那将很难实施呀！而在县里的会上他爸又是反对者，到时候是主观上不愿意推动这件事还是客观原因呢？县长对下沟村寄予那么大的期望，可不能让县长失望啊。

想到这儿，他说："爸，咱村的事进行得怎么样了？还有反对的吗？"

赵昆山一听就瞪起了眼睛："反对也得干！不反对也得干！这个你就别管了！"

赵小兵转过身漫不经心地说："我听说杨树村搞得不错，杨淑花还真有一套呢！没想到她那么年轻竟能说服全村群众支持这件事，真是了不起！"

"你说什么？杨树村？那你说说，咱家花儿是用的什么招？"赵昆山一听就来了精神。

"爸，别咱家咱家的，还不一定呢！她用的什么办法我可不清楚，反正就连石县长都表扬她呢！"他说着就喊饿，张罗着让他妈给做饭。

赵昆山半天没言语，他在想，这杨淑花一个小姑娘能有什么招呢？难道村民们就那么听她的？

他在儿子小兵屁股后面跟着到了厨房。

"兵儿啊，要不，你去问问？"

赵小兵心里这个高兴啊，但表面上却一脸的严肃："我可不去，我即使去也是私事，而你们那可是公事！不参与！"

"小兔崽子！总不能让我去找她吧？像什么话！毕竟……毕竟……"他"毕竟"了半天也没说上来。

赵小兵笑着接了一句："毕竟还不是咱家的小花儿！"说着，他又看了一眼他爸，接着说，"爸，我看你是不敢去！怕没面子是吧？"

"胡说！都是一个乡的有什么怕的！再说，她是书记，我也是书记嘛，平级！"赵昆山来了犟劲。

正在做饭的小兵妈说了一句："兵啊，要不你就陪你爸去一趟吧，也好见见亲家不是？"

"妈——什么亲家呀，还没到那步呢！"赵小兵咧着嘴。

赵昆山转身回了屋。等吃过了早饭，他让小兵妈找出件干净衣服穿上，边往外走边说："我出去遛遛！"

隔着窗户见他背着手出去了，赵小兵就乐了，心想，这准是去杨树村了。

赵昆山出了家门直奔村委会，他让会计把司机叫了过来，坐上那辆车牌号为"98003"的吉普就出了村部。果然是奔杨树村的方向。

路上他就寻思开了，自己这么贸然地去合适吗？但又一想儿子的婚姻大事，他就在心里骂了一句：小兔崽子，今儿个要不把这事敲定你爹我就不算当过兵！

还没出村口呢，他就看见许多村民在村路上站着。这是村民们的习惯，一般吃了早饭后都喜欢到村路上站着，或是拉拉家常，或是看看热闹。

见吉普车过来了，村民们都避让着。而一群孩子不知从哪儿跑过来跟在车后，边跑边齐声喊着："98003，小车不一般，走了刘喜武，换成赵昆山，庄稼不让种，弄个大草原……"

村民们听了都在笑。赵昆山这个气呀，心说，也不知是谁瞎编的。

村村通水泥路对于农村来说还真是方便不少，虽然是冬季，但比原来的沙石路可强多了，雪落下后经风一吹路面干干净净的。转眼间，前面就能看见杨树村村部了。

自从县纪委和检察院把原来的村主任杨来财抓起来后，村里的面貌可大不一样了。就拿村部来说吧，以前这里可是冷冷清清的，村民们唯恐避之不及呢，哪还会在这附近转悠啊。可现在呈现在赵昆山面前的，却是另一幅画面：许多闲来无事的村民都手插在棉袄袖口里聚集在村部门口，也不知聊些什么。

赵昆山让司机把车停下，他拉开车窗问了一句："同志，打听个事呗？"

旁边几个村民都看着他和这辆车。

"你们杨书记在村部吗？"

一位老汉呵呵地笑着说："你是问哪个杨书记呀？"

"还有哪个杨书记？就是你们现在的杨书记呗！"赵昆山回了一句。

旁边有个妇女笑着说："你是问我们辣椒书记呀？在家呢！"

赵昆山又问："那她家在哪儿呀？"

那老汉往前面一指："顺着这条道往前，到前面再一拐，把头那个三间大瓦房就是！算了，我领你去得了！"说着，他径自走在了前面。

赵昆山不好意思了，也下了车，让车在后面慢慢跟着，他紧走几步追上老汉。

两个人边走着，老汉问："同志是当官的吧？老蔫巴家最近净来当官的！这老蔫巴有福哦，摊上个好闺女！"

"问一下，你说的这个老蔫巴是……"

老汉看了他一眼："就是我们杨书记的爹！"

赵昆山明白了，可他不明白的是，看杨淑花的样子那么闯实，怎么会有个蔫巴的爹呢？

老汉又看了一眼赵昆山,笑着问:"亲戚?"

赵昆山含糊着"嗯"了一声,但想了一下却说:"是亲家!"

"亲家?这老蔫巴,咋没听他说呢?"老汉嘀咕着。

等走近了,赵昆山看见,果真有三间大瓦房,房上虽然有厚厚的雪,但院子里却收拾得很干净,不仅雪都清没了,甚至连根草刺都没有。他心里暗暗高兴,看来这是家正经过日子的人家啊。

"老蔫巴!老蔫巴在家吗?看看谁来了!"老汉喊着。

赵昆山跟着老汉进了院子,他看见房门开了,走出个干瘦老头来,嘴里叼着个旱烟袋,一脸疑惑地看着这边。

那老汉又笑着大声说:"老蔫巴!你亲家来了!"

杨满堂皱着眉上上下下打量着赵昆山,却对那老汉说:"老王头你瞎嚷嚷什么?"

赵昆山一听,这还"蔫巴"呀?

他几步走上前,手一伸:"老哥哥,淑花在家吗?"

杨满堂愣了一下:"你是……"

"哦,我是那什么……老哥,咱进屋说去吧,这大冷的天儿!"

"哦,你是乡里的吧,快进屋!"杨满堂笑着就往屋里让。赵昆山想解释几句,但一想,算了,进屋再说吧。

一进堂屋,赵昆山就四下看着,却并没有看见杨淑花。等坐在了炕沿上,杨满堂张罗着让淑花妈倒水,他几次想问问杨淑花在不在都插不上话。

杨满堂笑着说:"领导,你坐啊!"说着就去柜子里翻找起来,边翻还嘀咕着,"我记着有一盒好烟来的?放哪儿了呢?"

赵昆山连连摆手:"不用找了,我这有!"

好不容易等杨满堂找出了烟,赵昆山抽出一支点着后,这才问道:"老哥,淑花呢?"

"淑花呀,前院老张家大小子今天订婚,非得让俺家花儿去帮着装装门面,她不是书记嘛!这不,吃完早饭就去了!"

赵昆山心说,自己的婚都没订呢帮别人装什么门面?

"哦,那我等她回来!"

杨满堂看着他一脸的焦急，说道："要不，让她妈去找回来？"

"不急！"

正在这时，院外不知什么时候围了很多村民，大家都笑呵呵地往屋里望着。

赵昆山回头隔着窗户往外看了一眼，可就在这时，他看见儿子赵小兵走了进来。他一下子就站了起来。

杨满堂也看见了赵小兵，他愣了一下，回身冲淑花妈说："这不是上次和咱家花儿回来那小伙子嘛……"

杨淑花妈笑着在围裙上擦了擦手，说："老头子，快接接去，是咱家花对象！"

赵昆山一听就乐了。

杨满堂看了他一眼，不好意思地说："那个，同志……你先坐着啊，俺家姑爷来了！"说完，他转身出去了。

赵小兵一进屋就看见了父亲赵昆山，他尴尬地小声说："爸……上人家干啥？有事上村部说去呗！"

杨满堂一听赵小兵叫赵昆山"爸"，他愣了半天，突然哈哈大笑："哎呀，原来是亲家呀！怪不得老王头子说呢！花儿她妈！杀鸡！"

赵小兵怎么来了呢？原来，赵昆山刚一走，他越想越觉得不妥，生怕他爸跑到人家里来，到时候再说错话可就麻烦了，他这才随后找个自行车跟了过来。

杨满堂也不管这爷俩儿说啥，转身出了屋，到院子里就开始抓鸡。

门口围观的人群中有人笑着喊了一句："老蔫巴，抓鸡干啥呀？看你把鸡撵的！"

"俺家姑爷和亲家来了！"他回了一句继续抓鸡。

就见那只芦花鸡满院子跑，一边跑一边叫着，最后还是过来个小伙子才总算帮着抓住了。杨满堂手里拎着鸡，回头对那个小伙子说："你去帮叔到小卖部买点儿酒来！"小伙子答应着出了院子。

人群中又有人笑着喊："这回鸡可蔫巴喽！"人们哈哈大笑。

杨满堂也不答话，脸上洋溢着说不出的高兴神情。而屋里的赵小兵可急坏了，心想，恐怕今天要坏事。

再说杨淑花,她一大早就被前院叫了去,本来她是不想去的,自己一个姑娘家参加人家的什么订婚宴总觉得不是那么回事,但自己毕竟是村书记,村民家有事又不能不捧场,她这才勉强去了。她知道,对于这户村民来说,她的参加会让他们在亲家面前非常有面子。

整整一上午,她都在那家待着,等到了中午时,她可没在那家吃饭,推脱说还有事,就往家走。可还没等走到家门口呢,就见不少人围在门前,也不知自己家里发生了什么事。她三步并作两步赶了过来,一到门口就有小媳妇笑着说:"杨书记,你还帮着别人家订婚呢,你对象来了也不管?哈哈哈!"

她一听就愣住了,四下看了看,脸一绷:"都散了!有什么好看的!"

听她这一说,围着的村民都嘻嘻地笑着做出要走的样子,可等她一进院,人们又围了过来。大家都想看看这位厉害的村书记的喜事。

还没进屋时,杨淑花就隔着窗户看见屋里几个人围坐在炕桌前,正举着酒杯喝呢!而她看见的正是赵小兵端着酒杯,她爸则一脸的笑容,另一个人背对着窗户她不知道是谁。

一看是赵小兵,她顿时就惊呆了。心说,这什么情况?他啥时来的呀?我怎么不知道?而且还喝上了?

杨淑花进屋就喊了一句:"赵小兵!"

此时的赵小兵和杨满堂碰了一下举着杯子刚想喝呢,被她这么大声一叫顿时吓得手一哆嗦,杯里的酒全洒在了身上。同时吓了一跳的还有他爸赵昆山。

杨淑花她妈正往桌上端菜呢,听她这一叫,说道:"这孩子,咋那么大声呢!花儿呀,看把小兵和你叔吓的,这不是在村部!呵呵!"

杨淑花这才发现炕上背靠窗户坐着的是赵昆山,她愣了一下,张着嘴说不出话来。

杨满堂呵呵地笑着招呼她到桌上来:"花儿呀,你叔没让叫你,你不是有公事嘛,我们就先吃了。快来,早知道咱家会亲家就不让你去了!"

杨淑花看了看桌上的人,彻底蒙了。心里说,什么?会亲家?这啥时候的事儿呀?赵小兵你这是要弄哪一出?

她冲赵昆山笑了笑:"赵叔来啦……"然后又对赵小兵怒目而视,小声说,"赵小兵,你给我出来!"

赵小兵咧着嘴站了起来,心说,爹呀,你今天这不是要毁我嘛。

杨淑花领着赵小兵回了自己房间,她把门一关就瞪着赵小兵。赵小兵不敢看她的眼睛,就在屋里四处看着。

"你看什么呢?女孩子的房间是能随便看的吗?"

赵小兵这时候一眼看见放在桌上的手机,他笑了,回身说道:"那个……杨淑花呀,本来是打算告诉你的,可电话打不通,所以才……"

"怎么可能!我手机明明是……"说着,杨淑花摸了摸身上,却发现手机真的没在身上。

"那你说说,今天来是什么意思?还带你爸来的!"

赵小兵嘻嘻地笑着:"花儿呀……"

"还草儿呢!说实话!干什么来了?"杨淑花狠狠地瞪了他一眼。

"定亲!对,就是定亲!"赵小兵说完脸就红了。

杨淑花万万没想到他会说是定亲,她脸也红了,小声嘀咕着:"也不打个招呼,净干这突然袭击的事儿,上次偷吃人家面,偷喝人家水,这次又偷偷来人家里,什么意思嘛!"

赵小兵上前一阵傻笑:"花儿呀,你看,我爸都来了,这饭也吃了,你妈把鸡也给炖了……那咱俩的事儿……"

"没你这样的!说一声能死啊!着什么急?我还能跑了是咋的?"杨淑花话虽这么说,但脸上明显难掩高兴的神情,说着话,她看了看赵小兵衣服上洒的酒,找了条毛巾,"我喊你一声就吓那样?来我给你擦擦!"

赵小兵心里这个乐呀。

边擦着,杨淑花小声问了一句:"那你爸你妈都同意吗?"

赵小兵乐呵呵地说:"同意,而且我看你爸你妈也都同意!"

"那我还不愿意呢!太烦人了你!"杨淑花说着就推了他一把。

赵小兵一听就愣了:"你……你不同意啊,那可怎么办呢?那你家那小鸡可白瞎了……对了,光顾喝酒了,我可是一口鸡肉也没吃呢,不管你愿不愿意,我得吃鸡肉去了!"说着,他嘻嘻地笑着就往外走。

杨淑花咬了咬嘴唇:"你个吃货!"说完,拿起手机跟了出去。边走,她看了看手机,不禁噘起了嘴,"该死的,哪打电话了!"

本来，赵昆山是来取经的，却没想到把这顿饭吃成了定亲饭，他这个乐啊！

直到吃完饭，赵昆山这才问起了杨树村土壤改良的事。杨淑花就把自己的想法和他说了一遍。

原来，杨淑花跟着徐蔓苓到北京还真找着一位农业方面的专家。据专家讲，搞土壤改良势在必行，也是未来农村发展的方向。他说，土壤改良可不等同于土地闲置，完全是可以做点儿文章的。那位专家说他正在研究一个项目，就是利用农村的闲置土地，尤其是那些涝洼地发展泥鳅养殖。杨树村的地大多是涝洼地，这回土壤改良再种上草，那正好可以养殖泥鳅。据专家讲，现在城里人都愿意吃这个，能增加不少的经济效益，而且，更能有助于地力的恢复，这是一举多得的事。

杨淑花回来就召开了村民大会，把这个想法和广大村民说了，村民们这个高兴啊。本来，按照县里的安排，就是不愿意也得搞土壤改良，这回可好了，既能完成土壤改良的任务还能增加收入，何乐而不为呢？就这样，全体村民一致通过，同意杨淑花的安排。

赵昆山听得一愣一愣的，他万万没想到，杨淑花一个小丫头竟能有这般见识和魄力。他心想，小兵没选错，我家小花儿就是能！

赵小兵还说呢，他说爸，要不咱们下沟村也这么搞得了，正好小花她们有技术。

赵昆山微笑不语，心说，我当长辈的咋能跟儿媳妇学呢？她养泥鳅我也养？门都没有！不过，倒是受了些启发。他就盘算着自己心里的小九九，看着杨淑花乐得合不上嘴。

第四十五章　走入困境的服装厂

就在赵昆山为儿子小兵的婚姻大事乐得合不拢嘴时，石润生却在为一桩涉及"婚姻"的事儿发愁呢。

安农县服装厂是家老国有企业，以前在县里也算是不错的单位，那时候谁家要是有孩子能进服装厂这样的国营单位那可是件高兴的事，但随着市场经济的深入，民营企业如雨后春笋般蓬勃发展，县服装厂因缺乏创新和市场竞争力，已经越来越举步维艰，濒临倒闭的边缘。

石润生刚到安农县来的时候，在了解全县基本情况时就发现了这一问题，但一直没有时间作专题的研究。眼下，发展战略正在有条不紊地推进着，关于"三农"的方针也已经制定，他这才腾出手来准备研究像服装厂这样的国有企业的出路。

连日来，他带着人到企业进行了专题调研，也听取了企业方面的汇报，服装厂的现状令他一筹莫展。在专题召开的常委会上，众常委们意见不一。有说把企业卖给私企的，有说改制的，也有的说关停算了，还有的说即使政府有心扶持但没有资金也是白搭。

石润生也一直在思考这件事，企业发展成今天这样是有原因的，而究其根源既不是缺技术，也不是没有人才，而是缺乏管理。

难道国企就发展不起来？现在人民生活水平提高了，正是服装业的春天，但为什么就发展不过人家私企呢？他，不信这个邪！

常委会就这样不了了之了，没研究出一个好的办法来，石润生在会上也没做什么决定，他还想到企业走走看看，想听听企业管理层和基层工人的意见。或许，普通民众的意见会有可行的办法呢也说不定。

在准备到服装厂去时，秦大军过来问都哪些人随行，石润生这时候却想起一个人来，他拿起电话就给徐蔓苓打了过去。自从上次在职业技术学院吃了一次饭，他就越来越对职业技术学院感兴趣了。上次原本是以为徐蔓苓要捉弄自己呢，却没想到是一次别开生面的职业技能展示。石润生没想到这样一个小县城里能培养出那样的人才来，看那个打饭的姑娘在他面前做押面，就像是在看一场艺术表演一样。那时他就想，看来自己发展职业教育的决策是对的，培养专业技能人才是未来的发展方向。

这次服装厂的难题一出来，他就想，职业技术学院不知有没有服装专业，如果有，那么毕业生就业怎么样呢？他找徐蔓苓，就是这个问题。

徐蔓苓在电话里一听就乐了,说你来看看就知道了,原来的职业高中就有服装设计专业,都已经毕业好几茬学生了,但没有一个在本地就业的,都是北上广这样的大城市来招的人,而且还供不应求呢。

石润生听完,一想到还得去她那儿,就咧了下嘴,脑海里马上浮现出那日在食堂的情景来。心说,可别是再捉弄我吧?

当下,他决定先不去服装厂了,而是再去职业技术学院看看,专门了解一下与服装有关的专业情况。这次他特意让姜然跟着一起去,并带上了县报社和广播电台的记者,打算借机会帮学院搞搞宣传。临要走时,他又想起个人来,那就是他的同学刘伟。他略加思索后就给刘伟打了个电话。刘伟一接到电话就兴奋得不行,说随后就到。挂断手机,他突然又有些后悔了,但之所以让刘伟跟着去,他是有着自己的想法。

他带着秦大军和赵小兵,下楼就准备去职业技术学院,可刚一出楼门迎面就碰上了一个人,他想躲都来不及了。

"石县长,这是要下去?去哪儿?我能去吗?"

一见面,快言快语的夏雨荷就是一大串疑问,弄得石润生插不上话。为了不和她在大门口有过多的交集,他只好点了点头,说:"正好你来了,那就一起去吧,也帮着我们职业学院在省报上宣传宣传!"

听说是去职业技术学院,夏雨荷表情突然有些不自然,但随即就笑着跟着一起出门上了车。之所以表情不自然,是因为她不知从哪儿知道了徐蔓苓以女朋友的身份为石润生解围的事,一打听才知道徐蔓苓是职业技术学院的院长,而且还听说是石润生提议让她到那任的职。为了这事,她可是好几天没吃下饭。她哥夏雨轩就劝她说,有些事是要顺其自然的,眼下石县长正大刀阔斧地实施强县富民战略,是不会有心思儿女情长的,有些传言是不可信的。听她哥这么一说,她这才重新露出笑容。但看着她的样子,夏雨轩摇了摇头,对于石润生这位老同学,他是太了解了,没有哪个女孩子会走进他的内心。上学时,他以学业为重;现在当了县长,他更是以工作为重,以尽快让全县人民摆脱贫困为重。可是,他真的就没有喜欢的人吗?如果有,那他到底喜欢什么样的呢?

而这些,也正是夏雨荷的疑问。同时,还有一个人也时常会有这样的疑问，那就是徐蔓苓。

此时的徐蔓苓正在这间大会议室里和几个中层干部安排石润生他们参观调研的事呢。上次为了让石润生感受一下学院培养出来的人才专业技能，她特意安排了那样一场别开生面的表演，现在想起来当时石润生惊恐的表情她还忍不住想乐。

可是，他不是刚来过嘛，这次为什么会突然对服装专业这么感兴趣呢？她百思不得其解。但有一条她可以肯定，润生哥全是为了工作，不可能是来干别的。一想到别的什么，她脸有些发烫，心里直骂自己没出息。

石润生等人到职业技术学院的时候，徐蔓苓已经带着人在校门口迎接了。

当他从车上下来时，徐蔓苓满心欢喜地迎了上去，但她往后面一看，不禁疑惑起来。就见跟在后面下车的不仅有姜然这位年轻的县委常委，竟然还有那个夏雨荷！而且，一下车那个夏雨荷就跑到了石润生跟前，满脸的笑容。可就在徐蔓苓发愣时，一辆轿车开了进来，接着，从车上走下一位穿着大衣的人，下了车也奔石润生走了过来。

徐蔓苓不禁皱了皱眉，心说，这不是刘伟吗，他怎么也来了？

石润生一一向徐蔓苓介绍了随行人员，还特意强调，这次是打算帮着学院搞搞宣传。

徐蔓苓不露声色地和众人一一握了手，但对刘伟的到来她疑问重重。

带着石润生他们参观过了服装专业的几个教室后，徐蔓苓就在会议室里介绍情况。

服装专业虽说并不是原来的安农县职业高中最好的专业，但由于学校选对了方向和培养目标，几届毕业生的就业都还不错。原因是他们的服装专业并不是那种普通的服装裁剪，而是面向国际化市场培养创新型人才，包括服装设计、服装模特。服装设计专业的学生曾参加过中央电视台举办的创新大赛，取得不错的名次。而服装模特专业由于招生时就设定了相关限制条件，招来的都是清一色的美女和帅哥，学校又和国内一些大城市的相关机构建立了联系，因而在这方面办出了特色。

听着徐蔓苓的介绍，石润生不住地点头，对于县服装厂的解困，他心里已经有了初步的想法。

送石润生他们走的时候，徐蔓苓叫住了他，见周围没有什么人了，她说："润生哥，上次王叔来说让回去过年的事别忘了啊！"

石润生想起来了，上次在徐蔓苓家吃饭和王叔见了面，他不知道王叔到县城来是什么事，但在饭桌上王叔却说让他和徐蔓苓过年时一起回去，他当时答应了，不回王叔家过年自己还有可去的地方吗？王叔，他是当自己的父亲一样对待的！可是，这徐蔓苓难道不回自己家吗？她父母又是做什么的呢？他一直想问，但又问不出口。

听徐蔓苓说起这件事，他点了点头，说记着了，一定回去。看着她一脸奇怪的表情，石润生欲言又止。

就在石润生结束了职业技术学院的调研准备直接去服装厂的时候，秦大军却接了个电话，他一接听完就震惊地告诉石润生，说是县服装厂的职工有一百多人到县政府上访来了，现在正在政府大院里呢。

石润生一听就赶紧吩咐返回县政府。等他赶回政府大院时，就见院里聚集了不少人，人群中还有人打着横幅，吵吵嚷嚷地让县领导出来解决问题。

石润生他们在院外下了车，往里面走时，人群中不知是谁喊了一句："县长来啦！"

这一声喊不要紧，人们都朝石润生围了过来。他微笑着向围过来的人们点着头，好不容易在秦大军的帮助下总算站到了楼前的台阶上，他面对着上访的职工们半天没言语。刚刚还吵嚷的人群一瞬间就静止了，人们都看着台阶上这位年轻而英俊的县长。

石润生回身让秦大军安排人把大会议室打开，然后他冲人群挥了挥手："同志们！天很冷啊，大家有事找政府反映是好事嘛！要不然大家到暖和点儿的地方咱们聊聊？你看，前面这位姑娘都冻哆嗦了！"

人们一听，都哄笑起来。石润生就一挥手，让大家跟他到大会议室去。大家都跟着往楼里进，人群中不知是谁在组织着队伍，石润生听见，那人让大家按照班组站好队，有秩序地一个接着一个进楼里。

刚才还是闹哄哄的人群仿佛一下子被施了什么魔法，都静静地排着队进了会议室。

这时，秦大军和李铁城也赶了过来，跟着石润生一起进了会议室。石润生还让姜然和那几名记者都跟进来，说是今天就和服装厂的职工们一起研究下一步的发展问题，让他们留好影像资料。

石润生他们在会议室前面坐好后，他看着会场里坐得井然有序的人们，不禁由衷地赞叹国企制度的规范性和职工的纪律性。

他看着大家笑着说："你们是不是有什么神通啊？我这刚想去看你们呢，可倒好，你们自己来了！哈哈哈！是不是怕我这个县长冻着啊！"

人们都乐了起来。

他伸出双手做了个手势，示意大家静一静。然后神色凝重地说道："听说大家有两个月没开出工资了吧？作为县长，我有责任啊！今天借这个机会向大家检讨！眼下马上就要到年关了，开不出工资可不行啊！累了一整年，怎么也得好好过个年吧？家里有老人孩子的得买点儿好吃的吧？小姑娘小媳妇也得添件新衣服吧？就是男同志，那怎么也得买箱啤酒好好犒劳一下自己吧？啊？"

会场里的人们又乐了一下，但可能是听到了工资的事，随即就没声了。

石润生又看了看大家，郑重地说："服装厂的事县委县政府都清楚，也正在研究可行的办法，但不管怎么办，眼下首先要解决的就是大家的工资问题！正好铁城，也在。铁城啊？你可是管财政的，怎么样？我先向你借点儿钱？"他看着李铁城说完，不等他回答又看向大家继续说，"我在这里向大家保证，大家的工资年前一定发放到位，而且一分都不会少！"

可等他说完，台下竟没什么反映。静了一会儿，就见后面站起个人来，是个年轻的略有些发胖的女职工。

她站起来说道："石县长，我们今天不是来要工资的，企业有困难，暂时发不出工资大家都能理解！但企业可不能说黄就黄啊！"

"对！不能说黄就黄！我们还得吃饭呢！"人群中有人附和着。

那姑娘挥了下手："我说你们咋这么没有纪律性呢？来时和你们说啥来的？都闭嘴！"

她这句话说完，没人再敢言语了。

石润生一看这场面，心说，这姑娘好厉害呀，但她也不是厂长啊？

就听那姑娘继续说道："对了，忘做自我介绍了。报告县长，我叫黄晓莺，是服装厂的妇女主任。我们听说县里要解散服装厂？请县长跟我们说说，这是不是真的！"说完，她气呼呼地坐下了。

石润生听完就笑了，回身对李铁城说："这姑娘很厉害的嘴嘛！"说完他又看向众人，"叫黄晓莺是吧？你这个问题问得好啊！这也是我想问的问题！是哪个人说服装厂要倒闭呀？为什么我不知道？过去，服装厂为县财政做过很大的贡献，我听说厂里过去有个服装品牌一直卖得不错嘛！可如今不景气了，市场竞争压力大，经济效益也大不如前了，这也是市场经济的规律呀！竞争压力大并不可怕，可怕的是没有了精气神！亏损也不可怕，但亏损不能亏了心！关停一家企业这很容易呀，但大家怎么办？我听说你们中有的一大家子都在这个厂上班，没了经济收入日子还怎么过？谁要关停服装厂我石润生第一个就不答应！"

他这句话说完，会场里爆发出热烈的掌声，有的职工还抹了一下眼角。

他挥了挥手，继续说："同志们，对于服装厂的情况县委县政府都知道了，也正在积极地研究办法，但今天我很负责任地告诉大家，不仅服装厂不会关停，而且将来会发展得更好！将来会让你们以能够作为服装厂的一员而感到自豪！但这个事得慢慢来，回头马上把大家的工资发出去，大家先过个好年！服装厂的改革将马上启动，并且很快就能让大家看到希望和未来！"

人们又鼓起掌来。

石润生笑着示意一下，又看着大家说："今天厂里是哪个领导带队来的呀？"

就见黄晓莺又"腾"地一下子站了起来："报告县长，我！"

"哦？你不是妇女主任嘛，对了，有一个事我不明白，女职工也就罢了，可你一个妇女主任，刚才我看这些男职工怎么也听你的呀？"石润生笑着问。

黄晓莺看了一眼大家，呵呵地笑着说："男的怎么了？他媳妇不是女的？他闺女不是女的？"

这句话说完，会场里顿时爆发出阵阵笑声。

一旁坐着的李铁城和姜然都看着石润生，此时，他们被眼前这位年轻而英俊的县长所深深地折服了。一场本来很难解决的群体上访，就这么在他谈笑间解决了，而且解决得让大家还那么高兴。

会议一结束，李铁城就过来说："县长，工人工资的事我马上就让财政局安排，还有什么工作您就吩咐吧，我没二话！"

石润生看了他一眼，突然问道："土壤改良的事怎么样了？"说完，他一脸的微笑。

李铁城不好意思地咧了咧嘴："县长，我上次……这回我想明白了，您是对的！我保证完成好任务！对了，县长，有个事我还想向您汇报呢，听说下沟村和杨树村群众工作做得很好，没有因实施土壤改良而闹事的，尤其是这个下沟村，也不知赵昆山用了什么招儿，原来那些反对的都没意见了……"

石润生站起来拍了拍他的肩膀："老李呀，我知道他有办法！哈哈哈！行啊，等有时间咱们一起去瞧瞧他赵昆山到底用了什么招！"

看看服装厂的职工们走得差不多了，石润生这才打算出去，可就在这时，却见黄晓莺走在人群后面，他喊了一句："黄晓莺同志！你是学什么的？"

黄晓莺回头笑着答道："报告县长，我是咱县职高毕业的，服装设计专业！"

第四十六章　同学会被人举报

转眼间，二〇一三年元旦就到了。

这天，安农县政府礼堂里座无虚席，大红的横幅上有一行醒目的大字：安农县"互联网＋"培训大会。

会场里坐着的都是机关和乡村干部，石润生带着县委和县政府领导班子成员坐在第一排。此时，站在主席台上发言的是刘伟。在他之前，安农县职业技术学院的一位计算机老师刚刚做完报告。

刘伟讲的是电子商务方面的知识，他从自己最初开的一家网店讲到后来发展成电子商务公司，以自己的亲身经历来讲解发展电子商务的未来前景，以及"互联网＋"的深远意义。

这次培训是石润生倡议召开的，目的就是开阔干部们的视野，在网络时代树立互联网观念，为下一步用"互联网＋"的思维发展安全农产品产业奠定基础。

会上，石润生作总结讲话时宣布了对县服装厂的整改方案，责成常务副县长李铁城具体负责服装厂改制工作，聘请专业技术人员瞄准市场需求，树立特色品牌，同时，搭建电子商务平台，实行前店后厂式的网络营销，这项工作由刘伟负责。并由安农职业技术学院牵头成立服装厂自己的时装表演团队，与国际接轨，让安农县生产的服装走出去参与市场竞争，这项工作由徐蔓苓负责。他还要求，改制后的服装有限公司要选举产生新的企业管理机构，把那些懂经营、会管理、有创新思维的年轻人充实到领导班子当中，让年轻人挑大梁。

可以说，这次"互联网＋"大会在全县震动不小，很多年轻干部都兴奋不已，因为毕竟互联网属于年轻人。但也有不同的声音，有人说石润生这是异想天开，是瞎胡闹。

这不，开完会他就接到了一个电话，电话是岭东市委组织部打来的，说是让他和全体班子成员去参加全市的反腐倡廉大会。

关于这次反腐石润生知道，中纪委刚刚开过会议，对反腐工作做了重要部署，他意识到，中央反腐是要动真格的了。

果然，岭东市这次会议就是为了贯彻落实中央和省里有关会议精神，部署反腐工作的。会议一结束，石润生就被市委组织部常务副部长张德旺留下了。跟着张德旺一进小会议室，石润生就看见屋里还坐着一个人，是市纪委监察室那位李主任。看着他们两个人的神情，石润生觉得不会有什么好事。

还真让石润生猜着了，一坐下，张德旺就首先开了腔："润生同志，你到任安农县以来所做的工作市委是有目共睹，但党风廉政建设工作可一点儿也不能放松啊，不能只顾着抓经济！安农县是穷，但也不能着急嘛，一口也吃不成个胖子不是？怎么说呢……"说着，他看了一眼李主任，"老李，要不还是你说吧。"

"好！"李主任清了清嗓子，说道，"石润生同志，这次属于非正式谈话，找你来呢是有个事要提醒你，最近市纪委和组织部收到不少关于你的举报信，虽不属于经济问题，但大多涉及你的个人生活问题，考虑到你是年轻同志，还没有成家，所以向市有关领导反映后，决定还是提醒你一下，要严格要求自己！作为党员领导干部，尤其要注意生活作风问题！虽说这些举报信大多是捕风捉影，但也不容忽视！希望你回去后多多注意一下这方面的问题。市领导对你还是寄予厚望的呀！"

他这番话可把石润生气坏了，什么？生活问题？作风问题？他脑海里浮现出几个人的面孔来，或许，自己是该注意了。眼下从中央到地方正在进行强力反腐，虽然自己自信不会出现这样或那样的问题，但也不能让那些心怀鬼胎的人造谣啊，那样会影响下一步发展战略的实施，更会影响全县经济发展大局。

从小会议室出来后，他下楼准备回去，在走廊的转角处，凑巧碰上了齐福仁，他笑着说是张部长找他。石润生回头看了一眼他的背影，想着刚才他那一脸捉摸不透的笑，不禁叹了口气。

刚才在大会上，岭东市主要领导在讲话中强调了，说省里马上要向各县派驻巡视组，重点巡视各级干部中存在的形式主义、官僚主义、享乐主义和奢靡之风，并要求各县回去后要立即召开动员大会部署这项工作，在省委巡视组进驻之前要开展"四风"方面的自查自纠。

所以，石润生一回到县里就马上让秦大军抓紧筹备一下，打算第二天就召开全县动员大会，并与在家的几名常委商议了一下成立督导组事宜，确定由石润生亲自负责督导组，抽调县纪委副书记闫继成担任常务副组长，纪委、组织部等相关部门为成员单位，立即开展全县范围内的"四风"督导自查自纠工作。

安排完工作，坐在办公室里的石润生回想着张德旺他们说的话，心情久久不能平静。他想到了上次自己救那个女孩子的事，看来，始终有人在时刻关注着自己啊，尤其是在关注自己和异性的交往。他又一一回想了一下自己的言行，也检点了一下自己和几个女同志的交往，心想，除了徐蔓苓以外，也没和谁有过近的关系呀？即使是徐蔓苓也是因为王叔的关系才走得近一些，至于其他人根本谈不上有什么超出工作之外的关系。

可是，自己到底和徐蔓苓是什么关系呢？他越来越想不明白了。他走到窗前，望着外面的街景出神。天，又开始下雪了。簌簌下落的雪花包裹着楼房、街路和行人，也压抑着此刻石润生的心。看到街边还不肯收摊的人，看着那些行色匆匆的居民，他决定，管不了那么多，只要自己行得正，别人想怎样就怎样吧，眼下自己的事不算什么，有那么多工作还等着自己去完成呢。他下意识地拿出那个发卡，看了又看，又轻轻地放进钱包里，他想，过年时得问问王叔了，当年那个小姐姐在哪里。

此时，已经到了下班的时间，就在石润生准备回家的时候，却突然接到了夏雨轩的电话。夏雨轩说，眼看就要过年了，在县城里的同学们却始终没有机会聚一聚，大家想趁这个周末小聚一下，问他能否参加。

石润生这才想起来，原来今天竟是周末，在他的时间里早就没有了周末的概念。想想自己回到安农县这么长时间了，却一直没有和这些在县城里的高中同学们见见面，现在自己是县长，久不与同学见面大家会说什么呢？猜都猜得出，但自己确实是因为时间的关系。夏雨轩说得对，快要过年了，是得和同学们见见面了，叙同学情是一方面，更重要的是今后的工作还得同学们的支持才是，毕竟这些同学们分布在各行各业。但他又一想，参加这样的同学会是不是违反八项规定呢？涉不涉及"四风"方面的问题？如果花自己的钱而不是花公款应该没有什么问题。

想到这儿，他就欣然同意了。听他同意了，电话里的夏雨轩颇感意外。

"真的？"他再次确认了一下。

"哈哈哈，怎么，我有过忽悠谁的时候？"石润生笑着转过身来到办公桌前。

夏雨轩高兴地告诉了他时间和地点，然后就匆匆地挂了电话，估计是张罗去了。

石润生收拾了一下桌上的材料，出了办公室朝夏雨轩说的聚会地点走去。

隆冬时节，东北的天特别短。此时虽然才五点钟刚过，但天已经黑了。尽管是这样，但石润生为了不引起别人的注意，还是把大衣领子竖了起来，又把围巾多绕了几圈。这次他没有围徐蔓苓送的那条围巾，因为是红色的太鲜艳，毕竟以他的身份围着不合适。有时他就在想，徐蔓苓为什么偏偏就送条红围巾呢？不过，他围过之后明显感觉到暖暖的，不同于自己买的这种。莫非是她自己织的？现在的女孩子会织围巾的可不多了。

天，依然飘着雪花，没有什么风，雪花飘得很悠闲，恰如此时走在街上的他，以一种难得的悠闲心情去赴同学之约。

夏雨轩订的这家饭店很偏僻，大概是考虑石润生的身份吧，因为毕竟是在这样的小县城，又有谁不认识他这位年轻的县长呢？为了避免不必要的麻烦，他选择了一家远离主街，离县政府较远的一条小巷，那里有一家从门面上看去很普通的餐馆。

石润生按照夏雨轩发过来的路线，好不容易才找到这家餐馆。当他抖落一身的雪走进前厅时，一眼就看见夏雨轩站在那里。而他也看见了石润生，微笑着快步迎过来。

"怎么样？不难找吧石县长？"

"哦，对了，你就不要叫我县长了，现在我归你管，班长！"

听他这么说，夏雨轩笑了笑，拉着他的胳膊就往大厅里面的包间走。

"都有谁呀？"他问了一句。

夏雨轩笑了笑："见了不就知道了？怎么，有想见的人？"

"都想见。"他笑着说。

一进包间，石润生就看见站起几个人来，有男有女，却都不太熟悉。

他站在门口一一地看着这几个人，脑海里依稀还能记得当年他们的模样，可是毕竟十几年了，面前这几位同学都变了样子，不管男的还是女的，或胖或瘦的有所不同，而脸上却相同地爬上了岁月的痕迹。

还未等他叫出他们的名字，几个人几乎同时吐出一句话来："县长……"

夏雨轩笑着一摆手："叫润生！都坐吧，不是天天说要和润生聚一下嘛，怎么都拘束起来了？"

石润生也笑着示意大家坐下："同学们，还是像当年那样吧，叫我润生，或是干脆叫土包子也行啊！哈哈哈！"

听他这么说，几个同学脸上露出轻松的表情。夏雨轩怕他叫不上他们的名字了会尴尬，就一一地介绍着各人的基本情况，包括各自的工作单位。而除了夏雨轩这次通过干部调整被任命为教育局副局长外，其他几名同学都不是科局级干部，有一个男同学在某派出所当民警，另两个男同学一个是在县国土资源局当股长，一个在某乡农科站当技术员，而那名女同学则是在夏雨轩手下当老师。

"在县里工作的就这些同学吗?"石润生问了一句,然后就和大家一一握了握手。

正这时,就听身后有人说道:"我迟到了啊!一会儿自罚三杯!"

一听声音,石润生知道是谁了。果然,就见刘伟穿着件大衣走了进来。一边脱着外衣,他一边和大家打招呼,然后径直坐在了石润生旁边,并张罗着让服务员上酒。

石润生看了一眼夏雨轩:"酒……就不喝了吧?另外,我声明一下啊,今天这顿饭我请,是自己的钱可不是公款哦!"

"都多少年没在一起了?少喝点儿!另外,你请就你请,谁让你是县长呢!哈哈!"夏雨轩笑了一下,拿过石润生面前的杯子就要倒酒。

他想制止,但又一想,自己要是不喝一点儿大家恐怕谁都不好意思喝,毕竟是十几年没见的同学了,那就破个例吧。

夏雨轩倒的是啤酒,可刘伟却拿过那瓶白酒不由分说就给几个男同学都倒上了,然后他也把自己的杯子倒满了,笑着看了一眼夏雨轩:"夏局长你是白的还是啤的?"

"我可喝不了那个!"夏雨轩说着给自己和石润生倒上了啤酒。

见都倒上了酒,夏雨轩看了看石润生,笑着说:"润生,你讲讲吧。"

"算了,还是你来吧,你可是班长哦!"石润生推辞着。

夏雨轩不再客气,端起酒杯说:"首先欢迎咱班的大才子、大博士润生同学!"说着他侧过头小声说,"就不叫你县长了啊!"

石润生却答非所问地说了一句:"什么才子,你可是咱班的人才呀!"

大家一听都笑了起来。

夏雨轩继续说:"这次润生回来做县长,对咱安农县来说可是件大好事,大家也都看到了,这短短几个月时间县里就发生这么大的变化,主要是人们思想的变化、劲头的变化,作为石县长的同学,我们大家都相信,在润生的带领下,咱县一定能够发生翻天覆地的变化!来,大家共同干一杯!虽然大家都在不同的岗位,但有一点是共同的,那就是坚决支持润生的工作!"

大家都举起杯子看着夏雨轩,就见他把那杯啤酒全喝了下去。其他几个同学刚要喝,就听夏雨轩说:"你们白酒不要干啊!"

石润生微笑着举杯和大家示意了一下，喝了一小口，可他杯子还没放下呢，就听刘伟说："润生你这可不行！你咋能喝那么点儿呢？"

石润生看了看杯子，咧了下嘴，无奈只好重新把那杯啤酒喝了下去。

吃饭的间隙，石润生详细询问着几个同学的工作情况，特别是了解了他们这些在基层工作的同志对县里推出的一系列举措的看法。

他这一问不要紧，大家都互相看看，不作声了。

夏雨轩一见，笑着对石润生说："其实大家都非常拥护县里实施的各项改革措施，只是有一点，工资低呀！就拿我们教师来说吧，满打满算每月到手的工资才一千四五，现在物价水平这么高，唉……"说着，他摇了摇头。

"关于工资的问题我也有所了解，什么事得慢慢来，不过我可以告诉大家，时间不会太久，随着全县经济的发展，我相信大家一定会有很好的经济收入！"石润生看着大家说道。

几个男同学此时还显得有些拘谨，谁也不多说话。刘伟可不管那个，他一举杯子："今天是同学聚会，就说说上学的事，不聊工作！来，大家共同喝一杯！"

喝完了这杯酒，石润生看着对面在乡里农科站工作的男同学问道："这阶段忙，你们乡我还没去过呢！怎么样？说说乡里的情况？"

那名男同学放下杯子，向石润生简单介绍了一下他们乡的情况。据他介绍，他们河沿乡因一条河横穿全境而得名，是著名的水稻主产区，而他这个技术员也主要是负责水稻种植技术服务。

"哦？全乡都种水稻？"石润生见缝插针地问。

"对，全是水稻！因为是河水灌溉，我们的水稻出米率高、米质好，做出饭来有米香，省城好多人一到入冬新米下来就开着车来买呢！"那名同学介绍着。

"是什么牌子的？"石润生又问。

"牌子？呵呵，县长，哪有什么牌子啊，都是农民各家自产的米。"

石润生听完凝眉沉思起来，继而又问了问米价。当得知米价也不过两块多钱时，他脑海里突然生出一个想法来。他笑了笑，举起了杯子："哎呀，雨轩啊，你这个同学会搞得好啊！"

他这句话把大家都弄愣了，正疑惑间，突然，就听门口有人大声喊道："把住门，谁也不能走！"

众人回头一看，就见进来几个人，其中还有人举着照相机进来就"咔咔"地拍了起来。

第四十七章　有担当的抉择

按照中央和省市的有关反对"四风"的规定，大吃大喝等奢靡之风是在此次整顿之列的。为了把这项工作落到实处，省市纪委专门开设了举报电话，而且做了相应的规定：不管是不是实名举报，有报必查。

此时，进来的这几个人正是岭东市纪委的人，但石润生一个都不认识。

为首有一个人站到他们桌前看了看，严肃地说："你们都是安农县的公职人员吧？接到举报，你们涉嫌用公款大吃大喝，违反了中央八项规定和省市关于整顿四风的要求。跟我们走一趟吧！"

石润生看了他一眼，冷冷地问道："你们是哪个单位的？请出示相关证件！"

那个人笑着说道："我们是岭东市纪委的，出来时匆忙没有带证件。"

石润生看着他又问了一句："那能告诉我你的名字吗？"

那人犹豫了一下，但还是报了自己的名字。

石润生掏出手机给岭东市纪委的李主任拨了过去，一问才知道，这几个人果然是市纪委的，只不过其他人都是从各部门抽调的，只有为首那人才是纪委监察室的干部。

听完，他冲电话里笑着说道："李主任，他们此刻就在我身边呢，我花自己的钱请县里的几个干部吃顿饭，想了解一下基层的情况。如果确实违反了八项规定，我愿意接受任何处置。"

也不知那位李主任在电话里说了什么，石润生就把电话挂了。

刚才那个年轻人又地说："怎么样？没有假吧？那谁……你们多拍点儿照，多录录像！"

石润生微笑着默不作声。

这时，那名纪委干部的电话响了，他接起来背过身去，就听他说道："是李主任啊……对对！我们是接到了群众举报，啊？是这样啊……那咋办？好好！听您的！"

打完电话，他回过身满脸堆笑："哎呀，不知道是石县长啊，多有得罪！多有得罪！那就不打扰了，你们聊！"说着一挥手就要走。

石润生突然笑着说："等等！下这么大的雪你们都没吃晚饭吧？来来来！一块吃吧，这都是县里的干部！你们好不容易到我们安农来一趟也不能饿着肚子回去不是？雨轩啊，加几套餐具！"

夏雨轩答应着，却一脸的狐疑。

那几个人一听就站住了，为首那人回过身笑着说："不了，石县长，反正也没多远，我们还得回去呢！再说，我们有纪律，不能随便吃基层的饭！"

"这是我个人花钱，又不是花的公款？你们要是这样回去恐怕你们李主任得说我石润生小气了！八项规定也没说不让上级的领导吃饭不是？你们看，也没什么超标的，就四菜一汤！"

那人闻言特意往桌上看了看，果然，桌上还真是四个盘子中间一个大碗。他犹豫了一下。旁边一个年轻人说道："张科长，要不……天还真是很冷！"

那位被称为科长的干部却说："不行，咱们不能犯纪律！那石县长我们就先走了啊，至于刚才你问的花自己的钱算不算违规，我得回去请示一下。"说着，几个人就转身走了。

这场吃饭风波就这样结束了。石润生他们从饭店出来时，夏雨轩就不好意思起来。

"县长，你看这顿饭吃的，不会给你造成什么影响吧？"

石润生笑着摆了摆手，冲其他几个同学说："抱歉啊，大家饭也没吃好，等以后有机会我一定弥补！"

雪越下越大，大家就各自回家了。看了看天，又竖了竖衣服领子，迈步往家走。

　　有雪的夜，很静，而石润生的心情却并不平静。眼下中央出台了八项规定，这对于刹歪风、树正气大有益处现在县里正在实施强县富民战略，改革力度也将进一步加大，工作的难度也会越来越大。从目前的情形上看，一定是有人盯上了自己，虽然自认为一身正气，工作的出发点和落脚点都是为了百姓，为了发展经济，让穷县早日改变面貌，但有些事还真的不能操之过急，自己也更应该严格要求，很多事都得注意了。

　　这顿饭也没吃好，石润生走到小区时就觉得肚子咕咕叫，路过那家"饭米粒"时他摸了摸肚子，又看了一眼招牌，犹豫了一下却还是没有进去，他是怕那对小夫妻把自己当成夏记者的男友。回到家，他到厨房翻了半天也没找到什么可以对付吃一口的，方便面也没有，倒是有米，但做饭麻烦，他就往沙发上一躺不打算吃了。

　　他望着天花板发着呆，脑海里在想服装厂改制的事，而除了服装厂，县里还有那么多老国企，据调查也都是半死不活的勉强维持着，看来下一步要想个办法搞活这些国有企业，因为有一大批职工靠企业吃饭呢，还有的一家子都在企业，企业不景气，这些人连吃饭都会成问题，就像自己现在这样饿着肚子，自己倒是能忍，可那些职工能忍吗？忍不了就要上访，上访就是潜在的不稳定因素。而稳定是发展的基础，不稳定，何谈强县富民呢？

　　他正想着呢，就听一声响，裤子口袋里的钱包掉在了地上，他一伸手捡起钱包，又下意识地从里面取出那枚发卡，看着这枚蓝色的发卡，脑海里浮现出当年的情景来。他不禁长叹一声："你到底在哪儿呢？要是再不找到你我不敢保证会不会……"自语着，脑海里却又出现了另一个人，那是徐蔓苓的说话声和笑声，还有她在厨房里忙活的身影。

　　他也很奇怪，自己怎么会想起她呢？想着那次她在厨房里洗黄瓜的情景，他不禁哑然失笑，心里想，现在她要是在，自己一定不会饿肚子。一想到肚子，肚子竟条件反射地又咕咕叫了起来。

　　他一想，还是睡觉吧，睡着就不饿了。于是，他脱下外衣，换上睡衣，又洗漱了一下，正想进卧室呢，却突然传来了敲门声。

　　他看了看时间，这都快十点了会是谁呢？而且也没几个人知道自己家呀？

除了秦大军，还有徐蔓苓。对，一定是秦大军，因为这么晚了徐蔓苓不可能来。如果是秦大军，那可别是又出什么事呀！

想到这儿，他过去拉开了门。可等他往门口一看，顿时就愣住了。

门外，徐蔓苓笑盈盈地左手提着一套餐盒，右手拎个方便袋。

"怎么……怎么是你？"石润生惊喜的表情在脸上一闪而过。

"怎么，失望了？你希望是谁？"徐蔓苓说着往门里一挤，吓得石润生往后退了一步。

等他关好门回身再看时，就见徐蔓苓把东西放到餐桌上，然后一盒一盒地往桌上摆着，边摆东西边说："真是懒啊，就不能自己做点儿吃的吗？在外面吃一口也行啊！怎么能饿着呢？"

石润生很纳闷，她怎么知道自己没吃饭呢？莫非她也在跟踪我？

他走上前，指着桌上支吾着："你这是……"

徐蔓苓也不理他，从另一个方便袋里取出一盒鸡蛋来，还有一些即食的菜放进冰箱，回身见他还愣着，就笑着说："你吃过了？"

石润生犹豫了一下，点了下头："吃……吃过了！"说完他看了一眼桌上已经打开盖的餐盒，见里面都是好吃的。

可是，他虽说了谎话，但肚子是不会骗人的，这时不争气的肚子又开始闹意见了。

徐蔓苓分明听见了他肚子的叫声，呵呵地笑了起来，然后一本正经地走到桌前，坐那拿起筷子说："你不吃我可要吃了，拿回去吃就凉了！"说着，竟真装模作样地吃了起来，一大口一大口的，边吃还吧嗒嘴，直说香。

石润生一看她的吃相，犹豫了一下，过去就坐在她对面，拿起筷子也开吃。

徐蔓苓呵呵地笑着道："这就是你的吃过了？在外面是吃的风吧！"

石润生也不答话，吃得这个香啊！也不知是胃里有了食物还是因为别的什么，他感到周身有一股暖流在涌动着。他看了一眼徐蔓苓，却一个谢字都没说出来。

"你慢点儿！我不和你抢就是了！"徐蔓苓说着往他碗里夹了一样菜。

石润生看了她一眼，小声道："你吃菜呀！咋不吃呢？多好吃呀！"

徐蔓苓一咬嘴唇："大哥，这是我做的菜耶！我怎么感觉像是你做的请我吃呢？"

石润生哈哈大笑，既开心又放松。

吃完饭，还没等徐蔓苓动呢，石润生就主动开始收拾桌子。

"嗯，还不错！好好表现啊，哪天还给你做好吃的！"徐蔓苓以手托腮看着忙活的石润生。

石润生却犹豫了一下说："我自己收拾，你要是没什么事……"

徐蔓苓明白他的意思，她站起来瞪了他一眼："我走就是了！卸磨杀驴！"

"没有。"石润生咧了下嘴。

"忘恩负义！"

"没有……"

"骗吃骗喝！"

"……"

"去纪委告你！"

看着徐蔓苓说笑着出了门，石润生忍俊不禁。

可是，徐蔓苓怎么来的这么巧呢？她又是怎么知道石润生没吃饭呢？

原来，她一直在窗前看着，当石润生手摸着肚子在那家店前犹豫时，她就明白了，这一定是没吃饭啊。等看见前楼的窗户亮了灯，又看见石润生在屋里翻来翻去，然后就没动静了，她就明白了，家里一定是没有吃的东西了，她这才麻利地做了饭菜，下楼后又顺便买了些东西就来了。

而等徐蔓苓走后，石润生躺在床上就想，或许家里是应该有个能给自己做饭吃的人了，可是，她到底在哪里呢？

想着心事，他又想到了今天这次同学聚会的事，究竟是谁举报的呢？

然而，事情却没那么简单。令石润生没想到的是，几天后，市纪委下来通知了，说是让他去一趟。等他到了纪委听那位李主任一讲才知道，自己虽说是花自己的钱没有花公款，但也与省里最近新出台的规定有冲突，按照省里的规定，在中央八项规定的基础上又结合实际加了好多条新的规定，其中就包括和同学聚会这件事，也是在违规之列。但纪委经请示市委领导，考虑到安农县的实际情况以及石润生的一贯表现，没有进行通报，但仍对他进行了口头批评。

从市纪委回来的路上，石润生意识到，今后自己更应该注意一言一行了，自己得做个表率，有违规定的事情坚决不能做。既然当这个县长，就要敢于担当，守住底线，为的是强县富民！

第四十八章　一起回家过年

转眼间就到春节了。按照与徐蔓苓的约定，也是王德贵王叔的要求，石润生打算和徐蔓苓一起回王叔家过年。

之前，按照办公室的统一安排，他走访慰问了一家企业、一户贫困户、一位退休老领导和一位老党员后，又让办公室安排好春节值班事宜，就打算到街上买点儿过年用的东西再回下沟村。

除夕这天一大早，他就起来开始收拾东西，先是找出行李箱来放进去几件换洗衣服，又拿了几本书，然后拿到楼下放进车里，就打算自己先去买完东西再给徐蔓苓打电话，可还没等上车呢，就见徐蔓苓穿着红色的羽绒服、围着一条白围巾，手里提着大包小包的东西正往这边走呢，可能是因为东西重，她走得很吃力。

石润生愣了一下，还没等动地方呢，就听徐蔓苓喊道："不帮一下吗？"

他赶紧迎了上去，一边接过徐蔓苓手里的东西，一边说："拿这么多东西呀？我正要去买呢！"

徐蔓苓喘着粗气："……让你这大县长去市场买东西实在是说不过去，再说……我也不能和你一起去，再被偷拍怎么办？"

石润生愣了一下，自语道："不会吧？他们不过年吗？"

"坏人过年也是要做坏事的！"徐蔓苓吐出一句就往车上放东西。

等把东西放完，石润生却想起一个非常重要的问题。

"对了，蔓苓……"

"叫徐蔓苓！又不是小两口回娘家叫那么亲切干吗？"

石润生咧了下嘴。对于徐蔓苓，他是一点儿办法也没有，而他惯用的办法就是不接茬。

他又问："你过年不回家吗？"

徐蔓苓迟疑了一下："回呀，这不马上就要走吗？"

"我是问你自己的家。"

"别问那么多行不行？磨叽！"

石润生见问不出来什么也就不问了，他帮着装好东西就打开后排座的车门示意让徐蔓苓上车，可她却笑了一下转到另一侧上了副驾驶。

石润生无奈只好上了车，他系好安全带，打着火，正要开呢，却发现徐蔓苓没有系安全带，他看了一眼，想要说让她系上，但话还没等说呢，身子却自然地歪向副驾驶那边，眼睛看着徐蔓苓。

徐蔓苓瞪着眼睛一脸的紧张："你……要干什么？"

他笑了笑，手一伸就把安全带拉了过来，然后插进卡扣里："要系安全带，大姐！"

"你吓死我了，还以为你……"徐蔓苓脸红了一下。

石润生边启动车，边说了一句："以为什么？这大白天的！"

徐蔓苓脸更红了："看你也没那个胆子！哼！"说着，她又一脸的疑惑，"你可以说嘛，我自己不会系？图谋不轨！"

石润生可不敢和她理论，知道说不过她，就默不作声地开车。

车出了小区就朝城外开去。

车里，徐蔓苓偷看了石润生一眼，目光自然落到了那条红色的围巾上，她笑了笑。

石润生眼睛的余光已经发现了她的举动，他想了一下，就一本正经地说："暖风好热呀，我得解下来。"说着就用一只手准备往下解那条围巾。

徐蔓苓一把按住他的手："不能解！"

石润生诧异起来："我热！"

"热也不行！"徐蔓苓一瞪眼睛。

石润生只好点点头："好好好，不解就不解，你把手拿开吧！"

徐蔓苓含笑不语。

石润生开车之余也下意识地往她那边扫了一眼，笑了一下说道："穿那么新鲜干吗？像个……"说到这里他说不下去了，觉得自己不该开这样的玩笑。

徐蔓苓也看了一眼自己穿的这件红羽绒服，抬起眼睛说道："像什么？你是不是想说像新娘子？那新郎是谁？是不是还想说你自己像新郎啊？占人家便宜！"

石润生顿时无语了，啥话也不敢说了。

车快出城的时候，石润生在一家年货超市前停了下来。徐蔓苓问他停车干什么，他含笑不答，徐蔓苓只好跟着下了车。进了超市，石润生让服务员帮着往车上搬东西，除了整箱的啤酒、饮料外，还有已经装好箱的青菜礼盒、熟食等年货。

徐蔓苓也不说话，就在后面笑呵呵地看着他。那卖东西的大姐看着这俩人还笑着说呢："小两口是回家过年吧？哟！瞧这小两口真般配！"

石润生不敢答话，而徐蔓苓却小声笑着回了一句："我老公帅吧！"

那位大姐连连点头："帅！帅！"

徐蔓苓偷着看了一眼石润生，可他就像没听见一样，付了钱就往外走。就在徐蔓苓跟出去的时候，店里挂着的电视上却正播放着昨天石润生到基层慰问的新闻。那位大姐看着电视里的人，又看了一眼窗外正要上车的两个人，自语道："可真像啊！"

石润生和徐蔓苓两个人上了车就朝城外开去。开了好一段路，他才扫了一眼徐蔓苓说道："真是不害羞！"

徐蔓苓呵呵地笑了半天："你姐我就是脸大！"

"猪脸还大呢！"

徐蔓苓一听就瞪了他一眼："当县长了还这么欺负人！等一会儿我告诉王叔！"

石润生忍着笑，觉得心情很是放松，仿佛自己一下子又回到了童年，也忘记了自己的身份。

从县城到下沟村的路虽然都是柏油路，但今冬雪大，再加上风一刮，有些路段雪会很集中，幸亏石润生开的是越野车，底盘高，要不然这一路上还真是不好走。但尽管这样，可是下了国道后在去往下沟村的村村通水泥路上，他们还是遇到很多雪包，车开得很慢。在一处弯道，前面被风卷到一起的雪包横在了面前，石润生下了车到前面看了又看，觉得硬过恐怕很容易造成车轮空转，车上又没有清雪工具，唯一的办法就是需要有人在后面推车。

他回到车上，看了一眼徐蔓苓，可还没等说话呢，就听她说："想让美女在后面给你推车？你要是忍心我没意见。"说着还瞪了他一眼。

他笑了笑，问道："蔓苓，你会开车吧？"

"嗯，这还差不多！下去！"徐蔓苓说着竟从副驾驶的位置直接要过到左边来，石润生咧着嘴只好下了车，见她费劲的样子，他伸手就拉住了她胳膊。

徐蔓苓也不说什么，坐到驾驶的位置就一关车门："推去吧！感觉不错，县长给推车！哈哈哈！"

石润生可不想跟她接话，因为每次都说不过她。他来到车后，喊了一句："加油吧！"然后就费力地推了起来。

可是当车行到雪堆中间的时候，由于雪太厚了，车胎真的打起滑来，雪顺着车轮溅了石润生满脸满身都是。

徐蔓苓停了车，拉开车门就跳了下来。等她绕到车后一看，当时就弯腰笑了起来。

"你现在……都成雪人啦！哈哈……"

石润生用手拍着身上的雪，又往脸上抹了一把，然后就弯腰看车胎。徐蔓苓也过来趴那看，两个人不小心头撞到了头，脚下一滑竟都倒在了雪地上。因为怕徐蔓苓掉到路边的沟里，石润生一把就抱住了她，可他自己的身体失去平衡，竟扑到了她身上。当下，两个人都愣住了。而此时，他们却没有看见，后面转弯处突然有一辆车停在了那里，也不知是做什么的。

好一会儿，徐蔓苓才红着脸说："不打算起来吗？是不是故意的？"

石润生这才惊醒了，迅速站了起来，一边站还一脸的惊慌。

"也不拉人家一下？"徐蔓苓噘着嘴。

他犹豫了一下，还是伸出了手，但拉了两下没拉动，无奈，他只好伸出双臂，可就在这时，徐蔓苓一把就抱住了他，他吓得一用力就把她抱了起来。

站起来后，他本想松开胳膊，但徐蔓苓却紧紧地抱着他的腰。

"打算抱到什么时候？这是公路！"终于轮到他说话了。

徐蔓苓松开手，冲他一筋鼻子，然后又上了车："再试一下吧！"

石润生又站在车后开始推，还不错，这回终于通过了这个雪堆。

徐蔓苓把车开到前面没雪的地方停了下来，石润生走上前拉开车门，看见她又没下车，而是直接又穿过排挡区过到了副驾驶那边。

"真是懒得够可以的！"他小声嘀咕一句。

徐蔓苓却小声说："外面冷嘛！"

石润生不再答话，但车开起来后，徐蔓苓却伸手在他头上弄了一下，他吓得一歪头："别闹，开车呢！"

"谁跟你闹了！你头上有雪，是刚才……"一提到刚才，徐蔓苓就不往下说了。

就在石润生他们的车开走后，后面不远处那辆车却调了头，朝县城的方向开了回去。

人常说，年味在农村。但真正有年味的地方却是在东北农村。前面就是下沟村了，石润生他们看见，村落里民居上是厚厚的积雪，家家户户的院子不是篱笆就是砖墙，上面也是挂满了白色的雪，每一家的门楣上都插着松树枝，为枯燥的冬季增添了一抹绿色，而自那些松树枝垂下的是红红的灯笼，有的人家还挂着成串的灯笼，远看煞是壮观。白的雪、灰的墙、绿的门、红的灯……新年，就这样让劳作了一年的村民们欢天喜地。

石润生开着车一进村，就看见有好多村民手插在棉袄袖子里或站或蹲地在道边聊着什么，见有车过来了，大家都纷纷躲闪着。石润生车开得很慢，他是怕扬起灰尘，坐在车里，他还不时地冲窗外点头示意。

这时，不知是谁喊了一句："快看，是石县长，咱们的县长！"

他这一声喊不要紧，村民们都"呼啦"一下子围了过来，脸上洋溢着惊喜还有愉悦。

车，是开不动了，石润生怕刮到围上来的村民，他只好把车停了下来，可正要下车时，就听人群后面有人喊了一声："都让开点儿！你们这样车咋过呀？"

人们一听声音都回头看了一眼，但没有一个人让道，却反而又往车前挪了挪，大家都在看车里的人，更多的则是在看坐在副驾驶上穿着一身红衣服的徐蔓苓。

随着一声车喇叭响，石润生看见，人群外挤过来一个人，却不是别人，正是赵昆山。他挤到车前弯着腰看了一眼，然后咧着嘴笑着说："县长，您回来啦！我马上就把人轰走！"

石润生却推开车门下了车，徐蔓苓见他下去了，也只好跟着下了车。这时，嘈杂的村民们都不作声了，大家不错眼珠地看着面前这两个人，男的英俊，女的漂亮。

"乡亲们好啊！"石润生微笑着喊了一句。

站在前面的几个村民憨憨地笑了笑，而人群里几个小媳妇却盯着石润生那条红围巾，又看看徐蔓苓那身红衣服，都呵呵地笑了起来。

"县……县长，村民们就喜欢看热闹，也没个规矩……"赵昆山咧着嘴。

石润生看了他一眼，却拉过一个孩子，用手摸了摸她的小脸蛋，弯下腰问道："小朋友，不冷吗？你这新衣服是妈妈给做的？真好看！"

可那小姑娘却伸手一指徐蔓苓："阿姨的衣服才好看呢？像新娘子！"

她这句话说完，刚才还略显平静的人们却再也忍不住了，大家都哈哈地笑了起来。

石润生不由自主地看了一眼徐蔓苓，却见她脸不红不白的，也不解释什么，却反而像是很喜欢听的样子。

赵昆山捂了一把被风吹得已经发红的耳朵，凑过来对石润生小声说："县长，要不你们步行吧，我让村里的司机把车开过去。"

石润生又看了他一眼，既没说行也没说不行，却笑着问了一句："老赵啊，就是你那98003的司机？"

赵昆山听明白了，他知道县长一定是想起了那首童谣。他就咧着嘴挠着头笑了笑。

石润生拉着那个女孩儿的小手在村民们的簇拥下朝王叔家走去，身后，赵昆山让司机开着他的车缓缓地跟着，他自己也紧走几步赶了上来。

石润生边走边询问着几个村民今年的收成如何，还有各家的收入。听着村民们笑着说有粮吃，过年也买了肉什么的，而再一看几个村民的穿着，他觉得鼻子有些发酸。那几个村民有的穿着带补丁的棉袄棉裤，有的已经露出了棉花，还有个小媳妇身上穿的明显是孩子的校服，显得不伦不类。他在想，要想强县首先要富民，民不富，何谈强县？

走到王德贵家门前那棵老槐树下时，赵昆山吆喝了几声，村民们却都不愿散去。大家都知道县长是下沟村出去的，如今回到下沟村过年，几乎每个村民都觉得没有什么比这更让人高兴的了，能愿意散去吗？

石润生回身冲乡亲们笑了笑，然后就像是久未回家的孩子一样朝院里走去，边走边喊："叔，我回来啦！"

有位年长点儿的村民喊："老主任，狗剩儿回来啦！"

赵昆山气得小声呵斥道："没大没小的，叫县长！"

就在王德贵拄着拐杖走出房门时，不知是哪家的媳妇又喊了一句："王叔，县长小两口来看您了！"

第四十九章　走访困难村民

此时，王德贵立在房门前望着门口走来的石润生和徐蔓苓，脸上洋溢着难以掩饰的微笑。在他身后，一股白蒙蒙的热气正从微开着的房门里飘出来，屋里似还有说话声时不时地传出来。

石润生紧走几步迎了上去，他一把拉住王德贵的手，就像久未归家的孩子见到自己的父亲一样，半天说不出话来。王德贵擦了擦眼角，招呼跟在后面的徐蔓苓："丫头啊，快和你润生哥进屋！"

徐蔓苓过来一把抱住王德贵的另一只胳膊，眼睛却看着石润生。就在他们正准备进屋时，突然，从屋里走出个人来，脚还未迈出门声音却先传了出来。

"蔓苓姐，怎么才回来呀？"

徐蔓苓一看，说话的是小辣椒杨淑花。她正想说什么呢，却见后面又跟出一个人来，边走边说："花儿，你等等我……"说话的竟然是赵小兵。

一看见石润生，赵小兵不好意思地笑着说了一句："县……县长……"

"你们怎么……"石润生指了指两个人，似乎明白了什么，他微笑不语。

就在他们往屋里走的时候，赵昆山在门口吆喝着让大家都散了，然后又让儿子小兵帮着司机把车上的东西一一拿下来，并搬到屋里。

边往屋走徐蔓苓边小声问杨淑花："怎么回事？成了？"说着，她回身看了一眼正在搬东西的赵小兵。

"哎呀，姐——"杨淑花不好意思地脸红了一下。

可就在这时，赵昆山在后面喊了一句："花儿呀，忙活完就回家吧，你婶子还在家等着吃饭哩！"

赵小兵小声道："爸，你看你！"说着，他看了一眼前面的石润生。

石润生明白是怎么回事了，他哈哈大笑，连声说好。

等把东西搬完，赵昆山就招呼着小兵和杨淑花准备回去了。大家一再挽留，说是让他们留下来吃饭，可赵昆山咧着嘴乐呵呵地直说这是小花儿第一次来家里，一定得在家里吃饭。看着他一脸的高兴，石润生也不勉强。临走时，杨淑花悄悄地对徐蔓苓说，晚上有可能到她这儿来住。却没想到她这句话让赵昆山听到了，他一拨拉脑袋，说那怎么行？弄得杨淑花红着脸拉着赵小兵跑了出去。

送走了他们，王德贵拉着石润生的手，坐在炕边询问着县里的情况。徐蔓苓换了衣服，挽着袖子就进了厨房。一进厨房她才发现，怪不得全是水蒸气呢，原来锅里正在炜肉，炕台上还放着一只已经褪了毛的鸡。她明白了，刚才杨淑花和赵小兵两个人一定是在厨房里帮着弄这些呢。

她找出一条围裙扎在腰间，然后就开始麻利地切菜，一边切菜，还哼着歌。此时的厨房里，一派浓浓的家庭氛围，烟雾升腾着节日的气息，也升腾着一个城里姑娘关于爱情的幸福。在徐蔓苓的身上，已经完全找不出半点儿城里姑娘的模样了，更没有高干子女的贵气，有的却是平民百姓家的贤妻模样。

就在她喜洋洋地体验作为一个女主人的自豪感时，一个声音自身后传了过来，她冷不防被吓了一跳。

"现在需要添柴吗？"

她回身一看，就见挽着袖子的石润生手里正拿着几根玉米秸往灶下添呢。

"就不能出个声吗？吓死我了！"徐蔓苓瞪了他一眼，而那双眼睛里多的却是难以言状的爱意。

"哦，我不是说话了嘛……你在想什么呢，怎么会吓到？"石润生站了起来，不自然地往脸上抹了一把。这下可好，再看徐蔓苓，指着他呵呵地笑了起来。

"你这大县长现在可成了大马猴了！哈哈哈！"

石润生意识到自己脸上一定是沾到了什么东西，他伸手又抹了两把，然后眨着眼睛看着已经笑得弯下腰去了徐蔓苓。

"……行了，你越抹越黑！哈哈哈！"说着，徐蔓苓上前本想伸手帮他擦一擦，可刚伸出手却又停了下来，接着，她回身拿过一条毛巾，想了想就递了过来，"自己擦！"

石润生接过毛巾往脸上擦了一把，然后弯下腰又要去添柴，正在这时，他就觉得身后有动静，还没等他反应过来呢，两只胳膊自腋下伸了过来。

"你……干什么？"他顿时惊慌起来，并试图躲避。

徐蔓苓用两只手背往他腰间按了一下："别乱动！"说着，就把那条围裙给他扎在了腰间。

石润生这才明白，原来她是在给自己系围裙啊。他不由得低头看了看，突然鼻子一酸，眼泪竟差一点儿掉下来。对于石润生来说，在外漂泊多年，他太需要这种温情了，他也时常渴望这种温情，这种带着浓浓家庭气息和爱的味道的温情。

见他不说话，徐蔓苓拉了他一下："来，转过来我看看！"随着石润生听话地转过身，她不住地点头，"嗯，不错，谁说县长就不能下厨房了？哈哈哈！"

听着她银铃般的笑声，石润生支吾着："那个……蔓苓姐，在家就不要叫县长了，叫我润生就行……"

"喂！我有那么老吗？不许叫我姐！"徐蔓苓却一反常态地噘起了嘴来。

石润生有点儿糊涂了，他咧了咧嘴："你不是让我叫你姐吗……那不叫姐还能叫什么？"

徐蔓苓眨了眨眼睛，又想了想，然后转过身去边继续切菜边说："叫什么都行，随便！"

"哦，那好吧，蔓苓姐……"石润生说着又弯下腰去添柴。

听他又叫"姐"，徐蔓苓站在案板旁瞪了他一眼，但随即就露出了一脸的灿烂。

王德贵看在眼里喜在心上，他拄着拐杖站在厨房门口微笑着说道："丫头啊，啥时回家呀？不能让你爸一个人在家过年啊！"

石润生闻言看了一眼徐蔓苓，顿时心生疑惑。

徐蔓苓回身挤了下眼睛说道："叔！我爸还得几天才能回来呢，过了初三我就回！"说着，她看了一眼石润生。

王德贵还想说什么，却被走过来的徐蔓苓硬是给推着进了屋，边推着他徐蔓苓还小声说："叔，咱不是说好了嘛，现在不能让他知道……"

由于她说的声小，石润生并没有听清楚说的是什么，只是觉得她神秘兮兮的，很是令人奇怪。

王德贵哈哈大笑，连声说："好好好，你个鬼精灵丫头，看你能瞒到什么时候。"

华灯初上的时候，整个下沟村都被各家烟囱里冒出来的炊烟笼罩着，浓浓的年的味道让忙了一年累了一年的人们沉浸在一片祥和的喜悦中。家家都准备了丰盛的年夜饭，因为没有什么比过年更让人值得高兴和庆祝了。

可能是被灶下的柴火给呛了眼睛，石润生就出了屋子，打算到屋檐下透口气，可他刚一站到门口就看见院墙上趴着个两小脑袋，正瞪着大大的眼睛往院子里看呢。他不由得一愣，心说，这是谁家的孩子不回家吃年夜饭在这里干什么？他走到院墙前，看着两个孩子和蔼地问道："小朋友，叫什么名字啊？怎么不回家吃饭？"

两个孩子一个约莫七八岁，另一个看上去五六岁的样子。见石润生走过来，两个孩子怯怯地看着他，那个稍大一点儿的女孩儿迟疑了一下答道："我叫招弟，这是我弟弟叫狗剩儿……"

石润生一听就乐了，心说，竟和自己的小名一样。他不由得看了一眼那个叫狗剩儿的小男孩儿，只见他穿着件青色的棉袄，袖子黑黑的亮亮的，还不时地抹一把鼻涕。他刚想说什么，正在这时，就听院外传来一个声音：

"招弟！还不回家！让你找弟弟你找哪儿去了你？看回家不打你！"

石润生顺着声音一看，就见从院外的屯路上走过来一个妇女，头上围着块粉红色的围巾，上身穿一件碎花棉袄，下身却是条青色棉裤，又肥又大。她双手插在棉袄袖子里，一面往这边走一面数落着。等走到近前，她上去一把就拉过招弟，另一只手扬起来就要打，吓得招弟缩着脖子闭着眼睛。

石润生皱了皱眉，大声制止道："这位同志，大过年的打什么孩子？"

那妇女听到声音这才看见院墙里站着的石润生，她愣了一下，随即不好意思地咧嘴笑了笑，一边顺势把那只扬起的手放在招弟脸上摸了摸，一边说道："哦，是徐丫头女婿呀……"

石润生这个气呀！我什么时候成了徐丫头女婿了？他刚想再说什么呢，可还没等说出口呢，就听又传来一个粗粗的男人声音：

"饭做好了吗就上这丢人现眼？快点儿，我吃完饭还得回去呢！要不然被别人占了座就玩不上了！"

石润生一看，说话的是个瘦小的村民模样的人，头上戴着个狗皮帽子，一件又脏又旧的破棉袄披在身上，说着话还把手里的烟放在嘴里狠狠地吸了一口，然后朝地上一扔就走了过来，走到近前却笑呵呵地抱起狗剩儿又是亲又是啃的，一脸的胡楂子扎得狗剩儿直躲。

那妇女一看到他就没好气地嚷嚷着："你还知道吃饭啊？干脆吃麻将得了？卖粮钱都让你输没了，吃什么饭吃饭？"说着，她把双手往棉袄袖子里一插转身就走，又肥又大的棉裤从后面看去松松垮垮的。

那汉子似乎并不生气，抱起狗剩儿刚要跟着走，却一眼看见了石润生，他愣了一下，然后傻傻地笑了笑，嘴里吐出几个字来："……县……县长啊，让您见笑了……"说着，也不等石润生答话就一手抱着狗剩儿一手拉着招弟跟在了他媳妇后面。

临走，狗剩儿还往院里冒着热气的屋子望了一眼，小声说了一句："爸，咱家有肉吗……"

看着这一家人走远了，回想着他们的对话，石润生大致明白了，看来，这个又瘦又小的村民肯定是去赌博了，一想到这儿，他不由得倒吸口冷气，自己怎么忘了这件事？按照农村以往的惯例，农闲时总会有一些村民不甘寂寞，不是打麻将就是看小牌，有的不仅输了卖粮钱，甚至到开春时连种子化肥钱都没有。这还了得？

想到这儿，他转身回了屋。路过厨房的时候，徐蔓苓看了他一眼说道："快洗洗手准备吃饭。刚才外面是谁呀？"

"吃饭先等一等吧，我得办件事。"说着，石润生径直进了屋。

他和王叔打了下招呼后，拿过手机就给赵昆山打了过去。

"昆山啊，还没吃饭吧？要是有空就来一趟，对，就现在！"

挂断手机，他看着王德贵缓缓地说道："王叔，咱村应该不是全县最困难的村吧？有多少贫困户？"

王德贵看了一眼窗外，却答非所问地说道："这个二驴子，又去耍钱！"他停顿了一下，见石润生望着自己，就拄着拐杖踱了几步说，"其实倒没多少真正的困难户，这几年刘喜武他们干得不错，只是……总有那么几个输耍不成人的，干活不着调，耍钱倒是一个顶俩！刚才那个二驴子就是，年纪轻轻的不着调，本来因为超生弄得家里就很穷，可他偏偏还好赌，为这事我没少收拾他！恐怕这个年啊又没啥过的了……"说着，他朝厨房走去。

石润生还想问什么，却听王叔冲徐蔓苓招呼道："丫头啊，你跑一趟吧，刚才我还真是忘了。把烀好的肉弄一块，给二驴子家送去！总不能让孩子过年没肉吃不是？"

徐蔓苓答应着就准备东西。

石润生一听，就提出和徐蔓苓一起去，王德贵点了点头。看着两个人出了院子，他面带微笑，却又皱起了眉，嘀咕一句："这傻小子，怎么就看不出来呢？"

且说石润生跟着徐蔓苓出了院子就直奔位于村东头的"二驴子"家。路上，他问徐蔓苓这个"二驴子"的情况，徐蔓苓告诉他，她也不是很了解，只是有时会帮着王叔给他们家送些接济的东西。

两个人刚走出不远，迎面就碰上了气喘吁吁的赵昆山。一见面他就上气不接下气地说："县……县长，我来就得了，咋能让您来找我呢？"

"不是去找你。走，跟我们一起去吧！"石润生看了他一眼，脚下却没停。

"哦，上哪儿呀？"赵昆山紧跑两步跟了上来。

"二驴子家。"徐蔓苓答了一句。

赵昆山停住脚愣了一下，嘴里嘀咕一句："二驴子？"说着他又重新追了上来，边走边在后面问道，"徐丫头，是不是老县长又给他家拿东西了？这个二驴子！看我一会儿不收拾他！"

石润生回头看了他一眼，他一咧嘴不作声了。

"昆山啊，村里冬季创收的事搞得怎么样了？村民们都有事做吧？有没有赌博的呀？"石润生一连问了好几个问题。

赵昆山咧着嘴笑了笑，紧走几步答道："哦，这个事儿呀……我还寻思着正好您回村了，找个时间要向您汇报呢！咱村吧……按照县里的统一部署都安排下去了，有几家还真搞得不错呢！要说赌博的事儿呢……以前还真有，不过现在大家都一门心思挣钱，哪还有那闲工夫啊！"

"是吗？真没有赌博的？"石润生扫了他一眼，然后就看向前面的徐蔓苓。此时，徐蔓苓已经停在了一户人家的院外。

赵昆山一听石润生话里有话，他眨了半天眼睛小声道："这不是过年了嘛，个别村民玩几把也是有的……县长，二驴子家到了！"

石润生却问了一句："这二驴子叫什么呀？"

"二驴子呀！"刚回答完，赵昆山就咧了一下嘴，接着说，"哦，吕子贵！在家排行老二，平时因为不务正业，再加上脾气比较倔，大家就都叫他二驴子！"

这时，徐蔓苓已经进了院子，边往房门那儿走边高声喊道："吕二嫂！在家吧？是我呀，蔓苓！"

石润生和赵昆山两个人也跟着进了院子，石润生看去，院子不大，除了积雪就是玉米秸秆和碎稻草，乱七八糟的。两间砖瓦墙的草房看上去已经年久失修了，窗户上并没有像别的人家那样贴新年的彩纸挂钱，显得冷清许多，没有丝毫过年的味道。

此时，那位吕二嫂已经迎了出来。

"哎呀，看怎么说的呢？大过年的还让妹子你往家里跑……"

她刚面带微笑地说到这儿，却一眼看见徐蔓苓身后的两个人，她不由得一愣,继而支吾着道:"赵……赵书记……俺家子贵没……没去玩……"

见她这副神情,石润生不由得回头看了一眼赵昆山,然后回过身笑着上前说道:"大嫂过年好啊!"

吕二嫂应了一句:"哦,是妹夫吧……"

赵昆山咬了咬嘴唇,厉声道:"瞎胡闹!这是咱县长!"

吕二嫂一听说是县长,顿时瞪大了眼睛,然后惊恐万分地说道:"县……县长啊,进……进屋吧,怪冷的……"

石润生瞪了赵昆山一眼,跟着徐蔓苓迈步就往屋里走。等他们进了屋,却并没有看见二驴子,石润生只看见炕上摆着一张方桌,桌前围坐着三个半大孩子,除了自己见过的那姐弟俩外,还有一个小姑娘,看上去比那个招弟小一些。再往饭桌上看,半盆冻豆腐炖大白菜,旁边还有一碟咸菜,一个圆形的蒸屉冒着热气的是黏豆包。那个叫狗剩儿的小男孩儿手里拿着筷子杵在碗里,手以上露着长长的大半截筷子……

望着桌上的饭菜,再看看三个惊恐的孩子,石润生眼睛有些湿润了,他皱着眉看了一眼赵昆山,心里却在想,自己得抓紧实施强县富民战略了。

徐蔓苓忙着和吕二嫂把她带过来的肉切成片放在盘子里,三个孩子一看有肉,顿时都惊喜万分,尤其是那个小狗剩儿乐得站在炕上不停地拍手:"有肉喽!过年喽!"

听着孩子的话,石润生转过身去,他是不想让人看见眼里的泪水。

正在这时,就听门口有人大咧咧地高声嚷道:"孩儿呀!看爸买什么了……"

石润生他们朝门口看去,进来的正是二驴子吕子贵。只见他左手拎个方便袋,不知里面装的是什么,右手举着三个红通通的糖葫芦,腋下还夹了瓶白酒……

第五十章　三个人的秘密

寒冬腊月，在北方的农村，人们习惯于"猫冬"。一方面确实是因为寒冷，在这样滴水成冰的季节里又有谁愿意在外面劳作呢？另一方面，也是因为忙一大年了，村民们总想歇一歇。千百年来，辛勤劳作的农民就是在农忙与冬闲中体味生活的艰辛和丰收的喜悦，还有过年时无比的快乐。

然而，人是最怕闲的。闲下来的人们总得找点儿事儿做，不是做增收的正事，那自然就是做闲来无事的歪事了。赌博，就是其中之一。

富一些的地方还好些，那里的农民们没有心思也没有工夫去赌，因为没有什么比赚钱更让人愉悦的了。可对于像下沟村这样并不算富裕的村子，甚至整个安农县这样的贫困县，恐怕每个村屯都是一样的，总少不了有游手好闲惯了的村民会去参与赌博。

吕子贵就是其中一个，而且是全村有名的"惯赌"。好赌倒是好赌，可这个吕子贵却是天生好脾气，而且无论是对媳妇还是对孩子都非常好，平时嬉皮笑脸的，他媳妇可是操碎了心，而村干部们以及王德贵平时也没少教育他，可就是死不悔改。除了赌，这个吕子贵就是喜欢孩子，虽说生下个姑娘后取名叫"招弟"，意思是想要个男孩儿，可他并不重男轻女，用他自己的话说，就是想要儿女双全。后来，总算皇天不负苦心人，生了两个丫头后，终于得了个男孩儿。由于平时地里的收入少，再加上孩子多，又因超生没少挨罚，他家过得是要多穷有多穷，以至于成了下沟村最穷的人家。

从吕子贵家一出来，石润生就皱着眉对赵昆山说："吕子贵家是县里哪个部门包保的？年前没来慰问吗？怎么能让孩子过年吃不上肉呢？这是我们做干部的失职呀！"

赵昆山见他脸色铁青，他抄着手也不敢走得过快，只是在石润生身后两步远紧紧地跟着,听县长问,他这才把吕子贵家的情况说了一遍。原来,根据县里的统一部署,县直各部门、各乡镇,以及各级干部都有包保对象、帮扶对象。按照当初石润生的想法,不管是包保也好,帮扶也罢,重点还是要增强这些贫困户的自身造血功能,帮助他们早日脱贫致富。而且要根据每个贫困户的自身特点和特长等,因人而异,精准扶贫。也就是说,扶贫要扶到点子上,不能仅仅局限于过年过节送点儿东西,按照石润生在全县包保帮扶会议上讲的话,那样的扶贫只能助长这些贫困户的惰性,那不是扶贫,而这样的帮扶比不帮还要糟糕。帮物不如扶志,只有把他们的志气和信心树立起来,再帮他们选取一些切实可行、量力而为的致富门路,不富起来没有理由。

尽管石润生提出要有针对性地扶贫,但他也明确要求,年关将近,包保单位还是要让包保对象过一个祥和的春节,并一再提出,绝不能有过年吃不上肉的现象发生。而且,凡是单位包保的,由各单位领导班子出钱,凡是干部个人包保的,一律由干部个人出钱,绝不允许动用公款。

在和徐蔓苓一起回下沟村之前,石润生去看望了自己的包保对象太平川乡桃花村特困户李朴实家,不仅亲自掏钱买了过年用的米面油和猪肉等,还给了五百元钱的慰问金。这让李朴实感动得直掉眼泪,连说不应该是这样,皱着眉直摇头。石润生此前也了解了一下他家的情况,只知道是因为几次投资做生意失败致的贫,但至于他为什么又皱眉又摇头的,他就不得而知了。

而下沟村这户贫困户吕子贵的包保责任人不是别人,却是齐福仁。一听赵昆山说是齐福仁,石润生不禁愣了一下,心说,齐福仁应该不会不来慰问的呀?毕竟这大过年的,而且常委会上自己还强调过这件事,可从吕子贵家的情况看,要吃没吃要喝没喝的,不是齐福仁没来慰问就是慰问金被这个二驴子给输了。他一问赵昆山,这才知道,齐福仁自己倒是没来慰问吕子贵,而是派司机送来不少东西,可这个吕子贵却不知为什么犯了"驴"劲,吹胡子瞪眼地硬是说什么也不要这些过年用的东西,还把齐福仁让司机给捎过来的信封也推了回去,那里面装的是慰问金。最后没办法,跟着一起来的靠山乡党委书记王为民只好让齐福仁的司机回去了。等司机走后,王为民瞪了一眼赵昆山,然后就回乡里了。这可把赵昆山给气坏了,把个二驴子骂得是狗血喷头。

可是,有一件事石润生就不明白了,吕子贵不是"驴"嘛,那自己和徐蔓苓送来的东西怎么就收了呢？这个问题一提出来，赵昆山就一瞪眼睛："他二驴子就再驴还能不给县长面子？再说，他不要齐书记的东西是有原因的……"

石润生一听就狐疑起来，难道这个吕子贵和齐福仁之间有什么过节？可他还没等问呢就被徐蔓苓打断了。

"润生哥，这大过年的咱不说这些不开心的事了行吗？王叔还在家等着呢，再说，人家赵叔家里还有事儿呢……"说着，徐蔓苓看了一眼赵昆山。

石润生一想，也对，这大过年的别让王叔在家等着急了，有些事得慢慢来，急也不在一时。于是，他就把赵昆山给打发回去了，临走时他告诉赵昆山，春节一过就专门听下沟村的工作情况汇报。赵昆山答应着就把双手插在棉袄袖子里一步紧似一步地朝家里走去。

此时，村子里已经此起彼伏地响起了鞭炮声，家家都开始吃年夜饭了，与各家屋里热闹的景象相比，外面却是冷清了许多，没有人这个时间还在外面逛悠。

见四周无人，徐蔓苓跟上石润生就抱住他的胳膊。石润生晃两下，可徐蔓苓抱得死死的，还抬头咬着牙瞪了他一眼，他只好作罢。

正像徐蔓苓说的那样，王德贵还真等着急了。此时，他正拄着拐杖在大门口站着呢，远远地就看见徐蔓苓抱着石润生的胳膊向这边走来，他不由得脸上露出喜悦的笑容。

"咋才回来呢？二驴子家也没多远啊？"王德贵问了一句。

见王叔站在门口，石润生又甩了甩那只被徐蔓苓抱着的胳膊，脸上已经有了窘态。

徐蔓苓呵呵地笑了笑，松开手，然后看着王德贵却冲石润生一努嘴："你问他！非得跟着去，还问这问那的！把过年都忘了！"

石润生微笑着扶着王德贵就往屋里走，看着走在前面已经进了屋的徐蔓苓，他摇了摇头。

"这丫头嘴可厉害着呢！对了，润生啊，这段时间怎么样？还习惯吗？"王德贵问了一句。

石润生"哦"了一声，略作思索后答道："其实，蔓苓姐挺好的！说不过她就不说，我听着就行了。"

听他这么一说，王德贵不由得看了他一眼，然后哈哈大笑。此时，两个人已经进了屋，等坐到炕沿上后，看着石润生帮着徐蔓苓往桌子上端菜，他这才说道："我是问你这段时间在县里工作怎么样？"

石润生听完就是一愣，随即看了一眼徐蔓苓，脸却有些红了。

"叔，你们聊什么呢？润生哥咋是这副表情呢？"徐蔓苓把一瓶白酒打开，边倒酒边问。

"没……没聊什么！"还没等王叔回答呢，石润生就抢着接过话来。

王德贵哈哈大笑，然后就上炕盘腿坐在了桌前。

徐蔓苓看看王叔，又看了一眼石润生，顿时皱起眉来："你们不会是在说我的坏话吧？"

这下王德贵更乐了，边擦筷子边说："哈哈哈！哪会说你的坏话，你润生哥呀说你好呢！"

"他？我可不信！"徐蔓苓说着硬是过去帮着把石润生身上的外衣给脱了下来，弄得石润生不住地眨眼，又不敢接话。

对于石润生来说，像这样的年夜饭在他的记忆中还是第一次，这些年来，他在外求学，几乎每个春节都是一个人过的，在国外的那几年更是如此，尽管孤单的新年夜没有丰盛的年夜饭，但他仍然觉得其乐融融，因为在他心里，充满着梦想与激情，他憧憬着美好的未来，那些美好的憧憬中有改变家乡面貌的畅想，有报效祖国的宏志，却唯独没有像今天这样的场景出现在他的梦里。他没有想到的是，王叔、徐蔓苓，还有自己，这三个人竟然在一起过这样一个具有特殊意义的新年，吃这样一顿年夜饭。

或许是到安农县这段日子他确实是太累了，也或许是心情放松了，石润生陪着王德贵喝了不少酒，这期间还有徐蔓苓适时的劝酒，按照她的说法，县长也是普通人，普通百姓过年哪有不喝点儿酒的？因此，她不是给石润生夹菜就是给他倒酒，却不让王叔多喝一点儿。

见她不住地给自己倒酒，石润生轻声说了一句："喝多了可不太好！"

徐蔓苓却说："怕什么？这是在家里又不是在公开场合？在家里你就是耍酒疯都没事儿！"

听着两个人对话，再看两个人的表情，王德贵不住地笑，别提有多开心了。

年夜饭就这样在其乐融融的氛围中结束了，石润生明显感觉到自己有点儿喝多了，但他控制着不让自己多说一句话，生怕哪句话说错了。在徐蔓苓收拾桌子的时候，他站到屋里那个相框前，看着相框里自己与那位小姐姐的照片，他突然觉得鼻子有些发酸，眼睛也有些发热，一股莫名的惆怅油然而生，在这种惆怅中，他甚至还隐隐地感到夹杂着些许的感动，也不知是因何而感动。

徐蔓苓在厨房里也不知还在忙着什么，石润生就坐在炕沿上和王叔聊着县里的工作，还有自己对于未来的一些想法，他是想听听王叔的意见。王德贵告诉他，要大刀阔斧地干，不要顾忌这顾忌那的，只要是一心为公一心为民就行，老百姓心里都有一杆秤，只要是老百姓拥护，下边的干部配合，就没有干不成的事，除了这些外，上边一定会有领导支持的。

说到这时，他还想说什么，却中途打住了，硬是把到嘴边的话给咽了回去。石润生觉得诧异，但也不好问什么。

听他提到上级领导的支持，石润生这才说道："王叔，其实省委徐书记就非常支持咱安农县的工作，我也很想去向他当面汇报汇报，可前阶段他一直在中央党校学习，也不知过年回来了没有。"

"哦，他一定会支持的！哈哈哈！"说着，王德贵大笑起来。

"和润生哥聊什么呢？这么高兴啊，王叔？"徐蔓苓端着两个盘子走过来放到炕上。

石润生看去，一个盘子里是新炒的瓜子，另一个盘子里是冻梨。原来，徐蔓苓在厨房里是忙活这个呢。他不由得看了一眼徐蔓苓，只见她扎着围裙，头上包了块毛巾，从后面看去，活脱脱一个家庭主妇。望着她的背影，石润生不由得又抬头看了一眼墙上相框里的那幅照片，脑海里浮现出当年的情景来。

"有偷看别人的习惯？"强烈的第六感使徐蔓苓已经感觉到了他的目光，她回头说了一句，然后把一个冻梨递了过来。

石润生接了过来，看了一眼手里的梨轻声道："好像吃不了，要不你切开吧。"

"大哥，梨是不能分着吃的！"徐蔓苓说着就转身往厨房走。

身后却传来石润生的声音，虽然声不大，但还是让猝不及防的徐蔓苓心头一震。

"鸡蛋就可以分着吃吗？"说完这句话，石润生看着顿了一下的徐蔓苓，内心狂跳不已。

可是，徐蔓苓却并没有回过头来，只是说了一句："大过年的有鱼有肉吃什么鸡蛋？"说完，她快步进了厨房。

石润生愣了一下，随即又摇了摇头。

徐蔓苓一进厨房就捂着胸口站在那儿长出了一口气，心说，他这是感觉到什么了吗？想到这儿，她是既高兴又紧张，还隐隐地有些担心。

她在厨房停留了好长时间，本来，厨房里已经没有什么需要收拾的了，她只不过是想平复一下自己紧张而兴奋的心情。等她再回到主屋时，石润生还在和王叔两个人聊着天。电视里，春节联欢晚会已经开始了，浓浓的喜庆氛围渲染着年的味道。

徐蔓苓悄悄地坐在靠墙的一角，静静地看着电视，可耳朵却在留意石润生说的话，不经意时她看了一眼，发现石润生脸还是有些红，她这才想起了什么，赶紧去泡了两杯茶端过来。

王德贵摆着手说："我可喝不了茶，睡眠不好，要是再喝这东西可就睡不着喽！你们喝吧！"

石润生接过茶，只是轻声说了一句"谢谢"，却没有看徐蔓苓。

徐蔓苓又静静地退回到角落里看电视，正看得起劲呢，却听王德贵说道："丫头啊，不给你爸打个电话吗？这大过年的！人都说，姑娘大了不中留哦……"

徐蔓苓"哦"了一声，边找手机边说："还真给忘了，现在就打！"

她拿过手机还没等拨出去呢，手机却响了起来。

"还真是不经念叨……爸！我正要给您打呢……哦，我打算初三回去，什么？您要来？……是这样啊，那好吧……"徐蔓苓说着看了一眼石润生，却又接着道，"哎呀，什么呀！不是！这不是觉得有些突然嘛，什么不想让你来呀……那好，我们就在王叔家等着！"

挂断电话，她又看了一眼石润生。王德贵却笑着问道："你爸？他要是来那可太好了！润生啊……"

还没等王德贵把话说完呢，徐蔓苓就赶紧打断他道："哎呀，王叔！你不是喜欢听戏曲嘛，下面这个节目就是，先别说了！"

王德贵闻言哈哈大笑，连连说："好，不说就不说！你这个丫头啊！还不是早晚的事儿？"

一旁的石润生被两个人的对话给弄糊涂了，刚才听徐蔓苓接电话时他听明白了，肯定是蔓苓父亲要来王叔家，他一想，要是她父亲来了，自己在这儿也不方便啊？看来，自己得提前回县城了，只是也不知道徐蔓苓的父亲是干什么的，见一见倒也无妨，但在王叔家这样的场合似乎有些不合适。

此时，屋里只有电视里的节目声，三个人都不说话了，静静地看着节目，而每个人心里似乎又都有各自的秘密。

正在这时，就听房门一响，人还未至声音先传了进来：

"蔓苓姐！要是没人跟你睡那我跟你睡吧？"

徐蔓苓一听声音就知道是谁，她嘀咕一句就迎了上去："死丫头说什么呢？"说着，她往进来的人身上就是一拳。

"哎呀！县长在你也敢欺负我？"原来，进来的是小辣椒杨淑花。

第五十一章　老徐是谁

二〇一三年的正月，尽管还没到打春的节气，但仍然比往年要暖和许多。初三这天，天气特别晴朗，一轮红日照耀着村村落落，房子上厚厚的积雪在阳光的映衬下格外刺眼，家家户户门前散落的爆竹碎屑红红绿绿的，响应着各家门楣上的松枝和灯笼，好一派乡村新年景致。

一大早，石润生吃完饭就把外衣都穿好了，还特意到外面把车发动了一下。看着在外面鼓捣车的石润生，徐蔓苓在屋里不住地抿嘴乐，甚至还哼起了歌，并勤快地收拾这收拾那，就等着父亲的到来了。

看着忙活的她，王德贵忍了半天，但还是咳嗽两声说道："丫头啊，你润生哥他……"

"王叔，让润生哥知道我爸是谁也没什么坏处，反正他也不知道我到底是谁！"徐蔓苓抢着说道，可她却没有意识到王叔究竟要说什么。

王德贵接着说："真是拿你们没办法！润生一会儿要回县城去，说是打算初五组织召开常委会！"

他话音刚落，就见徐蔓苓顿时瞪起了眼睛："啊？这样啊？他这是故意的！到时候别后悔！"说着，竟噘起了嘴，把手里的抹布一扔就坐在了炕沿上。过了一会儿，又自言自语道，"这样也好，我也觉得还不是时候……该死的！"

正在这时，已经进屋的石润生听见了她说的话，不禁问了一句："怎么了？"

徐蔓苓咬着嘴唇瞪了他一眼："不能啥话都接！"继而却又轻声道，"润生哥，你回去那么早吃饭怎么办啊？家里有菜什么的吗？"

"哦……没事，我一个人习惯了！"石润生感到有些突然，他没想到徐蔓苓会说这样的话。

徐蔓苓轻叹了一声说道："那你先别着急走，等我一下。"说着，就去了厨房。

见她离开了，石润生看了一眼王德贵。王德贵冲他点了点头，然后缓缓地说道："早点儿回去也行，县里那么多事都要靠你呢，一年之计在于春嘛！只是要注意身体！"

石润生点了点头。

窗外，徐蔓苓拎着东西正在往车上放，也不知都是些什么。石润生看见，刚想出去制止，却被王叔给拦住了，他也只好作罢。

放完了东西，徐蔓苓冻得丝丝哈哈地进了屋。

"好了，润生哥！要走就快走吧，给你拿了点儿肉和菜什么的，要不然这大过年的你也没地方买去！鸡蛋没给你拿，我记得家里还有呢！"刚说完，徐蔓苓又补充一句，"哦对了，是你家！"

她这句话说完，石润生倒没怎样，王德贵却哈哈大笑起来，笑得徐蔓苓一下子脸就红了。

　　石润生和王德贵说了一声就准备出发了，王德贵和徐蔓苓两个人跟着出了屋送他。他上了车，关好车门的一刹那，却看见徐蔓苓噘着嘴，他欲言又止，但还是什么都没有说出来，开车就驶离了王叔家。

　　望着远去的车，徐蔓苓叹了口气，却还是噘着嘴。

　　王德贵哈哈大笑，说道："丫头，叹气会老的！"继而又看了看门外，叨咕一句，"你爸怎么还不到啊？"

　　"就怨他！"徐蔓苓说着就先回了屋。

　　在省城通往安农县的公路上，一辆黑色的轿车缓缓地行进着，行驶到往下沟村去的岔路时，这辆车刚开到这条路上，就与一辆对面开来的越野吉普车擦肩而过，那是石润生的车。

　　且不说石润生，单说这辆轿车。它下了道就直奔村里，但车子开得很慢，像是车里坐着的人要看外面的景致。

　　当车开到下沟村村部附近时，却被前面的一群人给堵住了，车只好停了下来。这时，从车上下来一个人，只见他中等身材，腰板挺直，五十多岁的年纪，披着一件黄大衣，看上去像是干部模样。见前面有村民挡住了路，他往前走了两步，司机停好车后下来打算跟着他，但他摆了摆手，然后就一个人朝村部门前的那群村民走去。

　　"老乡，大家这是干什么呢？"他随便找了个村民问了一句。

　　那村民上下打量了他一番，然后朝村部一扬头："这不！开支委会呢！"

　　他刚说完，旁边有位妇女就接过话来说："是扩大会！"

　　那人又道："对，是扩大会，可我也没扩大进去，我还有很多想法呢！"

　　那位干部模样的人一听，不禁朝村部院里看了一眼，果然，院里也有不少村民，都手插着棉袄袖子不知议论什么，而屋里的情况看不清楚。

　　他又问那位村民："老乡，这大过年的村里开什么会呀这么热闹？"

　　村民又看了他好几眼，这才说道："你是来串亲戚的？上谁家呀？哦，不会是上赵书记家吧？他可没空，正忙着和大家伙研究增收的事儿呢！"

　　那人"哦"了一声，并没回答他是去谁家。然后，他就穿过人群进了院子。等他进了村部的走廊这才发现，走廊还有不少人呢，但这些人都不说话，估计是怕打扰到屋里开会的人吧。他就往前凑了凑，挤在村民后面透过开着的门缝往里面看去。就见村部办公室里烟雾缭绕，里面坐着有十几名村民，几名村民不住地吸着烟。一个五大三粗的中年汉子正坐在桌子中间的正位上讲着什么，他就侧耳听了起来。

原来，屋里开会的正是赵昆山和村班子成员、各小队队长，还有村民代表。只听他说道："县长可说了，这两天就听咱村汇报。对，是咱村，而不是乡里！这对咱村来说可是大喜事呀！大家啥时听说有县长大过年的听一个村的汇报？刚才那谁……老张家媳妇问了，县长要听汇报啥？你们以为听谁家过年杀没杀猪？谁家新媳妇进没进门？听啥？听咱村的工作呗！说白了，就是咱村按照县里统一部署，是如何开展增收致富的！对了，还有，咱村大田种草改良的事儿也要听！"

听他讲到这儿，门口一直听着的这位干部模样的人却狐疑起来，他就小声问旁边的村民一句："大兄弟，我是不是听错了？大田不种庄稼怎么改种草了呢？"

那名村民"嘘"了一声，然后小声道："你不知道，县里要对土壤进行改良，听说是种特殊的草，还有，以后种地都不让用化肥农药了。等会儿再说，先听吧！"

听着村民的话，他还是有些没弄明白，但也不好再问什么，只好继续听里面开会的情况。

这时，赵昆山又说："这个……啊？关于土壤改良的事，重要性嘛大家都知道，我就不啰唆了！补助也给了，大家也不会少了收入，可是，究竟是怎么个搞法！年前村里开会时大家可都同意了啊，谁也不许给我起幺蛾子！老爷们儿说话就得……"

还没等他说完呢，一个妇女就大声说道："赵书记，这还有妇女呢！"说完，呵呵地笑了起来。门外看热闹的人也都笑了。

赵昆山摆了摆手："我还不知道你是妇女？村里开会这么重要的事老娘们儿家家的凑什么热闹？谁让你非得来开会了？下次让你男人来啊，再这样就取消你家村民代表的资格！"

一句话吓得那位妇女吐了吐舌头不敢说话了。

赵昆山继续说："其实呀，大家别错了主意！就说这土壤改良吧，为啥要这么整啊？咱县长可是博士呀！将来咱县搞安全农产品不改良土壤还行？不改良土壤种出的粮食和菜那还叫安全农产品？这个安全农产品啊将来是咱县的一个产业，叫什么来着？看我这记性，都是让老张家媳妇给闹的！"

门外，又有人开始小声笑了。

"对，按照咱县长的话说，叫'安农产业'，县长还说了，'安农安天下'，农产品不安全如何去安天下？所以呀，必须要搞，而且必须搞好！这个……还有个事儿呀我没和大家说，今天呢正好也和大家商量商量，看这个事儿可行不可行。什么事呢……"说着，赵昆山接过别人递过来的烟点着后吸了一口。

有村民代表大声说："赵书记你就别卖关子了，都要急死了，快说吧！是不是好事儿呀？"

赵昆山又吸了一口烟，这才说道："对，肯定是好事儿！不好的事儿有我扛着呢，还用和你们商量？什么事儿呢……"

"赵叔，能不能行啊？你这都赶上演小品了！哈哈哈！"又有人等不及了，开起了玩笑。

门外一直听着的那人也差一点儿乐出声来。

就见赵昆山又挨个巡视了一遍，这才缓缓地说："杨树村大家知道吧？人家杨树村……"

这时，刚才一直在催的那个村民笑着说："赵叔，杨树村谁不知道？我们还知道你儿媳妇在杨树村当书记呢！"

赵昆山瞪了他一眼："就你嘴快！急什么急？"说着，他这才正色道，"其实他也说的没错，我要说的就是俺家花儿……呸呸！是杨树村杨书记！人家可是从北京取回经了，听说要在这种草的庄稼地里养泥鳅！这可是一条好道道啊，不仅改良了土壤，还能充分利用种草的土地增加收入！人家杨树村的群众都乐坏了，大家都说俺家花儿好呢！"

这时，有人实在忍不住了，接过话来插了一句："是杨书记，不是你家花儿！哈哈哈！"

"就是俺家花儿！这有什么藏着掖着的？"赵昆山说这话时却难以掩饰脸上的喜悦。接着，他摆了摆手继续说道，"咱县长说了，这农村工作啊要因地制宜！县长还说了，这农村啊是大有可为呀！将来要让咱大家伙每个人都为自己是个农民而自豪！要让城里人羡慕咱农民……说得有点儿远了啊，什么个事儿呢？"说着，他又吸了口烟。

这回，就连门外听着的那人都着起急来，而刚才一直在催的村民都不敢再催了，生怕耽误了他继续往下讲。

"是这么个事儿，我想啊，咱村也得充分利用好土壤改良工作，咱也得琢磨个两全其美的来钱道儿！"

刚才那个村民实在忍不住了，抢着话说道："也要养泥鳅吗？"

赵昆山晃了晃脑袋："咱不养那玩意儿，再说，咋也不能跟俺儿媳妇学吧？得有适合咱村的招儿！"

"赵叔，啥时成儿媳妇了？不还没结婚呢嘛？"有人调侃起来。

"那还不是早晚的事儿？"赵昆山一瞪眼睛，"可是咱村到底利用这大面积的草养点儿什么呢？"说着，他又看了一遍屋里的所有人，急得大家都直咧嘴。

这时，村会计倒了一杯水放到了他面前，他端起来喝了一大口。

有人悄悄对会计说："你这个时候倒什么水呀？耽误事儿嘛不是？"

会计咧了咧嘴，悄悄坐了回去。

赵昆山把杯子放下，又抹了一把下巴，这才说道："咱村都是涝洼塘，看今年冬天雪的情况，我估摸着来年准又是个涝年！过去刘书记在任时不是利用稻田养过鱼嘛，我看啊，咱就利用种草的涝洼地养小龙虾怎么样？"他说完就看着大家。

大家互相看了看，谁都不说话。半天才有人小声道："我看电视里农业频道播过，可养小龙虾没水不行啊！万一要是雨水少呢？"

他这句话说完，大家都看着赵昆山。只见赵昆山一拍大腿："这就是我今天把大家召集来的主要原因！不是要水吗？有招！咱在地里挖渠，五米或十米一个，引来控山水，留住雨水，既有了养小龙虾的水又能保证种的草不涝死，这是一举几得？"

"一举两得！"有人喊道。

"不对，这是一举多得！"

屋里的人都听见了这句话，大家纷纷朝门口望去，就见一个干部模样的人挤进屋里，还笑着看着大家。

"同志，你找谁？"赵昆山上下打量一番后问了一句。

还没等他答话呢，门口有个村民高声道："来咱村串亲戚的！"

赵昆山站了起来："同志，这是村里的重要会议，你串亲戚的就不要参加了。对了，你贵姓？去谁家？"

"哦，我姓徐。刚才在门口我听你们不是要养小龙虾，可懂技术？"那个人和蔼地问道。

赵昆山摇了摇头。

"知道在哪儿买种苗？"

赵昆山又摇了摇头。

"可有销路？"

这回他不摇头了，答道："卖给城里饭店呗！城里人就喜欢吃这个！"刚说完，他又皱着眉道，"听你的意思是……你懂技术？也知道上哪儿买龙虾苗？"

那个人点了点头，微笑看着赵昆山。

赵昆山一听，顿时露出了笑容，赶紧上前拉住他的手："同志呀！你可是救星啊！我正愁这个事儿呢？来来来！过来坐！"说着，他硬是把那人拉到桌前，然后又冲一个人一扬脖子，"那谁……你起来！"

那名村干部赶紧站了起来，让这位姓徐的同志坐了下来。

等他一坐下，赵昆山又是递烟又是吩咐人倒水，忙活半天这才笑嘻嘻地说："那个……看你年纪比我长几岁，就叫你老徐吧！"

这位叫老徐的点了点头。

赵昆山继续说："老徐呀，你快说说，你是哪个农科院的？专家是吧？真是太好了！你说我们这么搞行不行？不是瞎胡闹吧？"他一口气说了一大堆话。

就听这位老徐缓缓地说道："我看这个事儿可行！你们很有想法呀！土壤改良也是件好事，在不影响村民收入的情况下要是还能利用土壤改良的机会创收，这很好啊！发展现代农业，就是要有创新思维！我看你们这个就是创新，还有前面你说的那个杨树村养泥鳅的事儿也是创新！"

屋里屋外的人们都不作声，静静地听这位叫老徐的人讲着。

赵昆山正听得起劲呢，突然听老徐话锋一转问道："对了，你们说的这位新来的县长怎么样？土壤改良的事儿是他提出来的？县里有没有人反对？还有别的乡村，群众有没有意见？"

赵昆山一听就来气了，他把脸一撂："我说老徐呀！看你也不像是本县的人吧？你就说说养小龙虾的事儿，我们县长的事儿你就别问了，好着呢！群众拥护着呢！"

老徐笑呵呵地看着他说道："小龙虾的事儿你放心，包在我身上了！你说说，你们这位县长怎么好了？"

一听他说小龙虾的事儿包在他身上了，赵昆山这才露出笑容，喝了一口水后说道："那就给你这个外地人介绍介绍我们县长？"

老徐点着头："对，介绍介绍！"

赵昆山道："我们县长别看年轻，可有一套呢！别的不说，就说我们这下沟村吧……"接着，他就把石润生到任以来的所作所为统统说了一遍。

那位老徐不住地点头。

这时，赵昆山却突然瞪起了眼睛："对了，老徐呀，你在省里有没有认识人？要是认识省领导就好了，可得帮我们县长说说话！总有一帮人工作不支持不说，还在背后捅捅咕咕，捏造一些没影的事儿整人！前阶段你没看网上吧？也不知从哪儿拼凑个照片硬说县长作风有问题！我看啊，是这些人脑袋有问题！思想有问题！动机有问题！我要是有机会见着省领导啊，一定得说说！你不知道啊，县长就在俺们村过的年，听俺家小子说，今天一大早就回县城了，说是开常委会！你看看，有哪个干部大过年的去开会去研究工作？"

听到这儿，老徐问了一句："你是说……润生回县城了？"

还没等赵昆山答话呢，这时，就听门口有人说道："老徐！你怎么在这儿呢？"

众人往门口看去，却见说话的竟是徐蔓苓。

老徐一见是徐蔓苓就微笑不语，还眨了几下眼睛。

赵昆山看着徐蔓苓说："徐丫头，哦……徐院长，你家亲戚？"

徐蔓苓笑着答道:"赵叔,叫我丫头就行,叫啥院长!对,我家亲戚!"说着,她冲老徐使了个眼色。老徐站了起来。

赵昆山却伸手一拦:"我说老徐呀,技术的事儿你还没说呢?"

老徐笑着说:"这个你就放心吧,眼下最要紧的是挖渠,等你把引水渠挖好了自然会有专家来找你的!"说完,就被徐蔓苓抱着胳膊往外走。

赵昆山还想说什么,却扬了扬手,等他们走到门外了才喊出一句:"徐丫头,到时候要没有专家我可找你要人啊!对了,老徐是你叔吗?"

"放心吧赵叔!老徐说话算数着呢!"徐蔓苓说着又冲老徐挤了挤眼睛,"你说是吧,老徐?"

只听老徐笑小声道:"你个死丫头,过年都不回家?真是不中留喽!"

原来,这人不是别人,正是省委书记徐怀明。

第五十二章　错过与省委书记的会面

徐蔓苓是怎么知道她父亲徐怀明在村部的呢?原来,徐怀明的司机见他进了村部院子好久都不出来,再加上村部前围了那么多村民,他怕是上访的群众缠住了领导,这才给徐蔓苓打了电话。

正在家里焦急地等着父亲到来的徐蔓苓一听父亲竟然在村部?她和王叔说了一声就赶了过来。

当下,父女俩也没坐车,就走着来到了王德贵家。一进门,王德贵就迎了出来。

"我听说你这么大的领导去旁听村里的会了?哈哈哈!"王德贵说着就上前一把握住了徐怀明的手。

徐怀明仔细端详着王德贵,笑着说:"德贵大哥,气色不错嘛!怎么?我这丫头没少气你吧?"

王德贵看了一眼徐蔓苓,一边往屋里让着一边说道:"可多亏了蔓苓啊!我白捡了这么一个好闺女,高兴还来不及呢!"

大家进屋后,司机把车上的东西拿进屋里,然后就悄悄退了出去。

"来就来呗,还拿什么东西?"王德贵说道。

徐怀明指着放在桌上的东西笑着说:"也没什么,知道你没事爱喝几口,这是我珍藏多年的酒,反正我也不喝……怎么样?身体还行吧?"

王德贵指着徐蔓苓说:"我倒是喜欢喝几口,可蔓苓说我胃不好,不让多喝!哈哈哈,管得严着呢!"

"这丫头在家也这么管我!自从她妈走后啊,这些年都她管我!"说着,徐怀明就不言语了。

徐蔓苓把东西放起来后,看着父亲轻声道:"爸,除夕吃的什么呀?女儿向您赔罪还不行吗?"

徐怀明哈哈大笑,却转向王德贵神秘兮兮地问道:"润生那孩子走了?"

"是呀,说是回去开会,部署开春的工作!这不,刚才还噘嘴呢!"王德贵说着,冲徐蔓苓一努嘴。

"哎呀,王叔你看你?谁噘嘴了?爱走就走呗?人家是县长,咱可管不了人家!"徐蔓苓说着就低下了头。

这时,王德贵说:"蔓苓啊,去准备饭吧,让你爸中午吃完饭再走!"

"嗯!"徐蔓苓答应一声就要去厨房。

可徐怀明一摆手:"不吃了,马上就得走,刚才呀,在村部还领个任务呢!哈哈哈!"

王德贵一听就糊涂了,不住地看他。

徐怀明这才把在村部发生的事说了一遍。听完,王德贵也不住地点着头:"嗯,这个赵昆山脑袋终于开窍了!"

徐蔓苓却笑着说:"我看啊,还不是他家小花给影响的?他这是怕输给儿媳妇!"

徐怀明一听,不禁问道:"对了,我当时在门外听他老说小花儿小花儿的,到底是怎么回事呀?"

徐蔓苓就把杨树村以及小辣椒杨淑花的事说了一遍。一听说县里选用杨淑花这样的大中专毕业生担任村干部,徐怀明就不住地点头。又聊了一会儿,他突然问道:"丫头啊,你那个职业技术学院怎么样了?我听说办得有声有色?对了,爸爸是不是得叫你院长了?啊?哈哈哈!"

"哎呀,爸!什么院长啊,还不是想帮帮润生哥嘛!"

"这润生哥润生哥的,我可听你叫好几遍了!这老当哥也不是个事儿呀!用不用我帮帮你呀?"

徐蔓苓抱过父亲的胳膊晃了晃:"哎呀,再说就不理你了!对了,爸,我们县的工作你得支持呀!润生哥遇到不少阻力呢!"

"瞅瞅?这都成你们县了!看来呀,王大哥呀,咱这丫头恐怕是要在安农扎根喽!哈哈哈!"说完,徐怀明正色道,"支持嘛,是一定会支持的!回头你告诉石润生,让他放开手脚大胆地干!只要是为了百姓,为了脱贫,为了几十万群众过上幸福生活,省里一定会大力支持的!我看县里搞的那个利用社会资本建设湿地公园的事儿就很靠谱嘛!财政穷县,就是得有创新思维和创新举措!下一步中央将要积极倡导这种 PPP 模式,这是未来的发展方向嘛!"

"哎呀,爸,这又不是做报告,你看你讲这些我也不太懂,要是他在就好了!对了,爸你啥时候有时间专门到县里走一走看一看,或者听听润生哥汇报汇报工作?"徐蔓苓说着把一个削好的苹果递给父亲。

看着一脸认真的闺女,徐怀明转头对王德贵说:"听听,这是想尽办法让我给安农支持呀!她这个苹果简直就是贿赂我呀!哈哈哈!"

王德贵也哈哈大笑。

徐怀明看着闺女说道:"嗯,安农的工作情况我是一定要听的,不过这阶段恐怕不行,眼下我就得去北京参加两会,回头你跟石润生说,让他大胆地干吧,目前的困难嘛是暂时的,很快就会好了!"

说完,他从炕沿上站了起来,准备回省城。临出屋时,他还笑着让徐蔓苓告诉赵昆山,让他放心,他交代给老徐的任务保证完成。

王德贵和徐蔓苓一起把他送到院外,可还没等上车呢,就见一个人走了过来,一看见徐蔓苓就喊了起来:"蔓苓姐!有客人啊?"

"该死的小辣椒,你吓死我了,那么大声干吗?"徐蔓苓瞪了她一眼。原来,说话的是杨淑花。

还没上车的徐怀明一听就笑着冲杨淑花说道:"哦,你就是村里赵书记挂在嘴边的什么花儿吧?哈哈哈!你是个能人啊!养泥鳅的想法就很好嘛,好好干!农村广阔的天地大有可为呀!"说完,他又回过头来冲王德贵道,"我走了!"

王德贵点了点头。徐蔓苓却抢着说了一句:"好好吃饭!注意身体!"

徐怀明这时已经上了车,也不知听没听到她这句话。看着车缓缓地开走了,徐蔓苓突然有种怅然若失的感觉。

杨淑花望了一眼远去的车,回头问道:"这人谁呀?他怎么知道小兵爸叫我花儿呢?"

"老徐!"徐蔓苓答了一句,然后拉着她又问,"怎么?还没回娘家呢?乐不思蜀了吧?呵呵!"

"什么呀蔓苓姐,人家还没结婚呢,什么回不回娘家的?"杨淑花噘起了嘴,继而又皱着眉狐疑地问,"哪个老徐呀?"

徐蔓苓说:"回去问赵叔就知道了,赵叔还给他安排任务了呢,说是要帮村里联系什么专家?"

这时,王德贵拄着拐杖边往院里走边说:"这个昆山啊,真是有眼不识泰山!竟敢给省委书记下任务!"

"什么?省委书记?"杨淑花听完就愣住了,她盯着徐蔓苓又问,"该不会是你什么亲戚吧?"

"哦,有点儿亲戚!"徐蔓苓笑了笑。

原来,自从徐蔓苓到下沟村后,因一次偶然的机会认识了杨淑花,两个人一见投缘,就成了很好的姐妹,但杨淑花却并不知道她是省委书记的女儿。在她看来,省委书记的女儿怎么会到这穷乡僻壤来呢?那是不可能的事!所以,徐蔓苓一说是亲戚,她也就没往别处想。但亲戚这层关系就已经让她震惊不已了,她眨了半天眼睛才说:"蔓苓姐,原来你家亲戚是这么大的官呢?那你咋不找他给安排安排呢?"

徐蔓苓回头看了一眼大门口,叹了口气道:"这不是!安排到下沟村了!"

可杨淑花此时却在想别的事情。进了屋后,她才自语道:"哎呀,赵叔是怎么认识这么大的领导呢?还有,他又是怎么知道我们村要养泥鳅的事呢?"

说着，她不禁皱起眉来。

等进了屋，徐蔓苓一问才知道，杨淑花正打算回家去，是来告别的。她一听，不禁问道："小兵不跟你一起回去？"

"他呀，一早就回县城了，说是县里有会！"杨淑花答道。

徐蔓苓一听，想到石润生匆匆忙忙回了县城，她原以为是躲什么呢，现在看来，他回去果真是要开会。

送走了杨淑花，徐蔓苓把屋里屋外又都收拾了一遍，然后又在厨房里忙活着。王德贵看在眼里不住地点头，他明白，这丫头是要打算回县城啊。他就叫过徐蔓苓，让她放心回去吧，说是县里的工作要紧，也可以帮帮石润生。

见王叔看出了自己的心事，徐蔓苓不好意思起来，她就告别了王德贵，像只小鸟一样飞出了家门，直奔县城。

还处在正月里的县城，到处洋溢着节日的气氛，街上拉着花花绿绿的彩带，各个商家门前也都挂着红通通的灯笼，人们穿着大红的棉袄，脸上露着节日的欢笑，或是走亲戚，或是赶集市，好不热闹！

徐蔓苓进了县城就直奔农贸市场，她买了一些菜后这才回到租住的家里。一进来她就径直走到窗前往前面看了看，可看了一眼后，连自己都忍不住觉得好笑，这个时间润生哥又怎么会在家里呢？果然，对面石润生的家里空空如也，连个人影也没有。她想，一定是在政府开会呢。

她就把棉衣脱了下来，哼着歌开始收拾屋子，然后又洗菜、切肉，她是打算做好了饭菜等石润生下班，然后请他过来吃饭。

而此时的石润生正在县政府三楼的常委会议室里开会呢。对于他来说，眼下强县富民战略刚刚实施，有那么多工作等着去部署去落实，他又怎么会有心思过年呢？所以，一回到县城他就给秦大军打了电话，让他召集常委们开会，专题研究全年的重点工作安排。

常委会定在初五早上九点，石润生一进会议室就笑着和常委们打招呼，先是表达了对大家过年的祝福，接着就表示了歉意，因为毕竟还没到上班时间，而且按照以往的惯例，县城里的机关单位大多要过了正月十五才算正式上班呢。

看着到得非常齐的常委们，他说："我知道，以前县里的机关单位都是正月十六才正式上班，这是过去，现在不行了，有多少事情等着我们呢！我也知道，这一大年了，大家都很辛苦，也该好好休息休息，但现在对于我们安农县来说，还没到休息的时候，扶贫攻坚任务这么重，强县富民战略刚刚起步，又怎么能安下心来休息呢？因此，大家要紧张起来。今天把大家召集来主要是研究一下全年工作，打算节后初七一上班就组织召开全县工作会议！大家议一议今年重点要干些什么，有哪些急需解决的问题，哪些是可以先放一放慢慢来的……齐书记，你说说？"说完，他看向了一直在闷头喝水的齐福仁。

一听叫到自己，齐福仁把茶杯一放，然后看了石润生一眼，却手捂着肚子咧了下嘴说道："哎哟，水喝得有点儿多，我得先去下卫生间，你们先议！"说完，他起身竟出去了。

尹力看着齐福仁的背影瞪了一眼，其他人也都看了看门口。此时，会议室内除了门关上那一刹那的声音外，再无他声，有的常委还看着李铁城。按照排名，齐福仁之后就是他了，他不讲话别人也不好先说。

石润生笑了笑，冲大家说："还有谁要去卫生间的？要是没有，那就接着来吧，铁城你说说！"

李铁城往前探了探身子，说道："我认为当前最要紧的工作就是在两个乡试点土壤改良的事！我看县里应该组成几个组下去蹲点抓一抓，一来是督促进度，二来也帮着乡村做做群众的思想工作，三呢也在技术层面做个指导；还有一项工作就是开发区的湿地公园建设，眼下正是挖土方整理湖区围湖造景的关键时期，因为一旦开了春土壤一化冻就麻烦了，我听说喜武他们过年都没休息，正日夜奋战呢！"

他刚说完，石润生就正色道："这也是我正要说的事情！明天就组织各委办局和乡镇的负责人去湿地公园建设现场看一看，一是对那些仍然奋战在第一线的同志们慰问一下，二来也是要让大家感受一下什么叫战天斗地，什么叫时不我待！大军啊，会后就落实这个事！明天一早八点钟准时出发！"

秦大军一边记录一边答应着，继而又轻声问道："县长，要准备些什么样的慰问品？"

石润生略加思索后答道："我看……杀一头猪吧，再置办些米面油等物品，也不知一线的同志们这个年是怎么过的，有没有吃到饺子啊！对了，让机关食堂也去人，给工地的同志们包一顿饺子吃！大家看怎么样？"

众人都齐声说"好"。秦大军打了声招呼就站了起来，他出了会议室就让赵小兵马上通知相关人员做好准备工作。安排完，他才又重新进了会议室。而这时，齐福仁已经回来了，正坐在座位上喝水呢，而且喝水的声音还很大，估计是水有点儿烫。

石润生简单向齐福仁通报了一下刚才的决定，征求他的意见。

齐福仁干咳两声连说没意见，可话刚说完他却皱着眉看着李铁城道："铁城啊，这笔钱怎么出呢？机关局资金很紧张啊，自从食堂实行免费早午餐后，按照每人每天十块钱的标准给的那点儿补助根本就不够，这还得精打细算呢，这要是再额外增加开支……"说到这儿，他不往下说了，拿起杯子又开始喝水。

李铁城这次一改常态，斩钉截铁地说道："这个我来想办法！"

齐福仁可能是被他的态度给吓了一跳，刚拿到嘴边的杯子抖了一下，差一点儿烫到，他放下了杯子，连说"那就好"。

机关事务管理局是齐福仁分管，他刚才这番话或许也是实情，但已经明显暴露了他的意图，这一点似乎不太高明。而石润生却并不生气，他看了看齐福仁，笑着接过话来说道："是要精打细算啊！要树立节俭意识，过他几年紧日子！下一步就从机关做起，勒紧裤腰带，把有限的资金用在刀刃上！这方面齐书记就做得很好啊，机关食堂不仅办得好，也节省了资金……"

会议一直开到中午才散，石润生回到办公室后，把秦大军叫过来嘱咐了一下明天去建设现场的事，又调度了节后全县工作会议的准备情况后，这才打算回家去吃饭。可他刚要起身就接到了一个电话，电话是王德贵打来的，他接起电话一听，这才知道，徐蔓苓已经回了县城，他想了想，放下电话就往家走。

再说徐蔓苓，在家里做了好几样菜，眼看着就要到中午了，可对面还没有动静，她也几次想打个电话，但由于怕打扰到石润生开会，她几次拿起电话却又放下了。望着桌上的饭菜，她不禁嘬着嘴嘀咕一句："铁打的吗？再不回来就给你送去，直接送到会议室，看你怎么办！"刚说到这儿，可能是联想到真的送饭到会议室的情景了，她不禁又笑了起来。

正在这时，就听门口有人说道："那为什么不送啊？"

徐蔓苓一听，顿时是又惊又喜。

第五十三章　蹭饭的县长

且说石润生接到王德贵王叔的电话后，他边往家走边想，以徐蔓苓的性格，以及这阶段以来自己的观察，此时她一定是在家做饭呢，可是，他就不明白了，以前不是说打电话就打电话嘛，今天怎么这么消停呢？一进小区，他不禁朝那栋楼上看了看。上次徐蔓苓为自己解围时偶然得知她是在自己家后面租的房子，可是，到底是哪一家呢？他犹豫了半天，一想到自己家里冷冰冰的，而且也确实没什么吃的东西，他当即决定，就去她家蹭饭！

其实，他早就有所察觉，自己经常发现楼后的窗户对面经常有一个人在向这边张望，尽管离得远看不清楚，但此时他明白了，那个人一定是她。他就按照自己家窗户对面大致的方位找准了这栋的单元后，就上了楼。但一进楼里他就有些后悔了，这上哪儿找去呀？家家门上都贴着过年的福字，而且门都是关着的，总不能挨家敲吧？那成何体统？但既来之则安之，他一步一步地走在楼梯上，小心地观察着每一扇房门，正当他有些灰心的时候，却见一扇门虚掩着，他下意识地在门口听了听动静，却听见里面传出说话声，他一听就乐了，这才轻轻地推开门就笑着说了一句话，等屋里的人惊喜地站起来后，他这颗心才算放了下来。果然，这正是徐蔓苓家。

一看见门口站着的竟然是石润生，徐蔓苓忙迎了上去。

"怎么是你？"

"你以为是谁？"石润生说着就开始脱鞋，嘴里还说，"怎么，不欢迎我进去吗？你自己做了那么多菜总得有人帮着吃吧？"

徐蔓苓咬着嘴唇狠狠地说："哪有你这样的？你这叫私闯民宅！是不请自来！是蹭吃蹭喝！"但说完后面一句话她就说不下去了，眼圈却红了起来。

石润生并没有发现她表情的变化，穿了拖鞋进屋就坐在了餐桌后，拿起筷子就要吃。

徐蔓苓关好门，转身一看他拿起了筷子，刚想要让他去洗手，但转念一想却什么也没说，而是过去帮他盛好饭放在他面前。

"给！饿了吧？"

"真饿了！"石润生接过碗来就吃了一口饭，咽下去后，用筷子指着桌上说道，"干吗弄这么多呀！以为我是猪吗？"

徐蔓苓哈哈大笑，自己也盛了一碗饭坐下后，边给他夹菜边说："对，就是猪！"

"好好吃呀！"石润生赞不绝口。

一想到他提前回了县城，徐蔓苓就把筷子一放，佯装正色道："说！为什么自己回来？难道不想见见我爸吗？不想知道他是谁吗？"

石润生怔了一下，随即笑着道："大姐，有没搞错？我为什么要见啊？是你爸又不是我爸！再说了，见了面说什么呀？咱俩一起在王叔家过年，关系有点儿复杂。呵呵！"

徐蔓苓瞪了他一眼："有什么复杂的？说明你心里有鬼！"

"我才没有呢！是你有鬼才对！"石润生辩解着，但话一出口就觉得哪里不对劲，他马上就不言语了。

而石润生自己却并不知道，他一旦与徐蔓苓在一起就总是没了戒备之心，心情也很放松，个中缘由他自己也说不清道不明。

一听说自己心里有鬼，徐蔓苓脸有些红，她小声道："不是有鬼……"

可今天的石润生却像换了一个人，竟穷追不舍起来。

"不是有鬼是有什么？说！该不会是有人吧？哈哈哈！"

徐蔓苓这下脸更红了，她往石润生碗里夹着菜说道："吃饭还堵不住嘴！食不言寝不语的道理不懂吗？"

"我看这句话得改一改，吃饭怎么能不说话不交流呢？寝不语么……也倒是，一个人睡觉和谁说话去？说也是自言自语，但大晚上的一个人说话可挺吓人！哈哈哈！"

徐蔓苓一听，脸不知为什么更红了，她嗔怪道："还县长呢？净欺负人！"

石润生哈哈大笑，继而说道："好了好了，不开玩笑了，和你说点儿正事！"

"没个正形！简直不像你！"徐蔓苓又瞪了他一眼，"啥事，说吧！"

石润生把嘴里的饭咽下去后，又喝了一口水，这才正色道："县里不是在几个乡镇试点土壤改良嘛，我听说杨树村和下沟村都很有想法，打算充分利用种草改良的地块搞些立体养殖，这样既可以增加农民收入，更有利于土壤改良，可谓一举多得！但我担心的是，没有技术支撑的立体养殖恐怕很难达到预期效果。所以我想，前阶段你不是组建了农业专家库嘛，不知有没有这方面的专家……"

徐蔓苓听完却像没事似的只顾闷头吃饭，却一转话题说道："别光说话了，吃这个！对了，我的手艺怎么样？好吃吧！这个鱼呀，做的时候得文火慢炖，还得工夫长！"

石润生却好像没心思听她说如何做菜，接过话来又问："我听说杨淑花打算养泥鳅？这个主意不错，她们村都是涝洼塘，泥鳅又离不开泥……这个赵昆山啊，也不跟杨淑花好好学学，下沟村也得想点儿增收的办法呀！"说到这儿，他看了一眼徐蔓苓说道，"喂！你听我说没有啊？"

"我不姓喂！"徐蔓苓却答非所问。

"哦，蔓……蔓苓姐……"石润生在她面前是一点儿办法也没有，他只好妥协。

徐蔓苓呵呵地笑了起来，笑完说道："不用你操心啦！上次不是和杨淑花一起去的北京嘛，已经给她找好养殖专家了。至于下沟村嘛……你知道下沟村要怎么做吗？"说着她看向石润生，表情还神秘兮兮的。

石润生摇了摇头："本打算听听他们村汇报的，可一着急就回来了，也没听上。"

"哼！就知道你是故意的！"徐蔓苓一筋鼻子，"告诉你吧，赵叔厉害着呢！听说是要利用种草的地块挖渠蓄水，养小龙虾呢！"

"小龙虾？不错呀，这个老赵！还有些道道嘛！可是……他哪来的技术啊？是杨淑花请来的专家帮忙吗？"石润生关心的还是技术问题，因此穷追不舍。

徐蔓苓眨了眨眼睛："这个嘛……赵叔的面子可大着呢！有大人物帮着联

系专家还能养不好？"

"大人物？难道是省农科院的专家？"石润生一听就乐了，不禁猜了起来。

徐蔓苓拿过他面前的空碗又去盛饭，回来放在他面前后说道："你可劲儿猜都猜不到！"

石润生狐疑起来，想了一会儿却不想了，埋头吃饭。

看着他的吃相，徐蔓苓自语道："最近你饭量挺大嘛！"

石润生也没往多想，答了一句："嗯，好吃嘛！"

听他说完，徐蔓苓不作声了，而眼睛却已经湿润了。她知道，这些年来润生哥一个人在外求学，哪吃过一顿像样的饭菜呀！现在他终于回来了，以后自己可不能让他再受苦了。可是，一想到那个花枝招展的叶佩，她就气不打一处来，心说，叫什么事儿嘛！看来，自己应该找个时机把话挑明了，要不然润生哥还不被人抢了去？除了那个叶佩，恐怕还有别人呢。此时，她脑海里浮现出姜然看石润生的眼神，还有那个夏雨荷，隐隐的，她感觉危机重重。一想到这些，她心情突然乱了起来，把碗一放说道："吃完饭负责刷碗啊！"说着，她去了客厅。

"没问题！就当是交饭钱了！"石润生说着快速地吃着饭，吃完后，就真的收拾起来。

徐蔓苓走过来把他推到了客厅："行了，你还是忙正事去吧，这哪是你该干的活呀？饭钱先记着啊，哪天一起给！甭想吃白食！"

石润生呵呵地笑着张着两手退到了一边。徐蔓苓把碗筷收拾到厨房后，倒了一杯水端过来递给正在屋里四处看着的石润生："给，喝点儿水吧！你就在客厅待着啊，女孩子的房间可不许乱看！"

石润生接过杯子喝了一口水，然后下意识地踱到窗前朝前面望去。前面那栋楼近在咫尺，他不禁暗自高兴，也更加验证了自己的猜测，那个自己经常看见的人影一定是她。

这时，就听徐蔓苓在身后说了一句："喂，你是怎么知道我家的？是不是跟踪我？从实招来！"

石润生回过身来，看着噘着嘴的徐蔓苓，缓缓地说道："我可没那毛病！倒是有一天我发现身后有个人在跟踪我！"

"什么？哪天？"

"就是我上次和夏记者吃饭那天。"

"哦……那你看见是谁了吗？"

说完这句话，徐蔓苓明显有些心虚，头悄悄低了下来。

"我看见了，好像也在这个小区住，谁知道是哪个疯丫头？我看有点儿像桃花岛那个傻姑！"说着，石润生已经有些忍不住了，差一点儿乐出声来。

徐蔓苓直眉愣眼地看着他，半晌才咬着嘴唇道："你敢说我是傻姑！"

石润生下意识地往后躲闪着，笑着说："怎么样？你这就叫不打自招！还有件事我看你也招了吧……"

"招什么？"徐蔓苓心里开始怦怦地跳了起来，心想，他还知道些什么呀？

就见石润生把杯子放下，然后从口袋里掏出钱包，在里面把那个发卡拿了出来。

"你认识这个吗？"

看着他的眼神，徐蔓苓定了定神，又眨了眨眼睛，却异常镇定地笑着说："什么情况？我怎么会认识你的宝贝呢？还是你招吧！说，这是哪个小姑娘给的？"说着就要上前去拿那个发卡。

石润生把手一背，没让她抢到，然后又小心地把发卡放回钱包里，这才叹了口气说道："开个玩笑，你怎么会认识这个呢……"说到这里，他望向窗外不住地摇头。

而此时的徐蔓苓，心里却比他还要急呢，刚才她差一点儿就要承认了，但她又一想，现在还不是时候，可是，到底什么时间才是最合适的时机呢？

石润生转过身来，一边到沙发上取外衣一边说："等我忙完这阵子的，找个时间给你讲个故事。"

"什么故事？关于你的？"徐蔓苓明知故问。

"嗯，关于一个傻小子的故事。"

"该不会是你的什么韵事吧？哈哈哈！"

徐蔓苓可没敢把那个词全说出来，但只说了两个字就已经忍不住了。可令她没想到的是，石润生却坦然地承认了。

"嗯，算是吧！其实也不算，应该是我自己的问题，和人家好像没什么关系。行了，我得走了，正好利用下午这个时间到县城各处走走，了解了解情况！"

徐蔓苓一听他要到外面去走走，立马也拿起了衣服。

"我也去！"

石润生愣了一下，咧着嘴为难地说："这个……能不带你吗？"

"为什么不带我呀？大过年的我一个人在家有什么意思？不就是上个街嘛，你怕什么？大不了咱们穿上棉袄围上围巾捂得严实一些，这样就没人认出来了！"徐蔓苓说着就开始穿衣服，她一边围围巾一边看了一眼石润生问道，"噫？你的围巾呢？今天怎么没戴？"

"哦，放家里了。再说，红色的有些鲜艳……"石润生支吾着，却一眼发现徐蔓苓正围着的竟和她给自己织的那条围巾一样，也是红色的，他不禁小声说了一句，"怎么和我的一样？"

"都是我织的，当然一样了！还说鲜艳呢，老土！"

徐蔓苓穿好了衣服不由分说过来就抱住了石润生的胳膊："走吧！嗯……我要吃糖葫芦！"

石润生咧着嘴，只好由她。

两个人出了小区直奔农贸市场的方向。此时，刚过晌午，街上的行人很多，因为毕竟是大年初五，整个县城还处在浓浓的过年气氛中，街上的行人多是闲逛或者买菜的，人们三三两两各忙各的，根本没有注意到石润生他们。

两个人顺着人流跟着进了农贸市场，此起彼伏的叫卖声不绝于耳，市场里各种新鲜蔬菜或冷冻食品应有尽有。他们就像是一对普通的小夫妻一样，边走边浏览着每个摊位上的东西，石润生还时不时地停下来问这问那，他关心的是这些商贩们的收入，还有进城买东西的村民们的收成。几个摊主说效益不太好，过年的东西虽然准备了不少，但购买的人却并不多，其中大多数还是城里的居民，各乡村来的人寥寥无几。他听完眉头紧锁，这说明购买力不行啊！而购买力取决于农民的收入。他思忖着，明年过年时一定要让每个农民都能有余钱置办年货，一定要让每位个体经营者都能有较好的收益。

两个人正看着呢，突然徐蔓苓指着前面喊道："糖葫芦……快看！"

石润生顺着她手指的方向边看边小声自语:"是让糖葫芦看还是让看糖葫芦?"

徐蔓苓呵呵地笑着:"反正我要吃糖葫芦,你答应了的!"

"我什么时候答应你了?那是小孩子吃的东西,你都多大了?"石润生说着不禁侧头看了一眼,两人四目相对,他赶紧转过头来。

徐蔓苓噘着嘴不说话,硬拉着他朝卖糖葫芦的摊位走去。两个人到了近前,徐蔓苓挑选了一个又红又大的糖葫芦拿了下来,石润生正想付钱呢,却突然听后面有人笑着说道:"好啊,你个土包子!我也要一个!"

石润生一回头看见是她,顿时惊呆了。

第五十四章　赴一线慰问

根据安农县新制定的强县富民战略规划,将位于县城北部开发区范围内的垃圾场改造成湿地公园,这是战略规划的重要内容,也是战略规划中确定的重点工程。当初,为了节省财政资金,避免加重政府债务,石润生经过多方联系,找到了战略投资者采取"PPP"的模式进行开发建设。这对于像安农县这样的贫困县乃至于省城阳春市都是个创举,同时也属于新生事物,而这一举措在全省首开了利用社会资本实施基础设施建设的先河。作为新生事物,人们总要有个认识的过程,招致非议也在所难免。当初石润生决定实施强县富民战略时有人提出异议、种草改良土壤的措施有人坚持抵制、甚至将全县根据不同区域和特点划片成立三个工作指挥部也有人持不同看法,特别是在垃圾场建设湿地公园、打造环境,省委副书记叶树清明确表示反对。然而,令石润生奇怪的是,以往一直对各个举措有不同意见的县委副书记齐福仁这次却对建设湿地公园项目并没有明确表态,对此,他深感欣慰。但他却并不知道,一场围绕"PPP"模式的风暴即将来临。而正所谓"成也萧何败也萧何",当初谈成这个项目得益于叶佩的帮助，但也是因为叶佩的间接原因，才引来了这场风暴。

且说石润生和徐蔓苓两个人在农贸市场里正要买糖葫芦时，却不想遇到一个人，石润生光听声音不用看也能猜得出是谁。等他回过头来一看，果然，说话的正是叶佩。

叶佩走上来先是看了一眼正拿着糖葫芦一脸惊诧的徐蔓苓，然后笑着毫不客气地也拔下来一个拿在手上，先是舔了舔最上面那颗晶莹剔透的山楂，然后冲愣在那里的石润生一努嘴："付钱！"

"哦！"石润生木讷地付了钱，然后看着叶佩一脸疑惑地问，"你不在家过年在这儿干什么？"

叶佩咽下一颗山楂后，却看着徐蔓苓道："蔓苓姐，你这条围巾好好看啊！"说着又看向石润生，"润生，我记得上次你围的也是红色的呀？上次我要你还不给，今天怎么……"

她的意思是说，上次她要，石润生没给，这次却怎么给了徐蔓苓？石润生一听就明白了，但不知为什么却并没有解释，只是又往她身后看了看，问道："你没回家过年？"

对于叶佩说的事，徐蔓苓并不知道，因为那次石润生带队顶风冒雪地到湿地公园建设现场时她没有去，但尽管这样，她多少能从中听出来点儿什么。她不禁在心里暗暗地说，还好你没把我给你织的围巾送人，要不然看我怎么收拾你！

此时，叶佩也不再追问什么了，边跟着石润生并排走在一起边说："哦，还不是为了你！施工现场干得热火朝天的，我这个投资方负责人怎么能离得开呢？再说，不愿意听我家老头子唠叨！呵呵！"

"怎么？你一直在工地？"石润生听完不禁诧异起来，心想，平时娇生惯养的叶佩如今为什么像换了一个人呢？她一个在北京生活惯了的姑娘又怎么受得了这冰天雪地？想到这儿，他不禁缓和了一下自己的表情与口气，"是这样啊？我正打算明天去一趟工地呢！算是对你们这些一线建设者的慰问吧！怎么样？有什么困难吗？"

"好啊！我正想找你呢，又怕打扰你过年，所以……要知道你这么轻闲我还不如给你打电话了！困难倒没有什么，只是没地方洗澡，我都好几天没洗了……要不，你家在哪儿？我去你家洗吧？"

听她说完，石润生赶紧摆手："这可不行！这街上不是有好多洗浴中心嘛！"

"小气！"叶佩吐了下舌头。

"对，小气！"徐蔓苓却不知为什么也说了一句，说完想了一下又看着石润生说，"对了润生哥，你就让叶总去你家洗一下吧，女孩子不洗澡成何体统？你怕什么？叶总还能吃了你？呵呵呵！"

石润生不知道徐蔓苓葫芦里卖的是什么药，他唯一能做的就是不再搭话。

本来，徐蔓苓满心欢喜地与石润生逛着街，却没想到半路杀出叶佩来，一时间，她是什么心情都没有了。以她的性格，本不至于小家子气，但毕竟是女孩子，而且她也知道叶佩的心思，在这种情况下，如果说心里不起波澜，那就真的是没心没肺了。

三个人漫无目的地在市场里面走着，一时间谁都不再说话。过了好一会儿，石润生觉得这样很是尴尬，况且，叶佩毕竟为了安农县的事情连年都没过好，自己这样对她是不是有点儿不近人情？想到这儿，他搭着话。

"叶佩，你父亲还好吧？过年一趟都没回去吗？"

"回去了，除夕是在家过的，但我和他说起这个'PPP'项目的事情后，他净说些反对的话，我听了生气，这才跑回了工地！"

石润生明白了，对于安农县实施强县富民战略，省委副书记叶树清是持反对意见的，上次县里召开动员大会时他就已经明确表了态，尤其是对于把垃圾场改造成湿地公园这个项目，他一直认为是劳民伤财，得不偿失，当时就曾提出建设资金如何落实的问题。眼下，建设资金落实了，按理说他应该放心了才对呀，又怎么会反对呢？难道是对这种利用社会资本的模式有异议？

此时的石润生隐隐地感到，"PPP"模式的推进实施恐怕没有那么顺利，他打算，等找个时间一定专程去省里向叶副书记汇报一下，或许这样就能取得他的支持也说不定呢。然而，他却没有想到，有些人特别是某些领导对于新生事物总是抱有怀疑态度，而这种怀疑是很难彻底改变的，又岂是三言两语能解决的？

第二天，农历正月初六。在石润生的带领下，县委、县政府的领导，以及各委办局各乡镇的负责人都到政府大院里集合，准备去城北湿地公园建设现场。根据去的人数，秦大军特意安排机关局负责联系了两台大客车，车是县公交公司出的，此时两辆车正停在大院里，人们开始陆续上车。因过年的原因，干部们互相打着招呼，或是拜年或是开着玩笑。而石润生上了车听秦大军汇报时才知道，县委副书记齐福仁缺席，据说是临时有什么事情。石润生听完没言语，心里却在想，这个齐福仁不知又要搞什么名堂，不参加就是不支持，但人家嘴上可没说不支持，那就由他去吧，这件事支持得干，不支持也得干！

两辆大客车驶出县政府大院朝城北开去。本来，秦大军是打算给石润生安排一辆小车的，但被石润生制止了，他说，这大客车别人能坐得我就坐不得？一时间秦大军有些不好意思了。石润生缓和了一下语气说这样挺好，也便于和干部们交流交流。其实他心里知道，刚才自己的语气全是因为那位不愿意参加集体活动的人。

望着车窗外，石润生暗想，自己还得锻炼啊，这点儿小事就不淡定了？那要是碰上更大的难题怎么办？

前面这辆车里坐着的除了县委县政府的领导外，还有党政综合办公室的几名工作人员，以及县电视台和报社的两个记者。当然，负责新闻宣传工作的县委常委姜然也在这辆车上。

石润生坐在最前面，他往后面看了看，冲坐在后面的姜然招呼道："姜部长啊，你过来一下！"

姜然愣了一下，似对他叫到自己而感到意外，但她马上恢复了常态，起身扶着座椅走了过来，然后就站在过道上。

"石县长您叫我？"

"哦，别站着呀？过来坐这儿！"说着，石润生往靠窗的位置挪了挪。

姜然迟疑了一下，小心地坐在了他旁边，双腿并拢，并小声说了一句："叫我小姜就行。"显得很是拘谨。

石润生说道："姜部长，宣传工作还得加强啊！尤其是强县富民战略，得加大宣传力度，让全县人民形成共识，心往一处想，劲往一处使，形成强大合力！下一步我看是不是这样，和你商量啊，你再斟酌。"

"县长您说！"

"下一步不仅仅要充分利用好县里的宣传媒介，还要在省报、市报，以及省市广播和电视等媒体广泛开展宣传，一是宣传咱们强县富民的战略举措，二来也能够促进招商引资，把咱们县好的资源宣传出去，吸引更多的人到安农来走一走看一看！没有一个好的舆论氛围不行啊！"

等他说完，姜然往前欠了欠身子："行，我马上就安排拟个方案请您审定！"

"嗯！就这些！"石润生说着又往身后看了一眼，目光落到秦大军身上，秦大军会意，马上走了过来。

"县长您有事？"

"哦，大军啊，我看得安排个事呀！春节上班后要定期组织机关干部进行培训，不仅要培训政策理论、法律法规方面的知识，还要培训相关业务，让每名干部都要树立学习意识，分内的业务自然要熟悉，其他的业务也要懂一些，这不仅有利于推动工作，对于干部自身成长来说也是件好事嘛！我看就弄个周六大讲堂，不占用工作日，每个月都要培训这么一次！授课老师嘛……县里要是没有合适的可以到省委党校去请，或者其他方面的专家都行，就是咱们本县的只要是行家里手都可以上台讲一讲。总之就是一条，目的是要培养学习型干部！"

秦大军听完答道："行，回头我就起草方案！"

石润生又想了一下，像是自语又像是在对秦大军说："我看这第一期培训班嘛……就专题培训PPP模式！"说着他又看着秦大军道，"这方面的专家我来请！"

"行，县长！"秦大军答应着，又略加思索后汇报道，"您看这样行不行？初七上班后的第一个周六就组织培训，这样也可以让干部收收心！"

"行，你安排吧！"石润生说完，示意他没别的事了，秦大军就退回自己的座位。

而在后面那辆车里，坐着的都是各委办局和乡镇的一把手，他们当中还有一个人，此时正坐在最后一排，随着车在路上的颠簸身体上下晃动着。这个人不是别人，正是徐蔓苓。

昨天下午在农贸市场碰到叶佩时她才得知石润生打算带队去湿地公园建

设现场慰问奋战在一线的同志们,她就做好了打算。第二天她早早地起床一边收拾一边注意着窗外的动静,她见石润生出了家门,就跟着也出了家门,但她可不敢跟得太近,被他发现倒没什么,可万一他要是不让自己跟着去呢?就这样,她进了县政府大院后,第一个就上了后面这辆车,然后找了个最后面的角落坐了下来。

其实,徐蔓苓之所以要跟着到现场看看,主要有两个目的,一个是她确实想实地看一下润生哥一手抓的这个项目,关于湿地公园的规划图她在县报上见过,但对于在垃圾场上建公园这件事她丝毫不怀疑,甚至坚信,润生哥一定能把公园建成。而她此行还有一个目的,那就是要到现场看一看那位投资方代表叶佩的工作情形。至于她心里的想法,恐怕只有她自己知道了。

两辆车刚到建设现场,离很远人们就看见工地上热火朝天,数十辆运输车来往穿梭,挖掘机、推土机的轰鸣声不绝于耳。

工地外围铺好的临时施工便道上停着两辆车,此时,有两个人正站在车外迎接着前来视察的各位领导。一位是开发区管委会主任、施工现场总指挥刘喜武,他穿着一件黄绿色军大衣,头戴狗皮棉帽子,胡子和眉毛上全是哈气造成的白霜;而另一位却正是叶佩,她竟也穿着一件黄绿色大衣,头上也是一顶狗皮棉帽子,还围着一条白色的厚毛线围巾,这身打扮怎么看都与她的气质不相称。

见石润生从前面那辆车上下来了,两个人都快步迎了上来。石润生分别和他们握着手,他看着胡子拉碴的刘喜武,拍了拍他的胳膊说道:"喜武啊,辛苦了!"

刘喜武嘿嘿地笑着连说不辛苦,然后又分别与下车的众位县领导和各部门的头头们打着招呼。

叶佩此时却一眼看见了走在最后面的徐蔓苓,她诧异了一下,随即便迎了上去。

"蔓苓姐,你也来啦?"

她这一句话刚说完,石润生便回过头来看了一眼,一看见徐蔓苓他愣了一下,但随后便转过身去,边走边向刘喜武询问着工程进展情况。

叶佩走到徐蔓苓跟前,就像久别重逢的闺密一样抱住了她一只胳膊,跟在队伍后面边走边说:"这天也太冷了?你看看我,都穿成什么样了?呵呵呵!"

徐蔓苓看了她一眼,微笑着道:"嗯,是得多穿点儿,这大冷的天儿你在工地干吗呀?"

"不然呢?我也没地方可去!"叶佩叹了口气。

徐蔓苓看着前面那一排排临时搭建的施工用房,不禁问道:"你住哪儿呀?"

"还能住哪儿?你该不会以为我住在这里吧?哈哈哈!石润生也不给我安排地方,我只好自己解决喽!暂时在县宾馆住呢!"

此时,走在队伍最前面的石润生站在一处高岗上朝远处正在施工的现场望去。听了刘喜武汇报工程进展较快,他心里很是高兴,他告诉刘喜武,眼下得抓紧把土方整理好,开春就要进行绿化,这样才能抢进度,争取早日把湿地公园建成。

刘喜武汇报说,绿化的事都已经安排了,就等着土方工程结束呢。

后面,秦大军指挥着让人把慰问的物品搬到了现场指挥部办公室内,然后过来向石润生汇报说,东西都已经安排好了,并请他和众位领导到办公室里暖和暖和。

石润生走下土岗,拉着刘喜武的手说:"今天啊我要给你们好好过个年!中午就在你这儿吃饭了,不过可不用你安排,大军他们都已经安排好了,给你们包一顿饺子吃!怎么样?"

刘喜武一听,眼泪差点儿掉下来,他连连点头。

后面,听见石润生说话的叶佩松开徐蔓苓的胳膊,紧走几步赶上来笑着说:"这还差不多,我就想吃饺子呢!"

石润生看了她一眼说道:"你也很辛苦啊!"说着,他回头又对刘喜武道,"喜武啊,叶总这个乙方代表还称职吧?"

刘喜武笑着说:"县长啊,叶总可真是没的说,我不让她在这儿她偏不听!一个姑娘家家的……对工作这么负责,少见!"

叶佩却小声说:"要是别人的事儿也就算了,谁让这是……"说着,她看了一眼石润生。

还没等她继续说下去呢,徐蔓苓上前说道:"妹子,回头得罚他,你帮了他这么多,他怎么也得表示表示吧?呵呵!"

叶佩接过话道:"就是!"

徐蔓苓却接着说:"嗯……让他帮着给妹子介绍个男朋友!这才是正经事儿!"

石润生可不理她们,带头朝现场指挥部走去。

中午时分,秦大军带来的机关食堂的工作人员就包好了饺子,可正当人们围坐在桌前准备动筷子吃上一顿热乎乎的过年饺子时,门外却突然来了几位不速之客……

第五十五章　　令人怀疑的融资模式

这几个人一进来,屋里本来有说有笑的气氛一下子僵住了,大家都看着来人默不作声。

先进来的几个人石润生并不认识,他正想问问情况呢,就见从后面走进一个人来,这人他认识,正是岭东市委组织部副部长张德旺。

一进门,张德旺就看着石润生笑着说:"石县长这是跑工地过年来了?哈哈哈!大家都愣着干什么呀?哎哟,是饺子啊?我看看是什么馅的?"说着他拿起桌上一双筷子就夹了一个饺子放进嘴里,等吃完了吧嗒吧嗒嘴道,"嗯,不错!酸菜肉的!"

这时,石润生已经站了起来,他绕过桌子走到张德旺跟前,伸出手来和他握了握,然后笑着问道:"张部长这大过年的怎么到我们这儿了?来前怎么也没通知一声我好安排安排呀!"

张德旺看了看其他一脸疑惑的众人,把石润生拉到一旁小声道:"石县长啊,不是我搞突然袭击呀,实在是上面有要求,没来得及通知你们。是这么回事,省纪委接到举报,说是你们安农搞的这个什么三个P?对了,是叫PPP

是吧？"

石润生一脸狐疑地点了点头："对，也可以叫三P模式。"

张德旺继续说："举报信上说，这个三P模式是变相的国有资产流失，省里很重视，省委叶副书记指示要进行一次彻查！这不，责成我们岭东市组成联合调查组，让我担任组长。市里领导也很重视这个事儿，主要领导指示，不能等春节后上班了，现在就得查，也好给省里一个交代。市里要求啊，现在马上要停工，不能再干了，避免造成更大的损失呀！所以……"

"你说什么？停工？谁给你们的权力？"其实，张德旺的话大家都听见了，在众人都震惊不已时，叶佩站起来说了一句。

张德旺上下打量了一下叶佩，回头问石润生："这位是县里的干部？我怎么不认识？"

石润生忙介绍道："哦，这位是叶佩叶总，就是与我们合作的投资方代表！"

"哦……"张德旺拉长了语调，"正好你们也在，那我就宣布一下啊，按照市里的决定，安农县这个利用三P模式搞的湿地公园建设要立即停工，接受组织调查！"

他这句话说完，刘喜武也坐不住了，他站在那儿直看石润生。看着他的还有，坐在角落里的徐蔓苓。此时，她真为石润生捏一把汗啊，心里在说，润生哥，一定要挺住啊！

这时，石润生走到桌前看着大家缓缓地说道："既然是市里的决定，那我们坚决执行！喜武啊，那就让施工队伍暂时停一停吧，等调查结束后再说！"说着，他看向张德旺说，"张部长，我们县委县政府班子今天本来是打算给一线的建设者过个年的，他们可是一天都没休息呀！你看我们特意给包了饺子还没吃呢，怎么样？你们一定也没吃饭吧？一起来吧！"说完，他示意秦大军安排座位和餐具。

秦大军看着他镇定的表情答应一声去安排了。

张德旺打着哈哈："那就客随主便吧！调查调查也好，是对是错总会有个结论的。你们几个，都坐吧！"说着，他示意跟来的几个人都坐下。

而此时，在场的每一个人都不说话，就像看戏一样看着以张德旺为首的调查组成员们坐在桌前。从县里的领导到每名中层干部，大家哪儿还有心思吃饺子呢？大家都为石润生捏了一把汗。同时，在干部们的心里还有另外一个想法，那就是要看看这位年轻帅气的县长能否应付得了这突如其来的重大变故。

石润生让张德旺坐在了自己旁边，他若无其事地招呼着调查组的成员们动筷子吃饺子，同时也看着刘喜武他们笑着让大家都吃。

人们都低着头无奈地吃着饺子，整个屋里似乎像什么都没发生一样异常的平静，然而，在每个人的内心里，恐怕都已经起了波澜。

叶佩气呼呼地穿上大衣都往外走，边走边掏着手机。而徐蔓苓却根本就没动筷子，她观察了一下众人，见没人注意，她也拿出手机来，悄悄发着短信。短信上就一句话：爸，省里派来调查组说是要调查湿地公园建设项目，您知道这事吗？

其实，她心里猜想，父亲肯定不知情，要不然不会让他们就这样说停工就给停工，耽误了建设期，工程就很难按时完工了。但是，她想错了。很快，手机上就传回了短信：丫头，我知道这个事，是调查又不是审查？调查调查也好，我也想看看那小子的抗压能力。

徐蔓苓盯着手机屏幕，脸色有些变了，她快速地又回过去一条信息：爸！没有你们这样的！

手机上，她父亲徐怀明回复的信息是：有些事情没那么简单，我心里有数。

徐蔓苓把手机放进衣服口袋里，心里却嘀咕着：有数，有什么数？这不是整人嘛！

而拿着手机到了外面的叶佩，不用说，她这个电话是打给父亲叶树清的。

"爸，干什么呀这是？早知道这样我就不和你说了，我成什么了？我不是和你说了嘛，这是合理合法的事情！现在大城市基础设施都采取这种模式，还调查什么呀调查？安农县现在有多大的变化你知道吗？他们做点儿事情有多难你知道吗？调查组是不是你派来的？有没搞错呀？我是你的女儿！"一连串的疑问后，她语声都变得有些哽咽了。

也不知道她父亲叶树清在电话里说了些什么，到最后，叶佩把电话挂了就朝停在路边的车走去。她开上了公路，然后朝省城阳春市的方向开去。她是要回家当面问问她父亲,这究竟是怎么回事。她万万没有想到的是,自己除夕时在饭桌上随便和父亲谈起的这件事竟成了导火索,可是,还有一件事令她非常疑惑,那就是,那封举报信又是何人所为呢?

是呀,那封举报信究竟是什么人写的呢?而这,也是屋里众人心中的疑问。

从工地现场回来后,石润生让秦大军马上安排召开县委常委扩大会议,除了县委县政府班子成员外,还包括县纪委、财政局和湿地公园建设指挥部的同志。会议议题只有一个,就是讨论采用"PPP模式"实施湿地公园建设问题。石润生指出,大家要正确看待调查组的这次调查,任何人不要妄加议论。同时,要求县纪委要配合好调查组的调查,做好各项服务保障工作,并责成财政局和湿地公园建设指挥部准备好与北京公司合作的相关文件材料,对合同条款特别是投资回报方式进行认真梳理,在自查的基础上全力配合调查组。

部署完工作,他看着齐福仁微笑着说道:"齐书记就麻烦你一下,你和张部长较为熟悉,就你来接待调查组吧。"

齐福仁欠了欠身子,"哦"了一声后,却一转话题说道,"肚子有点儿不好,所以才没去现场……"

本来,大家以为他说完了,可他却接着说道:"关于这件事,我谈点儿自己的看法啊,自从石县长来了之后啊,咱们安农县变化很大,实施强县富民战略是件好事,但我始终认为不能操之过急。这个三P模式我也不太懂啊,但我总认为,咱们是贫困县,应该多向上面争取些资金,你说建这么大个公园,将来经营权归了别人,这多多少少有国有资产流失之嫌!当初研究这件事的时候我是有看法的,但我怕动摇了石县长实施强县富民战略的决心,就没有说出来。可眼下怎么样?上边调查了吧?所以呀,对这件事我保留意见。当然,我会按照石县长的要求全力配合好调查组的调查,经过调查如果存在问题,那就要改正嘛!要是没问题就更好了。我就说这么多!"

听他说完,常委们都看向石润生。而石润生却笑了笑,又询问了其他常委有没有什么意见后,就宣布散会了。

一出会议室,齐福仁就打了个电话,还冲电话里毕恭毕敬地说道:"哎呀张部长啊,你看这大过年的还惊动您亲自出马,是我们的工作没做好啊!行行，我马上就过去！"挂断电话，他背着手朝县宾馆去了。

石润生一回到办公室就坐在桌子后面铁青着脸一言不发，他看着这间宽大的办公室，拿起电话就把秦大军叫了过来。

秦大军敲了下门进来后，一眼就发现了石润生的异样，他站在桌前等着石润生安排工作。

石润生询问了第一期培训班的准备情况后，明确指出，春节后一上班就组织培训，要求全县所有干部都要参加。

听他说完，秦大军小心地问道："县长，讲课的老师打算请谁呢？"

石润生说："这个我来安排，你就组织好人员就行！另外，赶紧再找一个小点儿的房间，这间办公室有点儿大。这件事要马上安排！"

秦大军往屋里看了看，答应着出去了。

等秦大军一走，石润生想了想，就给北京打了一个电话，打算找一位融资方面的专家。

正月初八这天，县政府大礼堂内座无虚席，全县各委办局和乡镇的干部都到齐了，县委和县政府领导班子成员也都参加了，另外，石润生还特意邀请了张德旺等调查组成员。此时，礼堂内挂着一个条幅，上面写着：PPP融资模式培训班。

会议由石润生亲自主持，他走到主席台上，站在话筒前看了看会场里黑压压的人群，缓缓地说道："同志们，刚上班就把大家召集来参加这个培训班，有些干部可能不太适应，但我要和大家讲，从今天开始，这样的培训要形成常态化，以后就利用周六的时间组织培训。为什么要专门开辟时间学习呢？大家知道，实施强县富民战略涉及方方面面，不学习能行吗？现在世界经济的发展日新月异，不学习就跟不上时代的脚步，不学习就难以驾驭复杂的经济发展形势！那么，今天就首先来学习一下融资方面的知识。安农作为国家级贫困县，要想发展就不能等、不能靠，更不能向上边伸手向国家要！等靠要解决不了根本问题。县域经济要发展，离不开大量的资金支持，那么，如何解决资金的问题呢？有的地方搞贷款，当然，这也不失为一种途径。然而，本就困难的财政，如果再增加政府性债务，将来如何还啊？难道要留给子孙后代来还吗？随着政府性债务的增加，将来就会恶性循环，财政压力越来越大，到时候连干部工资都发不出去还何谈建设？所以，就要求我们必须要树立创新思维，采取创新性的举措，利用社会资本来搞基础设施建设。关于这个PPP模式呀，一会儿北京来的专家还要专题讲解，我在这里仅就PPP模式的基本概念先讲一讲。所谓PPP模式，是指政府与私人组织之间，为了合作建设城市基础设施项目，或是为了提供某种公共物品和服务，以特许权协议为基础，彼此之间形成一种伙伴式的合作关系，并通过签署合同来明确双方的权利和义务，以确保合作的顺利完成，最终使合作各方达到比预期单独行动更为有利的结果。所以也叫公私合营模式，这种模式以其政府参与全过程经营的特点受到国内外广泛关注。PPP模式将部分政府责任以特许经营权方式转移给社会主体或企业，政府与企业建立起'利益共享、风险共担、全程合作'的共同体关系，这样，不仅政府的财政负担减轻，社会主体的投资风险也会减小。这也是一种成熟的融资模式，例如北京地铁的四号线就是采取的这种模式。我相信，未来国家一定会积极倡导和推广这种融资模式，这是一个城市基础设施建设的必由之路！我就讲这么多，这次培训大家要重视起来，会后还要利用合适的时间组织考试，目的只有一个，就是希望大家都能够掌握新的知识和技能！下面请北京来的专家，财政部金融司的马处长给大家讲课，大家欢迎！"

一阵掌声过后，一位戴着眼镜的干部模样的人走上讲台，开始为在场的全体干部们讲解这种人们从未听说过的融资模式。

在专家讲课的过程中，坐在一起的齐福仁与张德旺两个人不时地交头接耳，也不知在谈论着什么。而其他的干部们一听说将来还要考试，都认真地做着笔记，生怕漏掉一句话。

培训结束的时候，石润生礼貌地邀请张德旺讲两句，本来，他只是礼节性地邀请一下，本没有真的希望他来讲些什么。还能讲什么呢？他是调查组组长，而这次专题培训邀请他来，多多少少有明确的针对性。然而，令石润生没有想到的是，张德旺还真就站起身走到台上讲了起来。

张德旺说："这个培训班办得好啊，很及时！刚才听马处长讲，国家对这种融资模式是支持的，将来还要出台一系列的文件和举措，这很好啊！不学不知道，一学吓一跳！大家知道，我是搞组织工作的，在经济方面是外行，今天一听才感觉到，自己还真落伍喽！我知道，有人会说，我们这个调查组是不速之客，还有人会想，是不是你们搞的这个融资模式真的错了呢？我们这次来是不是别有用心啊？我在这里要告诉大家，对，没错！就是别有用心！"

他这句话说完，下边的人们都瞪大了眼睛。

就听他继续说道："是什么心呢？就是要调查清楚，给领导一个交代，也给安农县一个交代！在当前这种经济形势下，一个国家级贫困县要想发展是很不容易的，这一点我想在座的各位比我清楚，没资金、没门路，还要顶着来自各方面的压力！工作难度可想而知。在这里，我要申明一点，调查组一定会据实调查，用事实说话，给大家一下交代！刚才会前啊，省委叶副书记打来了电话，特意叮嘱，调查归调查，不管怎样，工程不能停。我已经让人通知了，你们的湿地公园可以复工！"

等他一讲完，台下顿时响起了雷鸣般的掌声。而坐在下面的齐福仁犹豫了一下，也跟着拍了两下手，但脸色明显很是难看。

三天后，调查组结束了调查就要返回岭东市了，在临行前的调查结果通报会上，张德旺宣读了调查报告，指出，安农县采取的这种融资模式是可行的，在合同约定条款方面没有瑕疵。同时，他还宣读了省委省政府的通知，通知指出，近期省里将组织一次项目建设大拉练，届时各市区主要负责人都要到安农县来，现场参观项目建设情况，尤其是采用 PPP 模式的湿地公园建设项目。

送走了调查组，石润生一颗悬着的心总算放了下来。

第五十六章　求人变成求己

初春，在安农县下沟村临近山下的这片庄稼地里，是一派热火朝天的景象。地里插着彩旗，村民们或推着车或担着担，几辆挖掘机正在工作着，不远处，几条已经挖好的水渠顺山而下横在那里，就像是一条条通向光明的地下通道。

赵昆山戴着棉帽子,手里挥动着铁锹,一边挖土一边吆喝着:"大家再加把劲啊!哪个小队先干完我都他记上一功,到秋后咱们算总账!"

村民们说笑着,也加快了手里的动作。一个村民喊道:"赵书记,秋后咱的小龙虾要真卖了钱,不用给我们记功,我们大家呀都要感谢你哩!"

"对!赵叔,秋后你家小兵是不是得成婚了呀?到时别忘了请我们喝喜酒!"

"不成婚行吗?万一怀上了可咋办?哈哈哈!"

听着大家的说笑,赵昆山脸上洋溢着难以言表的高兴表情,他挥了挥手:"都干活去!没个正经!"

就在大家有说有笑的时候,在这片庄稼地的边上却突然来了一辆车,停好后,从车上走下来一个人,只见他戴着副近视镜,先是蹲在已经挖好的水渠边上看了半天,然后摇着头就朝人群这边走了过来。

"我说你们这样挖可不行啊!村干部来了没有?"他冲人群中喊了一句。

村民们都停了下来。赵昆山往脸上抹了一把,看着那人说道:"这位老哥,我们这渠怎么就不行了?你知道我们要干什么呀?"

那人看了他一眼,问道:"我找村干部,对了,你们村书记是姓赵吧?他人呢?"

一个妇女指着赵昆山说道:"这就是我们赵书记!"

那人看了一眼赵昆山:"你就是赵书记?我就找你!我说你们这个渠不能这样弄……"说着,他从腋下拿出卷纸来蹲在地上。

等他把那卷纸铺开了,赵昆山凑过去一看,见上面不知画的是什么,全是蓝色的线条。

"我说老哥,你是做什么的呀?我们是要养小龙虾,可不是在地里盖房子,你这图纸……"

那人蹲在地上看着赵昆山,突然一拍大腿:"你看我这记性,都让你们挖的这渠给急的,忘了介绍了。"说着,他站了起来,伸出手来说,"我姓王,是省农科院的。"

赵昆山一听,眼睛直放光,他往衣服上擦了擦手,一边握着他的手一边笑着说:"哎呀!真是有眼不识珠啊,是老徐让你来的吧?可老徐他人呢?"说着,他朝车的方向望去。

这位姓王的专家盯着赵昆山道:"哪个老徐?"

赵昆山回过头来:"老徐不是你们农科院的吗?不是他让你来的?"

王专家先是愣了一下,然后哈哈大笑,指着赵昆山道:"我说你这位赵书记呀,还真是有眼不识泰山!行了,既然这样我也就不说了,对,我就是老徐派来的技术员,帮你们村养小龙虾的!"

赵昆山听完顿时高兴得冲人群中嚷了一句:"小张,赶紧回村!给专家安排住的地方,另外,去我家找你婶子,就说我说的,做饭!我得好好招待招待王专家!"

王专家却一摆手:"咱还是先干正事吧!我跟你说说啊,这渠得重新挖!"说着,他就把挖渠的技术规范向赵昆山及围上来的村民讲了起来。

赵昆山听完一拍大腿:"还有这么多学问呢?多亏你了王老师!你可是我们村的救星啊!"

而这个时候,在杨树村杨淑花家里,她正在院子里忙着收拾她那辆摩托车,她穿着厚厚的棉袄,围着一条花围巾,像是着急要出门的样子。身后,站着她的父亲杨老蔫儿,他站在摩托车旁不时地说着:"花儿呀,这次去县城要是见着小兵让他问问他爸,啥时压婚啊?按照咱农村的习俗怎么也得把亲事订了吧?"

杨淑花说道:"哎呀爸,压什么婚啊压婚?那是以前,现在不时兴了。你就别管了,再说,我去县城也不是找他的!我走了啊!"说完,她骑上摩托车就出了院子。

身后,杨老蔫儿还喊着:"让小兵问问他爸!"

他刚喊完,杨淑花妈从屋里扎着围裙走了出来,嘀咕道:"都让你别管孩子的事了,她如今是村干部,自己心里能没个章程?瞎操心!"

"你懂什么?我不给掌舵行吗?"杨老蔫儿说着手一背,叼着旱烟袋就朝院外走去。

再说杨淑花,她骑着摩托车到了县城直奔安农职业技术学院。她是来找徐蔓苓的。

她到门卫停下来,下了车就打算和看门的大爷说明情况。可看门的大爷却死活不让她进去，说是领导来视察，外来车辆一律停在外面。

杨淑花听完往办公楼前看了看，果然，楼前停了好几辆车，看来大爷说的不假。她也就不难为大爷了，在大门外把摩托车停好后，就朝办公楼的方向走去。

可是，等她进楼里一打听，徐蔓苓根本不在楼里，而是到省人社厅的实训基地项目建设现场去了，听说是陪着领导去的。她站在三楼的后窗户前往外面看去，果然，楼后的工地上立着脚手架和塔吊，有一些戴着白色安全帽的人正在说着什么。

她转身就下了楼，绕过这栋办公楼朝那群人走去。可她刚转过墙角，迎面就和一个人撞了个满怀。

"哎呀！"两个人同时吓了一跳。

杨淑花闭着眼睛把那人推开："干什么呀这是？冒冒失失的占老娘便宜……"

可她刚说完，就听耳边传来一个声音道："花儿……"

等她抬头一看，这才看见，原来和自己撞个满怀的不是别人，正是赵小兵。

"怎么是你？吓我一跳！"她上前朝赵小兵胸前就是一拳。

赵小兵嘻嘻地笑着，见四下无人，他凑过来小声道："花儿呀，来咋也不说一声呢？你咋知道我在这儿？"

"该死的，不是找你的！"杨淑花噘着嘴。

"哦，那是找谁的？"赵小兵很是诧异。

"哎呀，是公事！对了，蔓苓姐在那边吗？"

"在，你去吧。那先不跟你说了，县长一会儿要回去开会，我得去准备一下。"赵小兵说着就要走，可他刚迈出两步又返了回来，看着杨淑花却笑嘻嘻地说，"那什么……我爸让问一下，咱俩的事……"

杨淑花忽闪着眼睛却调皮地道："咱俩什么事呀？"

"我爸让问一下，他说秋后打算把咱俩的事给办了，你看……"赵小兵支吾着。

杨淑花脸一红："哎呀，我都不急，你急什么呀？"

赵小兵说:"不是我急,我爸妈急。"

"真是的,我早上来时我爸也问这个事呢,他们怎么都着急呀?行了行了,你去忙吧,回头再说!"

赵小兵答应一声就要转身,杨淑花却喊了一句:"回来!"

"啊?还有事呀?"赵小兵咧着嘴。

杨淑花一伸手:"把钥匙给我,等我办完公事去给你收拾收拾你那个窝!说不定多乱呢!"

赵小兵听明白了,他嘻嘻地笑着摘下家里的钥匙递了过来:"你能找到吗?"

"过年时在你家不是告诉我了嘛,还能找不到?"杨淑花接过钥匙转身就朝工地那边走去。

赵小兵看着她的背影,突然跳了一下,然后飞快地朝校门外跑去。

杨淑花回头看了一眼,嘀咕一句:"就臭美吧你!"

等她走到那群人后面往前一看,果然,就见徐蔓苓正站在那儿讲着工程的进展情况,周围站着的除了石润生等几位县领导外,其他人不认识。她就悄悄地站在后面听了起来。

原来,是省人社厅的领导来视察项目建设情况,石润生陪同着。在安农县建设实训基地项目,是省人社厅为发展职业教育的一项重大举措,在徐蔓苓的积极努力下,如今项目正式开工建设了,项目建设地点就位于安农职业技术学院后面,按照规划,未来这里将成为全省最大的职业教育基地,同时也将成为职业技术培训和实训基地。

看着破土动工的实训基地项目,石润生不禁由衷地钦佩徐蔓苓,但令他不明白的是,她一个姑娘家怎么就能把省人社厅这么大的项目给引来呢?在与前来视察的省人社厅厅长交谈时,他特意笑着说:"非常感谢省厅能把这个项目放在我们安农啊,感谢厅长的大力支持!我们一定要做好各项服务保障工作,确保项目早日建成!"

那位厅长听完却哈哈大笑,指着徐蔓苓道:"不要感谢我,要感谢呀就感谢你们这位年轻漂亮的徐院长,她呀,能量大着哩!我说的对不对呀小徐?哈哈哈!"

徐蔓苓看了一眼满脸狐疑的石润生，一转话题道："外面挺冷的，咱们回会议室吧！"

那位厅长依言和石润生一起转身朝学院办公楼的方向走去。

杨淑花见人们都转了过来，她吓得缩着脖子悄悄退到一边，然后等其他人走过后，她一把拉过徐蔓苓："蔓苓姐，打你电话咋不接呢？"

"哟，这不是杨书记嘛！"徐蔓苓惊喜地说道，"哎呀，小兵刚回县政府，要不，我给他打个电话？"

杨淑花小声说："不用，我见着他了，再说，我也不是来找他的。蔓苓姐，我是来找你的！"

两个人跟在人群后面边走边聊。徐蔓苓听她说完，明白了，原来杨淑花是来跑资金的，眼下马上就开春了，土壤改良的事倒没什么，有县里统一安排，这方面不用村里操什么心，但她们杨树村不是打算在土壤改良的地里养殖泥鳅嘛，技术方面也没什么问题了，有北京请来的专家呢，可是，前几天她和村里的会计一算账却犯了难，村里账面上根本就没什么资金，而购买泥鳅苗就需要一大笔钱，上哪儿弄资金去呢？所以她一想，就跑来找徐蔓苓，希望她帮着出个主意。

徐蔓苓一听也犯难了，这个事情要是找润生哥，他一定会帮忙的，但是，县财政那么困难，各项工作都需要资金，怎么也不能给润生哥添麻烦啊？所以，她想了半天也没什么好办法。

送走了前来视察的各位领导后，徐蔓苓和杨淑花两个人坐在她办公室里大眼瞪小眼，谁也不说话。好半天，徐蔓苓才打破僵局说道："先不想闹心的事了，走，姐请你吃饭去！吃了饭再说！一定会有办法的！"

杨淑花噘着嘴道："不吃了，我得去小兵家呢，我要是不去恐怕他也进不去屋，钥匙在我这儿呢！"

徐蔓苓一听就乐了："好啊你个死丫头，怎不早说？我差点儿忘了！行了，你的资金有着落了！"

杨淑花一听就露出了笑容："是吗，蔓苓姐？快说说！"

徐蔓苓一边穿着外衣一边说："先吃饭去，是你请我吃饭！"

"行，你要是帮我弄来资金，吃啥都行！可是，上哪儿呀？"

"小兵家！"

"啊……"

杨淑花瞪着眼睛不知道徐蔓苓葫芦里卖的是什么药。徐蔓苓拉着她就出了门，杨淑花懵懵懂懂地跟在后面，等到了校门口，徐蔓苓说："你怎么来的？"

"哦，摩托车！"杨淑花一指那辆停在门口的摩托。

"好，那就坐你的车！"

这时，门卫大爷看见了徐蔓苓，他满脸堆笑地从屋里走出来，迎着徐蔓苓说道："徐院长您出去呀？刚才这位……我不知道是来找您的，所以就没让她把车开进去……"

"没事，您做得对！"

徐蔓苓说着就上了杨淑花的摩托，两个人朝县城里的方向开去。

等找到了小兵家，两个人进屋一看，杨淑花嘴当时就咧开了，而徐蔓苓却哈哈大笑。原来，小兵家乱得够可以的，客厅的沙发上横七竖八的全是换下来的衣服，椅子上还有地上是几只臭袜子，厨房里几个没洗的碗躺在洗菜盆里，垃圾筒都已经满了……

"该死的，这不就是猪窝嘛！"杨淑花咧着嘴说了一句。

"你可是自告奋勇来帮着收拾的哟！所以呀，还是抓紧结婚吧！哈哈哈！"徐蔓苓说笑着就开始帮着收拾起来。

等两个人收拾完屋子就已经快到中午了，杨淑花在厨房翻了半天也没找到什么菜，只找到一袋挂面，她就只好煮了点儿面条，又打好了鸡蛋卤，然后就等着赵小兵中午下班回来。

可等了好长时间也不见他人影，两个人只好先吃上了。吃饭的间隙，杨淑花还是忍不住问徐蔓苓到底想到什么办法了。徐蔓苓只好神秘兮兮地告诉她，要想弄到资金，还得找小兵。

"找小兵？"杨淑花顿时皱起了眉头，"他能有什么办法？"

徐蔓苓笑着说："他是没什么办法，不过，下沟村在咱全县可是数一数二的呀，上次开现场会的事儿你不知道？他们村啊还有存款呢！"

"啊？你是说让我向小兵他爸借钱？不行不行！"杨淑花听完直摇头。

"那我就没什么办法了，你自己想招儿吧！"徐蔓苓说完低头继续吃面条。

杨淑花手里拿着筷子呆愣在那里，半天才自语道："可是……我怎么和赵叔说呢？他一直在催婚……"

"哈哈哈！"徐蔓苓一听就笑得不行了，她弯着腰笑了半天才说，"这不正好？你答应赵叔，就说要是能借给你们杨树村钱，大不了上秋结婚！你这是一举多得呢！"

"上秋啊……我和小兵刚认识也没多长时间啊？太快了吧？"杨淑花一听说结婚，顿时涨红了脸。

徐蔓苓帮她分析着："你看啊，你答应了上秋结婚，这样就能解决你们村的资金问题，你也解决了终身大事，小兵呢，也不用过这个单身的生活弄得屋里乱糟糟的，同时你们两家的老人也放心了，多好啊！就这么办！"

"姐，能行？"

"准行！不过，这个事不能让小兵和他爸说。"

"那谁去说？"

"只有你自己才最合适不过了！哈哈哈！"

杨淑花听完半晌不语，她在想该如何去和赵昆山说这件事。想了半天，她却抬起头看着徐蔓苓，突然笑着说："蔓苓姐，那你啥时候结婚呢？"

徐蔓苓一听，放下筷子就咳了起来。等她喝了一口水这才说道："我自己结什么结？"而她脑海里却浮现出石润生那张英俊的脸……

第五十七章　建设资金的难题

此时的石润生送走了前来视察的省人社厅领导，然后到食堂草草吃了一口饭后正在这间秦大军新给安排的办公室里喝水呢。按照他的安排，秦大军将靠近原来县长办公室的那个房间给腾了出来，这个房间相对小一些，原来是赵小兵在这儿办公。他又重新安排了办公桌椅，原来那个齐福仁给安排的班台没有动,那些书柜什么的也留下了,这间办公室里除了办公桌椅、沙发外,还有两组铁皮文件柜,整间办公室看上去并不像县长的办公室,但石润生看过后连说好,就这儿了。

关于湿地公园投资模式的一场风波虽然结束了,但石润生隐隐地感到,未来还一定会有这样或那样的障碍和阻力,但不管怎样都要坚持下去,因为要想彻底改变安农县贫穷落后的面貌,是必须要采取非常的举措,没有超常规的措施又怎能实现强县富民的战略目标呢?眼下,春暖花开,正是各项基础设施建设的大好时机,除了湿地公园建设外,现在最担心的就是县城里的道路建设问题,因为这项工作归齐福仁负责,虽然去年冬天专题讨论过中部片区的工作计划,齐福仁也信誓旦旦,但为什么都开春了还一点儿没动静呢?

于是,他早就安排,等接待完省里来的领导后就召开专题会议,研究县城街路改造问题,为县城居民创造一个良好的出行条件。

下午一点半,专题会议准时召开,负责汇报街路建设计划的是县建委主任。石润生和其他常委们听他汇报完这份计划,觉得很是振奋人心,因为按照计划,今年把县城里所有的道路都囊括进来了,从新建街路到翻修街路,共有二十多条,如果按照计划全部建完,县城的交通环境将大大改观,大家能不高兴吗?

然而,齐福仁却首先发了言,他指出,这些工程建设没问题,关键是这两亿元的建设资金如何解决?说这话的时候,他一直在看石润生。石润生明白,他这是在叫板啊!

等齐福仁发表完意见,石润生问李铁城的财政资金情况,李铁城一脸的愁容,说财政紧张,一时拿不出这么多资金来。其他几位常委都默不作声,连主管财政的常务副县长李铁城都没辙,他们还会有什么办法呢?

最后,石润生总结讲话时指出,今年是实施强县富民战略打基础的重要一年,各项基础设施不完善、不提高承载能力,就难以推进未来的经济发展,招商引资更是无从谈起。关于这份街路建设计划,原则上予以通过,待资金到位后要抓紧组织实施,同时,要严格履行项目建设招投标程序,绝不允许搞不正之风。至于资金的问题他没有讲,因为是没法讲,虽然心里已经有了打算,但自己还不知道行不行呢,这时候讲出来不妥。

果真，等石润生一讲完话齐福仁又说话了："石县长，可是这资金怎么办啊？"

石润生看了他一眼，笑着说："资金的事回头再研究，会有办法的。"

专题会一结束，石润生就把李铁城，还有国土局、财政局和规划局的负责人叫到了办公室，专门研究资金的问题。他是考虑以土地抵押的形式融一部分资金，然后再跑跑省里的交通部门，争取一些基建方面的资金支持，这样就基本能够解决建设资金的问题了。可他的这个想法一提出就遭到了财政局局长的反对，他指出，用土地抵押向银行贷款倒不是不可行，关键是这样会增加政府债务，财政负担也较重，贷款利率较高，每年仅偿还利息就得很大一笔资金，这对本来就捉襟见肘的县财政无疑是雪上加霜。

李铁城也说，抵押土地贷款风险太大，应该再想想别的办法。

石润生看着他说："铁城啊，你可是分管财政的，不贷款难道你还有别的办法吗？那资金的事我可就不管了，反正基础设施这些工程一项都不能少，你领着他们研究研究吧！"说完他站了起来。

李铁城没想到石润生会说这番话，他脸红了一下也跟着站了起来。但他心里明白，确实，自己是主管财政的，按理说如何解决资金问题是自己的事，可是，上哪儿去弄这一大笔建设资金呢？

看着李铁城他们出了办公室，石润生含笑不语。他心想，这些人得逼一逼了，不给点儿压力他们是不会发挥各自的潜力弄来资金的。但他也在回味刚才李铁城的话，他说的也不无道理，当初之所以采取三P模式建设湿地公园项目就是为了减少政府负债，如今如果向银行贷款，资金是解决了，可债务也会随之增加，这不是上策。可是，不管上策还是下策，资金总得解决呀！

他坐在办公室里想了半天，眼看天色已不早了，他就收拾收拾准备回家。可他刚想出门，秦人军就进来说有客人找。他不禁狐疑起来，这个时间来的人会是谁呢？

等客人一进来，他看了半天却不认识，但他还是礼貌地与来人握了握手，看着面前这位穿着得体、气度不凡的中年男子，他问了一句："同志您是……"

"哦，你就是石润生石县长吧？哈哈哈，你不认识我，我可认识你哟！"来人说着把围巾摘了下来。

石润生一听就有点儿发蒙，又仔细看了看来人，确信自己真的不认识。就在他疑惑不解时，那人又笑着说："听徐书记说时我还不太信呢，果真没有说错，年轻有为！年轻有为呀！哈哈哈！"见石润生还是摸不着头脑，他这才又说，"是这样的，我和你们省委徐书记是老相识了，听他说你们这里山美水美的是个好地方，非要让我来看看，这不，我来了！"说完，他递过一张名片来。

石润生接过仔细看，名片上印着的是北京一家投资公司的董事长。一想到他刚才提到徐书记，石润生不禁喜出望外，上前又握住这位刘董事长的手连连说"欢迎"。

等坐下来后，这位刘董事长才说起此行的目的。他们公司是专门投资搞旅游资源开发的，兼作基础设施投资。一听他谈到基础设施，石润生意识到，建设资金的问题估计是有着落了。他赶紧让秦大军去县宾馆安排饭，打算和这位北京来的公司老总好好聊聊。

几天后，石润生主持召开县委常委会，专题研究县城街路建设资金问题。李铁城作为主管财政的副县长，他首先汇报了资金筹措情况，但无论怎么样县财政也是根本挤不出来这笔资金，目前的财政状况是，能够保证发出来工资就不错了。但他话锋一转说道："不过，我们想了很多办法，这几天又跑了跑省里，还不错，省财政厅答应给一部分专项资金，省发改委也同意把中央拨付的扩大投资专项资金给一点儿，我们初步算了一下，大概能有一个亿吧，就这么多了！"

汇报完，他看了一眼石润生，沮丧地低着头说："没完成县长交给的任务，你撤了我吧！"

石润生一听就乐了，他笑着说："人都说不给压力是榨不出油的，你们还是很有潜力嘛！很好！这就已经不错了！撤你干什么？要是撤了谁就能搞来资金，我宁愿撤的那个人是我！哈哈哈！下面我说个事情啊，是这样的……"

接着，他就把连日来与那位北京来的投资公司老总谈的事情说了一遍。原来，经过深入交谈，石润生与那位董事长一拍即合，双方敲定，由北京的这家投资公司出资建设县城里的道路工程，而投资回报的方式是，他们在安农县南部乡镇太平川乡开发旅游资源，并享有十年经营权，作为投资回报的另一组成部分，安农县要在太平川乡为他们提供不少于一平方公里的建设用地，用于建设旅游地产项目。

为了确保双方合作依法合规，不至于损失集体利益，石润生专门找来财政和国土部门做过测算，最后的结果是，这一合作方式较为合理，最起码对安农县来说是件求之不得的大好事。

然而，等石润生把这件事一说完，李铁城等人正高兴得连说这是件好事时，齐福仁却开了腔。

"我看这事不行！"

石润生微笑着看了他一眼说道："那你说说，为什么不行啊？有什么意见说出来大家讨论嘛！"

齐福仁背靠在椅子上，一只胳膊伸到桌子上，撇着嘴说道："虽然我不分管财政啊，也不太懂融资的事，但有三点意见提请常委会讨论。一是这家企业是私企，与私企合作要慎重，弄不好就会造成国有资产流失的嫌疑；二是把一平方公里的建设用地给了企业，这与国家政策不符，国家明令土地出让金不可以返还，现在咱们是不收土地出让金，属于严重违反国家政策；三是关于旅游项目的经营权问题，企业来开发旅游资源这是件好事，但经营权怎么能给他们呢？山是国家的，水是国家的，却让企业靠我们的资源来挣钱？不妥不妥实在不妥！"

等他说完，大家都看向了石润生。而石润生在面前的笔记本上记完了他提出的这三点意见后，他放下手中的笔，笑着说："好啊，这个意见提的好！这说明齐书记进行了认真的思考，是对组织对事业高度负责的表现！那么现在，我就来解答一下这三个方面的问题。"接着，他就围绕齐福仁提出的这三点疑问进行了详细阐述。

他说，作为一个穷县要想搞基础设施，要想融来资，就必须要彻底打破过去的传统思维，而是要采取创新性的举措。关于这种合作模式，南方一些发达地区和城市早就采用过了，是一种成熟的合作方式。而关于那一平方公里建设用地问题，属于对方投资基础设施的资金置换，是一种投资回报方式，不存在违反国家政策问题。而旅游项目的经营权问题，就是本着谁开发谁经营的原则，既然是人家投资开发的，经营权自然要给人家，而且只有让他们经营才会产生最大的经济效益。

他最后说道:"最起码我们还要收企业的税嘛,十年之后他们建起来的东西又搬不走,不还是国家的吗?这叫国有民营。这也是我们能够以最快的速度开发旅游资源,让百姓受益的一种方式,要不然我们有能力来开发旅游资源吗?不开发旅游资源,不转变经济发展方式,何时能改变贫穷落后的面貌?"

齐福仁听着石润生的话,他直摇头。最后,石润生提议大家举手表决,而表决的结果是,齐福仁保留意见,其他常委们则一致通过。

本来,齐福仁让建委做好了街路建设规划就是想难为一下石润生,他的想法是,需要这一大笔资金,看你上哪儿弄去?弄不来资金可别怪我不支持你工作。但现在建设资金有了着落,他也只好安排建委的人抓紧组织工程招标,好实施道路建设工程。要说县城这路也实在是不行了,晴天一身灰,雨天一身泥,还坑坑洼洼的,任你多好的车都白搭,颠得你浑身难受。

十几个标段的工程都发包出去了,随着施工队伍陆续进场,县城里的人们有拍手称快的,也有骂娘的。高兴的人们是因为这下终于可以改善城里的出行条件了,而那些骂娘的则是因为施工封路出行更加困难了。

于是,有人就开始吐槽了,说"堵车跟北京似的,马路跟炸过似的"。石润生也听闻了这个段子,但他知道,长痛不如短痛,现在县城里的出行条件因为施工是很差,但几个月后就好了,到那时就没有人吐槽了。可是,后来他又听说,有人在这个段子里又加上了一条"上班累得像孙子似的",这多半是那些机关的小青年干的。因为,自从实施强县富民战略以来,他们几乎没有休息日,除了周六大讲堂是县里组织的集体活动占用了休息日外,县里没安排其他的工作占用大家的休息时间,但又有哪个人敢休息呢?每个人手头都有一摊繁重的工作,完不成能行吗?后面有督查部门跟着,年终还有绩效考核部门的考核。

赵小兵作为县委、县政府督查办公室的副主任,还真是尽职尽责,他每天领着几个年轻人都在外面跑,到各个重点工作的一线了解情况,查看工作进度,回来后还得印成《督查专报》报给县领导,其实主要是报给县长石润生。

此时,他正站在石润生桌前,将一份最新的《督查专报》交到石润生手上。石润生接过来还没等看呢,却发现赵小兵没有离开的意思,他不禁抬头看了一眼,问道:"还有别的事吗?"

赵小兵犹豫半天才说:"县……县长,有件事想向您汇报一下,这件事我没写在督查专报里。"

接着,他就把自己深入工程一线督查时了解到的情况向石润生做了汇报。原来,在道路施工的一个工地上了解工程进度情况时,无意中听那个标段的人说了一件事,他们这个标段是所有标段里工程量最少的一个,而他们是省城的公司,要资质有资质,要业绩有业绩,却偏偏中了这么一个小标段。赵小兵当时一问才知道,另外几个大标段的中标单位是本地的公司,而且就是那家曾有人打算跳楼差一点儿闹出人命的大良公司。

石润生一听就皱眉了,怎么会是那家中的标呢?如果是严格按照招标程序招的标,那这家公司中标倒也无可厚非,怕就怕这里面有什么文章。眼下从上到下抓反腐,难道还有人不收手?胆子也太大了吧?如果这件事情属实,那一定要严查,绝不姑息。但他担心的是,如果有人举报到上级纪委,就会来人调查,虽说调查不是什么坏事,但眼下正是实施强县富民战略的关键时期,势必会引起波动。该怎么办呢?

第五十八章　再赴桃花村

有些事情该来的总会来,石润生担心的事情终于还是发生了。就在他正准备组织县纪委对招标程序进行调查的时候,却突然接到了省纪委的通知,说是省委巡视组将要对安农县进行巡视,并对群众举报的一些问题进行调查。

省委巡视组到安农县的第一件事就是组织召开县委县政府领导班子见面会,会上,巡视组组长通报了省委响应中央号召,组成巡视组对安农县的工作进行巡视的决定。会后就组织了干部谈话.而令石润生意外的是,他却不是第一个谈话的对象,第一个被找去谈话的是齐福仁。

石润生安排秦大军协调县纪委做好巡视组的接待工作后，他就带着赵小兵去了太平川乡桃花村，因为桃花村是他作为县委副书记、县长的党建联系点，他也承担着这个村的扶贫任务。他之所以要去桃花村，还有一个重要原因，那就是想去看一下旅游项目开发的进展情况。

在车上，石润生详细询问了赵小兵关于桃花村旅游项目开发的督查情况。等汇报完工作，赵小兵在副驾驶的位置回过头来笑呵呵地说："县长，还记得您的扶贫包保户李朴实吗？"

石润生一听就想起了自己包保的这户贫困户。当初选择包保对象时，他特意嘱咐扶贫办的同志，一定要选一户特困户，而且不要在县城里找，要选择最偏远的乡村，比如像太平川乡这样的交通相对闭塞、群众生活较为困难的乡村。就这样，经过扶贫办认真筛选，秦大军又亲自去那户看过后，这才确定了桃花村的李朴实家。

这个李朴实年纪倒不大，四十多岁，庄稼活也是把好手，平时还喜欢做些小买卖，一个孩子在县城里上中学，媳妇也很能干，按理说不应该贫困，但坏事就坏在他活络的脑袋上。除了农忙时在田里莳弄庄稼外，一到农闲这个李朴实就琢磨来钱道。有一年他不知在哪儿听说种葫芦能挣大钱，这下倒好，房前屋后不算，还把自家那几亩承包田都种上了葫芦。眼看着小苗一天天长大，一个个小葫芦就像葫芦娃一样冒出头来，这把李朴实乐的，别提有多高兴了。可就在他展望秋收能够让这些"葫芦娃"出大钱时，一场夏夜的冰雹铺天盖地打在他的葫芦秧上，还未长成的葫芦都落了地，他不仅没收获一分钱，还搭工搭力赔了不少钱。当年他家没有半分钱进项，还把头几年做小买卖挣的钱搭里不少。可这个李朴实不甘心，第二年，他又种起了葫芦。这回他吸取了教训，投钱搭起了塑料大棚，把他的宝贝葫芦娃都给保护起来了，按照他的说法，这回让你下雹子？下啥都不怕！可是，他万万没想到，雹子倒是防住了，可等到了秋天葫芦成熟后，他却找不到那个回收葫芦的人了。看着像保护孩子一样精心种植的葫芦成了一堆不出钱的废物，李朴实这回再也坚强不起来了，大哭一场后就病倒了，而治病又花去不少钱，家里彻底空了，甚至连孩子的学费钱都没了着落。病好后，不服输的李朴实又不顾媳妇和村书记高天祥的劝阻，硬是把房子卖了，在自留地里搭了个临时的窝棚，然后用卖房子钱买了上万只鸡雏，又在高天祥的支持下承包了村里的荒山，就在荒山上散养起了土鸡，用他的话说，这叫"溜达"鸡，是纯天然无污染绿色食品，城里人都爱吃，准能挣大钱。可是，这李朴实也不知是中了什么邪，成活下来的几千只鸡都长成半大了，眼看着上秋就能出钱了，却突然有一天他按照惯例数鸡的数量时发现少了好几只，后来一找，在几处树丛里找到了鸡的尸体，不知被什么动物给咬死了！这些鸡可是他李朴实最后的希望啊！为了找到真凶，他就整宿整宿不睡觉，蹲坑守候，誓要抓住咬死鸡的凶手。

还别说，功夫不负苦心人，"凶手"还真被他给逮着了。可逮是逮着了，他却被吓了一跳。原来，那竟是一米多长、吐着血红信子的蛇！这山上竟然有蛇？他当时就蒙了，以前也没听说有这样的蛇呀？而且还很多，他一次就在安放好的捕兽笼子里抓住好几条。他媳妇说，还是扔掉吧，怪吓人的，别再被蛇给咬着。可李朴实围着蛇笼转了半天，他决定，到省城找专家问问，看看这到底是什么蛇，为什么偏偏喜欢喝鸡血呢？等他到省城找专家一问才知道，原来这是种非常罕见的蛇，有剧毒。一听说是有剧毒的蛇，李朴实当时就蔫了，他脑海里想的是自己那些鸡，这可怎么办呢？然而专家却看着他笑了，告诉他，你这回可要发大财了，这蛇毒可能卖大钱啊！李朴实一听就高兴了，心想，这肯定是白娘娘看我太倒霉了，是来帮我脱贫的吧？就这样，在专家的指导下，李朴实以鸡做诱饵，抓了足足有几百条蛇。而第一批提取的蛇毒就卖了几万块钱。这下李朴实可乐坏了，而村民们也都替他高兴，大家还开玩笑地叫他"许仙"。

石润生听赵小兵一说不禁暗暗高兴，他提出，先不去村部了，而是去李朴实家看看他这位"许仙"和他的"白娘子"。

等他和赵小兵到了李朴实那个山上的"家"后，正巧高天祥和那位省城来的专家也在。李朴实一见着石润生就乐得合不拢嘴，上前来紧紧地握住石润生的手，半天说不出话来。临了却笑着说："县长，我说不用扶贫吧？来看看我的宝贝！"

众人跟着哈哈大笑。等参观了他的蛇后，石润生不住地点头，直说李朴实脑袋活络，有想法，有干劲。

从李朴实家出来，石润生就和高天祥去了旅游项目施工现场，高天祥向他介绍着工程进展情况。按照规划设计,桃花村的旅游项目主要是以自然生态的保护为主,除了原有的漫山遍野桃树外,为了达到效果,施工单位又在山上栽植了很多桃树,并把村民在山坡上开的一些小片荒也都收了回来,全都栽上了桃树。除了这些,石润生还看到,在那些桃树林下边临近村路的山坡上,有好多人正在忙着什么,看上去好像是在种什么东西。他不禁诧异起来,不是开发旅游资源嘛,怎么还种上庄稼了?一问才知道,原来是在种花籽,是薰衣草的种子。

石润生一听就乐了,问道:"这是谁的主意?原来的设计方案里也没有啊?你想出来的?"

高天祥乐呵呵地一晃脑袋:"我就是个大老粗,哪儿懂什么草啊,这都是张大爷家那个孙女儿的主意!"

石润生皱着眉想了半天。高天祥这才又解释说:"就是在县宾馆当服务员的张妍那丫头!"

"哦?小张不在县宾馆当服务员了?"石润生脑海里出现了张妍那勤快的身影。

"是这样的,不是搞旅游开发嘛,村里和开发的这家公司共同成立了旅游服务公司,张妍那丫头一听说就跑回来了,她现在呀,是旅游公司的导游。当初本来是打算在这片山坡都种上树的,但小张说还不如种花呢,因为桃花是在春天开,而到了夏秋就看不到花儿了,而这什么衣草的越到秋天开得越好。后来就采纳了她的意见种了这个草。"高天祥说得眉飞色舞。

石润生不住地点头:"好啊,回来就好啊,将来要让全县所有出去打工的青年都回来,回到家乡一样也可以有所作为嘛!走,到那边看看去!"

高天祥紧紧地跟着,边走边介绍说:"县长,那边还有呢!除了这个什么衣草的,那片山坡全是婆婆丁!开黄花,可带劲呢!"

石润生回头看了他一眼,说道:"是叫蒲公英!大祥子啊,你得多学习了,干工作不仅仅要有热情,也不仅仅心里装着百姓就行了,还得多学习呀,不学习就跟不上形势,只有加强学习才能更好地为百姓做事!你说对不对呀?"

高天祥不住地点头:"您说的对,我现在呀要学的东西可多呢!听小张讲啊,把山上天然的婆婆丁……呸!是蒲公英。把这个蒲公英都移植到这片山坡，这样到了早春就看吧，漫山遍野全是黄花！对了，小张还说毛主席有一句诗是什么来着？看我这记性！"

就在他冥思苦想的时候，石润生接过话说道："战地黄花分外香！看来这个小张不简单啊，这也是她的主意？"

"对对！丫头能着呢！您看，那不是！"

石润生顺着高天祥手指的方向看去，就见几十名妇女正蹲在山坡上忙活着，一个头上包了块头巾的姑娘正在指挥，正是张妍。

"走，看看去！"石润生快步朝人群走去。

高天祥紧走几步喊道："张丫头，看看谁来了？"

张妍回过头来，一看来人是石润生，她愣了一下，手里的几棵蒲公英根苗掉到了地上。

她怯怯地看了一眼石润生，却又看着高天祥小声说："高叔，咋不早说一声呢，你看我弄的都快没人样了……"

石润生哈哈大笑，说道："这样子很好看嘛！"

"什么呀，我现在就是一名村姑……"张妍说着低下了头，脸有些红了。

"这个村姑可不简单啊！"高天祥在一旁笑着说道，"县长，你看这些妇女，都听她的哩！有个事儿我打算向您汇报呢，村里现在缺个妇女主任，我想……"

石润生看着张妍说道："村里的工作你自己说了算，这个不用向我汇报。只要群众拥护，就可以大胆起用年轻人，多给年轻人压担子，让他们挑大梁，未来的农村发展没有人才不行啊！"

这时，旁边干活的一个村妇笑着说道："张丫头还没结婚呢，咋能管那些计划生育的事儿呢？呵呵呵！"

"净瞎说，干你的活！"高天祥看了石润生一眼，厉声对那妇女吼道。

石润生弯腰捡起刚才张妍掉到地上的几棵蒲公英根苗，笑着说道："这个想法可不对呀，按照过去的惯例村里的妇女主任就是管那些计划生育的事，但现在时代不同了，妇女主任作为村干部，主要职责是要带领广大妇女同志共同发展生产，进行社会主义新农村建设，你们妇女同志可是半边天啊！"

他一席话说得大家都笑了起来。

"那好，县长，我就让张妍当这个妇女主任！"高天祥乐得都合不拢嘴了。

"不行，高叔！我爷爷他……"张妍急得脸都红了。

高天祥对石润生说道："哦，是这样的，张妍她爷爷也是这么想的，说是一个姑娘家家的咋能干这个活呢？传出去多丢人，还怎么找婆家？呵呵，他是老脑筋！"

石润生笑着说："没事，回头你和他说说，就说这个事儿是我同意的！这么好的姑娘还能找不到婆家？将来呀，这桃花村可和以前不一样了，到时候来的游客多了，经济发展了，一般的人啊咱还不嫁呢！是不是呀小张？"

周围的妇女都哈哈大笑，张妍羞得又红了脸。

在去村部的路上，石润生又了解到，原来确定给北京那家投资公司的一平方公里建设用地，他们原来本打算在山下建度假村的，但施工时改了主意，决定不建度假村了，而是利用村民们现有的民宅改造成度假民宿，这样既节省了建设资金，又不破坏环境，还能增加村民收入。

石润生听高天祥介绍完感到由衷地高兴，因地制宜，这才是发展之路啊。

辞别了高天祥，石润生带着赵小兵直奔杨树村，他是想看看杨淑花利用种草的土壤改良地块养泥鳅的事进展如何了。可他们的车还没等到杨树村呢，石润生就看见路旁有一片稻田，有许多村民正在往插秧机上填着水稻秧苗，还有一些村民在稻田边上手工补苗。在那些村民中间他还看见几个人，一个是常务副县长李铁城，另一个则是他那位在县农科站工作的高中同学。他让车停了下来，下车直奔他们走去。可他刚走到田埂上，却听不知是谁喊了一句："徐院长，你快上去吧，水凉！"

第五十九章　田埂上的决定

农谚说："不种五月田，不插六月秧"。现在这个季节正是水稻插秧的时候,天公也作美,晴空碧日,人们在田里劳动也是快乐的。远远望去,那一行行插秧机插得整整齐齐的稻苗就像是列好方阵的士兵,正等待着检阅,也像是羞涩的少女,期待着长大成人,收获未来。而此时,前来检阅它们并给它们期待的,是这个县的一县之长石润生。

走在田埂上,石润生一听有人叫徐院长,再一看回头的那人,果然,正是徐蔓苓。他不禁诧异起来,她不在学校里上这儿干什么来了呢?

"王教授,这超级稻大家是第一次种,还劳烦您多指导指导!"徐蔓苓喊了一句。

石润生顺着她的目光看去,见有位老者头戴草帽、挽着裤脚、穿着水靴,正查看着那些刚插的秧苗。

这时,不知是谁又喊了一句:"县长来啦!"

众人都回过头来。李铁城向这边看了一眼,迈步就走了过来。而徐蔓苓回头看了看,对那位老者说:"王教授,这是我们的石县长。"

石润生迎着他们走了过去,李铁城向他汇报了有关情况。原来,这个河沿乡是全县有名的水稻产区,每年产的大米都深受市场欢迎。今年响应县里关于发展安全农产品的号召,不仅水稻选用了新品种超级稻,而且全部禁止上化肥和喷农药,采用生物防治的方式治理病虫害,并且为了实现农业机械化,全乡以村为单位成立了合作社,将各家的稻田拆埂并畦,统一种植和管理,这样到了秋天就能用联合收割机进行收割了。为了做好这项重大改革,他们特意从县里的农业专家库选了一位专家进行现场指导,而那位王教授就是他们请来的水稻专家。

石润生听完非常高兴,上前紧紧握住这位王教授的手,连声说感谢。

李铁城又看了一眼徐蔓苓,说道:"这多亏了徐院长,要不是她请来专家,咱们的计划还真是难以实现呢!"

石润生看向徐蔓苓,点了点头,却什么也没说,转而向王教授咨询起水稻的事来。

王教授笑呵呵地说:"哎呀,石县长,你们徐院长可不简单啊!其实我不用来你们也能解决这些问题,徐院长就是这方面的专家!是不是呀徐院长?哈哈哈!"

徐蔓苓微笑不语。

石润生又过去和站在后面的老同学握了握手。王教授却笑着说:"乡里这位技术员也不简单啊,毕竟我不能常在这儿,以后技术方面还得靠他呢!"

正在这时,有村民跑过来说道:"教授啊,株距这么大产量能高吗?是不是调整一下机械呀?株距太大了!"

还没等王教授说话呢,石润生那位同学就转身把村民迎了回去,边走边说:"你不懂,这是新品种,栽密了可不行!"

看着他们去了田里,石润生就在田埂上同李铁城他们商议起水稻的发展规划来。他指出,既然咱们的水稻这么受欢迎,现在又实行无公害处理,恐怕将来出产的大米会更供不应求,但这样不行,得树立自己的品牌,走品牌化经营的路子,只有品牌化才能有高效益。

没想到他这个想法一提出来就得到了大家的一致欢迎。最后决定,由李铁城负责的南部片区抽调专人负责大米品牌化运营,注册商标,开展宣传,争取将独具安农特色的大米品牌打向市场。

看着石润生那坚定的表情,想到他这一独到的战略思维,徐蔓苓不禁多看了他几眼。可能是石润生感觉到了,他抬头看了徐蔓苓一眼,随即就把头又转了回去。然后又同王教授握了握手,向李铁城交代了几句后,就打算去杨树村。可他刚要转身,徐蔓苓却说道:"我也去!反正这边也没什么事了!"

石润生看了她一眼,小声道:"你不用陪王教授吗?"

还没等她回答呢,王教授却说:"不用陪,快忙去吧!"

徐蔓苓偷偷冲石润生吐了下舌头,跟着赵小兵就朝路边的车走去。石润生只好跟在了后面。

等到了车旁,他见徐蔓苓坐在了后座上,而赵小兵竟一反常态地也先上了车坐在副驾驶的位置上。他皱了皱眉,隔着车窗冲赵小兵一使眼色,意思是让他坐到后面去,可这赵小兵却眼睛盯着前面,根本没看他。他不禁诧异起来,心想,这小子今天怎么回事?

无奈,他只好拉开车后门上车坐在了徐蔓苓旁边。他刚一上来,徐蔓苓就笑着让司机开车。司机从后视镜里看了一眼,开车就走。

石润生看了看前面,大声说道:"赵小兵!"

他话音刚落，就听赵小兵哆哆嗦嗦地说："县……县长，是蔓苓姐她……"

石润生瞪了他一眼，又侧过头扫了一眼徐蔓苓，不再说话了。

徐蔓苓呵呵地笑了起来，笑了半天才说："平时不都是坐后面的吗？啥意思啊？不愿意让我跟着？我要是有车还能蹭你的车吗？学院也没车，难道让我骑摩托？"

石润生"哦"了一声不敢说什么了，他是怕说不过她，再加上有下属在，也不便说什么。

可徐蔓苓好像根本就不在乎有没有外人，一路上有说有笑，说着说着，她突然想起了什么，就笑着说："润生哥，杨淑花她们村养泥鳅缺资金你知道吗？"

"哎哟，我还真忽略了这个事。"石润生看了她一眼，"那她怎么没来找县里呢？或者直接找我也行啊！"

"你那么忙咋能找你呢？再说了，找你就能解决资金了？是县财政有钱还是你有钱？"徐蔓苓筋了筋鼻子。

"那怎么办？没有资金那她这个计划岂不是要泡汤了？我还想着等她搞成功了将来推广一下呢！对了，还有下沟村，不知他们搞得怎么样？赵小兵！"石润生说着冲前面喊了一句。

赵小兵下意识地答了一声："到！"继而回过头咧着嘴，"县……县长，刚才……"

"谁问你刚才的事了？我是问你知不知道下沟村土壤改良的事儿！"

徐蔓苓这时已经笑得不行了，她捂着嘴指着赵小兵说："不……不怨他，刚才是我让他这么做的！哈哈哈！"

赵小兵一听是问这个事，就把他爸赵昆山打算利用土壤改良种草的地块搞小龙虾养殖的事说了一遍，临了，他又补充道："对了，技术方面也有着落了，听说是过年时省城来位串亲戚的人，说是技术上的事他包了。"

"哦？还有这事？那人是省农科院的？"石润生问了一句。

赵小兵晃了晃头："好像不是，就听我爸说是叫老徐。"

徐蔓苓就静静地听着他们聊，并观察着石润生的表情，她也不解释什么。

"过年时？哪天的事儿？"石润生若有所思地又问。

赵小兵想了半天答道:"好像是初三,对,就是初三!那天俺家小花儿回去的!"刚说到这儿,他意识到说走了嘴,马上不言语了。

石润生一想,自己是初三那天回的县城,而那天徐蔓苓父亲要来,莫非那位老徐是她父亲?想到这儿,他看了一眼徐蔓苓,却发现她正看着窗外,就像没听见他和赵小兵的对话一样。

"那个……问个事儿。"他看着徐蔓苓说道。

徐蔓苓回过头来眨着眼睛:"嗯?是在和我说话吗?"

石润生看了前面一眼,小声说:"我想问问,那天你父亲……"

徐蔓苓还是忽闪着眼睛看着他。他犹豫了一下回过头去:"算了,不问了。"

"别的呀!这半截话听着多难受!问吧问吧!"

石润生想了半天才说:"不用问了,我知道了。"

"你知道什么呀!"徐蔓苓小声道。

前面就是杨树村了,一看快到杨树村了,石润生这才想起来,刚才的话题还没说完呢,他就问道:"对了,杨树村的资金解决了吗?"

"嗯,解决了!小辣椒厉害着呢!是吧,小兵?"徐蔓苓说着看了一眼前面的赵小兵。

赵小兵回头答了一句:"哦,我不知道啊!"

"你怎么会不知道呢?"

"她……也没和我说呀!再说,也好长时间没见着她了。"

听着他们的对话,石润生也不言语,他是想,等一会儿见着杨淑花一问便知。

还没等进村呢,他们在车里就看见外面的庄稼地里绿油油的一派生机勃勃,早春时种下去的草如今都已经长出来了,远远地望去还真像是大草原。

这时,开车的司机看了一眼后视镜笑着说:"县长,您知道吗?下沟村又出新童谣了!"

"开你的车!"赵小兵瞪了他一眼。

石润生一听就来了兴致,手扶着前座的靠背问:"你说说,是什么童谣?还是那个'98003'吗?"

前面的赵小兵一听，直咧嘴。

司机看了赵小兵一眼，说道："对，县长。是这么说的，'98003'，小车不一般，走了刘喜武，换成赵昆山，庄稼不让种，弄个大草原，不让牛吃草，只管虾胡闹……"

石润生听完不禁皱起了眉，自语道："瞎胡闹？怎么是瞎胡闹呢？"

徐蔓苓实在忍不住了，笑着说："不是瞎胡闹，是说小龙虾！真是笨啊！"她这句话说完看了前面一眼，吐了下舌头。

石润生也不接话，告诉司机直接去村部。

徐蔓苓这时笑着对赵小兵说："小兵啊，你也不给淑花打个电话吗？"

赵小兵"哦"了一声，就开始掏手机。石润生却说不用打了，直接到村部就行。

车还没开到村部呢，他们就看见前面的村路上站了好多村民，有的站着，有的蹲着，有的还抽着烟，不知在议论什么。看到有车过来，不知是谁喊了一句："是县长的车！县长来啦！"

他这句话喊完，所有的村民都朝这边围了过来。石润生只好让司机把车停了下来，他们三个人下了车。

"大家好啊！"石润生微笑着和村民们打着招呼。

"县长好！县长好！"村民们都笑呵呵地看着石润生。

有位妇女一眼看见了赵小兵，她喊了起来："哟，这不是咱杨书记的对象嘛！大家快看啊，咱书记对象！"

赵小兵尴尬地看了一眼石润生，而石润生却微笑不语。他又用求助的眼神看徐蔓苓，可她也微笑着不说话。他只好咧着嘴小声说："蔓苓姐……"

徐蔓苓却问那位大嫂："你们杨书记在村部吗？"

"在！在！开会呢！"周围的人齐声答道。

那位大嫂说着话又看着赵小兵不住地点头："瞧咱书记对象，真俊！"

还有人说："老蔫巴真有福气！"

赵小兵咧着嘴冲大家尴尬地笑着。石润生却同几个村民攀谈起来。

"大叔，地都种了？"

"种了种了！草都长出来了，长势可好呢！"

旁边一位大婶抢着说道:"县长啊,你说这好好的地咋种草呢?怪可惜了的!"

"你懂什么?咱杨书记说了,得顾全大局!"刚才那位村民厉声说道。

大婶笑着看了一眼石润生,说道:"咱也不是不顾全大局,就是觉着可惜,要是种庄稼不上化肥不就行了嘛,还能打点儿粮,种草也没有收成啊?再说,还不让去地里放牛,草也可惜了!"

"就知道放牛!书记不是说了嘛,要养泥鳅的!泥鳅不能卖钱?老娘们家家的净瞎掺和!"

那位大婶不说话了。石润生笑着说:"这位大叔说得对呀!是得顾全大局,将来呀,咱县要发展安农产业,要让地里种出的粮食还有蔬菜都是安全农产品,土壤不改良可不行啊,大家想想,这地里都上多少年化肥了?喷多少年农药了?"

"可不是咋的,我们杨书记也这么说!您放心吧县长,俺们大家伙都同意这么做!"

村民们齐声附和着。

正在这时,就听有人喊了一句:"书记来了!"

石润生和徐蔓苓朝村部大门的方向看去,就见杨淑花穿着一身深色的衣服,脖子上围着一条碎花红色丝巾,头发不知什么时候剪了,一头短发显得非常干练。

她径直走到石润生面前,边握手边笑着说:"县长您来啦!咋没提前通知一声呢?"

"哦,我们也是顺路过来看看。你这小辣椒可不简单啊!怎么样?工作还顺利吗?"石润生说道。

杨淑花连连说没困难。接着,她又同徐蔓苓打了招呼,然后看了一眼赵小兵。赵小兵以为她要和自己说话呢,他往前走了两步,一脸的笑容。却没想到,杨淑花却瞪了他一眼,然后就拉着徐蔓苓的手陪着石润生朝村部院里走去。赵小兵站那儿愣了一下,挠了挠头也跟了过去。他似乎明白了,杨淑花肯定是怨他没有提前打电话告诉一声县长要来。

石润生边走边询问杨淑花在开什么会。杨淑花就把自己开会的情况做了简要汇报。原来，按照县里和乡里的统一部署，杨树村土壤改良的工作都落实了下去，尽管还是有不少村民对土壤种草改良持有反对意见，但大多数还都很支持。眼看着地里的特种改良草已经出土了，长势也不错，杨淑花就想着要着手实施她的泥鳅计划了。专家也请了，技术方面也解决了，需要的资金她也有了着落，眼下就等着雨季的到来了。可她一想，养泥鳅是没问题，可泥鳅苗放下去后基本不怎么需要管理，这也就是说，地里的农活没有了，可是闲着没事的村民们怎么办？人是最怕闲的，闲来无事就得惹是生非。所以，她就打算想个办法让闲下来的村民们都动起来，得找活干。可是，干什么呢？跑了几趟省城后，她决定，搞劳务输出。这样就是一举五得：一是通过劳务输出解决了村民"闲"的问题，二是能够增加收入解决了"钱"的问题，三是还能有效解决村民中个别人"懒"的问题，四是通过出去见世面更能解决村民眼光"浅"的问题，五是大家都有事做有活干就能解决群众"稳"的问题。

石润生一听杨淑花一连串说出了一举五得，他非常高兴，连声说"好"。可他还是有一事不解，就是在车上徐蔓苓提到的资金问题，这杨淑花是如何解决的养殖泥鳅的资金呢？一进村部办公室，他就问了这件事。

杨淑花听完看了看徐蔓苓，又看了一眼赵小兵，呵呵地笑着说反正是解决了，却怎么也不说具体是如何解决的。

石润生看着她的表情，又看了看微笑不语的徐蔓苓，总觉得事有蹊跷，他就假装生气地说："既然不愿意说那就算了，不问了，只要资金解决了就好！"

杨淑花一听就咧嘴了，她忍了半天，红着脸看了一眼不明所以的赵小兵，咬着嘴唇小声说："村部没有瓶装水，你去小卖店买点儿水来！"

赵小兵眨巴着眼睛看了一眼石润生，"哦"了一声转身出去了。他刚一出门，徐蔓苓实在忍不住了，捂着嘴呵呵地笑了起来，指着杨淑花说："小花你……干吗把他支出去呀？呵呵呵！"

杨淑花看了一眼门口，噘着嘴说："就怨他！"说完就把自己如何解决资金的事一一对石润生说了。

原来，她果真是按照徐蔓苓给出的主意去找了赵昆山。果然让徐蔓苓猜中了，赵昆山一听杨淑花是来借钱的，二话没说就答应了，这可把杨淑花乐坏了，她没想到会这么顺利。可她再一看，赵昆山满脸堆笑地说，得答应他一个条件才能借这笔资金。杨淑花一听就咧嘴了，她猜想，别是像蔓苓姐说的那样让我秋后和小兵完婚吧？

怕什么来什么。还真让徐蔓苓猜到了，只不过她猜对了一半，赵昆山提出的条件是：秋后得把证领了，啥时结婚由他们自己决定。

一听赵昆山只是让领证，杨淑花长出了一口气，当时就答应了。赵昆山乐得合不拢嘴了，笑着说除了村里可以借一部分资金外，他家里也能拿出一部分，就当是彩礼钱了。

杨淑花刚说到这儿，就听赵小兵站在门口大声喊道："花儿！你咋能要彩礼呢？"

第六十章　杨树村的新鲜事

仲夏时节，花艳果香。在杨树村村部，正在举行劳务输出签约仪式，杨树村小辣椒家政服务公司与省城一家公司签订合作协议，首批家政服务员正式上岗。

签约仪式由靠山乡乡长谢志强主持，石润生和负责北部片区的尹力等县领导参加了仪式。在签约仪式后的讲话中，石润生高度赞扬了杨树村的这一举措，尤其是杨树村年轻的书记杨淑花敢想敢试、大胆创新的做法，值得全县各乡村学习。

他说："同志们，脱贫，不仅仅要靠政府的引导和扶持，更重要的是需要广大基层干部出实招鼓实劲，添柴、输氧、助燃，将这把脱贫之火越烧越旺，闯出一条富路来。同时，也需要广大群众共同参与共同努力，你们才是这场脱贫攻坚战的主力军。扶贫是政府的责任，也是全体人民群众的责任，但扶贫更要扶志！振兴经济更重要的是要震醒我们的头脑，不仅要震醒干部，也要震醒群众，再不能靠救济靠扶助了，靠天靠地不如靠我们自己！让我们用勤劳的双手去开创属于我们自己的美好明天！"

石润生的一席话引起了强烈共鸣，现场的群众都报以热烈的掌声。

石润生还指出，下一步县里要借鉴杨树村的做法，各乡村都要根据各自的实际情况，充分利用好农闲组织创收，同时要创树自己的品牌，抓紧搞好农民的各项技能培训，但不一定全搞劳务输出，得符合实际。同时，他也指出，杨树村现象也充分证明了县里选用年轻干部的正确性，下一步还要大力选拔和培养像杨淑花这样的优秀年轻干部，给他们搭梯子、压担子，让年轻人挑大梁、担重任，彻底改善农村干部结构。

杨淑花没想到她一个小小的点子竟得到了县长这么高的评价和充分肯定，听着石润生的讲话，她觉得脸热热的，心里暖暖的，血管里的血像是要沸腾了一样，浑身上下有使不完的劲。

原来，那天石润生听她汇报了打算组织闲下来的妇女们搞家政服务的想法后，大加赞赏，指示她大胆地闯大胆地干，县里全力支持。

得到了县长的鼓励后，杨淑花立即组织妇女们进行培训，在徐蔓苓的帮助下，专门从县职业技术学院请来了老师，对她们进行全方位的培训，并协调人社部门为她们发放了职业技能合格证，全部实现持证上岗。改制后的县服装公司还为这些即将上岗的家政服务员专门设计制作了统一的服装，一身绿色的工作服前襟处还绣了个红红的小辣椒，下面绣了几个字：小辣椒家政。

当初成立家政服务公司时，杨淑花为起公司名字着实费了不少脑筋，她想，叫"杨树村家政服务公司"？觉得有点儿土气；叫"安农家政服务公司"？又觉得叫大了，咱只是一个村，咋能用县里的名号呢？想来想去她也没想出个好名字来。正巧，有一个周日赵小兵来了她家，说是他妈特意烙了她爱吃的酸菜馅饼，让他给送过来。

杨淑花看着他一脸笑嘻嘻的表情，白了他一眼，接过他手里的方便袋说道："谁知道是干什么来了？正好我还没吃饭呢！"

赵小兵还是一脸的笑容，听她说还没吃饭呢，赶紧去倒水。等他端着一杯水拿到杨淑花面前，杨淑花看了他一眼，站起来帮他弄了弄衣服领子，说道："你瞅你，穿衣服怎么不弄利索点儿？好歹也是副主任嘛，得精神点儿！"

赵小兵嘻嘻地笑着，咧着嘴说："花儿……"说着就四下看了看，发现村部里没什么人，就拉住她的手。

杨淑花瞪着眼睛："干什么你？这是村部可不是家里！"

"那……在家里就可以吗？"

"想什么呢？不学好！"

说着，她一甩手，坐下开始吃饼，吃了两口，她突然想起来公司的名字还没取好呢，就对赵小兵说："对了，你是写材料出身，帮我想个名字吧！"

赵小兵一听就蒙了，他挠挠头："名字？叫杨淑花不是挺好的嘛……要不叫杨小花？"

杨淑花气得一瞪眼睛："我说的是公司的名字！就知道小花小花的！"接着她就把准备成立家政公司的事说了一遍。

赵小兵听完就乐了，坐在她对面看着她道："现成的名字你不用，还想啥想啊？"

"现成的？什么？"

"干脆就叫'小辣椒'家政服务公司！"

杨淑花一听就急了："你敢叫我小辣椒！胆肥了是吧？"

赵小兵嘻嘻地笑着："先别急呀，你看啊，你们村成立家政公司得有自己的特色对不？而你们村儿以前种辣椒出了名，而你这个村书记又叫小辣椒，再说了，辣椒是红色的，红红火火的也意味着公司将来蓬勃发展不是？"

杨淑花一听不言语了，她想了半天自语道："也有些道理……但那也不行！"说完还噘起了嘴。

赵小兵早已经摸透了她的脾气，知道她这是嘴硬，他也就不再说什么了。等杨淑花吃完饼，他就打算回县城了。临走时，他站起来走到杨淑花身前，双手扶着她的肩膀，目不转睛地看着她。

"干……干什么你？"杨淑花紧张起来。

赵小兵还是不说话，却把头一点点地凑了过来。杨淑花躲闪着，嘴里还说呢："刚吃完东西，不行……"说着，她竟闭上了眼睛，而且呼吸也急促起来。

可就在她闭着眼睛等待什么的时候，却听赵小兵说："你头上有个东西。"说完就在她额头上亲了一口，然后嘻嘻地笑着转身出了屋。

杨淑花气得睁开眼睛在后面大声喊道："赵小兵你个完蛋玩意儿！就这点

儿胆儿吗？你等着的！太烦人了！"喊完，她摸了摸刚才被亲过的额头噘起了嘴。

从杨树村回到县城后，石润生就打算调度一下三大片区的工作情况，可他还没等让秦大军安排下去呢，就听说省委巡视组关于道路工程招标的调查结果出来了，确定这是一起违反招标程序、违规操作的违法违纪案件，甚至个别领导还打了招呼，让某公司中标。但令石润生没想到的是，本来招标办和这次的工程都是齐福仁负责，可调查结果显示，矛头却指向了他，调查组所说的那个打招呼的领导竟然是他石润生！而那个中了好几个标段的大良公司负责这个项目的项目经理竟是他的高中同学。

当巡视组组长找他谈话时他才知道这件事，但他无论怎么解释都不行，原因是招标办主任已经承认了，说是受他的指使，这才让大良公司中的标。石润生是有口难辩，好在没有确实的证据，而他那位在大良公司任职的同学也做证说不是他打的招呼。最后，巡视组决定，暂不做具体处理决定，待向省里主要领导汇报后再做决定。但即使是这样，他还是受到了口头警告，而那位招标办主任则被带走接受进一步审查。

送走巡视组后，石润生不动声色地回到办公室，但他关上门就脸色铁青地在屋里踱来踱去。自己心里清楚，从来没打过什么招呼啊，可是招标办主任凭什么一口咬定说打了招呼呢？看来，情况越来越复杂了，恐怕他是受了什么人的指使吧？眼下从中央到地方强力抓反腐，可他们竟然还胆子这么大，究竟是为了什么呢？他回想着自己自从上任以来的所作所为，除了一心要把经济抓上去，一心要脱掉贫困县的帽子外，也没得罪过什么人啊？从照片上网事件，到抓嫖事件，再到这次的被人陷害，他不由得想起当初省委徐书记语重心长的话来。自己那时还没太在意徐书记的话，但现在看来，安农县的情况不仅复杂，而且是错综复杂。此时，他隐隐地感到，周围像有一座大山一样压过来，压得自己喘不过气。

看看天色也不早了，他已无心再看什么材料了，就关好门，怀着无比沉重的心情出了办公室准备回家。

此时的走廊里的氛围却与他的心情正相反，热闹异常。按照省市委的有关要求，机关办公用房凡是超出标准的都要进行腾退，要根据干部级别进行调整。为了不打扰工作，秦大军要求办公室会同机关事务管理局利用下班时间组织搬东西调整房间，此时他们正搬东西呢。

在这件事上，秦大军由衷地佩服石润生，当初他从那间齐福仁特意给安排的大房间里搬出来时，秦大军还多少有些想法，认为没那个必要，但他嘴上却没说。最近上级的文件一下来他就意识到，县长是对的，有先见之明。在向石润生汇报办公用房的调整方案时他特意提起了这件事，但石润生却说，不是我有先见之明，而是作为党的领导干部，尤其是基层干部，特别是咱们穷县的干部，不能讲排场，只要能办公就行，要那么大的房间做什么？又不是搞舞会。老一辈革命家们骑在马背上不是一样办公？一席话说得秦大军不住点头。

从开着的门里看见石润生走过，秦大军快步出了屋，紧走几步赶上来说道："县长，您下班啊？"

石润生嗯了一声，继而说道："你们也别太晚啊，注意休息！"

秦大军答应一声就目送他下了楼。

出了县政府大院，石润生漫无目的地在街上走着，他不知道是要回家还是要去哪儿，那条回家的路他不知走了多少遍，平常也没觉得有多远，可今天他却觉得这条路很长、很远，但路再长也想不透这些复杂的事情，路再远也无法让自己足以走出心里的无助与落寞。

他不知走了多长时间，等一抬头的时候，却发现自己根本就没回住的那个小区，眼前却是上次在雪中和徐蔓苓一起来的那个学校的操场。此时的操场与冬天时大有不同，操场周围的桑葚树正郁郁葱葱，微风徐来，空气中弥漫着淡淡的清香，那是夏天的味道，也是生机的味道。操场上三三两两的人们在淡淡的夜色里或散步或慢跑，几个孩子在追逐嬉戏。

他走到上次与徐蔓苓坐过的地方，也顾不得下面是不是干净，就坐了下来，一面看操场上的运动的人们一面想着心事。想着想着那些闹心的事，他又想到了刚才自己的举动，为什么没有回家却偏偏到了这里呢？他很好奇自己的无意识的举动。想到这里他很自然地又想到了徐蔓苓，他越想越闹心，突然有想要喝酒的冲动。

一想到酒，他不禁哑然失笑，心里暗想，看来自己不过是个普通人，遇到这点儿挫折就受不了了？干事业哪会一帆风顺？尤其是要带领全县三十几万人民脱贫致富，总会有这样或那样的困难与阻力，看来，自己还是修炼不够啊！

他又想到了徐蔓苓，想起那次她挺身而出为自己解围的事，作为一个姑娘，那得需要多么大的勇气呀！可是他就不明白了，当时徐蔓苓为什么要那么做呢？这段时间以来自己也清楚她的想法，可是，自己一直想要找到的那个人还没有着落，那可是这么多年自己的精神支柱啊！难道要背叛自己的初心吗？

想到这儿，他拿出那个发卡放在手心里，看着它就像看到了自己的童年和自己的梦想。不知不觉，他眼睛有些湿润了。

正在这时，就听身后有人说道："这发卡是哪个小姑娘的？告诉姐，姐收拾她，看把我们县长弄的！呵呵呵！"

石润生一听声音就知道是谁了，他赶紧眨了眨眼睛，掩饰了一下自己的情绪后，这才回过头来，见徐蔓苓提着个方便袋直接坐在了他身边，然后就开始从袋子里拿东西。

"你……你怎么来了？"石润生诧异起来。

徐蔓苓把几罐啤酒和一些小食品放在看台上，然后打开两罐啤酒，一罐递给他，一罐自己拿在手里："来，拿着，今天我心情不错，陪我喝一杯！"说着，她自己先喝了一口。

石润生把啤酒拿在手里看着她说道："凭什么呀？你心情好干吗要我陪你喝酒？"

徐蔓苓从袋子里拿出一样熟食来递给他："小气！只让你陪喝酒一件事，又没让你三陪你怕什么？"一说到"三陪"，她呵呵地笑了起来。

石润生接过她递来的东西咬了一口，然后又喝了一口啤酒。

"不是不陪我嘛，我看你吃的倒挺香！"

"我饿了！"石润生说着又看向一脸笑容的徐蔓苓，"可是……你怎么知道我在这里？又怎么知道我没吃饭呢？你该不会是跟踪我吧？"

徐蔓苓呵呵地笑着说："美的你！我可没那么无聊。再说，你有什么好跟踪的？我也不知道你没吃饭，更不知道你会在这里。"

"那你怎么到这儿来了？"

"就你能来我不能来？"

石润生若有所思地"哦"了一下，继而又问："你心情好时都来这里吗？"

"怎么，你今天心情也不错？"徐蔓苓看了他一眼，又转过头去看着操场说道，"其实呀，每天都应该保持好心情，就是有天大的事不也得面对嘛，没有什么大不了的！"说到这儿，她放大了声音喊道，"让烦恼来得更猛烈些吧！我是暴风雨中的海燕！"

看着她愉悦的表情，再想着她说的话，石润生无语了。

可是，徐蔓苓怎么来了呢？原来，她接到了父亲徐怀明的电话，在电话里，父亲告诉她，石润生正在经历着巨大压力，恐怕这次他扛不住。徐蔓苓一听就明白了，但她还是笑着和父亲说，那告诉我做什么？再说了，润生哥抗压能力强着呢，就是有再大的阻力和挫折也阻挡不了他的决心。继而她又噘着嘴和父亲说，润生哥工作压力这么大，工作这么难，为什么老有人捣乱？不收拾那些阻碍发展的人却总是针对润生哥，什么事嘛！

徐怀明呵呵地笑着，说："有些事你不懂，得慢慢来，要相信自己相信组织。"

放下电话，徐蔓苓自语："我就相信润生哥。"

第六十一章 必须要承受的委屈

一周后，省委巡视组的处理决定下来了，那个招标办主任被移交司法部门处理，由于招标违规，需要进行重新招标，而中标的大良公司也交由省公安厅经侦总队进行调查。关于石润生的问题，虽然没有确凿证据，但他作为县长负有领导责任，上级组织对他进行了诫勉谈话。而在这次事件中，工程的主要负责领导齐福仁却没受到任何牵连，不仅如此，因他主动配合上级调查，不包庇袒护下属，受到了上级表扬。

这个消息一出来，舆论一片哗然，不仅县政府大院里的干部们议论纷纷，就连坊间也是说什么的都有。大家都说，石县长为了咱安农劳心劳力，没落着好不说又挨了批评，小人道长君子道消，哪有这样的道理？

针对这种情况，结合开展群众路线教育实践活动，石润生专门主持召开了反对"四风"专题民主生活会。会上，他首先做了自我检讨，指出，自己作为县长没能过问工程招标这么大的事，就是犯了官僚主义，组织的处理决定是正确的。而有关部门在招标工作中不严格履行法律程序，搞虚假招标，这不仅仅是犯了形式主义，更是违法乱纪。针对大家的议论，他非常严肃地给予了批评，指出，任何人特别是党员领导干部，绝不能妄议上级的决定，要相信党和组织，既不会冤枉一个好人更不会放过一个坏人。

齐福仁在发言时也进行了检讨，说自己作为中部片区的总指挥，对这次事件应该负有领导责任，另外平时在工作中对县长也提醒不够，有些工作不能操之过急，安农都穷了这么些年了，不是一年两年就能脱贫的，今后除了做好自己分内的工作外，还要多帮助县长掌好舵，把握好方向，因为毕竟自己是老同志嘛。

他这番话说完，在场的其他常委都抬头看着他，尹力看了他好几眼，姜然气得脸都有些红了，张了张嘴想要说什么，尹力赶紧按了按她的胳膊，冲她使了个眼色。

民主生活会结束后，又接着开了研究工作的常委会。石润生调度了各条线上的工作推进情况。尹力汇报了北部片区的工作，她还特别提到了靠山乡实施土壤改良工作试点情况，指出下沟村在书记赵昆山的带领下工作很有起色也很有想法，他们搞了立体生态养殖，不仅养上了小龙虾，而且在专家的建议下又增加了河蟹，上秋能收入不少钱。而且，他们还起到了很好的示范带动作用，现在全乡各村都到下沟村学习取经呢，有的村还根据实际，养鹅的、养鸭的，现在大家都像着了魔似的。

李铁城也汇报说，不仅仅是北部片区，现在南部片区也受到了影响，尤其是那个水稻一品乡，过去乡里就有村民尝试过稻田养鱼，这次听专家一说可以搞立体养殖，都高兴得不得了，尤其是到下沟村参观后，更坚定了信心。按照专家的指导，现在这个乡的立体养殖有声有色，有搞稻、虾、蟹共作的，有搞稻、鸭、萍共生的，大家热情都很高。单这一项就能增加近三成的收入。

石润生问道："那位专家是上次我见到的王教授吗？"

"对呀！"李铁城答道，"他就是下沟村请来的那位专家，听说是省农科院的教授！"

石润生一听原来那位王教授就是下沟村请来的，他不由得想起一个人来，那位叫"老徐"的究竟是什么人呢？不过有一点他可以肯定，这位"老徐"一定就是徐蔓苓的父亲。

他思忖着说："咱们得好好感谢人家呀，帮了这么大的忙……"

还没等他说完，李铁城又笑着说："县长啊，这位王教授不要报酬，而且呀，他还把咱们县定为试验点，说是省里给他们试验经费了，有好几家没钱买鱼苗都是人家出的钱呢！他说这是省里提出来的技术扶贫！"

"省里？"石润生听完心里就起了疑问，但他没再问什么。

会上，姜然还汇报了近期的宣传工作情况。按照规划，旨在销售安全农产品的安农网已经开发得差不多了，但还需要一大笔资金没有着落，正在想办法。而由她负责的县服装公司模特队也已经组建完了，已经与北京一家公司进行了初步接触，打算在北京搞一次服装发布会，展示新设计的这一系列服装。她希望石润生能抽出时间到服装公司去看一看。石润生点头应允了，说一定会去的。

胡波也汇报了安农集团的情况，提出待土壤改良工作结束后即可全面实施，而且还制定了开设安农超市的方案，打算采用O2O（即Online To Offline的缩写，是指将线下商务与互联网结合，使互联网成为线下交易的平台）模式销售安全农产品，但也遇到了瓶颈，就是缺资金。

一听到资金，李铁城就看着石润生。石润生看了他一眼笑着说："你可是管财政的，看着我干什么？我身上有资金？哈哈哈！"

他话音刚落，姜然就一本正经地瞪着眼睛说："县长，您身上就有资金！"

大家都被她的话给惊到了，不约而同地看着她，尤其是齐福仁。

尹力拉了她一下，小声说："小姜啊，这是常委会，不能乱说话。"

姜然却瞪着眼睛大声说："县长，我说的是真的！我是这么想的，您看啊，咱们不是要到北京去搞服装展示嘛，这是个绝好的机会，到时候我把各大媒体都请来，借这个机会搞一次咱安农县的招商推介会，到时候县长您一出面，各种媒体上一宣传，我就不信没有投资商关注咱们。另外现在不都在搞什么众筹嘛，咱也可以利用这次机会搞一次众筹路演，您亲自为咱安农代言，网上肯定会火的！"

"还路演，是露天演出啊？真是异想天开！"齐福仁这时发了话，一脸的不屑。

石润生笑着看了一眼因为激动脸有些红的姜然，说道："你这是把我卖了啊！哈哈哈……"说完他又冲齐福仁道，"齐书记，这个路演不是露天演出，是针对投资者的一种推介活动。那好，就按照姜部长的意见搞它一次招商推介会！具体由姜部长牵头，大军啊，办公室全力配合，大家议一议看行不行！"说完，他看着齐福仁。

齐福仁喝了一口水，自语道："反正我也不太懂什么路演、众筹的，既然是常委会的决定我没意见！"

其他几位常委都表示赞同，去北京举行时装表演及招商推介会的事就这么定了下来。会后，按照姜然的意见，本来是打算让石润生去服装公司看看新组建的模特队，但石润生在会上听大家一再提到下沟村，他就决定先去下沟村看看。他就叫上北部片区的总指挥尹力，带着赵小兵，两辆车一前一后出了县政府。可当路过职业技术学院的时候，石润生却让车停了下来，他想了想，就给徐蔓苓打了电话，让她也跟着一起去下沟村。

徐蔓苓接起电话一看是石润生就纳闷了，按理说这个时间他不应该给自己打电话呀？再一听他说让自己跟着去下沟村，她不禁抿着嘴笑了起来，心想，润生哥一定是想让自己顺便回去看看王叔。

徐蔓苓猜得没错，石润生就是这么想的，但他除了这个想法外，还有另外一层意思。

等徐蔓苓从学校里出来上了车，他们就朝下沟村驶去。在车上，徐蔓苓看了一眼坐在前面的赵小兵，小声说："我还以为叫我出来是约会呢！呵呵！"

石润生也不看她，眼睛盯着前面默不作声，就像根本没听见一样。而赵小兵和司机两个人既不敢说话也不敢笑。见谁都不出声，徐蔓苓又小声说了一句："小气！"

两辆车出了县城就朝下沟村的方向开去，可他们刚走到国道上就看见前面停了一辆车，有个人站在车下不停地朝他们挥手。等走近了一看，石润生不由得皱了皱眉。原来，挥手的是夏雨荷。

一看是她，徐蔓苓拉了拉石润生的衣角，小声说："快停车吧，是美女耶！找你的！"

石润生咧了下嘴，吩咐停车。

见车停了下来，夏雨荷高兴得蹦蹦跳跳地跑到车前。

"可等着了，我还以为过去了呢！"她一脸的笑容说着就拉车门。

石润生探出头去问道："是夏记者呀！有事吗？"

拉了两下见没拉开车门，夏雨荷噘着嘴看着石润生道："让人家上车再说嘛！"

徐蔓苓把头探到石润生这边推开车门："是雨荷呀？来，快上来！"

夏雨荷一见徐蔓苓不禁愣了一下，随即，她回身冲路边停的那辆车摆了摆手："回去吧！谢谢啊！"说着就上了石润生的车。

由于她是站在路边，而徐蔓苓打开的也是路边这一侧的车门，所以夏雨荷一上来就坐在了石润生旁边，石润生为了给她让出座位，只好向徐蔓苓那一侧挪了挪。这下可好，他坐在中间，左边是徐蔓苓，右边是夏雨荷。

一上来，夏雨荷就不停地用手扇着风，一边扇一边自语："这天儿可真是热呀！"

随着她挥手，石润生就觉得一缕香风袭来，也不知是夏雨荷身上的还是徐蔓苓身上的，反正是女孩子的味道。他不禁窘迫起来。

"那个……小夏呀，有事吗？我们还得下乡呢！"

"当然有事了！我就是要跟你们一起去下沟村的！"

一听她说是要跟着去下沟村，石润生想了想，觉得也好，正好可以帮着宣传宣传下沟村。他就笑着说："好啊！那这样行不行……要不你坐后面那辆车？"

夏雨荷把头摇得像拨浪鼓似的："我就坐这儿！没事，我不怕挤！"

听着他们两个人的对话，再一看夏雨荷的样子，徐蔓苓忍俊不禁，她笑着说："好了好了，这样吧，你坐我这边来，我坐中间！"说着，她开门下了车。

石润生犹豫了一下，还是坐到了她的位置上。徐蔓苓站在车下看着坐好的石润生，她强忍着笑又上了车，然后就在石润生身前往中间的座位挤，直到这时，石润生才意识到什么，他支吾着："哦，要不我先下去吧！"

"晚了！"徐蔓苓说着就挤了过来。由于空间太小，她差一点儿就与石润生脸贴到一起了，吓得他直往后躲。

看着这一幕，夏雨荷瞪大了眼睛，表情在不停地变化着，继而又噘起了嘴。

车继续朝下沟村的方向开去，车速很快，但车上的人却都沉默着，空气像是凝固了一样，谁也不说话。

过了好一会儿，夏雨荷才隔着徐蔓苓看着石润生说道："喂！你怎么不问问我为什么在这等着你们呢？"

徐蔓苓一听她这么说，觉得很意外，不由得看了看一脸认真的夏雨荷，忍着笑又偷眼看石润生。

石润生"哦"了一声，却并没有向这边看，只是问了一句："那你说说吧！"

夏雨荷笑呵呵地刚要说，却又打住了，眨着眼睛想了半天说道："不告诉你！"

徐蔓苓差点儿笑出声来，看着夏雨荷的表情，她在心里长出了口气，不由得又看了一眼石润生，想了想，故意说道："石县长，要不，我去坐后面尹部长的车吧……"

她这句话刚说完，石润生迅速回过头来说道："不用！"说着又觉得自己反应有些快，不好意思地又回过头去看着窗外。

夏雨荷看了看这两个人，她拉着徐蔓苓的手说："蔓苓姐，就坐在这儿吧，不挤！"

很快，他们就到了下沟村。一进村里，石润生就让司机把车开到王德贵家门口。徐蔓苓一听就明白了，她微笑不语。等车一停，她就下了车，然后冲夏雨荷笑了笑，又看了一眼石润生，就进了院子。石润生往院子里看了一眼，犹豫了一下。徐蔓苓笑着说："润生哥，你去忙吧，我和王叔说一声。"

石润生想了想，对赵小兵说："小兵啊，你和尹部长说一声，先去村部等我！"说完，他也下了车。

夏雨荷看着车下的两个人，一时间有点儿糊涂。

等车开走后，石润生迈步就要往院子里走，徐蔓苓却过来一把抱住他的胳膊，他甩了甩，徐蔓苓却一瞪眼睛，他只好作罢。

两个人正要往里走呢，却见王德贵手拄着拐杖已经出了屋，正笑呵呵地看着他们呢。

"王叔，我们回来啦！"徐蔓苓说着就松开手跑了过去。

石润生走到近前也说了一声："王叔。"

王德贵呵呵地笑着，招呼两人进屋。

石润生说："王叔，我先去村部，过一会儿我再回来！"

王德贵呵呵地笑着："去吧去吧，你那么忙还回来看我干什么？"

可石润生说完却并没有走的意思，他看了一眼徐蔓苓，迟疑着对王德贵说："王叔，有件事想问您。"

王德贵愣了一下，回头又看了一眼徐蔓苓，然后一挥手："先忙去吧，等回来再说！"

石润生想了想，没再说什么，转身朝院外走去。见他走远了，王德贵看着一脸笑容的徐蔓苓，叹了口气说道："丫头啊，是不是该告诉你润生哥了？"

"哎呀，叔！不急不急！"

"您这个丫头，前几日和你爸通电话时还说起这事呢！也不知你搞什么鬼！"

"您和我爸通电话了？说什么了？"

王德贵又叹了口气："还能说什么？这孩子工作这么卖力却还是着了人家的道！你润生哥挨处分的事你不知道？"

"那我爸怎么说？"

"还能怎么说？你爸说这对他来说也是一种考验，衡量一个干部是不是称职，抗压能力也是一条！什么道理嘛！"

"嗯，润生哥真是委屈！"

"要我看啊，你再不告诉他真相他才委屈呢！哈哈哈！"

第六十二章　招商推介会的轰动

今年的雨季似乎没有走的意思，这要是在往年，赵昆山不得愁死，可今年不同了，他再也不用为村里那些涝洼地如何排涝而大费周折了，相反，他还乐得不行，一看见雨就咧着嘴说："真是好雨知时节呀！"

每到那时，他脑海里就美美地想着他的宝贝——那些活生生的小龙虾和横行霸道的蟹。一想到这些，他仿佛看到了秋天，看到村民们分到钱后满脸的喜悦。村民喜悦，他就喜悦，而他喜悦的还有，那日看到儿子小兵跟着县长一起来检查工作，他别提有多高兴了。尤其是参加了杨树村劳务输出的现场会后，他乐得鼻涕泡都要出来了，同别的村干部闲聊时总免不了说上一句："看见没？台上讲话的那是俺儿媳妇！俺家小花儿！"

可是，有一件事让他很闹心，那就是全乡各村甚至外乡镇的村干部几乎都来下沟村参观，唯独杨树村没来。他甚至想，村书记没空，那怎么也得派其他村干部来看看啊？可是，硬是没人来。他不免犯了嘀咕，难道小花儿和小兵两个人闹了别扭？还是杨树村的泥鳅养的也不错不用学呢？

怀着这些疑问，他心想，哪天一定得去看看。有了这个打算他就坐不住了，周日一大早他就起来了，吃完饭又是翻又是找。小兵妈问他一大早的找什么东西，他也不答话，找出件新衣服就往身上穿。小兵妈在后面问，是去县城看咱兵儿？

他挤出一句话："我看那小兔崽子干啥？"

小兵妈嘀咕一句："儿子好歹也是干部，总骂孩子，看将来儿媳妇进了门你还敢骂不！"

"我有啥不敢骂的？我是他爹！"

他话音刚落，就听门口有人说道："叔，婶！"

赵昆山一听就愣住了，他回头一看，顿时尴尬起来。

门口站着的，是提着个篮子的杨淑花。

"花……是小花儿来啦！"小兵妈说着又瞪了一眼赵昆山，拉着杨淑花的手就进了屋。

放下篮子后，杨淑花看了一眼赵昆山，小声道："婶，我叔刚才骂谁呢？"

"花儿呀，你咋来了呢？"赵昆山抢着说了话，表情很不自然。

小兵妈忍不住偷着乐。

"哦，我要去县城，小兵说让给他捎点儿东西，他上次回来忘家里的，他去北京要用。另外顺便摘了点儿青辣椒，我叔不是爱吃这一口嘛。"

赵昆山听完让老伴儿去找上次小兵回来忘在家里的包，然后迟疑了一下说道："那个……花儿呀，你们村的泥鳅养得还行？"

"嗯。"

"哦，全乡都来了，你们村咋没……"

杨淑花听完笑了，说："叔，是参观的事吧？我来过了呀？"

"来过？我咋不知道？再说，你来咋不到家呢？"赵昆山一脸的狐疑。

两个人正说着话，小兵妈拿着那个背包进了屋，边递给杨淑花边问："花儿呀，去县城办事？"

"哦，是组织部找谈话。我就不耽搁了，叔，婶，我走了啊！"说着，她就要往外走。

赵昆山眨了半天眼睛，紧走几步追上去："走啊，花儿！吃完饭再走呗！"

"吃啥吃，没听孩子去县城有事嘛！"小兵妈瞪了他一眼，跟着出屋送杨淑花。

赵昆山愣了一下，也背着手出了屋。

等送走了杨淑花，他回屋背着手踱来踱去，又从那个篮子里拿出个青辣椒来，自语着："组织部找谈话？小兵要去北京？"说着，他不自觉地咬了一口手里的辣椒。

"没洗！"小兵妈说了一句。

紧接着，就听赵昆山一顿咳嗽，咳了半天，涨红着脸道："好辣呀！"

"刚才那能耐呢？见着小花儿咋怕那样？"小兵妈撇着嘴。

赵昆山一瞪眼睛:"我怕?我怕啥?我俩是平级!"继而又笑着说,"咱家小花儿可真孝顺!"

"就美吧你!"小兵妈撇着嘴。

赵昆山喝了口水,背着手美滋滋地去了村部,可三天后当他看到乡里发下来的文件后却是既高兴又犯愁。他高兴的是,没想到杨淑花被提拔为靠山乡副乡长了,可他又一想,却怎么也高兴不起来了,一回到家他就阴沉着脸不说话。小兵妈问他这是怎么了,他没好气地说了一句:"小花儿当副乡长了!"

"那是好事儿呀你咋这副模样呢?"小兵妈一听就乐了。

赵昆山往炕上一坐:"你懂什么!人怕出名猪怕壮!如今小花儿干得这么好,全乡全县都有名,这有什么好?不行,得赶紧让小兵秋后结婚!"

原来,他是担心儿子小兵的婚事。

小兵妈一听也犯了嘀咕:"可也是,那咋办啊?要不,你催催小兵儿?"

赵昆山坐那想了半天,拿起电话就打。

而此时,赵小兵却并不在县城,他正在北京呢。

北京某酒店,正在举行一场盛大的活动,酒店大宴会厅里热闹非凡,横额上挂着条幅,上写:生态时装发布会暨安农产业招商说明会。

赵昆山打电话的时候,赵小兵正在后台换衣服呢,站在他身后帮着整理衣服的却是杨淑花。

听见手机响,赵小兵说了一句:"花儿呀,我不方便接,你看看是谁来的,按免提吧!"

杨淑花看了一眼桌上的电话,说道:"是赵叔!"

"哦,是咱爸呀!按免提!"

"是你爸!"杨淑花瞪了他一眼按了免提。

就听电话里赵昆山大声嚷嚷着:"兵啊!小花儿提副乡长的事儿你知道不?"

赵小兵答了一句:"怎么了爸?"

"还怎么了?没心没肺的东西!还不抓紧?我告诉你啊,上秋就结婚!"

赵小兵一听就明白了,他看了一眼杨淑花,故意笑嘻嘻地冲电话里说:"爸,你儿子这么优秀你怕啥?"

"怕啥？你说我怕啥！你知道有多少人盯着咱家花儿吗？乡里那个文书知道吧？最近老打听咱家花儿！我还听说县里也有人要去花儿家提亲呢！长点儿心吧！"

杨淑花在一旁听着他们父子的对话，捂着嘴不敢笑。

一听说有人要去提亲，赵小兵咧了咧嘴，看了一眼杨淑花，冲电话里喊道："爸，我这忙着呢，回去再说！"说着，上前挂了电话。

"花……花儿呀，我爸说的是真的吗？"

杨淑花一脸的诡秘："对呀！这次来北京之前还有人去我家里了呢，我看那小伙子人不错，我让他回去等着听信了！"

赵小兵一听就傻眼了，那只正在系扣子的手也停了下来，咧着嘴看杨淑花。

"看把你吓的，对自己就那么没信心？"杨淑花过来帮他系着扣子。

"花儿呀，要不，上秋……"

杨淑花瞪了他一眼："上什么秋上秋？你以为是养的肥猪啊！我告诉你，没看咱县长和蔓苓姐都不提这事嘛，咱县啥时脱了贫咱就完婚，否则，不行！"说着，她回头看了一眼。

在她和赵小兵身后，徐蔓苓正在帮石润生整理衣服。

那么，石润生和赵小兵两个人为什么在后台换衣服呢？原来，县服装公司的模特队组建后，却是姑娘多小伙儿少，姜然就提议，让石润生和赵小兵两个人穿上服装公司设计的男装也参与走秀，当一回男模！

姜然和秦大军一说，秦大军直摇头，说这根本不行，咋能让咱县长当模特呢？要说那你自己去和县长说吧。

姜然直咧嘴，说自己也不敢去说。秦大军想了半天就悄悄告诉她，有一个人去说一定行。姜然问是谁。秦大军冲徐蔓苓一努嘴。姜然见他说的那个人是徐蔓苓，心里不免有些酸酸的，但还是过去和徐蔓苓说了这件事。徐蔓苓一听就乐了，说这个主意好，不过，即使她不去说也会同意的，因为她知道，只要是对安农县有利的事，润生哥都会同意的。

果然，石润生听完这个提议二话没说就同意了，这才和赵小兵两个人跑到后台换衣服。

服装展示的时间到了,当模特们穿着安农县自己设计的服装走上T台的时候,台下众多媒体的记者们眼睛都看直了,镁光灯不停地闪着。当女装展示过后,T台深处走出一个人来,只见他穿着一身清爽时尚的休闲西服,戴着一副墨镜,缓缓地出现在人们的视野中。台下顿时鸦雀无声,紧接着就爆发出一阵紧似一阵的掌声。不知是哪个女的在台下由衷地叹道:"好帅呀!"

这人不是别人,正是石润生。

而此时,站在T台一侧的徐蔓苓和杨淑花两个人也都紧盯着台上,杨淑花捅了一下徐蔓苓:"蔓苓姐,咱县长好帅呀!"

"你就花痴吧,你家小兵也不赖呀!"徐蔓苓白了她一眼。

而在人群后面,还有几个人也看着台上,她们表情黯然,还有的则噘着嘴。表情黯然的是叶佩,噘嘴的是夏雨荷。叶佩是回北京的公司有事,而夏雨荷作为省城媒体是姜然请来的,除了她,省城和北京的大小媒体几乎都到场了。按照当初姜然在常委会上立下的军令状,她要把这次活动办出轰动的效果。

姜然没有白努力,这次活动办得很成功。第二天,各大媒体都用大篇幅大版面对安农县进行了宣传报道,网上也是热火朝天。而各大媒体上出现最多的,则是石润生的照片和影像。

除了时装发布会,石润生随后举行的招商推介会也收到了实效,他带队刚从北京回来就得到省外事办的消息,说是有外国客商要来安农县看看,让他做好接待的准备工作。

等省外事办的领导带着外国客人一到安农县,石润生才知道,原来竟然是联合国粮食计划署的官员,他们是在网上看到了关于安农县发展安农产业的报道,这才前来考察的。

石润生陪着客人分别到靠山乡和太平川乡进行了参观考察,本来,他以为是来投资的,却没想到的是,一个月后,省外事办传来消息,安农县被联合国粮食计划署确定为国际安农论坛的永久会址,并将投资建设国际会议中心、星级酒店等配套设施,选址地点就位于湿地公园区域。

这对于石润生来说无异于是震撼性的消息,也成了爆炸性的新闻,经媒体一公布后,安农县一时间成了举世瞩目的焦点,众多客商纷至沓来。

不仅仅是石润生高兴，就连一贯唱反调的齐福仁也一改以往的态度，主动请缨担任安农论坛会议中心建设的总指挥。

在常委会上，石润生通报了近几个月来的工作情况，指出，安农县有今天的良好局面，得益于大家的共同努力。

看着满脸喜悦的众人，他笑着说："这段时间以来大家都很辛苦，尤其是姜然同志，宣传工作抓得有声有色，安农县能有现在的局面，离不开宣传，希望下一步要加大力度，继续加强宣传工作，把安农宣传出去，把安农的产品宣传出去！现在摆在我们面前的有几项非常重要的工作。除了农村淘宝项目等电商平台的搭建、安农产品的开发等项工作外，当前重中之重就是国际安农论坛会议中心的建设工作！这项工作得有一名领导专门来抓，看看大家谁愿意承担这项工作？"

他话音刚落，齐福仁就说道："我主管建委，这项工作就由我来吧！"

而大家心里清楚，安农论坛建在湿地公园，可当初最不同意建湿地公园的就是他齐福仁了，因此，大家都看着石润生。

石润生微笑着想了想，看着齐福仁说："齐书记，我看就让铁城和喜武他们抓吧，还有更重要的工作等着你呢，而且是非你莫属！刚刚接到通知，省委理论中心组的党建联系点确定在了咱们安农县，党务工作这方面你比我强，而且你和省里有关领导也比我熟悉，我看，这项工作就由你来抓吧！"

齐福仁一听就乐了，连连说："那行，我明天就和省委联系！"

常委会上，石润生还特意指出，要注意安全生产问题，不能只顾着抓经济而忽略了安全，尤其是建设单位，更要警钟长鸣，切实把安全工作抓好在手上。开完了常委会，石润生刚回到办公室还没等坐下呢，秦大军就慌慌张张地进来汇报说，出事了！石润生一看他的神情就觉得肯定是出什么大事了，要不然以秦大军平时的一贯做法断然不会这么紧张。

果然，秦大军汇报说，湿地公园建设现场出了事，一名工人掉入刚刚蓄满水的湖里淹死了。

石润生听完觉得头都要大了！这是他最怕的事情。

第六十三章　突如其来的安全事故

进入雨季，雨总是来得突然，让人猝不及防。而此时，这突如其来的坏消息也让石润生有些猝不及防。本来，安农县的发展正如火如荼，特别是实施强县富民战略以来，各项工作的进展已经远远超出预期，一件件喜事、一桩桩好事、一个个项目让他时常感到周身热血沸腾。面对安农县正在发生着的变化，他高兴之余也时常提心吊胆，就怕出什么事。因此，也曾多次大会小会强调安全生产，强调稳定，然而，却还是出事了，而且是人命关天的大事。

当石润生赶到事故现场的时候，天正下着瓢泼大雨，遇难的工人尸体停放在施工暂设的活动板房里，一名农村妇女带着孩子正在放声大哭，刘喜武和县安监局的人分列于四周默不作声，表情凝重。见石润生等人进来了，刘喜武迎了上来。

石润生看了一眼那妇女和约莫七八岁的小女孩儿，欲言又止。秦大军向刘喜武使了个眼色，并上前小声道："县长，咱们先去旁边那屋吧……"

其实石润生是想安慰一下死者家属，但他实在是不知该说些什么，听秦大军一说，他也就同意了，不管怎么样得先了解一下事情的原委。

在施工现场的会议室里，刘喜武详细介绍了事情发生的经过。原来，这名工人晚上和工友喝了点儿酒，借着酒劲儿非要到刚蓄满水的湖里去洗澡，工友们也没有阻拦，几个人还在屋里喝呢，可谁知他一进到湖里就没出来，直到有个工人出去方便这才发现他不见了，湖边只有他的衣服。几个工人吓坏了，一边报告一边打捞，等好不容易把他打捞上来，可是已经没救了。

石润生听完就皱起了眉，他盯着刘喜武问道："工地没有安全制度吗？你是怎么搞的？"

刘喜武一改往日的淡定，咧着嘴不作声。他心里清楚，自己的祸肯定是闯大了，在这个节骨眼儿上工地死了人，虽说不是因为施工造成的，但毕竟人命关天，还有什么可解释的？

他想了一会儿小声道："县长，这个事我负责！"

石润生瞪了他一眼："你能负什么责？人家家里没了顶梁柱，你要负什么责？"说完，他又看向县安监局的人问道，"你们几个！就这么抓安全管理的吗？你们局长来没来？"

一名同志小声回了一句："李局长今天家里孩子结婚……"

"你说什么？出了这么大的事他安监局长都不到场？"石润生震惊之余回头看了一眼秦大军，"大军，马上通知召开常委扩大会！"

秦大军答应着出去打电话了。

石润生又让刘喜武好生安抚死者家属，待常委会结束后再做决定。安排完这些，他又回到了那个工棚，看着还在抽泣的死者家属，拉过她身边的孩子说道："这位大嫂，你放心，县里一定会给你一个交代的！你先节哀，孩子还小，不要让孩子看这种场面。"说着，他又让刘喜武给她们母女俩安排住的地方。

那位妇女止住哭声看了一眼石润生说道："县长啊，不怨别人，都是俺家这个死鬼不着调！他到工地上来工作还是刘主任给安排的呢，可不能处分刘主任啊！"

又安抚了一番后，石润生就和秦大军回了县政府，临走时让刘喜武也跟着回来一起开会。

在常委会议室里，几名常委都已经到齐了，此时正议论着这起事故呢，见石润生铁青着脸进来，大家都不敢出声了。

石润生刚坐定，还没等说话呢，就见一个人缩着脖子一脸惊恐地跑了进来，一进常委会议室的门，他先还是苦着脸咧着嘴说了一句"来晚了"，继而一眼看见了石润生，顿时就蔫鸡耷拉头了。

石润生一看见他就来气，他皱着眉厉声道："孩子的婚事还没办完吧？怎么有空跑来了？"

进来这人正是县安监局局长李德。只见他咧着嘴小声应了一句："我正要去现场呢，听说开会，所以就……"

石润生看了一眼秦大军，心里想，一定是大军打电话通知的，但他实在是不愿意见到这位玩忽职守的安监局长,他略加思索后说道:"这是常委会,你就不必参加了,出了这么大的事,你们安监局有不可推卸的责任!我也不想听你解释什么,你先回去吧!"

李德听完怔了一下,随即看向齐福仁,从嘴里吐出一句:"齐……齐书记……"

齐福仁头都没抬,却端起面前的水杯喝了一口水,然后重重地又放回了桌上。李德尴尬地笑了笑,转身退了出去。

石润生扫视了一下在座的众位常委,却看了一眼齐福仁,然后对秦大军道:"大军啊,通知闫继成来开会!"

秦大军答应着弯下脸打电话,过了一会儿,县纪委副书记闫继成进了会议室。等他坐下后,石润生看着他说道:"县纪委马上成立调查组,立即对安监局长李德进行调查,如果他违反八项规定大操大办子女的婚事,要严肃处理!马上去办吧!"

闫继成答应着看了一眼齐福仁,然后站了起来。

齐福仁也铁青着脸道:"对,我还想说这个事呢,继成啊,就按石县长的指示去办吧,不过,一定要调查清楚,如果人家没有违规也不能冤枉人家不是?至于他履职的问题就另当别论了!"

闫继成转身出了会议室。

常委会上,刘喜武详细介绍了这起事故的起因,并一再说是他这个现场总指挥没有把安全生产工作做好,愿意承担一切责任。石润生指出,不管怎么样,也不管是什么原因,毕竟人没了,怎么说都是安全工作做得不到位,现在不是说谁担责不担责的时候,当务之急是要抓紧做好善后工作,安抚好死者家属,同时,要在全县范围内开展一次安全生产大检查,彻底排除安全隐患,并准备做好接受上级的调查工作。常委会还决定,在现安监局局长李德的问题没有调查清楚之前,暂停他的工作,县里成立安全生产联合检查组,由他亲自担任组长,抽调各相关部门精干力量,全面开展安全生产大检查工作。

在谈到向上级汇报这起安全事故的时候,齐福仁的意见是不要向上面报,因为安全生产工作是一票否决,出了事故其他的成绩就会都被抹杀掉。主管安全生产的常务副县长李铁城却一反常态地打断了齐福仁的话,说这不等于是瞒报嘛？那怎么行？没有不透风的墙，眼下还是抓紧报上去，随时接受上边的调查和检查。

齐福仁被李铁城的话给噎得够呛，他干咳了两声，却一脸的怪笑不再说话了，也不知心里想的是什么。

石润生同意李铁城的意见，他明确指出，安全生产工作不是小事，既然出了事就要承担相应的责任，如果上级要是调查处理，他作为县里的一把手，这个责任自然由他来承担。当下，他让安监局马上把情况报上去，一刻都不能耽搁。眼下，他最担心的倒不是上级的调查和处理，而是担心全县各条战线再出什么安全事故，或是被上级调查组查出什么隐患来。

然而，正当石润生带人在全县开展安全生产大检查活动的时候，他担心的事情还是来了。岭东市安监部门得到消息后，已经派出了调查组，除了对这起安全生产事故进行调查外，还对全县的安全生产工作进行彻查，而就在他们调查的时候，原来一直通情达理的那位坠湖而亡的农民工妻子却变了卦，硬说她丈夫不是酒后坠的湖，而是在施工时不慎掉下去的，而且那几个工友也一口咬定，他们没有在一起喝酒。

这是石润生所始料不及的，刘喜武更是气得够呛，因此，他一得到消息就赶紧去找石润生。等他赶到时，石润生刚从一家企业赶回县政府，此时正在办公室里和秦大军说事儿呢。一见刘喜武来了，他看了一眼，然后对秦大军说："就这样，你先去吧，和调查组说我马上就到！"

他说完，秦大军出去了。刘喜武咧着嘴凑上前，还没等开口呢，就见石润生皱着眉冲他说道："喜武，这到底是怎么回事？不是让你们安抚好死者家属嘛！这是给我搞哪一出？"

"县……县长，我也不知道为什么会变成这样啊！根本不是他们说的那么回事？您还不相信我吗？"

"不是我不相信你，现在问题的关键是，你说的这些无凭无据的，人家调查组能信吗？行了行了，跟我一块去开会吧！"

刘喜武还想解释什么，但见石润生不理他，他也只好跟着出了门。

在会议室里，岭东市安全生产检查调查组就安农县这起安全生产事故的调查情况进行了通报，并指出，石润生同志作为县主要领导，对这起事故负有不可推卸的责任，待向市有关领导汇报后准备接受组织处理。

石润生听完倒没怎么样，李铁城却急了，他腾地站了起来，大声说："我主管安全生产，要处理就处理我，跟我们石县长有什么关系？"

调查组带队的领导听他这么一说，笑了笑说道："你就是主管安全生产的副县长？我们也没说不处理你呀？你安全生产工作抓得不力，是要接受组织处理，我们还没说呢你倒自己提起来了啊？！"

李铁城铁青着脸又抢过话来说道："你们调查的情况有出入，这里面有问题！希望上级组织本着负责任的态度重新进行调查核实！"

"你的意思是我们这几天是在瞎胡闹吗？真是乱弹琴！死者家属的笔录在这儿呢，还有几个工人的证词！难道这些人敢做伪证吗？你这个同志不能乱说话！"调查组组长似有些动怒了。

石润生看了看，示意李铁城坐下，他微笑着刚想说话，却听齐福仁接过话去笑着对调查组组长说道："那个……我们铁城副县长是分管安全生产工作的，在这个问题上有些急躁也是可以理解的，是吧？您消消气！"接着，他又转向李铁城道，"铁城啊，咱可都是有党性的人，这种场合怎么能说这不着边际的话呢？人家调查组都已经调查清楚了，难道还会有假？眼下呀，不是讨论责任的问题，而是要尽快做好善后工作，您说是吗？"说这话时他又笑呵呵地看向调查组组长。

"就是嘛，还是齐书记明事理！那什么，老齐呀，你们还得对全县的安全生产工作进行检查呀，可不能光顾着抓经济而忽略了安全稳定不是？"

"那是那是！"

看着齐福仁不住地点头，以及他那满脸的笑容，石润生没理他，而是冲调查组组长说道："是这样的，关于这起事故我是这么看的，暂且不说他们是不是做了伪证，我作为县长，首先表明一点，既然安全生产工作是一把手工程，我就责无旁贷，这个责任我会承担！但据我们调查了解，事实好像有些出入，您看是不是听听我们现场总指挥把当时的情况简单汇报一下？"说着，他又看向刘喜武。

调查组组长还没来得及答话呢，齐福仁却一反常态地接过话来说："喜武啊，人家调查组昨天就和我说了，是要找你核实情况的，你就说说吧！该谁的责任谁负，那个工段的负责人控制了吧？还有，工程监理、质检站的，对了，还有县安监局的，这些人恐怕都脱不了干系！你说说吧，怎么就没注意让人掉湖里了呢？"

齐福仁这番话说完，再看会议室里的其他常委们，都齐刷刷地看向石润生。而石润生却低着头喝了口水，就像根本没听见他说的什么一样。

刘喜武可忍不住了，他"腾"地一下子站了起来。

"前几天的常委会上我都已经说得很清楚了，难道还有人没听清楚吗？那我现在就当着调查组的面再说一遍！"

接着，他就把事件的来龙去脉又说了一遍，说完，他看着齐福仁缓缓地说："齐书记，我今天说的和那天没有什么出入吧？"接着，他又看向调查组的众人，"至于当事人家属和几个工人为什么会有另一番说辞，那我就不得而知了，不过，有一点是可以肯定的，那就是有人别有用心！"说完，他气呼呼地坐下了。

今天这番话本来以刘喜武的性格是根本不会这样说的，但他实在是气极了，他倒不怕担什么责任，而是不想因此让石润生不明不白地承担领导责任，更不想让别有用心的人得逞。

刘喜武的话刚说完，齐福仁把杯子一放，一脸笑容地说："这个喜武啊，我刚才之所以提到那么多条条块块上的人，本来是想不该你一个人承担这么大的责任，你可倒好！行了，我这是费力不讨好啊！哈哈哈！"说着，他看着调查组长继续说，"哦，忘了介绍了，这是我们开发区主任，也是湿地公园建设现场的总指挥刘喜武！"

调查组长听完就是一愣，继而追问道："老齐呀，你刚才说他叫什么？"

"刘喜武！"齐福仁眨着眼睛一脸疑惑地又答了一句。

"哦，这就是刘喜武？"调查组长上下打量了一番坐在那直喘粗气的刘喜武，紧接着，脸上却突然又阴转晴，他转身和旁边另一位调查组的人嘀咕几句什么后，看着石润生高声说道，"或许真如喜武同志说的那样也说不定啊，这样吧，这件事我们再核实一下，同时，也希望县里边配合我们，特别是你们的公安部门，对那几个工人重新进行调查取证。你看这样行不行？石县长！"

石润生听着他的话愣了一下，他看了看刘喜武，然后微笑着点了点头。

调查组长态度的突然转变令大家都觉得很蹊跷，尤其是齐福仁，他皱了皱眉，站起来陪着调查组的人往会议室外走，等走到走廊里，见石润生他们寒暄过后回了办公室，他小声问调查组长："张组长，怎么回事？不是都调查清楚了嘛，真要复查？"

这位张组长看了看他，见周围没人，放低了声音道："老齐呀，你是真不知道还是装糊涂啊？这个刘喜武什么来头你不清楚？"

齐福仁有些发蒙。

"那我问你一件事，省人大常委会副主任是谁？"

齐福仁一听就乐了："省人大常委会刘副主任那谁不知道！不是这次两会刚从省纪委书记任上退下来的嘛！"

张组长看了看他，又摇了摇头，然后径自走在了前面。

齐福仁愣在那里想了半天，突然他一跺脚，然后紧跑几步追了上去。

"张组长，你的意思是说……"

张组长示意他噤声，然后又拍了拍他的肩膀："老齐呀，看来你是真不知情！这机关里的水有多深你应该比我清楚啊，这回怎么搞的？"

齐福仁眨巴着眼睛顿时愣住了，他心里在想，难道这刘喜武真是原省纪委刘书记的儿子？那这也就是说，石润生把他从村里提拔到县长助理、开发区主任的岗位上，他是知情的？

第六十四章　省委的决定

然而，老谋深算的齐福仁这回却猜错了，对于刘喜武的底细，石润生还真不知道。不过，对于会议上调查组长态度的突然转变，他也觉得很是纳闷，但他管不了那么多了，眼下得抓紧把这起安全生产事故处理妥当，因为还有那么多事情在等着他呢，他也并不担心自己会因此受到组织上的处分，作为安农县的县长，他理所应当的是第一责任人，担责无可厚非。他想的是，只要能让安农县彻底脱贫，就是撤了他的职他也心甘情愿。

在县公安局的积极配合下，事情终于调查清楚了，原来，是有人找到了坠湖的工人家属，说只有这样政府才能给钱，不然的话一分钱都别想得到。那人还对那几名工人说，上边要是调查出来是因为你们一起喝酒出的事，那就别想在这个工地干活了，而且还要罚他们的款。那人的连逼带吓，加上又暗中给了几个工人好处，他们这才口径一致地做了伪证。

事情终于平息了，岭东市做出决定，虽然石润生作为县长负有领导责任，刘喜武作为工地现场总指挥也负有直接领导责任，但那名工人是在下班后坠的湖，事出有因，免于处理。而对于安农县安监局局长领导不力，再加上出事时他却在家操办儿子的婚事，属于玩忽职守，责成安农县纪委对其进行处理。对于死者，由工地负责那个标段的施工单位给予一定数额的抚恤金，并由县民政部门对其家属给予适当补助。

这件事虽然解决了，但以县公安局局长于得水的意见，非要把那个前来做说客的人调查清楚，然后依法进行处理不可，但石润生却让他只管调查就行，其他的以后再说。

几天后，于得水找到石润生，把调查的结果告诉了他。听完，石润生不禁皱了皱眉头，告诉于得水不得声张，此事暂且放下。

等于得水一出办公室，石润生在屋里踱来踱去，他踱到窗前，刚好看见齐福仁在楼下与什么人打着招呼，他不禁叹了口气自语道："但愿你能够警醒，不然，引火者必伤自身……"

眼看着天色有些晚了，石润生收拾收拾东西准备回家，他穿好外衣刚要出门，手机却响了起来，一看屏幕，却是个生号。等他接起来一听，来电话的是省委组织部办公厅，通知他明天到省委开会，具体内容没说明。

挂断电话，石润生不禁思忖起来，按理说安农县归岭东市管辖，自己也不属于省管干部，让自己到省委开会是什么事呢？而且，明天是周六啊，是什么会这么急呢？此时，他脑海里想到了省委书记徐怀明，他拿着手机翻找出徐书记的电话，犹豫了半天却并没有拨出去。他想了想，给徐书记的秘书打了过去。一问才知道，徐书记并不在省里，说是去北京开会了。看来，并不是徐书记找自己,那这个会是什么内容呢?隐约的,他有种不祥的预感。

他回到自己租住的小区时,天早已经黑了,在往楼里走的时候,他下意识地回身往后边那栋楼看了一眼,楼上,那个窗户并没有亮灯。他不禁自语:怎么这么晚了还没回来?想到徐蔓苓,他不禁自责起来,这些天实在是太忙了,没顾得上给她打个电话,也不知道省人社厅公共实训基地项目建得怎么样了,按照进度应该快完工了吧?他想,等明天去省里开完会回来一定去职业技术学院看一看。

想着这些事,他上了楼,等到了自家门前他在包里翻找着钥匙,可还没等他开门呢,房门却打开了,就见徐蔓苓头上包着块毛巾,腰上扎着围裙,正站在门口看着自己笑呢。

"润生哥,回来啦!"

"你……你怎么在这儿?"

"你走错了,这是我家呀!"

看着徐蔓苓一脸的笑容不像是开玩笑的样子,石润生下意识地往后退了一步,抬眼看了看门牌号,皱着眉自语:"不会吧?你看我,光顾着想事情了,不好意思……"

说着,他转身就要走。这时,徐蔓苓已经笑得不行了,她诡秘地一边笑着,一边上前拉过石润生,边往屋里拉边说:"就是走错了也不能不进屋吧?快进来!"

石润生还想挣扎呢,可等他进了屋往里面一看,顿时瞪大了眼睛。

"这分明是我家嘛!你怎么……"

徐蔓苓哈哈地笑着,一边回身关好门,一边说:"我家不就是你家吗?干吗分得那么清?快去洗洗手,吃饭!"

"哦。"石润生咧了咧嘴,乖乖地脱下外衣然后去了洗手间。他自己也搞不明白,自己这个一县之长为什么见了徐蔓苓却会这么听话呢?

等坐到了餐桌前,看着一桌子的菜,石润生吞吞吐吐地说:"那个……蔓苓姐,这些天我实在是太忙了,没顾得上……"刚说到这儿,他突然觉得下面的话不太好说了,就打住不往下说了。

徐蔓苓一边盛饭一边说:"怎么不往下说了?没顾得上什么?是没顾得上

看我还是没顾得上什么?"

石润生索性不言语了,接过饭碗就吃了起来。这些天来,他每次回到家不是吃方便面就是对付一口,已经好久没吃上这么丰盛的饭菜了。

见他不言语,徐蔓苓也不追问,坐在桌前一边给他夹菜,一边说:"一会儿吃完饭把内衣脱下来……"

正在吃饭的石润生吓了一跳,他下意识地问了一句:"干……干什么?"

见他有些异样,徐蔓苓不禁看了他一眼,突然,她脸"腾"的一下子就红了。

"想什么呢你?洗衣服!真是的,还县长呢!"

石润生不敢答话了,只是支支吾吾地小声道:"怎么能让你洗呢,我自己能洗……"

说完,他发现没什么动静,悄悄抬头一看,却见徐蔓苓脸还是红红的,他不禁动了童心,自语道:"天是挺热的啊,要不要把风扇打开?"

徐蔓苓瞪了他一眼:"真是烦人啊,再欺负我小心我告诉王叔!"

听她提到王叔,石润生这才想起来,自己竟然已经有好长时间没回下沟村去看看王叔了,也不知他老人家身体怎么样。

他正想着呢,就听徐蔓苓说道:"润生哥,是不是想王叔了?要不然明天咱俩回去呀?"

石润生看了看一脸期待的徐蔓苓,心说,她怎么看出了我的心思呢?

"明天不行,我得去省委开会。"

"省委?明天?明天不是周六嘛,开什么会?"

"哦,今天下班时接到省委组织部的通知,没说是什么会。"

徐蔓苓噘着嘴狐疑起来,也不知心里想的是什么。

吃完了饭,在帮着收拾碗筷的时候,石润生犹豫了半天还是说道:"那个……蔓苓姐,你工作也挺忙的,不用跑来给我做饭洗衣服什么的……"

"那可不行,你看你平时工作那么累,没人照顾怎么行?"话刚说完,徐蔓苓意识到了什么,就不再言语了。

石润生跟着她走到厨房,他一脚门里一脚门外地支吾了半天又接着说:"我是觉得……咱不能给别人留下话柄,现在有些事情挺复杂的!我的意思是……"

徐蔓苓回身瞪了他一眼："没良心！怕影响不好是吧？县政府大院里谁不知道咱俩的关系？你怕什么？"

"咱俩的关系？什么关系？"

徐蔓苓咬了咬嘴唇："你说什么关系？"

一时间，石润生哑口无言了，他知道，徐蔓苓说的是那次为他解围的事，当时她当着调查组的面承认和自己是恋爱关系，可是，毕竟这个事没多少人知道啊。

"行了行了，你也别为难了，我洗完衣服就走还不行嘛！快去，把衣服脱下来！"

"真……真脱呀？"石润生咧着嘴。

"对呀！"

见她态度坚决的样子，石润生低头看了一眼自己穿的这件白衬衫，伸手竟解起了扣子，吓得徐蔓苓赶紧捂上了眼睛。

"成心的是吧？谁让你在这儿脱了！"

石润生突然哈哈大笑，边往卧室走边说："不是胆挺大的嘛！这可是我家呀！"

徐蔓苓气得在后面冲他瞪了一眼。

第二天，石润生也没叫司机，而是开着自己的车只身去了省城阳春市，等他按照通知说的地点到了省委办公厅某会议室后才发现，会议室里坐满了人，但他都不认识。过了一会儿，有个年轻干部走了过来。

"您是安农县的石润生石县长吧？"

"对，是我！"

"昨天就是我通知的您，麻烦您签一下到。"

石润生这才知道，原来昨天打电话的就是面前这位年轻干部。他签完了到，也没问什么，就静静地坐着等待开会。

过了好一会儿，从会议室外走进两个人来，石润生一看，两个人他都认识，一个省委组织部常务副部长，自己到安农县之前见过他；而另一位他更熟悉，正是自己的大学同学叶佩的父亲、省委副书记叶树清。

一看到叶树清，石润生就觉得有些不自在，他不禁想起了安农县实施强县富民战略动员大会上的情景，心想，不知今天的会是什么内容，但一见叶树清进门朝自己这边看时的眼神，他不免担心起来，该不会是要调整干部吧？

俗话说，怕什么来什么。果然，虽说并不是调整干部的会议，但听完省委组织部副部长的讲话后，石润生不禁惊得顿时瞪大了眼睛。原来，组织上是要派他们这些各县的一把手到中央党校进行为期三个月的学习。

而叶树清在讲话中指出，对县级主要领导进行培训，是中央的决定，目的只有一个，就是要提高干部能力，进而推进新农村建设，实现县域经济突破。

石润生终于明白了，原来今天来开会的都是各县的县委书记，可是，自己毕竟不是县委书记呀，怎么让自己去呢？说实话，他是真不愿意去，尽管是上级的决定，但安农县实在离不开他，他也离不开安农县，尤其是在目前这个关键时期，县里各项工作刚刚走上正轨，这个时候离开势必会影响县里的工作呀！他就想，等开完会一定要和领导商量商量，看看能不能下一期再去，或者让齐福仁去，毕竟他也是副书记嘛。

令他没想到的是，开完会还没等他去找省委组织部的领导呢，叶树清却把他叫了过去。在叶树清的办公室，他给石润生倒了一杯水，然后坐在沙发上又看了他半天，看得石润生浑身不自在。

好半天，他才开了腔。

"小石呀，我都听到下边反映了，你工作做得不错，这一点组织上都看到了，虽说工作中也有这样或那样的毛病，但毕竟你还年轻嘛，年轻哪有不犯错误的？以后要多向老同志学习嘛，取取经！毕竟他们在基层时间比你久，比如你们县那个齐福仁，是县里的老同志了，你们要好好配合才是呀，啊？"

石润生不住地点头，却没答一句话，他是在听下文。

叶树清继续说："这次组织上派你到中央党校学习，是组织上对你的肯定，这可是一次好机会哟！省委已经和岭东市方面打过招呼了，你去北京学习期间，暂时由齐福仁同志主持工作。事先没征求你的意见，你看这样安排怎么样？"

石润生本来还想和他说说自己的想法呢，但听他的口气好像不容辩驳，他略加思索后答道："可以，服从组织安排！叶书记，有时间还请您到安农县指导工作呀,我工作上有什么不对的地方也请您多批评!"

"哦,我会去的,也不知这个老齐把党建联系点的事落实得怎么样了。"说着,叶树清站了起来。

石润生明白了,他站起来躬身说道:"叶书记,那您要是没什么别的事我就先回去了。"

"好啊,回去把工作交接一下,然后就安心地去学习吧。对了,本来呢省委是打算让齐福仁去的,这个机会还是我给你争取的呢!要珍惜哟!"

"哦,那真是太谢谢叶书记了!"

"是副书记!可不能乱叫!"

石润生转身朝门外走去,刚走到门口,却听叶树清在身后说道:"对了,小石呀,你和叶佩是同学?"

石润生愣了一下,回过头来看着叶树清点了点头:"哦,大学同学。"

"啊,没什么事,你去吧!"

"好的!"

石润生迟疑了一下,出了办公室,在走廊里,他仔细回味着叶树清刚才最后问的这句话,总觉得他话里有话,但到底是什么他又猜不出来。他摇了摇头,迈开大步往楼下走,而心里想的却是,自己去学习的这三个月,齐福仁能把各项工作推进下去吗?想到这儿,他脑海里浮现出齐福仁那惯有的笑容,还有他喝茶水的声音……

一出省委大院,石润生就把车开得飞快,他是想尽快赶回县里,眼下看来,自己去学习这件事是改变不了的了,那就要把县里的各项重点工作安排一下,尤其是国际安农论坛会议中心的建设,还有安农产业的发展问题等,不安排好不放心啊!

石润生开着车行进在省城通往安农县的国道上,一边开车他一边思考着县里的工作安排,县里各位常委的面孔一一在他脑海里像放电影一样闪现着:姜然虽说年轻,又是女同志,但自从岗位调整到宣传部后,宣传工作抓得有声有色,这方面的工作应该是放心的;李铁城虽说平时少言寡语,但工作干劲很足,而且与自己刚来时见到的他相比明显有了很大转变,开会时顾忌也没那么多了,有几次还敢于和齐福仁叫板,作为常务副县长,他分管的工作应该可以放心；胡波主管农业工作后，安农产业方面推进较快，作为年轻干部，他这方面也不用担心；几位老同志也不用担心，而秦大军和刘喜武两个人应该是中坚力量，尤其是刘喜武，开发区及湿地公园建设都抓得较实，是员虎将。但对于秦大军，他总觉得魄力不足，是顾忌太多？还是别的什么？想到这儿，他心中暗想，看来自己该给他压些担子了。

正想着心事呢，他猛然一抬头，发现前面就是去往下沟村的水泥路了，他想都没想踩了下刹车一打方向盘就朝下沟村拐了下去。一方面，他是想回去看看王德贵王叔；另一方面，他想到了省委理论中心组的党建联系点，无论从哪方面考虑，他觉得都应该放在下沟村，因此，他想征求一下王叔的意见。

在去往下沟村的乡间水泥路上，石润生看到路两侧绿草如茵，不时有村民模样的人在草间挖成的水渠里弯腰弄着什么，他知道，那是赵昆山弄的小龙虾养殖。看着这一切，他不禁长出了一口气，看来，明年就可以发展安全农产品了。

很快，他就能看到王德贵家门口那棵老槐树了，一瞬间，他觉得嗓子有些发紧。正所谓"近乡情更怯"，对于石润生来说，王德贵就像是他的父亲一样，他的童年就是在这个院子里度过的，这里，其实早已成了他心中的家。

车停好后，他快步朝院里走去，刚一进院子，他就看见有一辆摩托车停在院墙边上，仔细一看，他认出来了，那不是徐蔓苓的嘛？他心想，县里不是已经给职业技术学院配车了嘛，这大老远的她怎么骑摩托车回来了？

还没等进屋呢，就听有人说道："真是不经念叨，说曹操曹操就到了！哈哈哈……"

说话的正是徐蔓苓。尽管知道是她，但石润生还是觉得很突然，他不自然是答了一句："哦，你回来啦！怎么骑摩托回来的？"

"不然呢？我走回来？本来是想搭你车的，但一大早你就走了！哼！"

"你们学院不是有车嘛！"石润生小声答了一句。

这时，王德贵拄着拐杖也出了屋，正笑呵呵地看着他们两个人呢。石润生上前叫了一声"王叔"，然后就拉着老人家进了屋。

一进屋，徐蔓苓一边将条毛巾放在水盆里洗着边头也不回地说："学院里的车是公家的，咱办私事咋能用呢？这点儿觉悟我还是有的！"说着，她把洗好的湿毛巾递给石润生，让他擦擦汗。

王德贵哈哈大笑，边笑边说："这丫头啊，真不愧是你爸的女儿！好样的！"说到这儿，他似又想起了什么，继续说，"对了，丫头，你爸他……"

徐蔓苓赶紧制止着："哎呀，王叔，润生哥来了说我爸干吗？你们聊吧，我去做饭！"说着，她还冲王德贵挤了挤眼睛。

石润生也不明白这两个人是什么意思，就坐在炕沿上和王叔聊了起来。他先是了解了一下村里的情况，然后又把自己被派去北京学习的事以及想要把下沟村确定为省委党建联系点的事说了一遍。

王德贵听完却不住地皱眉头，他站起来把拐杖往地上一杵说道："这里面恐怕有文章啊！不过也好，是疖子总要出头儿的！"

第六十五章　党建联系点应该选在哪儿

石润生从下沟村回到县城时已是晚上了，他是和徐蔓苓一起回来的，而徐蔓苓那辆摩托车，也"坐"在了他的后备箱里。

在王叔家吃饭时，他聊到了省委党建联系点的事，并和王叔说了自己的想法。可王德贵听完直摇头，连连说不行。他说，不是下沟村不行，而是他一看见齐福仁就来气，不希望在下沟村看见他，况且，搞形式主义齐福仁是行家，他不想因此影响下沟村的发展。

石润生听完看了看徐蔓苓，说："其实确定党建联系点的事还得征求省委的意见，至于选择哪个村还得省里定。"

王德贵想了半天，这才缓缓地说："其实我也不该管这些事，那就这样吧，听你的，只是……赵昆山那头犟驴……"

徐蔓苓接过话来笑着说："赵叔现在可不犟了，服帖着呢！哈哈哈！"

"你是说杨树村那丫头？呵呵呵，对对！赵昆山怕着那丫头呢！"说到这儿，王德贵一拍大腿，"对呀，润生啊，你何不把联系点放在杨树村呢？昆山家那个叫什么来着？什么花儿的，年轻干部，多接触接触上级领导有好处！"

"哎呀，叔，是叫杨淑花！人家还没过门呢，咋就成了赵叔家的了？"徐蔓苓说着看了看石润生。

"都是让昆山给闹的，整天在我耳边叨叨他家花儿花儿的！哈哈哈！"

石润生听着王叔的话，他想了想，觉得有道理，干脆，就把省委党建联系点放在杨树村吧。

因此，他在回县城的路上就给秦大军打了电话，让他通知常委们周日开会。可还没等到家呢，却突然接到了赵昆山的电话，电话是打给徐蔓苓的，徐蔓苓接起电话听完，就悄悄对石润生说："润生哥，是找你的！"

"谁呀？"

"赵叔，赵昆山。"

"他找我干吗打你电话？"说着，他接过徐蔓苓的手机。

一听才弄明白，原来，他们前脚刚走，赵昆山就去了王德贵家，可能是聊到了党建联系点的事吧，这赵昆山一听就急了，说咋不放下沟村呢？杨树村各方面都没下沟村发展的好啊？见他瞪着眼睛，王德贵哼了一声道，不管你们那些事！你这个当公爹的和儿媳妇争什么争？

一听他是要争这个党建联系点，石润生顿时就乐了，他看了看徐蔓苓，冲电话里说道："老赵啊，你们工作做得不错，但这个事情得县委研究了才能定，再说，省委也得经过考察后才确定呢！先这样吧啊，我开车呢！"

放下电话，他递给徐蔓苓，笑着说："这个老赵啊，以前不是挺低调的嘛，这回怎么还争上了？"

"他呀，是不想输给儿媳妇！"徐蔓苓答了一句，顿了一下却说，"人家定亲饭也吃了，就等着上秋结婚喽！"

一听她提及此事，石润生可不敢答话，只顾开车。

第二天，县政府三楼常委会议室里，众常委们都到得很齐，其实这是一次常委扩大会议，因为石润生特意让秦大军通知了刘喜武及其他几位不是常委的副县长，会议主要是通报省委的决定，安排部署工作等。

还未正式开会前，齐福仁就早早地坐在那里了，他一会儿喝口茶水，一会儿又和谁打着哈哈，脸上洋溢着的虽说还是那副特有的微笑，但微笑后面却难以掩饰他内心的喜悦。

他看了看坐在后面的刘喜武，笑着回身说道："喜武啊，来坐桌上来！这不是有地方嘛！"

刘喜武摆了摆手："这个规矩我可懂，那哪儿是我坐的地方啊！坐这挺好！"

齐福仁尴尬了一下，但随即恢复了常态，笑呵呵地说："你们都还年轻，县里早晚会给你们压担子的！"

他说话的口气，俨然一副县委书记的模样。李铁城扫了他一眼，冲秦大军说了一句："大军啊，人到齐了，你去叫一下石县长吧！"

秦大军答应一声看了坐在后面记录席的赵小兵一眼，赵小兵会意，起身出去了。

赵小兵刚出去不大一会儿就回来了，他径直走到秦大军跟前趴在他耳边低语几句后，秦大军站起来就往外走。等他出去了，赵小兵冲领导们点了下头说道："请大家稍等，石县长处理点儿事儿马上就来！"

过了好一会儿，石润生和秦大军两个人一前一后进了会议室，落座后，石润生看了看会议室里的人，开口说道："大周日的把大家叫过来开会实在是不好意思啊，那就长话短说，也不多占用大家休息时间！今天召集大家来呢，主要是传达一下省委有关会议精神，部署几项工作。昨天啊我去省委开了个会，咱们有的同志可能已经知道了！"说着，他看了一眼低着头的齐福仁，继续说，"按照中央的有关要求，省委决定，派我去中央党校参加为期三个月的学习培训，也不仅仅是我一个人，全省各县的领导都要参加！周一就走！因此，按照省委的意见，在我学习期间，暂时由齐福仁同志主持全面工作！希望大家多支持多配合，心往一处想，劲往一处使，齐心合力把安农的各项工作扎实有效地推进下去，特别是国际安农论坛会议中心的建设工作，要当作重中之重抓紧抓好，保质保量地如期完工交付使用。县里的工作很多呀，福仁同志身上担子也不轻啊，因此呢，我建议从今天开始，由秦大军同志具体负责国际安农论坛会议中心的建设工作，刘喜武同志配合！另外，各条战线的工作要按照规划抓紧落实，尤其是安农产业的发展，务必要抓好！怎么样？齐书记，你讲讲？"

齐福仁往前欠了欠身子，喝了一口茶后说道："石县长，你看有这么多年轻同志呢，我都这个岁数了，还是给年轻人多压压担子吧……我配合就行！"

石润生却含笑不语。

齐福仁顿了一下继续说："从心里说我是真想让年轻人多锻炼锻炼，不过，既然是省委的决定，我只好服从了，请石县长放心，我一定带领大家按照县委的安排部署全力抓好各项工作！你就放心去学习吧，家里有我呢，我实在不行不是还有大家呢嘛，是不是？铁城？"说着，他看了一眼李铁城，可李铁城面无表情。

听他讲完了，石润生又说："我还是要强调一点，在齐书记主持工作期间，希望大家搞好配合，搞好团结，既然是主持工作嘛，齐书记有权决定县里的工作事务，齐书记是安农的老同志了，或许会有很多我想不到的点子，只要是对安农发展有利的事，我坚决拥护和支持！也希望大家也拥护和支持！另外呢，在我走之前还有一件事！"说着，他看向齐福仁，"齐书记，省委理论中心组党建联系点的事怎么样了？"

齐福仁答道："我正要说这个事呢……"

本来，石润生是打算直接提下沟村或杨树村的，也好定个调子，但话到嘴边他就改了主意，他主要是想要看看齐福仁的真心。

果然，齐福仁接着说道："我是这么想的，既然是党建联系点嘛，就应该放在薄弱村，比如，太平川乡的有些村，对了，像后洼子村，恐怕在全县最困难了，把党建联系点放在这样的村，也好让省里帮着想想招，好早日脱贫嘛！"

齐福仁提到的这个后洼子村石润生知道，自从齐国梁到太平川乡任职后，按照他父亲齐福仁的意见，他一直在抓这个村，听说不知在哪儿弄来点儿资金，把村里各家的外墙都粉刷成了白色，还在上面画了好多宣传新农村建设的宣传标语和宣传画什么的，大有农业学大寨时的气势。因此，村里早就传出了顺口溜："后洼村真带劲儿，土坯房白围裙儿，活像一个小媳妇儿！小媳妇儿噘了嘴儿，好想变成画中人儿，又擦胭脂又擦粉儿，再也不用出劳力儿，写写画画就能建设新农村儿！"

一听齐福仁提到后洼村，石润生似乎明白了什么，也没多说。正在这时，就听刘喜武在后面说道:"石县长,我能不能说两句?"

石润生一听就笑了,他心里清楚,刘喜武肯定要说下沟村。

"喜武啊,说说你的想法!"他看着坐在后排的刘喜武。

就听刘喜武说道:"要我看啊,既然是党建联系点,那一定要放在党建工作抓得好的村,再者说了,也要离省城近些嘛,依我看,下沟村就不错!不是因为我曾在下沟村呆过,我是出以公心!说完了!"

齐福仁回过头来看了一眼刘喜武,笑呵呵地说:"下沟村经济发展得是不错,但党建工作是不是显得薄弱了些?赵昆山虽说在部队干过,但抓党建工作嘛……"

"经济工作是党建工作不可分割的一部分!"说话的是李铁城。他欠了欠身子,看了一眼石润生,接着说道,"我也赞同喜武的意见,省委理论中心组的党建联系点还是应该放在像下沟村这样的村,即使不放在下沟村,那杨树村也不错嘛!自从杨淑花担任村书记以来,村里各项工作都走在了前头!其实,这个党建联系点最主要的还是应该向省委领导们展示咱安农县的精神面貌!像杨树村这样充满激情朝气蓬勃的村可不多!"

石润生听完不住地点头。

而这时齐福仁似乎有些坐不住了,他微笑着说:"铁城啊,你可是分管南部片区呀,把党建联系点放在你那难道不好吗?其实,放在哪儿都行,我也是从工作和全局考虑。"

这时,一直未说话的尹力清了清嗓子说道:"石县长,我说两句?"

"哦,你说!"石润生觉得,也正好看看大家都是怎么想的。

尹力说:"自从我分管北部片区以来,我是看着下沟村和杨树村一点儿一点儿地发展经济的,这两个村都比较有特点。多年组织工作的经历,我知道,党建联系点的选择主要有两方面,或者选择确实经济薄弱的村,或者选择经济强村,选择哪一种都有道理。但单就咱们安农县来说,本来就是全省出了名的贫困县,如果再找这么个经济薄弱村,那我们这些人是干什么吃的?咱们的强县富民战略都已经实施了,难道是失败的战略规划吗?所以,我的意见是,即使不选下沟村和杨树村也一定要选个经济相对好点儿的村,或者在农业方面比较有特色的村!我说完了!"

此时，似乎出现了一边倒的局面，几乎没有人赞同齐福仁的提议。石润生看了一眼姜然，端起水杯喝了一口。

姜然可不傻，她直了直身体，说道："石县长，我说说我的想法？"

石润生微笑着点了点头。

姜然说："那我就从我分管的工作开始说吧。我的工作职责就是要把安农县宣传出去，这段时间以来，在石县长的领导下，咱县的宣传工作有了一些成绩，而这次选择党建联系点恰好是个契机，既然是个宣传的好机会，那就一定要找一个最能够代表咱们安农县的村，让这个村成为一张响当当的名片，最起码在全省成为一张名片，让人们一听说这个村就自然而然地想到咱们安农县！所以，我的想法是，不管定哪个村，一定要找一个山清水秀、民风淳朴的村，这样的村我觉得南部和北部都有，比如，北部的下沟村，南部的桃花村。我就说这些吧！"

听了她这番话，石润生不禁暗自震惊，看来，自己把她调整到宣传部算是调对了，她干起宣传工作来不仅得心应手，这段时间以来也成熟了不少，这番话很有见地。而说她成熟，是因为她这番话竟谁也没得罪，大家不是为选在南部还是北部争论吗？好，那就南北各推荐一个。

看看也差不多了，石润生清了清嗓子，说道："我看这样吧，齐书记啊，回头你带着大家再议议，然后你定吧！我就不定这个事儿了，毕竟你是副书记，分管党建工作多年，比我有经验，选在哪里你最有发言权了，就这样吧！大家还有没有什么事？要是没事就散会，耽误大家休息了啊！"

齐福仁还想说什么，但话到嘴边他停住了，把杯子盖盖好也跟着站了起来。这时，刘喜武"腾"地一下子站了起来，他看着石润生张了张嘴。石润生冲他轻轻晃了晃头，示意他不要说了。

石润生觉得，在这种情况下如果他坚持把党建联系点放在下沟村或杨树村，恐怕齐福仁会很难堪，与其这样还不如让他自己定。这个想法自脑海里一冒出来，他不禁感到自己这次学习来得很是时候，正好可以观察观察有些人，看看他到底能折腾出个什么来。正像王德贵说的那样，"是疖子总要出头儿的"。

第六十六章　应接不暇的会面

中央党校举办县委书记研修班，主要是对县委书记进行系统理论培训和党性教育，引导县委书记用党的最新理论成果武装头脑、指导实践、推动工作。计划利用两到三年的时间，将全国县（市、区、旗）委书记轮训一遍。

石润生参加的是第一期研修班。他一到中央党校就投入了紧张的学习中，县里的那些让他牵挂的工作想不放下也不行了，因为根本没时间想别的东西。他索性也不想了，就专心学习起来。对于他来说，这也确实是个难得的好机会，正好可以系统地学习一下农村工作方面的知识，另外还可以向其他县的同志多学习，多交流。

他刚刚学习了三天就接到了赵小兵发来的短信，内容大体是齐福仁召开了常委会，会上确定了省委理论中心组的党建联系点，最后确定的村既不是下沟村也不是杨树村，而是太平川乡的后洼村。看着短信，石润生倒没觉得意外，他清楚，以齐福仁的性格是不会轻易改变他决定的事的。后洼村就后洼村吧，只是这样的话不知道省委领导会怎么看。既然定了，那也就说明是向省委打了招呼，既然省委都没提什么意见，那就这样吧，说不定徐书记和自己的想法是一致的呢。

想到这儿，他给赵小兵回了一个短信：知道了。

而此时，在安农县职业技术学院徐蔓苓的办公室里，除了她之外还坐着两个人，一个是赵小兵，另一个是杨淑花。

"小兵，县长回的啥？"杨淑花问了一句。

"就三个字，知道了。"赵小兵噘着嘴。

徐蔓苓听完也觉得有些意外，但她又一想，润生哥不这么回还能说什么呢？毕竟现在是人家齐福仁主持全县工作。

杨淑花看了看徐蔓苓，说道："蔓苓姐，你怎么不给石县长发短信呢？或许你发短信他会回点儿别的什么呢？"

"死丫头，人家小兵发短信是汇报工作，我发哪门子短信？"徐蔓苓瞪了她一眼。不过，话说完她不免叹了口气，心里在想，我倒是想给他发呀，可说什么呢？说"想你了"？这话自己又怎么能说得出口呢？

"你难道不想？"杨淑花似看出了徐蔓苓的心思。

"想什么想？还是说说你们两个吧，怎么样？啥时办事？"

"办什么事？"

徐蔓苓咬了咬嘴唇："就装吧你！"

赵小兵这时说道："蔓苓姐，其实还有件事呢，不知该不该告诉县长。"

"什么事？"

"今天的常委会还研究了干部问题，我现在不再是综合办公室副主任了，而是专职督查室副主任。齐书记把苏智远又调回办公室了，说是工作需要，秦主任不是县委常委嘛，工作多，再兼任办公室主任不合适，由苏智远暂时担任办公室主任一职，待石县长回来再最后定。"

徐蔓苓一听不禁愣了一下，自语道："还真是大刀阔斧啊！这么大的事他就定了？"

可杨淑花听完可急了，他一拉赵小兵胳膊："你说什么？不是办公室副主任了？"

赵小兵丝丝哈哈地躲着，可能是刚才被杨淑花弄疼了胳膊，他边躲边说："不是还有督查室副主任嘛！你急什么？"

"能不急吗？赵叔要是知道了肯定比我还急呢！"杨淑花瞪着眼睛。

"花儿呀，你可千万别和我爸说呀，以他的脾气要是知道了非找齐书记去不可！"

两个人说话的间隙，徐蔓苓在脑海里迅速思考着什么，想了半天，她问道："小兵，还有什么事？别的干部动了吗？"

"别的干部倒没动，只是县领导的工作分工调整了一些。尹力在会上主动提出来不再分管北部片区了，说是自己早就已经到了离休年龄，况且上级的文件也已经下来了，她再把着组织部长不放会耽误其他干部，而且她还说自己身体也不好，早就有这个想法了，只是县里工作太多，一时没好意思和石县长说，但最近身体越来越不好了，她想去看看病。"

听着赵小兵说的事情，徐蔓苓追问道："那会上是怎么定的？"

"齐书记同意了尹部长的请求，北部片区暂时由秦主任管了，而组织部也由许中山暂时主持工作，等石县长回来再开会具体研究。"

"石县长走之前不是让秦主任具体抓国际安农论坛会议中心建设嘛，哪有时间管北部片区的工作呀？"

赵小兵看了一眼皱着眉的徐蔓苓，说道："齐书记说国际安农论坛是全县的中心工作，由他牵头抓，也好随时向省领导汇报工程进展情况。"说到这，他想了想继续说，"对了，不知为什么，齐书记让刘喜武全权负责这项重点工程。蔓苓姐，我怎么觉得齐书记有点儿怕刘喜武呢？"

"行了，我知道了。对了，小兵啊，这些事到此为止，再不能说了啊，安心工作，一切等石县长回来再说！"

"那这些事告诉县长吗？"赵小兵又问了一句。

还没等徐蔓苓答话呢，一旁的杨淑花说道："傻呀你？这些闹心的事打扰县长干吗？让他折腾去呗？"

徐蔓苓听完就乐了，心说，还真没看出来，这小辣椒倒是很有政治头脑，看来，还能进步。不过，她在想，这些事还是应该让润生哥知道，但怎么告诉他呢？电话里三句话两句话也说不清楚，怎么办呢？

转眼间，石润生在中央党校已经学习一个多月了，通过学习，使他增长了不少农村工作方面的知识。学习是紧张的，但每天晚上静下心来他就在想安农县，他不禁纳闷了，怎么会这么消停呢？不仅赵小兵不来短信，就连徐蔓苓也没有任何消息，平时连一个电话都没打过。还有就是秦大军，自己临走时特意交代的，让他有什么事要及时汇报，可他怎么也没动静呢？也不知县里的各项工作进展得如何了，齐福仁的工作抓得怎么样也没个人汇报。可是，他知道，着急是没有用的，自己分身乏术，那就既来之则安之吧。不过，这种超乎寻常的安静让他时时感到有些不对劲儿。

这天是休息日，他在宿舍里收拾着东西，打算把衣服什么的洗一洗，然后再出去到校园里走一走，一方面呼吸呼吸新鲜空气，另一方面也是要好好想想安农县未来的发展。就在这时，宿舍里的电话响了起来。接起来一听，来电话的是门卫室的大爷。

"302宿舍吧？你是安农县来的石润生吗？"

"对，我就是！"

"哦，门口有人找你，你出来一下吧！"

石润生听完不禁看了看电话听筒，心说，该会是谁呢？

"请问，是什么样的人？"

"一个姑娘！"

石润生愣了一下，脑海里迅速搜寻着一张张熟悉的面孔：陈晓霞、叶佩……除了她们两个人应该在北京外，不会有别人了，但陈晓霞并不知道自己在北京学习呀？他一想，肯定是叶佩。一想到叶佩，他自然而然地就想到了叶树清那张脸，还有他说话的神情。而从叶树清的神情里，又跳出齐福仁那张脸来，他就不明白了，这两个人说话的方式、笑的表情怎么会这么像呢？

正在这时，就听电话里门卫大爷像是在询问什么人："什么？你也是找石润生的？"紧接着，就听门卫大爷大声说，"不是一个，是两个！哎？等等，什么？你们也是找他的？等着啊，他马上就出来——石同志，你出来吧，好几个呢！"说完，电话就挂了。

石润生手拿着电话听筒顿时呆愣住了，他摇了摇头，紧皱着眉头，心里说，刚才不是说一个人嘛，怎么这么一会儿冒出这么多人来？都是谁呢？

他找出一套运动服来穿在身上，又穿上一双白色的运动鞋，看着镜子里的自己，他感觉自己仿佛又回到了学生时代，而此时他的脑海里出现的却并不是学校里的那些同学，而是另外一个人，一个模糊的身影。他回身拿起放在床头的钱夹，从里面轻轻地取出那个早已经发旧的发卡，拿在手上，看在眼里，他觉得鼻子有些发酸。他想了想，把发卡又放了回去，然后就出了宿舍，准备去校门外见门卫大爷说的那几个"姑娘"。

还没等他走到校门口呢，就远远地看见门外站着四个人，门卫大爷说得没错，这四个人竟是清一色的"姑娘"，此时都各自站在那里，互相也不说话，都瞪着眼睛正看着他呢。等走近了一看，他当时就咧嘴了，这四个人当中，除了他猜对了的叶佩外，竟然还有姜然、夏雨荷，而且他意外地发现，张妍也站在那里。这四个人怎么齐刷刷地来找自己呢？他迅速思索着，姜然来找自己，估计是工作上的事，县里可别出啥大事呀！而夏雨荷呢，多半是出差顺便来看看，她应该没什么紧要的事，而之所以知道自己在这里，肯定是她哥夏雨轩说的；而叶佩就不用说了，她本来就在北京，从她父亲叶树清那里知道自己的行踪不是什么难事。可是，张妍来干什么呢？她不是在桃花村那个旅游服务公司嘛？

他正想着呢，就听叶佩喊道："润生！"

他看了一眼，心说，还是那么强势，一点儿都没变。想想自从上次关于国有资产流失那件事后，叶佩比以前收敛了许多，这几个月来也不知她在干什么，今天竟是那件事后第一次见到她。

见他走过来，四个人都不约而同地围了上来，四双眼睛一齐盯着他，弄得他脸有些发烧。

这时，叶佩说："姜部长，你找润生是公事，你先说吧！"

石润生看了看有些不自在的姜然，走上前小声问了一句："家里出事了？"

姜然点了点头，然后又看了一眼其他几个人，往旁边走了几步，等石润生跟过来，她小声说道："是铁城副县长和秦主任让我来的。"接着，她就把县里发生的事通通说了一遍。

石润生听完很是震惊，半天没说出话来，但随即他就说了一句："我知道了。"

他回头又看了一眼夏雨荷和张妍，冲张妍说道："小张啊，你爷爷好吗？到北京是出差？"

张妍听见叫自己，犹豫了一下走过来，等走到近前却低下了头，小声说："是高叔让我来的，主要是想向您反映一下后洼村的事儿。"

石润生听完长出一口气，说道："哦，这个事我知道了。对了，村里现在怎么样？"

一听问村里，张妍脸上马上露出了笑容，说道："可好呢！高叔带着我们大伙干劲可足呢！现在是旅游旺季，村里每天都来很多游客，咱们的农家乐可受欢迎呢！"

石润生听完不住地点头。

这时，张妍又笑着说："县长，我也开了一家农家乐！而且还可以拍婚纱摄影、举办婚宴呢！可受欢迎了！哪天县长结婚……"说到这，她意识到自己说走嘴了，就马上打住不往下说了。

石润生笑了笑，又看着夏雨荷问道："夏记者是来北京开会的？"

夏雨荷可不管那个，走上前说道："就不能是专程来看你的？"说着，目光咄咄逼人地看着一脸故作镇定的石润生。

石润生可不敢看她的眼睛，他下意识地往后退了一步。

夏雨荷瞪了他一眼，把手中提的一袋水果往前一举："我是来感谢你的！上次报道安农县的新闻获得了新闻奖，这次是来领奖的。也不知道该怎么表示感谢，就买了点儿水果。给，拿着吧！"说着，她又小声嘀咕一句，"本来还想请你吃饭呢，现在轮不到我了。"

为了尽快打发走她，石润生只好接过了那袋水果。夏雨荷看了看另外三个姑娘，冲姜然点了下头，转身拦了一辆出租车，上车就走了。

石润生长出一口气，心说，总算走了一个。

这时，张妍说道："石县长，要没什么事我也先走了，得赶火车呢……"

"哦，回去替我给你爷爷带个好！"刚说完，石润生看了看手里的水果，上前说道，"对了，这水果你拿去在火车上吃吧！"

张妍摇着头："那怎么行？那是人家夏记者给你买的，我拿走算什么？要是我给你买你也送给别人吗？"说完，她笑了笑转身走了。

石润生愣了一下，心说，这小丫头什么时候也学会这么大胆了？跟谁这么说话呢？

叶佩这时说话了："姜部长，你要是没什么事就跟我们一起去吧，咱们和润生一起去吃饭！"

姜然眨了眨眼睛，笑着说："不了，我还有别的事！石县长，那我就先回去了，你要保重身体，家里面有我们呢，放心吧！"

望着远去的姜然，想着刚才她转身时的眼神，石润生叹了口气。正在这时，叶佩上前抱住他一只胳膊说道："润生，我请你吃饭！想吃什么随便点！"

石润生看了一眼不远处门卫室里的大爷，尴尬地抽回胳膊："不了，叶佩，有规定，就不到外面去吃饭了，你找我什么事？"

叶佩呆愣在那里，一脸的幽怨。

"不让我请你吃饭,那你请我总行吧?你这次来学习可是我爸安排的,本来不想提的……听说你回去就能提拔呢!"

听完这句话石润生不禁疑惑起来,他问了一句:"叶书记真是这么说的?"他突然意识到,看来,让自己来参加学习这里面还真是有文章。

"我真还有事,叶佩,要不然这样,改天,改天我请你还不行吗?"

对于叶佩,他还真是一点儿办法都没有,现在自己唯一能做的,就是尽快摆脱开她,免得惹来不必要的麻烦。

见他执意不肯出去吃饭,叶佩生气地大声说道:"你就是个土包子!不管你了!"说完,她转身就走。

望着她的背影,石润生不住地摇头。等他转过身来时,看见门卫大爷正看着他笑呢。他也尴尬地笑了笑,刚想迈步往回走,又看了看手里的水果,冲门卫大爷说:"大爷,这水果给你吃吧,我不怎么吃这东西!"

大爷摇了摇头,笑呵呵地说:"人家姑娘给你买的,还是你留着吧!"

石润生只好转身往宿舍走,可就在这时,后面突然有人喊道:"石润生,你给我站住!"

他一听声音就猜出是谁,回头一看,果然,说话的是徐蔓苓!

再看门卫大爷,自语道:"现在的年轻人啊……"

石润生情急之下说了一句:"大爷,这是我……我姐!"

大爷说:"你跟我解释这个干吗?我看那姑娘都来了有一会儿了,一直在树后头!"

石润生听完心想,今天在大爷面前自己的形象可算是被几个姑娘给毁喽。

第六十七章　撤职风波的背后

两个月后,石润生圆满结束了中央党校第一期县委书记的培训回到了安农县。本来，他心急如焚地想回来尽快了解一下县里的工作情况，可没想到的是一下火车却发生了一件令他非常震惊和意想不到的事。

他下了火车脚步匆匆地往外走，刚从出站口出来，抬头就看见前面站了几个人，有徐蔓苓、秦大军和赵小兵，而在他们后面站着的，是姜然。他快步走了过去。

正在这时，从旁边走过来几个穿着正装的人，走到近前拦住了他，其中一个人说道："你是石润生吧？"

他不明所以地点了点头。

那人接着说："我们是省纪委的，请跟我们回去协助调查一些事情！"说着，掏出工作证来给石润生看了看。

那边，发现情形不对劲儿的徐蔓苓他们围了过来。

"怎么回事？你们是干什么的？"首先说话的是秦大军。

石润生冲他摆了摆手："哦，大军啊，没什么事，这几位同志是省纪委的，你们先回去吧！"

一听说是省纪委的，几个人都愣了一下。徐蔓苓却很镇定地上前接过行李箱，说道："石县长，行李我先帮你拿回去吧！有事来个电话！"

石润生看着她的眼神，突然觉得心里暖暖的。因为那眼神里满满的全是信任和难以掩饰的爱意。

就这样，在秦大军他们疑惑的目光中，石润生跟着纪委的同志上了一辆面包车，然后就开出了火车站。

等到了省纪委，石润生才知道是怎么回事。原来，太平川乡后洼村有个村民，家里有个远房亲戚在北京工作，这位亲戚退休后有一天回到后洼村祭祖，发现村里家家都套起了院墙，而且还粉刷成了白色，上面画得花花绿绿的，他不禁直皱眉头。等问过了他那位远房亲戚才知道，说这是县委让弄的，为的是准备迎接省里的领导。那位村民还说，乡里的干部还让编排了节目呢，是歌颂新农村的。这位北京来的老干部听说后很是生气，就问是县里哪位领导让这么做的。可那位村民是个大老粗，根本分不清谁是谁，就告诉他，谁还有这么大的权力？当然是县里最大的官了？他还悄悄地告诉这位亲戚，县里那个大官的儿子就在乡里当官，而且这项工作就是他抓的。

没想到这位退休老干部越想越生气，回去后一封举报信就寄到了省纪委，而且还是实名举报。省纪委接到举报后意识到了问题的严重性，现在正是中央出台八项规定，以及"反四风"的关键时期，从举报的情况来看，明显是弄虚作假和形式主义，不查怎么得了？因此，他们这才把石润生找来准备核实一下举报信里的情况。

尽管石润生清楚，那都是齐福仁搞的，与自己没有太大的干系，但他却感到脸上火辣辣的，就像这件事是他做的一样。正所谓一损俱损一荣俱荣啊，作为安农县的带头人，发生这样的事情他能不痛心吗？

纪委的同志见他痛心的样子，说："润生同志，我们知道你是在北京学习刚回来，这件事应该和你没有太大的关系，今天找你来只是了解一些情况。现在情况基本清楚了，一会儿你就可以回去了。不过，你要做好思想准备呀，毕竟你是县长，领导责任还是有的！"

石润生点着头，正想走呢，这时，有个人过来和负责调查的同志耳语了几句，再看纪委这位同志，不禁回头看了一眼石润生，然后他走过来说道："石润生同志，暂时你还不能走！我们刚刚又收到一封举报信，请协助我们调查！"

石润生一听就愣住了，虽说他心里很坦然，并不担心被人举报什么，但他震惊的是，自己刚刚回来就遇到这样的事，实在有些蹊跷，到底是谁这么处心积虑呢？

重新坐下后，纪委的同志坐在桌对面问道："石润生同志，接下来要进行的谈话希望你能认真对待，据实回答！"

石润生说问吧，保证知无不言。

"请问你们县里是不是有位女同志叫徐蔓苓？"

石润生愣了一下，随即答道："对。是我们职业技术学院的院长。"

"你们是什么关系？"

他迟疑了一下，想到以前发生过的事情，就答道："是同志关系……"

"不对吧，既然是同志关系，那她为什么多次到你家里去呢？而且还有人看见你们曾经在一起买过菜，还在某学校的操场上一起躺在雪地里，这是怎么回事？你解释解释！"

此时，石润生觉得汗都要下来了，内心无比的紧张。他倒不是紧张别的什么，而是不想把徐蔓苓牵扯进来。

纪委的同志这时又说："石润生同志，你不必紧张，我们只是调查。这举报信里说，有一次岭东市纪委去调查你的情况，据说也是有人举报，可当时这位徐蔓苓同志冲进会议室说她是你的女朋友，有这回事吗？"

"有。"

"那按照你的意思就是说……她当时说的和你是恋爱关系是假的喽？这可是欺骗组织呀！"

石润生想了想说道："关于这件事我向组织承认错误！"

"是承认和她有关系还是承认没关系？如果没关系，那你们经常在一起可就是作风问题！"

面对这么尖锐的问题，石润生心想，这是谁呀，这不成心要毁我嘛！

"如果你们真的是恋爱关系，那这个又怎么解释？"说着，他举起一样东西来。

石润生抬头一看，差点儿没气死！就见照片上有几个人，中间的正是自己，而围在自己身前的竟然是叶佩、姜然、夏雨荷，还有张妍！而这正是自己那次在党校门口和她们几个人见面时的情景，看来，这是被别有用心的人给偷拍了呀！

纪委的同志继续说："解释一下吧，听说这可是你在党校学习期间啊！竟然公然在校门口！这几个人都是谁？说说吧！"

石润生只好把几个人的情况和她们去找自己的目的一一作了介绍。

"哦，一个是大学同学，同学见同学倒也没什么问题；一个是县里的领导，来汇报工作倒也说得过去。可另外两个人是怎么回事？据举报，这个叫夏雨荷的是省报的记者不假，可她有个哥哥在你们县一所学校当校长吧？听说和你是高中同学？你去之后把他提拔为教育局副局长了？"

石润生点了点头，说没错，这些都是事实。

"按照用人唯贤的原则倒也说得过去，那你与他妹妹，也就是这个夏雨荷多次在一家小饭馆吃饭又是怎么回事？而且那家饭馆的主人还口口声声说你们是恋人关系！"

"同志，我们真的只是认识，绝不是举报人说的那种关系，组织可以调查！"此时的石润生，再没了往日里的淡定，他真有些气急了。

"我们是要去调查核实的，听听这段录音里的话是不是那家店主人说的！"

竟然还有录音？看来，是有人要把自己往死里整啊！石润生感到，像有一座山正朝自己压过来，压得自己有些透不过气。

纪委的同志继续说："先放下这件事不说。张妍是你们县宾馆的服务员吧？你到安农县任职的当天晚上就住进了县宾馆对吧？这个张妍是专门负责给你打扫房间的？"

石润生点了点头。

"可举报信里说你们有不正当的关系！"

一想到张妍那张孩子气的脸，石润生真有些急了，他大声道："胡说！"

"石润生同志，希望你端正态度！怎么这么说话呢？"

"我不是说你，我是说举报的人。"

"好，你不承认也没什么，好在这个举报人准备得很充分，小李啊你把这个放一放！"说着，他把一个U盘递给一旁记录的同志。那名同志把U盘插进笔记本电脑里，然后端到了桌上。

"看看吧，你当时住的房间是这间吧？"

石润生往电脑上一看，见是一段视频，此时的画面上显示的正是自己曾经住过的那个房间门外。

"对，是这个房间。"

可他刚答完，却见画面里自己的房门突然开了，从里面跑出一个人来，不是别人，却正是张妍，只见她慌里慌张的，还一脸的娇羞。他看了一下画面上显示的时间，不禁狐疑起来。

纪委的同志说道："这是怎么回事？这女孩儿为什么从你房间里跑出来？说说吧，到底什么情况？"

石润生想起来了，那天正是自己在房间里冲澡，然后听见门响，等出来时就看见了徐蔓苓，他原以为就是徐蔓苓呢，现在终于明白了，在徐蔓苓之前原来张妍来过房间啊？那也就是说，她是看见了自己在冲澡，这才慌里慌张地跑了出去。

"说说吧，你在房间里做了什么把这姑娘吓成这样跑了出去？"

面对如此难以解释的情况，石润生也想说实话，可他又一想，实情是自己当时在房间里冲澡，可是要这样一说恐怕更解释不清了，怎么办呢？

正在他焦急万分的时候，就听纪委的同志说："这样吧，石润生同志，你先回去，不过暂时不要外出，随时准备接受组织的调查。关于举报的这些问题，组织上会调查核实的，也会找当事人详细了解的！"

"同志，你们可不能去找张妍问这问那呀，她还是个孩子啊！这事传出去对她影响不好！"石润生一听要找当事人他就急了。

"你放心吧，组织上会有分寸的。也请你放心，组织既不会冤枉一个好人，更不会放过一个坏人！行了，你先回去吧！"

石润生只好站起来准备往外走，刚迈了两步，他就觉得腿有些发麻，眼前也有些发黑，等他勉强走到门外时，却听见了屋里面刚才那两名同志的对话。

"主任，从举报件上来看，这个石县长分明是着了什么人的道儿了！那些照片都是偷拍的！"

"这件事非同小可呀，安农县是省里重点扶持的贫困县，而且我听说这位石县长可是年轻有为呀，这件事得马上向徐书记汇报……"

后面的话他听不清楚了，他转身朝走廊走去，心乱如麻。但一想到刚才他们提及徐书记，他不禁眼圈湿润了。

两天后，省里来了通知，在事实未调查清楚前，石润生暂时停止工作，由齐福仁继续主持县委和县政府的全面工作。

这个消息一出来，县政府大院顿时像开了锅一样，有人说，石县长学习回来是要提拔了；也有人说，石县长出事了，这回齐福仁要当县委书记了。

短短几天时间，传言越来越多，并且迅速发酵，连街头巷尾都是议论纷纷，说什么的都有，但大家传的却是，石县长乱搞男女关系，身边美女如云等等，而且说得有鼻子有眼的，大家都说，这回石县长恐怕要被撤职了。

石润生要被撤职的消息迅速传到了各乡村，很多百姓一听就急了，大家都放下田里的活，聚集到一起议论纷纷，大家都说，石县长要是被撤了职，绝不答应，实在不行就去省里去北京告状。有人一提及告状，大家纷纷响应，一时间也不知为什么这么齐，在去往省城的公路上，人们越聚越多，有开着四轮拖拉机的，有骑着自行车和摩托的，而大多数村民则是步行。而沿途知道消息的村民也都纷纷加入到队伍中，公路上的人是越聚越多，交通已经完全瘫痪了，一些来往的车辆不得不停在道边。而通过一打听，几个跑运输的司机竟也加入到了队伍中，他们都说，要是没有石县长哪有咱们的好日子？不能让石县长走！

人，是怕聚集的，人一多，什么情况都有可能发生，弄不好很容易演变成群体性流血事件。

此时，在安农县政府办公楼里，也已经是乱作了一团。得到消息的齐福仁马上召开了常委扩大会，他让于得水带领公安干警赶紧去把人拦住，绝不能让他们去省城告状。

于得水却说："我就是把全县所有的干警都召集到一起也不够啊，那么多群众，我们的干警往人群里一进就好比一条鱼扔进大海里一样，根本没办法把那么多群众劝回来呀！"

"那也得去呀！这要是弄出流血事件来怎么办？再说了，上级三令五申不能发生群体性事件，现在这就是群体性事件！不制止怎么行？"齐福仁真有些急了，他担心的是，一旦发生群体性事件，是要有人承担责任的，而现在他主持安农县的工作，这个责任当然得由他来负了，所以他能不急吗？他顿了一下，自语道，"这个石润生啊，是怎么煽动来这么多人的呢？"

他小声这么一嘀咕可不要紧，姜然一拍桌子就站了起来。

"齐书记，你说这话是什么意思？什么叫煽动？"

看着红着脸的姜然，齐福仁一句话都没说出来。

李铁城看了一眼齐福仁，缓缓地说："齐书记，还是抓紧研究办法吧，这么多人堵在公路上，一旦被人弄到网上可不是小事呀！"

齐福仁想了想，冲于得水大声说："得水啊，你带人先把带头闹事的抓起来！得起到震慑作用！"

"抓人？老百姓还不吃了我！"于得水直晃脑袋。

就在这时，被齐福仁任命为办公室主任的苏智远却突然进了会议室，他慌里慌张地进来就说："不好了，齐书记，省委理论中心组的各位领导被堵在公路上了！"

"啊？"齐福仁一下子站了起来。

大家也都面面相觑。

秦大军站起来一拉于得水的胳膊："得水，跟我走！"

于得水答应一声转身就往外走。

齐福仁看着两个人出了会议室，他吼了一句："无组织无纪律！会还没开完呢，哪儿去？"

秦大军在走廊里答了一句："去现场！"

苏智远说得没错，此时，从省城开来的两辆商务面包车同公路上的其他车一样，被彻底堵在了那里半步都动弹不得。前面一辆负责安保的警务用车闪着警灯，从车上下来一名干警，他看了看人群，向从身边走过的一个村民询问道："大爷，你们这是要上哪儿呀？咋这么多人呢？"

那位老汉看了他一眼，大声道："告状！讨公道！"

干警又问："告什么人啊？为谁讨公道？"

"告谁，告省委书记！为俺们县长讨公道！还没王法了呢！"

那名干警听完就傻眼了，他想了想，掏出手机拨了一个号码，然后冲电话里大声喊道："是于局长吗？怎么搞的，这公路上全是人，你们是干什么吃的？省领导可全在车上呢，要是出什么事你吃不了兜着走！"

他还没等挂断电话呢，几个村民听见了他说的话，不知是谁喊了一句："乡亲们，省里的大官都在这两辆车里，大家不用去省城了！"

他这么一喊不要紧，人们都呼啦啦地迅速围了过来，里三层外三层的把两辆面包车围了个水泄不通。

这时，从一辆面包车上走下一个人来，他伸出双手做了个向下压的手势，然后高声喊道："老乡们！我是省委副书记叶树清！大家都什么事好好说嘛，这样堵路怎么行啊？"说着，他又看了看人群，又喊了一句，"安农县的人来了没有啊？"

见没有人答话，他自语道："这个老齐呀，怎么搞的嘛，真是乱弹琴！"

这时，人群中有人喊道："我们都是安农县的，叶书记找我们哪个呀？"

他这句话刚喊完，人们都哈哈笑了起来。

这时，人群中挤出一个人来，他走到近前高声问道："请问，省里是不是要撤我们石县长的职？"

叶树清愣了一下，随即笑着说："哦，这个石润生嘛，确实存在一定的问题……"

还没等他说完呢，不知是谁吼了一句："放屁！大祥子你别问他了，我看他不像什么好东西！"

说话的是张妍的爷爷，由张妍搀扶着挤出人群。而刚才问叶树清的人正是桃花村的书记高天祥。

叶树清尴尬了一下，一看说话的是位老者，他苦笑着说道："你这位老汉咋能这么说话呢？"

张妍的爷爷可能是由于激动的，胡子直抖，他一举手里的拐杖："拍马屁的话从我当兵那时起就不会说，我说的都是心里话！反正就一条！撤石县长的职，我们不答应！"

人们都异口同声地跟着喊了起来："对！我们不答应！"

正在这时，人群后突然有人高声喊道："都谁不答应啊？也算我一个！"

人们听见声音纷纷回头看去，并都闪开了一条道，就见从人群里走过几个人来，走在前面的不是别人，正是省委书记徐怀明，而他身后跟着的，却是赵昆山，还有杨淑花和她搀扶着的王德贵。

第六十八章　终于圆梦

两年后。

在安农县政府三楼的一间办公室里，石润生正坐在桌前看文件，这时，赵小兵敲了敲门走了进来。

"石书记，国际安农论坛的发言稿弄好了，请您审阅一下。"

"哦，放这儿吧！"石润生看了他一眼，"对了，你把秦书记叫过来一下。"

赵小兵答应着出去了。

此时的石润生，已经是岭东市委常委、安农县委书记了。两年前，那场群众自发请愿风波平息后，省委对安农县的问题进行了彻查，并根据群众举报，确认近几年围绕石润生身上发生的系列举报纯系子虚乌有，而令人大跌眼镜的是，这些事件的导演者竟然是县委副书记齐福仁，因此他的事被省纪委调查核实后他已经被移送了司法机关，省委副书记叶树清也因违纪被中纪委双规了。而在此次上级调查过程中起到关键作用的那封举报信，不是别人，正是县公安局长于得水亲自写的，而且是实名直接寄给了中纪委。

省委做出决定：任命石润生同志为岭东市委常委、安农县委书记，并根据石润生的提议，任命秦大军同志为安农县委副书记，李铁城同志为代县长，胡波同志为常务副县长，刘喜武同志则被任命为副县长。

新一届领导班子确定后，石润生又实施了一系列改革和调整，将下沟村与杨树村合并，由赵昆山兼任两个村的党总支部书记，杨淑花则被任命为靠山乡党委书记。

在包村工作中弄虚作假的齐国梁被撤了职，仍在太平川乡当科员。

在接下来即将举行的第一届国际安农论坛上，石润生代表安农县做了题为《安农安天下》的报告，经媒体宣传后，引起强烈的社会反响。而安农县所倡导的安农产业也经过几年的发展迅速壮大，以安全农产品和食品为代表的安农品牌不仅占领了国内市场，还远销到了国外。除了安农产业外，旅游业也得到了长足发展，以湿地公园为代表的一批旅游资源的开发，使安农县成为新兴的旅游目的地。与此同时，许多到外地打工的青年都纷纷回到了安农县，在全民创业万众创新的大潮中实现着他们的创业和创富梦想。安农县不仅脱贫了，而且一跃成为全省的标杆，在全国也较有影响。

此时，已成为全国优秀县委书记的石润生，面对已经取得的成绩，他丝毫不敢有所懈怠，因为他知道，新农村建设的任务还很重，还需要他团结全县人民一道去攻坚克难。

又一个秋天来了，而这，也是属于安农县的金秋。在下沟村，此时正热闹非凡，已是县委县政府党政综合办公室主任的赵小兵和杨淑花的婚礼正在举行。人们喜笑颜开，几个姑娘在往新人头上撒着花，青年们放的鞭炮声震耳欲聋。杨淑花穿着白色的婚纱，脸上洋溢着掩饰不住的喜悦。在她旁边，作为伴娘的徐蔓苓也一脸的高兴模样。而最高兴的还属赵昆山了，他咧着大嘴不时地招呼着亲朋。有村民和他开着玩笑："赵书记，这回你见着儿媳妇该怎么叫啊？还敢叫花儿吗？哈哈哈！"

"她就是官再大我也是她爹！"赵昆山咧着嘴吼了一句，然后就哈哈地笑了起来。

石润生也应邀来参加赵小兵和杨淑花的婚礼了，不过，他来还有另外一个目的，就是要见徐蔓苓，说出他憋在心里很久的话。

在婚礼仪式上，作为证婚人的石润生照本宣科地宣读完证婚词后就急切地在人群里寻找着徐蔓苓，不经意间，他看见了人群里的夏雨荷，还有张妍，他下意识地把目光移开了。

就在这时，到了新娘抛手捧花的环节了，在姑娘们的嬉笑声中，手捧花落到了徐蔓苓的手上，几个姑娘起着哄："徐院长啥时结婚啊？"

看到这一幕，石润生脸上露出动情的微笑。而接到了手捧花的徐蔓苓也朝他这边看了过来，四目相对，似有万千话语都在不言中了。

他正想走过去呢，突然，不知是谁喊了一句："省委徐书记来了！"

石润生往人群后看去，果然，就见省委书记徐怀明走了过来，跟着过来的还有王德贵。他动了一下，正想过去迎接呢，却见徐蔓苓三步并作两步走了过去，走到近前喊了一声："爸，你怎么来了？"

就这一句，差点儿没把石润生吓着，他呆呆地站在那里发着愣。什么？徐蔓苓竟是徐书记的女儿？怎么会这样呢？他在心里不停地念叨着，还不住地摇头。他犹豫了一下，悄悄地出了人群。

见到了父亲的徐蔓苓非常高兴，她一手搀着父亲的胳膊，一手拿着那束鲜艳的花，回身寻找着什么。

"丫头，润生没来吗？"说话的是王德贵，"你的秘密该解开了吧？哈哈哈！"

徐蔓苓皱着眉头自语："哪儿去了呢？刚才还在的呀！"

徐怀明微笑着说了一句："我这个当父亲的没有吸引力喽！丫头，你的润生哥呢？"

"还不是被你吓走的？"徐蔓苓答了一句就松开手，掏出手机给石润生拨了过去，可是只有忙音硬是没人接。

她噘起了嘴，气呼呼地说："该死的，你跑什么呀？"说着，把手里的花往旁边一个姑娘手里一塞，回身和父亲说道，"我去找他！"

看着走出人群的女儿，徐怀明对王德贵说："老哥，那小子不知道真相？"

"丫头不让说呀，这可咋办？"

"咋办也得他们自己解决，年轻人的事咱们这些老家伙可帮不了喽！"

再说出了人群的徐蔓苓，她到路边上了车就朝村外开去。等上了去往县城的公路，她才远远地看见石润生那辆熟悉的越野车。她紧踩着油门，很快就追了上去。

两辆车并排的时候，她按下车窗，冲外面喊道："石润生你给我停车！"

正在想着心事的石润生被她这么一喊给吓了一跳，他下意识地踩了刹车。徐蔓苓一打方向盘把车直接停在了前面，然后下车直奔石润生走了过来。

"你怎么回事？跑什么呀？"

石润生强装镇定，微笑着说："哦，是蔓苓啊，吓我一跳。我着急回县里，有个会……"

"先别说会不会的，你昨天打电话不是说找我有事要说吗？怎么，不说了？"

"哦，看我这记性，对了，我就是想问问学院的招生计划弄好了没有，这不马上要进行下学期的招生了嘛……"

听他说出这样一番话，徐蔓苓半天没言语，就那么不错眼地看着他，然后，她一字一顿地说道："石润生，你混蛋！"说完，她转身就走。

看着徐蔓苓上了车，石润生心如刀绞，他犹豫着想叫住她，但只是招了招手就停下了。

徐蔓苓上了车，泪水早已止不住地顺着脸颊流了下来。她边开车，边用哭腔喊着："省委书记的女儿难道就不能谈恋爱吗？省委书记的女儿你就怕了吗？"

一连几天石润生都吃不下饭，白天在单位还好些，有那么多繁杂的工作，而晚上一回到家里他就心烦，尤其是站在窗前望向后楼那扇漆黑的窗户的时候，他更是觉得心像是在滴血一样难受。

仅仅三天时间，石润生就觉得像是过了三年一样，终于有一天，他再也难以控制自己的思念之情，他决定，不管那么多了，去找徐蔓苓，向她说出一切，向她表白。

一有了这想法他就一刻也等不下去了，他拿起手机直接就给徐蔓苓拨了过去，可是，徐蔓苓的电话却关了机。他又想了想，就给职业技术学院打了一个电话，一问才知道，徐蔓苓也不在学校里。放下电话，他心急如焚。还没到周末，她会去哪里呢？他又给王德贵打了一个电话，可是，电话那边也是没人接。猛然间，他像个无助的孩子一样，既紧张又害怕。按理说，王叔应该在家呀？他一想，不行，得去王叔家，最起码也要问问清楚，因为王叔一定早就知道徐蔓苓的身世。想到这儿，他下楼开上车直奔下沟村。

他车开得很快，心情是激动而复杂的。

正在这时，他看见前面的公路上聚集了好多人，还有交警在拉着警戒线，看来，一定是出车祸了。

到了近前，他把车停在路边，下车朝人群走去。等他分开人群往里面一看，发现地上躺倒着一辆摩托车，车旁有一摊血迹。一看见那辆摩托车，他就觉得血往上涌，那不是徐蔓苓的摩托车吗？

一名交警看见了他，走过来敬了个礼。他像没看见一样，从警戒线下钻了过去，来到摩托车旁蹲了下来，看着这熟悉的车，再看看这摊血迹，他就觉得眼前发黑。难道她出事了？

他抬头问了一句："人呢？人怎么样？"

一位围观的村民答道："送医院了！出了好多血呢！"

他站起来刚要走，突然，就见血泊中有个东西，他捡起来一看，顿时惊得目瞪口呆！原来，那竟是一枚发卡！是和自己钱包里那个一模一样的发卡！一瞬间，他全明白了，原来，徐蔓苓就是自己找了这么多年的那位小姐姐呀！回想着和她在一起的日子，还有那一幕幕的情景，他在心里喊了一句："我真是糊涂啊！"

他站起来问那名交警伤者被送到哪个医院了后，就迅速朝自己的车走去，一边走他这才想起来，刚才在来的路上确实碰到过一辆救护车，可万万没想到那就是送她去医院的车呀！

在安农县人民医院门诊部大厅里,石润生快步跑到导诊台前,急切地问道:"请问,刚才送来的伤者在哪儿?"

一个护士头也没抬就答道:"你问的是哪个呀?"可她刚说完,一抬头见是石润生,马上站了起来,"石……石书记啊!"

石润生又补充一句:"就是车祸的伤者,一个女的!"

那名护士这才恍然大悟,说道:"哦,您问的是徐院长吧?我带您去!"

石润生跟着护士朝病房走去,边走他还不住地问着:"她怎么样了?抢救过来了吗?不要紧吧?伤到哪儿了?"

听他一口气问了这么多,护士回头看了他一眼,忍不住笑了笑,答道:"她呀,没什么事,伤的是个孩子!"

石润生一听就愣住了,他站在那里不住地眨着眼睛。

护士回过头来笑着说:"石书记,快走啊,前面就是她的病房了。"

石润生赶紧跟了上来,他一问才明白,原来是徐蔓苓遇到了这起车祸,就随着救护车一起到了医院,又给受伤的孩子输了血,此时正在病房里休息呢。

石润生听完差点儿没乐出声来。那名护士不敢笑,把他带到病房门口后就离开了。

进了病房,石润生看见,徐蔓苓面色苍白地躺在床上,双眼紧闭,满脸疲惫的样子。他悄悄走到床前,看着近在咫尺的自己朝思暮想的人,他不知该如何是好。他自怀里掏出那两枚发卡,把它们放在手心里,然后又轻轻地抓起徐蔓苓的手,坐在床边就那样静静地看着她。他觉得自己都快不能呼吸了,因为自己有太多的话要对她说。可是,她还没有醒。

此时的石润生完全忘记了自己的身份,恍惚间,他仿佛又回到了童年,回到了和那位小姐姐一起玩耍的美好时光。他轻轻把头凑过去,在徐蔓苓的额头前停了下来,他犹豫着,而分明已经感觉到了自己那发烫的嘴唇……就在这时,徐蔓苓突然抬起头来,在他的脸上亲了一下,然后说道:"胆子就这么小吗?"

就在石润生又惊又喜的时候,门突然开了,随着一阵哄笑声,杨淑花等众人涌了进来……